HEYNE BÜCHER

Fantasy

Herausgegeben von Friedel Wahren

Von JENNIFER ROBERSON erschienen in der Reihe
HEYNE SCIENCE FICTION & FANTASY:

Der Schwerttänzer-Zyklus

Schwerttänzer · 06/5072
Schwertsänger · 06/5073
Schwertmeister · 06/5074
Schwertmagier · 06/5178

JENNIFER ROBERSON

SCHWERTMAGIER

Vierter Roman
des
SCHWERTTÄNZER-ZYKLUS

Deutsche Erstausgabe

WILHELM HEYNE VERLAG
MÜNCHEN

HEYNE SCIENCE FICTION & FANTASY
Band 06/5178

Titel der Originalausgabe
SWORD-BREAKER
Übersetzung aus dem Amerikanischen
von Karin König
Das Umschlagbild malte Dieter Rottermund

3. Auflage

Redaktion: F. Stanya

Die Originalausgabe erschien bei DAW Books, Inc., New York

Printed in Germany 1998
Umschlaggestaltung: Atelier Ingrid Schütz, München
Technische Betreuung: M. Spinola
Satz: Schaber Satz- und Datentechnik, Wels
Druck und Bindung: Elsnerdruck, Berlin

ISBN 3-453-08000-9

Als das Schwert auf den magischen Sturm antwortete

Ich spürte es, bevor ich es hörte: ein vibrierendes, betäubendes, bis ins tiefste Innere dringendes Kribbeln, das meine Ellbogenknochen klappern ließ und die Handgelenke zu zerbrechen drohte. Die Macht, die ich spürte, war süß, verlockend – oh, so verführerisch! Sie kannte mich. Sie kannte meinen Gesang. Ich hatte dieses Schwert getränkt, dann erneut getränkt, und wir waren jetzt doppelt miteinander verbunden.

Und dann veränderte sich die Macht. Die mich umgebende Wesenheit verging, und ich spürte etwas anderes an ihrer Stelle aufflammen. Etwas sehr Starkes. Etwas sehr *Zorniges*.

Es dehnte sich über das Schwert aus und funkelte wie ein Hitzeblitz über den Horizont der Punja.

Schwarzes Licht. *Schwarzes* Licht. Und dennoch glühte es. Es floß die Klinge hinab, berührte zögernd meine Hände um das Heft, floß dann weiter abwärts, verschlang Finger, Hände, Handgelenke. Ich fluchte. Mir entfuhr ein derber Fluch, weil ich plötzlich mehr Angst hatte als jemals zuvor. Das Licht berührte mich…

Dieses Buch ist dem Gedenken
an Jan Carpenter gewidmet,
ihrer geliebten Tootsie und Kizzy
und all den Freunden,
die sie vermissen.

DANKSAGUNG

Folgenden Menschen gegenüber empfinde ich aus verschiedenen Gründen Wertschätzung und Dankbarkeit: Russ Galen, ein außergewöhnlicher Agent; Alan Dean Foster und Raymond E. Feist, beide kluge Männer, für ihren äußerst verläßlichen Rat in allen Belangen; Betsy Wollheim und Sheila Gilbert, die Zukunft der Fantasy (aber beim nächsten Mal sollten wir in der Wohnung bleiben und uns Pizza und Bier bringen lassen!); Debby Burnett, für Kismet Cheysuli Wld Blu Yond'r, AKA ›Pilot‹; und Mark – für alles.

Zum Schluß Dank an alle Männer und Frauen, die verstanden haben, daß Sexismus ein Schwert ist, das in beide Richtungen schneidet, und eifrig daran arbeiten, es zu zerbrechen.

Prolog

Es gibt Dinge im Leben, die man einfach *weiß,* ohne daß man viel darüber nachdenken muß.

Wie es zum Beispiel *jetzt* der Fall war.

Ich richtete mich in der Dunkelheit taumelnd auf, stolperte zwei Schritte durch Felsen, landete schmerzhaft auf den Knien.

»O Hoolies«, murmelte ich.

Prompt entledigte ich mich meines Abendessens.

Wenn überhaupt von Abendessen *die Rede sein* konnte. Del und ich hatten am Abend zuvor kaum Gelegenheit gehabt, eine angemessene Mahlzeit zu uns zu nehmen, da wir zu müde, zu unruhig, zu angespannt waren. Und auch zu benommen, was mich betrifft.

Um mich herum stiegen lautlos Insekten herab. Die einzigen Geräusche, die ich hörte, waren das Scharren von beschlagenen Pferdehufen – mein kastanienbrauner Hengst und Dels Schecke waren nur wenige Schritte entfernt angepflockt – und meine eigenen, eher unwürdigen Laute, die halb Schluckauf, halb Aufstoßen und ganz und gar kein Ausdruck guter Laune waren.

Hinter mir erklangen eine verschlafene Stimme und das Knirschen von Kieselsteinen und körnigem Sand, ausgelöst von einem sich bewegenden Körper. »Tiger?«

Ich kauerte auf den Knien, schwitzend und frierend und elend. Mein Kopf schmerzte zu sehr, um in Worten zu antworten, und so vollführte ich eine kraftlose, abwehrende Handbewegung, durchschnitt die Luft zwischen uns und hoffte, daß es genügte. Natürlich genügte es nicht. Bei ihr genügt niemals etwas.

Die Schläfrigkeit schwand. Sie verschwendet wenig Zeit aufs Aufwachen. »Bist du in Ordnung?«

Meine Haltung war unmißverständlich. »Ich bete«, murmelte ich säuerlich und wischte mir den Mund an einem Burnusärmel ab. Er war bereits scheußlich verschmutzt. »Kannst du das nicht sehen?« Erneut knirschte Sand. Sie warf von hinten eine Bota in meine Richtung, die neben mir landete. Das schwappende Aufschlagen von Leder auf Fels klang laut in der Fahlheit des ersten Lichts. Der Hengst schnaubte protestierend. »Hier«, sagte Del. »Wasser. Ich werde das Kheshi aufwärmen.«

Mein Magen rebellierte bei dem Gedanken. Jetzt war ich mit einem Protest an der Reihe. »Hoolies, Bascha – Kheshi ist das letzte, was ich brauche!«

»Du mußt *etwas* in den Bauch bekommen, sonst spuckst du dir den ganzen Tag die Seele aus dem Leib.«

Eine feine Art, den Morgen zu beginnen. Verdrießlich, vorsichtig, griff ich hinab und nahm den Riemen der Bota auf, wobei ich mein Gewicht verlagerte, um die schmerzenden Knie zu entlasten. Ich war innerlich und äußerlich steif und wund von den Anstrengungen des Schwerttanzes.

Nun, nein, es war kein richtiger Schwerttanz gewesen. Eher ein Schwertkampf, was eine völlig andere Sache mit völlig anderen Regeln ist. Noch besser, ein Schwert*krieg*. Del und ich hatten den Kampf gewonnen, unterstützt durch Glück, Freunde und Magie – nicht zu vergessen die allgemeine Verwirrung –, aber die Feindseligkeiten waren noch nicht beendet.

Ich erwog kurz, mich zu erheben, überdachte dann den Zustand meines Kopfes und Bauches und beschloß, nah am Boden zu bleiben, in Bethaltung, ungeachtet meiner wahren Absichten, da dies eine durchaus nützliche Haltung war.

Gegen meine erneut aufkommenden Kopfschmerzen anblinzelnd, entkorkte ich die Bota, trank ein wenig und entdeckte, daß Hammer und Amboß überhaupt nicht leiser wurden, wenn ich den Kopf nach hinten neigte. Mit großer Sorgfalt richtete ich den Kopf wieder auf und spähte in den fahlen Morgen, konzentrierte mich starr auf verblassende Sterne, um mich von dem Unbehagen in meinem angegriffenen Schädel und Bauch abzulenken.

Während ich dies tat, erkannte ich, daß noch etwas *anderes* entleert zu werden wünschte.

Was bedeutete, daß ich ohnehin aufstehen mußte, wenn auch nur, um einen Busch zu finden.

Hoolies, das Leben war viel einfacher gewesen, bevor ich mich mit einer Frau zusammengetan hatte.

»Tiger?«

Ich zuckte zusammen und wünschte dann, ich hätte es nicht getan. Sogar das Blinzeln verursachte meinem Kopf Schmerzen. »Was ist?« »Wir können nicht hierbleiben. Wir werden weiterreiten müssen.« Ich brummte, dachte statt dessen über Möglichkeiten nach, meine Kopfschmerzen loszuwerden. Vielleicht würde es helfen, Aqivi zu trinken, aber leider hatten wir keinen. »Kann schon sein«, stimmte ich halbherzig zu. »Aber eins nach dem anderen. Bascha. So sollten wir zum Beispiel erst einmal herausfinden, ob ich laufen kann.«

»Du brauchst nicht zu laufen. Du mußt reiten.« Sie hielt inne: kunstvolle, sarkastische Besorgtheit. »Glaubst du, daß du reiten kannst, Tiger?«

Ich wandte ihr weiterhin den Rücken zu, so daß sie meinen in die Dämmerung hinein ausgestoßenen Fluch nicht bemerkte. »Ich werde es schaffen.«

Sie beschloß, meine Ironie zu übergehen. »Du wirst es bald schaffen müssen. Bestimmt sind die hinter uns her.«

Ja, das stimmte. Es würden zehn und zwanzig sein, vielleicht sogar hundert.

Die Sonne kroch allmählich über die Schwertklinge des Horizonts. Ich blinzelte gegen das Licht an. »Vielleicht *sollte* ich beten«, murmelte ich. »Bin ich nicht der Jhihadi?«

Del grunzte skeptisch. »Du bist kein Messias, egal wie du die Tatsache deutest, daß Jamail auf dich gezeigt hat.«

Verletzte Unschuld: »Aber ich habe bei meinem *Schwert* geschworen.«

Sie formulierte etwas Knappes, sehr Kurzes in nordischer Sprache, die ihre Muttersprache ist und in der man genauso leicht fluchen kann wie in meiner südlichen Sprache.

»Ha«, sagte sie dann höflicher. »Du vergißt, Tiger – ich weiß es besser. Ich kenne dich. Du bist ein Mann, dem man einen Tritt an den Kopf verpaßt hat und der sich noch obendrein betrunken hat.«

Nun, der erste Teil stimmte: Man *hatte* mir einen Tritt an den Kopf verpaßt, und zwar, was die größte Schmach bedeutete, hatte mein eigenes Pferd das getan. Aber der zweite Teil stimmte nicht. »Ich bin nicht betrunken.«

»Du warst es gestern. *Und* letzte Nacht.«

»Das war gestern – und letzte Nacht. Und das meiste *davon* kam durch den Tritt an den Kopf … außerdem kann ich nicht erkennen, daß es mich davon abgehalten hätte, dich zu retten.«

»Du hast mich nicht gerettet.«

»O nein?« Mit ungeheurer Anstrengung erhob ich mich von einer knienden in eine stehende Haltung und wandte mich langsam zu ihr um. Die Bewegung schmerzte wie die Hoolies. Süßlich fragte ich: »Und *wer* war es, der eine ärgerliche Menschenmenge zurückgehalten hat, die dich in Stücke reißen wollte, weil du den Jhihadi getötet hast?«

Dels Tonfall klang überraschenderweise völlig nüchtern. »Es war nicht der Jhihadi. Es war Ajani. Ein Bandit. Ein Mörder. Ein Schänder.« Sie schaute durch dünnen Rauch, der von der Handvoll Kohlen, die sich als Feuer aufspielten, aufwärts zog. Klumpiges, knochengraues Kheshi tropfte aus einer beschädigten Schale, als Del diese großzügig füllte und mir hinhielt. »Frühstück ist fertig.«

Der Hengst wählte genau diesen Moment, um den Boden zu überfluten. Was mich an etwas erinnerte.

»Warte ...«, platzte ich eifrig heraus und stolperte zum nächstgelegenen Busch davon, um den Göttern meinen Tribut zu zollen.

EINS

Ich stellte den Fuß in den Steigbügel, während ich die Zügel und den Sattelknauf ergriff – und rührte mich dann nicht mehr. Irgendwie *hing* ich, das Gewicht ungleichmäßig auf wunde Beine verteilt, die schmerzhaft zwischen dem Steigbügel und dem Boden ausgestreckt waren. Da der Steigbügel am Sattel befestigt war – der wiederum auf einem Pferd festgezurrt war, wie kurzzeitig auch immer –, erkannte ich, daß es nicht die vorteilhafteste Position war, wenn das Pferd sich bewegen sollte. Aber im Moment war ich zu Besserem nicht fähig.

»Uff«, bemerkte ich. »Wessen Idee war das?«

Der Hengst schwang den Kopf herum und betrachtete mich nachdenklich mit einem dunklen Auge, durch nichts Wahrnehmbares vieles versprechend. Aber ich konnte ihn verstehen.

Ich zeigte ihm eine Faust. »Lieber nicht, Cumfaköder.«

Del sagte von ihrem Schecken aus ziemlich schroff: »Tiger!«

»Oh, beruhige dich.« Mit einer Aufwärtsbewegung, die weder meinen Kopfschmerzen noch der Auflehnung meines Magens gerecht wurde, schwang ich mich auf den Pferderücken. »Natürlich hätte ich von *dir* nicht erwartet, daß du dich *nicht* beruhigst.« Ich warf ihr einen wütenden, gehässigen Seitenblick zu, der, wie ich tief im Innern wußte, nur ein Schatten dessen war, was hervorzubringen ich sonst imstande bin. Aber ein zerschlagener Körper und zuviel Alkohol –

und ein Tritt an den Kopf – hemmten meine Ausdruckskraft.

Eine helle Augenbraue wurde hochgezogen. »Letzte Nacht hast du etwas anderes gesagt.«

»Letzte Nacht hatte ich Kopfschmerzen.« Ich nahm die losen Zügel auf, während ich meinen Körper auf dem Lederhügel einrichtete, den manche Leute einen Sattel nennen. »Ich habe *noch immer* Kopfschmerzen.«

Del nickte. »Das passiert einem Mann häufig, der sich für eine angesehene Persönlichkeit hält. Der Kopf schwillt an...« Sie vollführte eine müßige, aber vielsagende Geste.

»Das ist ein Panjandrum. Ich habe niemals behauptet, ein Panjandrum zu sein – obwohl ich vermutlich eines bin, da ich der Sandtiger bin.« Ich rieb meine sandigen, von der Sonne angegriffenen Augen. »Nein, *ich* bin ein Jhihadi. Sogar das Orakel sagt das.« Ich zeigte erneut die Zähne. »Willst du deinen Bruder als Lügner bezeichnen?«

Sie sah mich fest an. »Vor dem gestrigen Tag hätte ich meinen Bruder als *tot* bezeichnet. Du hattest mir gesagt, er sei es.«

Ich öffnete den Mund, um erneut ausführlich zu erklären, daß der Vashni mir gesagt hatte, Jamail wäre tot. Ich hatte keinen Grund, dem Krieger nicht zu glauben, da der Stamm es mit der Ehre sehr genau nimmt. Es ist nicht die Art der Vashni, Lügen zu verbreiten, so daß kein vernünftiger Mensch so etwas auch nur in Erwägung zöge. Ich hatte es gewiß nicht getan. Und ich hatte es auch nicht geglaubt.

Nein, Dels Bruder war nicht tot, egal, was der Vashni mir erzählt hatte. Denn Jamail – der totgeglaubte, *stumme* Jamail – hatte über eine wirre Menschenmenge inmitten eines wilden Schwertkampfes zwischen seiner älteren Schwester und dem Mann, der seine Familie ermordet hatte, hinweggedeutet – und mich zum Messias erklärt.

Mich, nicht Ajani, der große Mühen auf sich genommen hatte, um jedermann davon zu überzeugen, daß er der Jhihadi sei. Obwohl niemand, einschließlich Del (*noch immer*), glaubte, daß Jamail auf mich gedeutet hatte.

Was ein wenig mit unserer gegenwärtigen mißlichen Lage zu tun hatte.

Ich schaute leicht verschwommen ostwärts an Del vorbei und hob eine Hand, um mich gegen den Glanz der Sonne abzuschirmen. »Ist das Staub?«

Sie schaute hin. Sie blinzelte, genau wie ich, hob eine abgeflachte Handfläche. Sie bildete eine dunklere Silhouette vor dem neuen Tag: ein Viertelprofil, überwiegend helles Haar. Eine Schulter, ein Ellbogen, die Rundung einer Hüfte und die Linie des Oberschenkels unter der Seide des Südens.

Und das in der Scheide steckende Schwert, diagonal über ihren Rücken gebunden, wobei ein gebieterisches Heft über eine muskulöse Schulter hinausragte.

»Aus Iskandar«, sagte sie ruhig aus dem gazeartigen Dunst heraus. »Ich würde keine Kupfermünze für die Wette verschwenden, daß es etwas anderes sein könnte.«

Was eine Entscheidung unumgänglich machte.

»Nördlich über die Grenze in dein Gebiet«, schlug ich vor, »aber wenn man deine Verbannung bedenkt, ist das keine gute Lösung …«

»… oder südlich«, warf sie ein, »wieder in die Punja, in *dein* Gebiet, was sicherlich für uns beide den Tod bedeutet, wenn wir ihm die Gelegenheit dazu geben.«

»Andererseits«, fuhr ich fort, »ist da noch Harquhal. Einen halben Tag vielleicht …«

»… wo sie sicherlich hinkommen werden, sie alle, da sie wissen, daß es der einzige Ort ist, wo man Vorräte kaufen kann, und auch wissen, daß wir nicht mehr viel übrighaben.«

Das war die Wahrheit. Unser plötzlicher und unerwarteter Aufbruch – oder noch besser, unsere *Flucht* – aus Iskandar hatte uns wenig Zeit gelassen, unsere Pferde zu beladen. Dank einem Freund besaßen wir jeder zwei Satteltaschen, aber die Nahrung war begrenzt, desgleichen der Wasservorrat, und Wasser war unverzichtbar, wenn wir die Punja durchqueren wollten. Obwohl ich viele Oasen, Zisternen und Ansiedlungen kannte – ich war in der Punja aufgewachsen –, ist die Wüste eine launische und unversöhnliche Bestie. Das einzig Sichere ist der Tod, wenn man das Spiel nicht richtig spielt.

Zusammen mit beißendem Sand stieß ich einen kurzen Fluch aus, während ich vielsagend die Zügel anhob und die Aufmerksamkeit des Hengstes auf mich zog. »Anscheinend haben wir keine große Wahl. Es sei denn, du kannst uns mit deinem Schwert hier herauszaubern.«

»Nicht mehr als du mit deinem«, antwortete sie ernst. Aber das Glitzern in den blauen Augen war deutlich sichtbar.

Die Waffe in meinem Harnisch wog plötzlich zehnmal soviel, einfach durch ihre Erwähnung. Und durch das, was ihre Erwähnung beinhaltete.

»Du weißt zufällig, wie man einen wunderschönen Morgen verdirbt«, murmelte ich und wandte den Hengst um.

»Und du weißt, wie man eine wunderschöne Nacht verdirbt.« Del wandte ihren Schecken auf Harquhal zu, das einen halben Tagesritt von der Grenze entfernt lag. »Wenn du den Mund schließen würdest, wäre dein Schnarchen vielleicht nicht mehr so schlimm.«

Ich machte mir nicht die Mühe zu antworten. Das Donnern der Hufe des Hengstes übertönte alles, was ich vielleicht hätte sagen können.

Das Donnern in meinem Schädel übertönte den Wunsch, es auch nur zu *versuchen*.

Wir hatten nicht viel getan, Del und ich. Nicht wenn

man wirklich darüber nachdenkt. Wir waren nur durch die Punja gen Süden gezogen und hatten einen vermißten Bruder gesucht, der von südlichen Sklavenhändlern entführt worden war. Nach Julah, der Stadt am Meer, wo wir, ohne eine Wahl zu haben, einen Tanzeer getötet hatten. Diese Art Vergehen wird mit dem Tode bestraft, wie es auch zu erwarten ist, wenn man einen mächtigen Wüstenprinzen tötet. Aber Del und ich waren sicher aus Julah und von dem gerade erst ermordeten Tanzeer entkommen. Und waren am Meer entlang in die Berge gezogen, wo wir den Vashni begegnet waren. Jenem Stamm also, der ihren Bruder festhielt.

Nur daß er nicht wirklich *festgehalten* wurde. Nicht mehr. Stumm und entmannt, hatte er es dennoch geschafft, sich sein Leben einzurichten. Dels Rettungspläne wurden von Jamail selbst durchkreuzt, der eindeutig nicht den Wunsch hatte, den Stamm zu verlassen, nachdem dieser ihn aus seinem Leben als Sklave befreit hatte. Obwohl er nicht eigentlich ein Vashni war – sie empfinden keine freundschaftlichen Gefühle gegenüber einem Mischling, noch dazu wenn er ein Fremder ist –, eignete er sich nicht als Opfer. Er hatte sich seinen Platz erobert.

Also hatten wir ihn zurückgelassen und waren nach Norden geritten, über die Grenze in Dels Heimat. Dort brachte sie mich nach Staal-Ysta, der Insel im schwarzen Wasser, und trat mich als Pfand für ihre Tochter ab.

Nun, es war nicht *ganz* so, kam aber der Wahrheit nahe. Nahe genug, um mich erkennen zu lassen, wie zielstrebig sie sein konnte, so zielstrebig, daß nichts sonst auf der Welt mehr wichtig war, nur die Aufgabe, die sie sich selbst gestellt hatte: Ajani zu finden und zu töten, den Mann, der ihre Familie ermordet, ein fünfzehnjähriges Mädchen geschändet und einen zehnjährigen Jungen in die südliche Sklaverei verkauft hatte.

Um Rjani finden zu können, mußte sie von der Blutschuld frei werden, die sie dem Ort der Schwerter schuldete, hoch in den nordischen Bergen, wo sie ihre kleine Tochter zurückgelassen hatte, um den Vater dieser Tochter zu finden und zu töten. Und wo sie letztendlich, ohne daß ich etwas davon wußte, meine Dienste angeboten hatte, um einen Teil ihrer Blutschuld zu bezahlen.

Meine Dienste ... ohne mich auch nur zu fragen.

Ich habe immer gewußt, daß Frauen zu fast allem fähig sind, was sie sich in den Kopf gesetzt haben, wenn sie sich erst einmal dazu entschlossen haben. Zu dieser Entscheidung zu gelangen, ist nicht immer einfach oder auch nur logisch, aber letztendlich gelangen sie dorthin. Und wenn sie gedrängt werden, machen sie notwendige Versprechungen, egal um welchen Preis.

In Dels Fall war ich der Preis. Und beinahe unser beider Tod. Oh, wir haben überlebt. Aber erst als ich mir ein nordisches Schwert besorgt hatte, ein magisches *Jivatma,* das genauso gefährlich war wie Dels Waffe – nur daß ich nicht wußte, wie man es stimmte, und beinahe hätte es *mich* gestimmt.

Und dann war da natürlich noch dieser dreimal verfluchte Drache gewesen, der überhaupt kein Drache war, und der Magier namens Chosa Dei.

Ein Mann, der kein Mann mehr ist. Vermutlich würde man ihn als einen *Geist* bezeichnen, der jetzt in meinem Schwert lebte. Vor mir wandte sich Del in vollem Galopp im Sattel um. Ein pferdegeborener Wind schnappte nach weißblonden Locken, zog sie aus dem Burnus frei: Helle, prächtige Seide, als Haar verkleidet ... und das makellose Gesicht, das davon umgeben war, wandte sich jetzt mir zu.

Es ist mir niemals gelungen, nicht über ihre Schönheit zu staunen, nicht ein einziges Mal.

»Beeil dich«, sagte sie.

Natürlich, da ist noch ihr *Mund*.

»Eines Tages«, murmelte ich, »werde ich dich festnageln – mich auf dich *setzen*, wenn es sein muß – und soviel Wein diese sanfte, selbstgerechte Kehle hinabgießen, wie ich kaufen kann, damit du wissen wirst, wie sich mein Kopf anfühlt.«

Ich sagte es nicht laut genug, daß sie es hören konnte. Aber natürlich *hatte* sie es doch gehört.

»Selbst ein Narr würde sich nicht betrinken, nachdem er einen Tritt an den Kopf bekommen hat«, bemerkte sie über den Lärm unserer Pferde hinweg. »Was bringt dir das also?«

Ich bewegte mich im Sattel, fand eine bequemere Stellung auf dem buckelnden Rückgrat meines galoppierenden Pferdes. »Du hast mich im Stich gelassen«, erinnerte ich sie mit erhobener Stimme. »Du hast mich dort am Boden mit meinem angeschlagenen, blutigen Kopf einfach liegenlassen. Wenn du geblieben wärst, hätte ich wahrscheinlich nichts getrunken.«

»Oh, also war es *mein* Fehler.«

»Statt dessen bist du davongestürzt, um Abbu Bensir zu bekämpfen – *mein* Tanz, wie ich bemerken möchte ...«

»Du warst nicht in der Verfassung, zu tanzen.«

»Das ist ein anderes Thema ...«

»Das *ist* das Thema.« Del zügelte ihren Schecken, führte ihn um eine kleine Ansammlung von Felsen herum, strich sich dann das Haar aus dem Gesicht und wandte sich erneut zu mir um. »Ich habe deinen Platz im Kreis eingenommen, weil jemand es tun mußte. Du warst verdingt worden, gegen Abbu zu tanzen ... hätte ich deinen Platz nicht eingenommen, wäre der Tanz verwirkt gewesen. Willst du über die Konsequenzen nachdenken?«

Wohl kaum. Ich kannte sie. Der Tanz war mehr als nur ein Schwerttanz: Er war eine verbindliche Entscheidung zwischen zwei Tanzeerparteien, mächtige, unbarmherzige Alleinherrscher, die den Süden, wann immer es möglich war, in kleine Stücke unter sich aufteilten und die Überreste als Belohnungen verteilten.

Eine Belohnung war *mir* versprochen worden, wenn ich siegen würde. Aber ich hatte nicht gesiegt, weil mir der Hengst an den Kopf getreten und Alric mich betrunken gemacht hatte.

Mein Magen schwebte, wie ich unglücklich feststellte, irgendwo in der Nähe meines Brustbeins, schüttelte sich und rüttelte sich und preßte sich in meinem Brustkorb zusammen. Die Knie, die durch verkürzte Steigbügel gebeugt waren, erinnerten mich, wann immer es möglich war, daß ich älter wurde und an Beweglichkeit verlor. Und dann war da mein Kopf, der unerwähnt bleiben soll, damit er nicht auf dumme Gedanken kommt.

Hoolies, diese Art Probleme genügen, um einen Mann außer Gefecht zu setzen. Sie können ihn ziemlich kraß daran erinnern, daß es bessere Möglichkeiten als diese gibt, sich seinen Lebensunterhalt zu verdienen.

Aber ich kenne keine.

Der Fehltritt des Hengstes drohte einen Teil meines Körpers, den ich ziemlich mochte, umzuordnen. Ich stieß einen Fluch aus, hob mein Gewicht vom Sattel an und dachte eher sehnsüchtig an andere, fleischliche Sättel.

»Du fällst zurück«, sagte sie.

»Warte nur«, murmelte ich. »Einst wird der Tag kommen …«

»Das glaube ich nicht«, sagte Del und beugte sich tiefer über ihren Schecken.

Harquhal ist … nun, Harquhal. Eine Grenzsiedlung. Die Art Stadt, die niemand wirklich bauen *will*, sondern die ohne jegliche Planung zufällig entstehen.

Oh, sie *genügte*, aber sie war nicht die Art Stadt, in der ich eine Familie gründen wollte.

Andererseits hatte ich weder eine Familie noch die Absicht, eine zu gründen, was bedeutete, daß die Art Stadt, zu der Harquhal gehörte, gut genug für mich war.

Del und ich ritten im verhaltenen Trab auf die Stadt zu, hatten den Galoppschritt schon vor einiger Zeit aufgegeben, und verfielen schließlich in Schritt, als wir uns der von einer Mauer umgebenen Stadt näherten. Der Hengst, der über einen angemessenen Galoppschritt und einen weichen, gleichmäßigen Schritt*schritt* verfügt, kann ganz entschieden nicht besonders gut traben. Er ist einfach nicht dafür gebaut, genauso wie ich nicht für niedrige Eingänge und kurze Betten gebaut bin.

Ein verhaltener Trab, von einem Pferd ausgeführt; das diese Gangart nicht annähernd weich zustande bringt, grenzt an Marter. Besonders, wenn man ein Mann ist. Besonders, wenn man ein Mann ist, dessen Kopf von Aqivi und dem Tritt des Pferdes, das er reitet, beeinträchtigt wurde.

Warum also überhaupt traben? Weil ich Del einen Vorteil überlassen hätte, wenn ich in Schritt verfallen wäre, aber ich vermute, es war nicht wirklich ein Vorteil, da wir eigentlich kein Wettrennen veranstalteten. Aber sie kann manchmal so verflucht gönnerhaft sein... besonders wenn sie glaubt, daß ich mich irre oder etwas Dummes getan habe. Ich denke, es hat *tatsächlich* Situationen gegeben, in denen ich mich geirrt oder in denen ich mich so verhalten habe, daß man an meiner Intelligenz Zweifel hegen konnte, aber diese gehörte nicht dazu. Es war nicht mein Fehler gewesen, daß mich der Hengst getreten hatte. Und auch nicht meine Entscheidung, soviel Aqivi zu trinken. Und überhaupt, ich *hatte* es doch geschafft, sie zu retten.

Egal, was sie sagte.

Wir erreichten den ersten Abschnitt der Mauer aus Adobeziegeln, die Harquhal umgab. Ich parierte den

Hengst zum Schritt durch und murmelte Verwünschungen, als er den Hauptteil des Gangartwechsels auf die Vorderbeine verlagerte, anstatt ihn auf seinen ganzen Körper zu verteilen. Das zwang mich dazu, mich aufzusetzen und gut auf mich aufzupassen.

Del warf mir einen Blick über die Schulter zu. »Wir sollten nicht lange bleiben. Nur um Vorräte einzukaufen...«

»... und etwas zu trinken«, fügte ich an. »Hoolies, ich brauche einen guten Schluck.«

Gewissenhaft eröffnete sie den Tanz mit Worten, auf diese eiskalte Art, die sie um drei Jahrzehnte älter wirken läßt. »Wir werden keine Zeit mit solchen Dingen wie Wein oder Aqivi verschwenden...«

Ich parierte den Hengst neben ihrem Schecken durch, verhakte ein Knie genau unter der inneren Beuge des ihren. Dies ist eine Technik, die, wenn man sie völlig beherrscht, einen Feind vom Pferd werfen kann. Und obwohl Del und ich nicht wirklich *Feinde* waren, waren wir zeitweise doch nah daran. »Wenn ich nichts zu trinken bekomme, werde ich den Tag nicht überstehen. In diesem Fall ist die *medizinische*... Hoolies, Bascha, hast du niemals etwas davon gehört, daß man einen Hund zurückbeißen soll?«

Del befreite ihr Bein, indem sie den Schecken seitwärts führte. Sie schaute erstaunlich verwirrt drein. »Einen Hund zurückbeißen? Welchen Hund? Du wurdest nicht gebissen. Du wurdest *getreten*.«

»Nein, nein, so ist das nicht gemeint.« Ich rieb über mein stoppeliges, schmutziges Gesicht. »Es ist ein im Süden gebräuchliches Sprichwort. Es hat damit zu tun, daß man zuviel zu trinken hat. Wenn man eine Ahnung hat, was einen krank gemacht hat, dann fühlt man sich schon besser.«

Blonde Brauen wurden zusammengezogen. »Das ergibt überhaupt keinen Sinn. Wenn dich etwas krank macht, wie kann es dann bewirken, daß du dich besser fühlst?«

Ein Gedanke kam mir in den Sinn. Ich betrachtete sie nachdenklich. »Die ganze Zeit, seit ich dich kenne, habe ich dich niemals betrunken erlebt.«

»Natürlich nicht.«

»Aber du trinkst. Ich habe dich trinken sehen, Bascha.«

Ihre Stimme war sehr ausdrucksvoll. »Man kann trinken, ohne betrunken zu werden. Wenn man Zurückhaltung übt …«

»Zurückhaltung ist nicht immer erstrebenswert«, erklärte ich. »Warum soll man Zurückhaltung üben, wenn man betrunken werden *will?*«

»Aber warum betrinkt man sich überhaupt?«

»Weil man sich dann gut fühlt.«

Sie furchte die Stirn. »Aber du hast gerade eben gesagt, daß geistige Getränke einen krank machen können. So krank, wie du heute morgen warst.«

»Ja, nun … das war etwas anderes.« Ich runzelte die Stirn. »Geistige Getränke, wie du sie nennst, sind nicht geeignet, wenn man gerade einen Tritt an den Kopf bekommen hat.«

»Es ist *niemals* gut, so viel zu trinken, Tiger. Besonders für einen Schwerttänzer.« Sie strich sich eine Haarsträhne zurück. »Das habe ich in Staal-Ysta gelernt: Überantworte deinen Willen oder dein Können niemals starken geistigen Getränken, oder du verlierst vielleicht gegen dich selbst.«

Ich kratzte müßig an meinen Sandtigernarben. »Ich verliere nicht oft, weder mit starken geistigen Getränken noch ohne. Tatsächlich habe ich *niemals* verloren, wenn es darauf ankam …«

Dels Tonfall klang gleichmütig, als sie mich unterbrach. »Weil wir beide niemals ernsthaft gegeneinander getanzt haben.«

Dieser Gegenschlag war zu einfach. »Oh, aber *gewiß*

haben wir das getan, Bascha. Wir wurden fast dabei getötet.«

Das brachte sie vollkommen zum Verstummen, was ich auch beabsichtigt hatte. So gewinnt man einen Tanz: indem man den Schwachpunkt findet und ihn dann nutzt. Das ist eine Strategie, die man sogar auf das Leben außerhalb des Kreises übertragen kann, in jeder Hinsicht. Del wußte das sehr gut. Del wußte, wie man das machte. Del wußte, wie man siegt.

Aber dieses Mal siegte sie nicht.

Und dieses Mal wußte sie, daß sie nicht siegen könnte.

Zwei

In der Morgensonne stiegen Del und ich an der scharfen Biegung einer schmalen, staubersticken Straße ab. Sie eilte in eine Richtung, führte ihren gescheckten Wallach hinter sich her, ich eilte mit dem Hengst in die andere Richtung, bis wir erkannten, was geschehen war, uns beide wieder umwandten und gleichzeitig sprachen. Der eine warf dem anderen vor, die falsche Richtung gewählt zu haben.

Ich deutete in meine Richtung. Sie deutete in ihre.

Ich deutete ein wenig bestimmter. »Das Wirtshaus ist da vorn.«

»Vorräte gibt es in *dieser* Richtung.«

»Bascha, wir haben keine Zeit zu streiten …«

»Wir haben keine Zeit, überhaupt etwas anderes zu tun, als unsere Vorräte aufzustocken und wieder fortzureiten.«

»Etwas zu trinken zu besorgen, *bedeutet*, die Vorräte aufzustocken.«

»Für *einige* Leute vielleicht.« Schluß. Sie dachte offensichtlich, daß das reichte. Del ist sehr gut darin, viel mit wenigen Worten zu sagen. Das ist eine weibliche Kunst, denke ich: Frauen können mit dem Tonfall ihrer Stimme mehr erreichen als ein Mann mit dem Messer.

Natürlich könnten einige Menschen ins Feld führen, daß die Zunge einer Frau schärfer ist.

»Oder«, fuhr ich fort und überging damit das, was sie unzweifelhaft als vernünftig ansehen würde, »wir könnten uns in einem der Wirtshäuser verkriechen.

Uns ein Zimmer nehmen.« Was *ich* für vernünftig hielt. Wir hätten viele Vorräte und ein Dach überm Kopf.

Eine Hand ruhte auf einer vom Burnus verhüllten Hüfte. Ein hervorstehender Ellbogen durchschnitt die Luft, sogar in der Stille beredt. »Und was tun, Tiger? Darauf warten, daß sie uns finden?«

Ich knirschte mit den Zähnen. »Vielleicht glauben sie, daß wir weitergeritten sind.«

»Oder sie erkennen, daß wir Vorräte und Ruhe brauchen, und durchsuchen alle Zimmer. Jedes einzelne.« Sie hielt inne. »Andererseits denke ich, daß solcher Aufwand gar nicht notwendig wäre. Glaubst du, daß es auch nur eine lebende Seele in Harquhal gibt, die uns nicht an sie verkaufen würde?«

Vielleicht eine oder zwei. Vielleicht drei oder vier.

Aber es war nur eine nötig.

Wir sahen einander an, und keiner gab auch nur einen Zentimeter nach. Der Schecke sabberte an Dels linker Schulter. Mit angewidert verzogenem Gesicht schüttelte sie den grünlichen Grasschleim ab. In der Zwischenzeit grub der Hengst ein Loch und wirbelte dadurch körnigen südlichen Staub auf, der sich zwischen meine in Sandalen steckenden Zehen schlich.

Was mich an ein Bad denken ließ. Ich bin meist so sauber wie möglich, obwohl das in der Wüste schwer zu bewerkstelligen ist. Die Sonne bringt einen zum Schwitzen. Staub bleibt am Schweiß kleben. Sehr bald ist man schmutzüberzogen.

Ich hatte seit Tagen kein Bad mehr gehabt. In diesen letzten Tagen hatte ich wirklich geschwitzt, mich betrunken und geblutet, ganz zu schweigen von der Staubkruste. Ich brauchte dringend ein Bad. Und wenn wir ein Zimmer hätten, könnte ich *tatsächlich* ein Bad nehmen.

Aber …

»Wie viele, glaubst du?« fragte ich schließlich und ließ den Streit gänzlich unbeachtet.

Sie zuckte die Achseln, umging ihn ebenfalls, stellte, genau wie ich, andere Überlegungen an. »Wir haben den Jhihadi getötet –zumindest den Mann, den sie für den Jhihadi gehalten haben. Es ist jetzt alles zunichte gemacht – die Prophezeiung, das Orakel, die Versprechen, daß sich etwas ändern wird. Viele werden nicht kommen, aber die Eiferer werden nicht aufgeben.«

»Es sei denn, dein Bruder konnte ihnen ein wenig Vernunft beibringen. Sie überzeugen, daß Ajani absolut nicht ihr Mann war.« Und daß statt dessen *ich* es war. Würden sie es glauben? Ich bezweifelte es. Für jedermann im Süden – nun, zumindest für die Menschen, die mich kannten, und das waren wirklich nicht *alle* Südbewohner (wenn ich das mal so sagen darf) – war ich der Sandtiger. Ein Schwerttänzer. Kein Messias. Niemand, der irgendwie Sand in Gras verwandeln konnte.

Del hob veranschaulichend einen Finger, in der Absicht, wie ich wußte, mich in meine Schranken zu verweisen, indem sie mir logische Fehler nachwies. Sie wiegte sich gern in dem Glauben, daß sie das könne. Sie wiegte sich gern in dem Glauben, daß sie sie *benennen* könne. »Wenn mein Bruder sprechen *kann*. Du sagst, er kann. Du sagst, er hätte es *getan* …«

»Das hat er auch. Ich habe ihn gehört. Und ich war nicht der einzige. Wenn du nicht damit beschäftigt gewesen wärst, gegen Ajani zu tanzen, hättest *du* es auch nicht verpaßt.«

»Es war kein Tanz«, konterte sie sofort. (Verlaß dich darauf, daß eine Frau mitten in der Diskussion das Thema wechselt.) »Beim Tanz geht es um Ehre. Dies war eine Hinrichtung.«

»Nun ja …« Das war es gewesen, aber darüber wollte ich im Moment, unter den gegebenen Umständen, nicht streiten. »Sieh mal, ich weiß nicht, was diese religiösen Narren tun werden, und du auch nicht. Sie könnten noch immer in Iskandar sein …«

»Und woher kam dann der ganze Staub, den wir zuvor gesehen haben?«

Manchmal trifft sie den Nagel auf den Kopf.

Ich seufzte. »Kauf du die Vorräte, Bascha. Ich werde uns ein wenig Wein besorgen.«

»*Und* Wasser.«

»Ja. Wasser.«

Und auch Aqivi. Aber das sagte ich ihr nicht.

Schließlich kam sie nachsehen. Ich hatte gewußt, daß sie das tun würde, weil Frauen das immer tun. Sie lassen dich ewig warten, wenn *du* irgendwo hingehen möchtest, aber wenn *sie* gehen möchten, lassen sie dir nicht einmal einen Moment Zeit. Ich hatte kaum meinen Aqivi getrunken.

Meinen *zweiten* Becher immerhin, aber das würde ich Del nicht sagen.

Das Wirtshaus war düster, denn Wirtshäusern in Grenzstädten – in jeder Wüstenstadt, was das betrifft – fehlt es immer an Licht, außer dem, was die Sonne liefert. Hier im Süden reicht ein wenig Sonne lange Zeit aus, so daß es fast keine Fenster gibt, und wenn, dann üblicherweise nur in die östlichen Wände eingelassen, weil die Morgenstrahlen der Sonne am kältesten sind. Was bedeutet, daß der veränderte Einfallswinkel der Sonne am Mittag einen großen Teil des Lichts wegnimmt, das sonst durch ein Fenster fallen und den Raum beleuchten würde. Am späten Nachmittag wird es dann allmählich regelrecht düster. Aber zumindest ist es nicht so heiß.

Del schob den Türvorhang beiseite, der den Staub abhalten sollte, und betrat das Wirtshaus. Ein schneller, abschätzender Blick durch den Raum: klein, schmutzig, verwahrlost. Ein kaum noch atmender Körper lag auf dem schmutzigen Boden, in einer Ecke nahe der Tür ausgebreitet, in Huvaträumen verloren. Ein zweiter, etwas lebendiger wirkender Körper kauerte auf einem Stuhl bei einem der Fenster an der Ostseite. Als Del eintrat, murmelte er etwas und setzte sich auf. Ich hatte mich daran gewöhnt. Ich fragte mich, ob Del sich auch daran gewöhnt hatte.

Nur diesen vergänglichen Augenblick lang sah ich sie so wie die anderen. Wie *ich* es zu Anfang, als ich mich für sie interessiert hatte, so häufig getan hatte. Sie war – und *ist* – aufregend: groß, langbeinig, anmutig, ungewöhnlich schön. Nicht nur weiblich, sondern eine Vollblutfrau, in der ganzen vielschichtigen Bedeutung dieses Wortes. Sogar nur in einen weißen Burnus gehüllt, wirkte ihr Körper großartig. Das makellose Gesicht war jedoch noch besser.

Etwas flackerte tief in meinen Eingeweiden auf. Etwas, das mehr war als Verlangen: das Wissen und das Erstaunen darüber, daß sie mit mir aus freiem Willen teilte, wovon andere Männer vielleicht träumten.

Einen kurzen, heftigen Moment lang. Ich hob zum Tribut meinen Becher. »Möge dir die Sonne auf den Kopf scheinen.«

Del sah mich mißtrauisch an. »Bist du schon betrunken?«

Ich grinste einfältig, noch immer seltsam berührt von dem Moment. »Ein Schluck, nur ein Schluck…« Ich leerte meinen Becher.

Blaue Augen verengten sich unter nach unten gebogenen, zweifelnden Brauen. »Wie viele hast du gehabt?«

Der Augenblick war vorbei. Die Wirklichkeit drängte sich herein. Ich seufzte. »Nur so viele, wie der sehr kurze Moment der Freiheit zeitlich zugelassen hat, während du Vorräte eingekauft hast.« Ich begutachtete das Innere des Bechers, aber der Aqivi war alle.

»So wie *du* Wein schluckst, hättest du in der Zeit eine ganze Flasche haben können.« Sie betrachtete stirnrunzelnd die zahlreichen, verdächtigen Botas über meinen beiden Schultern. »Kannst du reiten?«

Ich rückte die Botabänder zurecht. »Ich wurde auf dem Pferderücken geboren.«

»Dann tut mir deine Mutter leid.« Del zuckte mit einer Schulter und streckte die Hand nach dem Türvorhang aus. »Kommst du?«

»Bin schon unterwegs.« Ich schritt schnell an ihr vorbei und hielt nur gerade lang genug inne, um ihren ausgestreckten Arm mit fünf schwappenden Botas zu beehren.

Del, die vor sich hinmurmelte, während sie versuchte, die Riemen zu entwirren, folgte mir hinaus. »Ich trage deinen widerlich schmeckenden Aqivi nicht.«

»Ich habe den Aqivi. *Du* hast das Wasser.«

Sie schaute zu mir, während ich auf den Hengst kletterte. »Gerechte Aufteilung. Ich habe mehr Botas als du.«

»Zusätzliches Wasser«, bestätigte ich. »Ich dachte, daß du dir vielleicht irgendwann einmal das Gesicht waschen möchtest.«

Ich wandte den Hengst um, während sie aufstieg, und grinste vor mich hin, als sie verstohlen über ihr Gesicht rieb. Sie ist keine eitle Frau, obwohl die Götter sie dreifach gesegnet haben, aber ich habe noch niemals eine Frau gekannt, die nicht auf das, was meine Worte beinhalteten, hereingefallen wäre.

Wir alle lieben unsere kleinliche Rache.

Reiten. Wieder das gleiche. Aber dieses Mal ging es meinem Kopf besser. Dieses Mal konnte ich geradeaus sehen. Den Hund zurückzubeißen bewirkt für die Seele Wunder.

Del parierte ihr Pferd neben mir durch, als wir Harquhal hinter uns ließen und den direktesten Weg nahmen. »Also«, sagte sie, »wohin?«

Ich stieß eine Ferse in die Schulter des Hengstes, als er versuchte, den Schecken zu verbeißen. »Laß es gut sein, Flohsack... Nun, da wir bereits in südlicher Richtung reiten, dachte ich, es sei sozusagen entschieden.«

»Wir haben letzte Nacht darüber *gesprochen*. Es war noch nichts entschieden.«

Ich erinnerte mich vage an unsere Unterhaltung: An Bruchstücke davon. An etwas, was damit zu tun gehabt hatte, jemanden zu finden.

Die Erkenntnis versetzte mir einen Stich in den Magen. »Shaka Obre«, platzte ich heraus.

Del löste eine Haarsträhne von ihrer Unterlippe. »Und ich sage noch einmal, es wird schwierig. Wenn nicht unmöglich.«

Ich regte mich im Sattel. Mein Nacken kribbelte: Die Haare standen aufrecht. Sogar meine Unterarme kribbelten. »Hoolies, Bascha, jetzt hast du alles wieder aufgewühlt.«

Sie schlug die neugierige Nase des Hengstes beiseite, die ihrem linken Knie zu nah gekommen war. »Einer von uns mußte es tun.«

Ich bewegte meine Schultern, versuchte, das kribbelnde Gefühl abzuschütteln. Ich hatte mich den ganzen Morgen damit abgemüht, meine Kopfschmerzen und das Unbehagen in meinem Magen loszuwerden. Obwohl beides noch nicht vollständig beseitigt war, war es doch erheblich besser geworden – wodurch ich Gelegenheit hatte, über etwas anderes nachzudenken. Etwas regelrecht Verwirrendes und Beunruhigendes.

»Das gefällt mir nicht«, murmelte ich.

»Es war deine Idee, Shaka Obre zu suchen.«

»Genau das war es: eine *Idee*. Nicht jeder führt Ideen auch aus.«

Del nickte weise. »Also ziehen wir nur weiter? Wir suchen nicht?«

»Das würde die Dinge vielleicht vereinfachen. Ich kenne eine Menge Orte im Süden. Wir könnten einen

Platz finden und uns dort verkriechen, bis alle Aufregung vorbei ist.«

Del nickte erneut. »Das ist eine Möglichkeit. Wenn man ihm genug Zeit läßt, vergeht sogar ein heiliger Krieg.«

Ich hielt nicht viel von dem Tonfall ihrer Stimme, die mir zu arglos klang. »Warte.« Ich tauchte die Hand in meinen Burnus und holte meine Geldbörse hervor. Jahre der Erfahrung hatten mich gelehrt, ihren Inhalt nach dem Gewicht zu beurteilen. »Wieviel Geld hast du?«

Del machte sich nicht einmal die Mühe nachzusehen. »Ein paar Kupfermünzen, nicht mehr. Ich habe das meiste für die Vorräte ausgegeben.«

Ich zog den Burnus wieder zurecht und aus den Harnischriemen heraus. »Nun, wir müssen einfach hier und da einige Tänze organisieren. Das füllt die Geldbeutel ein wenig. Und dann suchen wir uns ein Versteck.« Ich seufzte. »Ein Versteck kostet immer etwas.«

Helle Brauen wurden angehoben. »Du meinst, wir sollten Schwerttänze annehmen, um Geld zu verdienen?«

Ich runzelte die Stirn. »So verdienen wir nun mal unser Geld.«

»Aber nur, wenn die Leute bereit sind zu bezahlen, um den Kampf zu sehen, oder uns aus einem anderen Grund zum Tanzen verdingen wollen. Warum sollten sie uns jetzt fürs Tanzen bezahlen, in der Hoffnung, eine geringfügige Wette zu gewinnen, wenn sie uns doch nur gefangennehmen müssen? Sicherlich übersteigt der auf unsere Köpfe ausgesetzte Preis jeglichen Gewinn bei einem Tanz.«

»Ich bin nicht so sicher, daß ein Preis auf unsere Köpfe ausgesetzt worden ist...« Der Hengst stolperte über einen Stein. »Heb die Füße hoch, Schlappohr, bevor du auf die Nase fällst.«

»Wir – *ich* – habe den Jhihadi getötet. Was glaubst du?«

Ich beugte mich im Sattel vor und spie Sand aus. »Was ich glaube? Ich glaube, sie werden sich wie die Hunde der Hoolies aufführen und uns erbarmungslos verfolgen. Ich glaube nicht unbedingt, daß ein Preis auf unsere Köpfe ausgesetzt worden ist ... ich glaube, daß sie uns töten wollen, um der Sache willen und weil wir ihre Träume gestohlen haben.«

»Und solche Leute werden dafür bezahlen, uns zu finden. Selbst ein Gerücht darüber, welche Richtung wir eingeschlagen haben, wird ihnen eine oder zwei Kupfermünzen einbringen.«

»Vielleicht. Vielleicht auch nicht.« Ich seufzte und kratzte an stoppeligen Narben. »In Ordnung. Ich stimme zu, daß es vielleicht das beste ist, wenn wir uns nicht um Tänze bemühen. Aber es gibt andere Beschäftigungen ... Wir könnten uns einer Karawane verdingen. Heiliger Krieg oder nicht, es wird bestimmt Karawanen geben, die versuchen, die Punja durch borjunigeplagte Gebiete zu durchqueren. Sie werden uns brauchen.«

»Auch das ist eine Möglichkeit«, stimmte sie mir zu. »Aber ein heiliger Krieg bringt den Handel zum Erliegen, und daher gibt es eine Zeitlang vielleicht nicht mehr so viele Karawanen wie vorher. Und wenn du ein Karawanenführer wärst, würdest du dann die beiden Menschen anheuern, die den Messias getötet haben?«

»Er brauchte ja nicht zu erfahren, wer wir sind.«

Del betrachtete mich eindringlich. Ihr Gesichtsausdruck war ausgesprochen sanft, was bedeutete, daß ich in Schwierigkeiten war. »Wie viele *andere* südliche Schwerttänzer gibt es, die einen Kopf größer sind als andere Männer, mindestens um zwei Schattierungen heller, ohne so blaß wie ein Nordbewohner zu sein, die Sandtigernarben im Gesicht haben – ganz zu schweigen von den *grünen* Augen – und die ein nordisches *Jivatma* tragen?«

Ich runzelte die Stirn. »Wahrscheinlich genauso viele wie sechs Fuß große, blonde, blauäugige, großmäulige nordische Baschas, die *ebenfalls* ein Schwert tragen. Und noch dazu ein magisches.«

Dels Stimme klang heiter. »Der Preis, den ein Panjandrum bezahlen muß.«

»Ja, nun…« Ich dirigierte den Hengst stur nach Süden, wollte, daß er seine weiche, langschrittige Gangart wiederentdeckte. »Wir müssen etwas tun. Wir haben fast kein Geld mehr. Unterwegs zu sein, kostet Geld.«

»Es gibt noch eine Möglichkeit.«

»So?«

»Wir könnten stehlen.«

Ich starrte sie entsetzt an. *»Stehlen?«*

Dels nordischer Akzent und ihre Wortwahl färben ihre ganze Sprache, aber es gelang ihr eine recht ordentliche Nachahmung meiner gedehnten südlichen Sprechweise. »Dein ganzes ungeheuer ehrenhaftes Leben lang hast du niemals dieses Wort gehört?«

Ich hielt es für unter meiner Würde zu antworten. »Aber *du. Du* schlägst Diebstahl vor? Ich meine, widerspricht das nicht dem Ehrenkodex von Staal-Ysta oder so? Du redest immer davon, wie nachdrücklich ihr Nordbewohner euch um Ehre bemüht.« Ich betrachtete sie forschend. »Hast du jemals in deinem ganzen nordischen Leben etwas gestohlen?«

»Hast du es getan?«

»Ich habe dich zuerst gefragt. Und überhaupt, ich bin kein Nordbewohner. Das zählt nicht.«

»Es zählt. Von dir würde ich es erwarten… du hast selbst immer wieder gesagt, daß du alles tun würdest, um überleben zu können.«

»Ein gewisses Maß an Rücksichtslosigkeit hilft bei meiner Art Arbeit.«

»Da meine Art Arbeit und deine dieselbe ist, unabhängig vom Geschlecht, scheint es nur logisch anzunehmen, daß ich den Begriff ›Stehlen‹ verstehe.«

»Verstehen und *tun* sind zwei verschiedene Dinge«, erinnerte ich sie. »Hast du jemals etwas gestohlen? Du persönlich? Du, die nordische Schwerttänzerin, Gebieterin eines *Jivatma?* Gewöhnt an all die traditionellen und bindenden Ehrenkodexe von Staal-Ysta?«

Jetzt runzelte Del die Stirn. Aber ihre ist hübscher. »Warum kannst du dir nicht vorstellen, daß ich vielleicht schon einmal etwas gestohlen habe? Habe ich nicht Menschen getötet? Hast du nicht gesehen, daß ich Menschen getötet habe?«

»Nur jene, die dich töten wollten. Es besteht ein kleiner Unterschied zwischen Selbstverteidigung und Stehlen, Bascha.« Ich grinste. »Und dieses ›Vielleicht-schon-einmal-gestohlen‹-Gerede ist wohl kaum ernst zu nehmen.«

Del seufzte. »Nein, ich persönlich habe niemals etwas gestohlen. Aber das bedeutet nicht, daß ich es nicht kann. Bevor Ajani meine Familie umgebracht hat, habe ich auch niemals getötet. Und jetzt ist es mein Geschäft.«

Ein beunruhigendes Frösteln schlich sich mein Rückgrat entlang. »Es ist nicht dein Geschäft, Bascha. Du hast getötet, ja ... aber es ist nicht dein *Geschäft*. Du bist eine Schwerttänzerin. Wir töten nicht alle. Wenn einige von uns es tun, dann weil sie es müssen. Wenn unser Leben in Gefahr ist.«

Ihre Kinnlinie war fest angespannt. »Während der letzten sieben Jahre meines Lebens habe ich kaum etwas anderes getan als zu töten.«

»Ajani ist tot«, belehrte ich sie. »Dieser Teil deines Lebens ist vorüber.«

»Tatsächlich?« Ihre Stimme klang grimmig.

»Natürlich. Die Blutschuld ist bezahlt. Was mußt du noch tun?«

»Leben«, stieß sie hervor. »Ich bin fast dreiundzwanzig Jahre alt. Wie viele Jahre bleiben mir noch? Weitere zwanzig? Dreißig? Vielleicht sogar vierzig ...«

»Eventuell«, stimmte ich in dem Versuch zu, die Stimmung aufzuheitern.

»Und was soll ich mit *vierzig weiteren Jahren* anfangen?«

Ein Mann meines Alters – sechsunddreißig? siebenunddreißig? – hätte liebend gern noch vierzig Jahre vor sich. Del schaffte es, diese Zeitspanne anrüchig klingen zu lassen. Das konnte ich nicht akzeptieren.

»Hoolies, Bascha – *lebe* sie! Was willst du sonst tun?«

»Ich bin ein Schwerttänzer«, sagte sie fest. »Ich habe mich für einen bestimmten Zweck dazu herangebildet. Aber jetzt sagst du, dieser Zweck sei nicht mehr gegeben, weil Ajani tot ist.«

»Del, im Namen Valhails ...«

Natürlich ließ sie mich nicht ausreden. »Denk nach, Tiger. Du sagst, dieser Teil meines Lebens sei vorüber. Der Teil des Tötens, der Teil, in dem ich meine Menschlichkeit der Besessenheit untergeordnet habe.« In ihren Augen glitzerte etwas auf: Verärgerung und Enttäuschung. »Wenn das stimmt, was bleibt mir dann noch? Was bleibt einer Frau dann noch?«

»Nicht *das* schon wieder ...«

»Soll ich mich in den Harem eines Tanzeers zurückziehen? Sicherlich würde ich einen hübschen Preis erzielen. Ich bin aus dem Norden verbannt worden ... Sollte ich deshalb einen südlichen Farmer oder einen südlichen Karawanenführer oder einen südlichen Wirtshausbesitzer heiraten?« Sie hob belehrend einen Finger. »Erinnere dich, ich bin jetzt unfruchtbar. Ich kann niemals wieder Kinder bekommen, die den Namen weiterführen können.« Die Hand sank ruckartig herab. »Welchen Nutzen habe ich dann noch?«

Ich grinste verzerrt; ein wenig belustigt und sehr selbstbewußt, weil die Antwort so leicht war. Die Antwort war *zu* leicht. Del hatte mich gelehrt, die Antwort zu erkennen. Nichtsdestoweniger war sie richtig. »In deinem Fall würden vielleicht einige Männer – *viele* Männer! – sagen, daß Kinder nicht notwendig sind, um das Interesse aufrechtzuerhalten.«

Del errötete. Dann knirschte sie mit den Zähnen. »Ich bin jetzt schön, schön genug, um ›das Interesse aufrechtzuerhalten‹, aber welchen Nutzen werde ich haben, wenn die Schönheit ganz vergangen ist? Was mache ich *dann,* Tiger? Was bleibt mir dann noch?«

»Nun, ich hatte eigentlich nicht daran gedacht, daß du fortgehen und einen südlichen Farmer heiraten würdest ...«

»Soll ich ein Wirtshausmädchen werden? *Du* scheinst sie zu mögen.«

»Also, Del ...«

»Oder soll ich versuchen, die Aufmerksamkeit des Tanzeers von Julah auf mich zu ziehen?«

»Der Tanzeer von Julah ist eine Frau.«

Sie warf mir einen Blick zu. »Du weißt, was ich meine.«

»Der Tanzeer von Julah würde uns auch gern töten, erinnerst du dich? Besonders dich. Du hast ihren Vater getötet.«

»Töten«, sagte Del heftig. »Das ist es, was ich am besten kann.«

»Aber du magst es nicht? Dann ändere es«, erklärte ich. »Du hältst mir seit mindestens – wie lange, seit fast zwei Jahren? –Vorträge darüber, wie eine Frau kämpfen muß, um ihren Weg in einer Männerwelt zu machen. Du hast gekämpft, und du hast gesiegt. Aber wenn du von mir erwartest, dir deine Antworten zu geben, dann wertest du damit das ab, was du erreicht hast. Du bist zu dem geworden, was du für einen bestimmten Zweck sein mußtest. Dieser Zweck ist nicht mehr gegeben. Also finde einen anderen.«

Del beobachtete mich. Ich konnte nicht sagen, was

sie dachte. Sie ist, sogar für mich, schwer zu ergründen. Aber sie hatte die brennende Inbrunst ihrer Verärgerung schon vor einer Weile verloren. Ihr Tonfall war jetzt weitaus weniger schneidend. »So wie du einen Lebenszweck gefunden hast?«

Ich zuckte die Achseln. »Ich habe keinen Lebenszweck. Ich *bin* einfach.«

Schließlich lächelte Del. Die letzten Spuren der Anspannung wichen aus ihrem Gesicht. »Der Sandtiger«, murmelte sie. »O ja, das ist mehr als genug. Ein echtes Panjandrum.«

»Da wir gerade davon sprechen«, sagte ich, »wir haben noch immer keine Entscheidung getroffen.«

»Worüber?«

»Wohin wir reiten.«

»Nach Süden.«

»Das habe ich verstanden. Aber *wohin* im Süden?«

Sie runzelte ratlos die Stirn. »Woher, zu den Hoolies, soll ich das wissen?«

Was ziemlich genau das zusammenfaßte, was auch ich empfand.

Drei

Die Oase war kaum mehr als ein Gewirr fast quadratischer, gelblich-rötlicher Steine, die wie zufällig gegen den südlichen Übergriff von Wind und Sand aufgeschichtet worden waren, und einiger weniger spärlicher Palmen mit vereinzelten graugrünen Wedeln. Es war kaum Schatten zu entdecken, außer einem welligen Fleck, der sich im Norden am Fuß der ›Mauer‹ aus Stein erstreckte, aber nicht viel ist besser als gar nichts. Und außerdem waren wir noch nicht allzu weit in den Süden hineingelangt. An der Grenze zwischen den beiden Ländern ist es erheblich kühler, und es gibt keine Punjakristalle.

Das Wasser, aufgefangen in einem natürlichen, von handgemauerten Steinen gesäumten Felsbecken, war kaum mehr als handtief und daher kaum als ausreichende Versorgungsquelle geeignet – aber tief im Boden, unter Sand, Erde, Kieselsteinen und spinnwebartigem, rotkehligem Gras gab es eine natürliche Quelle. Während es sehr leicht war, das Becken innerhalb von Minuten zu leeren – ein Pferd konnte es noch schneller schaffen –, füllte es sich doch schnell wieder selbst auf. Die Quelle schien unerschöpflich; aber niemand im Süden ließ es darauf ankommen. Der handgemauerte Steinrand verhinderte, daß das Becken durch den vom Wind herangewehten Sand verunreinigt wurde. Die grobe, in jeden Stein gemeißelte Schrift sollte die Oase vermutlich vor jedem Feind, ob Mensch oder Ding, schützen, der danach trachtete, ihre Freigebigkeit zu mißbrauchen.

Ich schwang mich vom Hengst herab und ließ die Zügel locker, ließ ihn das Becken austrinken. Der sandfarbene Stein glitzerte kurzzeitig naß und war dann wieder unter Wasser verborgen, als die Quelle das Becken erneut auffüllte. Ich ließ den Hengst erneut die Hälfte trinken und zog ihn dann fort.

Del runzelte auf ihrem Schecken die Stirn, als ich begann, die Knoten der Satteltaschen und Packgurte zu lösen. »Du willst doch wohl nicht, daß wir hierbleiben ...?«

»Die Sonne wird bald untergehen.«

»Aber die Oase liegt so frei ... Sollten wir nicht besser woanders hinreiten? Irgendwohin, wo wir nicht so leicht entdeckt werden können?«

»Wahrscheinlich«, stimmte ich ihr zu. »Aber hier gibt es Wasser. Du weißt genausogut wie ich, daß man sich im Süden keine Gelegenheit entgehen läßt, Wasser zu bekommen.«

»Nein, aber wir könnten die Botas wieder auffüllen, die Pferde sich abkühlen lassen und weiterreiten.«

»Wohin weiterreiten?« Ich ließ die Satteltaschen auf den Boden fallen. »Die nächste Wasserstelle ist einen guten Tagesritt von hier entfernt. Es wäre dumm, jetzt, da die Nacht bald hereinbricht, weiterzureiten. Heute nacht scheint kein Mond ... willst du es wirklich riskieren, dich in der Dunkelheit zu verirren?«

Del seufzte und kämpfte wie abwesend über kurzgehaltene Zügel mit ihrem Schecken. Der Wallach schnaubte feucht. »Ich dachte, du hättest mir mal erzählt, daß du den Süden wie deinen Handrücken kennst.«

»Das stimmt auch. Ich kenne ihn besser als die meisten. Aber das bedeutet nicht, daß ich dumm bin.« Ich löste den Sattel, nahm ihn mitsamt der Satteldecke ab und ließ alles auf die Satteltaschen fallen. Der Rücken des Hengstes war naß und runzlig. »Wir sind einige Zeit nicht mehr hier entlang gekommen, Bascha. Meines Wissens hat es seitdem zwanzig Sandstürme gegeben. Ich werde die Veränderungen der Landschaft sofort erkennen, wenn ich sie *sehen* kann.«

»Ich verstehe«, sagte sie geduldig. »Aber wenn wir hierbleiben, können andere uns leicht finden.«

Ich deutete auf das Becken. »Siehst du diese Schrift? Zusätzlich dazu, daß sie das Wasser schützt, gewährt sie auch Wüstenreisenden Schutz.«

Sie hob das Kinn ein wenig an. »Sogar Reisenden, die beschuldigt werden, einen Messias getötet zu haben?«

Ich knirschte mit den Zähnen. »Ja.« Normalerweise kannte ich dieses Wort nicht, aber ich war nicht in der Stimmung zu streiten.

Sie drückte deutlich ihre Skepsis aus. »Werden sie das respektieren?«

»Das hängt ganz davon ab, wer kommt.« Ich stemmte die Füße auf den Boden und hielt stand, während der Hengst seinen Kopf gegen meinen Arm drückte und sich heftig zu reiben begann, um das durch Hitze und Staub verursachte Jucken zu lindern. »Die Stämme haben die Ruhepause der Reisenden immer respektiert. Sie sind Nomaden, Bascha ... Orte wie dieser sind bedeutungsvoll. Die Schrift im Stein ist ein Stammeszeichen, das dem Wasser und den Reisenden Schutz zusagt. Ich glaube nicht, daß sie mit diesem Brauch brächen, selbst *wenn* sie uns einholen würden. Und letzteres ist noch nicht sicher.«

»Was ist, wenn jemand anderer hierher kommt? Jemand, der diesen Brauch *nicht* respektiert?«

Der Hengst rieb sich noch stärker, brachte mich fast aus dem Gleichgewicht. Ich schob den aufdringlichen Kopf beiseite. »Dann müssen wir uns einfach darum kümmern. Früher oder später. Heute oder morgen.« Ich blinzelte zu ihr hoch. »Meinst du nicht, es wird Zeit, daß du dein Pferd trinken läßt? Er reißt an den Zügeln, seit wir hier angekommen sind.«

Das stimmte. Der Schecke, der das Wasser roch, stampfte mit den Hufen, schlug mit dem Schweif und versuchte, auf das Becken zuzugehen. Del hatte ihn mit festem Zügeldruck daran gehindert, hatte gegen seinen Willen angekämpft.

Sie verzog das Gesicht und nahm die Füße aus den Steigbügeln, schwang ein langes, vom Burnus verhülltes Bein über den Sattel, während sie von dem Schecken herabglitt. Sie ließ ihn trinken, wie ich es mein Pferd hatte tun lassen, indem sie beiläufig auf die Menge achtete – man läßt ein erhitztes Pferd nicht sofort viel trinken –, hatte die hellen Brauen aber noch immer zu einem schwachen, beunruhigten Stirnrunzeln zusammengezogen. Dieser Gesichtsausdruck schwand jedoch, während sie den Schecken vom Wasser fortzog und ihn absattelte. Das Arbeiten ließ ihr Gesicht weicher wirken, verbannte die Angespanntheit des Kiefers und die Falten zwischen ihren Brauen. Es ließ sie wieder jung aussehen. Und unendlich schön, auf eine eindringliche, *schneidende* Art, wie eine frisch geschliffene Schwertklinge.

Normalerweise hätte ich dem Hengst das Zaumzeug abgenommen, ihn angepflockt und angebunden. Aber die gegenwärtigen Umstände verlangten ein wenig mehr Sorge und Vorbereitung. Wir mußten sofort aufsteigen und davonreiten können. Ein angepflocktes, abgezäumtes Pferd bedeutet zuviel Verzögerung. Also ließ ich den Hengst zurück, die Zügel unter einem flachen Stein befestigt, obwohl er nicht viel vom Umherwandern hielt, wenn Wasser in der Nähe war. Wüstengeboren und -aufgezogen würde er eine bekannte Versorgungsquelle nicht verlassen.

Ich stapelte den Sattel und die Satteldecke an der Steinmauer auf, die rauhe Seite zum Trocknen nach oben gerichtet, und richtete mich dann selbst mit den Decken, Botas und Satteltaschen ein. Insgesamt war ich recht guter Dinge. Mein Kopf hatte aufgehört zu schmerzen, obwohl ein leichtes Unbehagen geblieben war, und mein Magen rebellierte nicht mehr. Ich war wieder Mensch. Ich grinste Del an.

Sie sah mich fragend an und kümmerte sich um den Schecken, machte ihn auf die gleiche Art fest, wie ich es mit dem Hengst getan hatte, und befreite ihn vom Sattel und den Satteltaschen. Er war ein recht gutes Pferd, wenn auch sehr groß – aber ich bin an meinen kurzbeinigen, wuchtigen, felsenharten Hengst gewöhnt, nicht an einen langgliedrigen, dickfelligen, nordischen Wallach, der zuviel Fett unter dem Fell hat. Andererseits war es im Norden kalt, und die zusätzliche Fettschicht hielt ihn unzweifelhaft wärmer, zusätzlich zu dem dichten Fell. In diesem Moment schüttelte sich der Schecke: Del strich sich mit verzogenem Gesicht einige Händevoll feuchter, bläulich gefärbter Haare von der Kleidung und ließ sie durch die reglose Luft abwärts schweben. Nachdem der Schecke versorgt war, wandte sich Del mir zu. »Also bleiben wir heute nacht hier.«

Ich betrachtete sie einen Moment nachdenklich. »Ich dachte, das hätten wir geklärt.«

Sie nickte einmal entschieden, wandte mir dann den Rücken zu und stolzierte durch Gras, Erde und Kieselsteine zu einem gen Norden gerichteten Platz davon. Dort nahm sie ihr Schwert aus der Scheide.

»Nicht schon wieder«, murmelte ich.

Del hob die nackte Waffe über ihren Kopf, balancierte die Klinge und den Knauf über der Fläche ihrer bloßen Handflächen aus und sang. Ein kleiner, ruhiger Gesang. Aber sein Friede hatte nichts mit Macht zu tun oder mit deren Beschaffenheit. Sie klang gelöst und ließ geschehen, was kam: ein lachsfarben-silbernes Schimmern, ein blendendweißer Funke, das Blau eines Sturms im tiefsten Winter. All das lief die Länge der Klinge hinab, wirbelte herab wie der Atem eines todverkündenden Geists und umhüllte ihre erhobenen Arme.

Sie behielt die Haltung bei. Ich konnte ihr Gesicht nicht sehen, nur den Bogen ihres Rückgrats unter dem Burnus, das sich über ihren Rücken ergießende Haar. Dennoch genügte es. Tief in mir rührte Del schmerzliche Empfindungen auf, die ich nicht vollständig annehmen konnte. Mehr als einfache Begierde, obwohl sie immer da ist. Weniger als Anbetung, weil sie nicht Vollkommenheit ist. Aber alles dazwischen. Gut und böse, schwarz und weiß, männlich und weiblich. Zwei Hälften ergeben ein Ganzes. Del war meine andere Hälfte.

Sie sang. Dann nahm sie das Schwert herunter, schnitt durch den Atem des Frosts und steckte die Klinge in die Erde.

Ich seufzte. »Ja, schon gut.«

Ein weiterer kleiner Gesang. Zweifellos wollte sie nicht, daß ich ihn hörte. Andererseits war es ihr vielleicht auch gleichgültig. Sie hatte ihre Empfindungen offenbart. Dieses kleine Ritual, so unendlich *nordisch,* war unzweifelhaft genauso für mich bestimmt wie für die Götter, die sie um Hilfe bat.

Plötzlich mußte ich kichern. Wenn ich *tatsächlich* dieser Jhihadi war, könnte sie genausogut zu mir beten. Zumindest war ich ein Südbewohner.

Dann kroch unerwartet ein Zweifel aus der Dunkelheit heran, um mich im Tageslicht zu bestürmen. Ein leiser, beunruhigender Zweifel, uralt in seinem Geist, aber in neuerer, jüngerer Verkleidung.

War ich ein Südbewohner? Oder etwas völlig anderes?

Ich zuckte mit einer Schulter, runzelte die Stirn, versuchte, den beunruhigenden Zweifel abzuwehren. Hier war kein Platz dafür, kein Platz in meinem Geist für solche Dinge. Ich war nach zu vielen Monaten der Abwesenheit wieder zu Hause: warm, heil und zufrieden mit dem Leben, fühlte mich wieder wohl. Vertraut.

Zu Hause.

Del sang ihren nordischen Gesang, geschützt in ihrem Erbe, ihrer Verwandtschaft, ihren Bräuchen. Mir fehlten diese Dinge.

Ich runzelte verärgert die Stirn. Hoolies, welchen Sinn hatte das? Ich *war* ›zu Hause‹, egal wie merkwürdig es sich anfühlte, Wenn ich einmal darüber nachdachte. Ich meine, selbst wenn ich nicht *vollständig* Südbewohner war, so war ich doch zumindest hier geboren. Hier aufgewachsen.

Hier versklavt worden.

Del riß die Klinge aus dem Boden und wandte sich wieder mir zu. Ihr Gesicht war weich und ernst, verbarg Gedanken und Gefühle.

Mit großer Anstrengung verbarg ich auch meine. »Hat es dir geholfen?« fragte ich.

Sie zuckte mit einer seidenverhüllten Schulter. »Sie müssen es entscheiden. Wenn sie uns Schutz gewähren wollen, werden wir doppelt gesegnet sein.«

»*Doppelt* gesegnet?«

Del deutete mit einer Hand kurz auf das von Felsen umgebene Becken. »Südliche Götter. Nordische Götter. Nichts ist falsch daran, beider Gunst zu erbitten.«

Ich grinste mühsam. »Vermutlich nicht. Doppelt gesegnet, hm?« Ich nahm meine Scheide auf und zog meinerseits das Schwert, ließ es herausgleiten. »Ich bin nicht so sehr für die kleinen Gesänge, wie du weißt, aber dies sollte genü … *Hoolies!*«

Del runzelte die Stirn. »Was ist?«

Ernsthaft angewidert betrachtete ich den Schnitt an meiner rechten Hand. »Oh, nicht viel … nur ein Ausrutscher …« Ich runzelte ebenfalls die Stirn, saugte den flachen, aber schmerzhaften Schnitt in dem Gewebe zwischen Daumen und Zeigefinger aus. »Aber es sticht wie die Hoolies.« Ich spuckte das Blut aus und betrachtete den Schnitt erneut. »Ah, nun, zu weit von meinem Herz entfernt, um mich umzubringen.«

Del, die ich auf diese Weise beruhigt hatte, setzte

sich auf ihre Decke, die neben meiner ausgebreitet lag. »Du wirst auf deine alten Tage unvorsichtig.«

Ich runzelte die Stirn, als sie ihre Aufmerksamkeit, ganz Unschuld, dem Reinigen ihrer Klinge widmete, die mit körnigem Staub und klebrigen Grassäften beschmutzt war.

Ich hatte eigentlich dasselbe vorgehabt. Ich hatte Öl, Schleifstein und Lappen ausgepackt. Das benötigt man, wenn der Stahl makellos und hart bleiben soll, und das ist nichts, was ich als unangenehme Aufgabe ansehe. Es ist genauso ein Teil von mir wie das Atmen. Man *tut* es, man denkt nicht darüber nach.

Ich legte mir das Schwert im Schneidersitz über beide Oberschenkel. Es schimmerte im ersterbenden Licht, bis auf die geschwärzte Spitze. Ungefähr eine Handbreit Schwärze, die wunderschönen Stahl befleckte, während sie immer weiter auf das Heft zukroch. Wie immer fluchte ich leise. Einst war die Klinge reines, makelloses Silber gewesen, rein und schön und neu. Aber die Umstände – und ein Magier – hatten sich verschworen, das zu ändern. Hatten sich verschworen, *mich* zu ändern.

»Dreimal verfluchter Sohn eines Ziegenbocks«, murmelte ich. »Warum hast du dir *mein* Schwert ausgesucht?«

Es war eine alte Frage. Niemand machte sich die Mühe zu antworten.

Ich legte eine Hand um das Heft, legte schwielige Haut an Lederriemen, die fest um den Stahl gewickelt waren. Ich spürte Wärme, Willkommen, etwas Wunderbares: Das Schwert war ein *Jivatma,* von nordischen Göttern gesegnet, auf nordische Art von einem als Südbewohner geborenen Schwerttänzer ›gemacht‹, der keinen Anteil daran hatte haben wollen. Ich hatte es unangemessen getränkt, indem ich statt eines Menschen einen Schneelöwen getötet hatte. Später, als ich gerade genug wußte, um mich in ernsthafte Schwierigkeiten zu bringen, hatte ich es erneut in Chosa Dei getränkt, einem Magier der Legende, der sich als nur zu real erwiesen hatte. Mit dem erneuten Tränken hatte ich es letztendlich auch gestimmt. Das Schwert lebte jetzt und war magisch – aber ich hatte dieses Leben und diese Magie zum Schlechten gewendet, indem ich das Schwert in Chosa Dei erneut getränkt hatte.

Wobei unwichtig zu sein schien, daß ich kaum eine Wahl gehabt hatte. Mein *Jivatma,* Samiel, beherbergte die Seele eines Magiers. Die Seele eines *zornigen* Magiers.

»Erzähl es mir noch einmal«, sagte Del.

Ich schaute sie nur verwirrt an: »Was?«

»Erzähle es mir noch einmal. Das von Jamail. Wie er *gesprochen* hat.«

Ich betrachtete stirnrunzelnd den fleckigen Stahl. »Er hat es einfach getan. Die Menge hat sich geteilt, ließ ihn freistehen, und ich habe ihn gehört. Er machte Prophezeiungen. Er war immerhin das Orakel – zumindest sagten dies alle.« Ich zuckte die Achseln. »Es paßt, auf seltsame Weise. Dem Gerücht zufolge ist das Orakel weder Mann noch Frau... Erinnerst du dich nicht an den alten Mann in Ysaa-den? Er sagte etwas von...« Ich runzelte die Stirn, versuchte mich zu erinnern. »...›einem Mann, der kein Mann war, aber er war auch keine Frau‹.« Ich nickte. »Das hat er gesagt.«

Dels Stimme klang beunruhigt. »Und du glaubst, daß er Jamail gemeint hat?«

»*Ich* weiß nicht, was er gemeint hat. Ich weiß nur, daß Jamail bei dem Schwerttanz aufgetaucht ist und mich als den Jhihadi bezeichnet hat. *Nachdem* er gesprochen hatte.«

»Aber seine Zunge war *herausgeschnitten* worden, Tiger! Aladar hat das getan, erinnerst du dich?« Dels Gesicht war bleich und angespannt. Die Worte zischten in ihrer Kehle. »Er hat ihn zu einem Stummen gemacht und ihn *kastriert*...«

»Und ihn vielleicht zum Orakel gemacht.« Ich zuckte die Achseln, führte einen weichen Lappen über die Länge der Klinge. »Ich weiß es nicht, Bascha. Ich weiß keine Antwort. Ich kann dir nur sagen, daß er auf mich gezeigt hat.«

»Jhihadi«, sagte sie. Dieses eine Wort war in ein Durcheinander von Empfindungen eingebettet: Unglauben, Verwirrung, Enttäuschung. Und eine weitgreifende, beharrliche Bestürzung, die meiner in nichts nachstand.

»Ich weiß es nicht«, sagte ich erneut. »Ich kann nichts davon erklären. Und außerdem weiß ich nicht, ob es wirklich wichtig wäre. Ich meine, gerade jetzt will jedermann mich nur *töten,* nicht mich verehren. Das klingt für mich nicht nach einem wahren Messias.«

Del seufzte und ließ das Schwert wieder in die Scheide gleiten. »Ich wünschte ...« Sie brach ab und begann dann erneut. »Ich wünschte, ich hätte mit ihm reden können. Ihn *sehen* können. Ich wünschte, ich hätte die Wahrheit herausfinden können.«

»Wir mußten weiterziehen, Bascha. Sonst hätten sie uns getötet.«

»Ich weiß.« Sie schaute nordwärts. »Ich wünschte nur ...« Sie unterbrach sich und sagte dann drängender: *»Staubwolken.«* Hoolies. Tatsächlich.

Ich sprang auf, während Del ihr Schwert aus der Scheide zog. »Wir könnten davonlaufen«, schlug ich vor. »Die Pferde sind ausgeruht.«

»Ich auch«, sagte Del und ging in Bereitschaftsstellung. Sie machte keinerlei Anstalten, auf den Schecken zu steigen.

Zwei Schritte, und ich stand neben ihr. »Hiernach könnte ich etwas zum Abendessen gebrauchen.«

Del zuckte die Achseln. »Du bist dran mit Kochen.«

»*Ich* bin dran?«

»Ich habe das Frühstück zubereitet.«

»Was wir da gegessen haben, entsprach nicht meiner Vorstellung von einem Frühstück.«

»Spielt das eine Rolle? Du hast es ohnehin ausgespuckt.«

Verlaß dich darauf, daß sie sich an so etwas erinnert.

Verlaß dich darauf, daß sie es auch *sagt*.

Vier

Der Staub, der vom Sonnenuntergang orange gefärbt wurde, formierte sich zu einem einzelnen Reiter. Ein Mann mit dichtem, rötlichblondem Haar und einem gewaltigen, weit herabhängenden roten Schnurrbart, dessen Spitzen unter seinem Kinn wogten. Er war noch zu weit entfernt, als daß ich seine Augenfarbe hätte ausmachen können, aber ich kannte sie: Sie war blau. Ich kannte sogar *ihn:* Rhashad, ein Grenzbewohner, halb Süd- und halb Nordbewohner, der sich seinen Lebensunterhalt auf die gleiche Art verdiente wie ich.

Ein wertvoller, blauer Burnus wölbte sich im pferdegeborenen Wind, während er auf die Oase zugaloppierte. Ich sah große Zähne zu einem halb unter dem Schnurrbart verborgenen Grinsen entblößt, die Hand zum freundlichen Gruß erhoben. Er parierte den Fuchs vor uns durch, wirbelte Staub und Sand und Gras auf; während zahlreiche Botas schwappten. Über seiner Schulter ragte der Knauf seines Schwertes hervor, das er in einem Harnisch südlichen Stils trug. Erneut sichtbare Zähne: für Del. Blaue Augen glänzten in runzliger, sonnenverbrannter Haut. »Hoolies, Ihr seid eine Frau, die für einen Mann wie mich gemacht wurde! Ich habe *gesehen,* was Ihr mit Ajani gemacht habt…« Rhashad lachte vergnügt und warf einen verschlagenen Blick in meine Richtung. »Nein, Sandtiger, es besteht noch kein Grund, die Krallen zu wetzen – *noch nicht.* Ich stehle einem Freund nicht die Frau.«

Ich grunzte. »Als ob Ihr das könntet.«

»Oh, ich könnte es tun – ich *habe* es schon getan. Allerdings nicht bei meinen Freunden.«

Er wölbte vielsagend rötliche Brauen und starrte Del dreist an. »Was meint Ihr, Bascha – wenn Ihr den Sandtiger einmal satt habt, werdet Ihr dann mit mir reiten?«

Ich erinnerte mich, daß Rhashads großspurige Art Del aus irgendeinem seltsamen Grund weder verletzte noch störte. Tatsächlich schien sie Spaß daran zu haben, was ich als irgendwie verwirrend empfand. *Andere* Männer, die sich genauso verhielten, wurden kälter abgefertigt.

Wie *ich* einmal. Vor sehr langer Zeit.

Und manchmal auch vor nicht so langer Zeit. Das hing alles von ihrer Stimmung ab.

Del zuckte nicht einmal mit der Wimper. »Würde das Eurer Mutter gefallen?«

Rhashad lachte schallend auf. Er schlug sich auf einen dicken Oberschenkel und parierte dann den stampfenden Fuchs durch. »Oh, ich denke schon. Sie ist Euch sehr ähnlich ... Wie *sonst*, denkt Ihr, hätte sie mich bekommen sollen?«

Ich senkte mein Schwert und stand linkisch da. »Seid Ihr aus einem bestimmten Grund gekommen oder nur, um mich zu verspotten?«

»Um Euch zu verspotten, um mit ihr zu scherzen.« Aber noch während er sprach, wich ein Teil seiner Fröhlichkeit. Rhashad nahm einen Fuß aus dem Steigbügel und schwang das Bein über den Sattel, der reichlich mit Botas behangen war. Er sprang leichtfüßig herab und wirbelte dadurch Staub auf, den er wie abwesend fortwedelte. »Ja, ich bin aus einem bestimmten Grund gekommen. Ich dachte, Ihr würdet vielleicht Hilfe brauchen.« Er führte seinen Fuchs zu dem Becken und ließ ihn trinken, wobei er die Zügel locker hielt. »Wie ich bereits sagte, habe ich gesehen, was sie getan hat. Nun, *wir* wissen alle, daß Ajani kein Jhihadi war, aber alle Stämme glaubten, er wäre es. Zumindest sind sie sich alle sicher, daß der Orakelbursche genau auf ihn gezeigt hat. Was bedeutet, daß sie jetzt alle denken, Del hätte den Jhihadi getötet, als sie Ajani den Kopf abgeschlagen hat.«

»Ja«, stimmte ich ihm geduldig zu. »Das haben wir bereits selbst erkannt.«

Meine Ironie brachte ihn nicht aus der Ruhe. »Und *das* wiederum bedeutet, daß sie Euch jetzt alle töten wollen.« Rhashad zuckte mit den breiten Schultern. Der Grenzbewohner war größer als ich. »Und zwar im Moment um jeden Preis.«

Del, die unter dem Burnus noch immer ihren Harnisch trug, steckte ihr Schwert mühelos in die Scheide, ließ das meiste davon unter dem Schutz glatter, weißer Seide verschwinden. Es war, wie immer, beeindruckend. Ich sah das anerkennende Aufflackern in Rhashads Augen. »Im Moment?« wiederholte sie.

»Vielleicht werden sie innehalten«, erklärte er. »Immerhin können sie Euch nicht durch den ganzen Süden jagen. Nicht ewig. Selbst wenn sie Nomaden sind. Eines Tages wird dieser kleine Fehler ganz ausgebügelt sein, und Ihr beide werdet nicht mehr gejagt werden.«

»›Dieser kleine Fehler‹«, murmelte ich.

»In der Zwischenzeit«, sagte sie leichthin, »könnten sie uns jedoch erwischen und uns töten.«

»Nun, ja, das könnten sie.« Rhashad zog seinen Fuchs vom Becken fort, wobei dieser Wassertropfen versprühte. »Wenn Ihr dumm genug seid, Euch erwischen zu lassen.«

Ich nickte. »Irgendwie hatten wir gehofft, das vermeiden zu können.«

»Darum *bin ich* hier.« Rhashad schaute an Del und mir vorbei zu den Pferden. »Ich bin vor der Dämmerung hinausgeritten, in der Hoffnung, Euch einzuholen. Unter den Stämmen herrscht noch immer das blanke Chaos. Immerhin sind sie nicht daran gewöhnt zusammenzuarbeiten, da normalerweise jeder Stamm für sich lebt.« Er zuckte die Achseln. »Aber das wird nicht andauern. Inzwischen werden sie sich für einen gemeinsamen Zweck zusammengeschlossen haben: um die Mörderin des Jhihadi zu töten. Also habe ich mich entschlossen, alles zu tun, um Euch zu helfen.« Er deutete mit dem Kinn auf unsere Pferde. »Ich bin gekommen, um eines Eurer Pferde zu holen.«

Ich blinzelte. »Warum seid Ihr gekommen?«

»Ich bin gekommen, um eines Eurer Pferde zu holen.«

»Einzelheiten«, schlug Del vor und winkte fordernd mit dem Finger. »Ich bin versessen auf Einzelheiten.«

»Eine hübsche kleine Frau wie Ihr?« Rhashad grinste sie an. Er war groß, unverschämt, absolut nicht zurückhaltend, überhaupt nicht Dels Typ. (Glaube ich.) »Das ist Männersache, Bascha ... Tiger und ich werden uns um die Einzelheiten kümmern.«

Für den Moment bot Del nur ein kühles Lächeln und gewölbte Augenbrauen an. »Erzählt Ihr das Eurer Mutter?«

Er lachte. »Hoolies – *nein* –, so dumm wäre ich niemals. Sie würde mir die Hoden abreißen.« Das Lächeln entglitt zu einem verzerrt nachdenklichen Gesichtsausdruck. »Natürlich wäre dann niemand mehr da, der die Linie fortführen könnte ... Nein, ich glaube, sie würde sich statt dessen eines Ohrs bedienen, was aber dann mein gutes Aussehen zerstören würde.« Blaue Augen zwinkerten unter dichten Brauen. »Was wäre *Euch* lieber, Bascha? Die Hoden oder ein Ohr?«

Wenn er sie schockieren wollte, so war das Bemühen fehlgeschlagen. Erneut das kühle Lächeln. Nur ich sah das Glitzern in ihren Augen. Niemand sonst kannte sie so gut wie ich. »Und Ihr glaubt, ich könnte Euch keines von beidem nehmen?«

Rhashads Grinsen verschwand in den Tiefen des rotblonden Schnurrbarts. Er runzelte die Stirn, erwog das in Dels Tonfall enthaltene Versprechen, aber nur einen Moment lang. Der Gesichtsausdruck klärte sich schnell wieder. Seine Haltung wirkte prahlerisch, während er sein Gewicht im Sand verlagerte, aber ich konnte erkennen, daß ihre Drohung verstanden worden war. Rhashad gefiel, was er sah. Es war einfach, nur daran zu denken, und zu vergessen, was sie tun konnte. »Nun, ich glaube, das ist eine Frage, die ein andermal geklärt werden muß. Jetzt sollte wir uns lieber um jene Einzelheiten kümmern.« Er sah mich an. »Sie werden *zwei* Pferde verfolgen. Warum reitet Ihr nicht nur mit einem weiter?« Er betrachtete erneut unsere Reittiere. »Ich würde den Schecken nehmen. Er ist größer, besser geeignet, zwei Reiter zu tragen, und Ihr seid beide nicht klein …«

Ich schüttelte den Kopf und unterbrach ihn. »Er würde es niemals schaffen, wenn wir in die Punja hineinreiten. Er ist im Norden aufgezogen worden … Der Hengst ist zwar kleiner, aber er ist zäh. Er wird nicht aufgeben.«

Rhashad zuckte die Achseln. »Wie immer Ihr wollt. Gebt mir eines von beiden – ich werde in die andere Richtung reiten und ihnen eine hübsche Jagd bieten.«

»Wenn sie Euch erwischen …«, begann Del.

»Wenn sie es tun, bin ich nur ein Grenzbewohner. Meine Hände –*und* mein Gesicht sind sauber.« Er warf einen Blick auf die Narben an meiner Wange. »Ich bin nicht der Sandtiger. Ich bin auch nicht seine Frau. Ich denke, sie werden mich ziehen lassen.«

Ich erhob meine Stimme, bevor Del über Rhashad herfallen konnte, weil er es gewagt hatte zu unterstellen, sie sei meine Frau. Auch wenn sie es war, nach südlichem Verständnis. Nordbewohner sind so. (Oder vielleicht ist nur *Del* so.) »Unterdessen haben wir Zeit, einige Meilen Abstand zwischen sie und uns zu bringen.« Ich nickte. »Ein guter Plan, Rhashad.«

Er hob lässig eine große Schulter. »Er würde sogar

meiner Mutter gefallen.« Er begutachtete unser kleines Lager und schaute dann zum Horizont, der gerade die Sonne verschlang. »Heute nacht scheint kein Mond. Ihr könnt ein paar Stunden schlafen und dann kurz vor der Dämmerung losreiten. Inzwischen werde ich das andere Pferd nehmen. Sie denken vielleicht auch, daß Ihr ihnen weit voraus seid. Das wird sie noch eher dazu bringen, ihre eigenen Pferde zu überfordern.«

»Warum?« fragte Del. »Warum tut Ihr das?«

Rhashad lächelte, kaute auf seinem Schnurrbart. »Tiger und ich sind alte Freunde. Er hat mir einen oder zwei Kniffe für den Kreis gezeigt, Kniffe, die mir das Leben gerettet haben. Ich denke einfach, ich schulde ihm etwas. Und was Euch betrifft, nun…« Der Grenzbewohner grinste. »Meine Mutter hätte nichts dagegen, wenn ich eine kesse Bascha wie Euch mit nach Hause brächte. Aber da ich das nicht tun kann, werde ich mich darauf beschränken, Euch zur Flucht zu verhelfen. Es wäre eine solche Verschwendung, wenn sie Euch töten würden.« Rhashad warf mir einen Blick zu. »Und eigentlich keine so große, wenn sie *ihn* töteten.«

»Ha-ha«, sagte ich pflichtgemäß, wandte mich wieder um und lehnte mein Schwert gegen den Wind- und Sandschutz. »Könnt Ihr zum Essen bleiben? Del wollte gerade kochen.«

»Del wollte gerade nichts dergleichen tun«, erwiderte sie. »Versuch nicht, mich dazu zu überlisten, nur weil Rhashad hier ist. Ich kann nicht gut kochen, erinnerst du dich? Ich halte nichts von häuslichen Pflichten.« Del lächelte süßlich. »Ich habe *überhaupt* keine Fähigkeiten dieser Art – ich bin ein Schwerttänzer, nicht wahr?«

Ich achtete nicht auf den Unterton in ihrer Stimme. »Er ist ein *Gast*«, erklärte ich.

»Nein, das ist er nicht«, konterte sie. »Er ist einfach einer von uns.«

Rhashad winkte lachend ab: »Nein, nein, ich kann

nicht bleiben. Ich werde jetzt losreiten. Aber – da ist noch etwas.«

Die Belustigung war aus seinen Augen verschwunden. Del und ich warteten.

Der Grenzbewohner wandte sein Pferd um und stieg auf. »Erinnert Ihr Euch, was ich Euch darüber erzählt habe, wie die Dinge in Julah stehen? Darüber, daß Aladars Tochter die Tanzeerschaft übernommen hat?«

»Ja«, antwortete ich. »Und damals haben wir auch die Tatsache erörtert, daß sie wahrscheinlich nicht lang Tanzeer bleiben wird. Dies ist der Süden. Sie ist eine Frau. Jemand wird ihr diese Position streitig machen.«

»Vielleicht«, sagte Rhashad. »Und vielleicht auch nicht. Sie hat die Goldminen, erinnert Ihr Euch? Sie mag vielleicht eine Frau sein, aber sie ist eine sehr *reiche* Frau. Geld verschafft Männer. Geld verschafft auch Loyalität. Wenn sie ihnen genug zahlt, kümmert es sie vielleicht nicht, daß sie eine Frau ist.«

Ich wußte nur zu gut, daß sie Goldminen besaß. Ihr Vater hatte die Minen für sie aufgebaut, und ich war einer seiner Sklaven gewesen.

Ich unterdrückte ein unfreiwilliges Schaudern. Selbst jetzt träumte ich noch manchmal davon: »Aber was hat das mit uns zu tun? Del und ich wollen nicht unbedingt nach Julah.«

»Das spielt keine Rolle«, erklärte Rhashad. »Sie ist hinter *Euch* her.«

Del sah mich an, betrachtete meinen Gesichtsausdruck. »Dann weiß sie es also? Oder ist es nur praktisch, die sogenannten Mörder des Jhihadi für jeden Tropfen Blut, der von heute an vergossen wird, verantwortlich zu machen?«

Rhashad zuckte leicht die Achseln. »Wahrscheinlich. Aber Sabra weiß auch ziemlich genau, wer ihren Vater getötet hat. Ich habe Euch das schon zuvor gesagt: Es gab Gerüchte über einen großen, südlichen Schwerttänzer mit Krallenspuren im Gesicht und eine phantastische nordische Bascha, die in Aladars Harem gelebt hat.«

»Aber nicht freiwillig«, fauchte Del. »Und was seinen Tod betrifft, so hatte er ihn verdient.«

»Zweifellos«, nickte Rhashad, »aber seine Tochter ist nicht damit einverstanden. Sie hat einen Preis auf Euren Kopf ausgesetzt.«

»Oh?« Ich strahlte. »Wieviel sind wir wert?«

Rhashad blieb ernst. »Genug, um sich die Dienste von Schwerttänzern zu erkaufen.«

Ich seufzte. »Sonst noch was?«

Rhashad nickte. »Letzte Nacht, nachdem Ihr und Del fortgeritten wart, habe ich mit Abbu Bensir einige Aqivis getrunken.«

Ich zuckte die Achseln. »Und?«

»Und er sagte mir, daß Sabra nach ihm geschickt hätte.«

Del runzelte die Stirn. »Aber … er würde nicht …« Sie sah mich an. »Würde er? Er ist dein Freund. Wie Rhashad.«

»Nicht wie Rhashad«, widersprach ich. »Und nicht eigentlich ein *Freund.* Abbu und ich, wir waren – und sind – Rivalen.« Ich tat es achselzuckend ab. »Es ist gleichgültig. Wenn er sich verdingt, dann wegen des Geldes. Und wegen eines Vertrages.«

»Hat er nicht geschworen, den Kodex des Tanzes zu ehren?« fragte sie scharf.

»Südliche Kreisschwüre haben nicht das geringste damit zu tun, daß man nicht dennoch bestimmte Leute töten kann«, belehrte ich sie. »Es steht uns frei, uns zu verdingen, an wen auch immer … selbst wenn das bedeutet, daß man auf Leben und Tod gegen jemanden tanzen muß, den man ziemlich gut kennt.« Ich wechselte einen Blick mit Rhashad. »Seid Ihr Euch all dessen ganz sicher?«

Er nickte. »Iskandar war voll von diesen Gerüchten, desgleichen Harquhal, als ich anhielt, um Wasser aufzunehmen... Ihr wurdet genannt und Del, obwohl man sie meistens als die nordische Bascha bezeichnet.« Er grinste kurz. »Oder mit anderen, weniger schmeichelhaften Namen belegt.«

»Das ist unwichtig.« Dels Brauen waren zusammengezogen. »Wenn sie Abbu Bensir in ihre Dienste gestellt hat – und *andere* Schwerttänzer –, dann ändert das die Situation.«

»Ein wenig«, stimmte ich zu. »Stämme sind hinter uns her, weil wir den Jhihadi getötet haben, und ausgesuchte Schwerttänzer –vielleicht sogar Abbu Bensir –, weil sie den Vertrag mit einem Tanzeer erfüllen wollen. Falls sich Abbu verdingt hat, was wir nicht wissen.«

»Wenn er es getan hat, ist er gefährlich.« Dels Stimme klang todernst. »Er ist sehr, sehr gut. Ich habe gegen ihn getanzt. Erinnerst du dich?«

»Ich auch«, seufzte ich, »vor sehr langer Zeit.«

Rhashad berührte lächelnd seine Kehle. »Er macht kein Geheimnis daraus. Andere Männer würden sich vielleicht schämen, aber nicht Abbu Bensir. Die Verletzung an seiner Kehle ist eine Narbe von einem Kampf im Kreis gegen einen ehrenwerten Gegner.«

Ich stieß zischend einen weiteren Fluch aus. »Ich war siebzehn«, murmelte ich. »Hat er das auch erzählt?«

Rhashad lachte. »Nein, das nicht. Euer Name genügt vollauf. Laßt die anderen denken, was sie wollen.«

Del nahm einige Dinge aus ihren Satteltaschen, verstaute sie in meinen und sattelte den Schecken. Langsam führte sie ihn zu Rhashad hinüber. »Was werdet Ihr mit ihm tun?«

»Ihn einige Tage lang nach Südosten führen, einfach um sie abzulenken, und dann in Richtung Grenze zurückreiten. Meine Mutter kann ein gutes Pferd gebrauchen.«

Sie nickte. »Das ist er.« Sie tätschelte den bläulich gesprenkelten Rumpf. »Möge dir die Sonne auf den Kopf scheinen.«

Rhashad zeigte große Zähne. »Es ist kaum zu erwarten, daß das nicht der Fall sein wird.« Er führte den Fuchs beiseite und zog den Schecken nah heran, während er mich ansah. »Das wird vielleicht für eine Weile klappen. Die Stämme sind zur Zeit zu durcheinander, um die Dinge zu durchdenken, was bedeutet, daß sie Fehler machen werden. Ich bezweifle, daß sich viele der erfahrenen Schwerttänzer gegen Euch verdingen werden, da Ihr einer der ihren seid – und sie immerhin eine Frau ist. Ich würde sagen, daß überwiegend die jüngeren versuchen werden, sich einen Namen zu machen. Den Sandtiger zu erwischen, würde wirklich etwas bedeuten, und vielleicht macht sie das vor lauter Eifer, Euch einholen zu wollen, unvorsichtig.« Er kaute auf einer Seite seines Schnurrbarts. »Aber wenn sich *Abbu* verdingt hat ...« Der Grenzbewohner zuckte die Achseln. »Ihr kennt Abbu. Er ist nicht dumm.«

»Das ändert die Dinge nicht«, stimmte ich zu, um dann fortzufahren: »Ich schulde *Euch* etwas, Rhashad.«

Er zuckte die Achseln. »Wir kommen irgendwann darauf zurück.« Dann eilte er mit dem nordischen Schecken an fest gespannten Zügeln im Trab davon.

Ich wandte mich jäh um. »Wir sollten packen.«

Sie war bestürzt. »Jetzt?«

»Wir werden es genauso machen wie er: jetzt losreiten und einige Stunden Vorsprung herausholen. Vielleicht verschafft uns die Tatsache, daß wir nur die Spur eines einzigen Pferdes hinterlassen, einen zusätzlichen Vorteil.« Ich beugte mich hinab, um mein Schwert aufzuheben. »Es war eine gute Idee. Ich hätte selbst daran ... *Hoolies* ...«

»Was ist jetzt los?« fragte Del.

Ich starrte auf mein herabgefallenes Schwert hinab. Ich hatte die Hand ausgestreckt, die Finger um den

Griff geschlossen, es aufgehoben – und das Ding hatte sich aus meinem Griff befreit. Dann war es herabgefallen. Es lag jetzt über meinem rechten Fuß. Ich bin ein Südbewohner: Ich trage Sandalen. Man ist absolut nicht gegen ein herabfallendes Schwert geschützt, wenn man Sandalen trägt, aber andererseits denkt man auch nicht daran, daß so etwas passieren könnte. Nicht wenn man ein Schwerttänzer ist und weiß, wie man ein Schwert handhabt.

Ich war ein Schwerttänzer. Ich wußte, wie man ein Schwert handhabte. Das Ding hatte sich *selbst* befreit.

»Hoolies«, murmelte ich, sehr vorsichtig.

Blut sickerte aus der Wunde.

»Tiger!« Del stand neben mir und starrte auf die Bescherung hinab. »Tiger ...« Sie griff nach dem Schwert, zog die Hand dann zurück. »Ich kann es nicht berühren, das weißt du. Ich kenne vielleicht seinen Namen, aber da ist immer noch Chosa Dei.«

»Ich erwarte von dir nicht, daß du es berührst«, murmelte ich und zog meinen Fuß unter der Klinge hervor. Ich ließ die Waffe dort liegen.

»Du blutest ... hier.« Sie kniete sich hin und machte sich daran, meine Sandale zu öffnen. »Ich fange an zu glauben, daß du *tatsächlich* unvorsichtig wirst ... Zuerst schneidest du dir in die Hand, jetzt das ...«

Ich zog meinen Fuß fort. »Laß es sein. Du mußt das nicht tun.« Ich stützte den Ballen meines noch immer sandalenbekleideten Fußes gegen die Sandschutzmauer und machte da weiter, wo Del aufgehört hatte, indem ich die Lederriemen löste. »Pack ein, was immer wir brauchen, und sattle den Hengst ... Ich komme gleich zu dir.«

Sie wandte sich ab, sammelte unsere Ausrüstung und die Satteltaschen ein und sagte nichts mehr über Unvorsichtigkeit, weder spöttisch noch auf andere Weise. Was mich betrifft, so schlüpfte ich aus einer Sandale heraus, die nicht mehr viel wert war. Die Klinge hatte durch die Lederriemen geschnitten, bevor sie sich ins Fleisch grub.

Ich benutzte den Saum meines Burnus, um das Blut aufzusaugen. Der Schnitt war nicht sehr tief, und die Blutung kam bald zum Stillstand. Das Ganze würde mich nicht sehr beeinträchtigen, obwohl die Sandale repariert werden mußte. Dazu war aber jetzt keine Zeit. Fürs erste würde ich einfach barfuß reiten.

Ich zog auch die unversehrte Sandale aus und ging durch Sandmulden und spinnwebartiges Gras zu dem Hengst. Ich schob die Sandalen in eine der Satteltaschen und wandte mich dann zu dem Schwert um. Es lag nackt im Staub: vier Fuß tödliches *Jivatma.*

Del, die ein letztes Mal das kleine Lager überprüfte, warf mir einen Seitenblick zu. »Willst du es dort lassen?«

»Noch vor einer Minute hätte ich es getan«, erklärte ich. »Wenn ich es könnte. Aber du hast mich davon überzeugt, daß es nicht klug wäre. Sieh, was es mir antut – wenn jemand *anderer* es anrührte ...« Ich schüttelte den Kopf. »Ich erinnere mich zu deutlich daran, was Chosa Dei in diesem Schwert Nabir angetan hat. Wie es Nabirs *Füße* entfernt hat ...« Ich schüttelte ein plötzliches Frösteln ab. »Stell dir vor, was es – *er* – tun könnte, wenn er die Herrschaft über einen schwächeren Mann erlangte.«

»Du sagst *Chosa* ...?« Del brach ab, starrte das Schwert an. »Die Spitze ist noch immer schwarz.«

»Und wird es bleiben, glaube ich, bis es vollständig befreit ist. Und du weißt, was *das* bedeutet.«

»Shaka Obre«, keuchte sie.

»Shaka Obre«, wiederholte ich, »und die Kraft, Chosa Dei zu vernichten, bevor er mich vernichtet.«

FÜNF

Wir ritten vielleicht eine Stunde lang ununterbrochen nach Süden. Eine gerade Linie würde uns ins Herz der Punja führen. Ich hatte zu diesem Zeitpunkt nicht geplant, tatsächlich in die Punja *hineinzureiten,* aber das Furchtbare ist oft eigensinnig. Dank häufiger Sandstürme, Samume genannt, ist die Punja selten so, wie man es erwartet. Windgepeitscht und unruhig, bewegt sie sich. Alles in ihrem Weg, selbst etwas so Banales wie eine Grenze – oder eine Stadt, oder das ganze Gebiet eines Tanzeers – wird von den Sandmassen verschluckt. Was bedeutet, daß einem die Punja fast immer in die Quere kommt, egal wie sehr man es zu vermeiden versucht.

Wir unterbrachen unseren Ritt, weil ich wußte, wenn wir weiterritten, bestünde durchaus die Gefahr, daß wir uns verirrten. Sich im Süden zu verirren, ist lächerlich einfach, besonders wenn man dumm genug ist, es herauszufordern, indem man in einer mondlosen Nacht, nur mit den Sternen als Sichthilfe, zu weit reitet. Sterne erleichtern einem die Wahl einer allgemeinen Richtung, aber sie können nicht genug Licht für einen gefahrlosen Weiterritt liefern. Also hielten wir an. Del fragte warum, und ich erklärte es ihr. Irgendwie gereizt, wie ich zugeben muß. Ich war nicht besonders zufrieden mit dem Leben, und wenn ich nicht zufrieden bin, kann ich gereizt sein. Manchmal regelrecht widerwärtig. Aber nicht sehr häufig. Ich bin von Natur aus ein besonders gutgelaunter, ausgeglichener Mensch.

»Es ist schon genug«, grollte ich. »Steig ab, Bascha –

du sitzt auf seinen Nieren. Und du bist nicht das, was ich als leicht bezeichnen würde.«

Del, die hinter mir saß, erstarrte. Aber dann tat sie, was ich gesagt hatte: Sie glitt rückwärts über den Rumpf des Hengstes und dann über seinen Schweif hinab.

»Nun?« fragte sie kurz darauf. »Du bist schwerer als *ich* – willst *du* nicht absteigen?«

Damit beschäftigt, meine Harnischriemen von den Botariemen zu entwirren, die vor meinen Knien befestigt waren – und da ich kein Narr war, hatte ich den Harnisch *nicht* wieder angelegt, falls das Schwert es als nächstes auf meinen Hals abgesehen haben sollte –, antwortete ich nicht sofort. Der Hengst seinerseits schnaubte geräuschvoll. Dann schüttelte er sich. Heftig. Vom Kopf bis zum Schweif.

»O *Hoolies* ...« Ein Pferd, das sich schüttelt, denkt nicht an den Reiter auf seinem Rücken. Es schüttelt sich einfach wie ein großer, nasser Hund, nur weitaus inbrünstiger.

Die Botas schwappten. Die Verzierungen am Zaumzeug rasselten. Die gesamte Ausrüstung klapperte. Und was mich betrifft, so protestierte jedes Gelenk. Wie auch meine Innereien.

»Du dickköpfiger, flohgebissener *Ziegenbock* ...« Ich kletterte schmerzerfüllt hinab, zog den Harnisch und das Schwert mit mir hinunter und versicherte mich, daß mein Kopf noch auf den Schultern saß. Gerade, als ich mich besser zu fühlen begann ... »Und?« fragte Del.

»Und *was?*«

»Was machen wir?«

»Wie sieht es denn aus?«

Sie dachte ernsthaft darüber nach. »Rasten?«

»Gut getippt!« sagte ich herzhaft und stampfte in die Dunkelheit davon.

Del fing den Hengst ein, bevor er mir folgen konnte. »Wohin gehst du?«

Mußte sie alles wissen? »Etwas erledigen.«

»Geht es dir wieder schlecht?«

»Nein.«

»Was ist dann – oh. Schon gut.«

»Das ist es auch nicht«, murmelte ich. »Immer der Reihe nach.« Oder umgekehrt, das kommt darauf an, wer man ist und was man vorhat.

Mit einem Schwert.

Mit *meinem* Schwert.

Dessen wahrer Name Samiel war: heißer Wüstenwind, mit der Kraft eines Sturms hinter sich.

Dessen Name von einem als Chosa Dei bekannten Mann verfälscht worden war, einem Magier der Legende, dessen Gabe, wenn er sie benutzen konnte, darin bestand, mächtige Magie zu *sammeln*. Wenn sie richtig gesammelt wurde, würde ihre ursprüngliche Form zunichte gemacht, und Chosa Dei formte sie für seine eigenen Zwecke neu.

Er hatte viele Dinge zunichte gemacht, einschließlich eines großen Teils des Südens. Er hatte Menschen zunichte gemacht. Und jetzt wollte er mich.

Ich schlüpfte aus meinem Burnus, trug jetzt nur noch einen Wildlederdhoti und die Kette aus Sandtigerkrallen. Nicht einmal Sandalen schmückten meine Füße, und Sand setzte sich unter Zehennägeln fest. Lange Zeit stand ich in der Wüstendunkelheit einfach da und hielt das im Harnisch steckende Schwert fest. Der bloße *Gedanke,* die Klinge aus der mit Runen versehenen Scheide herauszuziehen und sie zum Leben zu erwecken, ließ meine Knochen brennen. Das bewirkt die Magie bei mir: Sie frißt sich ihren Weg durch meine Knochen, läßt sogar meine Zähne schmerzen und vereinnahmt mich völlig. Ein durch Magie kranker Magen ist schlimmer als der beißende Hund, der in einer Weinflasche lebt.

Sinnlosigkeit wallte auf. Meine Stimme klang dadurch belegt. »Götterverfluchtes, hooliesgezeugtes Schwert… warum konnten mich die Nordbewohner nicht eine Klinge *ausborgen* lassen, anstatt mich zu zwingen, dieses dreimal verfluchte Ding, das man *Jivatma* nennt, zu nehmen – anstatt mich zu zwingen, es zu ›*gestalten*‹.«

Schweiß rann mir an den Schläfen und die narbigen Furchen meiner in Muskeln und Haut eingebetteten Rippen hinab. Wie ich bereits sagte, hatte ich zu lange kein Bad mehr genommen. Ich roch mich, ich roch Schweiß, ich roch Angst. Und den beißenden Geruch der Magie, der sogar meine Zähne überzog.

Ich riß Samiel frei. Im Sternenlicht war das Schimmern des Stahls gedämpft. Ein Aufblitzen, ein Glänzen, ein Schimmern. Und die Schwärze von Chosa Dei, der ein Drittel der Klinge vereinnahmte. Ich beugte mich vor. Spie aus. Sehnte mich nach Wein, Aqivi, Wasser. Nach etwas, was den Geschmack verdrängen würde. Nach etwas, was meinen Magen beruhigen würde. Nach etwas, was das in meinen Knochen schmerzende Brennen lindern würde.

Ein kurzer Schauder schüttelte mich. Die Haare auf meinen Armen und Oberschenkeln richteten sich auf. Mein Nacken kribbelte.

»Ich weiß, daß du da bist«, flüsterte ich fest. »Ich weiß, daß du da drinnen bist, Chosa. Und du weißt, daß ich hier *draußen* bin.«

Ein herabrinnender Schweißtropfen drohte mir ins Auge zu geraten. Ich wischte die salzige Feuchtigkeit schroff mit einem angespannten Unterarm fort, rieb mit dem Handgelenk über brennende Augenbrauen. Und biß den Kiefer fest zusammen, während ich die Erinnerungen als Vorbereitung für den Tanz fließen ließ.

Ich erinnerte mich an das, was ich getan hatte, in den Tiefen des Drachenschlundes. Wie ich es, an die äußerste Grenze meiner Kraft und meines Willens und meiner *Dringlichkeit* getrieben, irgendwie geschafft hatte, Chosa Dei innerhalb der Mauern seines Gefängnisses, tief im Drachenberg, zu besiegen. Indem ich alle meine Reserven heraufbeschworen und all meinen Glauben an etwas anderes als die Magie, an die Macht des Fleisches, nicht der Götter der Magie, über Bord geworfen hatte. Ich hatte die Skepsis beiseite geschoben, weil ich es tun *mußte,* und hatte die tief im Stahl ruhende nordische Magie willkommen geheißen. Ich hatte sie benutzt, sie in diese und jene Richtung gebeugt, sie *gesungen,* auf nordische Art, sie gezwungen, *mir* zu dienen – bis ich auch nicht besser war als Chosa, bis ich zunichte machte und *neu* gestaltete... das Schwert für meine Bedürfnisse neu tränkte. Ich stimmte es, als ich es nicht hätte tun sollen, am Rande der Tore zu den Hoolies, und als ich genau wußte, warum ich es tat, es sehr, sehr genau wußte. Als ich genau wußte, was ich tat und für welche Frau ich es tat.

Warf ich es ihr vor? Nein. Sie hätte dasselbe für mich getan. Monate zuvor waren wir uns bei einem Kampf begegnet, der über ihr Schicksal, und über meines, entscheiden sollte. Wir hatten beide verloren, aber keiner hatte sich ergeben. Und wenn es soweit käme, würden wir beide es noch einmal genauso machen. Aber in dem Moment in Chosas Höhle, im Herzen des Drachenberges, hatte ich alle Macht heraufbeschworen und mein nordisches *Jivatma* zu etwas umgestaltet, das mehr war als ein Schwert. Etwas, das mehr war als Magie.

Und etwas, das *weniger* als gut war.

Ich ließ den Harnisch aus meiner linken Hand gleiten. Jetzt hielt ich nur das Schwert, wie man ein Schwert stets hält: fest, am Heft, die Finger um geknüpftes Leder gelegt, wobei sich die zwanzig Jahre alten Schwielen der Handflächen in Haut und Leder und Stahl einpaßten. Sich in Seele und Geist einpaßten und in das Ding, das aus einem Mann macht, was immer er sein soll.

Fast die Hälfte meines Schwertes war schwarz, verkohlt wie durch Feuer. Aber die Flamme war kalt wie der Tod und lebte *in* dem Stahl. Bestand auf unerfreuliche Weise neben dem, was das Schwert sein *sollte:* ein *Jivatma* namens Samiel, Vorläufer der Stürme, genau wie Dels Boreal. *Ihre* Stürme waren nordisch kalt. Meine waren südlich heiß.

Aber Chosa lebte auch dort. Chosa erfüllte jede Faser der mit der Klinge verflochtenen Magie. Das unsichtbare Netz pulsierte, angeschwollen durch sein Gift. Wenn Chosa nicht vernichtet würde, wenn die Klinge nicht befreit würde, würde Samiel sterben. Und Chosa würde hervorbrechen, würde den nächstbesten Körper beanspruchen, um sich darin einzunisten. Der Schwerttänzer, der als Sandtiger bekannt war, würde einfach aufhören zu existieren. An seiner Stelle befände sich Chosa Dei, sechshundertzweiundvierzig Jahre alt.

Oder *drei*undvierzig?

Hoolies, wie die Zeit verrinnt.

Ich hob das Schwert an und versenkte es dann tief in südlichem Sand. Ich hörte das Zischen der beiseite gedrängten Sandkörner, das Eindringen des Stahls in die Erde. Dann kniete ich mich hin und umschloß das lederumwickelte Heft mit einem harten, schwieligen Gefängnis. Ein weiteres Gefängnis für Chosa.

Eines, das er bereits zu zerstören begonnen hatte.

Sechs

Das Brüllen brach aus meiner Kehle hervor. Im Moment kümmerte es mich nicht. Es genügte einfach zu schreien, meine Kehle mit dem Willen und der Kraft aufzurauhen, zu versuchen, Chosa zu besiegen.

Aber das Brüllen erstarb fast augenblicklich, und auch das Begreifen. Ich wußte nur, daß ich das Schwert festhielt, oder es hielt mich fest, und das war alles.

Er war stark, das war Chosa Dei. Und er war sehr, sehr zornig. Er haßte es, in einem Gefängnis aus nordischem Stahl gefangen zu sein. Er haßte das Schwert selbst, weil es wagte, ihn gefangenzuhalten. Und er haßte auch mich, weitaus tiefer und weitaus stärker, mit kalter, beharrlicher Kraft. *Ich* war derjenige. *Ich* war der Mensch. Ich war der Feind, der ihm die Seele genommen und sie in einem Schwert eingesperrt hatte.

Der schmale Schnitt im Gewebe zwischen Daumen und Zeigefinger schmerzte. Wie auch der Schnitt an meinem Fuß. Und ich wußte mit untrügerischer Sicherheit, daß solch ungeschickte ›Unfälle‹ nicht aufhören würden. Wenn überhaupt, würden sie schlimmer werden. Vielleicht sogar tödlich. Chosa hatte Samiel ein wenig kennengelernt. Jetzt streckte er sich aus, dehnte die Begrenzung, tat, was immer er konnte, um mir zu schaden. Um das Schwert für mich genauso gefährlich zu machen wie für meine Feinde.

Also war es jetzt an mir, ihm zu zeigen, wer der Herr war. Leichter gesagt als getan. Nicht nur, daß Magie so schlecht riecht, sie *schmerzt* auch.

Ich klammerte mich mit aller Kraft an das Heft, die

Hände um Stahl und Leder geschlossen. Ich schüttelte mich, und das Schwert schüttelte sich mit mir, schnitt tief in südlichen Sand ein. Ich spürte, wie die Anspannung die Handgelenke, die Unterarme und dann die Schultern vereinnahmte und die Muskeln sich verknoten ließ. Sehnen standen, wie straff gespannte Seile, überall an meinem Körper hervor. Ich knirschte mit den Zähnen und stieß zischend Salsetflüche aus, spie all die Schmähungen aus, mit denen der Stamm mich bedacht hatte, als ich in südlicher Sklaverei geschuftet hatte, körperlich zu stark, um gebrochen zu werden, geistig zu schwach, um zu kämpfen.

Jetzt kämpfte ich. Die Salset hatten mich lediglich besiegt. Chosa Dei würde mich *vernichten.*

Schweiß rann mir das Gesicht herab, tropfte auf eine staubige Brust. Nicht durch Sandalen behindert, gruben sich die Zehen krampfhaft in den Sand. Mein ganzer Körper kribbelte. Gallenflüssigkeit kitzelte meine Kehle, hinterließ einen bitteren Geschmack.

»... nicht ...«, sagte ich. »... NICHT ...«

Mehr konnte ich nicht hervorbringen.

Das Sternenlicht flackerte. Oder lag es an meinen Augen? Weiße und schwarze Flecke, die die Sicht in einen Flickwerkvorhang aus mit Pech getränkter Dunkelheit und blendendem, rasendem Licht verwandelte.

Ich roch den Geruch der Magie. Der Macht, die so rein und wild war, daß nur ein Narr versuchen würde, sie zu beherrschen. Nur ein Narr würde sie heraufbeschwören.

Ein Narr, oder ein Wahnsinniger. Ein Mann wie Chosa Dei.

Oder ein Narr wie ich?

Hoolies, ich hatte Schmerzen. Dumpfe Kopfschmerzen flammten erneut auf, pochten hinter weit geöffneten Augen. Ich spürte den mühsamen Schlag meines Herzens, das sich hinter dem Brustbein wand, das beunruhigende Kribbeln feiner Haare, die sich auf

Armen und Beinen aufrichteten, das tiefe, hohle Zusammenkrampfen eines vor Angst übersäuerten Magens.

Ein zischendes, gehauchtes Röcheln: hinein und hinaus, hinein und hinaus, zwang die Lungen, zu arbeiten. Der Versuch, einen benebelten Kopf freizubekommen, der sowohl von einem Pferdehuf als auch von der Gegenwart fremdartiger Magie und dem Versprechen von Chosas Macht erschüttert war.

Wenn ich ihm nur *beweisen* könnte, daß meine Seele stärker war... Ich lachte innerlich. Spöttisch und verächtlich, vor Selbstverachtung triefend. Wer, zu den Hoolies, war *ich?* Ein unnützer, alternder Mann mit schmerzenden Knien und einer von vielen Narben überzogenen Haut, der sein Schwert verkauft, um leben zu können, der nur die Fähigkeiten ehrt, die reine Verzweiflung geschmiedet hat, und das Verlangen, etwas Besseres zu sein – jemand, der *mehr* ist –, mehr als ein namenloser Sklave, der als Kind von einer Mutter verlassen wurde, die zu erschöpft gewesen war, um sich um ihn zu kümmern.

Unsicherheit flackerte kurz auf. Del hatte einmal gesagt, es gäbe keinen Beweis. Daß die Salset vielleicht gelogen hätten. Daß ich vielleicht *nicht* zum Sterben zurückgelassen worden war, zumindest nicht absichtlich.

Aber das würde ich niemals erfahren können. Das einzige Verbindungsglied zu meiner Vergangenheit, die einzige Person, die bereit gewesen wäre, darüber zu sprechen, war nur Tage zuvor gestorben, von ihrem Volk verspottet, weil ein eifersüchtiger, alter Magier, dem man alle schwindende Macht genommen hatte, gesagt hatte, sie verdiene Bestrafung, weil sie mir geholfen hatte. Und obwohl niemand sie wirklich getötet hatte, war sie doch sowohl geistig als auch körperlich krank geworden.

Sula. Die, ohne jemals zu schwanken, *immer* an mich geglaubt hatte.

Die Selbstverachtung schmolz dahin.

Ich atmete ganz tief ein und überließ mich der Macht, die sich als Antwort auf meinen Ruf sammelte. Als Antwort auf Chosa Dei. Wir wollten sie beide. Wir brauchten sie beide. Aber nur einer konnte sie handhaben. Nur einer konnte siegen.

Ein Gesang kam mir in den Sinn. Ein kleiner, ruhiger Gesang. Ich versuchte, ihn zu fassen, hatte Mühe damit, setzte ihn wieder zusammen. Schnürte alle Riemen, knüpfte alle Knoten. Und machte ihn dann wieder zu einem Ganzen. Machte ihn wieder zu etwas *von mir.* Eine Brise kam auf. Sand küßte rauh meine Wange, setzte sich zwischen meine Zähne, trieb Tränen in weit geöffnete Augen. Aber ich konnte meinen Gesang nicht aufgeben.

Die Welt wurde weiß. Ich schaute, blinzelte, schaute erneut. Ich konnte nichts sehen. Nichts als nur das Weiß.

Stahl erzitterte in meinen Händen. Er erwärmte sich, wurde weicher, bis ich spürte, daß er frei ausfloß, sich seinen Weg durch Lederbänder und den gelösten Griff starrer Finger erzwang. Ich umfaßte den Stahl fester, versuchte ihn wieder hineinzudrängen, aber er floß weiter aus. Er tropfte aus zusammengeballten Händen und befleckte den sternenbeschienenen Sand.

Wenn Chosa das Schwert vernichtete ...

»... *nicht* ...«, sagte ich erneut.

Die Brise wehte stärker, aber ich konnte nichts davon sehen. Nur Weiß, nichts als *Weiß* ...

Und dann, plötzlich, Rot. Das Rot von Feindesblut, das Rot von innerlich durch die Anstrengung zu starren Sehens blutenden Augen. Augen, die so verbissen versucht hatten zu unterwerfen.

Das Schwert erzitterte. Runen flammten kupferhell auf, glühten dann kurzzeitig blutrot, bevor sie erneut silbern verblaßten. Als die Klinge den Sand berührte, sah ich ein aschfarbenes Brodeln aufbrechen. Und dann die stille Explosion von Staub und Sand und Erde, den silber-goldenen Hauch von Kristallen von tief unter der Oberfläche.

Durchscheinende Punjakristalle, tödlich im südlichen Sonnenlicht. Sand rieselte davon, bis der größte Teil der Klinge bloßlag, die verkohlte, schwarze Verfärbung offenbarte. Sie war einen Fingerbreit höher gestiegen.

»Kann nicht sinken«, murmelte ich. »... muß *höher* gelangen, zu mir ...«

Aber natürlich würde ich es nicht zulassen.

Ich klammerte mich an den Gesang, umhüllte mich mit seiner Macht. Del sagt, ich kann nicht singen, sagt, daß ich meistens mißtönend krächze, nicht weiß, wie man Noten oder Melodien gestaltet, aber das war mir gleichgültig. Samiel kümmert sich nicht um *Können*, sondern nur um die Konzentration und die Kraft, die Magie zu singen, bevor Chosa alles vernichtet.

Geräuschlos zerriß eine dünne Linie die Sandmulde. Ich beobachtete, wie sie aus der Schwertspitze heraustropfte und sich dann ausbreitete. Die Lautlosigkeit dieses Vorgangs war unheimlich. Ein Riß hier, ein Riß dort, bis ich inmitten eines Netzwerks kniete, das sich in alle Richtungen ausbreitete, schwarz im Licht der Sterne.

Es zog sich nicht zusammen, wie man vielleicht erwarten würde, den Sand hierhin und dorthin schiebend. Es blieb liegen, flach wie Glas, ein komplexes Netzwerk von Rissen, die in die Wüste ausströmten.

»Kann es nicht vernichten«, stieß ich zähneknirschend hervor. »... kann *mich* nicht vernichten ...«

Ich preßte die Hände noch fester zusammen. Sang meinen Gesang noch inbrünstiger, als sei ich geistig weggetreten. Und spürte, wie die Macht zunahm.

Rauch. Zuerst eine Rauchwolke, ein Rauchfaden,

wie warmer Atem an einem kalten nordischen Morgen. Von den Rissen ausgestoßen.

Rauch, gefolgt von Feuer.

Aber nur ein wenig.

Die Luft wurde wärmer. Am Horizont, der sich vor mir erstreckte, knisterte Wetterleuchten. Die Luft stank danach. Die Haare an meinem Körper richteten sich auf. Mein Nacken kribbelte. Die Haut zuckte und kam dann zur Ruhe. Das Atmen wurde noch schwerer. Die Brise wurde zum Wind. Er kam, um mich zu besuchen, brachte körnige, unwillkommene Gesellschaft mit und warf sie mir ins Gesicht. Er zischte, als er sich gegen die mit Runen versehene Klinge warf, als er an meiner Haut schabte, Falten und Runzeln und Narben fand und Sand hinterließ, um seine Spur zu markieren. Entfernte die Haare aus meinem Gesicht, damit es noch sicherer zerkratzt wurde.

Ich spie aus. Blinzelte. Ergriff das Schwert noch fester. Kein verflüssigter Stahl floß mehr durch starre, verkrampfte Finger. Was ich jetzt festhielt, war etwas Heiles.

»... hörst du mich, Chosa. Ein Teil von mir ...«

Der Wind blies die Flammen aus. Trug den Rauch davon.

»Ein Teil von mir«, sagte ich erneut.

Der Wind erstarb lautlos. Der Sand ließ sich nieder. Die Welt war wieder die Welt und ich noch immer ich selbst in ihr.

Ein Gedanke kam auf: War ich es? War ich ich selbst?

Was *war* ich?

Was, zu den Hoolies, hatte ich gerade getan?

Chosa Dei ... heraufbeschworen ... und bekämpft.

Ein Frösteln kräuselte meine Haut. Ich wußte, warum und was ich getan hatte. Ich stellte die Notwendigkeit nicht in Frage. Ich stellte die Realität nicht in Frage.

Ich stellte nur in Frage, wer es getan hatte: Ich? Ich? *Ich?*

Einige Monate zuvor hätte ich über die Möglichkeit gelacht. Über den *Gedanken* gelacht, daß ein Mann so etwas tun könnte. Hätte mich mit Selbstverachtung bestraft, wenn ich einen solchen Gedanken zugelassen hätte.

Zu Wissen, daß man an solche Dinge denkt, an solche Siege des Geistes, öffnet Qual und Schmerz die Tür.

Bei den Salset hatte ich es nicht gewagt.

Aber bei Chosa Dei wagte ich es. Ich wagte es nicht nur, sondern ich *tat* es auch.

War ich wegen der Magie stärker? Wegen des nordischen Schwerts? Oder war ich nur eher bereit, in bezug auf Dinge, die ich nicht verstand, Risiken auf mich zu nehmen?

In mir erklang eine grausame Stimme: *Du bist ein Narr, Chula. Du bist, wozu du dich selbst gemacht hast und wozu du alle erreichbaren Werkzeuge benutzt hast. Wenn du der Magie den Rücken zukehrst, kehrst du dir selbst den Rücken zu.*

Ich fluchte. Lachte leise. Bedachte mich mit Schimpfnamen. Richtete meine Aufmerksamkeit auf die bestehende Aufgabe: mich mit dem auseinanderzusetzen, was geschehen war.

Das krampfartige Atmen verlangsamte sich. Ich schluckte und wünschte, ich hätte es nicht getan. Der Sand und das rauhe Atmen hatten meine Kehle wundgescheuert. Ein Schaudern durchlief meinen Körper, während die Anspannung verging und einen dicht mit Staub und Sand überzogenen, ziehenden, schmerzenden Körper zurückließ. Der Geruch der Magie war fort. Jetzt lag der scharfe Gestank von verausgabter menschlicher Anstrengung in der Luft.

Als ich mich letztendlich wieder rühren konnte, löste ich meine schmerzenden Hände voneinander. Das Schwert fiel zu Boden. Als es aufprallte, zerbrach etwas.

Einen Moment lang konnte ich mich nicht bewegen. Ich konnte nur knien, zu steif, um mein Gewicht zu verlagern, bis sich die Muskeln schließlich lockerten und ich unbeholfen aufstand. Rund um mich herum zerbrach noch mehr, und ein Schauer silbrigen Staubs ging hernieder.

Hoolies, das juckte. Sand, körniger Sand und Staub, klebte auf der vom Schweiß feuchten Haut wie eine Hülle, grub sich in Gelenke und Hautfalten und ahmte Punjawürmer nach. Ich schüttelte mich von Kopf bis Fuß, befreite mich von einer Schicht Dreck und hörte das leise Klingen.

Ich schaute hinab. Wie ausgeworfene Orakelknochen lagen winzige Glasstückchen um meine Füße verstreut. Sich in alle Richtungen erstreckend, bildeten sie einen fast vollständigen Kreis, glatt und flach und glänzend.

Irgendwie hatte ich Glas produziert. Aus Sand beschworen, in Feuer geboren, hatte ich einen Kreis aus Glas geschaffen.

Glas, das zerbräche, könnte ich hinzufügen, wenn ich auch nur zuckte.

Und ich trug keine Sandalen.

Ich dachte daran zu fragen, wie und warum, wollte aber meinen Atem nicht verschwenden. Es würde keine Antwort erfolgen.

Das Schwert war heil. Das Herausfließen, das ich für real gehalten hatte, war nichts als Illusion gewesen. Samiel lag ruhig in einem Teich zerbrochenen Glases, das im Sternenlicht funkelnde und glitzernde Risse in alle Richtungen schuf.

Dann wandte ich mich um und sah Del.

Sie stand am Rande des Glaskreises, Boreal ungeschützt in den Händen. Das Schwert war ein Blitz sternenbeleuchteten Stahls, der ihre Brust diagonal teilte. Sie hatte den weißen Burnus abgelegt. Sie trug nur die nordische Tunika aus weichem cremefarbenen Leder, die ihre glatten, geschmeidigen Arme und den größten Teil wohlgeformter Beine offenbarte, auch Entschlossenheit offenbarte. Sie sang mit angespannten, deutlich hervorgehobenen Muskeln und der wachsamen Neigung ihres Kopfes, sang mit und durch ihren Körper. Sang mit der rückhaltlosen Bereitschaft ihrer Augen. Aber es gab auch noch etwas anderes. Etwas, das mich erschreckte. Del hatte Angst.

Sie ist eine Frau, die tötet, aber nicht aus einer Laune heraus. Nicht aus Verärgerung oder einem boshaften Verlangen, zu schaden. Sie tötet, wenn sie töten muß, wenn die Umstände sie dazu zwingen. Wenn sie eine Frau ist, die sich durch ihre Willenskraft und Hingabe im Namen der ermordeten Familie in jene Umstände *bringt,* so wertet das die Leistung nicht ab und läßt das Talent nicht weniger gefährlich werden. Sie hat ihr Können, ihre Befähigung, ihren Geist vervollkommnet, hat die Frau zu einer Waffe geformt. Sie weiß, wie und wann sie töten muß. Sie weiß sogar warum.

Eine von Dels Stärken ist eine bemerkenswerte Beherrschtheit: die Fähigkeit zu tun, was getan werden muß, ohne mehr an Kraft, Atem und Geisteszustand zu geben als der Augenblick unbedingt erfordert. Angst zerstört diese Beherrschtheit. Das ist bei jedermann beängstigend. Bei Del ist es tödlich.

Ich hob Samiel nicht an. Ich blinzelte nicht einmal.

Del wartete. Die Lider kurzzeitig gesenkt, während sie schnell die Spitze der Klinge betrachtete und die Verfärbung abschätzte. Dann wieder zu mir sah, mich *maß,* bis die Bewertung schließlich abgeschlossen war.

Fast unmerklich entspannte sich ihre Haltung. Aber nicht das Bewußtsein darüber, was geschehen war oder was ich in meinem ›Gespräch‹ mit Chosa Dei erreicht hatte.

Ich beschloß, daß jetzt nicht die Zeit war, wieder Zuflucht zur Ironie zu nehmen. »*Sulhaya*«, sagte ich ruhig, gebrauchte ihre eigene Sprache. »Das ist es, was ich auch gewollt hätte, wenn ich den Kampf an Chosa verloren hätte.«

Del wartete noch immer. Maß und schätzte ab, wenn auch weniger angespannt. Die anfängliche Gefahr war eindeutig vorüber. Sie maß mich jetzt anders.

Schließlich lächelte sie. »Deine Aussprache ist entsetzlich.«

Die Erleichterung war überwältigend. Ich wollte mich im Moment nicht mit Dels Ängsten befassen, weil sie meine eigenen vergrößerten. »Ja, nun ... du bedankst dich nicht sehr oft. Wie soll ich es dann also wissen?«

Sie verzog die Lippen. Sie nahm das Schwert herab, veränderte die Schräglage der Klinge. »Bist du in Ordnung?«

Jetzt konnte ich das Ich sein, das ich besser kannte. »Steif. Wund. Ein wenig zittrig.« Ich zuckte die Achseln. »Und ich brauche jetzt noch dringender ein Bad als zuvor ...« Ich kratzte mit einer Hand über meinen Bauch. »Hoolies, dieses Zeug *juckt* ...«

Del hockte sich hin, nahm einen Splitter auf und betrachtete ihn. Während sie ihn ansah, glitzerte er wie Eis. »Interessant«, murmelte sie.

Ganze zehn Fuß trennten uns. Del kniete im Sand. Vor mir schimmerte ein zerrissenes Tuch aus glitzerndem magischen Glas. »Tu mir einen Gefallen«, sagte ich. »Hol mir bitte meine Sandalen.«

In der Wüste, bei Nacht, ist es kühl, wodurch die Hitze des Tages Lügen gestraft wird. Ich lag auf ausgebreiteten Decken, eingehüllt in ein Untergewand und den Burnus, und versuchte einzuschlafen. Wir hatten höchstens drei Stunden Zeit, bevor die Sonne aufgehen würde. Nur ein Narr würde diese Zeit verschwenden. Ich regte mich jede Minute, versuchte, Del nicht aufzuwecken, die einen leichten Schlaf hat, versuchte aber auch immer wieder, selbst zur Ruhe zu kommen. Einen Moment lang fühlte sich die Lage gut an – dann befiel mich erneut der Drang, wie es so viele Male geschehen war, und ich kratzte juckende Haut.

Ein Finger bohrte sich in mein Rückgrat. »Setz dich hin«, sagte sie. Dann: »Setz dich *hin.* Glaubst du, ich will die ganze Nacht hier liegen, während du dir die Haut wundkratzt?«

Sie klang ungewöhnlicherweise wie viele Mütter, die ich ihre Kinder tadeln gehört hatte. Was bewirkte, daß ich mich schlechter fühlte. »Ich kann nichts dagegen tun. All der Schmutz und Sand und Glasstaub machen mich sandkrank.«

Der Finger bohrte sich erneut in meine Haut. »Dann setz dich hin, und ich werde mich darum kümmern.«

Ich rollte herum und richtete mich auf einen Ellbogen auf, während sich Del neben mich kniete. »Was wirst du tun?«

Sie machte eine ungeduldige Handbewegung, während sie ein Tuch aus den Satteltaschen hervorzog und nach einer Bota griff. »Zieh alles aus. Das hätten wir schon früher tun sollen.«

»Ich kann nicht *baden,* Del ... wir können das Wasser nicht verschwenden.«

»Für mich ist die Wahl einfach: Wir waschen soviel Staub ab wie möglich, hier und jetzt, oder wir verbringen den Rest der Nacht wach, während du dich kratzt und herumjammerst.«

»Ich habe kein *Wort* gesagt.«

»Du sagst mehr als die meisten anderen, ohne auch nur den Mund aufzumachen.« Del drückte das zusammengelegte Tuch an den Hals der Bota und wrang es aus. »Zieh dich aus, Tiger. Du wirst mir dankbar sein, wenn ich fertig bin.«

Wenn Del sich einmal etwas in den Kopf gesetzt hat, gibt es keine Diskussion mehr. Ich tat, wie mir geheißen, und zog alles bis auf den Dhoti aus. Ein Blick auf Arme und Beine, von den Sternen beleuchtet, offenbarte die an Haut und Haaren klebende Glas- und Sandschicht.

Del schnalzte mit der Zunge. »Sieh dich an. Du hast dich so sehr gekratzt, daß du schon wunde Stellen hast. Und *Kratzspuren* ...«

»Macht nichts«, grollte ich. »Tu einfach, was du tun willst.«

Del lachte unerwartet auf. »Eine verlockende Einladung ...« Aber sie unterbrach ihre Bemerkung und machte sich an Armen und Beinen zu schaffen, wobei sie sehr vorsichtig die Hautfalten an den Innenseiten der Knie und Ellbogen versorgte. Sie hatte recht: Ich war wund. Die wunde Haut schmerzte.

Wie auch mein Stolz. »Ich hätte das *selbst* tun können.«

»Was? Du? Willst du damit sagen, du magst es nicht, wenn eine Frau zu deinen Füßen kniet und sich liebevoll um dich kümmert?« Del grinste kurz und hob beredt die Brauen. »Das ist nicht der Sandtiger, den ich vor so vielen Monaten in jenem dreckigen, stinkenden Wirtshaus getroffen habe.«

»Gib *mir* das.« Ich beugte mich hinab, entriß ihr das feuchte Tuch und begann, meine Rippengegend zu schrubben. »Wir alle ändern uns, Bascha. Keiner bleibt immer gleich. So ist das Leben.«

Sie stand jetzt vor mir, eine Hand auf der sehr muskulösen Trennlinie zwischen ihrer schmalen Taille und der geschwungenen Hüfte. Das Sternenlicht umschmeichelte sie. Aber es ist schwer, grausam zu sein, wenn ein Körper so vollkommen wirkt. »Gib es zu«, schlug sie vor. »Du bist jetzt ein besserer Mensch als zu der Zeit, als ich dich traf.«

Ich schrubbte sandige Haut. »Und soll das bedeuten, daß du dir diese Verbesserung zuschreibst?«

Ein langsames, träges Achselzucken einer einzigen, sehnigen Schulter. Ihre Antwort war unmißverständlich: Wenn ich sie *nicht* getroffen hätte, wäre ich nicht der Mann, für den sie mich jetzt hielt.

Welche Art Mann auch immer das *war*. Wer weiß, was eine Frau denkt?

Das Schimmern in ihren Augen schwand. Sie wirkte jetzt nachdenklich. Sie streckte eine Hand aus und zog sanft die so tief über meine Rippen verlaufende, wulstige Narbe nach. Die verletzte Haut war noch immer bläulich, würde noch mehr Zeit benötigen, bis Purpur zu einem Rotton und später zu Silberweiß werden würde.

Die Haut erzitterte unter ihrer Berührung. Die Anspannung verkrampfte meinen Magen und tiefer Liegendes. Del sah mich an.

»Was erwartest du?« grollte ich. »Ich habe niemals ein Geheimnis daraus gemacht, was du bei mir bewirkst.«

Dels Mund wurde zu einer schmalen Linie. »Was ich bei dir bewirke? Oder was ich dir *antue?*« Sie zog ihre Hand von der Narbe zurück. »Ich hätte es getan, Tiger. Das Töten. Wenn es nötig gewesen wäre.«

»Welches?« konterte ich. »Das in Staal-Ysta? Oder das vorhin?«

»Egal. Beides.« Ihr Gesicht zuckte kurz. »Du weißt nicht, wie es damals war... damals, als ich dein Schwert berührte und Chosas Macht spürte. Die Heftigkeit seines *Verlangens* spürte.« Del erschauderte, was untypisch für sie war. »Wenn er die Gelegenheit bekommt, wird er mich vereinnahmen, mit einem Schwert, das aus Stahl gefertigt ist. *Oder* mit einem Schwert aus Fleisch und Blut.«

Sie war von Ajani vergewaltigt worden und später beinahe auch von den als Loki bekannten Dämonen. Solche Gewalt fordert ihren Tribut. Ich konnte es in ihren Augen erkennen. Die meisten, die es nach ihrem Körper verlangt, würden sich nicht einmal die Mühe machen, in sie hineinzusehen.

Ich atmete tief ein, seltsam benommen. »Also hättest du mich wirklich getötet, in dem Glauben, ich sei Chosa.«

Dels Gesicht war angespannt. Weiß. Starr. »Es wird vielleicht eine Zeit kommen, in der du es bist.«

Seltsamerweise schmerzte es nicht. Ich hatte es bereits selbst erkannt, mit Chosa Dei auf dem Sand.

Ich gab ihr das Tuch zurück. »Und es wird vielleicht eine Zeit kommen, in der du es tun mußt.«

Sieben

Hmpf«, kommentierte ich und dachte, das würde genügen.

»*Sieh* es dir an«, drängte Del. »Siehst du, was du getan hast?«

Ich zuckte die Achseln. »Spielt das eine Rolle? Ich wollte es nicht *wirklich*. Und überhaupt weiß ich nicht, welchen Wert es hat, daß du dich so darüber aufregst. Ich meine, was kannst du damit anfangen?«

»Sehr reiche Leute fertigen damit Fenster.«

»Damit?«

»Es ist Glas, Tiger.«

»Ich *weiß*, was es ist.« Ich betrachtete stirnrunzelnd den zerbrochenen Kreis. Der unmittelbare Mittelpunkt war ein spiralförmig abwärts führender Trichter aus hellem Sand, gesäumt von einem aufgeworfenen Rand, der an den Rand einer Schüssel erinnerte. Ein komplexes Netzwerk haarfeiner Risse verlief nach außen, erstreckte sich in alle Richtungen. Ein zerbrechlicher, vollkommener Kreis, aber gefährlich für einen Schwerttänzer, wenn er dumm genug war, ihn barfuß zu betreten. (Ich nicht. Ich hatte meine Sandale repariert.) »Aber jedes Fenster, das *ich* jemals gesehen habe …« (was in der Tat nicht sehr viele waren: eins) »… hatte richtige Glas*scheiben*. Dickes Glas vielleicht, schwer hindurchzusehen … aber nicht lauter kleine Stücke, die nicht größer als mein Daumen sind.«

»Du hast es letzte Nacht zerbrochen«, erklärte sie. »Du hast letzte Nacht eine Menge Dinge getan, wobei Glas zu zerbrechen noch zu den geringsten gehörte.«

Ich regte mich gereizt, noch immer steif von der Nacht zuvor. »Mit der Magie, die ich heraufbeschworen habe.«

»Mit *etwas,* Tiger – ich glaube nicht, daß es dein gutes Aussehen war.« Del lächelte süß.

Ich betrachtete sie verärgert. »Sind wir heute morgen nicht glücklich?«

»Glücklich?« Helle Brauen wurden gewölbt. »*Ziemlich* glücklich. Wieviel glücklicher sollten wir sein, wo wir doch gedungene Mörder auf unserer Spur wissen?«

Ich schaute Richtung Norden. »Da wir gerade davon sprechen, wir sollten wirklich weiterreiten.«

»Willst du kein Andenken mitnehmen?«

»An was? Nein. Warum sollte ich? Es ist nur *Glas,* Bascha!«

Del zuckte fast verteidigend die Achseln. »Bei Sonnenaufgang ist es sehr hübsch. All die Cremefarben und Rottöne und das Silber. Fast wie Tausende von Diamanten.«

Ich knurrte und wandte mich ab. »Komm schon, Delilah! Das hat im flammenden Tageslicht keinen Sinn.«

Sie schaute mir nach, während ich durch den Sand und die Erde zu dem wartenden Hengst schlurfte. »Du hast *überhaupt* keine Phantasie.«

Ich nahm die herabhängenden Zügel auf. »Als ich es das letzte Mal nachgeprüft habe, hattest du auch keine.«

»Ich!« Del folgte mir wütend.

»Hoolies, Frau, alles, woran du sechs ganze Jahre deines Lebens lang gedacht hast, war, dich an Ajani zu rächen. Diese Art Besessenheit erfordert keine Phantasie. Sie erfordert einen *Mangel* daran.« Ich stellte einen sandalenbekleideten Fuß in den Steigbügel und zog mich hoch. »Ich mache dir daraus keinen Vorwurf, weißt du – du hast getan, weswegen du ausgezogen warst. Der Sohn eines Ziegenbocks ist tot – aber jetzt gibt es uns.«

Del wartete darauf, daß ich den Steigbügel freigeben würde, damit sie ihn benutzen könnte. »Uns?«

»Viele andere Menschen ohne Phantasie sind hinter uns her. Glaubst du wirklich, wir hätten Zeit, kleine Glassplitter aufzusammeln?«

Del knirschte mit den Zähnen und stieg auf. »Ich dachte nur, du würdest vielleicht ein Andenken an die Magie haben wollen, mit der du es letzte Nacht zu tun hattest. Es tut mir leid, daß ich etwas gesagt habe.«

Ich stemmte mich in den rechten Steigbügel, um ihr Gewicht auszugleichen und den Sattel gerade zu halten. Ich wartete, bis sie saß, richtete Beine, Satteltaschen und Harnisch und wandte den Hengst dann südwärts. »Das ist das Problem bei Frauen. Sie sind zu sentimental.«

»Sie sind phantasievoll«, murmelte sie. »Und noch vieles mehr.«

»*Darauf* trinke ich.« Ich sortierte die Zügel und drängte den Hengst mit den Knien vorwärts. »Los, alter Junge ... wir haben noch ein gutes Stück vor uns.«

Das ›gute Stück‹ entpuppte sich als erheblich weiter als erwartet. Und es lag in einer anderen Richtung. Aber immer der Reihe nach.

Wie ... Fluchen.

Es war jetzt spät am Mittag. Nicht heiß, aber auch kaum kühl. Nicht einmal *annähernd* kalt. Es schwankte irgendwo dazwischen, aber je weiter wir nach Süden ritten, desto heißer würde es werden. Und die Erwartung würde es immer noch schlimmer erscheinen lassen.

Im Moment war es ausreichend warm. Unter Burnus und Untergewand stach der Schweiß in meine Haut.

Er stach in die aufgekratzten Stellen der vom Staub wundgescheuerten Kratzer.

Del wischte sich mit dem Handrücken über eine feuchte Oberlippe. Der helle Zopf hing schlaff herab, fiel über eine Schulter. »Zu Hause war es kühler.«

Ich machte mir nicht die Mühe, auf eine solch alberne, wenn auch wahre Bemerkung einzugehen. Del weiß es im allgemeinen besser, aber ich denke, daß jedermann sich irren kann. Ich *hätte* darauf hinweisen können, daß ›zu Hause‹ für mich nicht zu Hause bedeutete, weil ich ja Südbewohner war. Andererseits bedeutete ›zu Hause‹ für sie auch nicht mehr zu Hause, da sie formell daraus verbannt worden war. Was sie genausogut wußte wie ich, aber sie dachte nicht darüber nach. Vielleicht weil es ihr heiß war und die Wahrheit noch nicht ganz in ihr Bewußtsein gedrungen war. Ich würde sie nicht daran erinnern. Statt dessen fluchte ich nur. Was wahrscheinlich auch nicht sinnvoller war als Dels unnötige Bemerkung, aber ich fühlte mich dadurch besser.

Kurzzeitig.

Aber nur ein wenig.

Ich stand neben dem Markierungszeichen: einem gemörtelten Stapel aus neun gesprenkelten, grau-grünen Steinen, die behauen worden waren, um richtig aufeinander zu passen. In den obersten Stein waren Pfeile eingemeißelt, die die Richtungen anzeigten, und das bekannte segnende (oder *gesegnete*) Zeichen für Wasser: eine grobe Tränenform, die oft vom Wind und Sand und der Zeit verwischt, aber nichtsdestoweniger ausdrucksvoll war. Steinhaufen wie diesen gab es im Süden häufig, um Wasserstellen anzuzeigen.

In diesem Fall trog das Markierungszeichen.

»Nun?« fragte Del.

Ich atmete geräuschvoll, erschöpft und staubig Widerwillen aus. »Die Punja war hier.«

Sie wartete einen Moment. »Und das bedeutet?«

»Das bedeutet, daß sie den Brunnen zugeschüttet hat. Siehst du, wie flach es hier ist? Wie verkrustet?« Ich schabte mit einer Sandale über eine festgebackene Fläche feinen, knochenfarbenen Sandes und löste eine Staubwolke aus, ohne etwas zum Vorschein zu bringen. »Es ist alles sehr hart, was bedeutet, daß der Samum schon vor längerer Zeit hier hindurchgekommen ist. Der Sand hatte Zeit genug zu verkrusten ... und das bedeutet, daß es keine Hoffnung gibt, tief genug graben zu können, um an Wasser zu kommen.« Ich hielt inne. »Selbst wenn wir die Mittel dazu hätten.«

»Aber ...« Del vollführte eine Geste. »Zehn Schritt in jene Richtung gibt es Erde und Gras und Bewuchs. Könnten wir nicht dort graben?«

»Es ist ein *Brunnen*, Bascha, kein unterirdischer Fluß. Ein Brunnen ist ein Loch im Boden.« Ich deutete mit einem steifen Finger abwärts. »Gerade hinunter, wie eine Schwertklinge ... Es gibt nichts anderes, Bascha. Hier ist keine Chance auf Wasser.«

»Warum ist dann überhaupt ein Brunnen da?«

»Tanzeers und Karawanenführer ließen sie für die Handelsrouten ausheben. Diese Brunnen sind überall verstreut, obwohl einige von ihnen bereits ausgetrocknet sind. Du mußt einfach wissen, wo sie sind.«

Sie nickte nachdenklich. »Aber ... wir sind noch nicht weit genug im Süden, um die Punja erreicht zu haben. Noch nicht.« Sie runzelte die Stirn. »Oder?«

»Normalerweise würde ich nein sagen. Die Punja *sollte* sich noch mehrere Tagesritte vor uns befinden, wenn wir diese Richtung beibehalten.« Ich richtete eine Hand geradeaus nach vorn. »Aber darum ist es die Punja. Sie geht, wohin sie will, und verwirft alle Regeln.« Ich zuckte ergeben die Schultern. »Landkarten sind hier meistens nicht viel wert, es sei denn, man kennt die Eigenheiten des Wetters. Die Grenzen ändern sich ständig.«

Del betrachtete nachdenklich die verkrustete Schicht festgebackenen Sandes voller glitzernder Punjakristalle. »Also reiten wir woandershin.«

Ich nickte. »Das werden wir müssen. Im Moment geht es uns gut ... wir können bis heute abend zurechtkommen, aber vor dem Morgen werden wir Wasser brauchen. Warte mal ...« Ich rief mir im Geist die Landkarte, die ich so viele Jahre lang bei mir getragen hatte, vor die Augen. Wenn man sich die Markierungszeichen nicht merkt, wenn man sich die Brunnen nicht merkt, wenn man sich die Oasen nicht merkt, könnte man genausogut tot sein.

Und selbst *wenn* man sie sich merkt, kann man vielleicht dennoch sterben.

»Also?« fragte sie schließlich.

Ich blinzelte ostwärts. »Dieser Weg ist der nächste. *Wenn* er noch dort ist. Manchmal weiß man es nicht ... man zieht einfach weiter und riskiert es.«

Del, die noch immer auf dem Pferd saß, wog die schlaffen Botas ab. Schwindendes Wasser schwappte. »Das meiste für den Hengst«, murmelte sie.

»Da er derjenige ist, der doppelt trägt.« Ich trat zu seinem Kopf. »Zeit, um zu Fuß zu gehen, Bascha. Wir werden dem alten Kerl ein wenig Ruhe gönnen.«

Der Sonnenuntergang erglühte gespenstisch orangefarben, schimmerte auf den in den Stirnriemen des Zaumzeugs des Pferdes eingearbeiteten Messingverzierungen. Spiegelte sich auf den einzelnen Metallteilen der Ausrüstung und den Waffen – noch ein gutes Stück entfernt, aber plötzlich zu nah.

»Oh-oh«, murmelte ich und parierte den Hengst durch.

Del, die zusammengesunken hinter mir gesessen hatte, richtete sich jetzt beunruhigt auf. »Was ist los?«

»Gesellschaft an der Oase.«

»Ist das unser Ziel? Eine Oase?« Sie beugte sich zur

Seite und spähte um meinen Körper herum. Der Hengst spreizte die Beine, um das veränderte Gewichtsverhältnis auszugleichen. »Sicherlich glaubst du nicht, daß *jedermann* im Süden nach uns sucht!«

»Vielleicht. Vielleicht auch nicht.« Ich schaute stirnrunzelnd über eine Schulter. »Setz dich gerade hin, oder steig ganz ab. Der arme alte Kerl ist müde.«

Del glitt hinab, löste die Beine aus einem Gewirr von Satteltaschenriemen und herabbaumelnden Botas, ganz zu schweigen von der übrigen Ausrüstung. »Er ist kein alter Kerl, er ist ein Pferd. Er wurde für solche Arbeit gezüchtet. Aber so, wie du immer mit ihm zu reden beliebst – *und* über ihn zu reden beliebst –, wie mit einem Menschen, fange ich an zu glauben, daß du *tatsächlich* sentimental bist.«

»Er wurde nicht dafür gezüchtet, *zwei* Riesen wie uns herumzuschleppen. Einer ist mehr als genug. An einen ist er gewöhnt.«

Ich spähte zu der Oase. Ein dünner Rauchfaden schwebte in der Luft, vom Sonnenuntergang verschluckt. Es konnte ein Herdfeuer sein. Es konnte etwas anderes sein. »Ich kann nicht gut genug sehen, um zu erkennen, wie viele Leute dort sind ... oder um zu erkennen, *wer* sie sind. Es könnte eine Karawane sein, oder ein Stamm ...«

»... oder Schwerttänzer, angeheuert, um uns zu töten?« Del zog ihren Harnisch zurecht, glättete Burnusfalten. »Und was meinst du mit ›Riesen wie wir‹? Für nördliche Verhältnisse bist du nicht so groß.«

Nein, im Norden war ich vergleichsweise nicht so groß gewesen. Ich war irgendwie Durchschnitt gewesen, was für mich eine ziemliche Veränderung bedeutet hatte und auch ein wenig ärgerlich gewesen war. Im Süden *war* ich ein Riese, da ich einen ganzen Kopf größer war als die meisten südlichen Männer, während ich über Frauen hoch aufragte. Ich hatte mich daran gewöhnt, mich bei niedrigen Eingängen zu ducken, und war geschickt darin, herabhängende Lattendächer zu umgehen. Ich hatte mich auch daran gewöhnt, den Vorteil im Kreis zu nutzen: Ich bin groß, aber gut proportioniert, mit ausgewogener Arm- und Beinlänge. Meine Reichweite ist größer als die der meisten, und das gilt auch für meinen Schritt. Ich bin groß, aber ich bin schnell. Kein schwerfälliger Koloß. Und viele Männer des Südens hatten das zu ihrem Entsetzen erfahren.

Dann war da natürlich Del. Ihre blonde, blauäugige Schönheit hob sie in einem Land voller dunkelhäutiger, schwarzhaariger Völker von jedermann sonst ab. Ihre geschmeidige, langgliedrige Anmut verbarg nichts von ihrer Macht oder der Kraft, die sie auch zugunsten der Sitten des Südens, die sie für verabscheuungswürdig hielt, nicht verstecken würde.

Ach, ja: Delilah. Die absolut keine Ahnung davon hatte, was sie bei einem Mann bewirken – oder einem Mann *antun* – konnte. Ich streifte sie mit einem Blick. Und wandte mich dann betont ab. »Wenn du meinst, Bascha.«

Was natürlich sofort die von mir erwartete Reaktion hervorrief. »Wenn ich meine? Wenn ich was meine? Was meinst du?«

»Wenn es dir gefällt, dich für eine zartes Weibchen zu halten ...« Ich verstummte.

»Was? Du würdest mich wegen dieses Gedankens nicht eines Besseren belehren?« Del schritt an dem Hengst vorbei und trat neben mich. Flach auf dem Boden stehend, in Sandalen, war sie fast so groß wie ich. Ich bin volle vier Zoll über sechs Fuß groß. »Ich will keine einfältige, verweichlichte Frau sein ...«

Ich grinste und unterbrach sie. »Auch gut, Bascha. Du hast auch eigentlich nicht das Zeug dazu.«

»Und ich will es auch nicht haben.« Jetzt war Del an der Reihe, mich von Kopf bis Fuß zu betrachten. »Aber wenn wir über *Nachgiebigkeit* sprechen sollten ...«

Ich ließ sie nicht ausreden. »Wir sind hier, um über Wasser zu sprechen und darüber, ob wir unser Leben in dem Versuch aufs Spiel setzen wollen, es zu bekommen.«

Sie schaute an mir vorbei zu der entfernten Oase, schützte ihre Augen durch wie Fächer geformte Handflächen. Wir konnten Rufe hören, konnten aber die Worte nicht verstehen. Es konnte eine Feier sein. Es konnte etwas anderes sein.

Del verzog den Mund. »Die Botas sind fast leer.«

»Was bedeutet, daß es das Risiko wert ist.«

»Alles ist das Risiko wert.« Eine Schulterbewegung überprüfte das Gewicht des bequem diagonal über ihren Rücken hängenden nordischen *Jivatma.* »Wir sind, was wir sind, Tiger. Eines Tages werden wir sterben. Ich hoffe von ganzem Herzen, daß ich ein Schwert in Händen halten werde, wenn es soweit ist.«

»Wirklich?« Ich grinste. »Ich hatte immer irgendwie gehofft, ich würde mit einer heißen, kleinen südlichen Basca in den Armen im Bett sterben, mitten in eifriger körperlicher Arbeit ...«

»Das würdest du«, murmelte sie.

»... oder vielleicht mit einer *nordischen* Bascha.«

Del lächelte nicht: Sie ist sehr gut darin. »Wir sollten Wasser holen.«

Acht

Als wir die Oase erreichten, war alles Rufen erstorben. Wie auch alles Leben.

»Töricht«, murmelte ich verkrampft. »Törichte, einfältige, unwissende *Trottel* ...«

»Tiger!«

»Sie lernen niemals dazu, diese Leute ... sie laden einfach alles auf und tappen mitten in die Wüste hinein, ohne auch nur darüber *nachzudenken* ...«

»Tiger!« Sehr sanft, aber fest.

»... daß nur Valheil weiß, was sie erwartet! Werden sie niemals dazulernen? Werden sie niemals innehalten und nachdenken ...?«

»Tiger!« Boreal war noch immer blankgezogen, obwohl die Bedrohung längst vorbei war. »Laß es gut sein, Tiger. Was sie jetzt brauchen, ist ein Todesgesang.«

Ich verzog das Gesicht: »Du und deine Gesänge ...« Ich winkte barsch ab. »Tu, was du willst, Bascha. Wenn du dich dann besser fühlst.« Ich wandte mich um und schritt davon, stieß mein nordisches, *Jivatma* ruckartig in die Scheide. Ich ging dahin, bis ich schließlich anhielt und mit steifem Rückgrat dastand, den Rücken der kleinen Oase zugewandt, die Hände um die Hüften gekrampft. Ich beugte mich vor, spie angewidert Sand aus, wollte nichts anderes, als den Geschmack von Zorn und Sinnlosigkeit aus dem Mund auszuspülen. Aber nichts, was wir hatten, würde das bewirken können: weder Wasser noch Wein noch Aqivi. Überhaupt nichts würde das bewirken können.

»Törichte Narren«, murmelte ich. Und fühlte mich danach nicht besser.

Es waren nicht die Leichname. Es war nicht einmal die Tatsache, daß einer männlich und einer weiblich war und ein dritter die Überreste eines Kindes zeigte, dessen Geschlecht man jetzt nicht mehr erkennen konnte. Es war die Verschwendung. Die unglaubliche Unvernunft und *Dummheit* …

Die vertraute *Südlichkeit* daran.

Die Erkenntnis war schmerzlich. Ich war ganz plötzlich fertig und versenkte eine Faust in meine Magengegend, denn ich wollte den Zorn und die Enttäuschung und die Hilflosigkeit ausspeien. Es stimmte, was ich gesagt hatte: Sie hatten sinnlos und dumm, unwissend und einfältig gehandelt, weil sie fälschlicherweise glaubten, die Wüste sicher durchqueren zu können. Weil sie glaubten, ihre Heimat stelle keine Bedrohung dar.

Ich wußte, daß sie töricht gewesen waren. Ich konnte sie Trottel und unwissende Narren nennen, weil ich wußte, warum es so sinnlos war: Niemand, der die Wüste durchquert, war vor irgend jemandem sicher. Das war die Natur des Südens. Wenn die Sonne einen nicht erwischt. Wenn die Punja einen nicht erwischt. Wenn der Wassermangel einen nicht erwischt. Wenn die Stämme einen nicht erwischen. Wenn habsüchtige Tanzeers einen nicht erwischen. Wenn die *Sandtiger* einen nicht erwischen …

Hoolies. *Der Süden.* Rauh und grausam und tödlich – und Plötzlich fremdartig. Sogar für mich.

Besonders für mich: Ich begann mich zu fragen, ob ich ein wahrer Sohn des Südens war, im Geiste, wenn nicht im Fleische. Er war meine Heimat. Bekannt. Vertraut. Tröstlich in seinen Bräuchen, in den Kulturen, in der Rauheit, weil ich nur das kannte.

Aber ist es leichter, einen tödlichen Feind zu mögen, nur weil man ihn kennt? Ist es schwerer, ihn zu vernichten?

Ich hörte den Hengst hinter mir an dem gesäumten, mit Runen versehenen Becken schnauben; sein Verlangen nach Wasser war weitaus größer als die Angst vor dem Tod. Und ich hörte Del, ganz leise, ihren nordischen Gesang singen.

Mein Kiefer verhärtete sich. Ich murmelte zwischen den Zähnen hervor: »Törichte, unwissende *Narren*...«

Zwei Erwachsene, allein. Und ein Säugling. Leichte Beute für Borjuni.

Ich fuhr herum. »Wenn sie nur einen Schwerttänzer angeheuert hätten...« Aber dann verstummte ich. Del kniete im Sand, das Schwert in der Scheide, und hüllte die Überreste des Kindes sorgfältig in ihren einfachen Burnus. Sie sang, sehr sanft.

Ich dachte plötzlich an Kalle, das fünfjährige Mädchen, das Del in Staal-Ysta zurückgelassen hatte. Sie hatte das Mädchen geboren und dann aufgegeben, zu besessen von ihrer Rache, um Zeit für ein Baby zu haben. Ich hatte gelernt, daß Del ihren Verhaltensmustern nach zu allem fähig war. Darum hatte sie mich für den Zeitraum eines Jahres zum Austausch gegen die Gesellschaft ihrer Tochter angeboten. Sie hatte gewußt, daß sie nicht mehr bekommen konnte. Sie hatte gewußt, daß sie nur mich im Gegenzug anbieten konnte, und hatte entschieden, daß es den Preis wert war.

Der Preis war hoch geworden: Wir waren fast beide gestorben.

Aber Besessenheit und Zwang sprachen sie nicht von Schuld frei. Und auch nicht von einem tiefgehenden und beharrlichen Schmerz. Ich schlief mit der Frau: Ich wußte es. Wir beide bekämpften, aus verschiedenen Gründen, im Traum unsere Dämonen.

Während ich zusah, wie sie sich um den kleinen Leichnam kümmerte, fragte ich mich, ob sie auch an Kalle dachte. Sicherlich würde sie an die ihr so ähnlich geratene, blonde, blauäugige Tochter denken, wenn sie die Verbannung beendet sehen und in Zukunft mit ihr zusammenleben wollte. Mit der Tochter, die sie aufgegeben hatte. Die Tochter, die aufzugeben sie *gezwungen* gewesen war, um einen Drang zu befriedigen, der über das Normale hinausgegangen war.

Jetzt war Ajani tot. Und auch der Zwang, wodurch ihr – was blieb?

Del schaute zu mir hoch, den blutigen Burnus an ihrem Körper geborgen. »Könntest du ein Grab für sie ausheben, Tiger?«

Für *sie*. Ich fragte mich, wie Del das erkennen konnte.

Die Sinnlosigkeit erstickte mich fast. Ich wollte ihr sagen, daß dies nicht der Süden war, nicht *wirklich* der Süden. Daß er sich verändert hatte, seit wir in den Norden hinaufgezogen waren. Daß etwas Furchtbares geschehen war.

Aber das stimmte nicht. Es wäre eine Lüge. Der Süden hatte sich nicht verändert. Der Süden war noch immer der gleiche.

Ich starrte unverwandt auf das in Dels Armen geborgene Bündel. Wir hatten keine Schaufel. Aber an den Enden meiner Arme hingen ein Paar vollkommen gesunder, starker Hände, die nichts anderes zu tun hatten, da im Moment keine Borjuni da waren, die ich hätte umbringen können.

Sie kamen in der Dämmerung zurück. Das war nicht typisch – Borjuni schlagen im allgemeinen schnell zu und wenden sich dann anderer Beute zu –, aber wen kümmert Typisches, wenn man acht zu zwei unterlegen ist?

Del und ich hörten sie bei Einbruch der Dämmerung sofort kommen, da wir angesichts der Umstände nur sehr leicht geschlafen hatten, und wir hatten mehr als genug Zeit, unsere Klingen aus den Harnischen zu ziehen, die dicht neben uns lagen, und uns bereitzuhalten. Jetzt standen wir ihnen gegenüber, vollkommen bereit, die Rücken der Wand aus Palmbaumstämmen zugewandt, die in der Nähe des Felsenbeckens senkrecht aufragten.

»Ich dachte, du hättest gesagt, daß diese Runen Reisende beschützen«, murmelte Del. »Soviel zur Verbindlichkeit der Wüste.«

»Sie schützen gegen die Stämme, ja. Aber kaum etwas kann einen gegen Aasfresser wie die Borjuni schützen – es sei denn, man will sich auf ein Schwert verlassen.« Ich betrachtete die acht versammelten Männer, die auf stämmigen, in der Punja gezüchteten Pferden saßen. Sie waren alle typische Südbewohner: dunkelhaarig, dunkeläugig, dunkelhäutig, der aufsteigenden Sonne gemäß gekleidet, mit glitzernden Messern und Dolchen und Schwertern behangen.

»Ein Lager«, murmelte ich nachdenklich. »Es muß in der Nähe ein Lager geben ...«

Del, neben mir: »Willst du ihnen einen Besuch abstatten?«

Ich grinste. »Später vielleicht. *Nachdem* wir mit diesen fertig sind.«

Diese Worte in klarem, deutlichem Wüstendialekt waren für ihre Ohren bestimmt, wenn Dels Aussprache auch von einem Akzent gefärbt war. Nicht, daß es wichtig gewesen wäre: Sprachvermögen war das letzte, worüber die acht berittenen Borjuni nachdachten, während sie auf die sich so sehr von ihren Frauen unterscheidende nordische Frau hinabstarrten.

Was wirklich in Ordnung war, wenn man die gegenwärtige Lage betrachtete. Es bedeutete, sie bemerkten nicht – oder es *kümmerte* sie nicht –, daß sie ein Schwert in Händen hielt.

Wahrscheinlicher war, daß es sie nicht kümmerte. Man kann Boreal nur schwer übersehen.

Ich lachte tief innerlich. Ich hatte auch ein *Jivatma.*

»Nun?« forderte ich sie auf.

Einer der Männer regte sich. Er hatte ein dunkles, pockennarbiges Gesicht. Lange, streng zurückgestrichene Haare glänzten von zuviel Öl. Die gelockten Spitzen befleckten schmutzig grau-braun die Schultern seines staubigen, cremefarbenen Burnus. Er blickte mich herausfordernd an. »Schwerttänzer?« fragte er.

Ich änderte ganz leicht die Schrägstellung meiner Klinge, gerade genug, um das neugeborene Sonnenlicht einzufangen und ihn damit zu blenden. Eine ausreichende Antwort, dachte ich. Man spielt mit Borjuni nicht herum und kümmert sich auch nicht um Empfindlichkeiten. Man kommt direkt auf den Punkt. In diesem Falle war es *mein* Punkt, von Chosa Dei geschwärzt.

Der Borjuni fluchte, blinzelte, riß einen Unterarm hoch, um das Licht abzuwehren. Seine Männer murmelten hinter ihm, aber ein einziges gezischtes Wort hielt sie an ihren Plätzen. Er nahm den Arm wieder herab, legte eine Hand auf sein Messerheft, schaute an seiner pockennarbigen, knochigen Nase herab. Er sah Del nicht an. Aber das brauchte er auch nicht. Er hatte alles gesehen, was er sehen mußte, um zu wissen, wieviel er wollte.

Er nahm die andere Hand von den Zügeln fort und vollführte eine fließende Geste umfassenden Besitzerbewußtseins: sieben berittene Männer, alle gefährlich skrupellos. Sie hatten ihren Wert bereits bewiesen, wenn man die Toten in Betracht zog, die wir begraben hatten.

Die Hand lag erneut still. Er wartete zuversichtlich.

»Ich bin nicht beeindruckt«, erklärte ich ihm.

Dunkle Augen verengten sich. Er warf Del einen schnellen Blick zu, betrachtete einen Moment lang die gezogene Klinge, schaute dann wieder zu mir. »Die Frau«, grollte er, »und Ihr kommt frei.«

Ein Handel, immerhin. Einem Borjuni *sehr* unähnlich. Ein Schwerttänzer zu sein, hat seine Vorteile, aber in diesem Fall war ich mir der Dinge nicht so sicher. Acht zu zwei war keine gute Voraussetzung, selbst wenn die Borjuni in ihrer Unwissenheit glaubten, acht zu eins zu kämpfen. Ich bin groß, ja, und schnell, und ich biete ein zähes Erscheinungsbild, aber ich bin nicht *so* groß oder schnell oder boshaft.

Dennoch war ich gewillt, die Chance zu nutzen.

Ich bot ihnen ein heiteres, die Zähne entblößendes Grinsen. »Ich komme ohnehin frei. Glaubt Ihr, Ihr könntet den Sandtiger gefangennehmen?«

Del, die nach den außergewöhnlichen Ehrencodexen von Staal-Ysta ausgebildet worden war, hielt dies zweifellos für unnötige Prahlerei, aber so wird das im Süden gehandhabt. Den Borjuni gegenüber braucht man jeden Vorteil. Wenn sie sich überhaupt Gedanken über mich und die Gefahren, mein Können auszuprobieren, machten, um so besser. Das konnte die Waage zu unseren Gunsten ausschlagen lassen.

Schwarze Augen flackerten. Der Anführer der Borjuni versuchte eine andere Annäherung. »Warum hat die Frau ein Schwert?«

»Weil sie auch ein Schwerttänzer ist.« Ich sah keinen Sinn darin zu lügen. Außerdem würde er mir nicht glauben. »Und sie hat Magie zu ihrer Verfügung«, fügte ich beiläufig hinzu. »Mächtige nordische Magie.«

Er blinzelte, blickte Del abschätzend an. Suchte zweifellos nach der Magie. Aber er würde keine sehen, nicht so offensichtlich, anders als die Magie einer allzu langbeinigen nordischen Schönheit mit einem dicken Zopf weißblonder Seide, der über eine muskulöse, in der fast ärmellosen Ledertunika freiliegende Schulter fiel. Es kam ihm nicht in den Sinn, das Schwert ernst zu nehmen, oder das, wozu es fähig war.

Andererseits, wer würde das schon tun? Boreal ist sehr gut darin, Geheimnisse zu bewahren. Fast so gut wie Del.

Ein leichtes Zucken der Finger. Die sieben Männer

hinter ihm begannen auszuschwärmen. Del und ich änderten sofort schweigend unsere Haltung, stellten uns Rücken an Rücken. Ich balancierte sehr genau aus, spürte die vertraute Anspannung in den Oberschenkeln und Waden, das Sich-Verfestigen des Bauches. Hinter mir summte Del. Einleitung zum Gesang. Vorspiel zum Tanz.

Der Anführer rührte sich nicht. »Sandtiger«, sagte er, als wolle er ganz sichergehen.

Es kam mir in diesem Moment, und nur in diesem Moment, in den Sinn, daß auch ein Borjuni es vielleicht für angemessen hält, den Gerüchten zu lauschen. Vielleicht war es nicht so klug gewesen, ihm meinen Namen zu nennen. Vielleicht war es regelrecht *töricht* gewesen, ihm die Wahrheit anzubieten, wenn man den Erzählungen Glauben schenkte. Wenn es stimmte, was Rashad gesagt hatte – und ich hatte keinen Grund, daran zu zweifeln –, dann war auf unsere Köpfe Gold ausgesetzt worden.

Ich fluchte sehr leise.

Dels Gesang nahm in dem Moment an Lautstärke zu, als die Borjuni angriffen.

NEUN

Eine der leichtesten – und zerstörerischsten – Arten, einen berittenen Feind zu überwältigen, ist, sein Pferd zu Fall zu bringen. Das ist nicht ehrenwert, das ist nicht schön. Aber es geschieht schnell. Und gelegentlich hat es den Nutzen, daß damit alle Arbeit getan ist. Ich habe Gegner gekannt, die von fallenden Pferden oder durch den Fall an sich getötet wurden. Das spart Zeit und Kraft. Und während man natürlich immer darauf hoffen kann, hofft man auch einfach darauf, daß der Schreck einem den berittenen Mann in den Weg fallen läßt. Dann führt man seine Arbeit zu Ende.

Wenn ich kämpfe, ob nun innerhalb der Grenzen des Kreises oder in der Welt draußen ohne Ehrenkodex, erfahre ich eine Art Verlangsamung der Zeit. Während nichts wirklich stillsteht, ist *dennoch* alles verlangsamt, so daß mein Sehvermögen nicht von Bewegungen getrübt wird, die sonst zu schnell ausgeführt werden, als daß man sie verfolgen könnte.

Ich hatte einst geglaubt, es sei die Art, in der jedermann einen Kampf oder Tanz sieht, bis ich es meinem Shodo gegenüber einmal beiläufig erwähnte. Am nächsten Tag hatte er mich eine Übungsstufe hinaufbefördert und mich einem wohlbekannten, erfahrenen Schwerttänzer namens Abbu Bensir übergeben, der meine Behauptung überprüfen sollte. Ich besiegte ihn nicht nur, sondern zeichnete ihn auch fürs Leben, indem ich ihm fast die Kehle zerquetschte.

Nachdem ich den Schock, den Übungstanz tatsächlich

gewonnen zu haben, überwunden hatte, erklärte ich meinem Shodo, daß Abbus Kampfmuster ziemlich leicht zu parieren waren, weil er träge und selbstzufrieden war, aber hauptsächlich, weil ich den Weg-innerhalb-des-Weges gesehen hatte: die Bögen und Streiche und Stöße, bevor Abbu sie ausgeführt hatte. Es war einfach eine Sache des Sehens der Möglichkeiten, Wahrscheinlichkeiten und Alternativen und des Auswählens der Handlungsweise, der mein Gegner am ehesten einen Erfolg zutraute. Es erforderte eine schnelle Beurteilung seiner Technik, ein blitzschnelles Abschätzen seines Stils und eine sofortige Gegenbewegung.

Ich dachte, jedermann mache es so. Wie sonst sollte man den Tanz gewinnen?

Schließlich erfuhr ich, daß *nicht* jedermann die Fähigkeit besaß, Bewegung zu sehen, bevor sie ausgeführt wurde, oder den wahrscheinlichsten Handlungskurs des Gegners zu erspüren und dann eine Gegenbewegung zu gestalten, bevor die Handlung stattfand. Eine solche Fähigkeit der Voraussicht und der entsprechenden Reaktion war, wie mir mein Shodo erklärte, die reinste Gabe, auf die ein Schwerttänzer jemals hoffen konnte. Und daß ich, der ich begnadeter war als die meisten, den Lohn sehr lange Zeit ernten würde, sogar *Jahre* – wenn ich diese Gabe nicht wegwerfen würde, indem ich träge oder zu selbstzufrieden werden würde.

Hochmütig, ja. Vollkommen selbstsicher. Aber niemals, niemals selbstzufrieden.

Der berittene Borjuni kam heran. Alles verlangsamte sich pflichtgetreu, so daß ich alle Möglichkeiten und den Weg-innerhalb-des-Weges sehen konnte. Ich wartete geduldig, das Schwert bereit, und beobachtete, wie er auf mich zuritt, erpicht auf ein Todesversprechen.

Oh, der Tod war versprochen, in Ordnung. Aber nicht *mein* Tod. Ich brachte das Pferd unter ihm zu Fall und durchbohrte ihn, noch während er herabfiel.

Einer weniger: sieben waren noch übrig. Natürlich würde sich Del einiger von ihnen annehmen.

Ich fuhr auf der Stelle herum, gerade als das Pferd um sich schlug und schrie, bedauerte kurz die Verschwendung, wußte aber, daß das Überleben viele widerliche Dinge erfordert. Später würde ich dem Pferd, wenn ich überlebte, den endgültigen Todesstoß geben, aber im Moment…

Die Sinne dröhnten. Meine Ohren konzentrierten sich auf die sich durch den Sand grabende Vielfalt von Hufen. Auf das Klappern der Messingverzierungen am Zaumzeug. Auf das heftige Schnauben eines Pferdes, das kurz durchpariert wird. Ich duckte mich, führte eine blitzschnelle Finte auf die Vorderbeine aus, ließ den Borjuni sein Pferd beiseite reißen, während er mit blitzender Klinge abwärts schlug. Ich fing sie ab, Stahl kreischte. Stieß zu, wandte mich um, führte eine Gegendrehung aus, riß mich ruckartig los, trat beiseite, duckte mich ein zweites Mal. Wieder der Schlag auf die Vorderbeine. Wieder das Beiseitereißen. Er schätzte sein Pferd zu hoch ein. Das beeinträchtigte seine Konzentration.

Ich stach mit ausgerichteter Klinge blitzschnell zu, schnitt tief in sein von einem knöchelhohen Stiefel bekleidetes Bein ein, hörte ihn entsetzt und wütend schreien. Der Schmerz würde schnell genug einsetzen – aber ich wartete nicht darauf. Als er im Sattel zur Seite rutschte und das fast abgetrennte Bein schwach umklammerte, griff ich hinauf, bekam einen Arm zu fassen, riß ihn vom Pferd. Schnitt die empfindliche Kehle mühelos durch.

Zwei.

Die runenbeschriftete Klinge wurde naß von hellem, frischem Blut. Ich hörte in meinem Kopf einen Gesang, das geflüsterte Murmeln eines Gesangs, das mir in die Knochen kroch. Dafür war es geschaffen worden, mein göttergesegnetes *Jivatma*. Das war seine spezielle Aufgabe, das Blut des Feindes zu verspritzen. Das war seine besondere Gabe: das Fleisch von den Knochen zu trennen, sogar diese zu zerteilen und den Feind zu *vernichten* …

Wut und Macht und Verlangen.

Ich erkannte undeutlich, daß nichts davon aus mir geboren wurde, sondern aus etwas – *jemand* – anderem.

Der Gesang wollte nicht weichen.

Ich fuhr herum, schoß vorwärts, schlug zu. Pferde überall. Sie bevölkerten die kleine Oase, beengten meinen persönlichen Kreis. Ich hörte Dels rauhes Atmen, Bruchstücke nordischen Gesangs, die gemurmelten Selbstermahnungen, mit abgehacktem, hastigem Atem ausgestoßen. Pferde *überall,* schnaubend und stampfend und schreiend und um sich schlagend …

Zuschnappende Zähne, schlagende Hufe …

Wilde, rollende Augen …

Geschriene südliche Flüche und Drohungen zu zerstückeln …

Der dichte, heiße Geruch von sich mit Sand vermischendem Blut …

Del, die das Sonnenlicht mit einem Weberschiffchen magischen Stahls wob …

Zorn … und *Macht* … und *VERLANGEN* …

Chosa Dei wollte freikommen.

Das Tageslicht um mich herum explodierte.

Der Feind rief etwas. Ich konnte es nicht verstehen, konnte die Worte nicht enträtseln. Wußte nur, daß der Feind vernichtet werden mußte …

»Tiger … Tiger, *nein* …«

Am Ende der Klinge gefangen. Von Verfärbung gefangen: Ich mußte nur in den Hals des Feindes einschneiden, die empfindliche Haut kaum schlitzen, und der Feind wäre vernichtet.

»Tiger … zwing mich nicht *dazu* …«

Es flüsterte in meinem Kopf. Ein kleiner, vollkommener Gesang. *Nimm sie jetzt,* sang er. *Nimm sie JETZT, und laß mich frei.*

So viele Pferde getötet. So viele Feinde …

Das Fluchen erklang jetzt in nordischer Sprache. Einen Moment verwirrte es mich … dann schwoll der Gesang in meinem Kopf an.

»… vernichten …«, murmelte ich laut.

Ich mußte nur mit der geschwärzten Schwertspitze ihre Kehle berühren …

»Du dreimal verfluchter Sohn eines Ziegenbocks!« schrie sie. »Welche Art Dummkopf bist du? *Willst* du diesen Tanz, du Narr? Willst du wirklich, daß wir einander das antun, was niemand sonst uns antun kann?«

Niemand sonst?

Zorn.

Und Macht.

Und *Verlangen.*

Blut tropfte von der Klinge. Ein Tröpfchen lief den Bogen eines vertrauten nordisch-hellen Schlüsselbeins hinab und unter die elfenbeinfarbene Tunika.

Del hob ihre Waffe. In ihren Augen sah ich, wie heftige Anklage durch grimmige Entschlossenheit ersetzt wurde.

Mir fiel etwas ein.

Ich sprang in dem Moment zur Seite, als sie die Klinge in Vorbereitung auf eigenes Handeln beiseiteriß. Ich sprang, stieß zu, ließ mich fallen und rollte herum, schabte durch blutgetränkten Sand. Verlor irgendwie das Schwert und stand mit leeren Händen wieder auf …

Um gewaltigen nördlichen Stahl zu küssen, der auf meinem Mund lag.

Ich kauerte da auf den Knien, rang nach Luft, versuchte angestrengt, nicht zu zucken oder Schmerz zu zeigen oder zu blinzeln, während Del aus zornigen Bansheesturmaugen auf mich herabsah.

Sie sah mich an und maß mich. Betrachtete das Schwert, das zehn Fuß entfernt lag. Sah mich wieder eindringlich an.

Nach einem langen angespannten Moment knirschte Del mit den Zähnen. »Wie, zu den Hoolies, soll ich wissen, wann du es bist und wann nicht?«

Weil ich es tun konnte, weil ich ihren Namen kannte, legte ich einen Finger auf Boreals Schneide und schob sie ein wenig von meinem Mund fort. »Du könntest *fragen*«, schlug ich sanft vor.

»Fragen! *Fragen!* Inmitten der Feindseligkeiten, wenn ich nicht weiß, ob ich auf eine Borjuniklinge aufgespießt werden soll – *oder auf deine* –, soll ich *fragen*, ob ich dem Mann, der mein Partner sein soll, trauen kann?« Blaue Augen blitzten, während sie einen sarkastischen Tonfall annahm. »Entschuldige, Sandtiger, bist du mir heute freundlich gesinnt oder nicht?« Del schüttelte den Kopf. »Was für ein Narr bist du?«

»Schlechter Scherz«, murmelte ich. »Entweder das, oder du hast keinen Sinn für Humor.«

»Ich finde überhaupt nicht witzig, was gerade geschehen ist.« Del runzelte düster die Stirn. »*Weißt* du überhaupt, was geschehen ist?«

»Ich glaube, ich habe einige Leute getötet.« Ich sah mich kurz um und registrierte entseelte Körper. Ich zählte acht davon. »Hast du etwas dagegen, wenn ich aufstehe?«

»Von mir aus kannst du Steine pinkeln, solange du dich nicht diesem Schwert näherst.«

Mein Gott, sie *war* erschreckt. Ich atmete tief ein und stand auf, bemerkte Schmerz und Qual und Ziehen und Zwicken, den ganzen Nachklang des Kampfes.

Ich machte einen Schritt. »Del, ich bin nicht...« Ich brach mit einem erstickten Fluch der Erkenntnis ab und setzte mich dann schwerfällig in den Sand.

»Was ist los?« fragte Del mißtrauisch.

Ich war zu sehr mit Fluchen beschäftigt, um antworten zu können: Ganz vorsichtig streckte ich mein rechtes Bein aus, spürte das knirschende Krachen darin, beugte mich dann im Gebet an die Götter zerschmetterter Knie darüber.

»Hoolies ... nicht mein Knie ... *bitte* nicht mein Knie ...« Ich atmete stoßweise, Schweiß brannte in Kratzern und Schnitten. »Das kann ich nicht gebrauchen ... das kann ich *wirklich* nicht gebrauchen ... o Hoolies, nicht mein *Knie* ...«

Dels Stimme klang jetzt normaler. »Bist du in Ordnung?«

»*Nein,* ich bin nicht in Ordnung – sehe ich so aus? *Klinge* ich so?« Ich schaute zu ihr hoch, versuchte den Schmerz fortzuzwingen. »Wenn du mich nicht gezwungen hättest, anzugreifen und mich herumzurollen, dann wäre jetzt ...«

»*Mein* Fehler! Mein Fehler? Du Sohn eines Ziegenbocks – *meine* Kehle befand sich an der Spitze deines Schwertes!«

»Ich weiß ... ich weiß ... es tut mir leid ...« Das tat es auch, aber ich konnte in diesem Moment noch nicht damit umgehen. Es war zu gewaltig, zu bedrohlich – außerdem brachte mein Knie mich um, und es war einfacher, sich darauf zu konzentrieren als auf das, was ich Del angetan – oder fast angetan – hatte. »O Hoolies, laß es gut sein ... nichts Dauerhaftes ...«

»Was hast du getan?« fragte sie.

»Es verdreht«, platzte ich heraus. »O Hoolies, ich hasse Knie ... sie versagen immer, wenn man sie am meisten braucht, oder halten dich die ganze Nacht wach ...« ich wischte mir den Schweiß aus den Augen. »Vermutlich geht es dir ganz einfach *gut.* Dir mit deinen einundzwanzig Jahren.«

»Zweiundzwanzig«, verbesserte sie mich.

»Einundzwanzig, zweiundzwanzig – wen kümmert das? Du kannst alles tun, was du willst, deinem Körper alles abverlangen, und er folgt ohne Murren ...«

Ich bewegte vorsichtig das Knie, suchte nach Dingen, die es nicht geben sollte, wimmerte unter Schmerzen. »Ich wünschte, ich wäre noch mal so jung wie du ...«

»Nein, das tust du nicht«, sagte sie barsch und steckte ihr Schwert schließlich in die Scheide, um sich neben mich zu hocken und mein Knie zu untersuchen. »Ich kenne keine Menschenseele, die die Weisheit, die sie statt eines jüngeren, unwissenderen Körpers erlangt hat, dagegen eintauschen würde.« Sie hielt inne. »Natürlich nur, wenn sie Weisheit erlangt hat.«

Ich sah Blut an Armen und Beinen und auf ihrer Tunika. Ihr Zopf klebte vor Blut. »Bist *du* in Ordnung?«

»Einer von uns muß es sein, und du bist bereits verletzt.« Ihre Handfläche lag kühl auf meinem Knie. »Wirst du reiten können?«

»Wenn ich eine Wahl habe: nein!«

Del verzog den Mund. »Das kommt darauf an«, sagte sie, »ob du abwarten willst, ob ihre Borjunikameraden hierher kommen, um nachzusehen, was ihre restlichen Leute von der Mittagsmahlzeit fernhält.«

Ich betrachtete die Gefallenen. Acht, wie zuvor. Auch eine Handvoll toter und sterbender Pferde. Mein Hengst stand noch da, wo ich ihn zurückgelassen hatte, an einer Palme festgebunden. Er war nicht sehr glücklich, von so viel Tod umgeben.

Ich runzelte die Stirn. »Vier Tiere fehlen.«

»Sie sind davongestürmt. Wenn es ein Lager gibt, werden sie dorthin flüchten.«

»Und von der Niederlage künden.« Ich streckte das Bein erneut aus, prüfte das Knie. »Du hast recht: Wir haben keine Wahl. Hol mir etwas, womit ich dies verbinden kann, und wir werden aufbrechen. Wir können es nicht einmal wagen, lang genug zu bleiben, um uns um die Leichen zu kümmern – das überlassen wir den anderen Borjuni.« Und als sie davonging, fügte er hinzu: »Vergiß nicht, die Botas wieder aufzufüllen.«

Del warf mir einen beredten Blick zu, der besagte,

daß sie sehr wohl wußte, was getan werden mußte, bevor wir aufbrächen, aber sie schwieg. Sie trat grimmig zu dem nächstgelegenen Körper, schnitt ein Stück von dem Burnus ab und kam zurück, während sie den Stoff zerriß. Sie ließ die Streifen auf mich herabregnen.

»Hier. Ich werde mich um die Botas kümmern. Du kümmerst dich um dein Knie – und dann wirst du dich um jenes Schwert kümmern.«

Jenes Schwert.

Als sie davonging, schaute ich hin und sah das gefürchtete Schwert. Es lag ruhig im Sand, rot und schwarz und silbern gefleckt.

Das Schwert, mit dem ich eine Handvoll Borjuni getötet hatte, die es zweifellos verdient hatten... und mit dem ich auch Del zu töten versucht hatte?

Hoolies, ich hatte *Angst*, aber ich wagte nicht, sie es merken zu lassen, weil sie dann erkennen würde, wie fragwürdig meine Selbstsicherheit war.

Ich rieb mir erschöpft über das Gesicht und verband dann mein schmerzendes Knie.

Zehn

Ich wartete. Ich beobachtete, wie sie den Hengst absattelte und dann anpflockte, angesichts meines Knies meine Arbeit für mich tat, und dann sah ich zu, wie sie uns ein Lager für die Nacht bereitete. Es war noch nicht *eigentlich* Nacht, aber nah daran. Außerdem war der Hengst besonders müde, weil ich nicht hatte zu Fuß gehen können, um ihm Ruhe zu gönnen.

Wir hatten keinen nennenswerten Schutz, nur eine verstreute Ansammlung kärglicher, verkrüppelter Bäume, die fast kein Laub an den knorrigen Zweigen trugen, und einen schmalen Streifen spärliches, verbranntes Wüstengras. Einige Steine und ein wenig Anmachholz dienten als Feuerstelle. Ein trauriges, schäbiges Lager, aber unseren Bedürfnissen angemessen.

Was auch immer diese Bedürfnisse waren, unter den gegebenen Umständen.

Ich wartete. Ich beobachtete, wie sie Decken ausbreitete, das kleine Feuer schürte, Nahrung und Wasser austeilte. Sie sagte nicht viel. Sah mich kaum an. Tat einfach, was getan werden mußte, ließ sich dann auf ihrer Decke nieder.

Auf der *anderen* Seite des Feuers.

Eine Vorahnung flackerte auf, aber ich verdrängte sie, versuchte die Normalität wiederherzustellen, indem ich in die vertraute Neckerei verfiel. »Es ist nur ein Knie«, sagte ich zu ihr. »Eigentlich nicht ansteckend.«

Del runzelte kurz, aber vielsagend die Stirn. Es gibt solch einen gewissen Blick in ihren Augen, egal wie sehr sie ihn auch zu verbergen versucht. Sie trägt der Welt gegenüber eine Maske – und manchmal auch immer noch mir gegenüber –, aber ich kann sie jetzt besser durchschauen als zu der Zeit, als wir uns zum erstenmal trafen. Was man auch erwarten sollte.

Mühsam behielt ich einen unbefangenen Tonfall bei. »Aha«, nickte ich, »es ist gar nicht das Knie. Das bedeutet, daß *ich* es bin.«

Del kniff ganz kurz die Lippen zusammen. Sie warf mir einen schnellen Blick zu, kaute kurz und nachdenklich auf ihrer Unterlippe und verzog das Gesicht dann zu einer Grimasse der Nichtigkeit.

»Nun?« drängte ich. »Ich weiß, daß ich lange kein richtiges Bad mehr genommen habe, aber das gilt auch für dich. Und das hat *mich* niemals abgehalten.«

»Weil du keine Selbstbeherrschung besitzt. Wie die meisten Männer.« Aber die Erwiderung klang halbherzig, es war kein unterschwelliges Sticheln in ihrem Tonfall.

Ich gab die Normalität auf. »In Ordnung, Bascha – sag, was du sagen mußt.«

Del war eindeutig unglücklich. »Vertrauen«, sagte sie weich.

Ich legte meine Hand auf das in seiner Scheide steckende Schwert neben mir. »Dies.«

»Es ist ein Greuel. Die Seele des Schwertes ist schwarz. Chosa Dei hat das *Jivatma* verdorben, den Ehrenkodex verdorben ...«

»... und du hast Angst, daß er mich verdorben hat.«

Del antwortete nicht sofort. Farbe stieg in ihre Wangen und wich dann genauso schnell wieder. »Ich schäme mich«, sagte sie schließlich. »Zu vertrauen und dann doch auch nicht zu vertrauen. Die Wahrhaftigkeit der Treue in Frage zu stellen ...« Sie vollführte eine hilflose Geste, als fehlten ihr die richtigen Worte. »Wir, du und ich, haben viel im Namen der Ehre und anderer Dinge getan. Das Vertrauen wurde niemals in Frage gestellt, wie es im Kreis angemessen ist, ob es nun ein gezogener oder ein im Geiste existierender Kreis ist.« Ihr Akzent trat deutlicher hervor, sie mühte sich mit den südlichen Worten ab. »Aber jetzt steht es in Frage. Jetzt muß es in Frage stehen.«

Ich seufzte tief. Mein verbundenes Knie schmerzte unaufhörlich, wie auch alles andere. »Ich sollte dich vermutlich fragen, was ich getan habe. Nur um verstehen zu können. Ich erinnere mich nach dem zweiten Borjuni kaum an etwas.«

»Du hast sie getötet«, sagte Del einfach. »Und dann hast du mich zu töten versucht.«

»Wirklich versucht? Oder nur *scheinbar* ...« Ich ließ von der Ironie ab. Der aus Prahlerei und Sarkasmus gestaltete Schild war nicht erforderlich. Die Vorstellung war zu unheimlich. Die Wahrheit zu schmerzlich. »Bascha ...«

»Ich bin sicher«, kam sie mir zuvor. »Ich weiß, daß nicht du es warst, nicht *wirklich* du – aber spielt das eine Rolle? Chosa Dei will mich. Chosa Dei will *dich* ... und für kurze Zeit hatte er heute Besitz von dir ergriffen.« Del zupfte heftig an ihrer Decke, riß eine abgenutzte Ecke ein. »Der Gesang, den du gesungen hast, war ... nicht richtig. Es war kein Gesang aus dir selbst heraus. Es war ein aus *ihm* entstandener Gesang ...«

Ein erster Hauch von Erkennen verursachte mir Unbehagen, und ich regte mich auf meiner Decke: Es war leichter, ihre Ängste auszuräumen, als darauf einzugehen. »Ich kann ihn beherrschen, Del. Ich muß nur stärker sein.«

»*Er* wird stärker. Tiger, verstehst du nicht? Wenn du dich der Gewalt überläßt, verleiht ihm das die Macht. Wenn er erst genug davon erlangt hat, wird er das Schwert als Brücke zu *dir* und dann dich als seinen Körper benutzen.« Sie verzog angewidert das Gesicht. »Ich habe es heute gesehen, Tiger. Ich habe *ihn* heute gesehen, wie ich ihn in dem Drachen gesehen habe.«

Ich war schnell mit Ablehnung bei der Hand. Es war einfach. »Ich glaube nicht …«

Sie ließ mich den Satz nicht beenden. »Chosa Dei hat aus deinen Augen geschaut. Chosa Dei war in deiner Seele.«

Ein ganz schwaches Aufflackern der Angst entzündete sich in meinem Magen. »Ich habe ihn besiegt«, platzte ich drängend heraus. »Letzte Nacht, und heute wieder. Ich werde ihn *weiterhin* besiegen.«

Die Sonne war jetzt vollständig untergegangen. Feuerschein lag auf ihrem Gesicht. »Bis er zu stark wird.«

Verzweiflung, verbunden mit schwacher Verärgerung. Aber der Ausbruch erfolgte heftig. »Was *erwartest* du? Ich kann dieses Schwert nicht auf die Art loswerden, wie ein vernünftiger Mensch es tun würde – du hast gesagt, es sei zu gefährlich, es zu verkaufen, es fortzugeben oder wegzuwerfen, weil er dann seinen Körper hätte. Und ich kann das Schwert nicht *vernichten* – du hast gesagt, dann käme sein Geist frei. Was bleibt mir also übrig? Was, bei den Hoolies, soll ich tun?«

Dels Stimme klang fest. »Du hast zwei Möglichkeiten«, sagte sie ruhig. »Eine kennst du bereits: Finde einen Weg, das Schwert zu befreien. Die andere ist noch schwerer.«

Ich fluchte heftig. »Was, bei den Hoolies, ist schwerer, als einen Magier aus der Legende aufzuspüren – Chosas *Bruder,* keinen Geringeren! –, der vielleicht gar nicht existiert?«

»Sterben«, antwortete sie sanft.

Das war ein Schlag in die Magengrube, aber ich ließ es sie nicht merken. »Sterben ist leicht«, erwiderte ich.

Del antwortete nicht.

»Und außerdem hat Chosa – in diesem Schwert – bereits versucht mich zu töten. Erinnerst du dich? Warum sollte Sterben also sinnvoll sein?«

Sie verzog den Mund. »Ich bezweifle, daß er dich

töten wollte. Es ist eher wahrscheinlich, daß er dich *verletzen* wollte. Ernsthaft, ja,weil du dann geschwächt wärst. Dann könnte er das Schwert … und schließlich auch dich vereinnahmen. Aber wenn du sterben solltest …« Sie verstummte. Es waren keine weiteren Worte mehr nötig.

In dem Bemühen, mein Knie nicht zu belasten, warf ich mich mit dem Rücken voran auf meine Decke und starrte in den sich verdunkelnden Himmel. Die Nachtluft war, wie immer in der Wüste, kühl, im Gegensatz zur Hitze des Tages. »Also, so wie ich es verstehe …« – ich runzelte die Stirn –, »… muß ich nur am Leben bleiben … und unversehrt … lang genug, um Shaka Obre zu finden, der mir dabei helfen kann, dieses dreimal verfluchte Schwert zu befreien … oder jegliche Form von Gewalt vermeiden, um ihm keine Macht zu geben … oder dir nicht den Rücken zuwenden.«

Das verblüffte sie. »*Mir!*«

Ich wandte den Kopf, um sie anzusehen. »Sicher. Damit du nicht über Möglichkeiten nachzudenken beginnst, Chosa zu bekämpfen – durch mich –, ohne daß eine Befreiung erfolgt.«

Del keuchte vor Empörung. Es war fast komisch.

Ich brachte ein halbherziges Grinsen zustande. »Das ist ein Scherz, Bascha. Aber ich vergesse immer: Du hast keinen Sinn für Humor.«

»Ich würde nicht … ich *könnte* nicht … ich würde niemals …« Sie brach verärgert ab, verlor den Faden.

»Ich *sagte* bereits, daß es ein Scherz war!« Ich rollte mich auf eine Hüfte, entlastete das wunde Knie und stützte mich auf einen Ellbogen auf. »Siehst du jetzt, was ich damit gemeint habe, daß du keinen Sinn für Humor hast?«

»Es ist nichts Lustiges daran, die Ehre zu verlieren, die *Selbst* …«

Plötzlich sehr müde, rieb ich mir mit einer Handfläche übers Gesicht. »Vergiß es. Vergiß, daß ich etwas gesagt habe. Vergiß, daß ich überhaupt hier bin.«

»Das kann ich nicht. Du *bist* hier ... und jenes Schwert auch.«

Wieder ›jenes Schwert‹. Ich seufzte tief, war mir einer erschöpften Niedergeschlagenheit bewußt und legte mich erneut auf meiner Decke zurück. »Geh schlafen«, schlug ich vor. »Am Morgen wird es besser sein. Alles ist am Morgen besser – darum haben sie ihn erfunden.«

»Wer?«

»Die Götter vermutlich.« Ich zuckte die Achseln. »Woher, bei den Hoolies, soll ich das wissen? Ich bin nur ein Jhihadi.«

Del legte sich nicht hin. Sie saß auf ihrer Decke und betrachtete mich nachdenklich.

»Geh *schlafen*«, sagte ich.

Ein abwehrendes Achselzucken. »Ich werde noch eine Weile hier sitzenbleiben. Wache halten.«

Ich zuckte ebenfalls die Achseln, nahm es nur allzu bereitwillig hin. Es kam häufig genug vor. Ich kuschelte mich vorsichtig unter meine Decke, fluchte leise wegen der festen Verbände, die es mir schwer machten, mein Knie bequem zu lagern, und hörte dann ganz auf, mich zu bewegen.

Etwas Neues kam mir in den Sinn. Etwas, was mir nicht gefiel, wovon ich aber wußte, daß es möglich war. Noch eher *wahrscheinlich.*

»Du willst Wache halten?« grollte ich. »Mich vor Gefahren beschützen – oder dich vor *mir* beschützen?«

Del antwortete gelassen. »Was auch immer nötig sein wird.«

ELF

Ich wachte verdrießlich auf, wie es bei mir manchmal der Fall ist. Nicht sehr oft, insgesamt gesehen. Wie ich schon zuvor sagte, bin ich im allgemeinen ein ausgeglichener Mensch. Aber gelegentlich erwischt es auch die Besten von uns.

Normalerweise nach einem Abend mit zuviel Aqivi (und früher hin und wieder nach Abenden mit zu vielen Frauen, aber es scheint, daß sich alles ändert, wenn man älter wird). In diesem Fall war es nach einer Nacht mit zu regem Schlaf und einem wunden Knie, das sehr wenig erfreut war, sich bewegen zu müssen.

Del, einer jener absolut verabscheuungswürdigen Menschen, die ziemlich heiter erwachen und nicht verärgert darüber sind, daß die Sonne wieder erschienen ist, beobachtete, wie ich mich aus meiner Decke befreite und leise vor mich hin murmelte, während ich dies tat, und sah dann schweigend zu, wie ich mich aufzusetzen versuchte. Sitzen war recht einfach: Aber das Stehen nicht. Und das Gehen war das schlimmste.

Ich humpelte davon, erledigte meine Angelegenheiten, humpelte wieder zurück. Ich war steif, und die heilenden, sanderfüllten Kratzer juckten, ich stank mangels eines Bades, Kinn und Wangen waren stoppelig. Mein Knie schmerzte wie die Hoolies. Wie auch einige andere Dinge: hauptsächlich mein Stolz.

»Du hast gesprochen«, bemerkte Del und faltete ihre Decke ordentlich zusammen.

»Gesprochen?«

»Diese Nacht. Im Schlaf.« Sie kniete sich hin und

machte sich daran, die Kohlen in der Feuerstelle wieder anzufachen. »Ich hätte dich beinahe aufgeweckt, aber ... ich hatte ... nun ...«

»Angst?« Ich stieß es zwischen zusammengebissenen Zähnen hervor. »Hast du geglaubt, ich würde das Schwert aus der Scheide reißen und dich damit mitten in der Nacht angreifen?«

Del schwieg.

Was am meisten weh tat: Es bestand tatsächlich die Möglichkeit, daß meine sarkastische Frage den Tatsachen näher kam, als mir lieb war.

Aufbrausend forderte ich sie auf: »Hoolies, Bascha, dies muß ein für allemal geklärt werden. Wenn du wirklich Angst vor mir hast ...«

»*Um* dich«, sagte sie ruhig.

»Um mich? Warum? *Um* mich?«

Sie beugte sich hinab, blies auf die Kohlen, schaute durch Aschestaub und Rauch zu mir hoch. »Ich habe Angst davor, was er dir antun wird. Was er aus dir machen wird, wenn du erst *vernichtet* bist.«

Ich gebe es zu: Es war beunruhigend. »Ja, nun ... ich glaube nicht, daß er so weit kommt, nicht bei mir. Ich bin irgendwie stur, wenn Magier versuchen, mich zu einer Art *Ding* umzugestalten, wie jene Männer, die zu Hunden wurden.« Ich verzog angewidert das Gesicht. »Hoolies, welch eine Art zu sterben ...« Ich brach ab, dachte absichtlich über etwas anderes nach, während ich mich unbeholfen hinsetzte. »Was habe ich im Schlaf gesagt?«

»Du hast über Muster gesprochen«, antwortete Del und schob mir eine Bota zu. »Über Linien und Muster und Spuren.«

Ich starrte sie an. »*Darüber* habe ich gesprochen?«

»Eine Zeitlang. Einiges konnte ich nicht verstehen. Zeichnungen im Sand, sagtest du.« Sie deutete auf eine Stelle. »Siehst du?«

Ich schaute hin. Neben meiner Decke, in Reichweite,

war ein ›Muster‹ aus vier geraden Linien zu erkennen und die ganz schwache Andeutung einer Kurve. Als hätte jemand einen Stock genommen und eine Linie nach der anderen gezogen.

Ich runzelte die Stirn. »Das habe ich gezeichnet?«

Sie nickte, durchwühlte die Satteltaschen. »Du hast etwas von Mustern und Linien gemurmelt. Dann hast du alle vier Finger in den Sand gestreckt und das gezeichnet.« Sie berührte ihre Wange. »Es sieht aus wie du.«

›Du‹ bedeutete meine eigene Wange, unter den Stoppeln: vier eingegrabene Linien, sehr gerade, bis unter den Kiefer. Wo der Sandtiger letztendlich überzeugt worden war, seine Krallen aus meinem Gesicht zu nehmen.

Die Linien im Sand sahen *tatsächlich* genauso aus wie Krallenspuren. Man konnte es schon als ›Muster‹ bezeichnen.

Ich brummte unbeeindruckt. »Wer weiß? Ich erinnere mich nicht einmal daran, geträumt zu haben.« Ich trank Wasser und verschloß die Bota dann wieder. »Wir sollten am besten nach Quumi weitereilen. Das ist eine Händlersiedlung am Rande der Punja – das heißt, *normalerweise* am Rande. Es hängt davon ab, in welchem Zustand sich die Punja befindet.«

Del nickte wie abwesend, starrte an mir vorbei zum Horizont. Sie blinzelte, runzelte die Stirn. Dieser Gesichtsausdruck wirkte wenig beruhigend.

Ich war sofort auf der Lauer. »Was ist?«

»Staub. Glaube ich. Bei dem schwachen Licht ist es schwer … doch, es stimmt. Staub.« Sie stand auf, ließ die Satteltaschen fallen und beugte sich schnell vor, um die lachsfarben-silberne Klinge aus ihrer runenbeschrifteten Scheide zu ziehen. »Wenn es Borjuni sind …«

»… dann können wir ihnen genausogut Frühstück anbieten«, beendete ich ihren Satz. »Ich bin im Moment nicht sehr beweglich ...« Aber ich versuchte es dennoch, mühte mich hoch und zog mein Schwert ebenfalls aus der Scheide.

Wünschte, ich könnte ihm vertrauen.

Wünschte, ich könnte *mir* vertrauen.

Kein Borjuni. Ein Schwerttänzer. Ein junger Mann aus dem Süden, schwach von Statur, aber nicht, was den Hochmut anging. Er schaute von einem sandfarbenen Pferd auf mich herab und reckte die Nase gebieterisch in die Luft.

Er trug einen hellen, gelb gefärbten Burnus, und das Heft eines ordentlich in einem Harnisch hängenden Schwertes ragte über seine Schulter hinaus. »Sandtiger?« fragte er.

Es ist nicht leicht, ein erhebliches Maß an Verachtung in ein einziges Wort zu legen – in diesem Fall in einen einzigen *Namen* – ohne zu übertreiben, wenn man achtzehn oder neunzehn ist, aber er schaffte es. Das erfordert Übung. Ich fragte mich, ob er bei seinem Tanz genauso achtsam war. Sein Tonfall war überwiegend verächtlich und noch einiges andere mehr – hauptsächlich dumm. Glaubte er wirklich, ich würde in meinen Sandalen zittern, weil er meinen Namen kannte?

»Wenn ich nein sagte«, begann ich sanft, »würde Euch das dann davon überzeugen, uns allein zu lassen und geradewegs weiter in die Punja hineinzureiten? Mit fast leeren Botas?«

Dunkle Augen glitzerten. Sein Pferd tänzelte nervös. Er beruhigte es, indem er ungeduldig an den Zügeln riß. »Meine Botas sind so, wie sie sind, weil ich beschlossen hatte, härter und schneller zu reiten als die anderen, um die Ehre für mich zu beanspruchen.«

Die ›Ehre‹ bedeutete zweifellos, daß er mich zu einem Tanz herausfordern wollte. Die Erwähnung der *›anderen‹* jedoch – das beunruhigte mich.

»Ihr seid ziemlich töricht, nicht wahr?« fragte ich

freundlich. »Wie wollt Ihr mit so wenig Wasser zurückkommen?«

»Ich werde Eure Botas bekommen, wenn ich gesiegt habe.« Sein Blick flackerte kurz zu Del, dann wieder zu mir. »Die Botas – und Eure Frau.«

»Und meine *Frau*«, wiederholte ich. »Nun, laßt mich Euch einen Hinweis geben – Ihr solltet sie vielleicht vorher fragen. Sie *mag* es im allgemeinen, gefragt zu werden... obwohl ich bezweifle, daß Ihr sehr weit kommen würdet. Del sucht sich ihre Bettgefährten eigentlich immer selbst aus.«

Del senkte beiläufig ihre Klinge. Sie blitzte im neuen Tageslicht auf. Er schaute an seiner Nase vorbei zu ihr herab, eindeutig beleidigt, ein Schwert in den Händen einer Frau zu sehen, *irgendeiner* Frau, aber besonders in den Händen einer Fremden. Dann ging sein Blick wieder zu mir. »Mein Name ist Nezbet. Ich fordere Euch nach allen Ehrenkodizes des südlichen Schwerttanzes dazu heraus, in den Kreis einzutreten, wo wir unsere Streitigkeit bereinigen können.«

»Worin *besteht* diese Streitigkeit?« fragte ich. »Darin, daß ich den Jhihadi getötet habe?« Ich lächelte und schüttelte den Kopf. »Aber das habe ich nicht getan. Ich *bin* der Jhihadi. Und ich bin ganz offensichtlich nicht tot, so daß kein Grund für einen Schwerttanz besteht.«

Dieses Argument hatte die erhoffte Wirkung. »Ich bin Nezbet. Ich bin ein Schwerttänzer des dritten Grades. Ich bin beauftragt worden, Euch nach Iskandar zurückzubringen.«

»Des *dritten* Grades?« Ich grunzte, beugte mich zur Seite, spie bedächtig aus. »Ich bin Schwerttänzer des siebten Grades, Junge. Haben sie dir das nicht gesagt?«

Vornehme Nasenflügel bebten. »Ich weiß wer – *und* was – Ihr seid. Werdet Ihr in den Kreis eintreten?«

Ich musterte ihn offen, herausfordernd, ließ ihn erkennen, was ich tat. Dann hob ich mit einer trägen, vielsagenden Geste die Schulter. »Es ist die Sache nicht wert«, antwortete ich müßig.

Sein Gesicht verfärbte sich dunkelrot. »Ich muß nicht Euren Grad haben, um Euch herauszufordern. *Jeder* Grad kann herausfordern – das ist ein in den Ehrenkodizes enthaltener Grundsatz ...«

»Ich *weiß*, was in den Ehrenkodizes enthalten ist und was nicht, Junge. Ich habe sie bereits gelernt, bevor du geboren warst.« Ich veränderte meine Haltung ein wenig, um das wunde Knie zu entlasten. »Ich weiß viele Dinge, die Nezbet in seiner Jugend noch lernen muß.«

Der jugendliche Nezbet war verwirrt. »Wenn Ihr sie also kennt, wißt Ihr auch, daß Ihr – gemäß der Kodizes – geächtet werden könnt, wenn Ihr Euch weigert, gegen mich zu tanzen, nachdem die formelle Herausforderung ausgesprochen wurde.«

»*Jeder* Mann kann einen Tanz verweigern«, erinnerte ich ihn. »Es ist nicht gut für seinen Ruf, und auf lange Sicht würde er jede Chance auf Verdienst des Lebensunterhalts verlieren, weil die Leute ihn nicht mehr in ihre Dienste nehmen würden, aber er kann sich dennoch weigern.«

»Dies ist eine *formelle* Herausforderung«, betonte er und äußerte dann einen der langen, gewundenen, verdrehten Sätze, die zu lernen ich mir ebenfalls mühsam erarbeitet hatte, damals, als ich in seinem Alter war.

Ich fluchte kurz und betont und heftig. Del sah mich fragend an, da der Junge in einem seltenen südlichen Dialekt gesprochen hatte. Ein Nordbewohner würde ihn nicht kennen, selbst nicht ein so Weitgereister – und gut ausgebildeter – wie Del. ›Die Sprache des Kreises‹ wurde er im Wüstendialekt genannt. Den formelleren Namen kann man kaum aussprechen.

»Die Herausforderung des Shodo«, klärte ich sie auf und erläuterte ihr die verkürzte – und verständliche – spracheigentümliche Form. »Es scheint, daß dieser Junge und ich gewissermaßen dieselbe Ausbildung erhalten haben ... Mein Shodo ist schon lange tot, aber er hatte Lehrlinge. Und einer von ihnen hat anscheinend diesen Punjawurm von einem Jungen ausgebildet.« Ich lächelte heuchlerisch zu ihm hinauf, obwohl ich noch immer zu Del sprach. »Es bedeutet, daß ich *tatsächlich* gegen ihn tanzen muß oder meinen Status verliere. Was bedeutet, daß ich zu kaum mehr als einem Borjuni würde, weil niemand mich mehr in seinen Dienst nehmen würde.« Ich sah sie an. »Erinnerst du dich, als sie oben im Norden sagten, du seist eine Klinge ohne Namen, bar aller Ehre und Rechte? Nun, das ist ungefähr dasselbe.«

»Aber ...«, begann sie und hielt dann inne.

»Aber«, stimmte ich zu. Ich schaute wieder zu dem südlichen Jungen, dessen Stolz so offensichtlich war. War ich jemals so eingebildet gewesen?

Anders ausgedrückt: War ich in *jungen* Jahren jemals so eingebildet gewesen?

»Ich kann die Herausforderung nicht annehmen«, belehrte ich ihn. »Herausforderung des Shodo oder nicht. Eine wahre Herausforderung setzt gesundheitliche Gleichheit voraus, wenn nicht sogar auch rangmäßige Gleichheit ...« – ein weiterer Seitenhieb. Häufig wirkt es –, »... und ich habe ein verletztes Knie. Siehst du?« Ich deutete auf den Verband. »Ich würde dir nur zu *gern* mit diesem Schwert den Bauch aufschlitzen, Nezbet, aber ich bin im Moment ein wenig behindert. Und eine Verwirkung aufgrund einer Verletzung ist keine wirkliche Verwirkung, da wir uns noch nicht im Kreis befinden.«

Sein Kiefer mahlte. Die bartlose Haut spannte sich straff über entschieden wüstentypische Knochen. Er war dunkelhäutig, wie fast alle Südbewohner. Sein Alter und seine Haltung erinnerten mich ein wenig an Nabir, den Vashnimischling, der mein von Chosa Dei besessenes Schwert unbedingt besitzen wollte. Und dafür gestorben war. Furchtbar.

»Ich werde warten«, sagte er schließlich. »Ich werde Euch folgen und warten, bis Euer Knie verheilt ist.«

»*So* sehr willst du mich erwischen?«

»Euch zu besiegen und wieder zurückzubringen, wird mir einen weiteren Grad einbringen. Vielleicht sogar *zwei.*«

Das war es also. Wichtiger als Geld. Es ging um Stolz, um Status, um den Namen, der den Jungen formen würde, wie der meine mich geformt hatte.

Ich fluchte. »Du einfältiger kleiner Punjawurm – der einzige wahre Weg, sich einen Grad zu verdienen, ist, bei deinem Shodo zu bleiben! So lange, wie es nötig ist! Es gibt keine *Aufgaben* zu erfüllen, keine zugewiesene Suche zu unternehmen. Es ist *Arbeit,* Nezbet, nicht mehr. Jahre um Jahre der Disziplin, bis der Shodo erklärt, daß du den Grad erreicht hast, für den du als würdig erachtet wirst…« Ich brach ab, weil ich zu verärgert war. Warum wollen so viele junge Schwerttänzer Abkürzungen nehmen? Wissen sie nicht, daß ihr Leben von dem einen oder den zwei – oder drei – zusätzlichen Ausbildungsjahren abhängen könnte? Nein. Sie wissen es nicht. Oder es kümmert sie einfach nicht. Einfältiger Punjawurm.

Jetzt wünschte ich, mein Knie *wäre* gesund. Damit ich ihm eine Lektion erteilen könnte.

»Ich kann das übernehmen«, bot Del an.

Ich runzelte die Stirn. Nezbet schwieg, verstand nicht, was sie meinte. Er würde es auch nicht verstehen: Sie ist eine Frau.

»Ich kann das übernehmen«, wiederholte sie. »Ich werde den Sandtiger vertreten.«

Nezbet starrte sie an. Schaute dann zu mir zurück. »Ich werde warten. Ich werde Euch folgen.«

Del trat einen Schritt vor. »Und wenn der Sandtiger mir *erlaubt,* ihn zu vertreten? Euren Kodizes entsprechend?«

»Ihr seid eine Frau«, sagte Nezbet.

Del lächelte kühl. »Und dies ist ein Schwert.«

»Wenn das für dich einen so großen Unterschied macht«, unterbrach ich die Debatte, »warum arbeitest du dann für eine Frau?«

»Das tue ich nicht.«

Ich runzelte die Stirn. »*Warum* bist du beauftragt worden, mich nach Iskandar zurückzubringen?«

»Ihr habt den Tanzeer von Julah getötet.«

Del runzelte die Stirn. Sie war niemals stolz zu töten, aber sie war es zweifellos leid, daß stets mir zugeschrieben wurde, was sie getan hatte. Ich konnte es ihr wirklich nicht verdenken.

»Das habe ich nicht getan«, sagte ich sanft, »aber im Moment ist das wirklich nicht wichtig. Wer hat dich beauftragt?«

»Der neue Tanzeer von Julah.«

»Sie ist eine *Frau*, Nezbet. Oder bist du zu jung, um solche Dinge zu bemerken?«

Er errötete. »Ich habe nicht mit dem Tanzeer selbst gesprochen.«

»Aha«, sagte ich. »Ich verstehe. Also willst du weiterhin glauben, daß der Tanzeer ein Mann sei, weil du den Tanzeer nicht wirklich *getroffen* hast. Und du schließt die Möglichkeit aus, daß es eine Frau sein könnte.«

Dunkle Augen schimmerten. »Ich habe Euch formell herausgefordert.«

»Würdest du die Herausforderung zurückziehen, wenn du wüßtest, daß der Tanzeer eine Frau ist?« fragte ich neugierig.

Del regte sich. »Das kannst du nicht beweisen«, murmelte sie. »Er wird dir niemals glauben.«

Nein. Er glaubte mir nicht. So wenig, wie er glaubte, daß Del ein Schwerttänzer war.

Was uns wieder zu der Herausforderung zurückführte.

»Sie ist mein Stellvertreter«, sagte ich, »formell ernannt.« Ich grinste Nezbet freundlich an und stützte mich auf meine auf den Boden aufgestellte Waffe. »Zu schade, daß nicht genügend Leute hier sind, um eine Wette abzuschließen.«

Nezbet sah mich an. »Ihr würdet einer *Frau* erlauben …«

»Versuch es mit ihr, und finde es heraus.« Ich zuckte die Achseln. »Warum nicht? Finde heraus, wie sie im Kreis ist, bevor du herausfindest, wie sie im Bett ist.«

Del zuckte zusammen. Taktlos, vielleicht. Aber es wirkte.

Nezbet reckte die Nase hoch. »Wenn sie Euer Stellvertreter ist, wird der Tanz den gültigen Kodizes gemäß durchgeführt. Eine Niederlage entspricht einer Verwirkung. Wenn sie verliert, verliert *Ihr* … und werdet mein Gefangener.«

»Wenn«, stimmte ich zu und beugte mich hinab, um den Kreis zu zeichnen.

ZWÖLF

Eine Farce. Schlicht und einfach. Der Bursche war jung, stark, flink und geübt. Del war das und mehr. Del war einfach sie selbst: große Klasse. Ein überzeugender, tödlicher Gegner, fähiger als alle, die er kannte, ungeachtet des Geschlechts.

Sie brauchte nicht lang. Sie machte sich nicht einmal die Mühe zu singen, was ihrer Konzentration sonst hilft. Del ist nicht eingebildet, und sie hat auch keine Interesse an den Spielen, die ich zu spielen beliebe und die dazu gedacht sind, einen Gegner aus dem Gleichgewicht zu bringen. Sie verschwendet überhaupt keine Zeit, denkt nur an den Tanz und an die Möglichkeiten, einen Sieg herbeizuzwingen. Dabei ist es ihr egal, ob der Tanz Schauzwecken dient oder auf Leben und Tod getanzt wird. Sie nimmt beides gleichermaßen ernst, weil eine Frau, wie sie mir einmal sagte, bei jeder Tätigkeit, die als typisch männlich angesehen wird, unbeachtet bleibt, es sei denn, sie erzwingt eine Entscheidung, egal um welches Spiel es geht.

Es war aufschlußreich. Es lehrte mich auch eine Menge darüber, wie man schnell auf den Punkt kommt. Verschwendete Anstrengung, sagte sie, war verschwendete Energie. Sie hatte für beides keine Zeit.

Jetzt, wo ich älter war und Schmerzen und Steifheit an Bedeutung gewannen, brauchte ich jede Unterstützung. Und Del war keine Närrin.

Auch jetzt nicht. Sie fing Nezbets Klinge schon zu Beginn des Tanzes ab und hielt sie unter Kontrolle, ließ ihn nicht davonkommen und drängte ihn leicht an die dünne, gebogene Linie des Kreises zurück. Dort schlug sie ihm das Schwert aus den Händen, stieß es wirbelnd aus dem Kreis heraus und nagelte ihn mit einem ganz sanften Kuß Boreals an der äußeren Umgrenzungslinie fest.

»Wie viele?« fragte sie. »Wer? Und wie weit entfernt?«

Nezbets bereits dunkle Augen starrten sie entsetzt an. Leere Hände griffen in die Luft, der Mund war wenig vornehm aufgesperrt. Aber er wagte es nicht, den Kreis zu verlassen, aus Angst, Boreal könnte etwas dagegen haben. Ihre Berührung ist niemals harmlos, aber voller Versprechen. Er wußte genausogut wie ich, daß ein einziger unüberlegter Schritt seinen Tod bedeuten konnte. Del hatte sich das Recht dazu erworben.

»Einen Tag oder zwei«, keuchte er und beantwortete damit die letzte Frage zuerst. »Schwerttänzer und Krieger. Die Schwerttänzer wollen den Sandtiger. Die Krieger wollen den Jhihadimörder.«

»Mich«, sagte sie fest. »Ich habe sie beide getötet: Aladar und Ajani.«

Ich sah den Blick in seinen Augen: männlicher Unglaube, betont durch eine Spur Zweifel. Die Anfänge des Verstehens, eingeschränkt durch die überwältigende Macht südlichen Glaubens. Sie würde ihn nicht überzeugen, nicht einmal hier und jetzt. Aber sie hatte die Saat des Zweifels gesät.

»Der, Jhihadi ist nicht tot«, belehrte ich ihn, wohl wissend, daß die Stämme eine größere Bedrohung bedeuteten. Der Glaube macht aus Menschen Narren. »Der Name jenes Mannes war Ajani. Er war ein Nordbewohner und Borjuni, der auf beiden Seiten der Grenze ritt. Er hat den Leuten *erzählt*, er sei der Jhihadi, aber nichts davon stimmte. Die Stämme halten sich an die Prophezeiung, nicht an die Wahrheit der Dinge … sie müssen nur das Orakel fragen.« Das Dels Bruder war.

Nezbet zuckte vorsichtig die Achseln. »Sie wollen Euch hinrichten. Sie haben Euch gesehen, in der Stadt ... sie haben gesehen, wie Ihr mit Eurem Schwert Feuer vom Himmel herabbeschworen habt.«

»Das war Magie«, sagte ich und hatte keine Zeit, mich über meine Sachlichkeit zu wundern. »Keine verdrehte Wahrheit, nur Magie. Ajani war ein Borjuni. Ein Schänder und Mörder. Er hat den Bruder dieser Frau an Sklavenhändler verkauft – er hätte auch sie verkauft, aber sie konnte ihm entkommen. Und sie wurde ein Schwerttänzer.« Ich machte mir nicht die Mühe zu lächeln. Es war mir gleichgültig, ob er mir glaubte. »Er war nicht der Jhihadi. Ich bin der Jhihadi.«

Es gelang Nezbet auszuspeien. »Ihr wart ein Schwerttänzer, der als Vorbild galt. Und *das* ist aus Euch geworden: ein Lügner und ein Mörder.«

»Ich habe gelogen«, stimmte ich zu. »Und sicherlich habe ich gemordet, wenn man die Feinde zählt, die versucht haben, *mich* zu töten. Aber in diesem Fall bin ich keins von beidem.« Ich atmete tief ein und änderte dann das Thema. »Was Aladars Tod betrifft, so kann ich nur sagen, daß er ihn verdient hat. Es war eine persönliche Angelegenheit. Ich werde Herausforderungen annehmen, wie ich es tun muß, selbst *wenn* Del ihn getötet hätte.« Ich warf ihr einen Blick zu und sah dann zu Nezbet zurück. »Aber egal, was du glaubst, du arbeitest *in der Tat* für eine Frau. Sie hat einen Mann vorgeschickt, um dich zu anzuheuern, wohl wissend, wie du empfindest. Was bedeutet, daß sie dich unter falschen Voraussetzungen angeheuert hat. Das von dir angenommene Geld ist schmutziges Geld.«

»Ich bekomme kein Geld, solange ich Euch nicht übergeben habe!« bellte er.

»Wirklich?« Ich wölbte die Augenbrauen: »Dann bist du noch törichter, als ich dachte.«

»Tiger«, sagte Del. Ihre Art, eine Frage zu stellen.

Ich zuckte die Achseln. »Er hat verloren: Der Tanz ist

vorüber. Und er wird uns nicht wieder belästigen, es sei denn, er wird ein Borjuni und opfert seinen Status und seinen Stolz.« Ich vollführte eine Geste. »Laß ihn laufen. Schick ihn zurück zu den anderen. Er kann ihnen überbringen, was wir gesagt haben.« Während sie Boreal senkte, hielt ich seinen Blick mit meinem gefangen. »Hör mir zu, Nezbet, ein Schwerttänzer einem anderen. Ich schwöre beim Namen meines Shodo, daß sie dich belogen haben. Sag das den Kriegern.«

Nasenflügel bebten. Der plötzlich alt wirkende Mund war nur noch eine grimmige, schmale Linie. »Dann seid Ihr entehrt und der Name Eures Shodo ebenfalls«, spie er aus.

Ich bedeutete ihm zu gehen. »Raus hier, Punjawurm. Du bist zu dumm, um zu leben, aber ich werde dich nicht töten. Mein Schwert mag den Geschmack von Männern.«

Nezbet nahm seine Klinge auf und stieß sie heftig in die diagonal hängende Scheide. Er warf mir einen letzten vernichtenden Blick zu, wandte sich um und stieg auf sein sandfarbenes Pferd. Staub regnete auf uns herab, als er sein Pferd herumriß und in hartem Galopp davonritt.

Ich seufzte tief. »Er hat kaum Wasser«, sagte ich, »und jetzt läßt er sein Pferd galoppieren. Er wird sich glücklich schätzen können, wenn er die anderen überhaupt *erreicht*. Wir sind vielleicht noch sicher.«

»Nein«, sagte Del.

»Nein«, stimmte ich zu: »Zeit, ebenfalls loszureiten.«

»Tiger?«

»Was?«

»Warum hast du ihm nicht sein Pferd genommen? Die anderen kommen, sagte er ... Sie hätten ihn doch auflesen können.«

Ich dachte darüber nach. Runzelte die Stirn. Sah Del an. »Ich denke, wir sind trotz allem einfach nicht zu Dieben geboren.« Del grinste. »Vermutlich nicht.«

Es begann unmerklich, wie es bei den schlimmsten für gewöhnlich der Fall ist. Eine winzige Brise, die den Sand kräuselte. Ein Flüstern des Windes, das herabwirbelte und den seidenen Burnus bewegte. Der Druck der Luft auf dem Gesicht, der das Haar aus der Stirn und den Augen wehte. Vom Hengst aufgewirbelter Sand wurde aufgefangen, festgehalten, freigeweht, stach in Knöchel und Augen. Del und ich, die wir zu zweit ritten, zogen uns unter die heraufgezogenen Kapuzen zurück, bis ich meine herunterriß und den Hengst durchparierte.

»Samiel«, sagte ich. Meinte den Wind, nicht mein Schwert.

Del brauchte einen Moment. Dann erstarrte sie hinter mir. »Bist du sicher?«

»Ich kann ihn riechen.« Ich blinzelte. Die Sonne blendete die Augen noch immer, wurde nicht von dem aufgewirbelten Sand verdeckt, aber wenn der Wind weiter anschwoll, würde sich der Samiel in einen Samum verwandeln. Ein heißer Wind war schlimm genug. Ein Sandsturm war schlimmer. »Unsere beste Chance wäre, irgendeine Art Schutz zu finden, etwas wie einen Sandwall in einer Oase…« Ich schüttelte den Kopf, schirmte mein Gesicht mit der Hand gegen Sonne und Sand ab. »Wir sind schon zu weit gelangt. Alles, worauf wir hoffen können, ist eine aus Sand und Gestrüpp entstandene Bodenrinne.«

Del erschauderte. »Ich erinnere mich an den Samum…« Sie brach ab.

Ich erinnerte mich ebenfalls daran. Wir hatten uns gerade erst kennengelernt, und Del war noch immer entschieden uneinnehmbar gewesen…

Ich lächelte verzerrt, erinnerte mich an jene Zeit. Und an die langen, dunklen Nächte der Enttäuschung.

Del knuffte mich in den Rücken. »Reiten wir weiter? Oder bleiben wir hier?«

»*Einer* von uns muß laufen. Um dem Hengst Ruhe zu gönnen.«

Vorzügliche Ironie: »Oh, laß mich diejenige sein…« Sie glitt hinab, tätschelte den braunen Rücken des Hengstes und tat einige Schritte nach vorn. »Direkt vor uns sind Büsche.«

Ich zuckte die Achseln. »Auch gut. So sehr es mir mißfällt anzuhalten, mit den neuen Hunden der Hoolies auf unserer Spur…« Ich wandte mich um, schaute blinzelnd den Weg zurück, den wir gekommen waren. »Wenn sie so nah sind, wie Nezbet gesagt hat, werden sie uns bald eingeholt haben. Einige von ihnen. Wir sind aufgrund meiner Verletzung zu langsam. Viel zu langsam.«

»Was sollen wir sonst tun? Wenn wir anhalten und auf sie warten, werden sie uns sicherlich zahlenmäßig überlegen sein.«

»Vielleicht«, stimmte ich zu. »Wir können nur hoffen, daß für jene, die sich eventuell bald zeigen, dasselbe gilt wie für Nezbet: daß sie der größeren Verfolgergruppe vorausreiten.«

Del schaute grimmig drein. »Der Gedanke, daß so viele Schwerttänzer angeheuert wurden, um zwei ihrer eigenen Leute aufzuspüren, gefällt mir nicht.«

Ich wandte mich wieder nach vorn. »Mit Schwerttänzern können wir fertig werden. Wir sind zwei der besten, erinnerst du dich? Wenn nicht *die* besten.« Ich nahm ihr alle Zweifel, weil ich ›wir‹ sagte, und ich glaubte auch, daß sie es verdiente. »Und außerdem werden sie sich nicht alle auf einmal auf uns stürzen – das ist nicht die Art des Kreises. Sie werden uns einer nach dem anderen herausfordern. Nein, ich mache mir mehr Sorgen wegen der Stämme.«

Del verharrte bei den Schwerttänzern. »Und wie viele kannst *du* mit deiner Verletzung – sogar im Einzelkampf – besiegen?«

»Ich? Hoolies, Bascha – ich kann mich sehr lange hinter dem verletzten Knie verstecken.« Ich grinste. »Vielleicht, bis sie es leid sind zu warten und aufgeben.«

»Hast du jemals aufgegeben, wenn du mit einer Aufgabe betraut wurdest?«

»Einmal. Der Mann wurde wirklich krank ... Er lag im Sterben, also ließ ich ihn in Ruhe. Habe aber auch die zweite Hälfte meines Honorars nicht abgeholt, was einen Teil deines Glaubens an mich wiederherstellen dürfte.«

»Einen Teil«, stimmte sie zu. »Aber du hättest die erste Hälfte zurückgeben sollen, da du deinen Vertrag nicht erfüllt hast.«

»Ja, nun ...« Ich blinzelte gegen den stechenden Sand an. »Wir sollten zu den Büschen gelangen. Und hoffen, daß sich dieser Wind austobt, bevor er zu einem ausgewachsenen Samum wird.«

Kurz darauf, als wir inmitten der Büsche kauerten, stellte Del das Offensichtliche fest: »Er hört nicht auf.«

»Nein.«

»Wenn überhaupt, ist er schlimmer geworden.«

»Ja.«

»Dann *wird* er zu einem Samum.«

»Scheint so.« Ich verlagerte mein Knie, fluchte unterdrückt und setzte mich dann wohlüberlegt auf. Sie hatte recht. Der Wind hörte nicht auf. Er war schlimmer geworden. Und das war erst der Anfang ...

Nein. Es *war* bereits soweit.

»Hoolies«, murmelte ich.

Del, die sich unter das karge Buschwerk drückte, wandte sich um. Und sah, was ich sah: eine dunkle, ockerfarbene Sandwolke, die über den Horizont rollte.

Der Hengst wieherte unbehaglich und stampfte auf, trug noch zu dem Chaos bei. Ich stand auf, humpelte die zwei Schritte bis zu ihm, streichelte beruhigend seinen Hals. »Ruhig, alter Junge. Du kennst den Tanz. Leg dich hin, schließ die Augen ...« Ich legte eine Hand auf seinen Stirnriemen und wollte ihn hinabdrängen.

Ein Gedanke wurde zu einer Idee.

Stirnrunzelnd betrachtete ich die rollende Sandmasse am Horizont. Im Moment war es noch ein Samiel, kein Samum, dort wo wir uns befanden, aber innerhalb von Minuten würden die ganze Gewalt und der Zorn des Sandsturms uns verschlingen. Es war denkbar, wenn auch unwahrscheinlich, daß wir dadurch sterben würden. Wir hatten Wasser und Decken und Nahrung. Selbst wenn der Samum Tage andauerte, würden wir…

Nein. Nicht darüber nachdenken.

Denk über etwas anderes nach. Zum Beispiel über Magie.

Nezbet hatte es gesagt: Ich hatte mit meinem Schwert Feuer vom Himmel herabbeschworen. Ich hatte auch erst vor einem oder zwei Tagen Glas entstehen lassen. Zweimal hatte ich etwas aus nichts erschaffen, indem ich die Magie in Samiel gebraucht und ihr meinen Willen aufgezwungen hatte. In Iskandar hatte ich einen kontrollierten Feuersturm erschaffen, um uns die Flucht zu erleichtern. Der Glaskreis war unbeabsichtigt entstanden und war – für mich – kaum interessant, aber er bedeutete, daß ich seltsame und wunderbare Dinge mit Samiel tun konnte, wenn ich einen Grund, das Verlangen und die Mittel dazu hatte.

Und die Herrschaft über ihn.

Der Jhihadi, so glaubten die Stämme, konnte unmögliche Dinge tun, wie Sand in Gras zu verwandeln. Warum glaubten sie also nicht, daß *ich* der Jhihadi war, wo ich doch Feuer vom Himmel herabbeschworen hatte?

Weil der Sandtiger nur ein Schwerttänzer war, der einst ein Chula gewesen war. Ajani – der große, mächtige, kluge Ajani, dessen Glanz, wie Bellin die Katze behauptet hatte, wirklich sehr hell gestrahlt hatte – hatte sie mit weitschweifiger, peinlich genauer Sorgfalt in seine Richtung geführt.

Der einzige Weg, wie ich jemals beweisen könnte,

daß ihr Orakel auf *mich* gedeutet hatte, bestand darin, ihnen zu zeigen, was ich vermochte.

Auf angemessen jhihadihafte Art.

Was natürlich Magie bedeutete.

Der Hengst nickte unglücklich, schwang dann den Kopf herum, preßte die Stirn gegen meine Brust und rieb sich heftig. Das untergrub mein ohnehin gefährdetes Gleichgewicht. Ich blieb nur aufrecht stehen, weil ich mich am Sattel festklammerte, und ich fluchte, als mein verletztes Knie protestierte.

Der Gesang des Windes veränderte sich.

»Tiger ...«

Ich hörte auf zu fluchen und schaute hin. Die Nacht verschlang den Tag.

Mir blieb keine Zeit mehr.

Ich band den Hengst vorsorglich von dem Busch los, den er leicht hätte entwurzeln können, was er aber nicht getan hatte, weil es ihm nicht in den Sinn gekommen war, daß er erheblich stärker – und klüger – als der Busch war. Pferde sind so. Ich schlang die Zügel über seinen Hals und hakte sie am Sattel fest. Wenn er das Bedürfnis verspüren würde davonzulaufen, was ich befürchtete, dann sollte er es unbedenklich tun können. Ein herabhängender Zügel reißt normalerweise, wenn das Pferd darauftritt. Aber ich hatte einmal einen Ausbrecher mit einem Vorderhuf in die Schlaufe eines herabhängenden Zügels geraten, sich verheddern und fallen sehen. Er hatte sich beim Sturz den Hals gebrochen.

»Bleib unten«, belehrte ich Del. »Leg dich hin, wenn du willst. Du kannst auch deine Augen bedecken oder dich unter eine Decke verkriechen. Ich weiß wirklich nicht, was passieren wird.«

Del setzte sich ruckartig auf. »Was willst du ... *Tiger!*«

Ich nahm das Schwert aus der Scheide. »Solange ich das Ding habe, kann ich genausogut ausprobieren, was ich damit tun kann.«

»Und was es mit *dir* tun kann!«

»Ja, nun ...« Ich blinzelte gegen den Sand an, spie aus, zuckte die Achseln. »Ich muß die Möglichkeiten nutzen. Betrachte es so, Bascha – vielleicht verlangsamt es unsere Hunde.«

»Es könnte dich *töten!*«

»Nein«, höhnte ich. »Das wird *dir* überlassen bleiben, wenn Chosa Dei zu anmaßend wird.«

Das brachte sie sofort zum Schweigen.

So ähnlich hatte ich es mir gedacht. Ich war nicht glücklicher als Del über das, was ich tun wollte.

Und ich riskierte eine Menge mehr.

Glaube ich.

Hoolies, ich hasse die Magie.

Dreizehn

Ich dachte an einen Gesang. Nur ein albernes, kleines Lied. Ich kann nicht sehr gut singen (Del würde sagen, ich kann *überhaupt nicht* singen), und daher fühle ich mich immer ein wenig töricht, wenn ich inmitten der Wüste stehe und mir einen Gesang ausdenke, geschweige denn ihn *singe*, aber es schien erforderlich zu sein. Zumindest war es das all die anderen Male gewesen.

Die Nordbewohner auf Staal-Ysta hatten mir den Ritus des Gesangs gewissenhaft erklärt, jenen Ritus, den man anwandte, um das Schwert auszurichten, um dem Tänzer Konzentration zu gewähren und alle Macht heraufzubeschwören, die dem in Rituale und Runen getauchten *Jivatma* innewohnte. Wenn es nach mir ginge, wäre Konzentration herbeizusingen ungefähr das letzte, was ich tun würde. Ich war den inneren Pfad gelehrt worden, den Weg, auf dem die Seele innerhalb einer Seele angerufen wird, wenn man sich auf den Tanz vorbereitet. Es gibt geistige Vorbereitungen …

Ach, Hoolies, das klingt *alles* albern, wenn man darüber nachdenkt. Und noch törichter, wenn man es laut ausspricht. Also sollte ich es einfacher ausdrücken: Ich betrachte mich als eine Waffe und das Schwert als eine Erweiterung meiner selbst. Wenn ich daran denke, daß *ich* in einer bestimmten Richtung angreife oder eine Drehung auf eine genau *solche* Art ausführe, tut mein Schwert das gleiche.

Einzelhieb war für mich die vollkommene Ergänzung gewesen, bis er im Kampf gegen einen nordischen Schwerttänzer, der sein *Jivatma* erneut getränkt hatte, zerbrochen war. Zusammen hatten wir uns einen Teil des Südens als unsere Domäne erobert, obwohl das von den Tanzeers, die *tatsächlich* regierten, nicht anerkannt wurde. Aber in der Gattung der Schwerttänzer, die den Süden durch Kampfvermögen und eine Bereitschaft, gegen Bezahlung zu töten, regierten, waren Einzelhieb und ich einvernehmlich die besten gewesen.

Natürlich könnte Abbu Bensir dem widersprechen und behaupten, *selbst* der beste gewesen zu sein, aber Abbu und ich waren uns nur selten begegnet. Er hatte sein Revier im Süden, und ich hatte meins. Wir respektierten einander.

Ich wußte allerdings nicht, ob er mich noch immer respektierte.

Wahrscheinlich. Daß er sich verdingt hatte, uns aufzuspüren, bedeutete nicht, daß er uns weniger respektierte, sondern nur, daß wir das Geld wert waren. Immerhin war es Abbu gewesen, der mir mitten in dem Chaos in Iskandar sein Schwert zugesteckt hatte, als ich meines kurzzeitig verloren hatte.

Natürlich war das, bevor auf meinen Kopf ein Preis ausgesetzt war.

Jetzt würde er mir kein Schwert mehr zustecken, um mein verlorenes zu ersetzen. Er würde mir meines *nehmen,* wenn er es bekommen könnte ... was mich wieder zu Samiel brachte – und zu Chasa Dei.

Wind und Sand dämpften mein Hörvermögen. Ich vernahm ein gereiztes Grollen, die Beschwerde eines Sandsturms, der seinen unersättlichen Appetit zu stillen versuchte. Ich hatte diesen Lärm schon früher gehört und spürte die Macht. Wenn ich nicht bald etwas unternähme, wäre es vielleicht das letzte, was ich hörte – und spürte.

Ich warf einen Blick über die Schulter zu Del. Sie

kauerte in der Sandrinne, ein vom Wind – der den Sand gegen irgendein Hindernis zu einem schief stehenden Haufen geweht hatte – geschaffener Sandwall, die Burnuskapuze hochgezogen und eine Decke um ihren Körper geschlungen. Ich dachte für einen Augenblick an diesen Körper, erinnerte mich der langen, mit meinen eigenen verschlungenen Glieder, des Geruchs ihres weiß-seidigen Haars, des Geschmacks nordischer Haut. Ich wollte dies – oder das, was es beinhaltete – nicht an einen Samum verlieren.

Und auch nicht an ungezähmte Magie.

Hoolies!

Ich mußte also um jeden Preis beweisen, daß ich der Herr war. »In Ordnung«, murmelte ich in den Wind, »wir sollten uns ein wenig unterhalten, du und ich, über den Sinn, in *diesem* Teil der Wüste zu wehen – oder in dem Teil, in dem sich all jene Schwerttänzer befinden, die es auf unsere Haut abgesehen haben ... und natürlich das damit verbundene Geld.«

Der Samum grollte weiter, heulte und zischte und brüllte. Obwohl ich die Augen fast geschlossen hatte, stachen Sandkörner hinein. Meine Wimpern waren verklebt und verkrustet, meine Nase halb verstopft, mein Mund starr und ebenfalls verkrustet. Sand knirschte zwischen meinen Zähnen, rieb am Zahnfleisch und in der Kehle. Aber wenn ich dem Wind den Rücken zuwandte, leistete ich dem Samum Vorschub.

Hinter mir protestierte der Hengst lautstark. Ich war etwas überrascht, daß er noch nicht davongelaufen war. Aber andererseits dachte er wahrscheinlich, er sei noch angebunden ... Ich hätte ihm einen Klaps auf die Hinterhand geben und ihn davonschicken sollen.

Ich ergriff mit beiden Händen das Heft und hob das Schwert hoch. Der Wind jaulte gegen den Stahl, schrie und kreischte dagegen an, als sich die Schneide hineinbiß. Um mich herum heulte die Welt. Das Haar wurde mir aus dem Gesicht gestrichen und fast schmerzhaft zurückgeweht. Ich breitete beide Beine aus und stemmte sie, behindert durch mein verletztes rechtes Knie, so fest auf den Boden wie möglich und grub zusätzlich Vertiefungen für meine sandalenbekleideten Füße. Ich hob beide Hände hoch über den Kopf, schnitt vertikal durch den Sturm, bis die Arme – und die Klinge – ausgestreckt waren.

Das ist die klassische Pose des Eroberers. Der barbarische Schwertkämpfer, der sich im Erfolg sonnt oder – eher mit der Haltung als mit der Stimme – seinen eigenen Lobgesang singt. *Ich bin der Herr,* bedeutet sie. *Ich bin der Herrscher. Du, der du meinen Platz einnehmen willst, mußt mich erst davon vertreiben.* Ich hielt es angesichts der Situation für recht passend.

»Mein«, sagte ich laut.

Der Sturm hielt unvermindert an.

»Mein«, sagte ich mit mehr Nachdruck.

Der Samum sang weiter, rieb an vom Wind bloßgelegten Beinen und Armen. Und dann an mehr als an Beinen und Armen. Er riß mir den Burnus und das Untergewand vom Körper, zerriß sie wie morsche Gaze und ließ mich in jeder Beziehung nackt zurück, bis auf die Sandtigerkette, die klapperte, den zu gut um meine Hüften befestigten Wildlederdhoti, die südlichen, bis zu den Knien über kreuz gebundenen Sandalen und den nordischen Harnisch, der Rippen und Rückgrat und Schultern umgab.

Wahrhaftig barbarisch.

»MEIN«, brüllte ich, und der Gesang in meinem Kopf hob an und machte mich taub.

Samiel antwortete dem Samum. Ich spürte es, bevor ich es hörte: Ein pochendes, betäubendes Zittern tief in den Eingeweiden, das die Knochen meines Ellbogens zum Klappern brachte und die Handgelenke zu zerschmettern drohte. Ich spannte jeden Muskel an, den ich besaß, verhärtete die Gelenke in der eingenommenen Position. Die Macht, die ich spürte, war süß, verführerisch – oh, so anziehend! Das Schwert kannte mich. Es kannte meinen Gesang. Ich hatte es getränkt und dann erneut getränkt. Wir waren doppelt miteinander verbunden, Samiel und ich.

Und dann veränderte sich die Macht. Samiels Wesenheit verlöschte wie ein in einem Mahlstrom gefangener Funke, und ich spürte etwas anderes an ihrer Stelle aufflammen. Etwas sehr Starkes. Etwas sehr *Zorniges.*

Es dehnte sich von dem Schwert aus aus, funkelte wie ein über den Horizont der Punja flammender Blitz. Schwarzes Licht. *Schwarzes* Licht. Keine wirkliche Beleuchtung, denn es war kein Sonnenschein oder Mondschein oder Feuerschein. Es war schwarz. Und dennoch glühte es.

Schweiß brach auf meiner Haut aus. Sand klebte sofort. Jede Vertiefung, Falte und Furche begann zu jucken.

Hoolies. Auf ein neues.

Schwarzes Licht, strahlend. Es floß die Klinge hinab, berührte zögernd meine Hände um das Heft, floß dann weiter abwärts, verschlang Finger, Hände, Handgelenke.

Ich fluchte. Ich sagte etwas sehr Ungeschicktes. Weil ich plötzlich ängstlicher war als jemals zuvor.

Das Licht *berührte* mich …

Schwarzes, strahlendes Licht überzog Haut mit Dunkelheit. »Hoolies«, krächzte ich.

Keine Magie. Ich wußte es. *Keine* Magie. Etwas Schlimmeres. Etwas Mächtigeres. Etwas unendlich Gefährlicheres.

Das Schwert war teilweise schwarz gewesen. Die Verfärbung hatte zu- und abgenommen, wie der Mond, abhängig von Chosa Dei. Abhängig von mir und der Willenskraft, die ich einsetzte, um den Magier zu vertreiben.

Die ganze Klinge war schwarz. Das Heft. Die Hände darum.

Mit schwarzen Armbändern versehene Handgelenke.

Er hatte darauf gewartet.

Ich schrie. Versuchte loszulassen. Versuchte, das geschwärzte Schwert fortzuwerfen, es in weitem Bogen in den Wind zu werfen, wo der Samum es verschlingen würde. Aber ich konnte die Waffe, die Chosa Dei gefangenhielt, nicht loslassen.

Die jetzt mich gefangenhielt.

Dann spürte ich ihn. Eine federleichte Berührung. Liebkosung. Ein schwaches Atmen an meiner Seele. Die Schwärze breitete sich aus.

»Del«, krächzte ich. »Del, tu es *jetzt* ...«

Aber Del hörte mich nicht – oder konnte mich nicht hören.

Ich dachte: *Wenn ich sie auf mich selbst richte* – fragte mich aber, ob mein Tod Chosa tatsächlich vernichten würde, erinnerte mich daran, daß ich auch meinen Körper aufgäbe, wenn ich mein Leben aufgäbe. Chosa hatte sich bereits als fähig erwiesen, Dinge, die er für seine Zwecke als geeignet befand, zunichte zu machen und neu zu gestalten. Ein sterbender Körper würde ihn kaum aufhalten. Selbst meiner nicht.

Der Samum heulte weiter. Er drückte Augen und Ohren zu, setzte sich in meiner Seele fest. Ich spürte Chosas Fingerspitze – oder *etwas* – meinen rechten Unterarm berühren. Dann meinen linken Unterarm. Schwärze ergoß sich zaghaft, spielte und verschlang dann einen weiteren Teil meiner Haut.

Die Haare auf meiner Haut standen aufrecht. Mein Magen wand und verkrampfte sich, drohte alles auszuspeien, was ich gegessen hatte.

O Hoolies, was habe ich getan?

Schwärze.

So viel Schwärze.

Verschlang mich Zentimeter um Zentimeter.

Tief in mir schmerzten die Knochen.

Versuchte er, sie zu zerstören?

Angst und Sand hatten meinen Mund trockengerieben. Ich schluckte schmerzhaft, sehnte mich nach Wasser, nach Wein, nach der Kraft und dem Mut, die ich so verzweifelt brauchte.

Ich ergriff das Schwert fester, umklammerte die Lederriemen, bis sich meine Gelenke beschwerten. Die Zehen rollten sich gegen die Ledersohlen ein und knackten geräuschvoll. Sogar mein gesundes Knie schmerzte. Ich spannte die Muskeln an, lockerte sie wieder, spannte sie erneut an.

Ein letzter Versuch.

»Mein«, formulierte ich lautlos. »Dieses Schwert, dieser Körper, diese *Seele* …«

Ruckartig öffneten sich meine Augen. Ich starrte blind in den Sturm. Den Sand und den Wind nicht beachtend, wußte ich es plötzlich.

Es gab Dinge, die Chosa nicht verstand. Den Geist betreffend. Er kannte Magie und Haut und Knochen. Er wußte *nichts* über den Geist. Nichts über den zwanghaften Drang eines jungen Chula aus dem Süden, der zu einem Leben als Lasttier verurteilt war … und schließlich etwas erhielt, wovon niemand sonst etwas wußte. Etwas Geheimes. Etwas, was er behalten konnte. Etwas, was er berühren und streicheln und womit er sprechen konnte, von seinen Zukunftsträumen erzählen konnte, von Zaubern, die seine Dämonen vernichten würden, die lebenden und die toten.

Etwas *Eigenes.*

Ich grinste zähneknirschend in den Samum hinein.

»Mein«, flüsterte ich triumphierend, mit mächtiger, seltsamer, aus der Kindheit eines Chula geborener Bitterkeit, aus dem erwachsenen Jungen geboren, der als fremdartig und seltsam und töricht gebrandmarkt wurde.

Der alles glaubte, was ihm gesagt wurde.

»Mein«, sagte ich erneut.

Dieses Mal hörte Chosa mich.

Schmerz.

Er ließ mich auf die Knie sinken.

Warf mich in den Sand.

Bruchstücke von Vernunft und Bewußtheit und Selbstwertgefühl. Er nahm mir alles außer Angst und Verstehen.

Chosa Dei war keine Legende. Die Geschichte seiner Gefangenschaft durch die Hand seines Magierbruders, Shaka Obre, war wahr, nicht das fragwürdige Geschwätz eines Märchenerzählers. Chosa Dei war alles, was sie von ihm behaupteten.

Chosa Dei war *mehr*.

Das Schwert wand sich in meinen Händen. Die geschwärzte Spitze – *nein*. Nicht schwarz. Die Spitze war silbern. Wie Stahl. Reiner, unbefleckter Stahl, in nordischen Feuern gehärtet, in nordischen Wassern gekühlt, von nordischen Göttern gesegnet.

Samiel?

Schwarzes Licht blitzte auf. Chosa Dei schlug zu, verschlang ein weiteres Stück von mir, kroch an meinen Unterarmen höher. Halb bis zu den Ellbogen.

Das Schwert war nach unten gerichtet, wand sich in meinem Griff. Ein weiterer Abschnitt Samiels zeigte seine wahre Färbung. Und dann verstand ich.

Chosa Dei verließ das Schwert. Chosa ließ es im Stich. Chosa tauschte ein im Norden gefertigtes *Jivatma* gegen einen im Süden aufgezogenen Schwerttänzer ein.

Befreite Samiel.

Wenn das Schwert von Chosa befreit war …

Wenn.

Aber wenn Samiel befreit wurde, war ich gefangen.

Von Chosa Dei.

Wenn.

Wenn ich ihn aufnahm. Wenn ich ihn kommen ließ. Wenn ich ihm meinen Körper überließ, das Schwert aufgab, wäre das Schwert dann stark genug, ihn zu besiegen?

Aber niemand könnte es führen.

Hoolies.

Die Eingeweide verkrampften sich. Die Zähne knirschten. Die Augen wölbten sich vor und wollten sich nicht schließen lassen.

Schwarz bis zu den Ellbogen.

Die Muskeln zogen sich zusammen. Durch die Luft abwärts, schnitt durch Wind und klagte. Schwarzes Licht flammte auf. Reiner Stahl schimmerte. Die Schultern verhärteten sich, als ich die Schwertspitze in den Sand trieb. Dann tiefer. Sie hinabtrieb, immer weiter hinab. Sand an dem Stahlmantel reiben ließ.

Auf Knien umklammerte ich das Schwert. Kauerte da, erstarrt. Machtlos vor dem Schwert. Vor dem Magier. Nicht mehr als die Hülle, die er füllen wollte.

»Nein«, flüsterte ich.

Meine Sicht verschwamm. Versagte. Blind starrte ich mit weit geöffneten Augen in den reibenden Wind.

»Tiger ...«, krächzte ich. »Der hölzerne Tiger des Magiers ...«

Die Erinnerung war weit entfernt. Ein kleiner hölzerner Sandtiger, gestaltet, um betrachtet zu werden. Er hatte mir gehört. Nur mir. Und ich hatte ihn gebeten, ihn um Macht gebeten. Um die Mittel zu entkommen.

Sandtiger hatte ich ihn genannt. Zum Sandtiger hatte ich ihn gemacht.

Leibhaftig: Befreiung.

Kinder und Männer, gefressen. Mehr getötet bei dem Versuch. Dann hatte *ich* ihn aufgespürt. *Ich* hatte sein Lager gefunden. *Ich* hatte den Speer ausgerichtet und ihm diesen Speer in den Leib gerammt. Hatte vor Schreck und Schmerz geschrien, als die Krallen meine Wange zerkratzten. Als das Gift den Körper erfüllte.

Ich hatte den Sandtiger getötet. Er hatte mich fast getötet. Chosa tötete mich.

Das Fleisch würde weiterleben, aber der Geist, die Seele, würden es nicht.

Die Sicht verschwamm. Versagte.

In mir lachte etwas.

Das innere Auge öffnete sich. Und sah.

»Del!« schrie ich. »Del … *Delilah* … Del … Tu es! Tu es! Laß nicht … *Laß* nicht … Del … *Tu, was du tun mußt* …«

Das innere Auge *sah*.

»Del«, krächzte ich.

Sandalenbekleidete Füße. Windgepeitschter Burnus. Das Schimmern eines nordischen Schwertes.

Ich konnte ihren Gesichtsausdruck nicht erkennen. Vielleicht war es besser so. »Tu es, Del … *tu* es!«

Wind blies ihr das Haar aus dem Gesicht, legte es frei, starr und bleich und gequält. Das *Jivatma* zitterte in ihren Händen.

»… mußt …«, brachte ich mühsam hervor. »Du sagtest … du könntest … du sagtest … wie Ajani …«

Del wich zurück. Der Wind schrie um uns herum, verbarg erneut ihr Gesicht.

Hoolies, Bascha. Tu es.

Tief in mir lachte etwas.

Chosa war *belustigt*

»Wie Ajani«, krächzte ich. »Schnell. Sauber. Kein Risiko für dich … *Del* …«

Warum brauchte sie so lang?

Das nordische Schwert schimmerte. Es schnitt durch das Heulen des Samums und sang seinen eigenen Gesang. Von Farbtafeln am Nachthimmel, vom Geschrei eines Bansheesturms, der durch nordische Berge brüllte.

Zu kalt für mich.

Ich war im Süden geboren.

Mein Sturm war der Samiel.

Ich riß das Schwert aus dem Sand. Schwärze funkelte.

»Zu spät«, flüsterte ich. »*... hast zu lange gezögert ...*«

Der Wind wehte ihr Haar zurück. Ich sah ihr Gesicht erneut: die perfekte Gestaltung der Knochen, die glatte, makellose Haut, die Konturen der Nase, der Wangenknochen, die Symmetrie des Kinns. Die gebogene Linie ihres sich gerade öffnenden Mundes.

Delilah begann zu singen. Todesgesang. Lebensgesang. Der Gesang vom Leben eines Schwerttänzers. Von einem südlichen Chula, der aus der Welt der freien Menschen kam, die er sich zu eigen zu machen versucht hatte.

Warte nicht, Bascha.

Eine neue Entschlossenheit trat in Dels Ausdruck. Sie brach ihren Gesang mittendrin ab und hob das tödliche *Jivatma,* dessen Name Boreal war.

Genauso wie ich meines hob.

Wozu Chosa mich veranlaßte.

»Samiel«, sagte sie.

Aber es ging im Heulen des Windes unter.

Vierzehn

Sein Bruder auf der Zinne, der über die Weite des Landes hinwegschaut, das sie erschaffen hatten, verwundert, daß sie es konnten, denn sie waren Magier, keine Götter …

Er runzelte die Stirn.

Oder ist es möglich, fragt er sich, daß Götter lediglich Gebilde sind? Gebilde einer so tiefen und beharrlichen und gefährlichen Magie, daß bis jetzt niemand sonst gewagt hatte, sie zu ergründen, sie heraufzubeschwören, sie zu sammeln, sie zu handhaben, etwas aus nichts zu gestalten …

Zu vernichten, was gewesen war, zu erschaffen, was jetzt ist.

Er lächelte.

Ich habe das getan.

Er hält inne. Formuliert neu.

WIR haben das getan. Shaka und ich.

Er sieht seinen Bruder an. Chosa Dei und Shaka Obre. Zwillinge. Untrennbar, nicht voneinander zu unterscheiden. In Willen, Kraft und Macht einander gleich. In so sehr vielen Dingen, zwei Hälften eines Ganzen, die Ausgewogenheit von Dunkelheit und Licht.

In allem gleich, außer im Ehrgeiz.

»Was wir getan haben …«, beginnt Chosa.

Shaka lächelt, vollendet den Satz: »… ist wahrhaftig bemerkenswert. Ein Geschenk für das Volk.«

Chosa runzelt die Stirn, von dem Triumph verwirrt. »Ein Geschenk?«

»Sicherlich erwartest du nicht, daß sie dafür BEZAHLEN«, sagt Shaka lachend. »Sie haben nicht darum gebeten, haben es nicht gefordert …«

»… außer in Gebeten an Götter.«

Das Lachen erstirbt, Shaka zuckt die Achseln. »Menschen bitten um viele Dinge.«

»Aber dieses Mal haben WIR reagiert. Wir haben ihnen gegeben, was sie wollten.«

»Und jetzt willst du Bezahlung?« Shaka schüttelt den Kopf. »Wie können wir uns so ähnlich, aber auch so unterschiedlich sein? Die Macht, die wir gehandhabt haben, ist als Vergütung ausreichend.« Shaka streckt eine Hand veranschaulichend aus, umfaßt das sich unter ihnen ausbreitende Grasland. »Siehst du nicht? Wir haben das Land üppig gemacht. Wir haben das Land fruchtbar gemacht. Anstelle von Sand ist dort jetzt Gras.«

Chosa macht ein grimmiges Gesicht. »Wir haben auf ihre wertlosen Bitten reagiert. Jetzt müssen sie uns entschädigen.«

Shaka seufzt schwer. »Womit? Mit Geld? Mit Ziegen? Mit Töchtern? Mit nutzlosen Edelsteinen und Domänen?« Er legt seine Hand auf die starre Schulter seines Bruders. »Sieh es dir noch einmal an, Chosa. Schau, was wir bewirkt haben. Wir haben die Welt neu erschaffen.«

Chosas Gesicht verkrampft sich. »Ich bin nicht so mildtätig.«

Shaka nimmt die Hand von der Schulter seines Bruders. »Nein. Du warst immer ungeduldig. Du hast stets mehr gewollt.«

Chosa schaut über die Weite des Grases hinweg, die einst eine Sandwüste gewesen war. Er spricht eine Wahrheit aus, die keiner von ihnen jemals zuvor erwogen hat, die er aber schon lange erahnt: »Wir sind zwei verschiedene Wesen.«

Shakas Augen weiten sich. »Aber wir wollen das gleiche!«

»Nein«, sagt Chosa verbittert. »Nein. Du willst DAS«. Und deutet auf das Gras.

»Chosa … du nicht?«

Chosa zuckt die Achseln. »Ich weiß nicht, was ich will. Nur … mehr. MEHR. Ich langweile mich … Sieh, was wir getan haben, Shaka. Wie DU sagst: Sieh, was wir bewirkt haben. Was bleibt uns noch zu tun?«

Shaka lacht. »Wir werden uns etwas anderes ausdenken.«

Sein Bruder runzelt düster die Stirn. »Wir sind sehr jung, Shaka. Es ist noch so viel Zeit, so VIEL Zeit ...«

»Wir werden Möglichkeiten finden, sie auszufüllen.« Shaka betrachtet das sich unter ihnen ausbreitende Grasland und nickt zufrieden. »Wir haben einem sterbenden Volk das Geschenk des Lebens gegeben, Chosa ... Ich denke, ich möchte sehen, wie sie es nutzen.«

»Oh? Wie?«

Chosa Dei lächelte. »Ich habe Geschmack an der Magie gefunden.«

Shakas Gesichtsausdruck ändert sich von Nachsicht zu wachsamer Bewußtheit. »Wir hatten stets Magie zu Verfügung, Chosa. Was hast du vor?«

»Sie sammeln«, sagt Chosa. »Mehr finden und sammeln. Denn wenn es so einfach war, dies zu ERSCHAFFEN, dann wird es noch unterhaltsamer sein, es zu zerstören.« Er sieht das Entsetzen in Shakas Blick und zuckt lässig die Achseln. »Oh, nicht sofort. Ich werde dich noch eine Weile damit spielen lassen. Ich werde dich sogar einen Teil davon behalten lassen, wenn du willst. Genau die Hälfte, wie immer.« Chosa lacht. »Immerhin ist alles, was wir jemals gehabt haben, stets in zwei genau gleiche Hälften geteilt worden. Warum nicht das Land, das wir gerade erschaffen haben?«

»Nein«, sagt Shaka.

Chosas Augen weiten sich aufmerksam. »Aber so haben wir es IMMER gehalten. Die Hälfte für dich, die Hälfte für mich.«

»Nein«, sagt Shaka. »Hier sind Menschen mit betroffen.«

Chosa beugt sich nah zu seinem Bruder heran und spricht mit scharfer, flüsternder Stimme. »Wenn einer von ihnen stirbt, werden wir einfach MEHR erschaffen.«

Shaka Obre schreckt zurück. »Wir werden nichts dergleichen tun. Sie sind MENSCHEN, Chosa – keine Dinge. Du wirst sie in Ruhe lassen.«

»Die Hälfte von ihnen gehört mir.«

»Chosa ...«

»So HALTEN wir es, Shaka! Halbe-halbe. Erinnerst du dich?«

Shaka sieht ihn an. »Nur über meine Leiche.«

Chosa denkt darüber nach. »Das macht vielleicht Spaß«, sagt er schließlich. »Das haben wir noch niemals zuvor getan.«

Jetzt ist Shaka mißtrauisch. »Was getan?«

»Wir haben noch nie zuvor versucht, einander zu töten. Denkst du, daß wir es könnten? Wirklich sterben, meine ich?« Die Begeisterung blüht auf Chosas Gesicht. »Wir haben alle diese Worte und Zauber ... Glaubst du, wir sollten versuchen, sie außer Kraft zu setzen, nur um zu sehen, ob wir es wirklich könnten?«

»Geh fort«, sagt Shaka. »So mag ich dich nicht.«

Chosa bleibt beharrlich. »Aber wäre das nicht ein Spaß?«

Shaka schüttelt den Kopf.

Enttäuschung tritt in Chosas Augen. »Warum mußt du immer ein solcher Spielverderber sein, Shaka?«

»Weil ich mehr Verstand habe. Ich habe Verantwortungsgefühl.«

Shaka nickt in Richtung des Graslands. »Wir haben dies für Menschen in Not erschaffen, Chosa. Wir haben auf dem Feld gesät. Jetzt müssen wir uns um die Früchte kümmern.«

Chosa stößt einen spöttischen Laut aus. »DU kümmerst dich um die Früchte. Ich sammle sie ein.«

Shaka beobachtet, wie er sich abwendet. »Weh dir, du tust etwas! Weh dir, du schadest diesen Menschen, Chosa!«

Chosa hält inne. »Noch nicht. Ich werde dich mit deinem Spielzeug spielen lassen. Eine Weile. Bis mir nichts anderes mehr zu tun einfällt. Bis dahin werden Jahrhunderte vergangen sein, und du wirst dieses Spielzeugs auch überdrüssig sein. Bereit für etwas NEUES.« Er lächelt. »Ja?«

Geräusche. Keine Sicht: Ich kann die Augen nicht öffnen. Nur Geräusche, nicht mehr. Fleisch und Knochen sprechen nicht auf mein Verlangen an.

»Verflucht seist du«, flüsterte sie. »Ich hasse dich dafür.«

Das hatte ich nicht erwartet.

»Ich *hasse* dich dafür!« Ein verzerrter, erstickter Laut, der aus einer zu angespannten Kehle hervorbricht. »Ich hasse dich für das, was du getan hast, für das, was du geworden bist, trotz und *wegen* dieses Magiers ...« Sie brach jäh ab und fuhr dann in beherrschterem, aber nicht weniger tadelndem Tonfall fort. »Was soll ich tun? Dich ihm überlassen? Was soll ich tun? Dir den Rücken zuwenden? Fortgehen? Mich weigern, die Bedeutung der Ereignisse, den Wert des Mannes anzuerkennen, weil es leichter ist, es *nicht* zu tun?«

Ich konnte ihr keine Antworten geben. Aber andererseits wollte sie auch keine Antworten von mir erfahren. Wenn sie gewußt hätte, daß ich sie hören konnte, hätte sie nichts gesagt ... außer vielleicht jene Worte, die dazu angetan waren, das Blut gefrieren zu lassen. Selbst jetzt versuchte sie es. Ganz unwissentlich. Was die Macht ihres Zorns mehr als alles andere unterstrich.

»Wenn du sehen könntest, was er getan hat ...« Verzweiflung schlich sich in ihren Tonfall ein. »Wenn ich ihn töten könnte, würde ich es tun. Wenn ich ihm den Kopf abschlagen könnte, wie ich es bei Ajani getan habe, würde ich es tun. Wenn ich Magie gebrauchen könnte oder was immer sonst nötig wäre, um dich zu befreien, *würde ich es tun ...*« Dann brachen hastig Worte und Gefühle hervor. »Es gibt Dinge, die ich dir sagen würde, wenn ich könnte, wenn ich sie aussprechen könnte ..., aber wir geben beide nicht gern Schwächen oder Fehler zu, weil die Tür zu weit geöffnet wird, wenn man sie zugibt. Ich weiß es. Ich verstehe es. Aber jetzt, wo ich wissen *muß*, wer und was du bist ... bietest du mir nichts an – und ich kann nicht fragen: Ich habe nicht den Mut dazu.«

Tief innen kämpfte ich. Aber es kamen keine Worte hervor. Die Lider hoben sich nicht.

»Was soll ich tun?« keuchte sie. »Ich bin schwach. Ich habe *Angst*. Ich bin nicht der Mensch, der ich sein muß, um diesen Feind besiegen zu können. Ich bin nicht der Sandtiger.«

Und dann ein Schwall gemurmelter Hochlandworte, alles zischende Silben gewundener fremdartiger Worte, die zur Abwehr der Angst zu einer Litanei aneinandergereiht wurden.

Stille. Eine hartnäckige, zerrissene Stille. Ich wollte sie ausfüllen, wollte es so sehr …

»Du hast meinen Gesang entstellt«, erklärte sie. »Du hast alle Worte neu gestaltet und die ganze Musik verändert.«

O Bascha, es tut mir leid.

»Bitte«, sagte Del. »Ich bin so vieles gewesen und habe so viele Gesänge gesungen, um ausreichend hart zu werden. Um ausreichend stark zu werden. Ich bin, was ich bin. Ich bin nicht wie andere. Ich kann nicht wie andere *sein*, weil Schwäche damit zu tun hat. Aber du hast mir mehr gegeben … du hast mich zu mehr *gemacht*. Du hast mich nicht zu weniger gemacht, als ich bin – zu weniger, als ich sein mußte und noch *immer* sein muß … du machst mich zu mehr.«

Ich wollte so gern antworten, ihr sagen, daß ich sie zu überhaupt nichts gemacht hatte, sondern daß sie *mich* zu etwas machte, zu etwas Besserem. Zu *mehr* …

Ihre Stimme klang rauh. »Was soll ich tun? Dich zu deinem eigenen Besten töten?«

Das war es nicht, was ich im Sinn hatte.

Und auch Chosa Dei nicht, der einmal mehr auf dem Ausguck neben Shaka Obre stand.

Wieder Geräusche. Das Zischen von geschliffenem Stahl, der aus einer Scheide gezogen wird. Das Schaben und Reiben südlicher Sandalen. Der weiche Schlag eines sanft laufenden Pferdes, das über den Sand herankam.

»Also kommt er doch noch zu uns«, murmelte sie leise. Metallisches Klappern: Zaumzeugmessing, Gebißstücke. Das Knarren eines südlichen Sattels. Ein etwas widerspenstiges Pferd, das durchpariert wurde. »Steigt ab«, forderte sie auf. »Ich überlasse Euch die Ehre: Ihr dürft den Kreis zeichnen.«

Eine männliche Stimme antwortete, verfing sich seltsam in gebrochen hervorgebrachten Silben. »Warum sollte ich einen Kreis wollen?«

»Seid Ihr nicht gekommen, um ihn herauszufordern?«

Er antwortete nicht sofort. Dann sagte er: »Er scheint ein wenig unpäßlich.«

»Im Moment«, stimmte sie zu. »Aber ich bin auch noch da.«

»Ich bin nicht Euretwegen gekommen. Zumindest nicht, um Euch im Kreis zu treffen. Betten sind viel weicher.«

»Ein Kreis ist der einzige Ort, an dem wir uns treffen werden.«

»Es sei denn, ich besiege Euch. Wenn das Bett der Preis wäre.« Erneut knarrendes Leder. »Aber deshalb bin ich nicht gekommen.«

»Sie hat Euch gesandt.«

Ein Spur von Überraschung war aus seinem Tonfall herauszuhören. »Ihr wißt über sie Bescheid?«

»Vielleicht besser, als ihr lieb ist.«

»Nun.« Er räusperte sich, aber die Heiserkeit blieb. »Was ist ihm widerfahren? Sicherlich nicht Nezbet ... es sei denn, der Sandtiger wäre so alt und achtlos geworden, daß sogar Jungen ihn besiegen können.«

Ihre Stimme klang verächtlich. »Nezbet hat ihn nicht besiegt. Es war ...« Sie hielt inne. »Das würdet Ihr nicht verstehen.« Zaumzeugmessing klapperte, als das Pferd den Kopf schüttelte. »Ich verstehe nur, daß er schon einige Zeit nicht mehr er selbst ist. Es gibt Gerüchte in Iskandar und sogar in Harquhal… Geschichten, die sich gut erzählen lassen, wenn Männer zusammensitzen und trinken und würfeln.«

»*Ihr* seid zweifellos das Objekt solcher Erzählungen. Wie häufig sind sie wahr?«

Er lachte heiser. »Na ja, aber selbst ich habe bemerkt, daß er nicht mehr derselbe ist. Und das *ist* er nicht mehr, Del… Andererseits habt ihr ihn niemals in seiner besten Zeit gesehen.«

»In seiner *besten* Zeit.« Sie war verärgert. »Er war – *ist* – in seiner besten Zeit und Euch somit dreifach überlegen.«

»*Drei*fach.« Er war belustigt. »Und was seine Beurteilung als Mann betrifft – wie eine Frau einen Mann beurteilt –, könnt nur Ihr das sagen. Ich habe niemals mit ihm geschlafen.«

»Euch dreifach überlegen«, sagte sie kühl, »im Bett – und im Kreis.«

Die gebrochene Stimme klang gefährlich sanft. »Und ich habe niemals mit *Euch* geschlafen.«

»Das werdet Ihr auch nicht«, erwiderte sie.

»Es sei denn, ich gewinne es von Euch als Preis.«

Der Tonfall ihrer Antwort klang gleichermaßen tödlich. »Typisch Mann«, sagte sie, »den Körper einer Frau anstatt ihr Können zum Thema zu machen.«

Er stieg ab, ließ das Zaumzeug klingen. »Ich weiß, daß Ihr über das Können verfügt. Wir haben gegeneinander getanzt, erinnert Ihr Euch? Ich war, wie kurz auch immer, der Shodo der…«, er hielt inne, »*…Anistoya?«*

»Ihr habt einem Zweck gedient«, antwortete sie und umging damit die Frage. »Das ist alles, Abbu.«

Schritte streiften durch den Sand. Hielten neben meinem Kopf inne. »Ist er tot?«

»Natürlich nicht: Denkt Ihr, ich halte Totenwache?«

Die Stimme war sehr nah. »Ich weiß nicht, was Ihr

vielleicht tut. Ihr seid Nordbewohnerin, nicht Südbewohnerin - *und* Ihr seid eine Frau. Frauen tun oft seltsame Dinge.«

»Er ist erschöpft. Er ruht sich aus.«

»Er ist *bewußtlos,* Bascha. Denkt Ihr, ich kann das nicht erkennen?« Er hielt inne. »Was fehlt ihm?«

»Nichts.«

»Wirkt er deshalb halb tot?«

»Er ist es nicht.«

Er klang nachdenklich. »Ich war in Iskandar, erinnert Ihr Euch? Ich befand mich inmitten der Raserei, wie jeder andere auch. Nur daß ich kein Mann für glaubensbedingten Sinnentaumel bin.« Er hielt inne. »Hat sein Zustand etwas mit Magie zu tun?«

Widerwillig: »Ja.«

»Das dachte ich mir«, sagte er. »Und ich beginne mich zu fragen...«

»Was zu fragen?« fauchte sie.

»Die Stämme glauben, daß Ajani der Jhihadi war.«

»Ja. Weil Ajani alle Mühen auf sich nahm, diesen Anschein zu erwecken.«

»Aber der Sandtiger nahm überhaupt keine Mühen auf sich, wegen nichts, weil es nicht seine Art ist. Er *tut* einfach etwas.« Einen Schritt näher, er kniete sich neben mich. »Ich frage mich – jetzt – wie*viel* genau er tun kann.«

»Tiger ist Tiger«, sagte sie. »Er ist nicht der Jhihadi, egal was er sagt.«

»*Er* sagt, er sei der Jhihadi?«

Schweigen.

»Natürlich könnte es sein, daß er es nur sagt, um Euch auf die Probe zu stellen und zu beeindrucken«, kam es dann trocken.

»Nein.« Es klang widerwillig. »Er sagt, mein Bruder habe auf ihn gezeigt.«

»Euer Bruder? Was, zu den Hoolies, hat Euer Bruder mit alledem zu tun?«

»Er ist das Orakel.«

Schweigen. Dann sagte er spöttisch. »Erscheine ich Euch so leichtgläubig? Oder ist das ein Spiel, das Ihr und der Sandtiger Euch ausgedacht habt?« Er schnaubte. »Wenn es das ist, glaube ich nicht, daß es funktioniert. Gerade jetzt habt Ihr ein Dutzend *sehr* verärgerte Krieger auf Eurer Spur, ganz zu schweigen von den ungefähr zehn Schwerttänzern, die Aladars Tochter in ihre Dienste gestellt hat.«

»Glaubt, was Ihr glauben wollt.« Sand knirschte, als sie ihre Lage änderte. »Werdet Ihr den Kreis zeichnen?«

»Nicht jetzt.« Ein heiseres Kichern. »Ihr habt mir große Angst eingejagt, Bascha. Ich wage keinen Tanz gegen Euch.«

Sie sagte etwas in beredter Hochlandsprache. Ich öffnete den Mund zu einer Antwort.

Fünfzehn

Chosa Dei nickt. »Du wirst müde werden, Shaka. Du wirst dich genauso langweilen wie ich. Und es wird nichts anderes zu tun geben, als alles noch einmal von vorn zu beginnen.«

Shaka Obre schüttelt abwehrend den Kopf. »Ich werde nicht zulassen, daß du diesen Menschen schadest.«

»Sie sind unbedeutendes, zerbrechliches Spielzeug.«

Shaka braust verärgert auf. »Dann geh und erschaffe dir deine eigenen! Wenn du so gut darin bist, geh und erschaffe deine eigenen. Irgendwo ANDERS, Chosa. Laß meine Welt in Ruhe.«

»Deine Welt! DEINE Welt? Wir haben sie zusammen erschaffen, Shaka.«

»Das ist gleichgültig. Du willst sie nicht mehr – ich schon.« Verachtung überzieht Chosas Gesicht. »Du weißt nicht, was du willst.«

»Du auch nicht, Chosa. Das ist ein Teil deines Problems.«

»Ich HABE kein Problem. Und wenn, dann bist du es!«

Shaka Obre seufzt. »Geh einfach fort. Du bringst meine Welt durcheinander.«

»Du wirst mich vermissen, wenn ich gehe.«

Shaka zuckt die Achseln. »Ich weiß, wie ich mich beschäftigen kann.«

Erneut Abbu. »Was genau habt Ihr mit ihm *gemacht,* Del?«

»Das würdet Ihr nicht verstehen.«

»Erzählt es mir dennoch.«

»Es ist eine sehr lange Geschichte.«

»Erzählt es mir dennoch. Wir haben Zeit.«

»Die anderen werden kommen, und was wird dann sein? Ich kann nicht gegen sie alle tanzen, und Ihr *werdet* nicht gegen sie alle tanzen.«

Er war belustigt. »Natürlich nicht. Ihr denkt immerhin, ich sei einer von ihnen.«

»Seid Ihr es nicht? Warum sonst solltet Ihr gekommen sein?«

»Aus Neugier.«

»Wohl eher aus Habgier. Hat sie Euch genug geboten?«

»Sie hat mir sehr viel geboten. Ich bin immerhin eine Art Legende.«

»Panjandrum«, murmelte sie.

»Auch das«, stimmte er zu. »Nun, und jetzt zum Sandtiger ...« Eis sank plötzlich herab. »Ihr würdet *zuerst* gegen mich tanzen müssen.«

»Das weiß ich, Bascha. Das habt Ihr mir sehr deutlich gemacht.«

Er regte sich. »Was habt Ihr mit ihm getan? Und was hat *er* getan, um Euch dazu zu bringen, daß Ihr sein Leben aufs Spiel setzt?«

Ich kämpfte darum, die Augen zu öffnen. Versuchte zu sprechen. Versuchte irgend *etwas* zu tun, das ihm klargemacht hätte, daß ich lebte, wach war, bei Bewußtsein war.

Nichts gelang.

Chosa Dei auf der Zinne, der das grasbewachsene, von baumbestandenen Hügeln umgebene Tal überschaute, das Sonnenlicht von den Seen zurückgeworfen ...

»Ich habe dies erschaffen«, sagt er. »Ich könnte es zunichte machen.«

Zurück.

»Hoolies«, bemerkte Abbu. »All das habt Ihr getan, indem Ihr ihm sein *Schwert* abgenommen habt?«

»Nicht … ganz.« Dels Stimme war eine Mischung aus mehrerem: Erschöpfung, Sorge, Zurückhaltung. »Wie ich bereits sagte, es ist noch weitaus mehr damit verbunden. Eine lange Geschichte.«

»Und wie *ich* bereits sagte, Bascha, wir haben Zeit.«

Del seufzte. »Ich verstehe nicht, warum Ihr das tut.«

»Auszugleichen, anstatt zu behindern?« Er lachte mit seiner gebrochenen, heiseren Stimme. Das hatte ich bewirkt. »Weil ich mich vielleicht nicht verdingt habe, um ihn zu erwischen. Habt Ihr jemals an diese Möglichkeit gedacht? Und selbst wenn ich es getan *habe,* bedeutet es keine Herausforderung, einen Mann in seinem gegenwärtigen Zustand gefangenzunehmen. Nützt dem Ruf nichts. Er ist immerhin der *Sandtiger …«* Abbu hielt inne. »Zumindest *war* er es.«

»Und wird es wieder sein.« Eine kühle Hand berührte meine Stirn, strich schweiß- und sandverkrustetes Haar zurück. »Die Geschichte beginnt mit seinem Schwert«, sagte sie schließlich. »Einem nordischen Schwert. *Jivatma.«*

Abbu grunzte. »Ich weiß davon. Und ich habe Eures gesehen, erinnert Ihr Euch? Als wir tanzten.«

Die Finger legten sich kurzzeitig fester auf meine Stirn. Ich erkannte, daß meine Augen mit einem feuchten Tuchverband gewaltsam geschlossen gehalten wurden. »Es ist mehr damit verbunden«, sagte Del ruhig. »Ein Magier. Chosa Dei.«

Abbus Stimme klang ungläubig. »Chosa Dei? Aber er ist nur eine *Legende.«*

»Wachen!« kreischt Chosa. »Du hast Wachen auf dem Land aufgestellt!«

»Natürlich«, sagt Shaka ruhig. »Ich wollte nicht, daß du eines Tages auftauchst, todkrank vor Langeweile, und aus Boshaftigkeit beschließt, zunichte zu machen, was ich erschaffen habe.«

»Was DU erschaffen hast!« Chosa bleckt die Zähne. »Was

WIR erschaffen haben, meinst du. Wir beide waren es, Shaka – und du weißt das!«

»Aber nur einer von uns will es zerstören.«

»Nicht zerstören, sondern es zunichte machen«, erklärte Chosa.

»Und wenn du willst, können wir es wieder neu gestalten, wenn wir erst einmal fertig sind.« Er grinst, streckt die Hand aus und umfaßt die Schulter seines Bruders. »Das würde Spaß machen, wie? Zunichte zu machen, was wir erschaffen haben, und es dann wieder ganz neu gestalten. Nur besser ...«

»Ich werde die Wachen nicht abziehen.«

Chosas Griff wird fester, die **Finger** *graben sich in Shakas Schulter. »Du wirst. Du mußt. Denn wenn du es nicht tust ...«*

Es ist klar, was er meint. Aber Shaka schüttelt den Kopf.

Sie stehen erneut auf der Zinne, überschauen das üppige, grüne Grasland, das sie, Jahrhunderte zuvor, aus karger Wüste erschaffen haben. Fünf Generationen haben das Land bearbeitet, haben fruchtbare Erde, Wasser in Hülle und Fülle und Früchte im Überfluß gekannt. Shakas mildtätiger Segen hat ihnen die Freiheit verschafft, zu gedeihen und zu wachsen, und sie haben kaum Not kennengelernt.

Und jetzt will Chosa Dei das alles zunichte machen. Aus Langeweile.

»Nein«, sagt Shaka. »Das Land bleibt so, wie es ist.«

»Teile es«, kontert Chosa. »Die Hälfte gehört immerhin mir. Ohne meinen Anteil an Macht hättest du nichts von alledem bewirken können.«

Shaka schaut angewidert drein. »Ich habe alles über dich erfahren. Chosa. Du zerstörst. Du tötest. Du ...«

»Ich mache zunichte«, erklärt Chosa. »Und gestalte neu, nicht wahr?« Er lächelte. »Wir lernen aus unseren Fehlern. Jede Generation ist eine Verbesserung gegenüber der vorangegangenen. Glaubst du nicht, daß wir es dieses Mal noch besser machen könnten?«

Shaka schüttelt den Kopf.

Wut verzerrt Chosas Züge. »Zieh die Wachen ab, Shaka. Genug dieser Narrheit. Zieh die Wachen ab, oder ich werde sie vernichten, und dann werde ich DICH vernichten.«

Shaka lacht. »Ich glaube, du vergißt etwas.«

»Was vergesse ich?«

»Auch ich habe Magie zur Verfügung.«

»Sie ist nicht wie meine«, flüstert Chosa. »Oh, nicht wie meine. Vertrau mir Bruder. Prüf mich, stell dich mir entgegen, und du wirst leiden.«

Shaka mustert seinen Bruder. Er schüttelt sehr traurig den Kopf. »Du warst nicht immer so. Als Kind warst du freundlich und nett und großzügig. Was ist geschehen? Wo hast du den falschen Weg eingeschlagen?«

Chosa Dei lacht. »Ich habe Geschmack an der Magie gefunden.«

»Dann wird die Magie deine Bettgefährtin.« Shaka lächelt nicht mehr und musterte ihn auch nicht mehr. Seine Entscheidung ist gefallen. »Teste meine Wachen, Chosa, und du wirst herausfinden, wie mächtig sie sind. Und wie mächtig ich bin.«

Chosa grinst höhnisch. »Du bist schon seit zweihundertfünfzig Jahren hier, stets gleich. Während ich in die Welt hinausgegangen bin und alle Magie gesammelt habe.« Er hält inne. »Hast du ÜBERHAUPT eine Vorstellung davon, wie mächtig ich geworden bin?«

Shaka lächelt traurig. »Ja. Ich glaube schon. Und das ist der Grund, warum ich nicht zulassen kann, daß du ›zunichte machst‹, was ich mühsam beschützt habe.«

»Du mußt teilen«, macht Chosa heimtückisch geltend. »So wie wir stets geteilt haben.«

»Nicht in diesem Fall.«

Zorn verkrampft Chosas Züge. »Dann wirst du erleben, was ich bin, nicht wahr? Du wirst erleben, was ich tun kann!«

»Wahrscheinlich«, stimmt Shaka zu. »Da ich deine Meinung nicht ändern kann.«

»Und du wirst leiden.«

Shaka schaut auf das üppige Grasland hinab. »Irgend jemand wird leiden«, sagt er traurig. »Du. Oder ich. Oder sie.«

»SIE!« Deutliche Verachtung. »Was kümmern sie mich? Ich kann so viele von ihnen erschaffen, wie ich brauche.« Er zeigt die Zähne. »Aber ich brauche sie nicht, nicht wahr?«

»Doch«, sagt Shaka. »Du brauchst sie. Aber du hast nicht den Verstand, es zu erkennen.«

Chosa Dei hebt eine Hand. »Dann laß den Versuch beginnen.«

Shaka Obre seufzt. »Er hat bereits begonnen. Aber du hast ebenfalls nicht den Verstand, DAS zu erkennen.«

Ein Finger deutet auf das sich unter ihnen ausbreitende Tal. »Ich werde es in die Hoolies zurückverwandeln!«

Shaka zuckt die Achseln. »Und ich werde es wiederherstellen. Eines Tages.«

»Nicht, wenn du vernichtet bist. Nicht, wenn DU zunichte gemacht BIST!«

»Irgend jemand wird es tun«, sagt Shaka. »Wenn nicht ich, dann jemand anderer. Die Hollies können nicht ewig bestehen.«

»Ich werde sie bestehen lassen«, droht Chosa.

Shaka lächelt nur. »Versuche es«, schlägt er vor. »Du verdirbst mit deinem Geschrei eines Danjac einen wundervollen Tag.«

Chosa blickt feindselig drein. »Du wirst sehen«, sagt er. »Du wirst SEHEN, was ich tun kann.«

Shaka Obre streicht mit einer erschöpften Hand durch sein dunkles Haar. »Ich warte noch immer.«

Chosa starrt ihn an. »Du meinst es ernst«, sagt er schließlich.

»Ja.«

»Aber du bist mein Bruder.«

»Du bist nicht mein Bruder. Mein Bruder hätte dies niemals getan. Wäre niemals GEWORDEN.« Shakas dunkle Augen blickten hart. »Du mußt dein Gehirn zunichte gemacht haben, als du alle deine Spiele gespielt hast.«

»Ich werde dich in die Hoolies schicken!« schreit Chosa.

Shakas Lächeln ist frostig. »Nachdem ich dich hingeschickt habe.«

»Shaka!« schrie ich. *»Shaka.«*

Hände schlossen sich um meine Handgelenke, klammerten sich darum, zwangen mich wieder auf die Decke hinab.

»Shaka!« schrie ich. Meine Stimme war eine Farce.

Zwei weitere Hände schlossen sich den ersten an. »Hoolies«, keuchte Abbu.

»Seht Ihr?« Del preßte gespreizte Finger gegen meine Brust, sprach ruhig auf mich ein. »Lieg still, Tiger. Shaka ist nicht hier. Shaka ist niemals hier gewesen.«

»Die Wachen«, krächzte ich. »Seht ihr nicht. Chosa hat sie vernichtet. Er *hat* es getan. Shakas Magie hat nicht standgehalten... Chosas Magie war zu mächtig...« Ein bis auf die Knochen dringendes Schaudern erschütterte meinen Körper. »Er hat die *Wachen* vernichtet...«

»Und sich dadurch selbst eingesperrt, erinnerst du dich?« sagte Del. »So ist es geschehen.«

Atmen war schwierig. Meine Lungen fühlten sich zusammengepreßt an. Der Bauch verkrampfte sich, während ich darum kämpfte, ein- und dann wieder ausatmen zu können. »Ich weiß nichts von den Geschehnissen. Ich kenne nur die Wahrheit. Ich war *dort*...«

»Dort!« Dels Griff wurde fester.

»... Bascha... Götter, Del...« Ich schmeckte Blut im Mund.

»Er phantasiert«, bemerkte Abbu. »Erinnert Ihr Euch, wie er war, als ihm das Pferd gegen den Kopf getreten hat?«

»... Bascha, ich kann nichts sehen.«

»Du wirst wieder sehen«, versprach sie. »Du bist

nicht blind. Aber du hast zuviel Sand in die Augen bekommen... Sie müssen heilen, das ist alles.«

»Ich muß sehen...« Ich versuchte, meine Hände Abbus Griff zu entziehen, und konnte es nicht. »Laßt los. Abbu... nehmt Eure Pfoten von mir!«

Er tat es. Ich nahm das Tuch von meinen Augen und erkannte sofort, was Del meinte. Meine Augen waren sandig, juckten, und waren sehr wund. Das Sonnenlicht ließ sie tränen.

Aber ich vergaß meine Augen. Was ich wollte, waren meine Hände. Flach auf dem Rücken liegend, hielt ich sie in die Luft und untersuchte jeden Zentimeter Haut. Dann seufzte ich erleichtert auf. »Er ist fort«, murmelte ich benommen. Und dann zu mir selbst, zu verwirrt und ängstlich, um es laut auszusprechen: *Nein, das ist er nicht. Er ist IN mir. Ich kann ihn spüren.*

Ich sprang auf, warf mich gegen ihre Arme. Fiel wieder zurück, als mein Knie versagte. Ich war schwach, zitterte, war erledigt. »Hoolies«, würgte ich hervor. »Bin ich er?«

Ein dünner Schweißstrich erschien auf Dels Oberlippe. Sie wischte ihn mit dem Unterarm fort. »Aber du sagtest, er sei fort.« Sie tauschte einen Blick mit Abbu Bensir. »Glaubt Ihr mir jetzt?«

Sein Gesicht war aschgrau. »Sandtiger...« Aber er brach ab, als wüßte er nicht, was er sagen sollte.

»Bin ich er?« wiederhalte ich. Und dann: »Wo ist mein Schwert?«

Del deutete auf eine Stelle. »Dort.«

Ich schaute hin. Das ›Dort‹ war nicht so weit entfernt.

Ungeschützt lag es im Sand. Das Sonnenlicht badete verkohlten Stahl.

»Schwarz«, brach es erleichtert aus mir heraus. »Jetzt die Hälfte..., aber das ist besser als nichts. Besser als...« Ich brach ab, ließ mich auf die Decke zurücksinken und betrachtete meine Arme und Hände, hob sie gegen die Sonne. Wandte sie um und um.

»*Nicht* schwarz«, murmelte ich.

Nein. Blaß-weiß. Als wären sie zu lang im Schnee gewesen. Aber alle Haare waren versengt, und die Haut war schuppig. Von den Ellbogen bis zu den Fingerspitzen. Die Fingernägel waren alle verfärbt, als wären sie erfroren.

Del atmete tief ein. »Du hast mich gebeten, dich zu töten«, sagte sie. »Du hast mich *angefleht*, dich zu töten.«

Ich betrachtete meine Hände, bewegte verwirrt und fasziniert mit blauen Nägeln versehene Finger. »Irgend etwas sagt mir, daß du es nicht getan hast.«

»Nein. Ich habe etwas anderes getan. Ich wußte, es würde dich vielleicht töten, aber da du das ohnehin wolltest...« Sie strich sich erschöpft das Haar aus dem Gesicht. Die Anspannung hatte sie aller Farbe, allen Lebens beraubt. »Ich habe einen Gesang gesungen, und dann habe ich dein Schwert fortgeschlagen. Chosa hatte dich noch nicht ganz eingenommen, nur einen Teil von dir. Ich dachte, es wäre das Risiko wert.«

Ich runzelte die Stirn, biß mir auf die Lippen. »Und indem du mich und das Schwert getrennt hast...«

Del nickte. »Ich hoffte, daß Chosa dich loslassen müßte, weil ein Teil von ihm im Stahl geblieben war.«

Ich wich der Wahrheit aus, indem ich sie laut leugnete. »Es hätte anders kommen können. Chosa hätte zu mir springen können.«

»Ja«, stimmte sie zu. »Und hätte ich geglaubt, daß das geschehen sei, hätte ich getan, um was du mich gebeten hattest.«

Die Erinnerungen waren undeutlich, zumindest *meine* Erinnerungen. Sie waren alle mit Chosas Erinnerungen durcheinander geraten. »Was war es?« fragte ich vorsichtig. »Um was hatte ich dich gebeten?«

»Dir den Kopf abzuschlagen«, antwortete sie. »Wie ich es mit Ajani gemacht habe.«

»Hoolies.« Erneut Abbu.

Was mich verwirrte. »Was tut Ihr hier?« fragte ich. »Vertreibt Ihr Euch die Zeit mit Del?« Das war schon früher nicht unter seiner Würde gewesen.

Er grinste flüchtig. »Nein, aber jetzt, wo Ihr es erwähnt ...« Er winkte ab. »Nezbet erschien an meinem Lagerfeuer, erzählte irgendeinen Unsinn über einen blonden, weiblichen Schwerttänzer.« Er zuckte die Achseln. »Ich wußte sofort, wen er meinte. Und da ich den anderen ein gutes Stück voraus war, schickte ich ihn weiter und kam selbst hierher.«

»Hat Nezbet keine Ahnung, wer ich bin?« fragte Del. »Man konnte denken, Tiger sei der einzige, um den es geht, so wie dieser Junge gesprochen hat.«

›Dieser Junge‹ war wahrscheinlich nur zwei oder drei Jahre jünger als Del.

Wodurch ich mich noch älter fühlte.

»Nezbet ist ein Narr.« Abbu strich sich mit einer Hand durch das von grauen Fäden durchzogene schwarze Haar. »Wie die meisten Südbewohner hat er wenig Achtung vor Frauen – außer als Bettgefährtinnen. Andererseits gilt das für mich genauso.« Er grinste Del an. Durch sie hatte er seine Meinung erheblich geändert, aber das würde er nicht zugeben. »Als er also hörte, daß eine Frau damit zu tun hat, tat er es als unwichtig ab.« Er zuckte die Achseln. »Daher hat er die Ermordung Ajanis dem Tiger zugeschrieben.«

»Die Leute haben mich *gesehen*«, erklärte Del. »Sind sie alle sandkrank geworden? Hunderte von ihnen haben gesehen, wie ich ihm den Kopf abschlug!«

»Na ja, aber es geht eine Geschichte um, daß Ihr ein böser nordischer Dämon seid, der vom Tiger herbeibeschworen wurde, um die Aufmerksamkeit des Jhihadi lang genug zu beanspruchen, daß der Tiger ihn töten konnte.« Er lachte. »Ich habe Euch schon von den Geschichten erzählt.«

»Ein böser Dämon!« Del war verblüfft. »*Ich bin* kein Geist!«

Abbu bedachte sie mit einem betont lüsternen Blick. »*Das* weiß ich.«

Das ärgerte mich. Ich regte mich auf meiner Decke, trotz Schmerzen und Jucken, der Protest eines über seine letzten Reserven hinaus beanspruchten Körpers. »Bascha ...«

Aber was ich hatte sagen wollen, verklang im Nichts.

»Tiger?« fragte sie.

Nein, Bascha.

Chosa.

Sechzehn

Dämmerung. Wir drei versammelten uns, als die Sonne über den Horizont hereinbrach. Die beiden anderen würden Wache halten. Ich würde mehr als das tun.

Dels Stirnrunzeln zeigte eindeutig Besorgtheit, die hellen Brauen waren zusammengezogen. Boreal glitzerte in ihren Händen, wie auch Abbus Klinge in seinen. Nur *ich* hatte keine Waffe, meine lag am Boden.

»Du wirst nicht ...« Aber sie brach ab.

»Doch, ich werde«, belehrte ich sie.

»Warum?« fragte Abbu mit seiner halb erstickten, gebrochenen Stimme. »Wenn es so gefährlich ist ...« Sein Tonfall war eine Mischung aus Unglauben und Abscheu darüber, daß er unter Umständen bereit war, auch nur einen Teil von alledem zu glauben. Unterstrichen durch widerwillige Anerkennung. Er hatte wie so viele andere gesehen, wie ich Feuer vom Himmel herabbeschworen hatte.

»Weil ich es nicht einfach hierlassen kann«, sagte ich zu ihm. »Glaubt mir, wenn ich könnte, würde ich ... Aber Del hat mir immer wieder gesagt, daß es zu riskant wäre. Wenn jemand *anderer* an dieses Schwert geriete ... ein Unschuldiger ...« Ich zuckte die Schultern, unterdrückte ein aus dem Morgenfrost geborenes Schaudern. Ich trug noch immer nur einen Dhoti, wünschte, ich hätte meinen anderen Burnus aus den Satteltaschen angezogen. Aber wir waren mit anderen Dingen beschäftigt gewesen.

»Oder jemand, den Chosa Dei zunichte machen

und dann zu seinen eigenen Zwecken umgestalten könnte«, fügte Del hinzu. »Aber ... ich wünsche mir ...« Sie seufzte, strich sich gelöstes Haar aus den Augen. Sie mußte es noch in einem fest geflochtenen Zopf bändigen. Es ergoß sich über ihre Schultern, wallte ihr Rückgrat hinab, ruhte auf ihren Brüsten. Verfing sich in der runengesäumten Ledertunika, die so viel Arm und Bein freigab.

Chosa Dei hatte sie gesehen. Tief im Drachenberg, als er das Schwert von ihr gefordert hatte, das die von Shaka Obre aufgestellten Wachvorrichtungen durchbrechen konnte. Chosa *erinnerte sich* an sie.

Mühsam verdrängte ich den Gedanken an ihn. »Du weißt, was zu tun ist«, sagte ich rauh. »Warte nicht darauf, bis ich dich herausfordere ... ich kann nicht ... ich glaube nicht ...« Ich hielt inne, rang nach Luft, versuchte, ruhiger zu sprechen. »Ich habe nicht die Kraft, ihn fernzuhalten. Dieses Mal nicht.« Aber ich konnte ihr nicht sagen warum.

»Tiger ...« Aber sie unterdrückte den Rest.

Ich warf Abbu einen schnellen Blick zu. »Wenn sie es nicht kann – oder will –, seid Ihr an der Reihe.«

Sein dunkles südliches Gesicht, älter als meines, war seltsam hager und angespannt. Er nickte schweigend.

Ich grinste breit. »Betrachtet es so, Abbu ... Ihr werdet letztendlich in der Lage sein zu behaupten, daß Ihr wirklich der Beste seid.«

Er hob sein südliches Schwert, die Andeutung eines Lächelns auf dem Gesicht. »Wie es auch kommen mag.«

Ich sah Del nicht an. Ich beugte mich hinab und nahm das Schwert auf.

»Tiger?« fragte sie zögerlich, und ich erkannte, daß ich, die Götter wissen wie lange, dort gestanden und darauf gewartet hatte, daß etwas geschähe.

Ich dachte nach. »Mein Knie schmerzt«, sagte ich.

»Meine Augen jucken wie die Hoolies. Ich brauche noch immer ein Bad.« Ich wölbte die Augenbrauen. »Es scheint sich nichts verändert zu haben.«

»Ist er – dort drinnen?«

Ich betrachtete das Schwert in meinen Händen. Samiel war bis zur Mitte der Klinge geschwärzt. Meine Hände um das Heft zeigten blau verfärbte Nägel, die Finger waren bleich weiß, noch immer aufgesprungen und schuppig, aber kein Tropfen Schwärze berührte sie. Nicht außen. Wieviel war *innen?*

»Er ist dort drinnen«, bestätigte ich und gab damit einen Teil der Wahrheit preis. »Aber ... ich glaube, er ist verletzt.«

»Verletzt?« brach es aus Abbu hervor. »Zuerst erwartet Ihr von mir, daß ich glaube, daß sich ein Magier *in Eurem Schwert* befindet, und jetzt sagt Ihr, er sei *verletzt?*« Er ließ sein eigenes Schwert geräuschvoll in die diagonal auf seinem Rücken befestigte Scheide gleiten. »Ich glaube, Ihr habt das erfunden. Ich glaube, daran ist überhaupt nichts wahr, und Ihr *benutzt* diese Geschichte, um nicht gegen mich tanzen zu müssen. Weil Ihr wißt, daß Ihr verlieren würdet.«

»Oh, ich würde verlieren«, stimmte ich zu, »Ich habe nur ein Knie.«

Er runzelte die Stirn. »Und wie lange werdet Ihr das als Krücke benutzen, Sandtiger?«

»Es stimmt«, sagte Del ruhig. »Worauf soll ich schwören, damit Ihr mir glaubt?«

Abbu grinste. »O Bascha ...«

»Denkt nicht *daran*«, unterbrach ich ihn. »Wie ich bereits sagte, ich glaube, er ist verletzt.« Ich betrachtete stirnrunzelnd das Schwert. »Ich kann Euch nicht sagen, warum. Es fühlt sich einfach anders an. Irgendwie ... *verletzt.*« Ich sah die beiden an, wußte, wie es klang. »Es fühlt sich sehr ähnlich dem an, wie ich mich fühle: wie ein Pferd, das zu hart geritten und naß eingestellt wurde.«

»Poetisch«, sagte Abbu trocken. Er rieb sich müßig die vernarbte Haut an seiner Kehle, wo mein hölzernes Schwert ihn vor so vielen Jahren fast getötet hatte. »Also belassen wir es dabei? Ihr auf einem Knie, mit einem *verletzten* magischen Schwert ...« Er brach ab und lachte. »Ich sollte Euch dennoch herausfordern.«

Del verkrampfte sich. Wir wußten beide, was sie sagen wollte, aber Abbu brachte sie mit einer erhobenen Hand zum Schweigen. Er betrachtete sie nachdenklich, während er die Hand wieder senkte. »Wir haben den Tanz, den wir in Iskandar begonnen haben, niemals beendet.«

»Und das werdet Ihr auch nicht«, fauchte ich. »Knie oder nicht Knie, *ich werde* tanzen. Ich habe es satt, daß Ihr stets Del an meiner statt herausfordern wollt.«

Das Lächeln geriet wie erwartet, seine unausgesprochene Erwiderung war darin enthalten.

»Nun?« fragte Del kurz, mit großem Verständnis für die Art – und die Gedanken – von Männern. »Wie wird es geregelt?«

Abbu und ich sahen einander einen langen Augenblick vielsagend an. Dann beendete er den Wettbewerb. »Hoolies«, sagte er leutselig, »ich kann nichts dabei gewinnen. Ich bin ohnehin reich genug.« Er tätschelte die von seinem Gürtel herabhängende Geldbörse. »Der Shodo hat immer gesagt, mit Geld könne man keine Freundschaft – oder Rivalität – erkaufen. Wenn der Sandtiger und ich unseren letzten Tanz bestreiten, wird dies aus einem anderen Grund geschehen.«

»*Mehr* Geld«, unkte ich.

»Zweifellos«, sagte er gedehnt und wandte sich zu seinem Pferd um. »Wenn ich Ihr wäre, Ihr beide, würde ich nicht nach Julah reiten.«

»Warum nicht?« fragte Del. »Wenn es einen Grund gibt ...«

Er unterbrach sie. »Es gibt einen Grund, es *nicht* zu

tun.« Alle Verstellung war geschwunden, Abbu war nicht mehr belustigt. »Ja, ich wurde gebeten, Euch beide aufzuspüren, gefangenzunehmen und nach Iskandar zurückzubringen. Weil Sabra genau weiß, wer ihren Vater getötet hat. Im Gegensatz zu all den Stämmen, ist ihr der Jhihadi gleichgültig. Sie will nur Rache.«

»Und Ihr arbeitet für sie«, sagte ich.

»Ich soll für eine Frau arbeiten?« Er grinste. »Was glaubt Ihr, Sandtiger? Ihr wart früher ein Südbewohner.«

Das hatte die beabsichtigte Wirkung auf mich. *»Früher?«*

Abbu schwang sich in den Sattel und wandte sein Pferd zu uns um. »Bevor Ihr die Grenze überschritten habt.« Er vollführte eine nachlässige Geste in Richtung Del und Samiel. »Nordisches Schwert. Nordische Frau.« Er grinste verstohlen und verzerrt. »Aber eines davon ist den Ärger vielleicht wert.«

Ich sah ihn stirnrunzelnd an. »Bei den Hoolies, verschwindet.«

»Wartet«, sagte Del.

Er parierte sein Pferd durch, die Augenbrauen gewölbt.

»*Arbeitet* Ihr nun für sie?« fragte Del ruhig.

»Ihr solltet die Antwort kennen«, belehrte er sie. Er deutete mit dem Kopf in meine Richtung. »Tiger weiß es. *Fragt* ihn.«

Del wartete, bis er fort war. »Nun?«

»Nein«, antwortete ich.

Sie verengte die Augen. »Wie kannst du da so sicher sein? Du hast selbst gesagt, daß ihr keine Freunde seid, und er hat es auch gesagt. Woher willst du wissen, daß er nicht lügt?«

»Er arbeitet nicht für sie. Weil er genau das tun würde, womit er beauftragt worden wäre, *wenn* er von ihr beauftragt worden wäre: mich in den Kreis zu fordern, mich unter allen Umständen zu besiegen und dann nach Iskandar zurückzubefördern.«

Dels Gesichtsausdruck war seltsam. »Denkst du, er kann dich besiegen?«

»Im Moment, mit dem Knie, kann sogar Rhashads *Mutter* mich besiegen.« Ich hob das Schwert. »Glaub mir, wenn er sich verdingt hätte – Tanzeerfrau oder nicht – würde er die Aufgabe zu Ende bringen. Abbu Bensir beendet stets, was er beginnt.«

Del beobachtete, wie ich mein Knie ausprobierte, es streckte, um es knacken zu lassen, es dann wieder beugte, um die Beweglichkeit zu testen: »Wie geht es dir? Wie geht es dir *wirklich?*«

Es hatte nichts mit meinem Knie zu tun. Die Frau kennt mich gut, aber nicht gut genug.

Ich stieß ein leises, halb grunzendes, halb lachendes Geräusch aus. »Wie es mir geht? Ich weiß es nicht. Wund. Müde. Von Schmerzen gepeinigt. Stinkend. Innerlich und äußerlich zu Tode erschöpft.« Ich wandte mich ruckartig um, humpelte zu meiner neben der kleinen Feuerstelle ausgebreiteten Decke zurück. »Ziemlich angewidert von der ganzen Situation.«

Del folgte mir, half mir nicht, als ich mich ungeschickt niederließ. Ohne darüber nachzudenken, legte ich das Schwert beiseite – im Moment war es ruhig – und machte mich daran, den Knieverband abzunehmen. Sie hatte ihr Schwert noch nicht wieder in die Scheide gesteckt. »Was du gesagt hast... was du gefragt hast. Vorhin.« Sie klang halb beschämt, halb besorgt. »Du hast gefragt, ob du er seist.«

Ich zuckte gleichgültig die Achseln, wickelte zerrissenen Stoff ab, der einst einen Borjuni gekleidet hatte. »Ich war nur ein wenig verwirrt.« Als der Verband abgenommen war, lag das Knie ganz frei. Ich betastete es vorsichtig mit einem Zeigefinger, untersuchte es auf Schwellungen und Schmerzen. »Nicht so schlecht«, stellte ich fest. »Sollte in ein bis zwei Tagen einigermaßen verheilt sein. Dann kann Abbu, wenn er zurückkommt, seinen Tanz haben.«

Del seufzte und hockte sich hin, steckte schließlich ihr Schwert in seine Scheide. »Es wäre tollkühn, das zu tun. Besser oder nicht, dein Knie wird dich bei einem richtigen Tanz nicht tragen… Und warum bist du so sicher, daß er zurückkommen wird? Er hätte dich jetzt herausfordern können und hätte eine bessere Chance gehabt. Warum es später tun, wenn du ein schwierigerer Gegner sein wirst?«

»Weil er es tun wird. Ich würde es tun.« Ich warf ihr einen Blick zu und lächelte. »Das hat nichts mit weiblichen Tanzeers zu tun. Das hat mit etwas zu tun, was seit Jahren ungeklärt zwischen uns steht.«

»Seine Kehle.« Sie berührt ihre eigene.

»Das ist ein Teil davon. Aber auch Stolz. Und der Ruf.« Ich lächelte. »Der Süden ist nicht groß genug für *zwei* Schwerttänzer wie uns.«

»Also wird einer von euch den anderen töten.«

»Nur wenn einer von uns darauf besteht. Ich selbst könnte es, glaube ich, ertragen, wenn er mich fertigmachte und mich zur Aufgabe zwänge… Ich sehe nicht viel Sinn darin, im Namen des Stolzes zu sterben. *Tanzen*, ja, das war schon lange Zeit abzusehen. Und Abbu?« Ich zuckte die Achseln. »Ich weiß es nicht. Ich weiß nur, daß er zurückkommen wird. Er hat im Moment nur aufgegeben, weil er *nicht* für Sabra arbeitet und weil er nicht will, daß jemand denken könnte, er habe den Tanz gewonnen, weil ich in schlechter Verfassung war.«

»Das glaubst *du*.«

»Ich weiß es. Diese Dinge sind wichtig, Del… Abbu Bensir und ich haben den größten Teil unserer beachtlichen Laufbahnen damit verbracht, Geschichten über den anderen zu hören. Und da *er* vor mir hier war, trifft ihn das noch härter. Niemand, der der erste Schwerttänzer im Süden war, will auch nur einen kleinen Teil dieser Ehre einbüßen... und dann kam ich daher.« Ich wölbte die Augenbrauen. »Natürlich war er eindringlich vorgewarnt. Als ich ihm mit einem hölzernen Schwert beinahe die Kehle zerschmettert habe.«

Del lächelte verzerrt. »Wird es für dich auch so sein?«

»Du meinst, ob ich mich ärgern werde, wenn einer daherkommt, der besser ist?« Ich zuckte die Achseln. »Wenn das geschieht, werde ich ein alter Mann sein. Dann wird es nicht mehr wichtig sein.«

Del lachte laut. »Alter Mann«, neckte sie, »es *ist* bereits geschehen.«

»Ah, aber du wirst niemals anerkannt werden«, konterte ich, »womit ich nicht zugebe, daß du besser bist. *Gut*, ja... aber besser?« Ich zuckte die Achseln. »Wie dem auch sei, du bist eine Frau. Kein südlicher Schwerttänzer wird dich jemals anerkennen.«

»Du tust es. Abbu tut es.« Sie runzelte die Stirn. »Glaube ich. Entweder das, oder er sagt nur, er täte es, weil er glaubt, daß er mit süßen Worten mein Wohlgefallen erregen und mich dazu bringen wird, sein Bett zu teilen.« Sie schob sich das Haar hinter die Ohren. »Männer tun das.«

»Weil es wirkt.« Ich grinste, als sie mich anstarrte, und machte mich dann daran, mein Knie neu zu verbinden. »Zu schade, daß er uns nicht sein Pferd dagelassen hat.«

Das verwirrte sie. »Dachtest du, er würde es tun?«

»Vielleicht. Wenn die anderen Schwerttänzer noch immer nur einen Tag zurückliegen, hätte er auf sie warten und dann nach Iskandar zurückkehren können.«

»Sie liegen nicht nur einen Tag zurück. Die Schwerttänzer *oder* die Stämme. Es sind vielleicht *zwei* Tage, wegen des Samums.« Del runzelte die Stirn. »Erinnerst du dich nicht?«

»Woran soll ich mich erinnern?« fragte ich wachsam.

Sie strich sich das Haar aus den Augen. »Du hast den Samum umgewendet. Du hast dem Wind, dem Sand Einhalt geboten... und sie dann um uns herum gelenkt und weitergeschickt.«

»Aber – ich dachte...« Ich runzelte die Stirn, versuchte mich zu erinnern. Ich wußte noch, daß ich all das hatte tun *wollen*, aber ich konnte mich nicht daran erinnern, es ausgeführt zu haben. Chosa Dei hatte einen zu großen Teil meiner Seele beansprucht gehabt. »Nun, gut«, sagte ich schließlich. »Es wird uns helfen, ein wenig Vorsprung zu erlangen, wenn der Samum sie zurückgeschlagen hat.«

»Außerdem wäre Abbu ein Narr gewesen, wenn er uns sein Pferd dagelassen hätte.«

Das machte mich hellhörig. »Du glaubst, Abbu Bensir könnte niemals ein Narr sein?«

Del taxierte mich einen Moment lang. Ihr Gesicht war eine Maske, aber etwas – war es Belustigung? – lauerte in ihren Augen. »Vermutlich könnte er ein Narr sein«, sagte sie schließlich, mühsam ernst bleibend. »Ihr seid euch sehr ähnlich.«

»Also, Bascha...«

Sie tat übertrieben überrascht. »Aber das seid ihr. Er ist natürlich älter, obwohl ich nicht sagen könnte, wieviel älter.« Hoolies, sie *war* belustigt! »Und er ist zweifellos weiser, durch Erfahrung... aber es gibt dennoch bemerkenswerte Ähnlichkeiten.« Sie nahm ihr Haar auf und teilte es in drei Stränge. »Aber wahrscheinlich nur, weil ihr von demselben Shodo ausgebildet wurdet.«

»Ich bin überhaupt nicht wie Abbu! Du hast gehört, was er gesagt hat: ›Ich soll für eine Frau arbeiten?‹ – als würde ihn das beschmutzen.« Ich betrachtete ihre geweiteten Augen. »Er wünscht sich nichts sehnlicher, als dich in sein Bett zu bekommen, weil er glaubt, daß du für nichts anderes geeignet bist. Wie die meisten Südbewohner es glauben.«

Del flocht weiterhin ihren Zopf. »Wie du früher.«

Ich runzelte die Stirn. »Ich bin noch immer ein Südbewohner. Nur weil ich die Grenze übertreten habe, um dir zu helfen…« Ich betrachtete stirnrunzelnd mein Knie. »Vielleicht habe ich mich in mancherlei Beziehung geändert, dank dir, aber ich bin noch immer ein Südbewohner. Was sollte ich sonst sein?«

Del sprach sanft, während sie ihren Zopf festband. »Du weißt es nicht, erinnerst du dich? Die Salset haben es dir niemals gesagt.«

Ich verknotete energisch den Verband um mein Knie und wechselte das Thema. »Wir sollten am besten nach Quumi weiterziehen und ein weiteres Pferd kaufen. Dann können wir nach Julah hinunterreiten.«

»Julah! Aber Abbu hat gerade gesagt…«

»Abbu weiß nicht, was ich weiß.« Ich stand von meiner Decke auf und rollte sie zusammen. »Niemand weiß, was wir wissen – beziehungsweise was *ich* weiß.«

»Wir?« Del erhob sich, richtete ihren Harnisch. »Wenn du *mich* meinst, dann kläre mich auf… ich weiß nicht, wovon du sprichst.«

Mit dem ›Wir‹ war nicht Del gemeint gewesen. Aber das konnte ich ihr nicht sagen.

»Wir sollten aufbrechen«, sagte ich. »Wir verschwenden schon wieder Tageslicht.«

SIEBZEHN

Sie ist nicht groß, nicht wahr?« Del saß eng an mich geschmiegt hinter mir auf dem Rücken des Pferdes, wodurch wir in der Hitze des Tages schwitzten. »Als du von einer Händlersiedlung sprachst, dachte ich, du meintest etwas Bedeutendes.«

»Das war sie einmal.« Ich führte den Hengst auf das lose an der zerbrochenen Lehmziegelmauer hängende Lattentor zu. »Quumi war einst eine der größten Ansiedlungen im Süden, die vor Karawanen und Händlern aus den Nähten platzte. Aber die Punja dehnte sich bis hierher aus und verschluckte sie, und die Karawanen nahmen einen anderen Weg. Bald zogen die meisten Händler fort. Quumi hat sich niemals wieder davon erholt.«

»Aber dies ist nicht die Punja.«

»Sie ist nah genug.« Ich deutete mit der Hand in südliche Richtung. »Einen halben Tag entfernt. Wie dem auch sei, jedermann gewöhnte sich an die neue Strecke, so daß Quumi fast in Vergessenheit geriet. Es wurde niemals wieder zu dem, was es einst war.«

Und würde es auch niemals wieder werden. Was einst eine blühende Ansiedlung gewesen war, war jetzt nur noch ein Schatten dessen. Latten anstatt Lehmziegel. Pulverisierter Staub anstatt Ziegelsteine. Die engen Straßen waren von angewehten Sandhaufen verstopft, und die meisten Gebäude hatten sich den Jahrzehnten scheuernden Wüstenwinds ergeben. Quumi war zusammengebrochen wie jahrhundertealte Orakelknochen, Splitter von Ziegelsteinen hier und dort, Anhäufungen pulverisierten Staubs, eingefallene Behausungen, deren Ecken abgeschabt waren. Quumi hatte ein rundes und weiches Profil: knochenfarbene, von der Sonne ausgedörrte Ziegel, die zerrieben worden waren.

Wir näherten uns von Norden, hielten an dem zerbrochenen Stadttor inne, um dem sogenannten Wächter eine Kupfermünze zuzuwerfen, und ritten dann hindurch.

Del war entsetzt, daß wir bezahlen mußten, um die Stadt betreten zu können. »Die Mauer ist zerbrochen«, sagte sie. »Nur fünf Schritte vom Weg entfernt kann jedermann einfach *hindurchspazieren* ... Warum also bezahlen, um durch ein verfallenes Tor reiten zu dürfen?«

»Weil man das eben tut.« Ich hielt diese Antwort für ausreichend. Jedermann, der wußte, was Quumi einst gewesen war, übersah ihren verfallenen Zustand. Es war ein Spiel, das jedermann mitspielte.

Durch das zerbrochene Tor in die Stadt selbst: Der Hengst scharrte über festgetretenen Untergrund, ließ Kieselsteine klappern und lief in den Irrgarten hinein. Quumi war ein Gewirr eingestürzter Gebäude, aber ich kannte meinen Weg darum herum. Ich eilte direkt auf die Wirtshausgasse zu.

»Es ist irgendwie ... grau«, stellte Del fest, als wir in die enge, von Sand verstopfte Gasse einbogen.

»Wir befinden uns am Rande der Punja.«

»Aber sogar der Himmel ist grau.«

»Das ist Staub«, belehrte ich sie. »Punjastaub, vermischt mit Schmutz. Er ist sehr fein, wie Puder ... wenn du atmest, wird er fortgeblasen. Siehst du?« Ich deutete auf den puderartigen Staub, der von den Hufabdrücken des Hengstes aufstieg.

»Er sieht aus wie Asche«, sagte sie. »Wie eine zu Asche verglühte Feuerstelle ... oder ein Scheiterhaufen.«

Die sonnengebleichten, vom Wind zerfetzten Planen, die von zerbrechlichen Gittern herabhingen und Pfosten über tiefliegenden Fenstern und Türen umrahmten, verliehen dem allgemeinen Grau-Beige der Stadt nur eine Spur ausgewaschener Farbe. Sie flatterten in einer halbherzigen Brise schwach hin und her. Sonnenschein ließ helle Mauern streifig wirken, bildete blockartige, flickenähnliche Muster auf schiefstehenden Ziegelsteinen. Der mit den Händen geglättete Verputz der Ziegel war abgerieben worden, und verwehte Büschel längst verdorrten Grases waren freigelegt. Der Hengst versuchte, etwas davon zu erhaschen, während wir daran vorbeiritten.

»Solange wir ein Pferd – und ein Bad – bekommen können, ist es mir egal, wie die Stadt aussieht.«

»Gibt es hier Wasser?«

»Ja. Aber wir werden dafür bezahlen müssen.«

»Wir haben bereits am Tor bezahlt.«

»Das war die Zugangsgebühr. Es wird in Quumi auch eine Wassergebühr verlangt. So überlebt der Ort.«

»Aber… für *Wasser* etwas zu verlangen! Was ist, wenn man kein Geld hat?«

Der Hengst verfing sich mit dem Huf in einer herabgefallenen Plane, stolperte und schnaubte. Von der Sonne mürbe gewordener Stoff riß und ließ ihn frei. Ich zog seinen Kopf hoch. »Du stolperst aber auch über jedes Hindernis.«

»Es ist bodenlos«, erklärte sie.

»Zweifellos«, stimmte ich ihr zu und schaute zu meinem Lieblingswirtshaus, das vor uns lag.

Del verstand, sobald ich den Hengst durchparierte. Das Gebäude war den anderen sehr ähnlich: Die äußere Hülle aus Adobeziegeln war zerbrochen und gab das Innere schiefstehender Ziegel frei. Eine gebleichte, flickenartige, orangebraune Plane baumelte von dem einzigen verbliebenen Pfosten herab und verbarg den größten Teil des Eingangs. Der Geruch von

Wein, Aqivi und anderem Alkohol schwebte durch die Gasse.

Sie runzelte die Stirn, parierte den Hengst durch. »Was tun wir *hier?*«

»Ich kenne den Besitzer.«

»Ihn oder sie?«

»Ihn natürlich. Dies ist der Süden.« Ich wartete. »Steigst du ab? Oder muß ich auf die umständliche Art hinabklettern?«

»Zunächst mußt du mir erklären, warum wir *erst* an einem Wirtshaus anhalten müssen, bevor wir Wasser oder ein Pferd kaufen.«

»Hier wird ein Zimmer vermietet.«

»Wie lange bleiben wir?«

»Zumindest über Nacht. Ich möchte ein Bad nehmen, eine gute Mahlzeit essen, in einem Bett schlafen. Du kannst dich mir anschließen, wenn du willst.« Ich hielt es nur für höflich, eine Einladung auszusprechen. Del haßt es, für selbstverständlich genommen zu werden.

Sie glitt von dem Hengst herab. »Ich dachte, du wolltest ein Pferd kaufen.«

»Zuerst etwas trinken. Und ein Bad nehmen. Dann etwas essen. Dann in einem Bett schlafen. Morgen früh kommt das Pferd dran.« Ich befreite mich von dem Steigbügel und hob mein verletztes Knie über den Sattel. »Am liebsten möchte ich eine Weile ruhig im Schatten sitzen, raus aus der Sonne, und zufrieden über einem Becher Aqivi – oder Wein, wenn es keinen Aqivi gibt – sinnieren, und dann werde ich mich um den Rest kümmern.«

Del lächelte, als ich die Straße ein wenig zu schwungvoll mein Gewicht aufnehmen ließ. Alles an mir schmerzte. »Geh nur hinein«, sagte sie freundlich, als ich mir nach einem Fluch auf die Lippen biß. »Ich werde mich um den Hengst kümmern.«

Ich widersprach nicht, wenn ihr Verhalten auch ungewöhnlich war. Normalerweise versucht sie mich von Aufenthalten in Wirtshäusern abzubringen. »Dort herum.« Ich deutete mit einer Hand in die entsprechende Richtung. »Es ist kein richtiger Stall, aber dort gibt es Schatten und Wasser.«

Del nahm die Zügel auf. »Werde ich dafür bezahlen müssen?«

»Ich sagte es dir bereits: Ich kenne den Besitzer.« Ich hielt inne. »Er berechnet mir nur die Hälfte.«

»Die Hälfte«, murmelte Del und führte den Hengst um die Ecke herum.

Als sie zurückkam, saß ich auf einem klapprigen, dreibeinigen Stuhl in dem klapprigen Wirtshaus, an dem klapprigen Tisch vornübergebeugt, das Kinn in eine Hand mit blauen Nägeln gelegt, den Ellbogen so aufgestützt, daß ich mich halten konnte. In meiner anderen Hand befand sich ein gelbbrauner, unglasierter Tonbecher mit Aqivi, der schon fast geleert war. Insgesamt fühlte ich mich selbst auf eine irgendwie dumpfe, trunkene, verdrehte Art ziemlich klapprig.

Es war niemand sonst in dem Wirtshaus. Del, die sich ihren Weg durch die zerrissene Plane erkämpfte, blieb stehen, kurz nachdem sie mich und niemanden sonst gesehen hatte, und sah sich nachdenklich in dem Raum um.

»Nun«, sagte sie schließlich. »Ich wußte, daß du ein Bad brauchst, aber vielleicht habe ich mich einfach an dich gewöhnt, und es ist schlimmer, als ich dachte.«

»Du weißt«, hielt ich dagegen, »daß du darin nicht besonders gut bist.«

Helle Brauen wölbten sich. »Worin?«

»Darin, Witze zu machen.« Ich hob den Tonbecher an den Mund, schluckte mehr Aqivi und setzte den Becher dann wieder ab. »Aber andererseits war das noch niemals eine Eigenschaft, die ich bei einer Frau gesucht habe.«

Helle Brauen wurden wieder gesenkt. Und zusammengezogen. »Wie viele hattest du schon?« Sie bewegte sich vorsichtig durch ein Dickicht gebrechlicher Stühle und Tische. »Ich war nicht *so* lange weg.«

Ich dachte darüber nach. »Lang genug«, belehrte ich sie schließlich. »Lang genug, daß ich herausfinden konnte, daß Akbar tot ist.«

Sie blieb an meinem – unserem? – Tisch stehen. »Akbar war dein Freund, der Besitzer?«

»Ja.« Ich trank mehr Aqivi.

»Das tut mir leid«, sagte sie.

»Ja.« Der Becher war leer. Ich setzte ihn ab, nahm den Keramikkrug auf – dessen Rand zersplittert und gebrochen war – und goß Alkohol in die grobe Richtung des Bechers. Der scharfe Geruch sehr jungen Aqivis erfüllte meine Nase. »Trink ein wenig Aqivi, Bascha.«

Sie sah sich um. »Wasser wäre gut ... gibt es hier etwas?«

»Wasser kostet drei Kupfermünzen pro Becher. Aqivi ist billiger.«

»Ich *mag* keinen Aqivi.« Sie sah sich noch immer um, spähte in die Dunkelheit. »Sind wir allein hier?«

»Akbars Cousin ist irgendwo da hinten.« Ich wedelte mit der Hand.

»Ist das dieser Borjuni, der mir zehn Kupfermünzen berechnet hat, damit ich den Hengst einstellen konnte, und mir dann noch fünf weitere Kupfermünzen für Wasser abgenommen hat?«

»Ich sagte dir bereits, daß Aqivi billiger ist.«

»Du kannst einem Pferd kaum Aqivi geben.« Sie zog sich mit dem Fuß einen Stuhl heran. »Natürlich könnte man bei seinem Temperament auch genausogut das tun.« Sie beäugte meinen Krug. »Willst du das alles trinken?«

»Es sei denn, du willst mir dabei helfen.«

Del betrachtete mich abschätzend. »Bist du in Ordnung?«

»Ich bin müde«, sagte ich zu ihr. »Ich bin es müde zu erfahren, daß meine Freunde den Tod gefunden haben. Und ich frage mich, ob ich der nächste bin.«

Ein knappes Lächeln verzog ihre Mundwinkel und erstarb dann. »Es tut mir leid, daß dein Freund tot ist. Aber ich glaube, daß *du nicht* in Gefahr bist.«

»So? Warum nicht? Mein Beruf ist gelegentlich ziemlich riskant.«

Sie spielte mit einem für die Arbeit mit der Klinge kurzgeschnittenen Fingernagel an den Splittern des Tisches: »Weil du deinem Pferd sehr ähnlich bist: zu starrköpfig, um aufzugeben.«

»Im Moment bin ich nicht starrköpfig. Nur ein wenig betrunken.« Ich trank mehr Aqivi. »Du wirst vielleicht sagen, ich hätte zuerst etwas essen sollen, und du hättest recht. Du wirst vielleicht sagen, ich sollte jetzt aufhören, und du hättest recht. Du wirst vielleicht sagen, daß ich mich nach einer Nacht voller Schlaf am Morgen besser fühlen werde, und du hättest recht.« Ich sah sie über den von Daumenabdrücken überzogenen Rand des Tonbechers hinweg kläglich an. »Gibt es irgend etwas, womit du einmal *nicht* recht hättest?«

Del hörte auf, an den Splittern zu spielen. »Ich hatte unrecht als ich Staal-Ysta deine Dienste angeboten habe.«

Ich strahlte. »Das stimmt.«

»Und ich hatte in bezug auf dich zeitweise unrecht.« Sie beäugte düster den Becher, sagte aber nicht, daß der Aqivi meine Stimmung verdarb. Aber das brauchte sie auch nicht. »Als wir uns zum erstenmal trafen, lehnte ich dich heftig ab. Und du hattest es verdient. Du *warst* alles, wofür ich dich hielt. Ein typischer Mann des Südens.« Sie verzog den Mund. »Aber du hast dich mit der Zeit gebessert. Du bist jetzt weitaus erträglicher.«

»Danke schön.«

»Hmmm.« Sie sah sich erneut um. »Wenn Akbars Cousin nicht bald kommt, werde ich mir selbst Wasser besorgen. Umsonst.«

Das würde sie nicht tun. Sie würde ihm das Geld hinlegen. »Hier.« Ich hielt ihr den Becher hin. »Das wird deine Kehle benetzen.«

»Ich will es nicht.«

»Hast du es jemals probiert?«

»Einmal.«

»Einen ganzen Becher? Oder nur einen Schluck?«

»Ein Schluck hat genügt.«

»Mich mochtest du zunächst auch nicht. Das hast du gerade gesagt.«

Del seufzte, kratzte müde ihre Schulter. »Bleib hier sitzen und trink, wenn du willst... ich denke, ich werde die Botas nehmen und sie auffüllen.«

Ich wedelte mit einer Hand. »Am Marktplatz gibt es einen großen Brunnen. In dieser Richtung. Sie werden es dir berechnen.«

»Drei Kupfermünzen pro Becher?« Del erhob sich, schob ihren Stuhl zurück. »Und wieviel kostet eine Bota voll?«

Ich dachte darüber nach. »Ich weiß es nicht. Die Preise schwanken. Es kommt darauf an, wie gut du feilschen kannst.« Ich betrachtete sie: groß, schmal, wunderschön. Und unglaublich tödlich. »Wenn du es richtig handhabst, kannst du wahrscheinlich einige Kupfermünzen sparen.«

»Wahrscheinlich«, sagte sie trocken. »Aber ich glaube nicht, daß es ein fairer Handel wäre, wenn ich meine Würde für einige wenige Kupfermünzen Nachlaß aufgäbe.«

Ich füllte meinen Mund mit Aqivi, während Del das Wirtshaus verließ.

Weil ich keine Antwort wußte.

Sonnenuntergang. Und keine Kerzen, Lampen oder Fackeln, weil man dafür bezahlen mußte. Im Moment sah ich keine Notwendigkeit dafür. Der orangefarben-rötlich-purpurfarbene Sonnenuntergang färbte das mit Latten vernagelte Wirtshaus hellviolett.

Die Hand lag auf meiner Schulter. »Komm mit«, sagte sie ruhig. »Zeit, um zu Bett zu gehen.«

Ich schaute verschwommen von meinem Teller mit ungenießbarem Brei, der Hammelstew sein sollte, hoch. »Kann ich zuerst meine Mahlzeit beenden?«

»Ich glaube, das würde *dein* Ende bedeuten.« Jetzt ruhten ihre beiden Hände mit unweiblich festem Griff, der durch Burnus, Untergewand, Harnischriemen und Haut bis auf die darunter liegenden Muskeln schnitt, auf meinen Schultern. Es fühlte sich wunderbar an. »Du kannst morgen früh mehr essen, wenn du erst den Hund getötet hast.«

Ein seltsames Bild. »Welchen Hund?«

»Den, der dich beißt. Oder beißt du *ihn?*«

Oh. Jetzt verstand ich. »... Götter, Bascha ... hör nicht auf ...«

»Damit?« Sie knetete meine Haut fester. »Du bist so angespannt wie Draht.«

»... Hoolies ... *das fühlt sich so gut an* ...«

»Ich habe unsere Sachen in dem abscheulich teuren Raum gelassen, der wahrscheinlich noch vor Sonnenaufgang über uns zusammenbrechen wird. Die Betten sind gemacht. Sollen wir dich hineinbringen?«

»Gerade jetzt möchte ich einfach hier sitzen, während du damit weitermachst.«

Ihre rechte Hand wanderte zu meinem Nacken. Kühle Finger drückten wunde Sehnen, kämpften sich durch die Steifheit. »Auf«, sagte sie nur.

Ich erhob mich schwankend, spürte sie unter einen Arm gleiten, ließ sie das Gewicht übernehmen, das mein Knie nicht tragen wollte. »Ich bin furchtbar betrunken, Bascha. Unglaublich, entsetzlich betrunken.«

»Ich weiß. Hier. Hier entlang … bitte, fall nicht hin. Dein Totgewicht wäre weitaus beträchtlicher als sonst.«

»Totgewicht …«, echote ich. »Wie Akbar.«

Del schwieg. Sie führte mich einfach in den winzigen, entsetzlich teuren Raum, der wahrscheinlich *tatsächlich* vor Sonnenaufgang über uns zusammenbrechen würde, und half mir, mich auf dem Bett niederzulassen. Es roch nach Pferd und Schweiß und menschlicher Haut, die dringend ein Bad benötigte.

Ich legte mich nicht hin. Ich stützte mich gegen die Wand und starrte benommen durch die violette Düsterkeit des Sonnenuntergangs zu der blonden nordischen Frau, die vor mir kniete. Schweigend befreite ich mich unbeholfen von den Harnischriemen und legte dann das in der Scheide steckende Schwert beiseite.

»Er war ein guter Freund«, erzählte ich ihr. »Als ich die Salset verlassen hatte, war Quumi einer der ersten Orte, wo ich hinging. Ich war sechzehn Jahre alt; meine Hände und Füße waren für den übrigen Körper entschieden zu groß. Ich war mein ganzes Leben lang ein Chula gewesen. Ich wußte nicht, wie man frei ist.«

Del schwieg.

»Ich wußte nicht einmal, wie man mit Menschen spricht. Oh, ich kannte die *Sprache* … ich meine, ich wußte nicht, wie ich die Menschen ansprechen sollte. Ich hatte gelernt, nichts zu sagen und nur zu antworten, wenn eine Antwort gefordert war.« Ich zog eine Grimasse. »Ich besuchte vier Wirtshäuser, bevor ich zu diesem kam, in der Hoffnung, irgendeine Art Arbeit zu finden, um mir eine Mahlzeit kaufen zu können … In allen vieren stand ich einfach da, innen hinter der Tür, schwieg, hoffte, daß mich jemand ansprechen würde, weil ich nicht zuerst sprechen konnte. Wenn ich es tat, würde ich geschlagen werden …« Ich richtete mich an der Wand auf. »Niemand sagte etwas zu mir. Oh, sie sprachen *über* mich – Beschimpfungen, Späße, du weißt schon –, aber niemand sprach *mit* mir. Daher konnte ich nicht nach Arbeit fragen. Konnte nicht nach Essen fragen.«

Dels Gesicht war starr.

»Als ich also in dieses Wirtshaus kam, das fünfte, erwartete ich eigentlich das gleiche. Ohne zu verstehen, warum. Und ich bekam es. Bis Akbar mich ansprach.« Ich lächelte in der Erinnerung ein wenig. »Er fragte mich, ob ich etwas trinken wollte. Ich dachte, er meinte Wasser, und nickte zustimmend. Statt dessen gab er mir Aqivi.«

Dels Augen waren seltsam hell.

»Ich hatte niemals zuvor Aqivi getrunken. Nur Wasser. Aber ich hatte Durst. Und es stand mir frei zu trinken, was ich wollte. Also trank ich *alles*. So schnell ich konnte.« Ich rieb mit einer Hand über müde, sandwunde Augen. »Ich war fast augenblicklich betrunken. Akbar merkte es, aber anstatt mich auf die Straße hinauszuwerfen, führte er mich zu einem Raum. Er ließ mich meinen Rausch ausschlafen.« Ich ließ eine Hand auf das Bett fallen. »In diesem Raum.«

Del schluckte angespannt.

»Jedesmal, wenn ich hierherkam, gab er mir diesen Raum. Zum halben Preis. Und soviel Aqivi, wie ich wollte.« Ich seufzte, spähte zu dem verflochtenen Lattendach hinauf, von dem Streifen von Rinde und getrocknetem Wüstengras herabhingen. Durch die Risse und Lücken konnte ich die sich purpurn verfärbende Nacht sehen. »Als ich einmal hierherkam, sagte er, er hätte ein Pferd, einen Hengst. Niemand könnte ihn reiten, sagte er. Er versuchte, jeden zu töten, der in den Sattel kletterte. Niemand wollte ihn kaufen. Akbar wollte kein Pferd durchfüttern, das nicht genutzt werden konnte. Also sagte er, ich könnte ihn haben, wenn ich wollte.« Ich lächelte schief. »Er sagte, ich sei dickköpfig genug, um den flohgebissenen, querköpfigen, knickohrigen Punjawurm von einem Pferd in seinem eigenen Spiel zu besiegen.«

Schweigen.

»Er hat mich viermal abgeworfen. Dann gab er auf. Vermutlich sagte er sich, daß jemand, der dumm genug war, es immer wieder zu versuchen, die Mühe nicht wert war.«

Del lächelte. Ihre Stimme klang rauh. »Aber er bemüht sich immer noch. Gelegentlich.«

»Und manchmal gewinnt er sogar. Nur daß ich wieder hinaufklettere.« Ich seufzte und rieb müde über mein stoppeliges, schmutziges Gesicht. »Ich bin müde. Ich bin betrunken. Ich muß schlafen … aber ich glaube nicht, daß ich es kann.«

»Leg dich hin«, sagte sie ruhig.

»Bascha …«

»Mit dem Gesicht nach unten«, sagte sie und unterband damit eine überflüssige Diskussion über zuviel Aqivi, um miteinander zu schlafen. Was mir sehr recht war. Wer will so etwas schon zugeben? »Du bist angespannt wie Draht, Tiger. Und viel zu nah daran zu reißen. Vielleicht kann ich die Anspannung ein wenig lösen.« Mit dem Gesicht nach unten, wie befohlen. Den Kopf auf ineinander verschränkte Hände gelegt. Es fühlte sich gut an, einfach stillzuliegen.

Und noch besser, wenn sie mich berührte.

Nacken. Schultern. Schulterblätter. Die Schichten starrer Muskeln, die zu verknotet waren, um sich zu entspannen. Dann das Rückgrat hinauf und hinab, vorsichtig drückend und reibend, die Anspannung hinausstreichend. Am Ansatz des Rückgrats, tief am Rücken. Dann wieder hinauf zum Nacken, bis unmittelbar hinter die Ohren.

Sie lachte, als ich zufrieden brummte und unverständliche Dankesworte murmelte.

Aber das Gelächter erstarb. Wie auch die Lebhaftigkeit ihrer Bemühungen. Sie glättete das wellige braune

Haar, das im Nacken zu lang gewachsen war. »Es tut mir leid«, sagte sie weich. »Es ist niemals leicht, jene zu verlieren, die dir etwas Besonderes bedeuten.«

Besonders wenn es nur so wenige gibt, für die das gilt. Sula. Akbar. Mein Shodo, seit zwölf Jahren tot. Sogar Einzelhieb, ein Schwert, das mir dennoch ganz besonders viel bedeutet hatte.

Alle tot. Sogar das Schwert.

Nur Del war mir noch geblieben.

Achtzehn

Ich erwachte von einem vertrauten, sich wiederholenden Geräusch: dem metallischen, klingenden Schaben eines Schleifsteins über eine Klinge. Ich roch Öl, Stein, Stahl.

Und Del.

Ich rollte mich herum, verfluchte durcheinander geratenes Bettzeug und spähte blinzelnd durch den Morgen. Keine Dämmerung, bereits jenseits davon. Die Sonne war reichlich und wahrhaftig aufgegangen, traf durch das Lattendach auf schieferähnliche Muster staubvernebelten Lichts und Schattens.

Was mich an etwas erinnerte. »Es ist noch immer da«, bemerkte ich. »Das Dach.«

Del schaute nicht hin. »Ja«, stimmte sie angespannt zu und arbeitete weiterhin konzentriert mit dem Schleifstein.

Gekämmtes, feuchtes Haar lag lose um ihre Schultern. Die cremefarbene Tunika darunter zeigte Wasserflecken, die aber bereits trockneten. »Du hast gebadet«, stellte ich fest.

»Ja.« Schaben. Gleiten. Klingen. Zischen. »Ich bin vorhin zum Badehaus gegangen.«

»Akbar würde Wasser bringen …« Ich brach jäh ab. Del bedachte mich mit einem kurzen Blick und wandte ihre Aufmerksamkeit dann wieder ihrer Arbeit zu. »Ich fühle mich besser«, erzählte ich ihr und befreite mich von dem Bettzeug. »Du hast alle Starre aus meinem Nacken und meinen Schultern vertrieben. Natürlich ist da immer noch mein Kopf …« Ich brach ab. Sie hörte nicht zu. »Was ist los?«

Schaben. Gleiten. Zischen. »Nichts.«

»Es ist nicht ›nichts‹. Was ist es?«

Sie schüttelte den Kopf.

»Wenn es deswegen ist, weil ich gestern betrunken war…«

»Nein.«

Ich dachte darüber nach. »Etwas, was ich gesagt habe? Ich meine, als ich weggetreten war…?«

»Du warst nicht weggetreten. Du hast einfach geschlafen. Ich kenne den Unterschied. Und nein, es ist nichts, was du gesagt hast. Du hast gesprochen, ja, aber ich konnte nichts davon verstehen, so daß ich dich nicht der Ungehörigkeit beschuldigen kann.«

Fortschritt. Ich hatte mehr als nur ein Achselzucken oder einen einzigen Satz bewirkt. »Was stört dich dann?«

Sie hielt in ihrer Arbeit inne. Zeigte mir die Klinge. »Dies.« Ich schaute hin. Die Klinge schimmerte im Morgenlicht. Lachsfarben-silberner Stahl, mit gewundenen Runen versehen, die nur Del allein entziffern konnte. »Bascha…«

»Dies«, wiederholte sie. Und legte die Fingerspitze auf die Klinge, rieb sie mit Öl ein, aber ich wußte, daß sie sie wieder sauberwischen würde.

Dann sah ich es. Ein Fleck. Ein Makel. Ein Stück Schwärze. »Ich verstehe nicht…«

»Ich habe dir dein Schwert mit meinem aus der Hand geschlagen«, sagte sie tonlos. »Ich habe deine heimgesuchte Klinge mit meinem *Jivatma* beiseite geschlagen. Und das ist das Ergebnis.«

Heimgesucht. Interessante Bezeichnung.

Und auch angemessen.

Ich schürzte die Lippen, kaute dann darauf herum. »Es könnte etwas anderes sein.«

»Nein.« Sie bearbeitete den Stahl erneut. »Nein, es ist nichts anderes. Es ist Chosa Deis Werk. Er hat mein *Jivatma* befleckt.«

»Du weißt nicht …«

»Ich weiß.« Ihre Augen blickten frostig, als sie mich über die Klinge hinweg ansah. »Glaubst du, ich kann es nicht erkennen? Sieh dir deine Fingernägel an, Tiger. Sieh dir deine Hände und Arme an. Und dann sage mir noch einmal, daß es etwas anderes sein könnte.«

Ich sah mir alles an, wie sie vorgeschlagen hatte. Die Farbe meiner Nägel hatte sich von Blau zu Schwarz gewandelt. Nicht Chosa Deis Schwarz, obwohl er es verursacht hatte, sondern die Schwärze schwerwiegender Quetschungen. Die Nägel schälten sich von den Fingern hoch, bereit abzufallen. Die unbehaarte Haut der Hände und Unterarme war noch immer aufgesprungen und schuppig. Und noch immer von einem seltsam leichenähnlichen Weiß.

Ich erschauderte, setzte mich dann ruckartig auf, warf alles beiseite. Blinzelte ins Licht. Die Kopfschmerzen waren immerhin nicht so schlimm … aber ich mußte den Hund zurückbeißen. Zumindest an seinem vorderen Ende. »Ich weiß nicht, was ich dir sagen soll. Wie lange arbeitest du schon mit dem Schleifstein?«

»Ausreichend lang, um zu wissen, daß es nichts nützt.« Sie sah mich verzweifelt an. »Tiger … meine *Blutklinge* …«

»Ich verstehe.« Das tat ich. Mehr als sie glaubte. »Bascha, ich weiß nicht, was ich dir sagen soll. Kann ein Zauber es beseitigen? Vielleicht ein Gesang?«

Sie schüttelte stumm den Kopf. Feuchtes Haar fiel ihr über die Schultern. Die sanften Locken um ihr Gesicht waren fast trocken. Solch helle, glänzende Seide … und so fremdartig im Süden.

Ich räusperte mich. »Du kannst nicht sicher sein, daß es nicht von selbst wieder vergeht.«

»Ich sagte es dir bereits. Chosa Dei will dieses Schwert. Er wollte dieses Schwert schon immer. Es ist der Schlüssel zu seiner Macht. Wenn er es hätte – wenn er dieses Schwert innerlich berührte –, würde er über die nötige Macht verfügen, dich zu überwältigen und freizubrechen. Verstehst du?«

Ich verstand. Und ich spürte es auch. Ich wußte sehr wohl, warum Chosa Dei Boreal wollte – und brauchte.

»Dann sollten wir uns lieber auf den Weg machen.« Ich stand vorsichtig auf, achtete auf mein Knie, humpelte mit kaum mehr Standhaftigkeit in unserem gemeinsamen Zimmer umher. »Ich brauche zum Anfang des Tages einen Becher und ein Bad ...« Ich hielt inne und wandte mich wieder um. »Kannst du noch so lange warten, bis ich ein Bad genommen und mich rasiert habe?«

Del war ebenfalls aufgestanden. Sie stand am Eingang, eine Hand hielt den dünnen Gazevorhang beiseite. In der anderen hielt sie ihr Schwert. »Dafür«, sagte sie ernst, »werde ich den ganzen Tag und die ganze Nacht warten.«

»Vielen Dank«, sagte ich säuerlich. »Ich glaube nicht, daß ich *so* lange brauchen werde.«

»Vielleicht nicht«, stimmte sie mir höflich zu. »Aber du bist sehr schmutzig.«

Das war ich. Aber ich machte mir nicht die Mühe, einen angemessen bissigen Kommentar zurückzugeben. Wenn Del mich damit aufziehen konnte, wie schwach auch immer, daß ich ein Bad brauchte, war sie nicht so beunruhigt, wie ich befürchtet hatte.

Andererseits war ich vielleicht auch einfach *tatsächlich* so dreckig

Zuerst das Bad. Dann der Aqivi.

Der Hund würde warten müssen.

Der Preis für Bad und Rasur war natürlich ungeheuer, wie auch für alles andere in Quumi. Aber die Sache war es auch wert, weshalb sie Mondpreise verlangen *konnten.* Auch wenn es meine Geldbörse fast leerte, fühlte ich mich wie neu geboren, als ich wieder auf die Straße trat, wohlig über die frisch rasierte Wange strich und den Harnisch zurechtrückte. Jetzt brauchte ich nur noch einen Becher Aqivi, und dann wäre ich bereit aufzubrechen. Aber ich hatte eines nicht bedacht.

Sie saß auf einer kastanienbraunen Stute, hielt die Zügel des Hengstes fest. Sie trug einen weißen Burnus, das helle Haar war zurückgeflochten. Sie trug ihren Harnisch. Die Satteltaschen waren beladen und an den entsprechenden Sätteln befestigt.

Mir blieb beinahe der Mund offenstehen. »Eine *Stute?*«

Del zuckte die Achseln. »Etwas anderes war nicht da.«

»In ganz Quumi gibt es keinen Wallach zu kaufen?«

»Nein. Ich habe gefragt. Ich habe *nachgesehen*.«

»Hast du von dem Hengst erzählt?«

»Das Verhalten des Hengstes ist nicht meine Sache. Du mußt ihn unter Kontrolle behalten.« Sie lächelte süß. »Sicherlich weißt du, wie ein Mann sein Verlangen zügeln kann.«

»Hoolies, Bascha ...«

»Sie ist nicht rossig.«

Ich fluchte. »Bist du sicher?«

Del sah mich an. »Siehst du etwa, daß er sie besteigt?«

Ein Punkt für sie. »Aber wenn es dazu kommt, wird er den Verstand verlieren.«

»Wenn er welchen zu verlieren hätte.« Sie regte sich im Sattel. »Kommst du?«

Ich ergriff die Zügel des Hengstes. »*Wohin* soll ich kommen? Weißt du überhaupt, wohin wir reiten?«

Sie runzelte die Stirn. »Du sagtest etwas von Julah.«

»Ja. Julah. Die Domäne der Tochter Aladars.«

»Aber sie ist in Iskandar. Zumindest war sie dort. Wir können uns von ihr – und von der Gefahr – fernhalten, wenn wir *bald* aufbrechen.«

»Ich dachte, du sagtest, du wolltest den ganzen Tag und die ganze Nacht warten, damit ich baden könnte.«

»Du hast gebadet. Ich merke es. Meine *Nase* merkt es.« Del grinste kurz, als ich die Stirn runzelte. »Wollen wir aufbrechen?«

Ich warf dem Hengst die Zügel über den Hals und klettere hinauf. »Warum hast du es so eilig?«

»Wenn mein Schwert dadurch, daß wir Shaka Obre finden, von Chosa Deis verderblichem Einfluß befreit werden kann, würde ich das lieber heute als morgen erledigen.«

»Du weißt nicht einmal, wo er sich befindet.«

»Du auch nicht.« Sie hielt inne. »Oder doch?«

Ich führte den Hengst auf das südliche Tor zu, das von eingefallenen, schmutziggrauen Gebäuden halb verborgen war, und vollführte eine Geste in die entsprechende Richtung. »Irgendwo dort draußen.«

Del stieß einen spöttischen Laut aus. »*Das* klingt vielversprechend.«

»Dann solltest du uns vielleicht führen.«

In ernstem Schweigen führte sie die kastanienbraune Stute um den Hengst herum und blieb davor stehen. Er bemerkte sie. Wie beabsichtigt. »So?« fragte Del unschuldig.

»Schon gut«, murmelte ich.

Der Hengst war weniger glücklich, als ich ihn erneut vor die Stute führte. Ich hatte eine kurze, aber heftige Auseinandersetzung mit ihm und überzeugte ihn, *mich* führen zu lassen. Ich glaubte nicht, daß wir den ganzen Weg nach Julah im Rückwärtsgang schaffen würden.

Um die Mittagszeit hielten wir an. Schweigend betrachteten wir grimmig die Weite der kristallüberzogenen Wüste vor uns. Die Grenze war kaum sichtbar, aber eindeutig festgelegt. Auf dieser Seite waren wir sicher: Wenn wir sie überquerten, gerieten wir in Gefahr.

Aber wir waren schon früher in Gefahr gewesen.

Dels Stute bewegte den Kopf auf und ab. Der Hengst

antwortete mit einem rumpelnden, tief aus der Brust heraufsteigenden Wiehern, das zu einem Schreien zu werden drohte. Ich trat ihn hoch an die Schulter. »Sie ist nicht interessiert«, sagte ich.

Del lächelte nur. Hob dann ihr Kinn in Richtung Punja. »Wie viele Tage bis Julah?«

»Das hängt von der Punja ab.«

»Das weiß ich. Wie viele Tage haben wir zuvor gebraucht?«

»Ich weiß es nicht. Wer kann sich schon so weit zurück erinnern?« Ich tätschelte den breiten Hals des Hengstes und führte ihn beiseite. »Außerdem hatten wir mit einigen Verzögerungen zu kämpfen, erinnerst du dich? Wie zum Beispiel die Hanjii und ihr Sonnenopfer ... das einige Tage gedauert hat. Und die Erholung hat noch länger gedauert.«

»Und Elamain«, erinnerte sich Del. Natürlich erinnerte sie sich daran. »Wir haben Elamains Karawane vor den Borjuni gerettet. Dann haben wir sie zu diesem Tanzeer gebracht ...«

»Hashi.«

»... der dich zum Eunuchen machen wollte.« Del warf mir einen Seitenblick zu. »Ich erinnere mich daran.«

»Wie er es auch auf einige *meiner* Körperteile abgesehen hatte.«

»Dann haben wir in Rusali angehalten ...«

»... und Alric und Lena und die Mädchen getroffen.« Del hielt inne. »Damals nur zwei. Aber sie erwartete bereits das dritte Mädchen ...«

»... und als wir sie das letzte Mal sahen – vor nur vier Tagen –, erwartete sie bereits schon *wieder* ein Kind.«

Del verzog den Mund. »Ich hoffe, daß es dieses Mal ein Junge wird. Vielleicht kann sie sich dann ausruhen.«

»Mir scheint, daß Lena nicht viel dagegen einzuwenden hat, Alrics Babys zu bekommen.« Ich schob die fordernde Nase des Hengstes mit einem sandalenbekleideten Zeh beiseite. »Denk bloß nicht darüber nach.«

»Und da war Theron«, erinnerte sich Del.

Den ich im Kreis getötet hatte.

»Und Jamail«, konterte ich.

Dels Gesicht wurde starr. »Und Jamail«, echote sie. Dann sah sie mich an. »Bist du *wirklich* dieser Jhihadi?«

»Woher, bei den Hoolies, soll *ich* das wissen?«

Sie sah mich an. »Aber du sagtest, Jamail hätte auf dich gezeigt. Du hast es auf dein *Jivatma* geschworen.«

»Das hat er. Das habe ich. Ich erfinde das nicht.«

»Dann … vielleicht …« Sie runzelte die Stirn. »Nein. Es kann nicht sein. Es ist unmöglich.«

»Was? Daß ich ein Messias sein könnte?« Ich grinste. »Ich kann mir keinen einzigen Mann vorstellen, der besser für diese Aufgabe geeignet wäre.«

Ihr Blick war vernichtend.

»In Ordnung. Ich weiß, daß das alles albern klingt. Aber es ist wahr, Del – er hat wirklich auf mich gezeigt.«

»Wann also wirst du den Sand in Gras verwandeln?«

Ich kicherte. »Als ob ich das könnte.«

»Der Jhihadi soll es können.«

»Vielleicht kann er es.«

»Und du *hast* …« Del verstummte. Ihr Gesicht wurde zuerst rot, dann weiß. Sie wandte sich um und starrte mich mit großen Augen an. Ihr Gesichtsausdruck war absolut furchterregend.

»Was ist los?« fragte ich scharf. »*Was ist?*«

Sie schluckte krampfhaft. Ihre Stimme war nur ein Flüstern: »Du hast Sand in *Glas* verwandelt.«

Del und ich sahen einander einige Augenblicke lang nur an, versuchten mit den neuen Gedanken und dem, was sie beinhalteten, umzugehen. Dann gelang mir ein Lachen. Es war nicht mein übliches Lachen, aber es war ausreichend, um die Situation zu überbrücken.

»Hoolies, Bascha... wäre es nicht lustig, wenn es sich herausstellte, daß dieser Wüstenprophet das Wort falsch verstanden hätte?«

Sogar ihre Lippen waren weiß. »Was meinst du damit?«

»Daß dieser Jhihadi den Süden nicht wieder zur Fruchtbarkeit führen, sondern ihn in *Glas* verwandeln wird.«

»Aber...« Del runzelte die Stirn. »Wozu wäre Glas gut?«

»Es bedeutete, daß es sich jedermann leisten könnte, es als Fenster einzusetzen.« Ich grinste. »Glas, Gras – wer weiß das schon? Ich glaube, das ist alles Unsinn.«

»Aber...« Sie kaute auf ihrer Unterlippe, gab dann auf, seufzte. »Ich denke, es wäre tatsächlich albern, wenn du der Mann wärst.«

Das traf. »Warum?«

Sie sah mich nachdenklich an. »Weil du ein Schwerttänzer bist. Warum solltest du mehr sein?«

»Du hältst mich nicht für gut genug? Du glaubst nicht, daß ich es tun könnte?«

»Ein Messias sein? Nein.«

»Warum nicht?«

»Dir fehlt ein gewisses Maß an Feingefühl. Diplomatie.« Sie lächelte. »Deine Vorstellung davon, Weisheit zu verbreiten, beschränkt sich darauf, jemanden in einen Kreis zu fordern.«

»Das Schwert ist ein sehr *guter* Verbreiter von Weisheit.«

»Aber Jhihadis sind keine Schwerttänzer.«

»Woher willst du das wissen? Bevor ich es dir erklärt habe, wußtest du nicht einmal, was ein Jhihadi war.«

»Weil... ich weiß es einfach.«

»Das genügt nicht.« Ich schlug den Hengst zwischen

die Ohren. »Nicht jetzt, Flohhirn ... nein, Bascha, wirklich ... ich will eine Antwort.«

Sie zuckte die Achseln. »Du bist einfach – du. Du hast deine guten Seiten. Hier einige und dort einige, hinter all der Prahlerei verborgen. Aber ein Jhihadi? Nein. Jhihadis sind etwas *Besonderes,* Tiger.« Sie beobachtete, wie ich den Hengst erneut maßregelte, als er sich an die Stute heranzuschleichen versuchte. »Jhihadis haben keine Schwierigkeiten damit, mit Pferden umzugehen.«

»Woher willst du das wissen? Iskandar ist selbst gegen den Kopf getreten worden, erinnerst du dich?«

»Und starb zehn Tage später, oder zumindest hast du mir das erzählt.« Del betrachtete mich nachdenklich. »Wie viele Tage ist es her, seit *du* gegen den Kopf getreten wurdest?«

»Siehst du? Das ist der Beweis – ich bin auch getreten worden.«

»Nein«, konterte Del. »Ein *wahrer* Beweis wäre, wenn du daran gestorben wärst.«

Ich runzelte die Stirn. »Welch ein Jhihadi wäre ich, wenn ich stürbe, bevor ich etwas tun könnte?«

»Nun, wenn du wirklich den Sand in *Glas* verwandelt solltest, anstatt in Gras ...« Dels Gesichtsausdruck war arglos. »Wie viele Tage noch?«

Ich drängte den Hengst mit den Knien zum Lauf. »Laß es gut sein. Wir sollten einfach weiterreiten.«

»Vier?« Del folgte mir. »Also bleiben noch sechs Tage übrig.«

»Und du wirst sie vermutlich *zahlen!*«

Ihr Tonfall klang ausgesprochen friedlich. »Ich bin gern vorbereitet.«

Hoolies. Welch eine Frau.

Es kommt auf die Sichtweise an.

Neunzehn

Das schmerzt aber sehr auf meiner Haut«, sagte Del.

Schließlich wachte ich auf. »Was?«

Wir ritten die meiste Zeit nebeneinander her. Sie schaute zu mir herüber. »Schläfst du?«

»Nein.«

»*Hast* du geschlafen?«

»Nein. Ich habe nur nachgedacht.«

»Aha.« Sie nickte weise. »Deine Darstellung tiefgründiger Gedanken ähnelt dem, was man bei anderen Menschen als Schlaf bezeichnen würde. Verzeih mir.«

Wir ritten noch immer. Ritten noch immer von Quumi aus in südlicher Richtung. Es war bereits später Nachmittag. Wir hatten vor ungefähr einer Stunde unterwegs gegessen, und ich hatte meine Mahlzeit mit Wein hinuntergespült. Die Bewegungen des Hengstes, der eintönig weiterlief, in Verbindung mit Essen, Wein und der Wärme des Tages – ganz zu schweigen von der Langeweile – hatten sich als überwältigend erwiesen.

Was bedeutete, daß ich *tatsächlich* geschlafen hatte, wenn auch nur kurz. In Wahrheit war es eher ein kurzzeitiges Nickerchen zwischen zweimal Augenzwinkern gewesen. Wenn man so viel Zeit auf dem Pferderücken verbringt wie ich, lernt man wie auch immer und wann auch immer zu schlafen.

Aber man gibt es Del gegenüber nicht zu.

Ich runzelte die Stirn. »*Was* schmerzt auf deiner Haut?«

»Der Süden. Die Sonne. Die Punja.« Del bewegte ihre vom Gewicht des Schwertes belasteten Schultern. »Ich erinnere mich daran, wie es damals war. Als die Sonne so unbarmherzig brannte und ich so krank wurde.« Sie rieb sich mit einer gewölbten Hand über einen vom Burnus verhüllten Arm. »Ich erinnere mich sehr deutlich daran.«

Ich ebenfalls. Del war fast gestorben. Ich übrigens auch, aber die Sonne war zu meiner kupferverfärbten Haut nicht ganz so unbarmherzig gewesen. Oh, sie hatte ihr Bestes versucht, mich völlig zu verbrennen, aber ich hatte überlebt. Del wäre dies beinahe nicht gelungen.

»Nun, dieses Mal werden wir uns darüber keine Gedanken machen müssen«, stellte ich zufrieden fest.

Sie wölbte eine Augenbraue. »Warum nicht? Wir könnten den Hanjii erneut begegnen, nicht wahr? Und sie könnten uns erneut ohne Pferde oder Wasser in der Wüste aussetzen.«

Die Zufriedenheit schwand. Ich grunzte ablehnend. »Es ist eher wahrscheinlich, daß wir dieses Mal im Kochtopf enden würden.«

»Oh. Das hatte ich vergessen«, sagte Del blinzelnd und spähte über den Sand. »Die Punja sieht immer noch gleich aus.«

»Sie ist heiß. Trocken. Sandig.« Ich nickte. »Ziemlich gleich.«

»Aber *wir* sind nicht mehr dieselben.« Sie sah mich von der Seite an. »Wir haben beide ein wenig mehr Erfahrung als beim letzten Mal.«

Ich wußte, was das bedeutete. »Und wir sind älter?« Ich grinste sie mit gebleckten Zähnen heuchlerisch an. »Glaub mir, Bascha, jetzt, wo wir wieder dorthin zurückgekehrt sind, wo es warm ist, fühle ich mich *erheblich* jünger.«

Ihr abschätzender Blick drückte sehr deutlich aus, daß ich nicht jünger *aussah*. Das Problem war, daß ich nicht sagen konnte, wieviel davon Spott und wieviel echt war.

»Sechsunddreißig ist nicht so alt«, grollte ich.

Dels Lächeln war zu herzlich und daher verdächtig. »Nicht, wenn man siebenunddreißig ist.«

»*Dir* erscheint das vielleicht alt – du bist der Kindheit noch nicht allzu lang entwachsen. Aber *mir* …«

»In Schwerttänzerjahren ist es alt.« Sie hatte die Neckerei abgelegt. »Du bist jetzt in einem Alter, das viele niemals erreichen, wenn sie ihr Leben im Kreis verbringen.« Sie klang sehr ernst. »Du solltest ernsthaft darüber nachdenken, ein *An-Kaidin* zu werden, ein …« Sie runzelte die Stirn und brach ab. »Wie lautet das südliche Wort?«

»Shodo«, sagte ich gereizt. »Ich glaube nicht, daß ich dazu schon bereit bin.«

»Du bist schon viele Jahre lang Schwerttänzer von Beruf. Du hast von den besten gelernt. Sogar auf Staal-Ysta haben sie dein Können honoriert …«

»Nein, das haben sie nicht getan. Sie wollten nur einen weiteren Körper.« Ich führte den Hengst von der Stute fort. »Dafür bin ich nicht geschaffen, Del. Ein Shodo zu sein, erfordert weitaus mehr Geduld, als ich habe.«

»Ich glaube, wenn du einen Schüler hättest, würdest du Geduld im Überfluß finden. Wenn du wüßtest, daß das, was du den *Ishtova* gelehrt hast, Überleben oder Tod bedeutete, dann würdest du erkennen, wieviel du zu geben hast.«

»Nichts«, sagte ich grimmig. »Welch ein Shodo wäre ich wohl mit Chosa Dei in meinem Schwert?«

»Nachdem es befreit wäre …«

»Nein, Bascha. Ich bin Schwerttänzer. Ich tue es einfach, ich lehre es nicht.«

»Du hast *mich* gelehrt«, sagte sie. »Du hast mich sehr vieles gelehrt.«

»Ich habe dich auch fast getötet. Was hast du daraus gelernt?«

»Daß du ein Mann mit enormer Willenskraft bist.«

Ich starrte sie an. »Du meinst es ernst!«

»Natürlich meine ich es ernst.«

»Bascha, ich hätte dich fast *getötet*. Einmal in Staal-Ysta und einmal in der Oase, nachdem ich alle diese Borjuni abgeschlachtet hatte.«

»Aber du hast dich beide Male zurückgehalten.« Sie zuckte die Achseln. »In Staal-Ysta hast du dich einem neuerwachten *Jivatma* verweigert, das frisch gestimmt und gierig nach dem Geschmack von Blut, nach einer Gelegenheit zur ersten Tötung verlangte. In der Oase hast du dich Chosa Dei verweigert. Ein schwächerer Mann mit weniger Willenskraft hätte sich in beiden Fällen verloren. Und ich würde nicht mehr leben.«

»Ja, nun...« Ich zuckte unbehaglich die Achseln. »Das macht mich noch nicht zum Shodo.«

»Ich beharre nicht darauf«, sagte sie ruhig. »Ich stelle nur fest, daß dir dieser Weg offensteht.«

Etwas zwickte mich von innen in den Bauch. »Oder ist es einfach so, daß du dein Ziel, Ajani zu töten, erreicht hast und jetzt nach einer anderen Art zu leben Ausschau hältst?« Und nach anderen Menschen in diesem anderen Leben?

Del preßte die Lippen zusammen. »Wir haben schon früher darüber gesprochen. Es gibt nichts anderes für mich. Ich bin aus dem Norden verbannt worden, und ich könnte hier niemals ein Shodo sein. Wer würde sich von einer Frau unterrichten lassen?«

Ich zuckte die Achseln. »Andere Frauen vielleicht.«

Blaue Augen umwölkten sich. »Wie viele südliche Männer würden ihren Frauen diese Freiheit gewähren?«

»Vielleicht wären es Frauen, die keine Männer haben, die sie versöhnlich stimmen müssen.«

Del stieß einen spöttischen Laut aus. »Es gibt im Süden keine Frauen, die das Risiko einzugehen bereit wären, einen Mann zu verlieren oder das Interesse eines Mannes zu erringen, indem sie bei mir in die Lehre gingen.«

Nein. Wahrscheinlich nicht.

»Was uns wieder genau dorthin führt«, sagte ich, »wo wir begonnen haben. Warum akzeptieren wir nicht einfach, was wir sind, und machen uns keine Gedanken um die Zukunft?«

Del schaute in die Ferne.

Ich wartete. »Nun?«

»Dort.« Sie zeigte in eine bestimmte Richtung. »Bewegt sich dort etwas?«

Ich folgte ihrem Finger und sah, was sie meinte. Ein dunkler Fleck vor dem Horizont. »Ich sehe nicht... warte. Ja, ich glaube, du hast recht...« Ich stellte mich in den Steigbügeln auf, spähte über die Ohren des Hengstes hinweg. »Es sieht aus wie ein Mensch.«

»Zu Fuß«, erklärte Del. »Wer würde bei klarem Verstand durch die Punja *laufen?*«

»Wir haben es getan«, sagte ich. »Natürlich warst du sandkrank so daß du *nicht* bei klarem Verstand warst...«

»Vergiß das«, fauchte sie. »Wir sollten keine Zeit mehr damit verschwenden, darüber zu sprechen. Er – oder sie – hat vielleicht keine mehr.«

Del ließ ihre Stute durch die Wüste jagen und wirbelte damit Staub auf: Der Hengst schnaubte laut und folgte ihr dann. Es gab nichts Besseres zu tun. Also ließ ich ihn laufen.

Der Mensch entpuppte sich als ein ›Er‹, nicht als eine ›Sie‹. Und Del hatte recht gehabt: Er hatte nicht mehr viel Zeit. Als ich ihn erreichte, war Del bereits abgestiegen und kniete neben dem Mann, half ihm dabei, aus einer ihrer Botas Wasser zu trinken. Sie sah mich über eine staubige, vom Burnus verhüllte Schulter hinweg an. Sie sagte nichts. Es war nicht nötig. Del kann mit einfachen Körperbewegungen – ganz zu schweigen von ihrer Mimik – eine Menge Dinge sagen. Alles in allem dachte ich, daß Kritik nicht gefragt sei – ich war nicht lange nach ihr dort eingetroffen, wenn auch nicht mit ihrer Hast –, und sah sie ebenfalls stirnrunzelnd an, um ihr mitzuteilen, daß die unausgesprochene Rüge unbeachtet bliebe.

Ob es sie kümmerte, blieb nur ihr allein überlassen.

Der Mann trug einen einfachen Burnus aus zerrissener, safranfarbener Gaze und ein dazu passendes Untergewand. Kein Schwert. Er war vielleicht Anfang Zwanzig, aber Staub bedeckte sein Gesicht, so daß es schwer zu sagen war. Schweiß – und vielleicht Tränen? – hatten entstellende Rinnen gebildet.

Jetzt, als er mit dem reinen Physischen Vergnügen eines erfüllten Bedürfnisses mit geschlossenen Augen aus der Bota trank, lief ihm Wasser das Kinn hinab. Es tropfte auf seinen schmutzigen, fadenscheinigen Burnus und trocknete schnell. Bevor Del etwas sagen konnte, hob er eine Hand unter sein Kinn und fing das herabrinnende Wasser auf.

Ein Südbewohner, der sowohl mit den Gebräuchen als auch mit den Farben geboren und aufgewachsen war.

Der anfängliche, verzweifelte Durst war gestillt, er öffnete zum erstenmal die Augen und spähte über die Bota hinweg zu Del. Braune Augen weiteten sich, als er mehrerer Dinge gewahr wurde, unter anderem ihr Geschlecht.

Er setzte sich abrupt auf. Entdeckte dann mich hinter ihr. Er sah sie erneut an, ungläubig. Und wieder mich. Er hauchte ein einziges Wort: »Afreet?«

Ich kicherte. Del schaute über die Schulter hinweg zu mir, drückte stirnrunzelnd Verwirrtheit über meine Belustigung aus und wandte sich wieder um. Daß sie die Sprache nicht verstand, war eindeutig, sonst hätte sie etwas gesagt. Aber andererseits hatte ich es auch nicht erwartet. Die Sprache, die er benutzte, war ein veralteter Wüstendialekt, den niemand außerhalb der Punja kannte. Ich hatte ihn seit Jahren nicht gehört.

Ich dachte einen Moment über den Nutzen einer Lüge nach. Es wäre amüsant, ihm zu erzählen, daß sie *tatsächlich* ein südlicher Geist sei, aber ich entschied mich dagegen. Der arme Mann war ausgetrocknet bis auf die Knochen, fast bewußtlos. Das letzte, was er brauchen konnte, waren überzeugende Argumente dafür, daß er tot sei – oder dem Tode nah –, die ich ihm lieferte, wenn ich zustimmte.

»Nein«, belehrte ich ihn. »Sie ist eine Nordbewohnerin.«

Er saß ganz still da, sah sie an, trank sich an Del satt, als sei sie süßer als Botawasser.

Was mich kurzzeitig belustigte, bis ich darüber nachdachte, daß diese Belustigung als eine Art Beleidigung aufgefaßt werden könnte. Del war es wert, angeschaut zu werden. Del war es wert, daß man von ihr träumte. Del war es sogar wert, daß man sie als Rettung ansah: Sie *hatte* ihm Wasser gegeben.

Ich grinste. »Du hast ihn beeindruckt.«

Del zuckte selbstbewußt eine Schulter. Sie hatte noch nie auf ihr Aussehen gebaut oder viel darüber geredet. Hier unten im Süden brachte dieses Aussehen ihr überwiegend Schwierigkeiten ein, weil zu viele südliche Männer ein Stück von ihr für sich selbst wollten.

»Mehr?« fragte sie kurz angebunden und hielt ihm die Bota erneut hin.

Er nahm sie mechanisch entgegen, sah sie noch immer an. Und trank mechanisch, da der erste Durst gestillt war. Jetzt trank er aus Vergnügen anstatt aus Bedürfnis.

Und weil sie ihn dazu verleitete, dachte ich.

Der Hengst beugte den Kopf, versuchte die Stute zu erreichen, die Del in einem oder zwei Schritt Entfernung angebunden hatte. Er schnaubte ungestüm und verursachte dann tief in seiner Brust rumpelnde Geräusche. Der Schweif wurde gehoben. Die Oberlippe aufgeworfen, wobei wuchtige Zähne sichtbar wurden – *und* sein Interesse daran, die Stute näher kennenzulernen.

Daß der Hengst eine Beziehung zu Dels Stute anknüpfte, war das letzte, was ich gebrauchen konnte – das letzte, was *irgend* jemand gebrauchen konnte. Und da ein Hengst einen Mann gewichtmäßig erheblich übertrifft, sind harte Methoden erforderlich, um ihn von solchem Interesse abzubringen. Bevor jemand verletzt wurde. Ich schlug ihn auf die Nase.

Messingbeschläge klangen, als sein Kopf himmelwärts schoß. Ich ergriff fest die Zügel, schaffte es, sie zu halten, schaffte es, *ihn* zu halten – und vermied es geschickt, sandalenbekleidete Füße unter seine stampfenden Hufe zu stellen.

Del warf mir natürlich einen tadelnden Blick über eine Schulter zu. Aber sie stand nicht bei einem ungeschliffenen Pferd, das entschiedenes Interesse an einer Stute zeigte, an *ihrer* Stute, möchte ich hinzufügen. Wenn sie in Quumi einen Wallach gekauft hätte, wären wir um einiges besser dran gewesen.

Inzwischen wieherte die kastanienbraune Stute zaghaft einladend. Und inzwischen stand auch der junge Mann vom Boden auf. Zumindest halbwegs: Er kniete sich hin, legte dann eine Hand mit gespreizten Fingern über sein Herz und verbeugte sich. Die ganze Zeit über schwatzte er etwas in einem Dialekt, den nicht einmal *ich* kannte.

Und dann hörte er auf zu schwatzen und stand auf. Er deutete gen Westen. »Karawane«, erklärte er und wandte der tiefen Punjawüste den Rücken zu.

Ich blinzelte. »Wie weit entfernt?«

Er sagte es mir.

Ich übersetzte es für Del, die verwirrt die Stirn runzelte. Dann forderte ich ihn auf, etwas mehr zu erzählen.

Er tat es. Als er geendet hatte, strich ich über braunes Haar und murmelte einen halbherzigen Fluch.

»Was ist los?« fragte Del.

»Sie wollten nach Iskandar«, erzählte ich ihr. »Er und einige andere. Sie haben zwei Führer angeheuert, die sie durch die Punja bringen sollten. Diese sogenannten Führer haben sie hier herausgebracht und sie dann sich selbst überlassen.«

»Sich selbst überlassen«, wiederholte sie.

Ich deutete in eine Richtung. »Ein Stück weiter dort draußen. Sie haben niemanden verletzt. Haben sie nur hier herausgebracht, ihnen alles Geld und Wasser abgenommen und sind davongeritten.« Ich zuckte die Achseln. »Warum Zeit mit Töten verschwenden, wenn die Punja es für einen tun wird?«

Del verengte die Augen. »Hatte er kein Pferd?«

»Danjac. Er wurde abgeworfen, und der Danjac lief davon.« Ich grinste. »Das tun sie häufig.«

Del betrachtete den jungen Mann. »Also suchte er Hilfe.«

»Er fand sehr schnell heraus, daß sie in die Irre geführt worden waren. Abseits bekannter Pfade, weit entfernt von jeglichen Markierungszeichen...« Ich zuckte die Achseln. »Er wollte einfach Hilfe finden, jemanden, der den Weg zu einer Ansiedlung oder zu einer Oase kannte. Er hofft, ein Pferd und Botas erstehen zu können.« Ich zuckte erneut die Achseln. »Derweil sind die anderen bei den Wagen geblieben.«

Del schaute himmelwärts, blinzelte gegen das Gleißen an. »Kein Wasser«, murmelte sie nachdenklich. Dann schaute sie den jungen Mann abschätzend an, prüfte ihn.

Ich wußte, was jetzt kam.

Ich wußte auch, daß ich nicht widersprechen sollte. Sie hatte nicht wirklich unrecht damit. Ich seufzte heftig und hob vorsorglich eine Hand. »Ich weiß. *Ich* weiß. Du willst dort hinausreiten. Du willst ihn zu seiner Karawane zurückbringen und sie dann alle nach Quumi führen.«

»Das ist die nächstgelegene Ansiedlung.«

»Das stimmt.« Ich schaute gen Westen. »Das geht in Ordnung, denke ich. Ich meine, die Salset haben *uns* aus der Wüste aufgelesen und dafür gesorgt, daß wir uns erholen konnten.«

»Sag das nicht so undankbar.«

»Ich bin nicht undankbar. Ich denke nur darüber nach, wieviel Zeit uns das kosten wird. *Und* darüber, was wir vielleicht vorfinden werden, wenn wir erst wieder in Quumi sind.«

Del runzelte die Stirn. »Was meinst du?«

»Schwerttänzer«, antwortete ich. »Und außerdem gläubige Narren wie diesen.«

Ihre Augen weiteten sich. »Warum nennst du ihn einen gläubigen Narren? Nur weil er an etwas glaubt, woran du nicht glaubst ...«

Ich unterbrach sie, beugte einer langen Diskussion über den Nutzen des Glaubens vor. »Er *ist* ein Narr«, erklärte ich. »Und ich habe jedes Recht der Welt, es so auszudrücken.«

Sie wurde zornig. »Warum? *Was* gibt dir das Recht ...«

»Weil jeder Mann, der mich verehrt, ein Narr sein *muß*.«

Das ließ sie innehalten. »Dich?« fragte sie schließlich. »Warum sagst du das?«

»Ich bin derjenige, dessentwegen er und die anderen nach Iskandar wollten.«

Sie blinzelte. »*Wes*wegen?«

»Anscheinend haben sie die Geschichten des Orakels über den Jhihadi gehört.« Ich zuckte die Achseln. »Sie haben all ihre Habseligkeiten aufgeladen und sind gen Norden gezogen.«

Del öffnete den Mund zum Widerspruch. Aber sie schwieg. Sie sah den gläubigen Narren lange an, wägte ab, was ich gegen den Mann selbst gesagt hatte, und seufzte schließlich, rieb sich mit einer Hand über die Stirn.

»Siehst du, was ich meine?« fragte ich. »Du hältst ihn auch für einen Narren.«

Sie verzog den Mund. »Ich gebe zu, daß man seine Meinung ändern kann, aber es macht ihn noch nicht zu einem Narren, daß er an einen Mann glaubt, dessen Erscheinen seiner Heimat nützen soll.«

»Richtig«, stimmte ich zu. »Ihn und seine Leute nach Quumi zu bringen, ist also das mindeste, was ich für ihn tun sollte. Das scheint mir ein angemessen jhihadihaftes Verhalten, was meinst du?«

»Wirst du es ihm sagen?« fragte sie.

Ich grinste. »Was – daß ich ein Betrüger bin?«

Del machte ein verärgertes Gesicht. »Das würde er wahrscheinlich schon selbst herausfinden.«

»Ich dachte, du sähst es genauso wie ich.« Ich tätschelte dem Hengst den Hals. »Nun, alter Junge, sieht so aus, als müßtest du wieder zwei Leute tragen.«

Del richtete einen Harnischriemen. »Warum reitet er nicht mit mir? Wir beide wiegen zusammen weniger als *ihr* beide.« Ich betrachtete den gläubigen Narren, der Del hingerissen ansah.

»Ja«, stimmte ich säuerlich zu. »Das würde ihm wahrscheinlich gefallen.«

Del runzelte die Stirn.

»Vergiß es«, murmelte ich. »Laß uns einfach losreiten.«

Zwanzig

Sein Name war Mehmet. Mehmet war wie Bauchschmerzen.

Er wollte nicht so sein. Er war, was er war: ein erschöpfter, durstiger junger Mann, der dringend Hilfe brauchte. Das Problem war, daß wir ihm diese Hilfe angeboten hatten und er uns beim Wort genommen hatte.

Nun, ich bin nicht wirklich so unfreundlich, wie es vielleicht manchmal erscheint. Ich gebe zu, daß ich gelegentlich so klinge, aber die Wahrheit ist, daß ich ein ausreichend weiches Herz habe, um mich in Schwierigkeiten zu bringen. Und hier waren wir, halfen Mehmet, der seinen Gefährten helfen wollte.

Der ihnen *jetzt* helfen wollte.

Das Problem war, daß er bei ›jetzt‹ davon ausging, wie er die Dinge sah. Während Del und ich das Ganze als eine Angelegenheit betrachteten, die man am nächsten Morgen erledigen konnte, da die Sonne bereits untergegangen war und wir keinen großen Nutzen darin sahen, durch die Nacht zu reiten.

Mehmet jedoch sah diesen Nutzen.

Del, die eifrig eine Decke unter einem düsteren Himmel ausbreitete, schaute stirnrunzelnd zu mir herüber, während ich das gleiche mit meiner Decke tat. »Was sagt er *jetzt?*«

»Was er schon vor einer Minute gesagt hat. Daß wir nicht bis zum Morgen warten können, während sein Aketni in Not ist.«

»Sein was?«

»Sein Aketni. Ich bin nicht ganz sicher, was es bedeutet, aber ich glaube, es hat etwas mit den Leuten zu tun, mit denen er reist. Eine Art Familie, glaube ich ... oder vielleicht nur eine Gruppe von Leuten, die an dasselbe glauben.«

»Eine religiöse Sekte.« Del nickte. »Wie jene lächerlichen *Khemi*-Eiferer, die Frauen meiden.«

»Sie treiben die Dinge ein wenig zu weit. Mehmet scheint jedoch nicht so zu empfinden.« Ich sah ihn an, wie er erwartungsvoll zwischen uns stand, die Hände vorn in seinen schmutzigen Burnus verkrampft. »Tatsächlich würde Mehmet Frauen als so ziemlich das *letzte* meiden, glaube ich – er starrt dich schon wieder an.«

Del runzelte düster die Stirn.

Wir machten uns nicht die Mühe, ein Feuer zu entfachen, da es auf dem kristallinen Sand kein Holz gab und die Holzkohle, die wir bei uns trugen, für Notfälle gedacht war. Wir hatten ausreichende Vorräte für eine Reise durch die Punja, und obwohl wir im Hinblick auf die langwierige Durchquerung als Reisende nicht allzu zuversichtlich waren, wußten wir, daß sie uns dorthin führen würde, wo wir hinwollten. Also richteten Del und ich uns für den Abend ein. Die Sonne war untergegangen, das Zwielicht brachte Kühle. Jetzt wollten wir etwas essen und schlafen.

Mehmet, der dies erkannte, begann erneut zu argumentieren, daß wir nicht warten könnten, sondern zu seinem Aketni reiten müßten. Wo wir, wie er verkündete, für unsere Dienste reichlich entschädigt werden würden.

»Wie das?« fragte ich trocken. »Ihr sagtet, daß Euch die Führer alles Geld gestohlen hätten.«

Sein Kinn nahm eine sture Haltung ein. »Ihr werdet mit etwas weitaus Besserem als Geld entlohnt werden«, erklärte er.

»*Das* habe ich schon früher gehört.« Ich breitete

meine Decke vollends aus, glättete Falten und Unebenheiten. »Seht, Mehmet, ich weiß, daß Ihr Euch um sie sorgt, aber schlafen ist das beste, was wir tun können. Wir werden beim ersten Tageslicht aufbrechen und sie um die Mittagszeit erreichen. *Wenn* Ihr die Entfernung richtig in Erinnerung habt.« Ich warf ihm einen bedauernden Blick zu. »Ihr erinnert Euch richtig, nicht wahr, Mehmet?«

»In diese Richtung.« Er streckte deutend die Hand aus. »Wenn wir *jetzt sofort* aufbrächen, wären wir vor dem Morgen dort.«

»Wir brechen nicht *jetzt sofort* auf«, belehrte ich ihn. »*Jetzt sofort* werde ich etwas essen, es in stiller, ruhiger Würde verdauen und dann schlafen.«

Er fühlte sich beleidigt. »Wie könnt Ihr schlafen, wenn mein Aketni in Not ist?«

Ich seufzte und kratzte an den Krallennarben. »Weil ich«, sagte ich geduldig, »kein Teil Eures Aketni bin, was auch immer das ist.«

Mehmet zog sich hoch. Er war ein schlanker, ausgetrockneter Stock von einem jungen Mann, mit sehr wenig Fett unter der Haut, was seine Wüstengesichtszüge noch deutlicher hervortreten ließ. In der Punja geboren, in Ordnung – er hatte die hervorstehende Nase, die mich an einen Falken erinnerte, aber seinen braunen Augen fehlte der stechende Blick des raubgierigen Menschen.

Er stand aufrecht zwischen Del und mir, schaute auf uns beide herab. Er war jung und vollkommen von sich überzeugt, wenn auch auf eher subtile Weise. Mehmet war nicht so unangenehm wie ein eingebildeter junger Schwerttänzer, der sich einen Namen zu machen versuchte, so wie Nezbet, aber er hatte diesen kilometerweit sichtbaren Anstrich jugendlicher Sturheit, die die Weisheit der Erfahrung und des Alters ausschloß. Für ihn waren Del und ich einfach selbstsüchtig – nun, vielleicht nur ich; ich glaube nicht, daß er

Del als etwas anderes als ein Wunder ansah, und Wunder sind nicht selbstsüchtig – und absichtlich schwierig. Hinter ihm entrollte der Nachthimmel seine eigene Art von Bettdecke, mit glitzernden Sternen geschmückt. Der kaum sichtbare Neumond glühte über uns.

Und Mehmet sah uns weiterhin an, obwohl ich merkte, daß er mich jetzt schärfer betrachtete. Man konnte darauf vertrauen, daß Del dem Zorn eines Mannes entgehen würde, der von ihrer Schönheit vollkommen eingenommen war.

»Es ist ein *Aketni!*« zischte er. »Ein *vollständiges* Aketni!«

Del registrierte seinen Tonfall, auch wenn sie den Sinnzusammenhang nicht erfaßte. »Worüber regt er sich so auf?«

»Über nichts Neues«, erklärte ich. »Es ist das gleiche alte Lied.« Ich setzte mich auf meine Decke, lagerte mein Knie automatisch in die am wenigsten belastende Position und schaute dann zu Mehmet hoch. »Ich weiß nicht, was ein vollständiges Aketni *ist,* ganz zu schweigen davon, was es bedeutet. Also, warum breitet Ihr nicht einfach diese übriggebliebene Decke aus, richtet Euch für die Nacht ein und sorgt Euch morgen früh darüber.«

Er stand so krampfhaft da, daß ich dachte, er könnte zerbrechen. Aber er zerbrach nicht. Schließlich schwankte er, fiel dann auf die Knie und beugte den Kopf, während er sich eine Hand aufs Herz legte und in dem Dialekt, den nicht einmal ich verstand, etwas zu murmeln begann.

»Das schon wieder«, brummte ich.

Mehmet hörte auf zu murmeln. Er wirkte ungeheuer beherrscht. »Dürfte ich mir dann ein Pferd ausleihen?« fragte er ruhig. »Und Wasser? *Ich* werde jetzt aufbrechen. Ihr könnt am Morgen folgen.«

Es kam mir in den Sinn, daß wir nicht mehr folgen

müßten, wenn wir ihm ein Pferd und Wasser überließen. Aber das brachte uns nichts ein, was wir nicht schon zuvor gehabt hätten: zwei Leute auf einem Pferd, mit weniger Wasser denn je. »Nein.« Ich grub in den Satteltaschen nach flachen, zähen Laiben Brot und zwei gewundenen Stücken getrocknetem Cumfafleisch. »Wartet es einfach ab.«

Mehmet wandte sich jäh Del zu, die ihn, durch seine Eindringlichkeit gebannt, wachsam beobachtete, während er eine Erklärung für sie hervorstieß, ebenso wie die Bitte um ihre Stute und etwas Wasser.

»Sie versteht nicht«, belehrte ich ihn. »Sie spricht Eure Sprache nicht.«

Er dachte einen Moment darüber nach. Und begann erneut in dialektgefärbter Wüstensprache zu reden.

Del sah mich an. »Wenn ich nein sage, wird er nicht versuchen, sie zu stehlen, nicht wahr?« Sie wollte genausowenig wie ich erneut zu zweit reiten und laufen müssen. Lächelnd wiederholte ich Dels Frage für Mehmet, der entsetzt war. Er sprang auf, fiel dann wieder auf die Knie, umklammerte seinen zerrissenen Burnus, als wollte er ihn noch weiter zerreißen, und plapperte weiterhin etwas vor sich hin, was einem vorwurfsvollen Dialog ähnelte, nur daß Teile davon gleichermaßen an Del, an mich und an den Himmel gerichtet waren.

»Ich weiß es nicht.« *Bevor* Del fragen konnte. »Aber vermutlich haben wir ihn beleidigt.«

»Oh.« Sie seufzte und griff in die Satteltasche, um ihren Anteil an dem abendlichen Mahl hervorzuziehen. »Das tut mir leid, aber wenn er so entsetzt ist, wird er sich wahrscheinlich nicht an die Stute heranwagen.«

»Besser an die Stute als an den Hengst.« Ich kaute auf zähem Brot herum, während Mehmet Gebete murmelte. »Glaubst du, daß er das die ganze Nacht lang tun wird?«

Dels Gesichtsausdruck zeigte Verwirrung, während sie ihn betrachtete. »Wenn er *so* besorgt ist ...«

»Nein.«

»Wenn sie in Gefahr sind ...«

»Das sind sie nicht. Sie sind wahrscheinlich ziemlich durstig aber sie werden die Nacht überleben. Es sind Leute aus der tiefsten Punja, Bascha... ein oder zwei Tage ohne Wasser wird sie nicht umbringen. Sie wissen, wie man sich anpaßt. Glaub mir, wenn man die Tricks kennt ...«

»Mehmet hat Angst ...«

»Mehmet glaubt einfach, daß er Schwierigkeiten bekommt, weil er so lange braucht.« Ich stopfte mir zuviel getrocknetes Cumfafleisch in den Mund und kaute sehr lange Zeit darauf herum.

Del schnalzte angewidert mit der Zunge.

Ich grinste mit vollem Mund.

»Jamail pflegte das zu tun«, bemerkte sie. »Natürlich war er erheblich jünger und wußte es nicht besser.«

»Seht Ihr?« Ich betrachtete Mehmet, der verdrießlich die übriggebliebene Decke ausbreitete. »Typisch Frau – immer versuchen, den Mann zu ändern. Was *ich* nicht verstehe, ist, wenn sie ihn zuerst mag, warum will sie ihn dann ändern?«

»Ich habe dich nicht gemocht«, antwortete Del kühl, während Mehmet mich mit ausdruckslosem Gesicht verständnislos ansah. War er wirklich *so* jung? Oder einfach nur langsam darin, sich so zu behaupten, wie ein Mann es einer Frau gegenüber tut?

Ich kaute nachdenklich weiter. »Du hast auch versucht, mich zu ändern, Bascha.«

»In einigen Dingen ist es mir sogar gelungen.« Del biß ein kleines Stück Cumfa von ihrem eigenen getrockneten Stück ab und aß es auf vornehme Art.

Ich deutete mit Luftstößen meines Stückes auf sie. »Seht Ihr?« sagte ich erneut zu Mehmet. »Welche Art Frauen habt Ihr in Eurem Aketni?«

Mehmet sah Del an. »Alte«, antwortete er. »Und meine Mutter.« Was eine Menge aussagte, dachte ich.

Ich hob eine Bota hoch. »Und sie haben vermutlich ihr Bestes gegeben, auch *Euch* zu ändern.«

Er zuckte die Achseln. »Im Aketni tut man, was einem gesagt wird. Wie auch immer es vorherbestimmt ist...« Er unterbrach sich. »Ich habe zuviel gesagt.«

»Heiliges Zeug, hm?« Ich nickte. »Das tun Frauen einem an. Sie verdrehen die Dinge immerzu, machen ein Ritual daraus, weil sie einen auf keine andere Art davon überzeugen könnten, einige der Dinge zu tun, die sie verlangen. Alt, jung – das ist gleichgültig.« Ich warf Del einen flüchtigen Blick zu. »Selbst bei nordischen Frauen.«

Del kaute schweigend weiter.

Ich schaute zurück zu Mehmet. »Was diese Entschädigung betrifft... irgend etwas Lohnendes?«

Mehmet zog Cumfa aus der Satteltasche. »Sehr wertvoll.«

Ich wölbte eine skeptische Augenbraue. »Wenn es so wertvoll ist, wieso haben die ›Führer‹ es Euch dann nicht abgenommen?«

»Sie waren blind.« Mehmet zuckte die Achseln. »Ihre Seelen haben sich davor verschlossen.«

»Und meine nicht?« Ich kam Del zuvor. »Vorausgesetzt, daß ich eine Seele habe, nicht wahr?«

Mehmet kaute Cumfa. »Ihr seid hier.« Was ebenfalls etwas aussagte.

Ich regte mich verwirrt, rückte mein Knie zurecht und trank noch etwas Wein. »Nun, wir werden dafür sorgen, daß Ihr nach Quumi gelangt. Es wird nicht lange dauern – Ihr seid nicht so weit ab vom Weg. Vielleicht wollten Eure Führer nicht wirklich, daß Ihr sterben solltet.«

Mehmet zuckte erneut die Achseln. »Das ist unwichtig. Ihre Zukunft ist vorherbestimmt.«

Ich hob eine Augenbraue. »So?«

Aber Mehmet hatte jetzt genug gesprochen. Er aß schweigend sein Cumfa, spülte es mit Wasser hinunter, legte sich auf den Rücken auf seine Decke und starrte in den Himmel hinauf.

Murmelte erneut. Als könnten die Sterne – oder Götter – ihn hören.

Ich legte den Kopf zurück, starrte ebenfalls in die Dunkelheit hinauf und fragte mich, ob irgend jemand es hörte.

Ich erwachte, als der Hengst schrie und stampfte. Ich war aufgestanden und in Bewegung, bevor ich an mein Knie gedacht hatte, aber da war es schon zu spät. Phantasievoll fluchend, humpelte ich auf den Hengst zu.

Mehmet wandte sich um, als ich ankam. Er hielt den Sattelgurt fest. Als er meinen Gesichtsausdrurk – und das blankgezogene Schwert – bemerkte, trat er einen Schritt zurück. »Ich wollte nur helfen«, wandte er ein. »Nicht stehlen, *helfen*. Indem ich ihn für Euch bereitmache.« Er legte eine Hand auf sein Herz. »Beim ersten Tageslicht, sagtet Ihr.«

Das erste Tageslicht *war* hereingebrochen, aber gerade erst. Mehr eine schwache Dämmerung. Aber ich wollte ihm den Vorzug des Zweifels lassen. Wenn er wirklich ein Pferd hätte stehlen und lautlos davonreiten wollen, hätte er die Stute gewählt. Soviel wußte er bereits, nachdem er am Tag zuvor mit uns geritten war. Del war ebenfalls aufgestanden und faltete ihre Decke zusammen. Der helle Zopf hatte sich gelöst und war zerzaust, fiel auf eine Schulter. »Wir können unterwegs essen.«

Ich rieb mir Sand aus Augen und Gesicht, wandte mich wieder dem unordentlichen Lager zu. Die Klinge schimmerte im schwachen Licht einer neuen Dämmerung mattschwarz. Ein wenig mehr Schlaf wäre sehr willkommen gewesen. Träume hatten mich die ganze Nacht immer wieder aufwachen lassen.

»Kommt fort von ihm«, sagte ich zu Mehmet. »Er ist morgens ungehalten.«

Del kicherte leise, unterdrückte aber eine Bemerkung.

Mehmet trat bereitwillig fort, betrachtete über eine Schulter hinweg den gründlich wach gewordenen Hengst und kniete sich dann hin, um seine Decke wieder zusammenzufalten. Ich beugte mich hinab, nahm den Harnisch auf und ließ das Schwert in die Scheide gleiten. Und fluchte, als sich ein Fingernagel an dem Lederrand verfing und brach.

Der körperliche Schmerz war weniger stark als das, was mit diesem Vorfall verbunden war. Der geschwärzte Nagel löste sich aus der Nagelhaut, schälte sich vollständig zurück und fiel ab. Zurück blieb das gekerbte Bett rötlichen Untergrunds.

Ich schwankte.

Del kam herüber, untersuchte die ›Verletzung‹, betrachtete mein starres Gesicht. »Es ist ein *Fingernagel.*«

»Es ist – scheußlich.«

»Scheußlich?« Sie sah mich an, lachte dann kurz und rauh und ungläubig. »Nach allen Verletzungen, die du erlitten hast – ganz zu schweigen von dem, was ich dir beinahe in Staal-Ysta angetan hätte –, beunruhigt dich *das?*«

»Es ist scheußlich«, sagte ich erneut, wohl wissend, wie es klang.

Del ergriff mein Handgelenk und hielt meinen Handrücken in mein Blickfeld. »Ein Fingernagel«, wiederholte sie. »Ich glaube, du hast schon Schlimmeres erlitten.«

»Das macht dir Spaß«, beschuldigte ich sie.

Del ließ meine Hand los. Ein Lächeln nahm dem Ganzen den Stachel. »Ja, das stimmt wohl. Ich finde es belustigend.«

Ich rieb mit dem Daumenballen über das freiliegende Bett des betreffenden Fingernagels und unterdrückte ein Schaudern. Ich weiß nicht warum, aber es ließ irgendwie meine Knochen schrumpfen. Und meine Knie weich werden – und da eines bereits geschwächt *war*, brauchte ich die Hilfe nicht.

»Laß los«, sagte ich barsch. »Mehmets Aketni wartet.«

Del kicherte erneut, als ich mich abwandte. »*Jetzt* will er schnell aufbrechen.«

»Vergiß es«, grollte ich und kniete mich hin, um meine Decke zusammenzufalten.

Del ging zu ihrer Decke zurück und lachte leise in sich hinein. Ich hasse es, wenn Frauen dies tun. Sie nehmen ihre kleinliche Rache auf die schändlichsten Arten.

Einundzwanzig

Um die Mittagszeit verlor ich die Nägel meines rechten Daumens und zweier anderer Finger und beinahe auch mein Frühstück. Aber wir hatten Mehmets Aketni gefunden.

Fünf kleine Wagen, gegen die Sonne zusammengeschoben, mit gewölbten Baldachinen aus einst blauem Segeltuch, das jetzt von der Sonne knochengrau gebleicht und fest über gebogene Rahmen gezurrt war. Ausgespannte Danjacs, die in nur wenigen Schritt Entfernung als unordentliche Herde mit gefesselten Vorderbeinen dastanden, schrien zur Begrüßung, als wir heranritten. Ich fragte mich, ob Mehmets übelgelaunter Danjac zu den anderen zurückgekehrt war. Wie erwartet, war jedermann erfreut, Mehmet wiederzusehen, aber noch erfreuter, als sie erfuhren, daß er Wasser mitgebracht hatte. Del und ich reichten die Botas herab, während Mehmet von der Stute herabsprang und die Botas schnell verteilte, wobei er in dem Punjadialekt, den ich noch entschlüsseln mußte, ebenso begeistert aufgeregte Fragen beantwortete. Dunkle Augen schimmerten vor Freude und Erleichterung, und gebräunte Hände streichelten die Botas.

Aber niemand trank. Sie nahmen die Botas mit glühendem Dank entgegen, hielten sich jedoch zurück, während sich Mehmet an Del und mich wandte. Wir saßen noch immer auf unseren Pferden und beobachteten verblüfft die Szene.

»Sie gehören Euch«, belehrte ich Mehmet in der Wüstensprache. »Wir haben genug zurückbehalten, daß wir alle nach Quumi gelangen können – trinkt nur.«

Mehmet schüttelte den Kopf, auch als die anderen vor sich hin murmelten. Ich zählte fünf Leute, die Köpfe mit Turbanen umwickelt, die dunklen Gesichter halb unter sandverkrusteten Gazeschleiern verborgen. Ich konnte unter den gewaltigen Burnussen nicht viel von den einzelnen Leuten sehen, nur gerade genug, um erkennen zu können, daß die fünf erheblich älter waren als Mehmet, nach den geäderten, fleckigen Händen und den sehnigen Handgelenken zu urteilen. Aber andererseits hatte er uns das auch bereits gesagt.

»Was ist los?« fragte Del.

Ich zuckte die Achseln, parierte den Hengst durch, der die Danjacs besuchen wollte, um ihnen zu zeigen, wer hier das Sagen hatte. Pferde hassen Danjacs. Die Abneigung wird erwidert. »Niemand hat Durst.«

Mehmet trat einen Schritt vorwärts. »Wir schulden Euch unseren Dank, Schwertträger. Die Dankbarkeit des Aketni, weil Ihr uns Wasser und Hilfe angeboten habt.«

Ich wollte es gerade achselzuckend abtun, brach aber ab und wurde still, als Mehmet und seine Gefährten auf die Knie fielen und ihre Köpfe tief beugten, dann die mit Sandalen bekleideten Füße unter das Gesäß rückten, vorwärts schaukelten und die Stirn auf die Knie legten. Zutiefste formelle Ehrerbietung. Viel mehr, als wir verdient hatten. Fünf von ihnen mit Turbanen, mit dünnen, grauschwarzen Zöpfen, die unter der als Schutz der Haut vor Sonne gedachten Halskrause hervorbaumelten. Alles Frauen? fragte ich mich. Wer konnte das bei so viel Kleidung und Verschleierung sagen?

Mehmet stimmte eine Art Singsang an und erhielt sofort von einem fünffachen nasalen Echo Antwort. Sie alle schlugen mit der flachen Hand auf den Sand, wirbelten Staub auf, zogen dann unter dem Turbanrand eine Linie über ihre Stirn, hinterließen puderartige Flecke kristallinen Sandes, der schimmerte, als sie die Köpfe wieder anhoben.

Vier Frauen, entschied ich, und ein alter Mann. Sechs Paar dunkler Wüstenaugen, die sich mit blauen und grünen Augen verbanden.

Ich fühlte mich plötzlich fremdartig. Man frage mich nicht, warum. Es war einfach so. Ich erkannte, während ich sie ebenfalls ansah, daß nichts von mir in diesen Leuten zu erkennen war. Und nichts von ihnen in mir. Welches Blut auch immer durch meine Adern lief, es gehörte nicht zu Mehmets Aketni.

Ich regte mich im Sattel. Del schwieg. Ich fragte mich, was sie dachte, so weit fort von zu Hause.

»Ihr werdet mitkommen«, sagte Mehmet ruhig, »weil Ihr uns Wasser gespendet habt.«

»Gespendet …?« Ich wechselte einen verwirrten Blick mit Del.

»Ihr werdet mitkommen«, wiederholte Mehmet, und die anderen nickten heftig und winkten uns zu sich.

Sie schienen eine harmlose Gesellschaft zu sein. Keine Waffen waren zu sehen, nicht einmal ein Küchenmesser. Del und ich glitten nach einem weiteren Blickwechsel von unseren Pferden. Ich führte den Hengst zu dem nächststehenden Wagen und band ihn an einem Rad fest. Del führte ihre Stute zur anderen Seite herum und band sie dort fest.

Mehmet und sein Aketni versammelten sich um uns, und zwar mit großer Ehrerbietung. Wir wurden respektvoll zum letzten Wagen geführt, und es wurde uns bedeutet zu warten. Dann zogen Mehmet und der andere Mann Stoffalten zurück und kletterten in den Wagen, während sie sich, höflich etwas murmelnd, nach innen wandten. Der Wagen spie schließlich eine seltsame Fracht aus: einen uralten, verwitterten, mit einem graublauen, über ein gazeartiges weißes Untergewand drapierten Burnus bekleideten Mann.

Mehmet und seine Gefährten hoben den alten Mann ganz vorsichtig von dem Wagen herab, unterstrichen seine Zerbrechlichkeit durch ihre Aufmerksamkeit noch, während die anderen Kissen, einen Palmwedelfächer und Behelfssonnensegel herbeibrachten. Der alte Mann wurde auf die Kissen gelagert, während die anderen den gazeartigen Stoff, der einen großen Teil der Sonne ausschloß, über seinem Turban aufspannten. Dann kniete sich Mehmet mit einer der Botas hin und murmelte dem alten Mann leise etwas zu.

Ich bin schon vielen Shukars, Shodos und jungen Priestern begegnet, ganz zu schweigen von betagten Tanzeers. Aber ich hatte noch niemals in meinem Leben einen so alten Menschen gesehen. Und schon gar nicht jemanden mit so lebendigen Augen.

Die Haare an meinem Nacken richteten sich auf. Meine Knochen begannen zu jucken.

Mehmet murmelte weiterhin, deutete gelegentlich auf Del und mich. Ich kannte das Kauderwelsch nicht, aber es war ziemlich offensichtlich, daß Mehmet von seinen Abenteuern seit seinem Weggang von der Karawane berichtete. Ich erinnerte mich meines Widerwillens, durch die Nacht zu reiten. Ich hatte meine Gründe gehabt. Aber jetzt, angesichts der strahlenden schwarzen Augen des uralten Mannes, befielen mich Schuldgefühle.

Ich verlagerte mein Gewicht, entlastete das Knie und wechselte erneut einen Blick mit Del. Keinem von uns entging die Scharfsichtigkeit des alten Mannes, während er den Wahrheitsgehalt von Mehmets Geschichte abwog. Wenn Mehmet nur *gesagt* hätte …

Nein.

Mehmet *hatte* es gesagt. Ich hatte nur beschlossen gehabt, nicht zuzuhören.

Wie die anderen trug auch er einen Turban. Das Gesichtstuch hatte sich gelöst und baumelte unter einem faltigen Kinn und einer ebensolchen Kehle. Das dunkle

Wüstengesicht wirkte wie zerknautschte Seide, mit einem eingesunkenen Ausdruck um den Mund, der auf fehlende Zähne hinwies. Er kauerte auf seinem Kissen, musterte Del und mich und lauschte den Worten des so viele Jahrzehnte jüngeren Mannes.

Der Großvater? fragte ich mich. Vielleicht der *Ur*großvater. Mehmet kam schließlich zum Ende. Und bot dem alten Mann dann mit einer tiefen Verbeugung die Bota an.

Das Spenden des Wassers. Alle anderen rund um uns herum knieten. Del und ich hätten es ihnen beinahe gleichgetan. Aber wir waren für das Aketni Fremde, und wir beide wußten, daß auch gutgemeinte Höflichkeit fehl am Platz sein kann. Man kann dadurch in ernsthafte Schwierigkeiten geraten. Wir warteten. Und dann legte der alte Mann eine knorrige, zittrige Hand auf die Wölbung von Mehmets Bota und murmelte leise etwas. Einen Segen, dachte ich. Oder vielleicht einfach einen Dank.

Mehmet goß eine kleine Menge Wasser in die zitternde, gewölbte Hand. Der alte Mann öffnete seine Finger, um das Wasser hindurchrinnen zu lassen, beobachtete, wie es hinabspritzte und schlug dann seine Handfläche auf den nassen Sand, als schlage er ein Kind.

Ich weiß nicht, was er sagte. Aber alle anderen lauschten versunken und seufzten dann, als er eine feuchte, sandige Linie über eine vom Alter runzlige Stirn zog.

Es war nichts. Aber ich schaute hin. Betrachtete die Runzeln. Die Furchen. Die Linien. Tief in seine Haut gegraben, jetzt mit nassem Sand ausgefüllt.

»Tiger?« flüsterte Del.

Ich betrachtete den alten Mann. Blasse Unterarme regten sich, meine Kopfhaut juckte plötzlich. Etwas Kaltes umgab meine Eingeweide.

Ich sollte sehen, daß ich hier wegkam ...

Ich sollte diesen Ort verlassen, bevor mich dieser alte Mann entlarvte ...

Ich hob eine Hand zu meinem Gesicht und zog die Sandtigernarben nach. Linien und Rinnen und Furchen. Ganz zu schweigen von tiefen Striemen, die Rillen in meinen Nacken gruben.

Der Alte lächelte. Und dann begann er zu lachen.

Dämmerung. Wir saßen in einem Kreis, der alte Mann auf seinem Kissen. Die Gesichtstücher waren gelöst und zurückgebunden worden und gaben zumindest eine Ansammlung sehr ähnlicher, scharfgeschnittener Stammesgesichter mit breiten Nasenrücken frei, die eine zusätzliche, feuchtigkeitsspeichernde Fettschicht aufwiesen. Ich hatte Del die Wahrheit gesagt: Diese in der Punja aufgewachsenen Menschen waren an begrenzte Wasservorräte gewöhnt und brauchten nicht soviel wie andere. Die Körper ließen das erkennen.

Wir hatten die Bota herumgereicht, und jeder von uns hatte einen Schluck genommen, wir hatten das Cumfa und das Brot herumgereicht, und jeder von uns hatte einen Bissen genommen. Nachdem das Ritual ordnungsgemäß ausgeführt worden war, begannen die anderen, leise untereinander zu sprechen.

Sie waren alle, so erklärte Mehmet, nah miteinander verwandt. Aketni waren so, sagte er – auf Blut und Glauben aufgebaut. Er war der jüngste von allen, der Letztgeborene seines Aketni, und wenn er keine Ehefrau fand, würde es keine weiteren Nachkommen des alten Hustapha geben.

»Des Hu-*was?*« fragte ich.

Mehmet zeigte Geduld. Der Hustapha, erklärte er, war der Älteste des Stammes. Der Vater des Aketni. Jedes Aketni hatte einen, aber ihrer war etwas Besonderes.

zwei Jungen mit einer Frau gezeugt, die jetzt tot war. Diese hatten wiederum weitere Kinder gezeugt, von denen aber keines im Aketni geblieben war. Zwei waren bei einer Fieberepidemie gestorben, drei weitere waren abtrünnig geworden.

Del und ich sahen einander an.

Abtrünnig geworden, wiederholte Mehmet. Sie hatten ihr Aketni verlassen und sich ein verdorbenes Leben erwählt.

Ah, ja. Jedes Leben außerhalb des Aketni – oder außerhalb jeglichen Glaubenssystems – mußte stets verdorben sein. Das war leicht zu erklären.

Hoolies, ich hasse den Glauben.

Das Aketni war sehr klein. Sieben Leute, nicht mehr, und nur noch ein junger Mensch, der Nachkommen zeugen konnte. Mehmet brauchte eine Frau.

Ich sah Del an. Mehmet sah Del an. Jedermann im Kreis sah Del an.

Die Empfängerin solch verzückter Aufmerksamkeit spannte sich jäh wie Draht an. Selbst ohne die Sprache zu verstehen, wußte Del, daß etwas geschehen war. Die Luft vibrierte davon.

»Er will eine Frau«, erzählte ich ihr und genoß den Moment.

Del sah Mehmet an. In habe mich schon in wärmeren Bansheestürmen befunden.

Aber Mehmet war nicht dumm. Er hob eine kraftlose Hand. »Oh, blonder Afreet des Nordens, ich bin zu gering für Euch.«

Es war, so dachte ich, eine geschickte Art, ihrem Zorn zu entkommen und die sofort aufkeimenden Hoffnungen des Aketni zu zerstören, ohne zu hart zu sein. Es war Mehmet während des Rückritts zweifellos bei mehr als einer Gelegenheit in den Sinn gekommen, daß er Del gern in seinem Bett hätte – nur ein toter es besser. Eine Frau wie Del war nicht für ihn bestimmt.

Er mußte sich damit zufriedengeben, Hilfe und Wasser gebracht zu haben. Genug für einen Anfang, dachte ich säuerlich. Er sollte nicht so habgierig sein.

Del richtete sich langsam ein, wie ein Hund, der sich seiner Umgebung nicht sicher ist. Ihre Stacheln waren kaum sichtbar, aber ich konnte sie unter dem äußeren Gehabe erkennen.

Mehmet gab weiterhin Erklärungen ab, erzählte uns, wie sogar sie, tief in der Punja, Nachricht von dem Jhihadi erhalten hatten und von dem, was er vollbringen sollte.

Ich richtete mich auf. Er sprach über *mich*.

Natürlich hatte ihr Hustapha schon lang erwartet, daß ein solcher kommen würde. Das war der Grund, warum ihr Aketni existierte. Ich runzelte die Stirn. Mehmet sah es. Redegewandt wie er war, erklärte er auch das ausführlich.

Als er geendet hatte, nickte ich. Aber Del nicht. Er hatte das meiste davon in dem Dialekt hervorgebracht, den sie nicht verstand.

»Was ist?« fragte sie prompt.

»Ein Aketni ist das, was wir vermutet haben: eine Gruppe von Leuten, die ihren eigenen Glauben entwickelt haben. Diese Art Dinge geschehen in der Punja häufig … Stämme zerfallen in kleinere Gruppen, wann immer die Vorzeichen schlecht stehen oder wenn sie einen Kampf verlieren oder wenn eine Krankheit hereinbricht, die ›Magie‹ schwächer wird und so weiter. Manchmal handhaben ganze Familien es so, wie es hier der Fall zu sein scheint. Sie verlassen einfach den Stamm und leben ihr eigenes Leben, erschaffen sich ihre eigenen Regeln und ihren eigenen Glauben.«

Ich zuckte die Achseln. »Ich habe niemals beson-

»Dann sind die *Khemi* ein Aketni?«

Ich verzog den Mund. »Die *Khemi* sind anders. Jene Gruppe wurde früh festgelegt, streckte ihre Wurzeln in die Punja aus. Dann brachte jemand Schriftrollen aus einer zerstörten Stadt hervor und beschloß, diese zu verehren.«

»Die Hamidaa'n«, sagte sie säuerlich, »die behaupten, Frauen seien ein Greuel?«

»Vergiß das«, sagte ich hastig, bevor sie sich darauf versteifen konnte. »Der Punkt ist, daß Mehmets Aketni schon eine geraume Weile existiert. Dieser alte Mann – der Hustapha – ist der Enkel des Gründers. Was bedeutet, daß es sie schon ziemlich lange gibt, was der Zeitrechnung in der Punja nun mal entspricht.« Ich zuckte auf ihr Stirnrunzeln hin die Achseln. »Gruppen – Stämme – sterben aus. Manchmal innerhalb einer einzigen Generation. Borjuni, Samume, Trockenheit, Krankheit ... diese Gruppe besteht schon seit fünf Generationen. Das ist ein langlebiges Aketni.«

Sie betrachtete den alten Mann. »Dieser – Hustapha. Was ist er?«

»Ein heiliger Mann«, antwortete ich. »Ein Seher, wenn man so will. Das ist es, was das Wort grundsätzlich bedeutet, soweit ich weiß.« Ich zuckte die Achseln. »Jedes Aketni entwickelt Hand in Hand mit dem Glauben seine eigene Sprache. Ich kann nur die Hälfte von dem verstehen, was Mehmet sagt, und Übersetzungen kann man nicht trauen.«

»Warum sind sie hier?« fragte Del. »Warum sind sie so weit gezogen?«

»Sie wollten nach Iskandar«, erklärte ich ernst, »um die Ankunft des Jhihadi zu sehen.«

Del schrak zurück. »Nein!«

Ich hob tadelnd einen Finger. Dieser hatte noch immer seinen Nagel, wie lange noch, wußte ich nicht.

gehört haben ... und was der Hustapha ihnen erzählt hat.«

»Du kannst mir nicht erzählen, daß sie ihre *Heimat* verlassen haben ...«

»Andere haben es auch getan«, erklärte ich. »Alric und Lena, Elamain und Esnat, ganz zu schweigen von all jenen Tanzeers und den Stämmen.«

Sie sah mich an. »Aber du sagst, *du* seist der Jhihadi ...«

»Jemand *muß* es sein!« Ich runzelte die Stirn, wechselte mitten im Gespräch zur nordischen Sprache über, damit das Aketni mich nicht verstand. »Schau, ich weiß nicht, was vor sich geht oder warum dein Bruder auf mich gezeigt hat ...«

»... wenn er nicht auf Ajani gezeigt hat ...«

»... und ich weiß nicht, was von mir erwartet wird ...« Ich schaute unglücklich drein. »Aber ich *weiß* eines: Du kannst ihnen nicht sagen, wer ich bin.«

Del blinzelte. »Was?«

»Du kannst ihnen nicht sagen, daß ich der Jhihadi bin. Selbst wenn *du* es glauben würdest.«

Sie runzelte die Stirn. »Warum nicht? Wenn sie gekommen sind, um den Jhihadi zu sehen, sollte es ihnen doch wohl gestattet sein, oder?«

Ich betrachtete den alten Hustapha, dann Mehmet und das restliche Aketni. Und war froh, daß ich die nordische Sprache benutzen konnte, damit sie mich nicht verstanden.

»Weil«, quetschte ich durch fest zusammengebissene Zähne hervor, »du es auch nicht herausfinden wolltest, wenn du dein Leben auf einer Lüge aufgebaut hättest.«

»Auf einer *Lüge?*«

»Diese Leute verehren den Jhihadi. Laut Jamail bin ich es. Würdest *du* mich verehren?« Ich fuhr fort, bevor sie antworten konnte, denn ich wußte, was sie wird.« Ich runzelte die Stirn, erinnerte mich an Dels Entdeckung der Wortähnlichkeit. »Gras oder Glas, was auch immer. Das ist es, worauf sie hinleben. Darum geht es bei dieser Geste …« Ich schlug auf den Sand und zog dann einen sandigen Strich auf meine Stirn. »Es bedeutet, daß der Sand eines Tages wieder Gras sein wird, wie bei der Schöpfung. Wenn der Jhihadi kommt.«

»Die Schöpfung«, murmelte Del. »Du meinst … wie ein *Jivatma?*«

»Sie sprechen über die *Welt*, Del … nicht über ein mit Magie belegtes Schwert.«

»Also«, sagte sie schließlich, nachdem sie das verdaut hatte, »wollen sie nach Iskandar, um den Jhihadi zu sehen.« Sie warf dem alten Mann einen flüchtigen Blick zu. »Wirst du ihm die Wahrheit sagen? Das heißt, *deine* Version?«

»Nein. Das sagte ich dir bereits.«

»Du wirst sie einfach weiterhin das glauben lassen, was sie schon seit fünf Generationen glauben, nämlich daß der Jhihadi kommt.«

»Das wird niemandem weh tun.«

Sie zog nachdenklich die hellen Augenbrauen hoch. »Es könnte alten Knochen eine lange, anstrengende Reise ersparen.«

Ich betrachtete den Hustapha. Sah das Schimmern in den so dunklen Augen, daß die Pupillen nicht genau auszumachen waren. Maß die Macht des alten Mannes. Ich konnte deren Gestank riechen. Niemand, weder Mehmet noch sonst jemand, mußte mir sagen, daß er etwas Besonderes war. Ich konnte die Wahrheit *schmecken.*

»Tiger?«

Die Haare an meinem Nacken richteten sich auf. Mein Bauch zog sich schmerzhaft zusammen. »Nein«,

Dels Lippen spannten sich. »Ist dir so sehr an deiner Entschädigung gelegen?«

Ohne nachzudenken, antwortete ich in südlicher Sprache. »Die Entschädigung ist mir gleichgültig. Diese Leute haben nichts.«

Mehmet erstarrte. »Aber wir *haben* etwas«, beharrte er, »und wir beabsichtigen, Euch zu entschädigen.«

Ich winkte ab und seufzte. »Nein, nein … es ist nicht nötig …«

Mehmet achtete nicht auf mich, sprach schnell auf den alten Mann ein. Der Hustapha lächelte, führte eine Hand zum Mund, antwortete etwas. Sein Enkel wandte sich wieder um. »Der Hustapha stimmt mir zu.«

»Stimmt Euch worin zu?« fragte ich wachsam.

»Er wird für Euch den Sand befragen.«

Etwas drehte sich in meinem Bauch. Schweiß benetzte meine Stirn. Sogar die Worte waren mächtig. »Befragen …« Ich brach benommen und überrascht ab. Etwas drückte mich nieder. Eine riesige, allumfassende Hand. »Ihr meint …« Ich dachte über etwas nach, was er am Vortag gesagt hatte, über den Mann, der Nahrung, Wasser und Geld gestohlen hatte. »Ihr sagtet, ihre Zukunft sei vorherbestimmt.«

Mehmet nickte. »Natürlich.«

»Dann …« Ich sah den alten Mann an. Schwarze, in uralten Falten funkelnde Augen schauten auch mich an.

»Was ist los?« fragte Del. »Was sagt er, Tiger?«

Mehmet sah sie an. »Er ist ein Sandstreuer.«

»Ein Sandstreuer …« Blaue Augen richteten sich auf mich, baten um eine Erklärung.

Meine Brust verkrampfte sich. Atmen war schwierig. »Ein Wahrsager«, sagte ich dumpf. »Er kann die Zukunft voraussagen.«

Ich fühlte mich elend, ich leckte über trockene Lippen und betrachtete über den Kreis hinweg den alten Mann. »Du verstehst nicht.«

»Er sagt die Zukunft voraus«, sagte sie leichthin. »Viele tun das. Im *Kymri,* in Basars, sogar auf den Straßen ...«

»Dies ist etwas anderes«, fauchte ich. Etwas rührte sich tief in mir. »Ich will es nicht wissen. Heute nicht, morgen nicht ... nächsten Monat nicht. Ich will es einfach nicht wissen.«

Del lachte. »Glaubst du, er würde dir ein *schlechtes* Schicksal vorhersagen, nachdem du ihnen geholfen hast?«

»Er sagt die *Wahrheit* voraus!« zischte ich. »Gut oder schlecht ist gleichgültig. Er zeigt dir, was geschehen wird, egal was du tust.«

Del zuckte die Achseln. Sie verstand einfach nicht.

Ich auch nicht wirklich.

Aber Chosa Dei verstand.

Zweiundzwanzig

Das Ritual wurde peinlich genau durchgeführt. Ein auserwählter Fleck weißen Punjasandes wurde von allen Mitgliedern des Aketni außer dem Hustapha sorgfältig vorbereitet. Er saß auf seinem Kissen und überwachte die unmittelbar vor ihm ausgeführten Arbeiten.

Reihum benutzte jedes Mitglied einen kleinen Rechen, um den Fleck von Unreinheiten zu befreien. Dann kam ein feinerer Rechen an die Reihe, mit dem derselbe Fleck erneut bearbeitet wurde. Und schließlich ein schmaler Richtscheit, um den Fleck völlig zu glätten. Beide Rechen und der Richtscheit waren aus gemasertem, vom Alter verfärbten Holz, das mit ockerfarbenen Schnörkeln versehen war. Ich vermutete, daß die Schnörkel Runen waren, aber ich erkannte sie nicht.

Ich erschauderte. Schweiß rann meine Schläfen hinab. Ich wischte ihn mit einem unbehaarten, schuppigen Unterarm fort und ließ den Arm dann sinken. Der alte Mann sah mich an.

Die Dämmerung war zur Nacht geworden. Mehmet und ein anderer Mann hatten zwei Stabfackeln aus dem Wagen des Hustapha geholt, sie zu beiden Seiten des alten Mannes befestigt und die ölgetränkten Umhüllungen dann entzündet. Die Fackeln warfen unheimliche, scharf abgegrenzte Schatten über den vorbereiteten Fleck und bescheinigten ihm perfekte Glätte.

Mehmet brachte dem Hustapha mehrere kleine Beutel, legte jeweils drei davon auf beiden Seiten neben und mit geflochtenen Schnüren geschlossen. Mehmet öffnete sie alle sorgfältig, wobei er darauf achtete, ihr Inneres nicht zu berühren, den geheiligten Inhalt nicht auszuschütten, und zog sich dann zurück, um sich wieder dem Halbkreis des burnusbekleideten, verschleierten Aketni zuzugesellen, dessen Mitglieder zusammengekauert hinter dem Hustapha saßen.

Del und ich saßen nebeneinander. Zwischen uns und dem Hustapha erstreckte sich ein flaches Rechteck seidenweichen Sandes und ein Morgen Widerwillen.

Zumindest von meiner Seite.

Schweiß tropfte, hinterließ an meiner rechten Schläfe einen runenartigen Schnörkel, bis er in Sandtigernarben aufgefangen und zu meinem Kinn geleitet wurde.

Fingerspitzen hoben sich aus eigenem Antrieb, um die angefeuchteten Narben nachzuziehen, folgten dem Muster der in mein Gesicht gegrabenen Linien.

Del sammelte sich. Ich wußte, daß sie aufstehen, mich mir selbst überlassen wollte. Aber ich streckte eine Hand aus und ergriff ihr Handgelenk. »Bleib!«, zischte ich.

»Aber … das ist für *dich* …«

»*Bleib*«, wiederholte ich.

Nur einen Moment Zögern. Dann setzte sie sich wieder neben mich. Ich schluckte schmerzhaft, würgte fast durch eine verengte Kehle. Mein Nacken juckte. Sehnenschichten spannten sich an, drohten kribbelnde Haut zu durchbrechen.

Der Hustapha schloß die Augen. Einen Moment lang dachte ich verrückterweise, er sei lediglich eingeschlafen, bis ich das Zucken faltiger Augenlider und das Verziehen seiner Lippen bemerkte. Knorrige Hände wanden sich schwach über angezogenen Knien.

Das Aketni blieb vollkommen still.

Die Fackeln flackerten in einer Brise, die einen

Sonne brüchig geworden wäre.

Der alte Hustapha murmelte vor sich hin. Dann öffnete er ruckartig die Augen. Er war blind, wie ich erkannte. In seiner Trance sah er nichts von der Nacht. Nichts von dem Sand. Nichts von dem beunruhigten Schwerttänzer, der vor ihm saß, während der glatte Fleck Punja rein und unverfälscht vor ihm schimmerte.

Blind griff er unbeirrt nach dem ersten Beutel. Schüttete eine abgemessene Menge Sand in eine Hand. Feinen, bronzefarbenen, schimmernden Sand. Er verstreute ihn über die geglättete Fläche, schüttelte ihn aus der Hand, während er unbekannte Dinge sang und ihn wahllos rieseln ließ.

Sechsmal tat er dies. Sechs abgemessene Mengen Sand: Bronzefarben, zinnoberrot, ockerfarben, karneol, sienafarben, schieferblau. Alles über den Boden verstreut.

Es war keinerlei künstlerische Gestaltung dabei im Spiel. Kein Versuch, Farben zu vermischen oder Farbe zum Kontrast nebeneinander anzuordnen. Er verstreute den Sand einfach und ließ ihn rieseln.

Ein letzter Beutel. Er griff in seinen weiten Burnus, entnahm ihm einen Gegenstand und hielt ihn ins Licht. Ein kleiner hölzerner, löffelähnlicher Gegenstand, hohl, mit einem über den Boden gespannten und mit Kupferdraht befestigten Gazeviereck. Er drückte eine Handfläche gegen die Gaze und verschloß sie, damit nichts herausrieseln konnte, schüttete dann eine abgemessene Menge Sand aus dem letzten Lederbeutel hinein. Vollkommen durchsichtige Punjakristalle glitzerten im Fackellicht, wie ein nordischer Schneeschauer.

Er nahm die verschließende Hand vom Boden des löffelähnlichen Gegenstandes fort. Er schüttelte ihn leicht, langsam, mit methodischer Genauigkeit. Punjakristalle wurden durch die Gaze gesiebt, überstäubten eisahnlicher Kristalle verschluckt.

Das Sieb wurde wieder weggesteckt. Der Beutel wurde geschlossen und beiseite gelegt. Der Hustapha, der jetzt nicht mehr blind war, beugte sich über das rechteckige Fenster wahllos ausgestreuten Sandes.

Er blies darauf. Ein einziger Atemstoß, der die Kristalle kaum bewegte, nicht viel mehr als der Atem eines Säuglings. Dann zog er sich zurück und bedeutete mir, es ihm gleichzutun.

Ich würgte an dem Gestank der Magie. Der Inhalt meines Magens kroch halbwegs meine Kehle hinauf.

Der alte Hustapha wartete.

Ich knirschte mit den Zähnen. Beugte mich vor. Blies einmal flüchtig, überwand das Gefühl der Peinlichkeit.

Schwarze Augen schimmerten. Er hob zittrige Hände, schlug sie einmal zusammen, verschränkte dann die eine über der anderen und legte die flachen Handflächen auf seine dünne Brust.

Die Fackeln flüsterten im Wind.

Nur eine Brise. Sie umspielte die Augenlider, strich über die Lippen, neckte schwitzende Haut. Ließ sich dann auf der Palette mit Kristallen bedeckten, farbigen Sandes nieder.

Ich beobachtete sie. Die Brise berührte die Punjakristalle, verlagerte einige, stahl andere, zupfte Korn um Korn fort. Als alle gazeartigen Schichten angehoben waren, entstand eine neue Farbe. Der wahllos ausgestreute Sand bildete ein Muster. Und ein Muster innerhalb eines Musters.

»Schaut«, forderte der Hustapha mich auf.

Die Brise erstarb, ließ den Sand ruhen. Der Hustapha wartete geduldig, ließ mich das hingestreute Bild betrachten. Das Aketni hinter ihm schwieg und rührte sich nicht. Del saß neben mir genauso still.

Ich war plötzlich allein. Ich schaute hin, wie ich

Würmern noch immer wanden. Bronzefarben, ockerfarben, aschfarben. Und in anderen Farben. Alle Farben des magisch Hingestreuten waren vorhanden, abhängig vom Gegenstand der Abbildung. Ich betrachtete die dreifache, vom Wind und dem Atem in den Sand geschriebene Zukunft.

Was sein könnte. Vielleicht sein mochte. Sein würde.

Was ich nicht geschehen lassen wollte.

Dels Stimme klang in der sternenschimmernden Dunkelheit sanft. »Du schläfst nicht.«

Schlafen? Wie konnte ich schlafen?

»Was ist los?« fragte sie. Ihr Atem berührte die vom Schweiß starren Haare an meinem Nacken.

Ich setzte mich schnell auf, rieb mir heftig den Nacken. »*Tu* das nicht!«

Sie richtete sich auf einen Ellbogen auf. Wir lagen ein Stück von den Wagen entfernt, in angemessenem Abstand vom Aketni, aber es war noch immer viel zu nah, da mein Behagen beeinträchtigt war. Sie strich sich das Haar aus dem Gesicht. »Warum bist du so nervös?«

Ich starrte angestrengt durch die Dunkelheit. Ich wußte, daß der Hustapha und die anderen die in den Sand gestreuten Muster beseitigt, die Magie zerstreut hatten, aber ich betrachtete sie noch immer. Ich roch noch immer den Geruch. Ich suchte noch immer nach sich im Sand windenden Bildern und hoffte, sie würden sich ändern.

Ich atmete tief und stoßweise ein. »Ich hasse Magie.«

Dels Lachen klang gutmütig. Eher erleichtert. »Dann kannst du genausogut dich selbst hassen. Du hast deinen eigenen Anteil daran.«

Eis liebkoste mein Rückgrat. »Nicht so«, brach es aus mir heraus. »Nicht wie jener alte Mann.«

»Du hast es gesehen, nicht wahr? Was der Sand vorhergesagt hat?«

Ein Muskel an ihrem Kinn zuckte.

»Du hast es gesehen«, sagte ich.

»Nein.«

Das ließ mich innehalten. »Nein?«

»Nein, Tiger. Es war eine persönliche Angelegenheit.«

Ich runzelte die Stirn. »Willst du damit sagen, du hast nichts *gesehen?* Oder willst du diese Ausschließlichkeit herstellen, indem du nichts dazu sagst?«

»Ich habe nichts gesehen.« Sie schob sich das Haar hinter ein Ohr. »Nichts als Sand, Tiger. Kleine Anhäufungen vom Wind verwehten Sandes.«

»Dann ... hast du nicht gesehen ...?« Aber ich brach ab. Als ich die Fäuste öffnete, schälte sich ein weiterer Fingernagel ab. »Wenn also niemand anderer es gesehen hat, wird es vielleicht auch nicht geschehen. Vielleicht kann ich dafür sorgen, daß es nicht geschieht.«

Dels Gesicht war im Sternenlicht blaß. Ihre Stimme war ein schwaches Flüstern. »War es so schlimm?«

Ich runzelte in der Dunkelheit die Stirn. »Ich bin nicht sicher.«

Sie setzte sich auf ihrer Decke auf. »Wenn du also nicht *sicher* bist, wie kann es dann so schlimm sein?«

Ich schaute in die Nacht.

»Tiger?«

Ich riß mich zusammen. Zog mit dem Finger die Sandtigernarben nach. »Ich bin nicht sicher«, wiederholte ich. Dann sah ich sie an. »Wir müssen nach Julah ziehen.«

Del runzelte die Stirn. »Du hast schon mal etwas davon gesagt. Du hast keinen Grund genannt, sondern nur gesagt, daß wir dorthin ziehen müßten. Warum? Das ist Sabras Domäne. Sie wird nicht ewig in Iskandar bleiben. *Ich* würde es nicht als Ziel wählen.«

Wahl?«

»Wir.«

»Wir?«

»*Wir* haben keine Wahl.«

Helle Brauen wölbten sich. »Was willst du damit sagen?«

»Daß deine Zukunft von allen, die ich gesehen habe, die mächtigste war.«

»*Meine* Zukunft!« Del richtete sich ruckartig auf. »Du hast *meine* Zukunft in dem Hingestreuten gesehen?«

Ich streckte die Hand aus und ergriff eine Locke blonden, seidigen Haars. Wand es um einen schwieligen Finger, wünschte, ich könnte es spüren. Ließ die Hand dann hinter ihren Nacken gleiten und zog sie zu mir heran, ganz nah heran, hielt sie ganz fest an meine linke Schulter gepreßt. Verlor die dreifache Zukunft im Vorhang ihres Haars.

Wollte sie so festhalten, daß ich ihr die Knochen bräche.

Bevor Chosa Dei es an meiner Stelle tat.

Dreiundzwanzig

Ich öffnete ruckartig die Augen. Ich war sofort und ohne Umschweife wach: in einem Moment im Schlaf, im nächsten vollständig wach, ohne zurückbleibende Taumeligkeit oder das Bedürfnis, die innere Stimme, die mich aus der Vergessenheit gerissen hatte, zu verfluchen.

Ich lag vollkommen still unter meiner Decke, die zu einer wurstähnlichen Umhüllung aus im Süden gefertigtem, ungleichmäßigem, grau und blutrot und braun gefärbtem Gewebes zusammengerollt war. Del schlief neben mir, das helle Haar von der Decke verborgen, außer an der Stelle, an der sich eine Locke von den anderen gelöst hatte und sich um die himmelaufwärts gerichtete Schulter rankte.

Etwas kroch aus meiner Magengrube herauf. Zittern befiel meine Glieder.

Angst? Nein. Nur … Zittern. *Kribbeln.* Ein Beben der Knochen und Muskeln, die nicht länger stillhalten wollten.

Ich knirschte mit den Zähnen. Preßte die Augen fest zu. Wollte mich zwingen, wieder zu schlafen. Aber das Kribbeln nahm zu. Die Füße wanden sich. Ein Knie zuckte: Eine Lähmung verschlang meine Hände und spie sie dann wieder aus. Meine Haut *juckte* von Kopf bis Fuß. Aber es half nichts zu kratzen.

Ich schlug die Decke zurück. Stieß mich hoch. Nahm das in der Scheide steckende Schwert auf und ging bewußt von Del, den Danjacs, den Wagen und dem Aketni fort. Aber nicht fort von dem Hengst. Ich ging direkt auf ihn zu, band die Hanffesseln los, warf ihm die Zügel über den Hals. Ich nahm mir nicht die Zeit, ihn zu satteln oder ihm die Satteldecke überzuwerfen, sondern schwang mich einfach auf seinen bloßen Rücken, umklammerte mit den Beinen den seidenweichen Rumpf, verhakte bloße Fersen in den Wölbungen hinter Schultern und Vorderbeinen.

Er schnaubte. Scharrte. Stampfte zweimal auf und ließ Staub aufwirbeln. Und beruhigte sich dann wieder, wartete wachsam ab.

»Auf die Sonne zu«, befahl ich ihm und unternahm nichts, um ihn zu führen.

Er wandte sich sofort um, ostwärts, und entfernte sich von den Wagen. Kein Sattel, keine Steigbügel, keine Satteldecke. Nur der Wildlederdhoti zwischen uns, wodurch es Haut und Muskeln ermöglicht wurde, in der Sprache von Pferd und Reiter miteinander zu reden.

Er lief weiter, bis ich ihm Einhalt gebot, indem ich nur ein Wort sagte. Ich schwang ein Bein über die abfallende Kruppe, sprang herab, trat vier Schritte weiter. Zog das verfärbte *Jivatma* aus der Scheide und ließ die Dämmerung seinen Makel begutachten. Eine Frage kam auf: *Warum bin ich hier?*

Sie wurde mit einem Erschaudern fortgespült.

Ich setzte die Schwertspitze auf dem Sand auf und zog einen vollkommenen Kreis, indem ich die oberste Schicht von Staub und Sand zum darunter liegenden Lebensblut durchschnitt, das in kristallisiertem Eis glitzerte.

Noch eine Frage: *Was tue ich?*

Ein Schulterzucken tat sie als unerheblich ab.

Als der Kreis fertiggestellt war, trat ich über die Linie hinweg hinein und setzte mich hin. Legte das Schwert über meinen Schoß, so daß Klinge und Heft auf überkreuzten Beinen ruhten. Der Stahl war kühl und glatt auf südlicher (südlicher?) Haut, die für viele

Stämme zu hell und für einen im Norden Geborenen zu dunkel war. Etwas dazwischen. Etwas, das keines von beidem war. Etwas, das nicht paßte. Etwas – *jemand* – anderer. Gestaltet von einem fremdartigen Gesang, den er nicht zu hören verstand.

Ich legte die Handflächen über die Klinge. Schloß die Augen, um den Tag auszuschließen. Schloß *alles* aus, bis auf das knochenreizende Jucken, das Muskeln und Haut sich winden ließ.

Und eine dritte Frage: *Was ge …*

Unbeendet.

Das innere Auge öffnete sich. Ich sah viel zu weit.

Würde er mich zunichte machen? fragte ich mich. Oder brauchte er mich zu sehr?

Die Klinge wurde unter meinen Handflächen warm.

Die Augen öffneten sich ruckartig. Ich sprang auf, ließ das Schwert fallen, stolperte zwei Schritte auf den Rand des Kreises zu und fiel dann auf die Knie. Der Magen stieg mir in die Kehle. Aber es gab nichts auszuspeien.

Ich würgte. Hustete. Vergoß Schweiß.

Hoolies, was habe ich …

Die Glieder knickten plötzlich ein. Ich landete mit dem Gesicht zuerst im Sand, rang nach Atem.

Grub mit Fingern, die jeden geschwärzten Nagel abgeworfen hatten, vergebens im Sand. Und jetzt wurde jeder verlorene Nagel durch einen neuen ersetzt.

Der Drang, der mich hierher geführt hatte, erstarb zu nichts. Das innere Auge schloß sich.

Ich rollte mich auf den Rücken, die Arme und Beine verdreht. Atmete vom Sand befreite Luft. Schaute in den sich verändernden Himmel hinauf, während die Sterne vom Licht verschluckt wurden. Hörte den Hengst sanft wiehern, beunruhigt von den Auswirkungen einer Macht, die er nicht kannte und nicht verstehen konnte. Er haßt Magie genauso sehr wie ich.

Aber er kennt nicht das Verlangen, das aus dunklen

Orten ans Tageslicht drängt und an eine Seele rührt. Er weiß nicht, was es einem antun kann. Er weiß nicht, was es *ist*.

Er weiß nicht, was *ich* weiß: Seligkeit liegt in der Unwissenheit.

Ich schaute in den Himmel und lachte, denn lachen ist besser als weinen.

Hoolies, ich bin ein Narr.

Hoolies, ich habe *Angst*.

Die Danjacs waren vor die Wagen gespannt. Die Mitglieder des Aketni saßen auf den Sitzen. Del wartete ruhig auf ihrer kastanienbraunen Stute. Ihr Gesicht war angespannt und blaß.

Ich hielt an, glitt von meinem Pferd, beugte mich hinab, um meine Ausrüstung aufzusammeln, sattelte schnell den Hengst, rückte Botas und Satteltaschen zurecht. Spritzte mir etwas Wasser ins Gesicht und stieg wieder auf. Jetzt war die Verständigung gestört. Der Sattel und die Satteldecke beeinflußten sie.

»Auf geht's«, sagte ich kurz.

Mehmet, der den ersten Wagen lenkte, rief dem vor seinen Wagen gespannten graubraunen Danjac den Aufbruchsbefehl zu. Hob dann die Gerte von seinem Schoß und berührte damit den borstigen Rumpf. Der Danjac machte sich bereit, ließ Harnischbeschläge und Ausrüstung klirren. Der Wagen wurde ruckartig angezogen. Die anderen folgten in einer Reihe.

Del führte ihre Stute zu mir heran, als ich die Fersen in die Flanken des Hengstes bohrte, um ihn zum Laufen zu bewegen, und pflanzte sich vor mir auf. Ich fluchte, parierte den Hengst durch, riß seinen Kopf beiseite, bevor er Del beißen oder auf die Stute losgehen konnte. »Was, bei den Hoolies ...«

»Wo warst du?« fragte sie schroff und unterband damit meine Verärgerung.

»Da draußen.« Ich dachte, das wäre ausreichend.

»Und was hast du da draußen gemacht?«

»Wonach auch immer es mich verlangt hat«, fauchte ich. »Hoolies, Bascha ... wie viele Male bist du allein fortgegangen, um deine kleinen Gesänge zu singen?«

Das öffnete dem Zweifel die Tür. Del runzelte leicht die Stirn. »Hast du das gemacht?«

»Was ich gemacht habe, geht dich nichts an.«

»Du hast das mitgenommen.« ›Das‹ war mein Schwert.

»Und du nimmst *jenes* mit.« Mit diesem ›jenes‹ war *ihr* – Schwert gemeint.

Weitere Zweifel. Ein stärkeres Stirnrunzeln. Ein Zucken der Kinnmuskulatur. »Es tut mir leid«, sagte sie leise, wandte die Stute dann um und ritt hinter den Wagen her.

Ich folgte ihr. Fühlte mich schuldig.

Wir hätten Quumi in eineinhalb Tagen erreichen können. Mit den Wagen dauerte es zwei Tage. Bei Sonnenuntergang des zweiten Tages erreichten wir die graubeigefarbene Ansiedlung, und Mehmet rief mich zu sich.

»Dort ist das Tor«, sagte er.

Ich nickte.

Sein dunkles Gesicht wurde noch dunkler. »Die anderen haben uns unser Geld genommen.«

Ja. Das hatten sie. »Wollt Ihr, daß ich sie suche? Das Geld zurückhole?« Ich hielt inne, sah seinen bestürzten Gesichtsausdruck. »Sie sind wahrscheinlich hier, Mehmet. Quumi ist die einzige Ansiedlung in diesem Teil der Punja, wo ein Mann Essen, Alkohol und Frauen kaufen kann ... wo sonst sollten sie hingegangen sein, nachdem sie Euch alles Geld geraubt hatten?«

Mehmet spähte zum letzten Wagen hin, mit dem Del die Nachhut bildete. Der Hustapha fuhr darinnen. Dann wurde Zweifel zu Entschlossenheit. »Nein.« Er schüttelte den Kopf. »Es ist nicht unsere Art, einen Schwerttänzer anzuheuern, um uns widerfahrenes Unrecht wiedergutzumachen.«

»Aber es ist *Euer* Geld.«

Er zuckte die Achseln. »Sollen sie es behalten. Wir werden neues Geld bekommen, wenn sich erst einmal herumspricht, daß wir einen Sandstreuer bei uns haben.«

Es widerstrebte mir. Dann tat ich es achselzuckend ab. »Und woher wollt Ihr wissen, daß sie Euch Euer Geld nicht erneut stehlen?«

»Der Hustapha hat ihre Zukunft ausgestreut.«

Tief in meinem Bauch krampfte sich etwas zusammen. »Er hat nicht…« Ich brach ab, wollte die Angelegenheit fallenlassen, aber der Gedanke ließ mir keine Ruhe. »Ich meine, er kann es nicht, nicht wahr? Das Ausgestreute seinen Launen gemäß formen?«

Dunkle, gewölbte Brauen zogen sich über einer Punjanase zusammen. »Meint ihr, ob er eine Zukunft bewußt gestalten kann? Zum persönlichen Vergnügen oder als Strafe?«

»Wenn er es für notwendig hielte.«

Die Brauen senkten sich. Mehmet lächelte leicht. »*Ihr* habt Eure Zukunft letzte Nacht in den Sand gestreut. Der Hustapha hat Möglichkeiten ausgestreut.«

»*Ich* habe…« Ich schaute zum letzten Wagen zurück. »Ihr meint, all diese Salbaderei, die wir letzte Nacht…«

»Das Ritual. Das Ritual ist erforderlich.«

Ich winkte ab. »Ja, ja, das Ritual… Mehmet, warum ist es erforderlich, wenn *ich* verantwortlich bin? Warum diese ganze heilige Heimlichtuerei?«

»Er ist heilig«, sagte Mehmet einfach. »Heilige Männer sind anders. Der Hustapha ist ein Seher. Vater des Aketni, das auf den Jhihadi wartet.«

Ich unterließ es, über den Jhihadi nachzudenken, obwohl mich das mehr als alles andere davon überzeugte, daß dies alles Torheit war. Mein Geist war mit dem Hustapha beschäftigt. »Er ist ein Magier«, fauchte ich. »Ich konnte den Gestank der Magie riechen, mit oder ohne den Wind und ein erfundenes Ausstreuen der Zukunft.«

Mehmets dunkle Augen richteten sich auf das über meine linke Schulter herausragende Schwertheft. »Alle Männer mit Macht *sind* Macht: Der Name ist unwichtig.«

Seltsam, dachte ich. Und untypisch für Mehmet. Es veranlaßte mich zu der Frage, wie vieles *tatsächlich* bei dem Sandstreuen in der vorigen Nacht bekannt geworden war. Del hatte gesagt, sie hätte nichts gesehen. Aber das war *Del,* nicht die anderen, die besser als ich verstanden, worum es bei diesem Ausstreuen ging.

»Wollt Ihr mir damit etwas sagen, Mehmet? Etwas über mich?«

Der junge Mann lächelte. »Ein Mann mit einem Messer hat Macht. Ein Mann mit einem Schwert hat Macht. Ein Mann mit einem Messer *und* einem Schwert hat noch mehr Macht.«

»Ich spreche nicht über Messer und Schwerter.«

»Das hat der Hustapha auch nicht getan.«

Ich knirschte mit den Zähnen. »Das ist es nicht, was ...« Aber ich brach angewidert ab. »O Hoolies, es reicht mir ...« Ich ritt vor der Karawane her auf die zerbrochenen Tore Quumis zu und zahlte die Einlaßgebühr für das Aketni. Was alles war, worum Mehmet mich ursprünglich gebeten hatte.

Ich hatte mehr gewollt.

Ich hatte mehr *gebraucht,* um zu erfahren, was ich tun konnte, um die dreifache Zukunft zu vermeiden.

Weil sie vielleicht wahr sein *konnte.*

Die dreifache Zukunft: Sie könnte sich erfüllen. Sie würde sich vielleicht erfüllen. Sie würde sich erfüllen.

Ich hatte die Wahl.

VIERUNDZWANZIG

Von der Karawane aufgewirbelter Staub wehte heran, zog auf die Straße zu. Del und ich saßen auf den Pferderücken an Quumis zerbrochenem Tor. Der Sonnenuntergang verfärbte die grau-beigefarbenen Adobeziegel zu einem fahlen Kupferrot mit einem Hauch Lila.

»Warum bist du hierherkommen?« fragte sie.

»Warum ich hierher*gekommen* bin?« fragte ich stirnrunzelnd zurück. »Ich hatte den Eindruck, dem Aketni zu helfen. Was *dein* Vorschlag war.«

Mein Sarkasmus blieb wirkungslos. »Du hättest anhalten können, als Quumi in Sicht war. Du mußtest nicht ganz mit hineinkommen.«

Ich wölbte die Brauen. »Da gibt es eine Kleinigkeit namens Wasser.«

Del zuckte nachlässig eine Schulter. »Du hättest Mehmet bitten können, dir das Wasser herauszubringen.«

»Das hätte ich tun können«, stimmte ich ihr zu. »Aber warum hätte ich es tun sollen? Da wir schon einmal so nah sind, können wir die Nacht genausogut wieder einmal unter einem Dach verbringen.«

Ihr Blick blieb fest. »Du sagtest, du machtest dir Sorgen wegen Schwerttänzern und Borjuni. Daß sie inzwischen hiersein könnten, um uns beide zu erwischen.«

»Es könnte sein. Es könnte vielleicht sein …« Ich brach jäh ab, unterdrückte das plötzliche Erschaudern, das von unerwartet vertrauten Worten hervorgerufen wurde. »Wir sollten einfach weiterreiten, Bascha. Wir können auf uns selbst aufpassen.«

Wir ritten gerade auf Akbars Wirtshaus zu, als die Sonne hinter dem Horizont versank. Der Mond hing als Sichel am Himmel, drängte die Sterne aus ihren Verstecken. Sie glitzerten wie Punjakristalle auf dem geharkten Rechteck eines Sanddeuters.

Verdreht, mürrisch und griesgrämig führte ich den Hengst um das Wirtshaus herum und stellte ihn in den Stall ein, in eine der winzigen, abgeteilten Boxen, die sich Stall schimpften. Del stellte ihre Stute klugerweise in einer der am anderen Ende von Akbars schäbigem Stall gelegenen Boxen ein und nahm ihr die Ausrüstung und die Vorräte ab. Messingbeschläge klirrten. Ich hörte sie in der Hochlandsprache sanft mit der Stute sprechen. Diese Sprache war meiner Zunge noch immer fremd, aber ich beherrschte sie gut genug, um überleben zu können, und verstand noch mehr davon. Und dennoch waren es nicht die Worte, die so vieles ausdrückten, sondern der ihnen zugrunde liegende Tonfall. Del sorgte sich wegen etwas.

Ich versorgte den Hengst, nahm ihm Zaumzeug und Vorräte ab, wie Del es auch bei ihrer Stute gehalten hatte, gab ihm Futter und Wasser und ging den Weg zurück zu Del. Wir trugen beide Satteltaschen und Botas, wagten nicht, sie anderen zu überlassen.

»Hungrig?« fragte ich freundlich, in dem Versuch, die Luft zu reinigen.

Del schüttelte den Kopf.

»Also durstig.«

Ich erntete nur ein Achselzucken.

»Vielleicht ein Bad, morgen früh?«

Ein schiefes Verziehen des nordischen Mundes, das nichts preisgab.

Alle Geduld schwand. »Was willst du *dann?*«

In der Dämmerung wirkten blaue Augen blaß. »*Das* loswerden.«

›Das‹ wieder. Mein Schwert. »Hoolies, Bascha ... du übertreibst. Ich gebe zu, daß es nicht beruhigend ist, und ich würde es lieber hier wegwerfen, als es mit nach Julah zu nehmen, aber ich habe anscheinend keine Wahl.« Ich ging an ihr vorbei und verließ den Stall. »Wir sollten dieses Zeug loswerden. Ich möchte etwas essen und Aqivi trinken.«

Del folgte mir seufzend. »Das zumindest hat sich nicht geändert.«

Wir entledigten uns unverzüglich unserer Lasten, mieteten uns eine Unterkunft und zogen uns in die Schankstube zurück, in der sich bereits eine Reihe von anderen Gästen aufhielten. Huvakrautgeruch schwebte zur Decke. Vergossener Wein hatte den Boden klebrig werden lassen. Ranzige Kerzen warfen ein trübes Licht. Der Ort roch nach jungem Alkohol, altem Essen, noch älteren Huren und ungebadeten, verschwitzten Körpern.

So wie ein Wirtshaus riechen *sollte*.

Wenn man kein gutes Riechvermögen hat.

Del murmelte leise etwas vor sich hin. Ich deutete auf einen kleinen, schiefen Tisch in einer Ecke des Raums, eilte durch den menschlichen Viehhof hindurch, verhakte einen Zeh um ein Stuhlbein und zog den Stuhl unter dem Tisch hervor.

»Aqivi!« rief ich einem schwerfälligen Wirtshausmädchen zu, das bereits mit Bechern und einem Krug mit irgendeinem Getränk beladen war. »Und zwei Schüsseln Hammeleintopf mit Danjackäse!«

Del hielt an dem Tisch inne und sah sich schweigend um. Sie gibt ihrem Abscheu niemals laut Ausdruck, aber ich kann ihre Gemütsverfassung ergründen.

»Setz dich«, sagte ich knapp. »Hast du erwartet, daß es irgendwie besser geworden wäre?«

Del wandte ruckartig den Kopf. Sie betrachtete mich eine Weile lang und setzte sich dann auf den anderen Stuhl. Der Tisch war in eine schmale Ecke geschoben worden, vom Haupttrubel entfernt. Der Platz, den ich Del überlassen hatte, würde ihr von hinten und von zwei Seiten Schutz gewähren. Ich *hatte* mich bemüht. Sie wollte es einfach nicht sehen.

Das Wirtshausmädchen kam mit dem Bestellten heran. Mit einem Krug, zwei Bechern, zwei dampfenden Schüsseln mit Löffeln. Ich öffnete den Mund, um Wasser zu bestellen, zählte im voraus die Kupfermünzen ab, aber Del unterbrach mich. »Ich werde Aqivi trinken.«

Ich sperrte fast den Mund auf, beherrschte mich aber sofort wieder und hob nur eine Augenbraue an. »Starkes Zeug, Bascha.«

»Es scheint dir zu bekommen.« Sie griff nach dem Krug und goß beide Becher voll. Der scharfe Geruch war so intensiv, daß ich dachte, ein Schwert könne ihn zerschneiden.

Ich warf dem Wirtshausmädchen eine Extramünze zu und entließ sie dann. Ich hatte andere Sorgen. »Sieh mal, Bascha, ich weiß, ich habe in der Vergangenheit gesagt, du hättest kein Recht, mich dafür zu schelten, daß ich von dir nicht geschätzte Sachen in größeren Mengen trinke, aber ...«

»Du hast recht«, sagte sie ruhig und hob ihren Becher an den Mund.

»Du *mußt* das nicht tun, Bascha!«

»Trink du deinen Aqivi«, sagte sie kühl und nahm einen ordentlichen Zug.

Ich bin nicht besonders feinsinnig. Ich lachte ihr ins Gesicht. »O Götter, Del ... wenn du dein Gesicht sehen könntest!«

Sie schaffte es, den Mundvoll Aqivi mit bemühter Würde hinunterzuschlucken. Dann nahm sie einen weiteren Zug.

»Bascha ... es reicht! Du brauchst nichts zu beweisen.«

Blaue Augen blickten unbeirrt drein. Sie verarbeitete diesen Schluck schon besser – und auch den dadurch hervorgerufenen Gesichtsausdruck. »Man kann einen

Mann nicht beurteilen, solange man seine Laster nicht ausprobiert hat.«

Ich blinzelte. »Wer hat dir *das* denn erzählt?«

»Mein *An-Kaidin,* in Staal-Ysta.«

Ich grunzte. »Nordbewohner. Ganz Schwülstigkeit und Aufgeblasenheit.«

»Hat dein Shodo dich nichts Ähnliches gelehrt?«

»Mein Shodo hat mich sieben Grade der Schwertarbeit gelehrt. Das war das einzig Wichtige.«

»Aha.« Ein dritter Schluck. »Südbewohner. Ganz Schweiß und Fürze.«

Immer inmitten eines Schlucks... Ich spie aus, würgte, wischte mir über das Gesicht. »Was soll denn *das* bedeuten?«

Del dachte einen Moment nach. »Etwas, was du im Schlaf tust nach zuviel Käse.«

»Nach... oh. *Oh.*« Ich runzelte die Stirn. »Ich kann mir schönere Themen vorstellen.«

Del lächelte süß und trank noch mehr Aqivi.

»Sei vorsichtig«, warnte ich sie unbehaglich. »Ich habe dir erzählt, was mit mir geschehen ist. Einen Becher davon zu schnell hinuntergeschüttet, und ich bin betrunken zusammengesackt.«

Sie zog ihren Zopf aus dem Burnus und ließ ihn über eine Schulter baumeln. »Es gibt Dinge, die ich besser kann als du. Dies ist vielleicht eines davon.«

»Trinken? Das bezweifle ich. Ich habe etliche Jahre mehr Erfahrung darin. Außerdem bin ich ein Mann.«

»Aha. Das erklärt es.« Del nickte und schluckte. »Es macht also einen Teil des Stolzes eines Mannes aus, mehr trinken zu können als eine Frau.«

Ich dachte an Wettbewerbe zurück, in denen genau das festgelegt worden war, wenn auch immer nur unter Männern. Frauen waren nicht daran beteiligt gewesen, außer als Preis.

Hitze breitete sich in meinem Bauch aus, stahl sich

zum Nacken hinauf, zog ins Gesicht. Del, die es bemerkte, lächelte. Meine Antwort war deutlich.

Was mich ein wenig gereizt machte. »Männer können eine Menge Dinge besser tun als Frauen. Einige Männer tun Dinge auch besser als andere Männer. Daran ist nichts falsch. Es ist nichts falsch daran, stolz zu sein. Und es ist nichts falsch an einem Wettbewerb, der erweisen soll, wer der beste ist.«

»Einen Mann im Trinken zu übertrumpfen ist eine Art, sich selbst zu beweisen?«

»In einigen Fällen ja.« Ich konnte mich an viele Fälle erinnern.

»Pinkelwettbewerbe auch?«

»Woher weißt du davon?«

»Ich hatte eine Menge Brüder.«

Ich grunzte. »Das solltest du nicht verallgemeinern. Aber ich leugne nicht, daß es vorgekommen ist.«

»Was ist mit Frauen?«

»Was?«

»Hast du auch an Wettbewerben um eine Frau teilgenommen?«

Ich runzelte die Stirn. »Was soll das? Bist du wegen irgend etwas ärgerlich auf mich? Was habe ich *jetzt* wieder verbrochen?«

Del lächelte und trank Aqivi. »Ich versuche nur zu verstehen, was einen Mann zu einem Mann macht.«

Ich fluchte. »Es gehört mehr dazu, ein Mann zu sein, als trinken und pissen – und verführen – zu können.«

Del legte ihr Kinn auf die Hände. »Und es gehört mehr dazu, eine Frau zu sein, als Brot backen und Babys bekommen zu können.«

»Hoolies, weiß ich das nicht? Hast du es mir nicht klargemacht?« Ich goß weiteren Aqivi in meinen Becher. »Willst *du* noch mehr?«

Del lächelte. »Ja, bitte.«

»Iß deinen Eintopf«, murmelte ich und stocherte in meinem herum.

»Der Käse ist grün«, bemerkte sie.

Das galt teilweise auch für das Hammelfleisch. »Dann iß darum herum. Du wirst nichts Besseres bekommen.«

Sie stocherte in ihrem Eintopf. »Kein Wunder, daß Quumi zugrunde geht. Wie viele Leute überleben das Essen?«

Ich fand ein Stück fleischfarbenes Fleisch. »Wir haben noch Cumfa in unseren Satteltaschen.«

Del zog eine Grimasse. Ich grinste.

»Iß«, wies ich sie freundlich an. »Damit du etwas zu erbrechen hast.«

Fünfundzwanzig

Sie trank mehr als erwartet und aß weniger, als ich gehofft hatte. Aber ich habe gelernt, daß man einer Frau nichts sagen kann. Besonders nicht einer betrunkenen Delilah.

Obwohl ich gar nicht sicher war, daß sie *tatsächlich* betrunken war. Ein wenig vielleicht. Ein wenig angeheitert, mit einem Schimmern in den blauen Augen und leicht geröteten Wangen. Aber hauptsächlich war sie glücklich.

Nun ist es, wie man einwenden könnte, für einen Mann nichts Schlechtes, ganz allgemein glücklich zu sein. Aber eine glückliche Frau ist noch besser. Und eine glückliche Del ist vielleicht das beste von allem – nur daß ich nicht wußte, was ich mit ihr tun sollte.

Nun, doch, ich wußte es. Aber sie war nicht in der entsprechenden Verfassung.

Oder war sie es doch?

Aber es war keine gute Idee. Sie würde nur behaupten, daß ich Vorteil aus ihrer Situation gezogen hätte, und vermutlich hätte sie damit halbwegs recht. Und wenn ich halbwegs sage, dann ist das ein großes Zugeständnis. Wir *waren* Bettgefährten. Wie übervorteilt man jemanden, der ohnehin das Bett mit einem teilt? Indem ich zuließ, daß sie sich betrank, und sie anschließend zu einem Beischlaf verführte, an den sie sich ohnehin bei ihren Kopfschmerzen und der Übelkeit nicht erinnern würde.

Ich lasse eine Frau lieber mit einer besseren Erinnerung zurück. *Habe* zurückgelassen. Ich hatte schon lange – oh, ich kann mich nicht erinnern, wie lange – keine andere Frau mehr gehabt als Del.

Was mich ein wenig besorgt machte.

Sollte ich mich nicht erinnern?

Sollte ich mich nicht erinnern *wollen?*

Hoolies, es war es nicht wert. Ich goß mir weiteren Aqivi ein.

Del sah ihn vor mir, was nicht wirklich überraschend war, da sie mit dem Rücken zur Wand und ich mit dem Rücken zum Raum saß. Was bedeutete, daß Del bereits jede seiner Bewegungen eindringlich und fast gierig beobachtet hatte, als er herankam.

Die Hände hingen an seinen Seiten herab. Ringe glitzerten in dem schwachen Licht. Ein gazeartiges Safranuntergewand, mit einem Goldfaden gesäumt, ein ausgezeichnet geschnittener kupferfarbener Burnus aus edlem Stoff, ein breiter, mit Achaten und Jade verzierter Ledergürtel. »Ich habe Geld«, sagte er. »Für wieviel verkauft Ihr sie?«

Nur einen Moment brachte mich das aus dem Gleichgewicht. Und dann erinnerte ich mich: Dies war der Süden. Ich war ausreichend lange im Norden gewesen, um einige der Bräuche vergessen zu haben, wie zum Beispiel das Kaufen und Verkaufen von Menschen, wann immer die Notwendigkeit gegeben war.

Ich sah Del an. Sah die täuschende Sanftheit, die Auftakt zum Angriff war.

Ich kam ihr zuvor. »Wen? Sie?« Die schnelle Bewegung eines neugewachsenen Fingernagels bezeichnete das Objekt des Gesprächs. »Ihr wollt nicht *sie* kaufen.«

»Ich will sie. Wieviel?«

Ich schaute nicht zu ihm hoch. Ich brauchte es nicht zu tun. Ich wußte, daß er Geld hatte. Er trug es zu offen zur Schau. »Sie ist nicht zu verkaufen«, sagte ich und trank noch mehr Aqivi.

»Nennt Euren Preis.«

Ich seufzte innerlich. »Woher wollt Ihr wissen, daß sie es wert ist?«

»Ich kaufe – Verschiedenheiten.« Das Wort klang seltsam abgewandelt. »Ich urteile anders als andere Männer ... Der Wert ist das, was ich daraus mache.«

Vorsichtig setzte ich den Becher ab. Drehte mich leicht auf meinem Stuhl um und schaute zu dem Mann hoch. Behielt meine Überraschung für mich: Er war ungefähr in meinem Alter, mit sehr hellen Gesichtszügen. Ein Südbewohner, zweifellos, aber auch anderes hatte Anteil an seinem Aussehen gehabt. Die scharfen Stammesmerkmale waren abgeschwächt, die Gesichtszüge weicher. Die aqivihellen Augen blickten klug drein und sehr, sehr geduldig. Das konnte Ärger bedeuten.

»Nein«, sagte ich kurz angebunden.

»Was wollt Ihr?« fragte er sanft. »Ich habe mehr als nur Geld ...«

»Nein.« Ich sah Del an, erwartete eine Bemerkung. Sie wartete stumm ab, lehnte lässig an der Wand, was nicht heißen sollte, daß sie unvorbereitet war. Andererseits war sie betrunken. »Ich kann sie nicht erkaufen.«

»Aha.« Verstehen flackerte in fast farblosen Augen auf, und ich erkannte, daß ich mich degradiert hatte, ohne es zu wollen. Jetzt hielt er mich für einen Leibwächter oder eine andere Art Angestellten. »Mit wem muß ich dann sprechen, wenn ich sie kaufen will?«

»Mit mir«, antwortete Del.

Dunkelbraune Augenbrauen wölbten sich leicht, drückten gelinde Überraschung aus. »Mit Euch?«

»Mit mir.« Sie lächelte ihr strahlendstes Lächeln. Ich verfiel von aqivibedingter Entspannung in angespannte Wachsamkeit. Wenn Del *so* lächelt ...

»Mit Euch?« Dieses Mal klang er belustigt. »Und wie hoch würdet Ihr Euren Preis festsetzen?«

Weiße Zähne schimmerten kurz auf. »Mehr als Ihr zu zahlen bereit wärt.«

Helle Augen blickten belustigt drein. »Oh, aber Ihr habt keine Ahnung, wieviel ich ausgeben kann.«

»Und *Ihr* habt keine Ahnung, wieviel es Euch kosten würde.«

»In Ordnung«, sagte ich, »das genügt. Das hat keinen Sinn. Wir sollten das hier und jetzt beenden und uns jeweils wieder um unsere eigenen Angelegenheiten kümmern.« Ich stand auf. »Ich glaube, es ist an der Zeit …«

»Setz dich *hin*, Tiger«, sagte sie.

»Bascha, das geht schon zu weit …«

»Er hat es so weit getrieben. Und da ich der Grund dafür bin, werde ich entscheiden.« Ihre Stimme klang kühl, aber ihr Gesicht war von Röte überzogen. Blaue Augen glitzerten. »Ich will *genau* herausfinden, wieviel er zahlen wird.«

Es gelang mir, nicht zu schreien. »Und wenn er es bezahlt? Was dann?«

»Nun, dann hat er mich gekauft.« Del zog gemächlich das Lederband um ihren Zopf auf, schüttelte das helle Haar frei, teilte es erneut.

»Das reicht«, zischte ich. »Wenn du glaubst, daß ich hier sitzen und zusehen werde, wie du dich in die Sklaverei verkaufst …«

»Nicht in die Sklaverei«, mischte sich der Mann ein. »Ich kaufe keine Sklaven. Ich kaufe – Verschiedenheiten.«

»Wen kümmert das?« fauchte ich. »Ihr könnt sie nicht kaufen.«

Del flocht ihr Haar erneut. »Vertraust du mir nicht, Tiger?«

Ich sah sie an, knirschte mit den Zähnen. »Du bist *betrunken*«, warf ich ihr vor. »Betrunken und töricht und albern …«

»Wie du es auch schon oft genug warst.« Sie lächelte sanft. »Habe ich dich jemals daran gehindert, genau das zu tun, was du wolltest?«

»Dies ist etwas *anderes* …«

»Nein, das ist es nicht.« Sie lächelte den Mann an. »Ihr werdet Euch verpflichten, meinen Preis zu bezahlen?«

Die Pupillen weiteten sich. Er glaubte, sie gehöre bereits ihm. »Ich sagte bereits, daß ich ihn zahlen werde.«

»Egal, wie hoch er ist?«

»Ja.« Ringe glitzerten, als Finger zuckten. »Nennt Euren Preis.«

Del nickte einmal und flocht ihren Zopf zu Ende. Schob ihren Stuhl zurück und stand auf. Löste den Gürtel ihres Burnus, hakte den gespaltenen Rand ihres Schwerthefts aus, ließ weiche Seide zu Boden gleiten. Der Harnisch teilte die Brüste, betonte ihren Körper. Er preßte ihre Tunika eng an den Körper.

Bloße Arme wirkten im trüben, übelriechenden Licht blaß. Das Silberheft schimmerte hell lachsfarben. »Wählt einen Mann«, sagte sie.

»Einen … Mann …?« Er war zum erstenmal verwirrt.

»Für den Tanz. Wählt.«

Ich regte mich. »Komm, Del …«

»Wählt«, wiederholte sie. Dann wurden blonde Brauen angehoben. »Es sei denn, Ihr wollt selbst tanzen?«

»Tanzen?« Er sah mich an. »Wovon redet sie?«

Resignation gewann Überhand über Verdruß. »Warum fragt Ihr sie nicht selbst? Ihr wollt doch sie.«

»Mein Preis«, sagte Del. Und zog Boreal, setzte ihre Spitze auf die Tischplatte auf. Das Schwert ragte aufrecht empor, von einer langfingrigen Hand, die locker um das Heft lag, am Umfallen gehindert. Sie sagte sanft: »Ich *liebe* es zu tanzen.«

Sie ist betrunken, sagte ich mir. Sie ist betrunken und wütend … was, bei den Hoolies, soll ich tun?

Konnte ich etwas tun?

Niemand hatte mich jemals davon abgehalten.

Er widersprach sofort. »Ich bin kein Schwerttänzer …«

»Aber *ich*.« Sie lächelte. »Dann wählt einen anderen.«

»Ihr seid nicht...« Er hielt inne. Man mußte sie nur ansehen. Und dann sah er mich an. »Sie ist kein Schwerttänzer.«

»Ich sage Euch etwas«, bemerkte ich leichthin, »warum wetten wir nicht darum?«

»Aber ... sie ist eine Frau ...«

»Ich dachte mir bereits, daß Ihr das schon herausgefunden habt.« Ich wärmte mich an dem Wortgeplänkel, begann Erleichterung zu erspüren. Del wollte nicht tanzen. Sie spielte mit ihm. »Ich kenne niemandem, dem diese Tatsache entgehen könnte.«

»Wählt«, sagte Del. »Wenn ich verliere, habt Ihr gewonnen.« Inzwischen war natürlich jedermann sonst im Wirtshaus auf unser Gespräch aufmerksam geworden. Stille erfüllte den Schankraum ebenso wie all der Gestank.

Was mich an etwas erinnerte. »Was, bei den Hoolies, *macht* Ihr hier?« fragte ich ihn. »Ihr scheint nicht der Typ Mann zu sein, der viel Zeit in Akbars Wirtshaus verbringt. In einem anderen, besseren Wirtshaus vielleicht...« Ich zuckte die Achseln. »Ihr seid völlig fehl am Platz.«

»Ich habe Informanten. Einer brachte Nachricht über eine Frau, die es wert sei, völlig fehl am Platze zu sein.« Er lächelte träge, bediente sich meiner Worte. »Ich werde ihm eine Belohnung zukommen lassen müssen.«

»Sie ist Nordbewohnerin«, erklärte ich. »Sie ist nicht zu verkaufen. Dort *tun* sie das nicht.«

»Hier. Dort. Das ist kein Unterschied. Die meisten der Dinge, die ich besitze, waren niemals zu verkaufen. Aber ich habe sie dennoch erworben.« Er zuckte leicht die Achseln. »Auf die eine oder andere Art.«

Ein Mann trat aus der Menge hervor. Jung. Südbewohner. Eifrig. Ein in einer Scheide steckendes Schwert hing von seiner Hüfte herab, was bedeutete, daß er kein Schwerttänzer war. Er *wollte* nur einer sein. Näher als in diesem Fall würde er diesem Wunsch wahrscheinlich niemals kommen. »*Ich* werde gegen sie tanzen.«

Del verengte die Augen. Sie taxierte ihn sorgfältig.

Der reiche Mann lächelte. »Ich werde Euch natürlich bezahlen.«

»Wieviel?« fragte der junge Mann.

»Das können wir später regeln. Ich verspreche Euch, daß ich großzügig sein werde. Ich sehe keinen Grund, Euch zu betrügen, wenn Ihr den Tanz gewinnt.«

Jetzt stand ich auf. »Das ist jetzt weit genug gegangen ...«

»Tiger – *setz dich hin.*«

»Del, mach dich nicht lächerlich ...«

Sie sagte nur ein Wort in knapper, eisiger, nordischer Sprache.

Ich dachte schweigend, daß sie die Gossensprache besser beherrschte, als ich ihr zugetraut hatte.

»Gut«, sagte ich liebenswürdig.

Dann warf ich den Tisch um und versetzte ihr einen heftigen Schlag gegen das Kinn.

Sechsundzwanzig

Del sackte zusammen, ließ ihr Schwert fallen. Ich fing sie auf, setzte sie unsanft in der Ecke ab und wirbelte dann zu den anderen herum.

Ich hielt Samiel in Händen.

»Mein Name ist Sandtiger«, sagte ich. »Jedermann, der tanzen will, kann es mit mir versuchen.«

Eine Woge der Unruhe ging durch den Raum. Aber niemand sagte etwas.

»Nein?« Ich vollführte mit dem Schwert eine ruckartige Bewegung und ließ einen zweifarbigen Blitz durch das Wirtshaus zucken: Silbern und schwarz. »Niemand? *Überhaupt* niemand?« Ich sah den Mann an, der Del hatte kaufen wollen. »Wie ist es mit Euch?«

Er hatte den Mund fest zusammengepreßt und schwieg ebenfalls.

»Nein? Seid Ihr sicher?« Ein weiterer Blick durch das Wirtshaus. »Letzte Gelegenheit«, warnte ich. Dann verschränkte ich meinen Blick mit dem des jungen Mannes, der angeboten hatte, gegen Del zu tanzen. »Was ist mit *Euch?* Ihr wart schrecklich eifrig. Wollt Ihr nicht mit mir vorlieb nehmen?«

Er leckte sich nervös die Lippen. »Ich wußte nicht, daß Ihr es seid. Ich wußte nicht, daß sie Euch gehört.«

»Nicht *mir*.« Ich sah mich erneut in dem Raum um. »Ich sollte Euch alle zu einem wahren Tanz herausfordern. Ich langweile mich, und ich brauche die Übung.«

»Sandtiger.« Wieder der junge Mann. »Niemand hier hätte eine Chance gegen Euch.«

Ich lächelte schwach. »Ich bin froh, daß Ihr das erkannt habt.« Hinter mir regte sich Del.

»Bleib sitzen«, fauchte ich und machte mir nicht einmal die Mühe hinzusehen. Ich berührte Boreal mit einem Zeh und ließ sie in die Ecke schliddern: Ich bezweifelte, daß jemand es versuchen würde, aber ich wollte kein Risiko eingehen. Sie würde mir dafür dankbar sein. »Also«, sagte ich, »warum macht nicht jeder wieder da weiter, wo er aufgehört hat?« Ich wandte mich zu Dels ›Käufer‹ um und senkte meine Stimme. »Denn wenn keiner von *Euch* tanzen will, ist die Vorstellung vorüber.«

Aqivihelle Augen schimmerten. Ringe glitzerten, als die Finger sich verkrampften. Aber er schüttelte schweigend den Kopf.

»Dann geht nach Hause«, schlug ich vor. »Geht dorthin zurück, wohin Ihr gehört.«

Er neigte mit gemessener Anerkennung kurz den Kopf und verließ Akbars Wirtshaus.

Das war geschafft. Jetzt das übrige.

»Die Vorstellung ist *vorüber*«, erklärte ich.

Alle stimmten mir hastig zu.

Als ich der Meinung war, daß sich die Stimmung in dem Wirtshaus ausreichend beruhigt hatte, wenn sie auch nicht ganz wieder so wie vorher war, steckte ich mein Schwert ein und wandte mich zu Del um. Sie hatte Boreal aufgehoben und saß in die Ecke gelehnt, barg ihr Schwert.

»Komm.« Ich griff nach Boreal. »Laß sie mich wegstecken, bevor du dir ein Bein abhackst.«

Geschickt umfaßte Del das Schwertheft mit einer blitzschnellen Bewegung mit beiden Händen und richtete das Schwert aufwärts. Ich merkte, daß die Spitze sehr persönlichen Kontakt mit meinem plötzlich eingezogenen Bauch aufzunehmen drohte. Unerwarteterweise stand die Klinge felsenfest.

»Zurück«, sagte sie.

»Bascha ...«

»*Zurück,* Tiger.«

Ich betrachtete ihre Augen genauer und wich dann zurück. Del beobachtete jeden meiner Schritte, betrachtete den Abstand zwischen uns als ausreichend, schob sich an der Wand hoch, während sie den fallengelassenen Burnus wieder aufnahm. Der irreführende Glanz in ihren Augen und auf ihren Wangen war fort und gab die Wahrheit preis, die mir entgangen war: Del war nicht betrunken. Del war niemals betrunken *gewesen*.

»Was, bei den Hoolies ...«

»In unser Zimmer! Jetzt!«

Ich erwog, mit ihr zu streiten. Aber wenn sich ein Mann am Ende eines Schwertes befindet – am scharfen Ende –, tut er normalerweise, was ihm gesagt wird. Ich folgte ihrem Vorschlag.

Der Raum war winzig, ein rechteckiges, an der Nordseite verstecktes Fleckchen mit einem schiefen, in abgesplitterte und rissige Adobeziegel eingelassenen Fenster, das nur wenig Licht hereinließ. Die Wand zwischen diesem Raum und dem nächsten bestand aus von der Hitze brüchigen Latten und vom Kleister steifem, von Käfern zerfressenem Stoff. Nicht der Raum, den ich von Akbar gemietet hatte, oder der, den wir zuvor geteilt hatten. Er war, so dachte ich ein wenig unzusammenhängend, nicht wesentlich besser als der Stall, der den Hengst beherbergte. Vielleicht kleiner.

Zwei Schritte in den Raum hinein, dann wandte ich mich zu Del um: »In Ordnung. Was glaubst du ...«

»Eine Prüfung«, sagte sie ruhig und zog ruckartig den ausgefransten Vorhang zu, der uns Ungestörtheit gewähren sollte.

»Prüfung? Welche Art Prüfung? Wovon redest du?«

»Setz dich, Tiger.«

Wir wurde übel, und ich war es leid, gesagt zu bekommen, ich solle mich setzen. Ich zeigte die Zähne, ließ sie in den vollen Genuß meines grünäugigen Tigerblicks kommen. »Mach mich fertig.«

Sie blinzelte. »Dich *fertig*machen?«

»Du hast mich gehört.«

Sie dachte darüber nach. Stieß das Schwert dann beiseite, aus dem Weg, drehte sich auf einer Hüfte, erwischte mich mit einem gut plazierten Fußtritt voll sehr hoch am rechten Oberschenkel.

Das war es nicht, was ich erwartet hätte. Am Tag zuvor wäre ich zu Boden gegangen. Aber jetzt nahm ich den Fuß, die Macht, ließ sie weiter wirken, während ich meine Hüfte nach rechts abrollte, um den Stoß vorbeizuleiten, und nahm dann ruckartig wieder meine alte Position ein.

Dels Lächeln erstarb.

Ich wedelte herausfordernd mit den Händen. »Willst du es noch mal versuchen?«

Sie verengte plötzlich die Augen. »Dein Knie …«

Ich zuckte die Achseln. »So gut wie neu.«

»Ich dachte, es würde nachgeben … ich hatte *geplant*, daß es nachgeben sollte.«

»Ein schmutziger Trick, Bascha.«

»Nicht schmutziger als dein Trick an diesem Morgen, der mich so lange hat schlafen lassen.« Das Schwert glitzerte zwischen uns. Erneut kitzelte die Spitze meinen Bauch. »Was glaubst du, warum ich das getan habe?«

»Ich habe keine Ahnung, warum du *das* getan hast. Dummheit vielleicht?«

Jetzt war es an ihr, die Zähne zu zeigen, aber sie lächelte nicht. »Du bist anders. *Anders*, Tiger! Zuerst erzählst du wenig von dem, was das Sandstreuen dir offenbart hat, als ginge es mich nichts an, und dann verschwindest du mit nichts als diesem Schwert. Was *glaubst* du, warum ich das getan habe?«

»Ein Test, hast du gesagt. Aber warum, weiß ich nicht – was erwartest du von mir?«

Dels Gesicht war angespannt und verkniffen. »Ich

sage mir selbst, es sei die Anspannung, das ständig vorhandene Wissen um Chosa Deis Anwesenheit... und daß du bist, wie du bist, weil du so hart darum kämpfst zu siegen. Und manchmal denke ich, *daß* du siegen wirst... Ein andermal weiß ich es nicht.«

»Also hast du beschlossen, die Betrunkene zu spielen, um zu sehen, wie ich reagieren würde?«

»Ich habe nicht ›die Betrunkene gespielt‹... ich habe dich nur glauben lassen, was du glauben wolltest: daß eine Frau, die soviel Aqivi trinkt, betrunken werden *muß*. Und dann würdest du unvorsichtig werden, weil du bei mir leichtes Spiel zu haben glaubtest.« Del hob das Kinn. »Eine Prüfung, Tiger: Wenn du Chosa Dei gewesen wärst, hättest du nicht gezögert, mein Schwert – *oder mich* – zu nehmen. Er will uns beide.«

Ich erinnerte mich, daran gedacht zu haben, sie ins Bett zu nehmen. Schuldgefühle kamen kurzzeitig auf und erstarben dann genauso schnell wieder. Was ich gedacht hatte, unterschied sich in nichts von dem, was jeder Mann denken würde, wenn er eine sanfter gewordene, entspannte Delilah betrachtete. Es war kein Zeichen von Besitzgier. Nur typisch männlich.

Was als Grund nicht ausreichte, dachte ich ungehalten, um mich mit einem Schwert festzunageln.

Ich wandte mich dem Nächstliegenden zu. »Aber da ich nicht versucht habe, dein Schwert – oder dich – zu nehmen, kann ich nicht Chosa Dei sein. Nicht wahr?«

Del verzog den Mund. »Es war eine Möglichkeit, eine Antwort zu bekommen.«

Ich deutete auf ihr Schwert. »Warum steckst du es nicht ein?«

Del betrachtete das *Jivatma*. Sie zog die Brauen zusammen. Etwas verzerrte kurzzeitig ihre Gesichtszüge: Ich erkannte Verzweiflung. »Weil... ich Angst habe.«

Das tat weh. »Vor mir?«

»Vor dem, was du sein könntest.«

»Aber ich dachte, das hätten wir gerade geklärt!«

Ihr Blick suchte meinen und hielt ihn fest. »Verstehst du nicht? Du bist heute morgen hinausgeritten, ohne mir ein Wort davon zu sagen. Ich bitte dich nicht, mir alles zu erzählen – ich achte die Privatsphäre, selbst für einen Gesang –, aber was sollte ich denken? Letzte Nacht wurde deine Zukunft ausgestreut, und du hast mir gesagt, *ich* käme darin vor.«

Ich zauberte ein kleines Lächeln herbei, im Gedenken an andere Frauen, die ein wenig besitzergreifend geworden waren. »Willst du in meiner Zukunft nicht vorkommen?«

»Nicht wenn es Chosa Deis Zukunft ist.« Sie richtete eine Hand auf mein Knie. »Und jetzt – *das*. Dein Knie ist plötzlich geheilt. Was soll ich denken?«

»Und meine Arme.« Ich hob die Hände, bewegte die Finger. »Auch neue Fingernägel.«

»Tiger ...«

»Bascha ... warte ... Del ...« Ich seufzte tief und hob beschwichtigend die Hände. »Ich verstehe. Ich glaube, ich weiß, wie du empfindest. Und glaube mir, ich bin genauso verwirrt ...«

Das traf die Sache auf den Punkt. »Bist du Chosa Dei?«

Ich zögerte nicht einmal. »Ein Teil von mir ist er.« Ich zuckte die Achseln. »Ich werde nicht lügen, Del – du hast gesehen, was er mit dem Schwert getan hat. Er hat es verlassen – ein *Teil* von ihm hat es verlassen ... und er hat diesen Teil in mich verlagert. Aber ich bin nicht vollständig er. Das kann ich dir versprechen, Bascha.«

Sie blieb beharrlich: »Aber ein Teil von dir *ist* er.«

»Ein Teil von mir ist er.«

Dels Augen waren mit etwas überzogen, was ich für Tränen hielt. Aber ich beschloß, daß ich mich irren mußte. »Welcher Teil von dir hat sich selbst geheilt? Welcher Teil hat dich *neu gestaltet?*«

Ich atmete sehr tief ein. »Ich habe ihn berührt. Ich habe ihn benutzt.«

»Ihn *benutzt!* Ihn?«

»Ich bin absichtlich dort hinausgegangen, habe ihn heraufbeschworen und ihn benutzt. Ich habe mir Chosas Magie ausgeborgt.« Das Schwert schwankte. »*Wie* konntest du das tun?«

»Unter Schmerzen.« Ich zog eine Grimasse. »Ich habe es einfach – *versucht*. Ein wenig von ihm ist in mir, Bascha. Das sagte ich dir bereits. Und das verleiht mir gewisse ... Kräfte. Aber es ist mehr von *mir* in mir.«

»Du hast ihn deinem Willen gebeugt? Chosa?«

»Ein wenig.« Ich zuckte die Achseln. »Du hast selbst einmal gesagt – und das vor gar nicht so langer Zeit –, daß ich ein Mann mit enormer Willenskraft sei.« Del schwieg. Aus Unsicherheit zuckte ich abwehrend die Achseln. »Nun, ich dachte, ich sollte *das* ausprobieren. Um zu sehen, ob du recht hattest.«

Sie bewegte kaum die Lippen. »Wenn du dich geirrt hättest ...«

»Ich habe es gut vorbereitet. Ich zog einen Bannkreis.«

»Einen was?«

»Einen Bannkreis. Um Chosa gefangenzuhalten.« Ich verlagerte unbehaglich mein Gewicht. Ich verabscheute die Magie zutiefst, und sie selbst zu benutzen, verwirrte mich. Es machte mich zu dem, was ich verabscheute, und ich haßte es, das zuzugeben. »Sam ... mein *Jivatma* ist nicht tot oder leer. *Diese* Macht ist noch immer verfügbar, wenn ich mich daran erinnere, wie ich es stimmen muß, wie ich an Chosas Verfärbung vorbeigelangen kann. Und ich habe die Mittel, die Macht zu benutzen, wenn ich mich danach fühle. Wenn ich es kann.« Ich kratzte mich an einer Schulter. »Ich bin nicht sehr gut darin. Ich habe mir beinahe selbst Übelkeit verursacht.«

»Das bewirkt Magie bei dir, erinnerst du dich?« Del zog die Brauen zusammen. »Dann hast du dich selbst geheilt. Hast dich selbst neu gestaltet. Indem du Chosas Macht benutzt hast.«

»Einen Teil davon. Ich veranlaßte sie zu tun, was *ich*

wollte.« Ich seufzte. »Mir wurde vor Schmerzen furchtbar übel.«

»Warum hast du es nicht schon zuvor probiert? Du hättest dir vielleicht einigen Ärger ersparen können.« Ihre Augen schimmerten kurz auf. »Deinem Knie einige Schmerzen ersparen können.«

»Vielleicht. Aber zuvor habe ich nicht gedacht, daß ich es tun könnte. Als es mir zum erstenmal in den Sinn kam...« Ich schüttelte den Kopf. »Es ist nicht meine Art, Magie zu benutzen oder davon abhängig zu sein. Sie ist eine *Krücke*, genau wie die Religion.«

Blaue Augen verengten sich. »Was hat deine Meinung geändert?«

Ich seufzte. »Die dreifache Zukunft.«

»*Was?*«

»Was sein könnte. Vielleicht sein wird. Sein wird.« Ich schüttelte traurig den Kopf. »Ich wollte das niemals... *nichts* von diesem ganzen Unsinn. Aber Staal-Ysta gab mir einen Klumpen Eisen und zwang mich, es zu erschaffen. Ein *Jivatma* zu tränken und zu stimmen...«

»Aber nicht, es in Chosa Dei *erneut* zu tränken! Niemand hat dich dazu gezwungen!«

Ich lächelte traurig. »Du hast es getan, Bascha. Sonst hätte ich verloren. Und Chosa hätte dich gehabt.«

Sie wußte es genausogut wie ich. Gefangen im Drachenberg, von den Hunden der Hoolies eingesperrt, hatte Del keine Chance gehabt. Er hätte ihr Schwert genommen und sie, und hätte dann seine eigene zunehmende Macht vermehrt, um Shaka Obres Wachen zu zerstören.

Del senkte ihre Klinge ein wenig. Fortschritt. »Was soll als nächstes geschehen? Was ist mit dieser dreifachen Zukunft?«

Ich zuckte die Achseln. »Bilder. Ich sah Tod. Und Leben. Anfang und Ende. Teile. Stücke. Fragmente. Zerbrochene Träume und zerbrochene *Jivatmas*.«

»Werden wir sterben?«

»In einer Zukunft. In einer anderen überleben wir

beide. In wieder einer anderen stirbt einer von uns. In einer anderen stirbt der andere.«

»Das sind vier«, sagte sie scharf. »Vier Zukünfte, Tiger. Du nanntest sie *drei*fach.«

»Vielfache Zukünfte«, erklärte ich. »Nur drei Möglichkeiten für jede: Es könnte sein, es wird vielleicht sein, es wird sein.« Ich spreizte hilflos die Hände, wußte, wie es klang. »Aber jede Zukunft verändert sich ständig, ändert sich in dem Moment, wenn ich sie betrachte – selbst wenn ich daran *denke*. Wenn man sie direkt ansieht, ändert sie sich. Nur wenn man sie entgleiten läßt und nur die äußeren Ränder betrachtet...« Hoolies, es wurde noch schlimmer, wenn ich es zu erklären versuchte! »Wie dem auch sei, das ist letzte Nacht geschehen, als der Hustapha den Sand ausgestreut hat.« Ich glättete wirre Haare an meinem Nacken, rieb die Anspannung fort. »Ich habe alles gesehen. Es bewegte sich, in ständiger Veränderung. Wand sich, wie eine Schale voller Würmer.« Ich versuchte, die richtigen Worte zu finden, diejenigen, die sie verstehen lassen würden, damit sie es mir erklären könnte. »Ich sah alles, was da war, was nicht da war, was sein wird. Und du und ich, wir stecken mittendrin.«

Dels Gesicht war bleich. Sie schien genauso überwältigt wie ich. »Es *gefällt* mir nicht!« fauchte ich. »Es gefällt mir überhaupt nicht – ich hätte genauso gern überhaupt nichts mit irgend etwas davon zu tun... Aber was soll ich machen? Ich bin mit diesem Schwert verhaftet, und *es ist* mit Chosa Dei verhaftet! Ich kann überhaupt nichts dagegen tun, nicht wahr? Außer mich hilflos fühlen.«

Ich seufzte, strich mir schweißnasses Haar aus der Stirn. »Ich wollte zuerst nicht, daß der Hustapha den Sand ausstreute...«

Ihre Stimme klang rauh. »Weil du wußtest, was du vielleicht sehen würdest?«

»Ich… wollte es einfach nicht.« Ich zuckte die Achseln »Ich hatte nicht viel Gelegenheit, über die Zukunft nachzudenken, als ich ein Salsetchula war. Sklaven lernen, über vieles überhaupt nicht nachzudenken, außer darüber, wie man überlebt.« Ich zuckte erneut leicht die Schultern, fühlte mich bei diesem Thema unbehaglich. »Ich könnte genausogut herausfinden, was meine Zukunft für mich bereithält, wenn ich mich mittendrin befinde.«

Del nickte abwesend. Lächelte dann ein wenig, kam auf etwas scheinbar Unlogisches zurück, weil es etwas war, was sie fassen *konnte,* was die Hilflosigkeit verbannte. »Dann… bleiben wir zusammen. Und nichts, was ich jetzt tue und sage, wird etwas ändern.«

»Oh, es könnte sein. Es wird vielleicht sein. Es wird sein.«

Ich spreizte die Hände, lachte lahm vor Hilflosigkeit. »Verstehst du, Delilah? Man kann die Wahrheit nicht kennen, weil sie sich ständig verändert. In dem Moment, in dem eine Wahrheit zu einer anderen wird, wird die alte Wahrheit zu einer Lüge.«

Del wischte die Feuchtigkeit auf ihrer Oberlippe fort. »Ich verstehe dich nicht. Du bist nicht der Mann, den ich gekannt habe.«

Ich zwang mich zu einem Grinsen. »Findest du das nicht gut? Ist das nicht genau das, was eine Frau will?«

Sie spie einen nordischen Fluch aus. »Ich weiß nicht, was ich sagen soll. Du hast mich vollkommen verwirrt.«

»Ich«, sagte ich einfühlsam. Dann schloß ich meine Hände, bevor sie mich aufhalten konnte, um Boreals Klinge. »Ich bin nicht Chosa Dei. Ein Teil von ihm ist in mir, aber das meiste von mir bin *ich.«* Ich hielt inne. »Könnte Chosa Dei dies tun, ohne sie zu vereinnahmen? Ohne dich zu vereinnahmen?«

Sie schaute auf die Hand auf der Klinge herab. Auf fleischfarbene Unterarme, die mit feinen, von der Sonne bronzefarbenen Haaren und normalen Fingernägeln versehen waren.

»Ich kenne ihren Namen«, sagte ich. »Sie gehört mir, wenn ich sie will. Wenn ich Chosa Dei wäre.«

»Und ich?« fragte sie. »Gehöre ich dir, wenn du mich willst?«

Ich schüttelte langsam den Kopf. »Diese Wahl würde ich niemals für dich treffen. Du hast mich eines Besseren belehrt.«

Ein langer Moment verging. Dann: »Laß los, Tiger.« Als ich es tat, ließ sie das Schwert in die Scheide gleiten.

Ich setzte mich auf unser Bett, froh, daß es vorüber war. Zu viel Aqivi für einen Verstand, der von neuen und umfassenden Wahrheiten verwirrt war. »*Ich* möchte wissen, wie du soviel Aqivi trinken konntest, ohne betrunken zu werden.«

Del lächelte. »Ein Teil der Ausbildung in Staal-Ysta.«

»Ausbildung. Im Trinken?«

Sie setzte sich mit gekreuzten Beinen hin und lehnte sich gegen die Wand. »Es heißt, daß Alkohol Schwerttänzer unvorsichtig macht. Ich habe dir das häufig gesagt.«

»Ja. Sehr häufig. Erzähl weiter.«

»Darum ist das eine Lektion, die wir lernen müssen, *bevor* wir unser Leben riskieren.«

»Was?«

»Wir werden gezwungen, eine Nacht hindurch zu trinken. Dann wieder den nächsten Tag hindurch.«

»Die ganze Nacht – und den ganzen *Tag?*«

»Ja.«

»Hoolies, muß dir übel gewesen sein!«

»Das ist der Punkt.«

»Daß dir übel wird?«

»Daß uns so übel wird, daß wir kein Verlangen danach haben, erneut zu trinken.«

»Aber … du hast getrunken. Heute abend.«

»Trunkenheit beeinträchtigt das Gleichgewicht.«

»Das ist *eine* Folge.«

»Also werden wir betrunken gemacht. Mehrere Male in jedem Jahr unserer Ausbildung, um unsere Widerstandsfähigkeit zu steigern. So daß wir, falls wir zuviel trinken sollten, den Tanz nicht verlieren.«

Ich dachte darüber nach. So verdreht es klang, machte es doch irgendwie Sinn. »Ich trinke schon seit vielen Jahren ... Was ist mit *meiner* Widerstandsfähigkeit?«

»Meine wurde durch Disziplin vervollkommnet. Durch Kontrolle. Deine – ist nur *deine* und gewissen Schwächen der Selbstkontrolle unterworfen.«

»Nordischer Pomp.« Ich dachte noch ein wenig länger darüber nach. »Also ist diese ganze Geschichte, daß du mehr trinken könntest als ich ...« Ich brach ab.

»Ich kann es«, sagte Del sanft.

Ich lächelte, überheblich. »Aber ich kann weiter *pinkeln*.«

Sie erstarrte, und dann taute sie wieder auf. »Da könntest du recht haben.«

»Gut.« Ich stand auf. »Warum schläfst du jetzt nicht ein wenig, während ich nach den Pferden sehe?«

»Ich kann mit dir gehen.«

Ich lächelte. »Ich weiß, daß du nicht betrunken bist, Bascha. Aber ich *habe* dich ziemlich fest geschlagen, und ich wette, daß dein Kopf schmerzt.«

Sie berührte mit einer Hand ihr Kinn. »Das stimmt. Ich hatte das nicht erwartet.« Ihre Brauen senkten sich. »Ich sollte es dir heimzahlen.«

»Das wirst du«, erklärte ich. »Mit deiner Zunge, wenn nicht mit der Faust.« Ich lächelte, um meine Worte abzumildern. »Schlaf ein wenig, Bascha.« Ich ging auf den Vorhang zu. »Oh ... noch etwas ...«

Del hob die Brauen.

»Was, bei den Hoolies, war in dich gefahren, daß du diesen Punjawurm herausgefordert hast?«

»Welchen?«

»Den reichen. Denjenigen, der dich kaufen wollte.«

»Oh. Der.« Sie runzelte die Stirn. »Er hat mich sehr verärgert.«

Ich beobachtete sie mißtrauisch. »Es hat dir Spaß gemacht.«

Del grinste. »Ja.«

»Schlaf jetzt.« Ich wandte mich um.

»Tiger?«

Ich hielt inne, wandte mich wieder um. »Was?«

Dels Blick war fest. »Wenn du einen Bannkreis gezogen hast, um Chosa Dei gefangenzuhalten, warum hast du dann dein Schwert nicht zurückgelassen?«

»Mein Schwert?« Und dann verstand ich. «Das hätte ich tun können.«

»Und Chosa wäre gefangen gewesen.«

Ich nickte.

Del runzelte finster die Stirn. »Ist das nicht genau das, was wir zu tun versuchen? Einen Weg zu finden, ihn gefangenzuhalten?«

Ich nickte erneut. »Es *gibt* eine Möglichkeit. Ich habe sie gefunden. Mein *Jivatma* ist der Schlüssel.«

Blaue Augen brannten. Ihre Worte waren sorgfältig abgewogen, wie auch ihre Bestimmtheit. »Warum *tust* du es dann nicht einfach und machst *Schluß* mit dieser Torheit?«

»Deshalb«, antwortete ich einfach.

»Deshalb? *Weshalb?*«

Ich lächelte traurig. »Ich müßte auch in dem Kreis bleiben.«

»Du …?«

»Er ist *in mir,* Bascha. Ich muß mehr tun, als nur ein Schwert loswerden … ich muß auch *mich* loswerden.«

Del wurde blaß. »O Hoolies …«, murmelte sie.

»Ich dachte, du würdest es vielleicht genauso sehen wie ich.« Ich wandte mich erneut um und verließ den Raum.

Siebenundzwanzig

Ich ging nicht nach den Pferden sehen. Ich ging, um nach dem alten Mann zu sehen.

Mehmets Aketni hatte auf dem Platz sein Lager errichtet, der zum Karawanenviertel geworden war. Ursprünglich war dies ein weitläufiger Basar gewesen, in der Zeit, als Quumi ein lebendiger Ort gewesen war und Karawanen außerhalb der Stadt gelagert hatten. Aber als Qummis Kraft und Präsenz schwand, begannen Borjuni zunehmend, Karawanen und Reisende außerhalb der Mauern auszurauben. Der Basar, der immer verlassener wurde, als Quumi erstarb, änderte seinen Zweck. Jetzt beherbergte er kleine Karawanen auf dem Weg nach Harquhal und in den Norden.

Die sonnengebleichten, kuppelartig überdachten Wagen waren leicht zu finden, selbst im Sternenlicht und der trüben Lumineszenz der Mondsichel. Ich bahnte mir meinen Weg durch den staubbedeckten Freiluftbasar und suchte nach dem Wagen des Hustapha.

Auf seine typische, unheimliche Art wartete der alte Mann bereits auf mich.

Oder er war einfach wach gewesen und ließ es so *scheinen*.

Er war allein, saß auf der Rückseite des Wagens auf seinem Kissen am Boden. Graubraune Danjacs, von dem fahlen Licht silbern und safranfarben angehaucht, waren in einiger Entfernung angepflockt, schnaubten und schnüffelten im Staub, während sie Körner und grobes Futter aufnahmen. Riesige, spitz zulaufende

Ohren zuckten hierhin und dorthin, fransige Schweife schlugen als Warnung an zudringliche Insekten aus.

Strahlende schwarze Augen schimmerten, als ich vor ihm stehenblieb. »Habt Ihr das gesehen?« fragte ich. »Daß ich kommen würde?«

Er lächelte, dehnte die runzligen Lippen, die daran gewöhnt waren, sich ungehindert über einem zahnlosen Mund zu schließen, weit aus.

Ich kniete mich hin, zog mein Messer hervor, malte Muster in den festgebackenen Schmutz des Basars. Keine Worte. Ich kann nicht lesen oder schreiben. Nicht einmal Runen, obwohl ich davon einiges verstehe. Und auch keine Symbole, die Wasser oder einen Segen oder eine Warnung angezeigt hätten.

Nur... Linien. Einige gerade, einige gewunden, einige, die sich kreuzten. Und dann steckte ich mein Messer fort und sah den alten Mann an.

Eine Zeitlang sah er sich die Zeichnungen nicht einmal an. Er sah nur mich an, sah mir in die Augen, als könne er meine Gedanken lesen. Ich wußte, daß er es nicht konnte – nun, vielleicht konnte er es doch, aber ein Sandstreuer liest normalerweise nur Sand –, so daß ich annahm, daß er nach etwas anderem suchte. Nach einer Art Zeichen. Einer Bestätigung. Vielleicht nach Anerkennung. Aber ich wußte nicht, was ich ihm geben sollte, oder auch nur, ob ich es konnte.

Schließlich betrachtete er meine Zeichnungen. Er betrachtete sie forschend, bewegte die Augen nur dann, wenn er die Linien verfolgte. Dann beugte er sich herab, keuchend, und schlug mit seiner zerbrechlichen, blassen Handfläche mitten hinein. Die Hand hinterließ einen unscharfen Abdruck mit ausgefransten Rändern, der den größten Teil der Muster verdeckte. Dann nahm er seine Hand fort und zog eine Linie über seine Stirn.

Was mir alles und nichts sagte.

Oder vielleicht ein *wenig*. Diese Geste bezog sich in seinem Aketni auf den Jhihadi.

Ich atmete besonders tief ein, ließ meinen Kopf Sauerstoff aufnehmen. »*Bin* ich der Jhihadi?«

Er sah mich an: ein alter, verwelkter Mann mit einem Sandstrich auf der Stirn.

»Wenn ich es bin«, beharrte ich, »was, bei den Hoolies, soll ich dann tun? Ich bin ein *Schwerttänzer*, kein heiliger Mann ... kein Messias mit der Fähigkeit, Sand in Gras zu verwandeln!« Ich hielt inne, befangen, dachte über andere Möglichkeiten nach. Und fühlte mich deswegen töricht. »Oder ... soll er in *Glas* verwandelt werden?«

Schwarze Augen glitzerten. In betonter Wüstensprache sagte er mir, daß sein Aketni nur in der Erwartung zusammenhielt, daß Iskandars Prophezeiung wahr würde.

Ach, ja. Iskandar. Der sogenannte Jhihadi, der gegen den Kopf getreten wurde und starb, bevor er irgendwelche der wundersamen Dinge tun konnte, die zu tun er versprochen hatte.

Natürlich hatte er, *bevor* er starb, auch gesagt, er würde zurückkommen, auf die eine oder andere Weise. Offensichtlich bedeutete es nicht, wenn Jamail – in seiner Orakelgestalt – recht hatte, daß Iskandar *selbst* zurückkommen würde, sondern jemand, der seine Funktion übernehmen würde.

Ich hatte nicht die Absicht, *irgend jemandes* Funktion zu übernehmen, vielen Dank.

Ohne Vorwarnung flackerte es in meinem Bewußtsein auf. Erinnerungen stiegen wie zufällig an die Oberfläche meines Denkens: fremdartige, unheimliche, *am Rande* auftauchende Erinnerungen, die Bilder eines Landes zeichneten, das noch üppig und grün und fruchtbar war. Ich erkannte es mühsam, indem ich meine eigene, weit entfernte Version ausschloß: Chosas Erinnerungen an den Süden vor den Unstimmigkeiten mit seinem Bruder.

Dank Chosa ›erinnerte‹ ich mich sehr gut daran, daß

Shaka Obre erklärt hatte, er würde einen Weg finden, ihn wiederherzustellen – er würde *jemanden* finden, der ihn wiederherstellen könnte –unabhängig davon, was Chosa tat.

Und es war möglich, daß er es geschafft hatte, der Jhihadi in Iskandar. Niemand wußte viel über ihn, außer daß die Stadt nach ihm benannt worden war und sein eigenes Pferd ihn gegen den Kopf getreten hatte – was genügt, um die meisten Erlöser in der Erinnerung zu behalten, ungeachtet ihrer Heiligkeit. Also *war* Iskandar vielleicht gar kein Mensch gewesen, wie wir einen Menschen beurteilen.

Immerhin weiß niemand wirklich, wie Magie wirkt, woher sie kommt oder wie sie beherrscht werden kann. Nicht vollständig. Nicht *vollkommen.* Sie borgen sich nur *Teile* davon und hoffen, daß sie es richtig machen.

Was bedeutete, so seltsam es auch klang, daß Iskandar ein künstliches Gebilde hätte sein können, ein Aspekt von Shakas Magie, dazu gedacht, den Süden wiederherzustellen, indem der Sand in Gras verwandelt würde.

Gebilde. Ein für etwas *erschaffener* Mensch, wie Chosa Dei Dinge erschuf. Es schien durchaus möglich, daß Shaka Obre auch Dinge erschaffen konnte, sogar Menschen …

Ich stand jäh auf, bis ins Knochenmark erschüttert. Eine vollständig neue Möglichkeit breitete sich vor mir aus. Und sie gefiel mir überhaupt nicht.

»Nein«, erklärte ich.

Der Hustapha saß auf seinem Kissen, und Sand glitzerte auf seiner Stirn.

»Nein«, wiederholte ich mit aller Entschlossenheit meines von Chosa neugestalteten Körpers.

Der alte Mann zuckte die Achseln, gab seine Absicht auf, mir etwas zu sagen.

Oder wußte er mir vielleicht nichts zu sagen?

Mein Atem ging rascher. »Ich bin ein Mensch«, sagte ich drängend. »Ein *Mensch*mensch, kein Gebilde. Kein heraufbeschworenes *Ding*...« Mehmet kam um den Wagen herum und hielt inne, sah mich milde überrascht an, was sich nur zu schnell änderte, als ihm die Situation klar wurde. Sein Gesichtsausdruck drückte Mißbilligung darüber aus, daß ich den alten Mann belästigte.

»Was *ist* der Jhihadi?« fragte ich Mehmet gespannt. »Ein Messias?... Oder ein magischer, von einem Magier aus eigennützigen Beweggründen heraufbeschworener Mensch?«

Er war empört. »Der Jhihadi ist der Heiligste von allen!«

»Nicht ›der Jhihadi‹ – *ein* Jhihadi«, verdeutlichte ich zunehmend verzweifelt. Das Atmen war durch die Beengtheit von Brust und Kehle schmerzhaft. »Wißt Ihr, wo ein Jhihadi herkommt?«

Mehmet zuckte die Achseln. »Ist das wichtig? Eine Vergangenheit ist nicht notwendig – nur die Gegenwart und die Zukunft. Wichtig ist, was er *tut*, nicht, was er *ist*.«

Ich schluckte schmerzhaft. Wandte mich dann auf dem Absatz um und schritt schnell von den beiden fort.

Von der Möglichkeit fort – nein, der *Un*möglichkeit –, die ich nicht anerkennen wollte.

Ich brach eine der wichtigsten Regeln, die ein Schwerttänzer jemals durch Zungenschläge, hölzerne Übungsschwerter *und* richtige Klingen in seinen Kopf – und seinen Körper – eingehämmert bekommen hat.

Und zwar die Regel, sich von seinen Gedanken nicht dermaßen ablenken zu lassen, egal wie verwirrt man ist, daß man seine Umgebung nicht mehr wahrnimmt.

Besonders wenn diese Umgebung aus irgendeinem unbekannten Grund beschließt, feindselig zu werden.

Was meine Umgebung jetzt tat.

Zu meinem ausdrücklichen – und schmerzlichen – Bedauern. Ich gelangte niemals aus dem Basar in die Seitenstraßen, Gassen und Durchgänge. Nicht vollständig zumindest. Ich gelangte halbwegs dorthin, gerade so weit, daß ich von der freien Fläche aus die Ausläufer labyrinthartiger Straßen erreicht hätte, als ein ganzes Heer von Männern auf mich zukam.

Nun, vielleicht nicht ein Heer. Es wirkte nur so.

Vielleicht ein halbes Heer.

Normalerweise wird man in einer Stadt nur von einem oder zwei – oder drei oder vier – Gelegenheitsdieben überfallen, die Geld wollen, aber kein großes Risiko eingehen wollen. Sie kommen einer nach dem anderen heran, wie sich versammelnde Wölfe, die durch ihre Anzahl und ihr Verhalten einschüchtern wollen. Das funktioniert bei vielen Leuten. Aber einem als Schwerttänzer geübten Mann gegenüber dienen solche Taktiken nur dazu, ihm die Zeit zu verschaffen, sein Schwert zu ziehen. Und wenn erst einmal eine Waffe in den Händen eines geübten, erfahrenen Schwerttänzers liegt, gibt es nichts mehr, was die Angreifer tun könnten. Weil normalerweise einer von ihnen eine Hand verliert, einen Arm – vielleicht sogar seinen Kopf, wenn er beharrlich bleibt – und die anderen im allgemeinen beschließen, daß sie etwas Besseres zu tun haben.

Normalerweise. Aber dieses freundliche Volk waren keine Diebe. Zumindest glaube ich das nicht. Sie gebrauchten keine diebesähnlichen Taktiken. Sie *drangen* einfach auf mich *ein,* in Massen, wimmelten plötzlich überall um mich herum. Ich fand mich auf einmal flach auf dem Rücken mitten auf der Straße liegend wieder, spuckte Sand, Schmutz, Blut und fluchte.

Lag *auf* meinem in der Scheide steckenden Schwert, möchte ich hinzufügen.

Hoolies, wie peinlich.

Als ich erst einmal dort lag, Arme und Beine weit ausgebreitet, waren sie tatsächlich eher zurückhaltend. Einige wenige Tritte, ein paar Hiebe, Knüffe, Schläge ins Genick, nicht mehr.

Bis jemand sie ruhig daran erinnerte, daß ich weder einschätzbar noch vertrauenswürdig sei und keiner von ihnen überleben würde, wenn sie mich verlören. Daß *er* sie töten lassen würde, wenn ich es nicht selbst täte.

Was sie ausreichend davon überzeugte, daß sie keine weitere Zeit verschwenden sollten, und daher schlug mir jemand mit etwas sehr Hartem seitlich an den Kopf.

Ich wachte im Halbdunkel auf, fluchte, war mir der Tatsache bewußt, daß meine Nieren mich umbrachten. Und mein Kopf, aber das war nichts Neues. Die Nieren aber schon, das ist ziemlich gemein. Und auch wirkungsvoll: Man hat keine große Lust, sich zu wehren, wenn einem jede Bewegung sagt, daß es wie die Hoolies schmerzen wird und einen veranlaßt, während der nächsten Tage Blut zu pinkeln.

Innen. Eine Art Raum. Er war trocken, muffig und staubig, stank nach Ratten und Ungeziefer und schalem Urin. Ich schien nahe einer Wand oder einer Art Abtrennung zu liegen, weil ich hinter mir ein Hindernis spürte. Ich lag auf der rechten Hüfte und Schulter, zusammengerollt wie ein Teppich mit Händlerwaren. Hinter mir bemerkte ich ein schwaches, perlmuttartiges Schimmern. Fahl gelbgrün. Es beleuchtete sehr wenig, aber ich erhaschte einen Blick auf etwas – oder *jemanden* – auf der anderen Seite des Raumes, in den tieferen Schatten verborgen.

Ich hörte auf zu fluchen, als ich erkannte, daß ich nicht allein war, und ebenfalls erkannte, daß es eher schwierig war, überhaupt Töne hervorzubringen, weil etwas Festes und Schmerzhaftes um meinen Hals gewunden war. Die Handgelenke waren auf dem Rücken zusammengebunden, und ein Stück von etwas – Draht? Seil? – verlief von den Handgelenken zu den Fesseln um meine Fußknöchel. Ein besonders *kurzes* Stück. Meine Beine waren so stark angezogen, daß die Fersen fast mein Gesäß berührten. Es war höchst unbequem. Wodurch ich die Situation als nicht sehr zuversichtlich einschätzte.

»Sandtiger.«

Soviel zu der Frage, ob sie – oder er – wußte, wer ich war. Einerseits hatte ich das Gefühl, als sei dies alles aus einem bestimmten Grund geschehen. Andererseits hatte ich das Gefühl, als sei ich in größeren Schwierigkeiten, als wenn ich nur in einen planlosen, wenn auch gewalttätigen Überfall geraten wäre. Besonders weil ich die wenigen Kupfermünzen in meiner Tasche klimpern hörte, als ich mich bewegte, um die Fesseln zu prüfen.

»Sandtiger.«

Ich lag still. Mein Nacken juckte, die Unterarme auch. Ich verspürte Übelkeit.

»Tut Ihr mir einen Gefallen?« fragte ich. »Verschafft uns ein wenig mehr Licht, damit ich erkennen kann, zu welcher Gesellschaft ich geladen wurde.«

Nichts. Und dann fragte die Stimme mit einer Spur Belustigung, ob ich *sicher* sei, daß ich Licht wollte. »Denn wenn Ihr mich seht, werdet Ihr dann nicht getötet werden müssen?«

Eine gebildete, gebieterische Stimme, die Art Stimme, die untauglich scheint, bis man einen Beweis für ihre Kraft fordert. Ein leichter, nicht ganz reiner Grenzlandakzent. Er klang vage vertraut, aber ich konnte ihn nicht einordnen.

Ich stieß ein keuchendes, zynisches Grunzen aus. »Hoolies, Ihr werdet mich ohnehin töten – wenn es *darum* geht. Wenn nicht, dann ist es Euch auf die eine oder andere Weise ohnehin gleichgültig.«

Ich bewegte meine Handgelenke ein wenig, spürte kein Nachgeben der Fesseln. Wenn es überhaupt etwas bewirkte, dann, daß sie sich fester zuzogen.

Stille. Und dann Licht.

Ich fluchte trotz der Schlinge um meinen Hals.

»Genau«, stimmte er mir zu. »Wollen wir jetzt erneut darüber sprechen, welche Art von Bezahlung Ihr für die nordische Frau haben wollt?«

Ich riet ihm, was er mit sich selbst tun könnte.

»Das ist meine Absicht«, sagte er gütig. »Ich bin ziemlich verdorben, wißt Ihr. Das ist ein Teil meines Rufs. Umir der Grausame werde ich genannt.«

Ich knirschte mit den Zähnen. »Wollt Ihr Del darum haben?«

»Ist das ihr Name?«

Ich fluchte erneut. Dieses Mal über mich selbst.

»Nein.« Das Licht kam von einer groben Tonlampe, die auf einem Fenstersims stand. Er stand davor, wodurch ich ihn hauptsächlich als Silhouette wahrnahm und seine Wirkung gemildert wurde, aber der schwache Schimmer, der hinter mir herandrang, glich die Beleuchtung aus und ließ mich sein charakteristisch dunkles, südliches Gesicht mit der hochgewölbten Nase, den scharfen Wangenknochen, den dünnen Lippen und den tiefen Höhlungen erkennen, und die Augen darin waren von einem ungewöhnlich hellen Grau. Grenzbewohner, entschied ich angesichts des Akzents. Die Ringe und der verzierte Gürtel glitzerten. »Ich will – *Del* – aus genau den Gründen, die ich Euch zuvor genannt habe: Ich sammle Verschiedenheiten.«

»Was, bei den Hoolies, soll *das* bedeuten?«

Er vollführte eine Geste. »Einige Leute sammeln Edelsteine, goldene Ornamente, Pferde, Frauen, Männer, Teppiche, Seidenstoffe ...« Erneut die weiche Geste, die das Offensichtliche unterstrich. »Ich sammle viele verschiedene Dinge. Ich sammle Dinge, die mich wegen ihrer entschiedenen Unterschiedlich*keit* interessieren.«

»Daher wollt Ihr sie.«

»Sie ist eine bemerkenswert schöne Frau, auf sehr gefährliche, tödliche Art. Die meisten Frauen – *südliche* Frauen – sind weiche, anschmiegsame Wesen, ganz Tränen und Kichern – abhängig von ihren Stimmungen, die zahllos sind. Sie ist ganz entschieden *nicht* weich. Sie ist hart. Sie ist stark. Sie ist geschliffen, wie Stahl. Wie Glas.« Sein Lächeln war im dichten Schatten nur schwach erkennbar. »So scharf geschliffen, daß sie einem Mann, der es nicht besser wüßte, die Haut zerteilen und ihn zu ihren Füßen verbluten lassen würde, während sie die ganze Zeit über lächelt.«

»Wie sie Eure zerteilen wird«, versprach ich ihm. »Sie ist ein *Schwerttänzer,* Borjuni … ein vollständig ausgebildeter, *jivatma*gebundener Schwerttänzer. Habt Ihr auch nur eine Ahnung, was das bedeutet?«

»Es bedeutet, daß ich sie mehr will denn je.« Er lächelte. »Und ich bin kein Borjuni. Ich bin ein Tanzeer.«

»In *Quumi?*«

Er zuckte die Achseln. »Wenn es richtig geführt würde, könnte Quumi wieder ertragreich werden. Aber es ist erst vor kurzem in meinen Besitz gelangt. Ich habe es meinem Gebiet einverleibt.« Er deutete nach Norden. »Harquhal.«

»Harquhal gehört *Euch?*« Ich runzelte die Stirn. »Harquhal hat seit Jahren keinem Tanzeer mehr gehört. Es ist eine Grenzstadt – eine Stadt von *Grenzbewohnern.* Ihr könnt nicht einfach dort hineinspaziert sein und sie übernommen haben.«

»Wenn Leute glauben, daß man etwas nicht tun kann, dann *kann* man es tun.« Er vollführte eine großspurige Geste. »Aber wir sind nicht hier, um Übernahmen zu erörtern. Wir sind tatsächlich nicht hier, um überhaupt irgend etwas zu erörtern – ich dachte einfach, Ihr würdet vielleicht gern erfahren, daß meine Männer die Frau für mich entführen, während wir uns unterhalten.«

Ich versuchte, die Fesseln zu zerreißen, und schaffte es lediglich, mich beinahe bis zur Bewußtlosigkeit zu würgen. Vor Zorn zitternd, gab ich auf. »Soviel zu dem Angebot, sie *kaufen* zu wollen.«

»Ich kann mich rühmen, ein guter Menschenkenner zu sein. Als ich erfuhr, wer Ihr seid, wußte ich, daß Ihr nicht so leicht aufgeben würdet. *Ihr* habt einen gewissen Ruf, Sandtiger… Es heißt, daß die Gefangenschaft in Aladars Goldmine Euch verändert hat.« Er hielt inne. »Und die Frau.«

»Wie?« spie ich aus. »Wollt Ihr damit sagen, *ich sei* weich, wie die südlichen Frauen?«

»Im Gegenteil – obwohl einige zweifellos darüber streiten würden. Aber andererseits haben sie keine Ahnung davon, was einen Mann bewegt.« Er glättete den wertvollen, seidendurchwirkten Stoff des grob gewobenen Burnus, wobei seine Ringe glitzerten. »Diejenigen, die Menschen verstehen – oder *Euch* verstehen –, sagen, daß die Mine und die Frau Euch konzentrierter gemacht haben. Tödlicher denn je. Vorher habt Ihr Euch hauptsächlich um Eure eigene Genußsucht gekümmert… jetzt, wo Leben und Freiheit Euch so viel mehr bedeuten – jetzt, da es diese Frau gibt –, seid Ihr nicht mehr so gleichgültig.«

»Gleichgültig?« Das war so ungefähr der letzte Begriff, den ich auf mich angewendet hätte.

»Männer, die Nomaden sind – oder einst waren –, treiben mit der Punja dahin, Sandtiger. Es ist kaum wichtig, wohin sie ziehen, solange es eine Aufgabe, eine Frau oder Wein gibt.« Er lächelte. »Ihr seid mit ungewöhnlicher Größe, Kraft und Schnelligkeit und einer großartigen angeborenen Fähigkeit gesegnet… Warum sollte ein so begabter Mann seine Kraft unnötig vergeuden? Nein, er schiebt das Ungeziefer einfach beiseite, anstatt es zu zerquetschen, weil er weiß, daß er es *kann*… und daß es mit der größtmöglichen Schnelligkeit geschehen wird, wenn er sich entschließen sollte, es doch zu zerquetschen.«

Er brach ab. Ich sah ihn an, beunruhigt von seiner Zusammenfassung. Von seiner Fähigkeit, so leicht zu urteilen und mit solcher Sicherheit zu sprechen.

Ich lag unbeweglich da, war mir der Fesseln nur allzu bewußt. »Laßt sie in Ruhe.«

»Nein.« Er trat einen Schritt näher. »Habt Ihr verstanden, was ich gerade gesagt habe? Ihr seid ein Mann, den man nicht kaufen kann. Eine Besonderheit, Sandtiger – eine andere Art Schwerttänzer, dessen ganzer Lebensstil darauf *basiert*, gekauft zu werden. Sklaverei einer anderen Art.«

Ich drängte den Zorn zurück und gab mich ganz ruhig. »Also wollt Ihr mich auch in Eure Sammlung aufnehmen?«

»Nein. Schwerttänzer bekommt man für eine Kupfermünze das Dutzend ... zugegeben, *Ihr* seid vielleicht mehr wert, aber nicht so viel, daß Ihr es wert wärt, in meine Sammlung aufgenommen zu werden. Nein«, sagte er nachdenklich, »sollte ich einen Schwerttänzer darin aufnehmen, dann wäre es Abbu Bensir.«

Ich sprudelte los, ohne nachzudenken. »Abbu!«

»Ich will den Einzigartigen, Sandtiger. Das ist der *Punkt*. Ihr seid sehr gut – siebter Grad, glaube ich? –, aber Abbu ist, nun, Abbu ist Abbu. Abbu *Bensir*.«

Ich weiß. Ich weiß. Es war dumm, auch nur annähernd eifersüchtig zu sein, angesichts der Umstände. Aber es nagte an mir. Es *schwärte*. Denn auch wenn es schlimm genug ist, verschnürt und in ein stinkendes Loch gesperrt zu werden, wird es dadurch, daß man gesagt bekommt, man sei nicht so viel wert wie sein Hauptgegner, nur noch schlimmer.

Ich runzelte düster die Stirn. »Habt Ihr jemals von Chosa Dei gehört?«

Er lächelte leicht, die Brauen belustigt, wenn auch

etwas verwirrt angehoben. »Chosa Dei ist eine südliche Legende. Natürlich habe ich von ihm gehört.«

Ich grunzte. »Er hat auch Dinge gesammelt. Jedoch hauptsächlich magische Dinge.«

Der Tanzeer lachte weich. »Dann sind wir uns sehr ähnlich, die Legende und ich. Ich habe mir während all dieser Jahre auch ein wenig magisches Wissen angeeignet.«

Magisches *Wissen,* nicht wirklich Magie. Ich hielt dies für einen wesentlichen Unterschied. »Was geschieht als nächstes, Tanzeer? Soll ich als Rattenfutter hier zurückgelassen werden, oder habt Ihr etwas anderes im Sinn?«

»Ich habe die Frau im Sinn.« Er lächelte, während sich meine Muskeln gegen die Fesseln anspannten. »Ich würde an Eurer Stelle nicht ganz so heftig versuchen, mich zu befreien, Sandtiger. Ihr werdet nicht von einem Seil gefangengehalten, sondern von Magie.«

Ich erstarrte. »Von Magie?«

»Runenwissen, um genau zu sein.« Er zuckte die Achseln. »Ich besitze ein Grimoire.«

»Ein Grim-*was?*«

»Grim-oire«, erklärte er. »Eine Sammlung magischer Zauber und verwandter Beschwörungsformeln. Das *Buch von Udre-Natha* wird es genannt. Das Buch der Vereinnahmten Seele.« Der Tanzeer lächelte. »Meine Seele ist ziemlich intakt, noch ... aber sicherlich ausgetauscht.« Er griff in seinen Burnus und zog etwas heraus, das in dem gedämpften Licht dumpf graubraun glühte. »Dies ist nur ein Muster, ein übriggebliebenes Bruchstück – könnt Ihr es sehen?« Er murmelte leise ein einziges Wort, und das Ding, das er in der Hand hielt, erwachte zum Leben. Es glühte fahl gelbgrün. »Seht! Runenwissen. Das *Buch von Udre-Natha* ist voll von solch kleinen und auch größeren Magien.« Er kam näher heran, beugte sich etwas herab, um das Stück vor meinen Augen baumeln zu lassen. »Seht Ihr die

Runen? Hunderte davon, alle zu einem einzigen Strang verknoteter, unzerstörbarer Verbindungen verwoben, stabiler als Seil oder Draht. Das hält Euch gefangen, Sandtiger. Am Hals, an den Handgelenken, an den Fußknöcheln.« Er vollführte eine Geste. »Mit Können oder ohne, mit einem Schwert oder ohne, Ihr könnt Euch nicht von *Magie* befreien.«

Wie gebannt starrte ich das von seinen Fingern herabbaumelnde, verkürzte Ding an. Schwaches, pulsierendes Licht, zu einem bizarren, lebenden Seil vom Durchmesser des kleinen Fingers einer Frau verwobene Runen.

Er steckte die Runen ein. »Ich würde mich nicht zu sehr dagegen wehren«, warnte er. »Ein Teil des Runenwissens, wenn es erst für diese Funktion eingesetzt wird, zielt darauf ab, solche Bemühungen zu unterbinden. Wenn Ihr zu heftig kämpft, könnte die Schlinge um Euren Hals Euch leicht erdrosseln. Und ich würde es hassen, wenn das geschähe.«

»Warum?« fragte ich heiser. »Welchen Nutzen habe ich für Euch?«

»Nicht für mich. Für Sabra.«

Jeder Muskel erstarrte.

»*Ich* will Euch nicht«, sagte er, »sondern sie. Und da ich nicht abgeneigt bin, etwas zu verdienen, würde ich Euch gern loswerden, während ich gleichzeitig Geld – *und* Sabras Dankbarkeit – verdiene. Man weiß nie, wann solche Dankbarkeit nützlich sein kann.«

»Sie ist eine Frau«, sagte ich auf der Suche nach einem Angriffspunkt. »Ihr handelt mit einem weiblichen Tanzeer?«

»Ich handle mit jedem, mit dem ich handeln muß, um mir die Dinge zu sichern, die ich haben will.« Er zuckte die Achseln. »Ich bin ein praktischer Mensch, Sandtiger ... Im Moment regiert Sabra das Gebiet ihres Vaters, aber das wird sich ändern. Das tut es letztendlich immer.« Er schüttelte seine schweren Ärmel aus.

»Inzwischen haben meine Leute die Frau – Del? – bestimmt geschnappt.« Er nickte. »Also werde ich gehen.« Er wandte sich der Lampe zu und blies sie aus. Das perlmuttartige Schimmern der Runenfesseln warf ein schwaches Licht auf sein hartes, umschattetes Gesicht. »Sabra sollte in ein oder zwei Tagen aus Iskandar eintreffen. Bis dahin werdet Ihr zurechtkommen müssen, so gut Ihr könnt. Und wenn Ihr daran denkt, um Hilfe zu rufen, erinnert Euch daran, daß Ihr Euch in meinem Gebiet befindet. Ich habe den Menschen versprochen, daß ich es wieder zu seinem früheren Glanz führen werde – und ich habe ihnen *auch* gesagt, daß sie sich nicht in meine Angelegenheiten einmischen sollen.«

Ich schwankte und versteifte mich dann, als sich die Runenfesseln fester zuzogen. »*Wartet* ...«

Er trat zur Tür und legte eine Hand auf die Klinke. »Ich bin kein Mörder, Borjuni oder Räuber. Ich erwerbe Dinge, um sie zu *bewundern.* Vielleicht wird es Euch erfreuen zu erfahren, daß ich nicht die Absicht habe, der Frau Schaden zuzufügen.«

Das war immerhin etwas. Aber als er die Tür schloß und sie verriegelte, fragte ich mich, ob er log.

Ob er in bezug auf *alles* log.

Achtundzwanzig

Kein Licht, bis auf das geisterhafte Glühen der Runenfesseln. Ich lag in fahler Dunkelheit, in dichte Schatten gebadet, und fragte mich, wie weit ich die Fesseln dehnen konnte, ohne mich zu erwürgen. Umir der Grausame war klug gewesen. Indem er das eine Stück Runenfessel auch durch die Schlingen an Handgelenken und Fußknöcheln geführt hatte, hatte er sichergestellt, daß jegliche Art von Befreiungsversuch die um meinen Hals liegende Schlinge zuziehen würde.

Die Hoolies sollten ihn holen.

Andererseits glaubte er anscheinend, dachte ich, daß seine Seele durch den Besitz des *Buchs von Udre-Natha* – oder was immer, bei den Hoolies, es war – bereits überantwortet war.

Ich blickte stirnrunzelnd in die Dunkelheit. Indem ich mich während des größten Teils meines Erwachsenenlebens geweigert hatte, über Magie nachzudenken, hatte ich anscheinend eine Menge Wissen und althergebrachte Schlußfolgerungen versäumt. Allem Anschein nach war der Süden von Magischem *durchsetzt,* von Grim-Was-Auch-Immers, Möchtegernmagiern, Afreets … ach, Hoolies, es ist mir gleichgültig, was sie sagen, es ist alles Bluff und Unsinn.

Nur daß Umirs ›Unsinn‹ gut genug funktionierte, um mich aus dem Verkehr zu ziehen.

Ich lag ganz still und überprüfte genau meine körperliche Verfassung. Meine Nieren schmerzten noch immer unaufhörlich, was zweifellos auch noch einen oder zwei Tage anhalten würde. Einige Quetschungen hier und dort, Abschürfungen. Mehrere schmerzhafte Wunden. Eine wunde Stelle an der einen Seite meines Kopfes.

Hinzu kam ein angespanntes Unbehagen, das mein Rückgrat hinablief und mir etwas vermittelte: Sie hatten mir mein Schwert gelassen. Noch immer in der Scheide steckend und im Harnisch eingehakt, den ich noch immer trug.

Eine Frage tauchte auf: Warum?

Andererseits, warum nicht? Mit gefesselten Armen nützte mir das Schwert nicht viel. Und nach allem, was ich wußte, wollte Sabra es genauso sehr wie mich.

Und noch etwas: Was wäre, wenn jemand versucht hätte, mir mein Schwert zu *nehmen*, und Samiel sich ihm verweigert hätte?

Wenn man seinen Namen nicht kannte, konnte er geradezu verdrießlich sein. Das war die erste Strategie der Verteidigung eines *Jivatma*, die zweite war seine Fähigkeit, unglaubliche magische Dinge tun zu können.

Magie.

Ich kaute nachdenklich auf der Innenseite meiner Wange. Hatte ich nicht am Vortag Magie benutzt, um das verletzte Knie zu heilen und die Arme und Fingernägel wieder gesunden zu lassen?

Hatte ich Chosa Dei – nun, einen *Teil* von ihm – nicht meinem Willen gebeugt?

Ich erschauderte. Die Fessel um meinen Hals, meine Handgelenke, meine Fußknöchel zog sich fester zu.

Ich lag in der staubbeschmutzten Dunkelheit, klebrig vor Schweiß, versuchte so zu schlucken, ohne daß sich die Schlinge dazu gereizt sah, sich noch fester zusammenzuziehen. Versuchte eine Möglichkeit zu ersinnen, Umirs Magie außer Gefecht zu setzen.

Versuchte nicht daran zu denken, was sie Del antaten, die -betrunken oder nicht – viel zuviel Aqivi getrunken und einen Schlag aufs Kinn von einer nicht allzu freundlichen Faust erhalten hatte.

Ich schlief und wachte dann ruckartig auf, wodurch sich die Schlinge fester zuzog. Jetzt war es *wirklich* unbequem. Ich legte den Kopf nach hinten, versuchte die Schlinge zu lockern, stieß mit dem Kopf gegen das aufragende Heft meines Schwertes und fluchte, stieß angewidert, entmutigt, verzweifelt zischend einen Fluch aus.

»Einfältig …«, murmelte ich heiser. »Dein Shodo würde dich auslachen …«

Aber ich brach ab. Ich wollte gerade jetzt nicht wirklich über meinen Shodo nachdenken. Obwohl er bereits seit zwölf Jahren tot war, hatte er noch immer erheblichen Einfluß auf mein Verhalten. So sehr es mir auch mißfiel, dies zuzugeben. Was auch für die Tatsache galt, daß ich nachlässig geworden war und mich auf Größe, Kraft, Schnelligkeit und natürliche Begabung verließ, um meine Tänze zu gewinnen, anstatt auf die genauen Techniken, die mich zu lehren mein Shodo sieben Jahre lang verzweifelt bemüht gewesen war.

Genau wie Umir gesagt hatte.

Ach, Hoolies. Ich könnte es genausogut versuchen.

Ich schloß die Augen und dachte über Magie nach. Und über Macht. Und Verlangen.

Ich dachte über Del nach und wie Umir sie, wenn ich mich nicht befreien könnte, mit Runenseilen fesseln und zu einem Lager verschleppen würde, das genauso uneinnehmbar wäre wie der Drachenberg, sie hinter Wachen verborgen halten würde, die ich nicht überwinden könnte, egal, *wie*viel Magie ich heraufbeschwor, weil er ein Grim-Etwas hatte.

Ich dachte über mich nach, der ich hier in einem stinkenden, rattenverseuchten, staubigen, düsteren, von Trockenheit vermoderten Raum ohne ausreichende Luft zum Atmen und sicherlich ohne Nahrung oder Wasser zurückgelassen worden war, natürlich auch ohne eine Möglichkeit, mich zu erleichtern.

(Was ohnehin sehr schmerzen würde, weil jemand – oder mehrere Jemande – seine Füße in meinen verlängerten Rücken gepflanzt hatte, irgendwo in die weitläufige Umgebung meiner Nieren.)

Bis Aladars rachsüchtige Tochter über Harquhal aus Iskandar einträfe und mich zu einem Lager verschleppte, das genauso uneinnehmbar wäre wie …

Ach, *Hoolies.*

»Magie«, murmelte ich grimmig, »und sie sollte schnell heraufbeschworen werden.«

Aber Schnelligkeit verträgt sich nicht gut mit Magie. Besonders wenn ein abtrünniger Magier – nun, ein *Teil* von ihm – irgendwo in einem steckt.

Und der Rest von ihm in deinem Schwert.

Ich dachte über Runen nach und über fahles Licht und darüber, alle diese Knoten zu lösen.

Umir hatte das letzte Stück Runenseil aus seinem Burnus gezogen. Es war nichts gewesen, ein langer, dünner Fleck Dunkelheit. Bis er ein einziges Wort ausgesprochen hatte.

Was, bei den Hoolies, hatte er gesagt?

Ich dachte darüber nach. Angestrengt. Bis mein Kopf genauso wie alles andere schmerzte, Schweiß mir in die Augen biß und die Verkrampfungen an Hals, Armen und Beinen mich ernsthaft überlegen ließen, mich wider besseres Wissen zu bewegen, denn wenn ich mich nicht bald bewegte, würde der Schmerz unerträglich werden.

Umir der Grausame. Der gesagt hatte, daß Sabra in einigen *Tagen* hier eintreffen könnte.

Der gesagt hatte, daß er mich nicht wirklich töten wollte. Der aber unzweifelhaft gewußt hatte, daß ich innerhalb von zwei Tagen ohnehin sterben würde, weil mich die Gelöstheit des Schlafes und die Anspannungen der Muskelkrämpfe zwingen würden, mich zu bewegen, was die Fesseln veranlassen würde, sich zusammenzuziehen. Bis ich erwürgt würde.

Was bedeutete, daß ich eines ›natürlichen‹ Todes stürbe, bevor Sabra ankäme, um mich mitzunehmen, wenn ich das Ganze nicht selbst – so bald wie möglich – durchkreuzte.

Magie. Ich schloß die Augen und dachte darüber nach, zwang mich, mich zu entspannen.

Und schlief ein.

Ich wachte ruckartig auf, würgte und spie ein Wort aus. *Das* Wort. Ich erinnerte mich, wie die Silben zusammengehörten und wie Umir sie ausgesprochen hatte. Ein die Zunge verwirrendes, verdrehtes Wort, wie das störrische Rückgrat des Hengstes, wenn er buckelt und springt und schreit. Aber ich kannte es, und ich sagte es ... Und nichts geschah.

Oh, Hoo ...

Nein. Es geschah *doch* etwas: Das Glühen wurde heller.

Nicht, was ich im Sinn hatte.

Ich versuchte es erneut, änderte die Betonung.

Nichts.

Und doch wieder. Nur daß dieses Mal der Druck *zunahm.*

»Nein ...« Verzweifelt preßte ich den Schädel fester gegen das Schwert, versuchte der Enge zu entkommen. Mein Rückgrat bog sich durch, die Beine verkrampften sich, das Gesäß spannte sich an. Die Nieren heulten ihr Unbehagen heraus.

»Lösen ...«, würgte ich. »... nicht ... fester ziehen ... *lösen ...«*

Ich berief das Wort erneut herauf, sah es sich in meinem Kopf formen, versuchte es noch einmal.

Dieses Mal sagte ich es rückwärts.

Das Licht verblaßte. Der Druck ließ nicht nach, verstärkte sich aber auch nicht.

Im Moment genügte das.

Ich sprach das Wort – *rückwärts* – erneut aus.

Nichts.

»Lösen …«, murmelte ich. Und dachte an sich lösende Knoten.

Nichts.

Fluchend konzentrierte ich mich: Stellte mir Runenfesseln bildhaft vor, die ich nicht sehen konnte, niemals gesehen hatte, bis auf den kurzen Blick auf das Ende in Umirs Hand.

Von seinen Fingern herabbaumelnd: ein Gewirr glühender Runen, wie ein vierfach geflochtener Salsetzügel.

Die Erinnerung kam näher.

Ich hatte es. Sah die Linien, die Muster, die Knoten. Dachte über meine *eigenen* Linien und Muster und Knoten nach, die in die Haut eingegrabenen Striemen, die weiß durch den Zweitagebart schnitten, die Schnittpunkte, die ich vor dem alten Hustapha in den Sand und den Staub gezeichnet hatte, die miteinander verwobenen Schichten von Knoten an Knoten: zweifach, dreifach, vierfach, zwei- und dreimal umwickelt, dann wieder verknotet, dann geflochten, dann mit einem und zwei und drei und vier anderen verbunden …

Eine von meinem eigenen Keuchen ausgelöste Staubwolke wehte mir ins Gesicht. Gereizte Augen tränten. Rinnen überzogen die Wangen, erinnerten mich an Mehmets Gesicht, als ich ihn zum erstenmal gesehen hatte, staub- und sandüberzogen, durstig, erschöpft. Mehmet, dessen Aketni einen Hustapha beherbergte, einen Sandstreuer, der den Sand für mich ausgestreut und mich einen Jhihadi genannt hatte …

Oder hatte er nicht?

Eine Gänsehaut überlief mich. Zumindest zogen sich die Runen nicht sofort zu, aber es fühlte sich noch immer nicht *gut* an. Die Haut kribbelte. Jeder Zentimeter juckte: Und ich konnte nichts dagegen tun.

»... denk nicht ... darüber nach ...«

Aber ich tat es dennoch. Weil ein angespanntes Frösteln meine Glieder beeinträchtigte und meine Gelenke schmerzen ließ. Es erinnerte mich seltsam an den Norden, eingehüllt in den Atem des Winters.

Übelkeit stieg in mir auf.

Hoolies, nicht *jetzt!*

Ich fluchte zum Boden hin. Ich schwitzte, erschauderte dann krampfhaft unter der heuchlerischen Berührung des Fiebers. Jetzt ist nicht die *Zeit* ...

Mein Magen reagierte mit Sodbrennen.

Jetzt brauche ich Magie und nicht dies ...

Magie.

Die mir stets Übelkeit verursachte.

Hoolies, vielleicht funktionierte es *tatsächlich!*

Mit neuerlicher Entschlossenheit – und einem noch immer unwohlen Gefühl der Übelkeit im Magen – wandte ich mich mit vermehrter Kraft wieder meinen Bemühungen zu, Umirs Fesseln zu lösen. Ich keuchte. Schwitzte. Knirschte mit den Zähnen. Dachte über Runen nach: Südliche, nördliche, Grenzlandrunen. Dachte über gelöste, entwirrte, wirkungslos gewordene Knoten nach. Dachte *träge* über alles nach.

Mattigkeit.

Die Augen öffneten sich ruckartig. Der Atem brauste in meinen Ohren. Ich stieß mich hoch, die Brust hob und senkte sich heftig. Asche glitt von Hals, Handgelenken und Fußknöcheln ab. Ich stieß ein rauhes Triumphlachen aus, das unerwartet mit einem erstickten Aufstoßen zusammentraf, dann schwächer wurde und verging, während ich Luft und Schmutz und Blut einsaugte.

O Hoolies. Ich hasse Magie. Sie verursacht mir *Übelkeit.*

Die Krämpfe verringerten sich schließlich auf ein erträgliches Maß. Ich lag noch einen Moment länger keuchend da, trocknete in der Dunkelheit und stemmte mich dann wieder hoch.

O Bascha! Gib mir eine Chance – ich komme.

Ich stand auf, stolperte zur Tür, riß sie aus den von der Sonne mürbe gewordenen Lederscharnieren.

Und fiel durch sie hindurch in die Dämmerung.

Neunundzwanzig

Ich stolperte in den schattenverhangenen Raum, prallte vom Türrahmen ab, als ich die Entfernung dazu falsch einschätzte, und überfiel Akbars Neffen. »Wo ist sie? Wohin haben sie sie gebracht? In welche Richtung sind sie gegangen?«

Der Neffe war gebührend beeindruckt und keuchte.

Mit einer Hand – in der anderen hielt ich das Schwert – packte ich ihn vorn an der Kleidung und riß ihn von seinem Kissen hoch.

»Ich will wissen, *wo sie ist!*«

»Die Frau?« brachte er mühsam hervor.

»Nein, ich meine die *Stute.*« Ich ließ sein Nachtgewand los. »Es waren vorhin Männer hier …«

Er zupfte an seiner verrutschten Kleidung. »Ja, aber …«

»In welche Richtung sind sie gegangen?«

»Auf das Nordtor zu, aber …«

»Haben sie sie verletzt?«

»Nein, aber …«

»Harquhal«, murmelte ich angespannt. »Sie werden sie nach Harquhal bringen – es sei denn, es gibt noch woanders …«

Die Stimme erklang vom Eingang her. »Wo, bei den Hoolies, bist du gewesen?«

Ich sprang auf, wirbelte herum, starrte sie an. »Was tust du *hier?*«

Stille. Del zog die Brauen zusammen. Wunderschöne, helle Brauen, auf einer makellosen, vertrauten Stirn – bis auf die Anzeichen schlechter Laune von allem unbeeinträchtigt.

Aber das war unwichtig. »Ich meine …« Ich runzelte ebenfalls die Stirn. Allmählich kam ich mir ziemlich dumm vor. »Haben sie dich nicht geholt?«

Boreal schimmerte in ihren Händen. »Jene Männer? Doch, haben sie.«

»Aber …« Ich setzte mich auf das Bett von Akbars Neffen – nein, ich sackte darauf nieder. »Ich verstehe nicht.«

»Sie sind gekommen«, erklärte Del. »Glücklicherweise war ich nicht im Zimmer. Ich war im Stall und habe dich gesucht.«

O-ho. »Mich?«

»Ja. Als letztes hatte ich von dir gehört, daß du nach den Pferden sehen wolltest.« Das Stirnrunzeln vertiefte sich: ein deutlicher Vorwurf. »Als du nicht zurückkamst, ging ich dich suchen.« Sie zuckte die Achseln. »Ich hörte sie kommen. Ich blieb, wo ich war. Im Stall, bei dem Hengst.« Sie sah mich prüfend an. »Du siehst jetzt schlechter aus als vor zwei Tagen.«

Ich fühlte mich auch schlechter. Vor zwei Tagen schmerzten Kopf und Knie. Jetzt schmerzte alles andere. »Ich *dachte*«, begann ich sehr würdevoll, »ich würde dich retten.«

»Es geht mir gut.« Dann wurde ihr Gesichtsausdruck weicher.

»Danke für die gute Absicht.«

Akbars Neffe regte sich. »Kann ich jetzt weiterschlafen?«

»Oh.« Ich stand auf, rieb ungeschickt über meine schmutzige Wange und versuchte dann, meinen Rücken so auszurichten, daß die Nieren nicht schmerzten. Nun, nicht so *sehr* schmerzten. »Wir sollten lieber von hier verschwinden.«

Del trat beiseite, als ich an ihr vorbei in den Schankraum ging, und folgte mir dann. »Bist du so sicher, daß sie zurückkommen werden? Sie sind einmal hergekommen und haben nicht gefunden, was sie gesucht haben. Manchmal bietet ein bereits durchsuchter Raum das beste Versteck.«

»Sie werden zurückkommen.« Ich bahnte mir meinen Weg durch Tische, stieß mürrisch Stühle beiseite und eilte auf unser Zimmer zu. »Ich habe das Gefühl, daß Umir nicht aufgeben wird.«

»Wer?«

»Umir. Der Grausame. Der Mann, der dich kaufen wollte.«

»Der?«

»Jetzt will er dich rauben.« Ich riß Stoff beiseite und hielt auf der Türschwelle inne. »Wirke ich auf dich real?«

Ihre Brauen schossen in die Höhe. »Was?«

»Vergiß es.« Ich winkte müde ab. »Pack einfach unsere Sachen zusammen. Ich werde mich um die Pferde kümmern.«

»Unsere Sachen *sind* bei den Pferden.« Del betrachtete mich eingehend. »Nachdem diese Männer gegangen waren, habe ich gepackt und die Pferde bereitgemacht.«

»Bereitgemacht...?«

»Gesattelt, aufgezäumt... die Satteltaschen an ihrem Platz befestigt.« Ihr Gesichtsausdruck war vollkommen nichtssagend, als wollte sie mich nicht beleidigen, während sie sehr wohl wußte, daß jede Bemerkung dies bewirken würde. »Und alle Botas gefüllt.«

Ich mußte *wirklich* schlecht aussehen.

»Nun, dann...« Ich richtete mich auf, zuckte zusammen. »Ich denke, wir sollten losreiten.«

Ausdruckslosigkeit wurde von einer ganz schwachen Spur nüchterner Besorgnis ersetzt. »Du scheinst nicht in der Verfassung zu sein, irgendwohin zu reiten.«

»Das hat mich bisher noch nie davon abgehalten.« Zähneknirschend preßte ich eine Hand gegen mein

Rückgrat. »Laß uns aufbrechen, Bascha. Sabra ist auf dem Weg hierher, und Umir wird zurückkommen.«

Wir kehrten in angemessener Eile zum Stall zurück und führten die Stute und den Hengst hinaus, woraufhin der Hengst mit dem Schweif ausschlug und die Zähne bleckte. Ein schrilles, gebieterisches Wiehern – was die Stute beeindrucken sollte – durchbohrte das fahle, neue Licht. *Und* mein rechtes Ohr, das dem Maul des Hengstes viel zu nah war. Pferde können laut sein.

Ich versetzte ihm einen Schlag auf die Nase. »Nicht jetzt, Dummkopf ...«

Del schwang sich auf ihre Stute, richtete die Falten ihres weiten Burnus. Boreals Heft über ihrer Schulter schimmerte im Dämmerlicht. »Wenn du es so eilig hast ...«

»Ich komme. Ich *kom* ... o Hoolies, Pferd, mußtest du das tun?«

Ich wischte mir einen Klumpen feuchten Schleims von der schmutzigen linken Wange. »Die Stute wird weggegeben«, erklärte ich, »sobald wir eine Ansiedlung erreichen, wo ein *Wallach* zu verkaufen ist.« Ich pflanzte meinen linken Fuß in den Messingsteigbügel, ergriff die spärliche Mähne des Hengstes – ich halte sie kurzgeschoren – und zog mich hoch. Zum Nachteil für meine Nieren. »Sie haben die Stadt durch das Haupttor verlassen, was bedeutet, daß wir sie durch das andere Tor verlassen sollten.« Ich wandte den Hengst um und führte ihn eilends um die Ecke des Wirtshauses herum. »Umir weiß nicht, wohin wir ziehen, aber er weiß, daß Sabra hinter uns her ist und wir davon Kenntnis haben. Julah ist deshalb der letzte Ort, an dem er uns vermuten würde.«

»Wird er an dem anderen Tor nicht Männer postiert haben?«

»Die Mauern verfallen, falls du das nicht bemerkt hast. Wir werden nach einer der Bruchstellen Ausschau halten.« Wir umrundeten das Wirtshaus und ritten auf die Straße hinaus. »Ich glaube nicht...«

Aber was ich nicht glaubte, wurde niemals ausgesprochen. Ein Mann trat aus der schwindenden Dunkelheit heraus, ergriff meinen Zügel und brachte den Hengst ruckartig zum Stehen. »Ich fordere Euch«, erklärte er, »zu einem formellen Kampf im Kreis heraus.«

»Nezbet«, knurrte ich, »wir haben keine *Zeit* dafür.«

»Die Herausforderung des Shodo«, erläuterte er. »Oder wollt Ihr Euch erneut auf eine Verletzung anstatt auf Feigheit berufen?«

Del reagierte sofort darauf. »Töte ihn einfach, Tiger.«

»Die Herausforderung des Shodo«, zischte Nezbet und hielt noch immer die Zügel fest.

»Später«, schlug ich vor. »Im Moment sind wir ziemlich beschäftigt...«

»Tiger.« Dels Stimme, aus ihrem Gleichmut aufgeschreckt. »Es kommen noch andere.«

»Umirs Männer? Nein.« Ich beantwortete die Frage fast genauso schnell, wie sie gestellt worden war, weil ich die anderen sah.

»Schwerttänzer«, sagte Nezbet. »Osman. Mahoudin. Haasan. Zweiter und dritter Grad. Ehrbare Männer, sie alle.« Er lächelte. »Werdet Ihr vor ihnen ablehnen, Sandtiger der Feigling?«

Ich schob Del den losen Zügel zu. »Halt ihn fest«, sagte ich. »Es wird nicht sehr lang dauern.«

Überraschung flackerte in Nezbets dunklen Augen auf. Dann Stolz und plötzliches Vergnügen. Zuletzt Erkenntnis: Er hatte letztendlich seinen Tanz mit dem größten Schwertkämpfer des Südens bekommen.

Es sei denn, er schrieb diesen Titel, wie Umir der Grausame, Abbu zu.

Ich streifte meinen Burnus ab, unterdrückte ein von meinen Nieren verursachtes schmerzhaftes Zusammenzucken und legte den Burnus über meinen Sattel.

»Wir sollten anfangen«, sagte ich kurz angebunden. »Wir verschwenden Tageslicht.«

Nezbet ließ den Zügel los. »Meint Ihr?«

Ich zeigte ebenmäßige Zähne. »Die Herausforderung des Shodo, nicht wahr? Mich an meinen Platz verweisen wollen?« Ich vollführte eine gebieterische Geste. »Beeilt Euch und zieht einen Kreis.« Brauen wölbten sich. »Aber *Ihr* seid der Herausgeforderte. *Ihr* habt das Recht...«

Ich legte eine Hand mit gespreizten Fingern über mein Herz und neigte den Kopf. »Ich überlasse Euch die Ehre. *Zieht* das Ding einfach, Nezbet!«

»... ist nicht richtig«, murmelte er, ging aber von mir fort ein Stück die Straße hinab, um den angemessenen Kreis zu ziehen.

Ich schaute zu den drei sich nähernden Schwerttänzern. Schaute in die andere Richtung, spielte an einer Schnalle meines Harnischs. Betrachtete das Trio erneut. Schließlich sah ich Del an. »Vielleicht solltest du einfach weiterreiten. Ich kann dich einholen.«

»Nein.«

»Umir will *dich,* nicht mich. Wenn du jetzt hier herumtrödelst...«

»Ich bleibe.« Del lächelte. »Du brauchst jemanden, der dein Pferd hält.«

Ich seufzte. Beugte mich hinab, um meine Sandalen aufzuschnüren. »Zeitverschwendung«, murmelte ich. »Dieses einfältige Möchtegern-Panjandrum...« Ich schüttelte die Sandalen ab. »Er hätte es besser wissen sollen, als mich herauszufordern... Der einfältige Punjawurm hätte gelehrt werden sollen, die Sache nicht persönlich werden zu lassen.« Ich zog meine Arme aus dem Harnisch, entledigte mich der Riemen. »Dieser dreimal verfluchte Sohn eines Ziegenbocks – was glaubt er, wer er ist?«

Del, von ihrer Stute herab, mit belustigter Neugier: »Hörst du dich jemals selbst?«

»Ob ich mich selbst höre? Natürlich höre ich mich selbst. Ich bin nicht taub. Wie könnte ich mich *nicht* hören?«

Das Lächeln erblühte, ungehemmt. »Dann solltest du dir vielleicht eines Tages auch einmal *zu*hören.«

»Dazu habe ich keine Zeit«, grollte ich. Schaute erneut die Straße hinab. »Ist das Ding *immer noch nicht* fertig?«

Nezbet richtete sich auf. Zeigte mir weiße Zähne in einem dunklen südlichen Gesicht. »Betretet den Kreis.«

»Wird auch Zeit.« Ich zog mein Schwert aus der Scheide, ließ den Harnisch auf die Sandalen fallen und schritt die Straße hinab. Sah aus dem Augenwinkel, wie sich Nezbets drei Zeugen an der Wirtshauswand niederließen. *Mein* Zeuge, auf dem Pferderücken, stieß dem Hengst eine Sandale gegen die Nase, um ihn an seine Manieren zu erinnern. Zu spät kam mir der Gedanke, daß ich ihn vielleicht besser woanders gelassen hätte. Er *war* immerhin ein Hengst, und die Stute war eine Stute. »In Ordnung, Nezbet.« Ich blieb am Kreis stehen. »Die Herausforderung des Shodo, sagt Ihr.«

»Ja.« Er lächelte noch immer.

»Tanz auf Leben und Tod«, sagte ich und betrat den Kreis. Mezbets Lächeln schwand. *»Tanz auf Leben und Tod!«*

Ich stand genau in der Mitte des Kreises, die von Chosa Dei heimgesuchte Klinge ein diagonaler Strich von der Hüfte zur Schulter. »Ihr habt den Kreis gezogen. Ich wähle den Tanz.«

»Aber ...« Er brach ab, erkannte seinen Fehler.

»Seht Ihr?« Ich lächelte, zog harmlos dreinblickend die Brauen hoch. »Wenn Ihr von dem Shodo *gelernt* hättet, wärt Ihr nicht auf diesen Trick hereingefallen.«

»Dies sollte kein Tanz auf Leben und Tod werden«, zischte er, und die dunkle Hautfarbe verblaßte zu Grau. »Ich wurde beauftragt, Euch zu finden, Euch zu *schlagen* – Euch zu Sabra zurückzubringen!«

»Pläne mißlingen manchmal.« Ich forderte ihn mit einem dreifachen Fingerschnippen auf. »Betretet den Kreis.«

Er wurde unsicher. »So sollte es nicht *sein.*«

Ich zuckte müßig eine Schulter. »So spielt das Leben häufig, Nezbet. Aber das *wissen* Schwerttänzer des dritten Grades bereits.«

Edle Nasenflügel wurden zusammengepreßt. Er warf einen Seitenblick auf Osman, Mahoudin und Haasan, die an der Wirtshauswand kauerten. Dann sah er wieder mich an. »Ihr sagtet…« Rote Flecke erschienen auf seinem Gesicht. »Ihr sagtet… jeder Mann könne einen Tanz verweigern.«

»Das sagte ich. Stimmt. Aber normalerweise verweigert der *Herausgeforderte,* nicht der *Herausforderer.* Es wäre sinnlos – und irgendwie albern –, wenn sich der Herausforderer zurückzöge, nachdem er um den Tanz gebeten hat.« Ich zuckte erneut die Achseln. »Und die Herausforderung eines Shodo, die angenommen wurde, kann niemals rückgängig gemacht werden, sonst verliert man den Grad des Könnens und auch die Ehre. Besonders vor Zeugen.« Ich ließ die Klinge im neuen Licht aufblitzen. »Ein Mann wie Ihr – ein Schwerttänzer des *dritten Grades,* nicht weniger! – würde so etwas niemals tun. Es würde seine Ehre beschmutzen, auch nur daran zu denken.«

Nezbet wurde grau. »Ich könnte die Bedingungen rückgängig machen.«

»Das glaube ich nicht.« Ich blinzelte an ihm vorbei zu dem Trio hin. »Aber wenn Ihr wollt, könnte Ihr mit Euren Freunden darüber sprechen. Vielleicht können sie dazu überredet werden, zu Eurem Nutzen zu lügen.«

»Lügen!«

»Der Kodex des Kreises«, erwähnte ich beiläufig, »sagt etwas über andere Schwerttänzer, die bestätigen können, daß ein Mann auf eine rechtmäßige Herausforderung nicht eingegangen ist.«

»Aber …« Nezbet knirschte mit den Zähnen. »Ihr *wollt,* daß ich sie zurückziehe!«

»Es ist mir gleichgültig, *was* Ihr tut.« Ich senkte das Schwert ein wenig. »Ich bin ziemlich beschäftigt, Nezbet – würdet Ihr Euch bitte entscheiden?«

Die Kinnmuskeln mahlten heftig. Dann riß er sich den Burnus vom Leib, löste die Riemen seiner Sandalen, zog ruckartig die Arme aus dem Harnisch. Und betrat den Kreis.

»Das ist besser«, bemerkte ich und legte mein Schwert in der Mitte des Kreises ab.

Das überraschte Nezbet. Ein Teil der Anspannung und Verzweiflung schwand aus Augen und Körper. »Ich dachte …« Aber er beendete den Satz nicht. Er lächelte leicht und legte sein Schwert neben meines.

»Wer ist Schiedsmann?« fragte ich. »Wer aus Eurem freundlichen Trio?«

Er wurde plötzlich großzügig. »Die Frau soll das übernehmen.«

»Del«, rief ich.

Nezbet und ich stellten uns einander gegenüber am Rande des Kreises auf. Wir beide würden loslaufen, jeweils das Schwert aufnehmen und beginnen. Eine wahre südliche Herausforderung, mit dem Wettlaufteil des Tanzes.

»Macht euch bereit«, sagte sie ruhig.

Nezbet sah mich an. Er war schnell, jung und beweglich, voll von Leben, bereit, loszuspringen und das Schwert an sich zu reißen. Er wußte, daß er mich besiegen konnte. *Wußte,* daß er mich besiegen konnte. Ich war alt. Schwerfällig. Langsam.

Und mein Knie hatte seit unserer letzten Begegnung nicht ausheilen können.

Einfältiger Punjawurm.

Nezbet lächelte.

»Tanzt«, sagte Del.

Dreissig

Ich wollte nichts mehr, als dem Jungen eine gemächliche, anhaltende Lektion erteilen, eine Lektion über Kraft und Ausdauer. Aber ich hatte keine Zeit dazu.

Also stellte ich mich statt dessen auf Schnelligkeit ein.

Er keuchte unvornehm, als ich Samiel hochriß, die Spitze unter Nezbets Klinge verhakte und sie aus dem Kreis heraussegeln ließ, bevor er sie auch nur erreichen konnte. Hände schlossen sich um Sand. Ich nagelte seine linke Hand mit der Schwertspitze fest und legte gerade genug Gewicht darauf, daß es stach.

Ich beugte mich über den Jungen hinab, der in peinlicher Achtung vor dem in seine Hand beißenden Stahl am Boden kniete. »Die Frau hat Euch besiegt«, zischte ich. »Was läßt Euch glauben, daß *ich* es nicht könnte?«

Nezbet bedachte mich mit einem Schimpfnamen.

Die Schwertspitze stach tiefer zu. »Das ist nicht sehr nett. Wo habt Ihr solche Reden gelernt?«

Natürlich wiederholte er den Namen.

Ich hob die Schwertspitze von seiner Hand an, zog eine Stahlspur seinen bloßen Arm hinauf, tippte ihm wiederholt unters Kinn, um jedem meiner Worte Nachdruck zu verleihen. »Überhaupt nicht nett.«

»Chula«, spie er hervor. »Jedermann kennt die Wahrheit.«

»*Tatsächlich?*« Ich legte die Klinge auf sein linkes Ohr. »Kann ein ohrloser Mann noch immer Klatsch hören?« Jetzt auf den Mund. »Kann ein *zungenloser* Mann ihn weiterverbreiten?«

Schwarze Augen glitzerten. »Jhihadimörder. Ihr habt keine Ehre mehr.«

»Nein, ich hätte vermutlich wirklich keine Ehre mehr – wenn es stimmte, daß ich den Jhihadi getötet hätte. Aber diese Diskussion hatten wir vorher schon, und ich möchte mich nicht wiederholen.« Ich nahm das Schwert fort, deutete auf seines. »Dort ist es, Nezbet. Holt es zurück, wenn Ihr wollt… der Tanz hat kaum begonnen.«

Ein kleines Blutrinnsal tropfte von seinem linken Handrücken, als er sich erhob. »Ihr würdet es zulassen…?«

»Ich bin höflich«, sagte ich leichthin. »Jhihadimörder oder nicht, ich erinnere mich an die sieben Jahre bei meinem Shodo und an alle erlernten Lektionen.«

Das starre Kinn lockerte sich. »Ihr wollt sagen, ich habe den Tanz verwirkt, wenn ich den Kreis verlasse.«

»Nicht, wenn ich es Euch erlaube. Auch das steht im Kodex.« Nezbet fuhr zu dem Trio im Schatten herum. »Ihr habt ihn gehört!« rief er. »Er erlaubt mir, mein Schwert zurückzuholen, ohne daß der Tanz verwirkt ist!«

Dummer, dummer Nezbet. Hast du gar keinen Verstand? Hast du keine Ahnung, was persönliche Würde und Selbstbeherrschung sind?

Ich war selbst dumm, daß ich diese Frage stellte.

Ich legte mein Schwert erneut ab und trat mit bloßen Händen an meine Seite des Kreises. Meine Nieren schmerzten wie die Hoolies, ich brauchte etwas zu essen und hatte ein irrsinniges Verlangen nach einem Nachttopf.

Aber immer der Reihe nach.

Nezbet kam mit seinem Schwert zurück, hielt dann unmittelbar innerhalb des Kreises inne, als er mein abgelegtes Schwert sah. »Aber … noch mal? Laufen?«

Es war nicht erforderlich. Wir hatten bereits begonnen. Es war ganz entschieden unangebracht, aber nicht verwerflich.

»Legt Eures auch dort ab.« Ich deutete auf die Stelle. »Ihr hattet einen schlechten Start. Warum wollt Ihr es nicht erneut versuchen?«

Er sah mich lange an, konnte meine Absichten nicht erkennen. Dann legte Nezbet sein Schwert langsam und stirnrunzelnd neben meines. Zog sich an seine Seite des Kreises zurück.

»Tanzt«, sagte Del.

Dieses Mal erreichte er sein Schwert und nahm es sofort auf. Aber als er es tat, wartete ich bereits auf ihn. Samiels Spitze kitzelte seine Kehle.

Ich drückte zungenschnalzend Mitgefühl aus. »Tut mir leid, Nezbet. Ihr müßt im Sand ausgerutscht sein.« Ich beugte mich hinab und legte mein Schwert hin: »Wir sollten es noch einmal versuchen.«

Einer von Nezbets Freunden regte sich an der Wirtshauswand. Osman oder Mahoudin oder Haasan, ich wußte nicht wer. »Tötet ihn«, schlug er vor.

»Ich glaube, er versucht es«, sagte ich.

Der andere grinste. »Nein, Sandtiger. Ich meinte, daß Ihr *ihn* töten sollt.«

»Aha.« Ich sah Nezbet an. »Ich glaube, sie langweilen sich allmählich.«

Nezbet, der sein Schwert *nicht* abgelegt hatte, sprang direkt auf mich zu. Daß er dadurch jeglichen Rest Ehre verwirkte – aber offenbar dachte er nicht an Ehre oder auch nur an Sieg. Jetzt wollte er töten.

Der Stahl sang, beschrieb in der aufgehenden Sonne Bögen. Ein schwarzer Klingenstrich, eine Silhouette vor dem heller werdenden Licht. Ich trat einen kleinen Schritt beiseite, ergriff sein Handgelenk und brach es, verhakte dann den Fuß um Nezbets Knöchel und ließ ihn auf dem Gesäß landen.

Währenddessen fing ich sein Schwert ab, bevor es auf dem Sand auftraf.

Ich schaute mitleidig auf den einfältigen Punjawurm hinab: »Ich hasse es, mich zu wiederholen, aber dieses

Mal werde ich es wohl tun.« Ich beugte mich näher zu ihm hinab. »Ihr seid zu dumm zum Töten.«

Nezbet, der zitterte, war stumm. Und er war besiegt.

»Wo ist sie?« fragte ich. »Wie weit zurück?«

Der Junge schwieg noch immer. Tränen des Schrecks und der Demütigung stiegen in seinen dunklen Augen auf.

»Wo ist sie?« wiederholte ich.

»Sie kommt«, murmelte er. »Sie und alle ihre Männer.«

»Wie weit entfernt ist sie?«

Er zuckte die Achseln. »Einen Tag vielleicht. Sie reitet wie ein Mann.«

Keine Zeit zu verschwenden. Ich nahm mein Schwert, trat dann aus dem entweihten Kreis heraus und ging zu seinen Freunden hinüber. Osman. Mahoudin. Haasan. Oder vielleicht andersherum. »Wer von Euch ist der nächste?«

Drei Gesichter waren völlig unbewegt: Dann lächelte einer von ihnen.

Ich gab ihm Nezbets Schwert. »Wer seid Ihr?«

»Mahoudin. Schwerttänzer des dritten Grades.« Er reichte die Klinge an den jüngeren Schwerttänzer neben ihm weiter. Sie waren *alle* jung. »Ihr erweist mir Ehre, Sandtiger. Aber ich habe die Lektion gelernt: Jeder Mann kann einen Tanz verweigern.«

Ich sah den nächsten an. »Und Ihr?«

Er schüttelte schweigend den Kopf.

»Ihr.« Der dritte und letzte Mann.

»Haasan«, sagte er einfach. »Und der Preis ist nicht hoch genug.«

»Oh?« Ich wölbte die Augenbrauen. »Jeder Preis ist hoch genug, wenn man einen Grad mehr erwerben kann.«

Haasan widersprach. »Der Tod ist nicht der von mir erstrebte Grad.«

»Hoolies, Junge. Ich will Euch nicht *töten!* Wie könnt

Ihr Kunde von meinen Taten verbreiten, wenn Eure Eingeweide über den Sand verstreut sind?«

Weiße Zähne schimmerten kurz auf. »Möge Euch die Sonne auf den Kopf scheinen.«

»Das tut sie.« Ich schaute hinauf, schätzte die Zeit, zuckte die Schultern. »Dann ein anderes Mal. Wenn der Preis das Risiko wert ist.«

Mahoudin spreizte kurz die Hand über seinem Herzen. »Ihr hättet ihn töten sollen. Er hat sein Schwert verloren und seine Ehre –der Kreis ist ihm verschlossen. Wofür soll er noch leben?«

Ich hielt inne. »Für die Chance, ein wenig Verstand zu erlangen.« Der zweite – Osman? – schüttelte den Kopf. »Ihr habt ihn zu einem Borjuni gemacht. Ihr hättet ihn besser töten sollen.«

»Nezbet hat sich selbst dazu gemacht.« Ich wandte mich um und schritt davon, eilte zu Delilah.

Hinter mir erklangen drei leise Stimmen, die ungehört bleiben wollten. »Groß«, murmelte einer. »Stark«, erklang es von einem anderen. Gefolgt von dem dritten: »*Schnell* für einen so alten Mann.«

Man kann nicht siegen, ohne zu verlieren.

Erneut Reiten, erneut Schmerzen. Und Del bemerkte es.

»Was ist los?« Sie führte die Stute seitwärts einen Schritt von dem Hengst fort: »Du siehst irgendwie – grau aus.«

»Ich muß... anhalten...«, stieß ich durch zusammengebissene Zähne hervor.

Del hielt sofort an. »Warum hast du nichts gesagt?«

»Weil... wir... *weiter*reiten mußten...«

»Das war vor Stunden.« Sie beobachtete mich besorgt, als ich mich halbwegs über den Hals des Hengstes beugte. »Was *fehlt* dir?«

»Ich muß nur... absteigen... eine Weile... sollte etwas tun...«

Ich glitt aus dem Sattel, schaffte es, auf den Boden zu gelangen, klammerte mich noch an den Hengst. »Im Moment kann ich mich nicht fürs Laufen begeistern... macht es dir etwas aus?«

Del schaute bestürzt drein.

»Dann beobachte mich weiter«, murmelte ich. »Im Moment ist mir das ziemlich egal.«

»Was willst du ... *oh.*«

Oh, wahrhaftig. Ich hing an dem Hengst und erledigte mein Geschäft, während ich die ganze Zeit fluchte. Das Ergebnis war wie erwartet, die Nieren schmerzten.

Als ich wieder in korrektem Zustand war, zog ich mich erneut in den Sattel hoch. Del hörte das Knarren, das Fluchen und wandte sich zu mir um. »Was haben sie mit dir gemacht?«

»Mich ganz allgemein fertiggemacht.« Ich preßte eine Hand gegen meinen Rücken. »Jemand hatte große Füße.«

»Wir sollten einen Platz finden, wo wir anhalten und uns ausruhen können. Sofort.«

Ich grunzte. »Wir befinden uns mitten in der Punja.«

»Es gibt Oasen, nicht wahr? Und Ansiedlungen? Und Brunnen?«

Ich blinzelte. »In der Nähe gibt es keine Ansiedlung. Aber Wasser ist nicht das Problem. Das kann noch bis morgen abend warten. Im Moment können wir nicht anhalten.« Ich setzte den Hengst in Bewegung. »Ich traue Umir nicht.«

Del folgte mir, schnalzte der Stute zu. »Sicherlich wird er nicht soweit kommen. Meinetwegen? So weit in die Punja?«

»Ich hatte das Gefühl, daß Umir überall hingehen würde, wohin er gehen müßte, um das zu erlangen, was er haben will.«

Ich sah sie an. »Du siehst dich selbst nicht so wie andere. Du bist anders. Und so was sammelt er.«

»Niemand sieht sich so wie andere. Du auch nicht.«

»Nein«, stimmte ich säuerlich zu. »Und anscheinend sehe ich mich auch nicht so wie Osman und Haasan und Mahoudin.«

Del war verwirrt. »Was meinst du?«

»Nichts.« Ich warf ihr einen Seitenblick zu. »Wie siehst *du* mich?«

»Ich?«

Ich bildete mein eigenes Echo: »Ich meine nicht die Stute.«

Del sah mich an. Dann verschwand der Ausdruck, wurde durch Nachdenklichkeit ersetzt. »Ich sehe die verborgenen Seiten.«

»Die *was?*«

»Die verborgenen Seiten.« Sie kaute auf ihrer Unterlippe, dachte nach, die Brauen zusammengezogen. »Die nicht offensichtlichen Seiten.«

Ich lachte und rieb mir übers Gesicht. »Ich vergesse manchmal – du bist immer noch eine Nordbewohnerin… die Sprache ist nicht dieselbe.«

»Ich werde selbst auch daran erinnert, wenn *du* manchmal redest.«

So gütig. Ich nickte zu diesem Punkt zustimmend. »Also, welche verborgene Seite siehst du? Welche nicht offensichtliche Seite?«

»Den Menschen unter der äußeren Hülle.«

Etwas Kaltes tippte mir mit dem Fingernagel gegen das Rückgrat. Fast hätte ich mich gekrümmt. »Was ist mit der *äußeren Hülle*.«

Del runzelte die Stirn. »Was meinst du?«

»Sehe ich…«, ich hielt inne »… anders aus?«

»Natürlich.«

Noch kälter. »*Wie* anders?«

»Nicht wie jeder andere.«

»Del…«

»Was glaubst du?« fragte sie ungehalten. »Du bist größer als die meisten Südbewohner, aber nicht so groß wie die meisten Nordbewohner. Du bist dunkler als ich, als jeder Nordbewohner, aber nicht so dunkel wie ein *Südbewohner*. Deine Augen sind grün, nicht blau oder braun oder auch, wie es manchmal vorkommt, grau. Und du bist braunhaarig, nicht schwarzhaarig – und auch *nicht* blond.« Sie seufzte. »Genügt dir das?«

»Nein.«

Sie murmelte etwas in der Hochlandsprache. »Dann zu deiner Nase.«

»Zu meiner *Nase?*«

»Sie verläuft anders herum.«

»Meine Nase verläuft *anders herum?*«

Die Empfindungen kämpften auf ihrem Gesicht miteinander, während sie die beste Erklärung suchte. Schließlich griff sie zu einem Beispiel. »Du hast Abbus Nase gesehen.«

»Abbu hat eine Kerbe darin. Abbus Nase war gebrochen. Meine niemals.«

»Aber man kann erkennen, wie sie war, Abbus Nase. Und viele andere. Sie sind alle so geformt.« Sie bog einen Finger hakenförmig nach unten und bog den Knöchel nach außen.

Ich überprüfte meine. »Ich habe keinen Haken.«

»Nein. Deine ist viel gerader, obwohl sie nicht so gerade ist wie die Nasen mancher Stämme, die ich gesehen habe. Deine ist mehr wie die eines Nordbewohners. Und deine Wangen sind nicht so hager, so gewölbt.« Del betrachtete mich. »Wir haben schon früher darüber gesprochen. Du bist beides und keins von beidem. Du vereinst Merkmale des Südens in dir und auch Merkmale des Nordens. Wie ein Grenzbewohner.«

Ich nickte ungeduldig. »Wirke ich auf dich *real?*«

»Real!« Sie runzelte die Stirn. »Das hast du mich schon einmal gefragt.«

»Sag es einfach – wirke ich real?«

Helle Brauen wölbten sich. »Willst du damit fragen, ob du der Mann meiner Träume bist?«

»Nein!« Ich funkelte sie an. »Kannst du nicht ernst sein?«

»Im Moment nicht«, murmelte sie und brach in Gelächter aus.

Was nur den Beweis lieferte, daß man mit einer Frau nicht *sprechen* kann.

Das Lager war mit wenig Aufhebens errichtet worden: zwei auf dem Boden ausgebreitete Decken, zusammengeknüllte – in *ihrem* Fall zusammengefaltete – Burnusse als Kissen. Kein Gedanke an ein Feuer: Wir lagen auf unseren Decken und kauten unermüdlich auf getrocknetem Cumfa. Schauten in die Sterne hinauf.

»Du hast es tatsächlich so gemeint«, murmelte sie.

»Ich meine manchmal, was ich sage.« Ich lag ganz still. Es war besser, mich nicht zu bewegen.

»Vorhin. Über das reale Erscheinungsbild.«

»Ich mache mir nur mal so meine Gedanken.«

»Darüber, ob du real bist?«

Ich überlegte und kam schließlich mit einer Antwort heraus. »Du würdest es nicht verstehen.«

»Ich verspreche dir, nicht zu lachen.«

»Oh, ich weiß nicht … ich höre dich gern lachen.«

»Solange ich nicht über dich lache.« Del lächelte in den Himmel hinauf. »Manchmal gibt es einen Grund.« Sie rollte sich zu mir herum, legte ihren Kopf auf eine gespreizte Hand am Ende eines aufgestützten Arms. »Fühlst du dich nicht real?«

»Meine Nieren überzeugen mich davon, daß ich es bin.«

»Dann hast du den Beweis. Schmerz bedeutet, daß du real bist.«

»Aber …« Ich runzelte die Stirn, kaute heftig auf

dem letzten Bissen Cumfa. »Ich weiß nichts über mich. Ich habe keine Vergangenheit.«

Die Belustigung in ihren Augen schwand. »Du hast zuviel Vergangenheit.«

»Das meine ich nicht. Ich meine, ich habe keine Geschichte. Nur eine andersherum verlaufende Nase und die Farbe eines braunen Burnus, der zu viele Jahre in der Sonne liegengelassen wurde.«

»Das trifft auf die meisten Grenzbewohner zu. Sieh dir Rashad an: Er hat *rote* Haare.«

»Ich sehe überhaupt nicht wie Rashad aus.«

»Die Grenzbewohner sehen sich selten ähnlich. Die Farbanteile sind immer gemischt.« Del lächelte. »Ich will dich nicht aufziehen. Aber du wirkst nicht wie ein Mann, der eine Vergangenheit *braucht*. Du machst aus der Zukunft deine eigene Vergangenheit.« Das traf genau den Punkt. »Sie sagten, der Jhihadi war – *sei* – ein Mann vieler Gebiete.«

Dels Blick schärfte sich. Sie hörte auf, das Cumfa zu kauen.

Ich kratzte an einer Quetschung. »Es weiß auch niemand viel über Iskandar.«

»Er starb.«

Ich zählte. »Vor acht Tagen.«

»Schon? ... oh.« Del zuckte die Achseln. »Ich glaube, du wirst Iskandar weit überleben.«

»Nicht wenn Sabra etwas dazu zu sagen hat. Oder vielleicht Umir. Der Grausame.«

»Zuerst müssen sie dich erwischen.«

»Umir hat mich erwischt.«

»Und du bist freigekommen.« Del zog die Brauen zusammen. »*Wie* bist du freigekommen? Du hast mir nichts darüber erzählt.«

Ich zuckte die Achseln. »Es gibt nichts zu erzählen.«

»Aber sie haben dich geschlagen, und du bist freigekommen.«

»Ich hätte es nicht geschafft ohne die Verwendung von …« Ich hielt inne.

Del wartete. Und dann schärfte die Erkenntnis ihren Blick. Sie richtete sich auf. »Magie«, beendete sie meinen Satz.

Ich seufzte tief. »Der bedauerlichste Tag meines Lebens hatte mit Magie zu tun.«

»Aber sie hat dich aus Umirs Gewalt befreit. Das hast du gerade gesagt.«

»Sie ist auch schuld daran, daß ich mich mit einem heimgesuchten Schwert herumschlagen muß. Mit einem Schwert, das ich zuerst gar nicht wollte, aber *jetzt* …« Ich seufzte erneut, sehr müde, und beließ es dabei. »Hoolies, es ist nicht wichtig.«

Del legte sich wieder hin. »Du hast ihn gedemütigt.«

»Wen? Oh, ihn.« Ich schnalzte mit der Zunge. »Nezbet hat bekommen, was er verdient.«

»Du hättest ihn fair besiegen können.«

»Ich *habe* ihn fair besiegt! Ich habe ihm die Gelegenheit gegeben, von dem Tanz abzulassen, bevor wir begannen, und habe ihm *zwei* Gelegenheiten gegeben aufzugeben. Was hätte ich sonst noch tun sollen – ihm den Kopf abhacken, wie du es bei Ajani gemacht hast?«

Ihre Stimme klang tonlos. »Nein. Aber …«

»Aber? *Wolltest* du, daß ich ihn töte?«

Del schwieg.

»*Wolltest* du es?« beharrte ich.

Sie seufzte. »Mir scheint, als hättest du ihn verletzt und zornig und gedemütigt zurückgelassen. Einige Leute, die an nichts anderes denken konnten, haben dir schon zuvor Ärger bereitet. Sie können ernstzunehmende Feinde werden.«

»Nezbeth?«

»Du weißt nicht, ob es nicht so kommt.«

Ich kicherte. »Mit Feinden wie Nezbet werde ich ewig leben.«

»Ich habe sie gehört. Was sie gesagt haben. Ein Borjuni. Warum?«

»Warum ich ihn zu einem Borjuni gemacht habe? Oder wie es soweit gekommen ist?«

»Beides.«

»Ich habe ihn nicht zu einem Borjuni gemacht. Er hatte die Wahl. Und er hat diese Wahl *getroffen*, indem er dem Kodex entsprechend seine Ehre aufgegeben hat.« Ich zog eine Cumfafaser zwischen zwei Zähnen hervor. »Du kennst den Kodex. Du weißt etwas über Ehre.«

»Ja.«

»Wenn ein von einem Shodo ausgebildeter Schwerttänzer wissentlich seine Ehre aufgibt, nur um zu siegen oder zu töten, gibt er sich selbst auf. Er verbannt sich selbst aus dem Kreis.« Ich zuckte die Achseln. »Er muß nicht *zwingend* ein Borjuni werden. Aber ich kenne keinen einzigen Schwerttänzer, der zufrieden damit wäre, Ziegen zu züchten oder der südlichen Wüste eine Ernte abzuringen.«

»Es gibt noch andere Möglichkeiten.«

»Ja, Karawanenwächter. Aber Karawanenführer ziehen es vor, richtige Schwerttänzer anzuheuern, keinen entehrten Mann. Sie können sich seiner Ergebenheit nicht sicher sein – was wäre, wenn er ein Borjuni *wäre* und sie in eine Falle führte?« Ich schüttelte den Kopf. »Es gibt keine größere, wahrhaftigere Freiheit als die eines Schwerttänzers. Und keine größere Unehre, als den Kodex zu brechen. Das verfolgt dich dein ganzes Leben lang, verhöhnt dich jeden Tag. Bis du keinen anderen Ausweg mehr siehst, als ein Borjuni zu werden, weil es ihnen egal ist. Sie wollen nur, daß du wie sie bist: Du mußt schnell und mühelos töten können.«

»Und dazu hast du Nezbet gemacht.«

»Nezbet ist jung. Nezbet kam irgendwoher. Er *könnte* darum bitten, erneut als Lehrling angenommen zu werden, noch einmal ganz neu anfangen – aber wenn er klug ist, wird er dorthin zurückgehen, woher er gekommen ist, und den Kreis vergessen. Er war nicht dafür geeignet.«

»Hast du ihm deshalb das Handgelenk gebrochen?«

»Nein. Nun, vielleicht. Ich habe es hauptsächlich getan, weil ich wußte, daß ich ihm keine andere Chance geben konnte. Wenn er es erneut versucht hätte, wäre er vielleicht erfolgreich gewesen.«

»Nein«, meinte Del spontan.

Ich lächelte. »Falsch eingesetztes Vertrauen.«

»Du bist der erste, den ich jemals gesehen habe.«

»Außer Abbu?«

Schweigen.

»Nun?« drängte ich.

»Abbu ist – gut.«

»Umir sagt, er sei der beste.«

Del rollte sich auf die Seite. »Vertraust du dem Wort eines Mannes, der eine Frau rauben wollte?«

»Die Moral eines Mannes – oder der Mangel daran – beeinträchtigt nicht sein Vermögen, das Schwerttanzen zu beurteilen.«

Sie murmelte etwas in der Hochlandsprache.

»Natürlich hat er meinen Tanz nicht *gesehen*. Hat nur von mir gehört.« Ich hielt inne. »Glaube ich.«

»Eitelkeit«, murmelte sie. »Eitelkeit und Stolz.«

Ich war müde und schläfrig. Ich rollte mich vorsichtig auf die Seite, wandte ihr den Rücken zu. »Du hast dein eigenes Maß an beidem.«

Keine Antwort.

Ich begann in den Schlaf zu entgleiten.

Dann berührte sie meinen Rücken, zog mit einem Finger sanft die Linie meines Rückgrats nach. »Real«, sagte sie weich. »Bin ich nicht ein Beweis dafür?«

»Du?« fragte ich schläfrig.

»Ich bin kein Afreet. Wenn du nicht real wärst, wer außer einem Afreet könnte dann dein Bett teilen?«

Ich lächelte in die Dunkelheit. »Woher soll ich wissen, daß du keiner bist? Weil *du* es sagst? Ein wenig voreingenommen, würde *ich* sagen.«

Der Finger verließ mein Rückgrat. Preßte dann sanft eine wunde Stelle. »Wenn ich ein Afreet wäre, wäre ich weder stolz noch eitel.«

Ich grunzte. »Dann sind wir vermutlich beide real.«

Del wandte sich auf eine Hüfte um und stieß gegen mich. »Schlaf jetzt.«

»Dann hör auf zu schwatzen.«

Die Nacht war voller Stille.

Bis auf mein Schnarchen natürlich.

Del schwört, daß ich schnarche. Aber *ich* höre es nie.

Einunddreissig

In mir – *knisterte* etwas. Es rumorte in meinem Geist, rührte alte Erinnerungen auf und ersetzte sie durch seine eigenen.

Es war Shaka. Shakas Fehler. Er hat Wahrheiten aus der Kindheit verdreht und sie in Unwahrheiten umgewandelt, weil er eifersüchtig auf mich war. Auf die Dinge, die ich zu tun gelernt hatte.

Auf die Magie, die ich zur Verfügung hatte.

Es war alles Shakas Fehler.

Und meine Aufgabe, es wieder richtigzustellen ...

Ich setzte mich auf, würgte und spie einen Klumpen von – etwas aus.

Del erwachte neben mir ebenfalls, stützte sich auf einen Ellbogen auf. »Bist du in Ordnung?«

Der Atem wurde ruhiger. Die Welt rückte sich wieder zurecht. Ich sah sie an, kratzte an den verhaßten Bartstoppeln. »... bin in Ordnung. Ich hatte nur einen Frosch im Hals.« Ich hustete, räusperte mich, spie aus. »Entschuldige.«

Sie erforschte den Morgen. »Dämmerung«, verkündete sie. »Wir können genausogut aufstehen. Wie du sagen würdest: Wir verschwenden Tageslicht.«

»Noch nicht. Die Sonne ist nicht einmal aufgegangen.«

»Aber bald.« Del rückte herüber, kniete sich in den Sand, begann ihre Decke zusammenzufalten. »Wir sollten schon unterwegs sein.«

»Wir sollten«, stimmte ich zu. »Aber das bedeutet, daß ich mich bewegen muß.«

Ihre Antwort war ein verzerrtes Lächeln. »Kannst du dich nicht erneut selbst heilen? All deine schmerzenden Knochen wiederherstellen?«

Ich schnaubte höhnisch, dachte dann über den Vorschlag nach. Wenn die Chance bestünde, daß ich so etwas tun *könnte* ... »Verlockend«, stimmte ich nachdenklich zu. »Du weißt ...«

Aber es war fort.

Einfach – *fort*.

Etwas anderes war an seine Stelle getreten. Kein Gedanke, das *Fehlen* eines Gedankens. Eine Art Abwesenheit von allem. Bis auf Chosa, der an meine Tür klopfte, an mein Tor pochte, an meine Seele rührte.

Tu es. *Tu* es.

Tu es JETZT.

O Hoolies, Bascha ... er ist hier. Er ist zurückgekommen ... Ich preßte die Augenlider zusammen und zwang ihn fort. Zwang ihn zu gehen, mich in Ruhe zu lassen. Immerhin war nur ein kleines Stück von ihm in mir. Irgendwo verborgen. Ich war viel größer, viel stärker.

Wenn ich mich auf das konzentrierte, was Del gesagt hatte, konnte ich ihn vielleicht vertreiben. Wenn ich das versuchte, was sie vorgeschlagen hatte ...

Nein.

Ich erinnerte mich lebhaft an das letzte Mal, als ich es getan hatte. Etwas flammte auf, versprach viel. Etwas anderes wartete ungeduldig. Wollte, daß ich es tat, weil er dann Macht hätte: Mein Magen rebellierte. Ich schrak vor dem Bild zurück. »Ich ... glaube nicht. Ich glaube, ich sollte es wahrscheinlich besser lassen.«

»Aber wenn du so etwas *tun* kannst ...« Sie zuckte die Achseln, kümmerte sich um ihre Sachen. »Stell dir vor, welche Art Legende du werden könntest, wenn du, egal wie schwer du im Kreis verletzt worden wärst, am nächsten Tag genauso unversehrt wie zuvor zurückkehrtest.«

»Stell dir vor«, murmelte ich und massierte eine starre Schulter. »Stell dir vor, was sie noch sagen könnten – mich vielleicht einen Magier nennen?« Ich schüttelte den Kopf. »Nein danke. Ich habe bereits ein magisches Schwert. Ich brauche nicht noch *selbst* magisch zu werden.«

Del begann die Satteltaschen zu packen. »Ich meinte nur, daß du heute morgen aussiehst, als hättest du Schmerzen. Ich dachte nur, wenn sie ein Stück …«

»Ich weiß. Aber ich will es nicht …« Ich beließ es dabei, verbiß mir den Rest des Satzes, den ich hatte sagen wollen: »… riskieren.« Es bestand kein Anlaß, Del zu sagen, daß ich mich merkwürdig fühlte, verwirrt und irgendwie im Ungleichgewicht. Sollte sie denken, daß ich es einfach nicht tun wollte. Irgendwie schien das sicherer.

Ich stand ganz langsam auf, bewegte mich abschnittsweise, biß die Lippen zusammen, um nicht fluchen zu müssen. Ich hatte Prellungen und war steif und wund von dem Überfall durch Umirs Männer. Meine Nieren brannten. »Im Moment möchte ich nur alles langsam angehen lassen und aufbrechen.« Ich mühte mich zu dem Hengst, der mir ein gewisses Maß an Ungestörtheit gewähren würde.

Del mußte zufrieden sein mit dem, was ich ihr zu geben bereit war. *Ich* mußte mit dem zufrieden sein, etwas mehr zu wissen: daß Chosa Dei nicht fort war. Chosa war nicht ruhig. Chosa wurde *ungeduldig*.

Ich schlang einen Arm über den braunen Leib des Hengstes, lehnte mich an ihn und schloß die Augen. Die Prellungen würden vergehen, wie ich wußte. Der Schmerz würde weniger werden. Die Nieren würden sich daran erinnern, ihre Aufgabe zu erfüllen, ohne Blut zu produzieren. Aber Chosa würde bleiben.

Und weiterhin mit brutaler Gewalt und ausgesprochen raffinierten Mitteln versuchen, mir meinen Willen zu nehmen, bis nichts mehr übrig wäre, so daß er meinen Körper beanspruchen könnte. Wenn ich noch weitere Magie benutzte, gäbe ich ihm die Mittel zum Erfolg in die Hand. Weil jedes bißchen Magie, das ich heraufbeschwor, aus welchem Grund auch immer, *ihm* in die Hände spielte. Chosa Dei war ähnlich wie Umir der Grausame ein Sammler. Er sammelte alle Arten von Magie, damit er sie *einschmelzen* und in seinem Sinn neugestalten konnte.

Wie er mich neugestalten würde.

Del führte die Stute einen Schritt vom Hengst fort. »Wie weit ist es noch bis zur Oase?«

Ich sah mich um und blinzelte. »Nicht mehr weit. Noch zwei oder drei Stunden.«

»Und dann morgen Rusali?«

»Das kommt darauf an, wie hart wir die Pferde vorantreiben wollen.« Ich rieb mit dem Handrücken über meine Stirn. »Und wie hart wir uns selbst vorantreiben wollen.«

Del zog die Brauen zusammen, während sie meinen Gesichtsausdruck erforschte. »Machen dir die Nieren Schwierigkeiten?«

Ich runzelte die Stirn. »Den Nieren geht es gut.«

»Du lügst.«

»Ja, nun …« Ich regte mich im Sattel. »Nichts, was ein wenig Ruhe nicht wieder in Ordnung brächte.«

Ihr Stirnrunzeln verstärkte sich. »Wir könnten eine Weile rasten.«

»Wir können es uns nicht leisten anzuhalten«, sagte ich barsch. »Unsere beste Chance besteht darin, so lange weiterzureiten, wie wir können und so viel Abstand zwischen Umir und uns zu legen wie möglich.«

»Ja, aber …«

»*Reite* einfach«, fauchte ich ungehalten. »Wir verschwenden schon Zeit damit, überhaupt darüber zu reden.«

Del antwortete nicht. Sie trieb einfach ihre Stute wieder an und ritt weiter.

Die Zeit … verschwamm. Ich saß auf dem Hengst, der verwirrt an den Zügeln riß: Er wollte hinter der Stute herlaufen, aber ich hielt ihn zurück.

Ich wußte nicht warum.

Vor mir wandte sich Del im Sattel um und schaute zurück. Runzelte die Stirn. »Was ist los?«

Ich wollte sagen: nichts. Aber das war nicht die richtige Antwort.

»Tiger?«

Ich saß einfach da und zitterte.

Del wandte die Stute um, eilte zu mir zurück. Ihr Tonfall wurde plötzlich schärfer. »Bist du in Ordnung?«

Nein. Ich fühlte mich … dicht. Schwer. Meine Haut fühlte sich angespannt und hart an.

Innerlich fragte ich: *Bist du das, Chosa?*

Chosa kicherte in mir.

O Hoolies. Die Sonne brannte in meinen Augen.

Del parierte die Stute durch, bevor der Hengst sie ganz erreichen konnte. Sie musterte mich eingehend. »Was ist los?« Etwas Kaltes lief mein Rückgrat hinab. *Laß sie gehen,* schlug Chosa vor. *Du brauchst SIE nicht.*

»Ich werde nicht …« Ich schüttelte den Kopf. »Nichts. Nur … müde.«

Sie fluchte durch zusammengebissene Zähne. »Glaubst du, ich bin blind? Du bist furchtbar blaß. Eine Art Grüngrau zwischen all den Prellungen.«

Laß sie gehen, sagte Chosa. *Im Moment will ich nur dich.*

Ich fragte mich, ob ich es vielleicht wirklich tun sollte. Er hatte zuvor sehr deutlich gemacht, daß er Del wollte, daß er die Magie ihres Schwertes genauso wie Del selbst vereinnahmen wollte. Ich wußte, daß es sicherer wäre, wenn sie woanders wäre, wo er sie nicht verletzen konnte.

Aber wie sage ich *ihr* das?

Dels Stimme klang unerbittlich. »Es gibt eine Möglichkeit, Tiger. Du könntest die Magie erneut heraufbeschwören.«

Nein, Bascha. Ich wage es nicht.

»Es ist *dumm,* die Chance, dich selbst zu heilen, ungenutzt zu lassen. Warum solltest du einer Gabe den Rücken zuwenden?« Ihr Tonfall wurde deutlicher. »Und wenn du es nicht tust, wirst du es niemals durch die Punja schaffen.«

Ich knirschte mit den Zähnen. »Ich *sagte* bereits, ich bin nur müde. Wund. Es wird vergehen, Del. Es hat mich schon schlimmer erwischt.«

»Warum sitzt du dann hier?«

Ich grinste verzerrt. »Es schien das leichteste.«

Sie spannte den Kiefer an. »Ich glaube dir nicht. Kein Wort.«

»Pech für dich«, spottete ich.

Ihre Augen flackerten. Sie preßte die Lippen zusammen. »Wenn du so einfältig sein willst... sehr gut. Aber wenn du anhalten mußt, dann sage es. Die Oase ist nicht mehr weit entfernt.«

Ich zitterte. Ich fühlte mich... *angeschwollen*. »Dann sollten wir weiterreiten.«

Laß sie gehen, sagte Chosa. *Ich verliere allmählich die Geduld.*

Ich schlug dem Hengst die Fersen in die Flanken und ließ ihn mit der Stute laufen.

Ein Fehler, flüsterte Chosa. *Ich mag keine Fehler.*

Ich zitterte. Aber ich ritt weiter.

Dels Beine näherten sich. Blieben vor mir stehen. Ich sah sie in, Kniehöhe. Es schmerzte zu sehr, von der Stelle aufzuschauen, an der ich zusammengekauert auf der Decke saß.

»Wieviel länger noch?« fragte sie starr. Eine herabfallende Bota traf neben der Hand, die meinen Arm und damit mich stützen sollte, auf dem Sand auf. »Der Tanz gegen Nezbet hat vor zwei Tagen stattgefunden, der Überfall durch Umir vor drei Tagen, und es geht dir schlechter.«

Viel schlechter. »Ich weiß nicht«, murmelte ich.

Enttäuschung und Angst ließen ihre Stimme grell werden. »Du kannst nicht einmal mehr reiten, Tiger! Wie sollen wir der von dir angekündigten Bedrohung entkommen, wenn du nicht einmal reiten kannst?«

Ich legte den Kopf zurück und biß die Zähne gegen den Schmerz zusammen. »Was, bei den Hoolies, soll ich, deiner Meinung nach tun? Beten? Es wird vorbeigehen, Del ... ich bin einfach schlimmer zusammengeschlagen worden, als ich dachte. Es wird vorbeigehen.« Tief in mir freute sich Chosa hämisch.

»Tatsächlich?« Sie hockte sich hin. Ihr Gesicht war ein Zerrbild, dünn und blaß und fest angespannt, und ihre Worte klangen hart. »Die Prellungen werden schlimmer ... deine Haut ist schwarz und blau und angeschwollen, weil du unter der Haut blutest. Und auch *innerlich* ... Glaubst du, ich hätte es nicht bemerkt, wenn du ausspeist?«

»Also ist vielleicht eine Rippe gebrochen ...« Ich riß mich zusammen und regte mich. »Hör zu, Bascha ...«

»*Du* hörst zu!« erwiderte sie. »Wenn es so weitergeht, könntest du sterben. Willst du das? Iskandars Schicksal erfüllen, damit jeder weiß, daß du *wirklich* der Jhihadi bist?«

»Ich brauche einfach ein wenig Genesungszeit. All dies Davonlaufen ...« Ich brach ab, sammelte die Kraft zum Aufstehen. »In Ordnung ... laß mir nur einen Augenblick Zeit.«

Dels Stimme klang eisig, wie sie immer klingt, wenn Del sehr ärgerlich – oder ängstlich – ist. »Du blutest noch immer.«

Ich stand absolut still, gab meinem Körper keinen Grund zum Protest. »Weil mich jemand – oder mehrere Jemande – in die Nieren getreten und geboxt haben«, keuchte ich. »Was, bei den Hoolies, erwartest du?«

»Ich habe einen Mann daran sterben sehen.«

Ich hörte auf, mein Befinden zu ergründen. »Was?«

»Ich habe einen Mann daran sterben sehen.«

Verärgerung flammte auf, brannte den letzten kleinen Rest Kraft fort. »Ich kann *nichts dagegen tun!*«

»Du kannst dich um dich selbst kümmern«, sagte sie. »Du hast die Magie – *benutzte* sie!«

Ich konnte ihr nur antworten. »Ich sagte dir, warum ich es nicht tun werde.«

»Nein, das hast du nicht gesagt. Du sagtest nur, du würdest es nicht tun. Nicht mehr.« Del stand steif auf. Ihr Gesicht war angespannt und blaß. »Ich glaube, du hast aufgegeben. Ich glaube, du *willst* sterben.«

Ich schwankte. »Oh, im Namen ...«

»Also kannst du als der Jhihadi sterben und auf diese Weise besser als Abbu sein.«

»Was?«

Ihre Lippen waren zusammengepreßt. »Er ist nur ein Schwerttänzer. *Du* bist der Jhihadi.«

Nein, nein, Bascha ... es ist nur, weil ich mich so schlecht fühle.

Aber warum sollte ich ihr das sagen?

»Del ...«

»Wenn du ihn nicht im Kreis besiegen kannst, wirst du ihn im Tod besiegen.«

Ich lachte mühsam. »Du bist sandkrank.«

»Tatsächlich?«

»Glaubst du wirklich, daß ich *sterben* will, um mich als der Bessere zu erweisen?«

»Mehr noch«, sagte sie verbittert. »Um dich als *der Beste* zu erweisen.«

»Sandkrank«, murmelte ich. Hoolies, konnte die Frau nicht erkennen, daß ich einfach Ruhe brauchte?

Mich wieder hinlegen mußte und schlafen und *ausruhen* und den Körper sich erholen lassen? *Laß sie gehen,* sagte Chosa. *Im Moment brauche ich nur dich. Sie wird später drankommen.*

Es war leichter aufzugeben. »Reite weiter«, krächzte ich. »Wenn du dich so stark fühlst ... schau, ich brauche Ruhe. Reite weiter zu der Oase. Ich kann dich später einholen.«

Das überraschte sie eindeutig. »Das will ich nicht. Ich will, daß wir *beide* ...«

»Reite weiter. Du allein. Reite weiter.«

»Die Oase ist nicht mehr weit entfernt. Du kannst sie erreichen und dich *dann* ausruhen.«

»Reite ohne mich weiter. Ich werde dich einholen.«

Ihre Schultern bildeten eine unglaublich harte Linie. »Wenn du einfach die Magie gebrauchen würdest ...« Sie knirschte mit den Zähnen. »Du weigerst dich nur, weil du sie so sehr haßt. Weil du nicht zugeben willst, daß du mehr als nur dich selbst brauchst.«

Ich lachte kurz auf. Setzte mich ganz vorsichtig hin. Zog die Knie an und legte die Stirn darauf. »Du verstehst überhaupt nichts ... du hast keine Ahnung, welchen Tribut die Magie verlangt ...«

Ihre Selbstbeherrschung schwand. »Sie verursacht dir Übelkeit«, fauchte sie. »Und? Zuviel Aqivi bewirkt dasselbe, aber das hindert dich nicht.«

Ich murmelte etwas zu meinen Oberschenkeln hin.

Del fluchte. Ich hörte sie forsch durch den Sand stapfen, murmelnd innehalten und dann wieder zurückkommen. »Ich *werde* gehen«, erklärte sie. Ein wenig Drohung. Ein wenig Bitte. Aber auch die vertraute Überzeugung, die ich besser kannte, als daß ich sie unbeachtet gelassen hätte.

Ich hob mühsam den Kopf. Tief in mir verwandelte sich etwas von Teilnahmslosigkeit in Angst.

Dels Gesicht war kalt wie Eis. Blaue Augen glitzerten. Sie spie alles auf einmal aus, fast ein Singsang, nahm mit jeder Silbe eine entschlossenere Haltung ein. »Du hast gesagt, ich soll gehen, obwohl ich das ohnehin getan hätte. Und so sage ich folgendes: Wenn du nichts tust – wenn du es nicht einmal *versucht* –, werde ich nicht hierbleiben und zusehen. Der Tod des Jhihadi wird ohne Zeugen stattfinden. Und daher wird sein Körper von der Punja vereinnahmt werden, bis nur noch Knochen übrig sind, und sie werden mit der Zeit zerrieben und fortgetragen und über den Sand verstreut werden... bis nichts mehr übrig ist. Kein Jhihadi. Kein Schwerttänzer. Und überhaupt nichts mehr vom Tiger.«

Tief getroffen, bedachte ich sie mit einer eher unschmeichelhaften Bezeichnung.

»Ja«, stimmte Del zu und schritt zu ihrer Stute.

Ich beobachtete ihren Weggang. Ich beobachtete, wie sie die Stute sattelte, die Botas aufteilte, mir die Hälfte überließ und dann aufstieg. Sie hielt die Zügel kurz. »Ich werde bis zur Dämmerung in der Oase sein. Wenn du dann nicht da bist, werde ich weiterziehen.«

Sie meinte es nicht ernst. Ich wußte, daß sie es nicht ernst meinte.

Del verzog kurz das Gesicht. Riß dann die Stute herum und ritt davon.

Ich beobachtete, wie Del *davonritt.*

»Hoolies«, krächzte ich, »sie *hat* es ernst gemeint.«

Sandwolken schwebten in ihrer Spur, überstäubten mich.

Dumpfer Ärger flammte erneut auf. »Das tut sie nur, damit ich hinter ihr herkomme.«

Natürlich tat sie es deshalb. Alles andere hatte sie bereits versucht.

Der Ärger verrauchte zu Asche. Niemand – und nichts – antwortete. Chosa war in mir ruhig.

Es gibt Zeiten, in denen man den Stolz beiseite drängen muß. Ich seufzte schwer und nickte. »In Ordnung,

Bascha … ich komme.« Ich zwang mich auf die Knie, bereitete mich darauf vor aufzustehen. Die Welt stellte sich auf den Kopf und spie mich aus wie eine Mahlzeit.

Angst durchfuhr mich: Was wäre, wenn ich sie nicht erreichen *könnte*?

»Warte …«, keuchte ich. »Del … geh noch *nicht* …«

Aber Del, die es gut meinte, war bereits fort.

Chosa Dei war es nicht.

Die Angst verging. Ersetzt wurde sie durch eine dumpfe, farblose Verwunderung darüber, daß Chosa so vieles tun konnte, wenn ich nicht einmal hinsah.

»Punjawurm«, krächzte ich.

Während ich mich auf der Decke ausbreitete, tauchte die Frage in einem Kopf auf, ob sich die Nähte von Shaka Obres Gebilde lösten. Sich von innen nach außen aufzogen, weil Chosa den Stoff, aus dem ich beschaffen war, in Stücke schnitt.

»Iskandar«, murmelte ich. »Ist es auf diese Weise mit dir geschehen?«

* * *

Hände. Sie drängen auf meinen Burnus ein, auf den Gürtel, lösten ihn und streiften mir den Burnus ab: Eine Hand ruhte auf meinen Rippen, wurde dann zurückgezogen.

»Tot«, sagte ein Mann.

»Oder fast«, sagte ein anderer.

Dann eine Stimme, die ich kannte. »Nehmt das Pferd und das Schwert und alles Geld, das er vielleicht hat. Laßt den Rest für Sabra zurück. Er ist mir egal. Ich will nur die Frau.«

Vorsichtig: »Er ist … der Sandtiger.«

Umir, ungeduldig: »Was kümmert mich das? Er ist es nicht wert, in meine Sammlung aufgenommen zu werden.«

Nein. Abbu war es wert.

Erneut Hände. Der Gürtel wurde unter mir fortgerissen, wodurch ich von der Brust bis zum Dhoti nackt war. Münzen klapperten kurz. Jemand fluchte. Wenn ich gekonnt hätte, hätte ich gelächelt: eine fast leere Tasche. Schwache Einkünfte von der Legende.

Ein Geräusch: Bewegung. Eine Hand an meiner Kehle, die die Sandtigerkrallen ergriff. »Laß das«, befahl Umir. »Wir wollen sicherstellen, daß Sabra erkennt, wer er war.«

»Da ist noch sein Gesicht«, sagte jemand. »Die Narben …«

»Vielleicht wird sein Gesicht – und sein *restlicher* Körper – von Raubtieren zerfressen, bevor Sabra hier ankommt. Laß die Kette hier. Abbu Bensir kann selbst entscheiden, ob er sie als Andenken nehmen will.«

Abbu? Abbu – bei Sabra?

»Wasser?« eine andere Stimme.

»Befestige es an dem Pferd. Wir werden alles mitnehmen.« Umir schritt davon. »Wir sollten mit der Erinnerung an Legenden keine weitere Zeit verschwenden. Er ist jetzt erledigt, und ich will die Frau.«

Ich hörte den Hengst schnauben. Dann das drängende, polternde Wiehern, das kein Gruß, sondern Warnung war. Südliche Stimmen riefen etwas. Dann schrie der Hengst. Und dann schrie ein Mann. Ah. Guter Junge.

Stimmen, die über den Hengst redeten. Er hatte den Kopf eines Mannes zerschmettert.

»Laßt ihn hier«, fauchte Umir. »Ihr kommt jetzt nicht an ihn heran.«

Jemand neben mir, der sich herabbeugte. Er nahm den Harnisch auf, die Scheide. Hielt inne. Durch geschlossene Lider konnte ich es sehen: Der Mann betrachtete es. Das legendäre Schwert. Seine Hand so sehr nah – warum sollte er die Klinge nicht aus der Scheide ziehen und sehen, wie sie ausbalanciert war? Das Schwert des *Sandtigers* …

Er schrie. Lang und laut und entsetzt, als sich die Magie in seine Knochen fraß.

Einfältiger Punjawurm.

Erneutes Reden, rund um mich herum. Der Mann schrie noch immer. »Tötet ihn«, sagte Umir. »Ich will solchen Lärm nicht haben.«

Sofort hörte das Schreien auf.

Schweigen. Eine Ansammlung anderer, die das Schwert betrachteten.

»Hebt es auf«, befahl Umir.

Ein Mann widersprach, es sei eine magische Klinge, und niemand kenne den Zauber.

»Hebt es auf«, wiederholte Umir. »Benutzt etwas, um euch zu schützen… Hier, benutzt die Decke.«

Sie rissen sie unter mir fort, so daß meine Glieder verdreht wurden. Einfältiger Punjawurm. Eine *Decke* gegen Samiel?

Ein zweiter Mann schrie auf, rief seinen (tauben) Gott an und verfiel dann in Schluchzen. Nüchtern befahl Umir der Grausame, auch ihn zu töten, weil er den Lärm nicht mochte.

»Laßt es hier«, sagte er kurz. »Vielleicht ist es eine magische Klinge, aber deswegen werde ich nicht die Frau verlieren. Wenn niemand es aufheben kann, wird es noch hier ein, wenn wir zurückkommen.«

»Aber… was wäre, wenn Sabra selbst…?«

Umir lachte. »Wir sollten hoffen, daß sie es versucht. Es steht einer Frau nicht an zu versuchen, anstelle eines Mannes zu regieren.«

Rückzug. Wieder Pferde, die bestiegen wurden. Davonreitende Männer.

Ich lag kraftlos im Sand und fragte mich, ob es das wert war. Vielleicht war *ich* es nicht wert. Aber Del war alles wert.

Der leiseste Hauch von einem Laut drang zischend durch trockene, regungslose Lippen. »Chosa?« flüsterte ich.

In mir knisterte etwas. Erwachte dann zum Leben, plappernde Begeisterung: Die Schlacht war gewonnen.

Jetzt begann der Krieg.

»O Hoolies«, murmelte ich, »ich will das *wirklich* nicht.«

Zweiunddreissig

Ich hockte mich neben das Schwert: widerliche, unbeabsichtigte Huldigung. Aber meine Knochen waren so spröde, daß sie sogar innerhalb meiner lebenden Haut vermutlich zerbrechen und zu Staub zerfallen würden.

Gesprenkelte, verfärbte Haut, aber nichtsdestotrotz lebendig. Ich streckte eine Hand aus. Die Finger zitterten. Die Nägel waren wieder bläulich geworden, die Unterarme mit schwarzen, violett angehauchten, sich unheimlich von einem gelben Netzwerk abhebenden Streifen versehen. Was als normale – wenn auch schmerzhafte – Prellung begonnen hatte, hatte sich inzwischen ausgebreitet, um mich ganz zu verschlingen. Die Haut war aufgedunsen und weich, von austretender Flüssigkeit angeschwollen.

Hoolies, ich war fertig. Kein Wunder, daß Del außer sich geraten war.

Weil auch sie erschrocken war.

Der Schmerz konzentrierte sich auf den unteren Rücken. Feuer brannte hell, klomm mein Rückgrat herauf und dann an jeder der Rippen entlang, wand sich um meine Brust und traf am Brustbein zusammen, wo noch mehr Schmerz tobte. Mein ganzer Körper war ein Scheiterhaufen.

Zeit, ihn zu löschen.

Das Schwert lag ungeschützt im Sand. Ich war sehr dankbar. Hätten Umirs Männer es in der Scheide liegen gelassen, hätte jemand es aufheben und forttragen können. Weder die Decke bot Schutz noch sonst etwas so Einfaches, aber die in das Leder eingearbeiteten Runen dämpften den Biß der Waffe. Wenn sie in meinem Harnisch steckte, wenn man nur die Riemen oder die Scheide berührte, konnte jedermann sie stehlen.

»... Gesang ...«, krächzte ich. »Hoolies, ich hasse es zu singen ...«

Ich schwankte, fiel beinahe hin. Ich hatte Chosa gegenüber keine Versprechungen gemacht – würde sie auch nicht einhalten –, und das wußte er nur zu gut. Er würde kein Risiko eingehen. Wenn ich die Heilkräfte heraufbeschwöre, öffne ich die Tür für ihn. Und er wird versuchen, sie zu ergreifen und aus der Wand zu reißen, hineinzurauschen, um den Raum auszufüllen, der wie mein Körper doppelt verwendet wurde.

Das Risiko gefiel mir nicht. Es gefiel mir überhaupt nicht. Aber Umir war hinter *Del* her.

Ich berief meinen kleinen Gesang herauf. Krächzte ihn in den Tag hinein. Griff hinab und nahm das Schwert auf, zog es dann auf meinen Schoß.

Kreis, Tiger, vergiß den Kreis nicht ...

Chosa rührte sich in mir.

Er hatte gewollt, daß ich vergesse.

Auf Knien und Händen führte ich mit der halb gezogenen und halb geschwungenen Schwertspitze einen ungleichmäßigen Kreis aus, sorgte dafür, daß die Enden zusammengefügt waren. Es durfte keine Unterbrechung, keinen Riß in der gezogenen Linie geben, oder Chosa würde sie finden und nutzen.

Kreis. Ich hockte mich innerhalb der Begrenzung hin, barg das Schwert und sang meinen kleinen Gesang.

Welche Verschwendung von ...

Die Macht streckte sich aus und ergriff mich. Sie schüttelte mich vom Kopf bis zu den Zehen durch, ließ jeden einzelnen Knochen klappern und warf mich dann wieder zu Boden.

Der Magen kletterte mir die Kehle herauf. Chosa,

der hervorkroch? »... *übel* ...«, würgte ich. »... schlimmer als Aqivi ...«

Jeder Knochen war beeinträchtigt, wand sich im Gelenk, zog sich von den Sehnen zurück.

»... *warte* ...«

Blut brach mir aus der Nase hervor.

»Ich nehme es zurück ...«, murmelte ich, »... will es nach allem doch nicht ...«

Die Macht grub sich in mein Haar und riß meinen Kopf gerade hoch. Ich habe eine widerstandsfähige Kopfhaut, aber dies war zuviel.

»... *Halt* ...«

Das Schwert glühte dumpf schwarz. Chosa antwortete in mir. Ich keuchte. Schluckte krampfhaft. Wand mich von Chosas Berührung fort, spürte sein Eindringen. Versuchte es – *ihn* – auszuschließen, ihm den Eintritt zu verweigern.

Aber der Versuch, sich Chosa zu verweigern, bedeutete auch, sich der Magie zu verweigern.

Die Macht hatte keine Geduld. Ich hatte ihr eine Einladung geschickt, und sie brachte Freunde mit.

»Ich *nehme es zurück* ...«, rief ich. »Vergiß, daß ich etwas gesagt ha ...«

Die Macht beugte sich sehr tief herab und sah mir in die Augen, als wolle sie die Wahrheit ergründen. Als wolle sie *mich* ergründen.

»Ich bin nur ... ein Schwerttänzer ...«

Die Macht war anderer Meinung. Sie ließ mich von ihrer Hand herabbaumeln, wie Umir die Runen hatte baumeln lassen.

Blut lief mir am Kinn herab. Ich hatte nicht die Kraft, es wegzuwischwn, etwas anderes zu tun als zu atmen.

Hoolies, was habe ich getan? Was habe ich ausgelöst?

Soviel zu dem Bannkreis.

Aber er war dazu gedacht, Chosa im *Innern* zu halten, nicht die Macht auszusperren.

Und wer würde es überhaupt versuchen?

»Ich muß ... nur ... genesen ... um gehen ... um Delilah helfen zu können ...«

Der kleine Teil von Chosa spielte mit meinem Herzschlag Karussell. Er nahm zu und wieder ab, wie der Mond.

Krämpfe quälten meinen Körper. Die Macht schüttelte mich erneut durch. Ließ dann mein Haar los.

Das Schwert fiel aus schlaffen Händen und Armbeugen. Ich landete darauf.

Die Schneide schnitt in einen Arm ein, rasierte die Haare von der Haut ab. Ich konnte nur lachen, rührte mit meinem Atem Staub und Sand auf.

Dann erstarb das Gelächter.

Weil Chosa sehr verärgert war.

Chosa würde auf die eine oder andere Art Rache nehmen. Ich lag im Sand, auf dem Schwert. Fragte mich, was, zu den Hoolies, ich war.

Fragte mich, was ich *tun* konnte.

Und was Chosa Dei versuchen würde.

Oase. Fast Abenddämmerung, und die Sonne malte alles orangefarben. In Form scharf abgegrenzter Silhouetten sichtbare Palmen sprossen zufällig, ließen Fasern und Datteln herabbaumeln. Darunter, rund um das Wasser, standen Umir und seine Männer.

Ein Körper lag am Boden, ein herabgefallenes Schwert daneben. Ich fragte mich, ob Del ihn getötet hatte – oder Umir, wegen seines Lärms.

Sie stand da, die Beine fest auf den Boden gestemmt, die bloße Klinge in den Händen. Blut rann am Stahl herab, von den Runen geleitet und vom Heft ferngehalten, bevor es ihre Hände beflecken konnte. Obwohl einige sagen würden, die Flecken befänden sich auf ihrer Seele.

Umir war, wie ich erkannte, durch seine Habsucht wie auch durch seine Erziehung gehemmt. Er wollte sie unversehrt, unverletzt, um sie seiner Sammlung einverleiben zu können. Gleichgültig, wie einmalig ihr Talent war, sie *war* eine Frau und er ein Südbewohner. Er hatte sicherlich damit gerechnet, daß Del ihn sehr heftig ablehnen würde.

Es war beinahe lächerlich. Aber niemand lachte.

Ich parierte den Hengst leise durch, bevor mich jemand bemerkte, sorgte dafür, daß Umir und seine Männer zwischen Del und mich gelangten. Sie waren uns zahlenmäßig überlegen, aber wir hatten den größeren Vorteil. Umir wollte sie unversehrt. Del und ich waren hinsichtlich Umirs Männern nicht so heikel.

Sie schaute an ihnen vorbei. Sah mich. Zuckte nicht einmal mit den Wimpern. Wandte ihre Aufmerksamkeit wieder Umir zu, bevor jemand es auch nur bemerkte.

Ich lächelte, ahnte die Überraschung, die überwältigende Erregung... Dann mischte sich der Hengst in das Spiel ein, indem er der Stute gebieterisch zuwieherte, worauf diese einen schrillen Willkommensgruß ausstieß.

»Hoolies«, murmelte ich angewidert und riß das Schwert aus der Scheide, als Umir und seine Begleiter herumfuhren, die Schwertklingen im Sonnenuntergang glitzernd.

Die Männer gafften mich mit offenem Mund an. Geweitete Augen gaben das Weiße preis. Jemand murmelte ein Gebet an den Gott der Geister.

Umir der Grausame runzelte nur die Stirn.

Vor freudiger Erregung spannte sich mein Bauch an. Ich beugte mich ernst und vorsichtig vor, in vollkommenem Wohlbefinden, bestens vorbereitet. »Jemand«, sagte ich leichthin, »hat meinen Gürtel und mein Geld. Gebt ihr sie mir zurück?«

»Tötet ihn«, befahl Umir.

Niemand bewegte einen Muskel. Bis ein Mann es zaghaft tat und Gürtel und Geldbörse fallen ließ.

Ich grinste. Ich wußte sehr wohl, wie es aussah: Hier bin *ich*. Ich zeigte mich, ich, was für sich gesehen ziemlich bedrohlich sein kann, da ich viele Jahre Erfahrung hatte. Die Legende in der Haut – feste, schnelle, *gefährliche* Haut – nicht der aufgedunsene, gesprenkelte, verfärbte Körper, den Umirs Männer gefunden hatten. »Tot, bin ich das?« fragte ich. »Vielleicht *fast* tot? Oder vielleicht keins von beidem, nur jemand, der sich einer Falle bedient hat – oder großer und mächtiger Magie.«

Und damit hatte ich nicht einmal gelogen.

Nun, halbwegs vielleicht. Es war niemals eine Falle gewesen, aber warum sollte ich ihnen das verraten.

Umirs Männer regten sich. Aber niemand gehorchte seinem wiederholten Befehl, mich zu töten. Wer könnte einen Mann töten, der bereits tot war?

Ich schwenkte die bloße Klinge: »Möchte noch jemand mein Schwert nehmen? Ich glaube, er ist noch immer hungrig.«

»Narren«, fauchte Umir. »Er ist genauso ein Mann wie jeder andere von euch. Laßt euch nicht von ihm foppen – *tötet* ihn!«

»Geht nach Hause«, sagte ich ruhig, »bevor ich die Geduld verliere.«

Umirs Männer gingen nach Hause. Oder *irgendwohin*. Wie dem auch sei, sie zogen alle davon. Überließen Umir sich selbst. Ich führte den Hengst zu ihm, langsam und bewußt. Warf Del einen schnellen Blick zu. Hielt Umir dann mit meinem Blick fest.

»Ihr habt drei Fehler gemacht«, erklärte ich. »Als erstes habt Ihr mich mit Magie gefesselt und mich dazu herausgefordert zu entkommen. Zweitens habt Ihr mich als tot zurückgelassen, was ich als Beleidigung ansehe. *Abbu* tätet Ihr das nicht an.«

Umir, der vollkommen gelassen blieb, barg die Hände in den weiten, mit Edelsteinen beschwerten Ärmeln. »Was war der dritte Fehler?«

Ich deutete mit der Klinge auf Del. »Ihr habt *sie* unberücksichtigt gelassen.«

Er sah nicht einmal zu ihr hin. »Vielleicht habe ich Euch unterschätzt. Vielleicht *seid* Ihr besser als Abbu Bensir, und vielleicht *sollte* ich das überdenken.«

Ich grinste. »Das klingt schon besser.« Ein Blick zu Del. »Willst du ihn töten?«

Sie zuckte eine Schulter. »Ich habe heute schon einen Mann getötet. Noch einer wäre zuviel.«

Ich nickte, während sie sich hinabbeugte, um ihre Klinge am Burnus des Toten zu reinigen. »Dann werde ich mich darum kümmern.«

Umir erblaßte, aber nur unwesentlich. »Ich hätte Euch bereits zweimal töten können. Ich habe Euch Gelegenheit zum Entkommen gegeben ... Und beide Male habt Ihr es geschafft.«

»Und ich werde *Euch* eine Gelegenheit lassen.« Ich steckte das Schwert brüsk in die Scheide, sprang von dem Hengst, näherte mich Umir dem Grausamen. »Eure Hände«, sagte ich freundlich. Dünne Lippen lächelten. »Ihr müßt Euch nehmen, was Ihr haben wollt.«

»In Ordnung.« Ich ergriff seine Handgelenke, drückte zu. Die Hände verkrampften sich heftig, während er keuchte, und stießen aus den schweren Ärmeln hervor. Noch immer zudrückend, zwang ich ihn, sich hinzusetzen. Dann umschloß ich die Handgelenke mit einer großen Hand, zog mit der anderen mein Messer und fügte ihm Schnitte zu.

Umir wurde aschgrau. »Wollt Ihr, daß ich *verblute?*«

»Ich will, daß Ihr gar nichts tut, außer hier zu sitzen.« Ich ließ das Messer erneut in ihn hineingleiten und verschmierte dann sorgfältig das Blut über beide Handgelenke: »Hübsche Armbänder«, bemerkte ich. »Jetzt ein wenig guter Rat ...«

Umirs Lippen waren blaß. »Was wollt Ihr ...« Er zuckte zurück.

Del kam herüber. Sie stellte sich neben mich und beobachtete die Szene, eine Hand um ihr Schwertheft geschlossen. Ich hörte, wie sie den Atem anhielt.

»So.« Ich ließ seine Handgelenke los. Beide waren fest mit dicken gedrehten Seilen aus runengewirktem Blut gefesselt, rotschwarz in der untergehenden Sonne. »Was nun den Rat betrifft ...« Ich beugte mich nahe zu Umir hinab. *»Ärgert niemals einen Mann, dessen Magie größer ist als Eure.«*

Dreiunddreissig

Komm mit«, sagte ich zu Del. »Wir brauchen nicht mehr hierzubleiben.«

Sie schaute hinter mir her, als ich mich wieder dem Hengst zuwandte. Ich schwang mich weich hinauf, nahm die Zügel auf, bemerkte die Anspannung ihrer Schultern, die Fragen in ihren Augen. Aber sie stellte keine einzige, weil sie es besser wußte: Man gibt einem Feind nicht die kleinste Waffe in die Hand. Sie steckte einfach nur ihre frisch gereinigte Klinge in die Scheide und trat zu ihrem eigenen Pferd.

Umir öffnete den Mund. »Ihr geht?«

Ich zuckte die Achseln, während der Hengst tänzelte, weil es ihn zu der Stute zog. »Kein Grund zu bleiben. Mir gefällt die Gesellschaft nicht.«

»Aber ...« Er hob seine blutgefesselten Hände. »Was ist damit?«

»Die Farbe steht Euch gut.« Ich richtete den Hengst südwärts, regelte die Angelegenheit über die Zügel mit ihm. »Ihr solltet eine Gewohnheit daraus machen.«

»Ihr könnt mich nicht hier *zurücklassen!*«

»Natürlich kann ich das. Ihr habt Wasser, nicht wahr? Gleich hier in dem Becken. Wenn Eure Hände gefesselt sind, bedeutet das doch nicht, daß Ihr nicht trinken könnt. Und was das Essen betrifft, nun ...« Ich zuckte die Achseln, hielt den Hengst unter mir im Zaum. »Vermutlich solltet Ihr einfach auf Sabra warten.«

»Aber ...« Er brach ab.

Ich setzte mich tiefer im Sattel zurecht und beruhigte

den Hengst geschickt, beugte mich zu Umir vor. »Es sei denn, Ihr habt gelogen. Es sei denn, sie kommt überhaupt nicht.«

Unschlüssigkeit kämpfte auf seinem Gesicht. Dann schwand die Härte. »Sie kommt«, sagte er tonlos. »Von Iskandar nach Julah. Sie wird Quumi bereits verlassen haben.«

»Gut. Sie kann Euch etwas zu essen geben, wenn sie hier ankommt.«

Der Hengst tänzelte erneut, als ich ihm mehr Zügel ließ und zu Del hinüberschaute. »Bist du fertig?«

Sie nickte stumm.

»Gut. Dann sollten wir losreiten. Wir verschwenden das letzte bißchen Tageslicht.« Aber gerade als Del losritt, parierte ich den Hengst noch einmal durch. Das gefiel ihm überhaupt nicht. Er schnaubte und warf den Kopf hoch. »Umir«, sagte ich ruhig, »ich würde an Eurer Stelle nicht sehr gegen die Fesseln ankämpfen. Diese Runen werden Euch nicht erwürgen, aber sie könnten Euch die Hände abschneiden.«

Umir saß ganz still.

Ich wandte den Hengst um und ritt hinter Del her, lachte in den hengstgeborenen Wind.

Die Belustigung war nur von kurzer Dauer. Del ließ mich, wie erwartet, nicht sehr weit kommen, bevor sie mich mit Fragen bedrängte. Das Problem war, daß sie zu viele hatte, selbst für *ihren* Mund: Sie begann ganz normal, endete aber in einem Gewirr nordischer Sprachfetzen.

»Fang noch einmal an«, schlug ich vor.

Del sah mich eisig und mit zusammengebissenen Zähnen an. »Fang *du* an«, befahl sie.

»Ich bin nicht gestorben.« Ich hob die Augenbrauen, als ich ihren Gesichtsausdruck bemerkte. »Ich habe getan, was du wolltest, also warum beschwerst du dich?«

Sie biß weiterhin die Zähne zusammen. »Weil du es *vorher* hättest tun können.«

»Wovor? Vor Umirs Ankunft? Hoolies, es ist sehr gut gelungen. Jetzt flüchten seine Männer in vollem Galopp nach Quumi zurück und erzählen Geschichten von einem Sandtigergeist… das sollte ein wenig zu der Legende beitragen und uns etwas Schutz gewähren.«

»Wie?«

»Einige Möchtegernjäger beschließen vielleicht, ihr Glück nicht mehr zu versuchen.«

Sie dachte darüber nach. »Aber du hattest das Gefühl, es sei notwendig, mich davonzujagen…«

»Nein.« Die gute Laune schwand. »Ich hielt es für notwendig, Chosa Dei nichts zu überlassen. *Das* ist der Grund, warum ich mich geweigert habe, die Magie erneut heraufzubeschwören.«

Sie sah mich verärgert an, wog die Wahrheit ab. Prüfte meinen Gesichtsausdruck, die Ernsthaftigkeit meines Tonfalls. Schließlich wurden ihre Gesichtszüge weicher, aber der Zweifel behielt die Oberhand. »Aber du *hast* sie heraufbeschworen.«

»Ja, aber nicht für mich.«

»Wenn es ein solches Risiko war, wie du sagst, warum hast du dann…« Sie brach ab. Die Erkenntnis machte ihr Gesicht genauso bleich wie ihr Haar, das nach hinten zurückgeflochten war. »Aber nicht für dich«, murmelte sie tonlos.

Ich verfolgte das Thema nicht weiter. »Und was den Grund dafür betrifft, warum wir Umir dort zurückließen, wo er war, und zwar sehr schnell – nun weiß ich nicht, wie lange diese Runenfesseln halten. Meiner Erfahrung nach dürfte er bereits frei sein.«

Brauen schossen herab. »Wie hast du das gemacht? Wie hast du sie geschaffen? Was hast du ihm angetan?«

»Ich habe mir einen kleinen Trick von Chosa Dei ausgeborgt.«

Del parierte die Stute ruckartig durch. Sie geht normalerweise nicht hart mit Pferden um, und die Stute hat ein weiches Maul. Mit weit geöffnetem Maul und dunklen rollenden Augen blieb die Stute stehen. Ich parierte den Hengst ebenfalls durch. »Was hast du getan?« fragte Del. Ihr Blick durchforschte mein Gesicht. »Was hast du dir selbst angetan?«

Ich zuckte die Achseln.

Pupillen erweiterten sich in blauen Augen und ließen sie schwarz werden. Sie betrachtete mein Gesicht mit gieriger Anspannung. Dann schwand ein Teil der Konzentration. Jetzt suchte sie nach etwas anderem, nach einer anderen Wahrheit. »Umirs Männer haben dich nicht getötet, weil sie dachten, du seist bereits tot. Darum hast du sie so erschreckt.«

Ich zuckte erneut die Achseln. »Das ist ziemlich nahe an der Wahrheit.«

Was sie offensichtlich beunruhigte. »Bist du mir aus Stolz nicht nachgeritten oder weil du nicht *konntest?*«

Ich grinste. »Das ist ziemlich nahe an der Wahrheit.« Aber ich war nicht so gut, wie ich gehofft hatte. Alles Blut wich aus ihrem Gesicht. Der Ausdruck ihrer Augen machte mir angst. »Ich wäre nicht ... *gestorben*«, erklärte ich ihr eilig. »Nicht durch Chosas Machenschaften. *Umirs* Männer hätten mich vielleicht getötet, aber Chosa hätte es nicht getan. Er will den Körper.«

Ihre Stimme klang seltsam tonlos. »Wenn er gesiegt hätte, wärst du nicht mehr Tiger.«

Ich zuckte die Schultern. »Wahrscheinlich nicht.«

Del schluckte krampfhaft. »Ich habe dich zurückgelassen, um dich zum Handeln zu zwingen.«

»Das weiß ich.«

»Ich dachte, du kämst mit.«

»Auch das weiß ich.«

»Aber du hättest dennoch sterben können ... weil du nicht kommen *konntest*.« Dels Gesichtsausdruck war verzweifelt. »Was habe ich dir angetan?«

»Nichts.« Ich schlug dem Hengst die Fersen in

die Flanken. »Es ist vorbei, Del. Nichts davon ist wichtig, weil ich ganz geheilt und noch immer ich bin.«

»Wirklich?«

Ich wölbte eine Augenbraue. »Das werde ich dir später beweisen.« Sie lächelte nicht über die Zweideutigkeit. »Tiger …«

Ich seufzte. »Ich habe einfach einige Tricks gelernt.«

»Hat *er* das auch getan?« fragte sie, als ich an der Stute vorüberritt. »Hat Chosa auch Tricks gelernt?«

Ich schüttelte den Kopf, riß den Hengst herum, als er nach der Stute Ausschau hielt. »Er kennt sie bereits alle.«

* * *

Es war eine kühle, sanfte Nacht, und wir behandelten sie als solche. Ich lag auf dem Rücken, betrachtete die Sterne und den Mond, die Glieder vor Befriedigung gelockert. Ich war bis auf den Dhoti nackt, die durch die Anstrengung hervorgebrachte Feuchtigkeit trocknete langsam auf meinem Körper. Ich fühlte mich merkwürdig entspannt, schaute schläfrig zum Himmel hinauf, aber Del war hellwach. Ich habe niemals verstanden, warum eine Frau, obwohl sie vollkommen befriedigt ist, über den Zustand der Welt diskutieren will, während ich am liebsten die Welt vorüberschweben und mich mit sich nehmen ließe.

Ihr Oberschenkel klebte an meinem, ihr leicht abgewinkeltes Schulterblatt lag an meiner Brust. Del löste sich von mir, während sie sich auf eine Hüfte rollte. Sie zog ihren Burnus hervor, um ihn über ausgesprochen lange bloße Beine zu breiten, wie auch über die Hüften und den festen Leib darüber. Helles Haar war gelöst und zerzaust. Ein silbernes Fanal in der Dunkelheit.

»Woran denkst du?«

Hoolies. Sie fragen immer.

Ich erwog zu lügen. Aber Del war nicht sonderlich romantisch – nicht wie die meisten anderen Frauen –, und die Wahrheit würde sie nicht stören. »An Abbu.«

Sie erstarrte. »An Abbu Bensir? *Jetzt?*«

Vielleicht wollte sie doch weniger Wahrheit. »Es ist so ... Vergiß es.«

Und sie entspannte sich wieder. Eine Hand berührte meine Brust und zählte die Narben. Es war eine Angewohnheit von ihr, gegen die ich niemals protestierte, weil sich ihre Berührung gut anfühlte. »Du willst ihn *so* gern besiegen.«

»Das wollte ich früher nicht.« Ich lagerte meinen Kopf auf einem angewinkelten Arm. »Nun, das stimmt nicht ganz ... Ich habe ihn *immer* besiegen wollen ... Aber es war noch nie so wichtig.«

»Und jetzt ist es wichtig – nach dem, was Umir gesagt hat?«

»Was Umir sagt, ist immer darauf ausgerichtet, ihm das einzubringen, was er will.« Ich runzelte leicht die Stirn und dachte nach.

»Ich glaube, es hat mehr mit Sabra zu tun.«

»Warum? Du weißt nichts über sie.«

»Ich weiß etwas. Ich weiß, daß sie ein weiblicher Tanzeer ist und daß sie es geschafft hat, ihre Position zu verteidigen.«

»Das wird nicht von Dauer sein. Das hast du selbst gesagt.«

»Das wird es auch nicht. Aber wenn Abbu mit ihr reitet, nachdem er uns versichert hat, er werde es nicht tun ...« Ich befreite eine helle Haarsträhne, die sich in meiner Kette verfangen hatte. »Es ist nicht seine Art zu lügen.«

Del zuckte die Achseln, zählte noch immer meine Narben. »Vielleicht hat er seine Meinung später geändert. Vielleicht hat Sabra ihn überzeugt.«

»Es ist auch nicht seine Art, sich von den Schmeicheleien einer Frau einnehmen zu lassen.«

»Das kannst du nicht wissen. Hast du jemals mit ihm geschlafen?«

Ich grunzte. »Hältst du das bei mir für möglich?«

»Man sollte nicht vorschnell urteilen.« Dels Stimme klang träge. »Ich meine nur, daß viele Männer viele Dinge abhängig vom Bett tun.«

»Du klingst ungewöhnlich gut unterrichtet.«

»*Du* weißt es besser.«

»Ich weiß nur, was du mir erzählt hast.«

Sie erwog, verdrießlich zu werden, ließ es aber aus Interesselosigkeit sein. »Ich sage es noch einmal: Männer können von vielen verschiedenen Dingen überzeugt werden.«

»Ich habe an Abbu niemals als an einen Mann gedacht, der durch einen Beischlaf gekauft werden könnte.« Ich hielt inne. »Und auch an *mich* nicht, könnte ich hinzufügen.«

»Ich habe zu wenig Geld.« Del rückte näher heran. »Wenn sie eine schöne Frau ist, könnte er überzeugt worden sein, ihrem Zweck dienlich zu sein. Oder aus dem anderen Grund.«

»Aus welchem anderen Grund?«

»Die Möglichkeit, gegen dich zu tanzen. Er wollte es in Iskandar, bevor dich der Hengst an den Kopf getreten hat.«

Ich lächelte. »Vielleicht mißt er sich an meinem Ruf.«

»Wie du dich an seinem mißt?«

Ich zuckte die Achseln. »Vielleicht.«

»Ja.«

Ich gab mich geschlagen. »Ja.«

»Nun, ich denke, das wird eines Tages zwischen euch geregelt werden. Vielleicht nicht in den nächsten Jahren, aber eines Tages.« Ihre Finger fanden den fausttiefen faserigen Riß, der sich auf meiner Brust links unter den Rippenbögen befand. Ich spürte den Druck durch das dicke Narbengewebe kaum. »Es tut mir leid«, flüsterte sie.

Sie sagte es jedes Mal. Meinte es jedes Mal. Und erinnerte sich jedes Mal daran, wie sie mich beinahe getötet hätte, im Kreis von Staal-Ysta.

»Es hätte schlimmer sein können«, sagte ich. »Es hätte... *tiefer*... sitzen können...« – ich rollte mich herum und auf sie, schlang ein Bein um ihre Hüfte –, »... und dann täte es uns beiden leid.«

Dels Lachen ist Rauch. Es wand sich seinen Weg um mich herum und entschwebte in die Nacht.

Wenn ich mit dieser Frau zusammen bin, vergehen alle Zweifel. Weil ich wenigstens soviel habe, auch wenn ich *nicht* wirklich sein sollte.

Vierunddreissig

Eis, überall. Eisgirlanden, rauhreifbedeckte Felsen, im safranfarbenen Sonnenlicht glitzernd, in der Wärme eines südlichen Tages ...

Warte, sagte ich zu mir selbst. Eis? Im Süden?

Sogar im Tiefschlaf wußte ich es besser.

Wodurch ich natürlich aufwachte.

Del rollte herüber, als ich mich hochstieß, finster die Stirn runzelte und den Morgen betrachtete. Eine durch zerzaustes Haar geführte Hand konnte mich nicht von dem Nachbild befreien, auch nicht das heftige Reiben blinzelnder, vom Schlaf getrübter Augen. Der Eindruck war sehr deutlich: Eis, im Süden.

»Ich muß sandkrank sein«, murmelte ich und griff nach der nächsten Bota in Reichweite.

Del gähnte, streckte sich, hielt das Gesicht blinzelnd in das fahle neue Sonnenlicht, spähte mit einem Auge zu mir. »Warum?« Ich zuckte die Achseln, trank Wasser.

Das andere blaue Auge wurde geöffnet. »Ich will dir nicht unbedingt widersprechen, aber ich bin neugierig, warum *du* das behauptest.«

Ich schluckte und nahm die Bota herunter. »Man muß seine Träume nicht erklären, wenn man es nicht will.«

»Aha.« Sie streckte eine Hand nach der Bota aus. »Es sei denn, man ist der Jhihadi.«

»Jhihadis müssen sich auch nicht erklären. Jhihadis ... sind einfach.«

»Wie der Sandtiger.«

»Ein Beweis mehr.« Ich schob die Decken beiseite und stand auf. Ich fühlte mich erstaunlich gut für einen Mann, der von einer gewissen, nicht näher bestimmten Macht ins Gebet genommen und später als tot inmitten der Punja zurückgelassen worden war. Ich fühlte mich *äußerst* gut …

Und dann erinnerte ich mich daran, wie ich geheilt oder neugestaltet worden war – oder wie immer man es nennen will.

Was bedeutete, daß mein *wahres* Ich noch genauso zerschlagen und geprellt und nicht jünger war als zuvor.

Oder welches Ich immer ich war.

Ich schaute stirnrunzelnd zu Del hinab. »Wie war ich letzte Nacht?«

Helle Brauen schossen in die Höhe. Del blinzelte mich gespielt erstaunt an. Ich erkannte ihre Deutung der Frage, was angesichts der Intimität, die wir geteilt hatten, nicht so unerwartet kam. Ich formulierte meine Frage neu und winkte ab. »Nicht das. *Darüber* brauche ich keine Beteuerungen. Ich meinte nur …« Ich brach ab.»Ich drücke mich nicht sehr deutlich aus.«

Del schlüpfte, leicht belustigt, mit dem Fuß in eine Sandale und verschnürte die bis zu den Knien über Kreuz verlaufenden Riemen. »Was willst du sagen? Oder fragen? Oder – Was auch immer?«

»Schien ich dir … *wirklich* … zu sein?«

Die unterschiedlichsten Empfindungen wechselten sich auf ihrem Gesicht ab. Belustigung, Neugier, Verwirrung und auch ein kurzes Aufflackern von Unsicherheit. Und schließlich, als sie zu mir hochschaute, eine unvertraute Gelassenheit, als wisse sie, wieviel mir ihre Antwort bedeute, und sei erfreut, höchst ehrlich sein zu dürfen. »Unbestreitbar.«

Ich ließ nicht locker, noch nicht. »Du hast nicht einmal daran gezweifelt, daß ich es war?«

Sie hielt in ihrer Tätigkeit inne. »Hätte ich zweifeln *sollen?*«

»Nein. Ich glaube nicht. Ich meine, *ich* fühlte mich wie ich.« Ich kratzte heftig über meine Bartstoppeln. »Vergiß es. Ich wollte nur ... Vergiß es.«

»Tiger.« Del beendete das Zuschnüren ihrer Sandalen und lächelte zu mir hoch. Helles Haar verbarg ihre Schultern. »Du warst wie immer. Ich habe keine Beschwerden vorzubringen. Ich bezweifle auch, daß Elamain ... oder irgendeine der tausend Frauen, die eine Nacht mit dir verbracht haben, sich beschweren würden.«

Nein, Elamain hatte sich niemals über irgend etwas beschwert, bevor sie mich fast hatte kastrieren lassen. Und auch keine der anderen Frauen (nicht *tausend*, Del übertrieb), aber ich machte mir nicht wirklich Gedanken über sie. Ich machte mir Gedanken darüber, daß Del vielleicht irgendeine *Veränderung* an mir bemerkt – oder nicht bemerkt – haben könnte. Irgend etwas, das darauf hindeuten könnte, daß ich etwas von Shaka Obre hatte, und desgleichen etwas von Chosa.

Ich fühlte mich noch gleich. Aber wer war ich?

»Sandkrank«, murmelte ich erneut und schritt davon, um mir den Schmutz vom Körper zu waschen.

Dels absichtlich müßiger Tonfall schwebte mir hinterher. »Und da sagen die Männer, *Frauen* seien seltsam.«

Was deshalb geschieht, weil sie seltsam sind.

Aber ich war zu beschäftigt, um es ihr erklären zu können.

Rusali war genauso, wie wir es vor ungefähr einem Jahr verlassen hatten. Eine typisch südliche Stadt. Eine typische Punjastadt in einem typischen Punjagebiet – nur daß gerade ein Tanzeer gestorben war, als wir sie verlassen hatten, weil ein nordischer Schwerttänzer ihn getötet hatte, um ein *Jivatma* erneut zu tränken.

Nicht Del. Theron. Der gekommen war, um sie für

den Tod des *An-Kaidin* Baldur zu jagen, den sie getötet hatte, um ihre Klinge zu tränken.

Im nachhinein klang beider Erklärung ähnlich. Aber Dels Situation war eine andere gewesen. Theron hatte sein Schwert entgegen allen nordischen Tabus *erneut* getränkt, um einen Punkt gutzumachen. Lahamu, der Tanzeer von Rusali, beschäftigte sich ein wenig mit Magie und hatte einige Erfahrung mit Schwerttanztechniken. Theron beschloß, sein Schwert erneut zu tränken, damit er gegen Del einen besseren Stand im Kreis hätte. Dadurch, daß er das Schwert in Lahamu erneut tränkte, nahm er den südlichen Stil an, was Del aber nicht wußte.

Er hatte sie auch fast besiegt, aber ich hatte herausgefunden, daß etwas nicht stimmte. Ich hatte Del gewaltsam aus dem Kreis gezogen. Normalerweise wäre der Tanz damit an Theron gegangen, aber Del hatte schnell die Hintergründe erkannt. Therons Regelüberschreitung machte den Tanz ungültig, aber ich hatte für mich entschieden, ihm eine Lektion zu erteilen.

Und das hatte ich getan. Ich hatte ihn getötet.

Und dabei entdeckt, was es bedeutete, ein *Jivatma* zu führen, wenn man seinen Namen kennt.

Ah ja. Theron. Teleks Bruder, Sohn des alten Stigand, die sich in Staal-Ysta zunächst beide verschworen hatten, Del zu verbannen, und dann, uns beide zu töten. Zu diesem Zweck wollten sie bei dem tödlichsten aller Kämpfe einen gegen den anderen ausspielen, denn jeder von uns wollte – *mußte* – siegen: Del, um ein Jahr mit ihrer Tochter zu erringen, und ich, um mich aus einem mit einem Eid beschworenen, bindenden Dienst zu befreien, in den Del mich mit einem Trick gelockt hatte.

Hoolies, so vieles war geschehen. Seht uns *jetzt* an.

Seht *mich* jetzt an.

Andererseits lieber nicht. Ihr könntet etwas sehen, das keinem von uns gefiele.

Rusali. Ohne Laharnu, aber jetzt auch ohne Alric, den verpflanzten nordischen Schwerttänzer, und Lena, seine südliche Frau, und alle ihre Mischlingsmädchen.

Wir ritten durch die wie zufällig hingestreuten Randgebiete von Rusali und dann ganz in die Stadt hinein. Del war seltsam nachdenklich. »Was ist los?« fragte ich.

»Erinnerungen«, antwortete sie. »Damals kannten wir uns kaum … Sieh uns jetzt an.«

Das entsprach meinen eigenen Gedanken. Verdrießlich sagte ich: »Jetzt wissen wir zuviel.«

Sie lächelte. »Manchmal.«

»Andererseits gibt es noch eine Menge, was ich über dich nicht weiß – und eine Menge, was du über mich nicht weißt.« Das brachte mir einen Seitenblick ein. »Das kann sein – aber es gibt auch eine Menge über dich zu wissen, was *du* nicht weißt.«

Ich grunzte: »Ich weiß genug.«

»Warum fragst du mich dann immer wieder, ob ich dich für real halte?«

Ich führte den Hengst um einen umgestürzten Korb herum, der uns auf der engen, staubigen Straße den Weg versperrte. »Fragst du dich niemals, ob *du* real bist?«

»Nein.«

Ich duckte mich unter einer tiefhängenden Plane hindurch und stieß mit dem linken Knie gegen das rechte Knie von Del, als uns die immer schmaler werdende Straße näher aneinanderdrängte. »Du hast dich nicht einmal gefragt, ob du nicht vielleicht eine Art … Gebilde bist?«

»Gebilde?«

Ich suchte nach der besten Erklärung. »Ein heraufbeschworenes Wesen. Ein *magisches* Wesen, von der Magie für einen bestimmten Zweck erschaffen.« Wie wenn man Sand in Gras verwandelt?

Del runzelte die Stirn. »Nein. Warum sollte ich?«

Ich versuchte, den einfachsten Weg einer Erklärung zu finden, ohne wirklich etwas zu erklären. »Hast du, als du erkanntest, wie gut du mit dem Schwert umgehen konntest, nicht gedacht, daß du vielleicht etwas Ungewöhnliches seist?«

Del lächelte schwach. »Meine Verwandten haben mir *stets* erzählt, ich sei etwas Ungewöhnliches.«

Ich runzelte die Stirn. »Das meine ich nicht. Ich meine ... als du tief in dir wußtest, daß du besser warst als jeder andere ... Hast du da gedacht, es gebe vielleicht einen Grund dafür?«

Brauen wurden ruckartig angehoben. »Besser als *jeder* andere?«

»Nun, nicht besser als ich. Das ist noch nicht erwiesen.«

Sie lachte weich. »Nein, ich habe mich das niemals gefragt. Als ich jung war und meine Brüder und Onkel und mein Vater mich in Waffenkunde zu unterrichten begannen, war es einfach eine Beschäftigung. Niemand sonst tat es. Meine Mutter hatte den Großmut, mir diese Gelegenheit nicht zu verwehren, und die anderen Frauen hatten den Großmut, meine Mutter dafür nicht zu tadeln. Und als ich in Staal-Ysta erkannte, daß ich *so* gut sein würde ... nun ...« Sie brach ab. Als sie fortfuhr, hatte ihr Tonfall sich von müßiger Erinnerung auf erbarmungsloses Bekenntnis eingestellt. »Zu dem Zeitpunkt wollte ich nur gut genug sein, um zu tun, was ich tun mußte: Ajani zu vernichten. Ich dachte nicht einmal an etwas anderes und stellte auch das Glück, mit diesem Talent bedacht worden zu sein, nicht in Frage.«

»Oh«, sagte ich schließlich.

»Also nein, ich habe mich niemals gefragt, ob ich ein – wie nanntest du es? – Gebilde sei.«

Sie wartete auf meine Zustimmung. »Ich war immer, was ich bin. Was ich sein mußte.«

Ich schwieg. Es war mir auch niemals in den Sinn

gekommen, bis ich vor dem alten Hustapha gekauert und zum erstenmal gedacht hatte, daß all dies Gerede über Jhihadis und Sand und Gras tatsächlich irgendeine Grundlage haben könnte.

Ich erschauderte vor Unbehagen. Spürte das Gewicht des *Jivatma* auf dem Rücken und das des Magiers, den es beherbergte.

Wir mieteten einen Raum in einem kleinen, überwiegend unbelegten Gasthof, dessen Besitzer so froh über die Kundschaft war, daß er uns seinen allerbesten Raum überließ. Was nicht wirklich viel bedeutete, aber zumindest war das Bett länger. Erstmals ruhten meine Fersen am Ende des Bettrahmens, anstatt darüber hinauszuragen.

Del kniete auf dem festgestampften Erdboden und sortierte die Botas, entwirrte Riemen von Sattelknäufen. »Wir können nicht lange bleiben.«

»Über Nacht.« Ich löste einen Knoten in einem meiner Sandalenriemen. »Wir können jetzt Proviant aufnehmen oder bis morgen damit warten.«

»Ich werde jetzt gehen. Du kannst zuerst baden.« Sie stand auf, legte die Satteltaschen neben mich auf das Bett. »Vorausgesetzt, du *willst* baden.«

»Dem Tonfall deiner Stimme nach zu urteilen, setze ich voraus, daß du es für nötig hältst.«

Del lächelte. »Ja.« Und ging auf den Türvorhang zu.

»Wohin gehst du?«

Mit wohlerwogener Klarheit: »Vorräte kaufen, das sagte ich bereits.«

»Das können wir zusammen tun.«

Sie zuckte die Achseln. »Ist nicht nötig. Ich werde zurück sein, wenn du fertig bist, und dann ebenfalls baden.«

Alles in allem kam es mir etwas merkwürdig vor. Obwohl Del vollkommen in der Lage war, sich allein um unsere Vorräte zu kümmern, erledigten wir das normalerweise zusammen, einfach deshalb, um die Dinge zu erleichtern. Aber ich sah keinen Grund zu widersprechen. Vielleicht brauchte sie Zeit für sich selbst. Frauen sind so. Besonders wenn sie Geld ausgeben.

Nun war es an mir, die Achseln zu zucken. »In Ordnung. Wenn ich nicht mehr hier bin, werde ich im Schankraum sein.«

»Und Aqivi trinken. Wo sonst?« Del zog den zerschlissenen Stoff des Türvorhangs beiseite und war fort.

Ich bestellte ein Bad in unseren Raum. Der Besitzer kam dieser Bitte nach, indem er eine völlig verzogene halbhohe Tonne hereinrollte und dann eimerweise Wasser herbeischleppte. Nicht viele Eimer, nicht genügend. Aber es war besser als nichts. Es gab Badehäuser in Rusali, aber dort kann man niemals sagen, wie viele Körper in dem Wasser bereits gewaschen wurden. Zumindest bekam Del auf diese Weise meines, und mich kannte sie bereits.

Es war auch nicht genügend Seife vorhanden, aber ich kam zurecht und ließ ausreichend viel für Del übrig. Dann führte ich mein frischgewaschenes Selbst in den Schankraum, wo ich Aqivi bestellte und einige Zeit damit verbrachte, ihn zu trinken. Del kam schließlich schwer beladen zurück, nickte mir zu und verschwand dann in unserem Zimmer. Ich erwog, ebenfalls hineinzugehen, um ihrem Bad beizuwohnen, entschied dann aber, daß sie vielleicht überhaupt nicht baden würde, angesichts dessen, was manchmal geschah, wenn sie nackt und naß war, und ich blieb, wo ich war. Und trank.

Der Aqivi schwand. Ich bestellte nicht mehr. Ich betrat unseren Raum, um nachzusehen, wofür, zu den Hoolies, Del so lange brauchte.

Sie saß mit dem Rücken zu mir, eingehüllt in einen Burnus mit Kapuze. Ich öffnete den Mund, um sie zu fragen, was, zu den Hoolies, sie tat, als sie sich erschreckt umwandte und mich mit geweiteten Augen anstarrte.

Wie betäubt starrte ich sie ebenfalls an. Keiner von uns rührte sich.

Ich sah nur blaue Augen. Die blauesten, strahlendsten Augen. Es waren dieselben alten Augen, mit derselben alten Farbe und Klarheit, aber alles andere war anders.

Schließlich gelang es mir zu sprechen. »Was hast du dir angetan?«

Ihre Antwort war sehr eindringlich, als versuche sie, sich selbst genauso zu überzeugen wie mich. »Ich habe mich zu jemand anderem gemacht.«

Schließlich rührte ich mich. Trat neben das Bett. Streckte zaghaft eine Hand aus und zog die Kapuze vom Kopf auf die Schultern herab. »Die ganzen Haare?«

Del wölbte eine schwarz gefärbte Augenbraue. »Blonde *und* schwarze Haare würden mich noch auffälliger machen, als ich ohnehin schon war.«

»Aber ... ich mag dich blond.«

Sie runzelte die Stirn. »Es wird sich herauswaschen lassen.«

»Was ist damit?« Ich berührte eine dunkler gewordene Wange.

»Das auch.« Eine schwarzhaarige, dunkelhäutige Del, finster, unterschied sich auf seltsame Art von der üblicherweise helleren Version, obwohl der Gesichtsausdruck der gleiche geblieben war. »Sehe ich sehr südlich aus?«

»Nicht mit *diesen* Augen.«

Sie hob eine Hand, ließ sie dann wieder sinken. »Ich bin eine Grenzbewohnerin.«

»Aha.«

»Das wirst du natürlich behaupten.«

Ich betrachtete sie. Vorher weißblondes Haar, sonnengebleicht, war jetzt mattschwarz und noch immer naß und glatt. Dunkler gefärbte Augenbrauen wirkten jetzt betonter, machten ihren Gesichtsausdruck härter, und sie hatte sogar die Wimpern verändert. Die Haut war gleichmäßig braun, mehrere Schattierungen heller als die normale südliche Hautfarbe, nicht sehr viel anders als meine eigene – nur daß ihr der Kupferton fehlte.

Ich runzelte die Stirn. Trat zurück. Kaute auf der Unterlippe, während ich nachdachte.

Ich fühlte mich... seltsam. Ich hatte sie niemals zuvor als jemand anderen angesehen als sie selbst: die blonde, blauäugige Delilah, von einer kühleren Sonne gestaltet. Sie war ihrem Äußeren nach nordisch gewesen, unbestreitbar fremdartig und um so auffallender durch die Andersartigkeit. Aber jetzt war sie, ihrer Färbung nach, südlicher als alles andere. Jetzt, da sie fast genauso wie andere Frauen aussah, hatte Del viel von der Besonderheit verloren, die jedes männliche Auge anzog. Sie war noch immer auffallend schön, aber auf vollkommen andere Weise. Auf seltsam *vertraute* Weise, da die Färbung, genau wie der Knochenbau und die Hautbeschaffenheit, die Erscheinung einer Frau beeinflußt.

Im Vergleich der alten Del mit der neuen wurde überdeutlich, wie Männer empfinden, wenn das Vertraute zu etwas anderem wird. Zu etwas Quälenderem.

Empfand Umir so? Angezogen durch Unterschiedlichkeiten?

Sie war noch immer bemerkenswert schön. Haut- und Haarfarbe konnten die Klarheit ihrer Züge, die Makellosigkeit der Knochen und auch die zarte Selbstbewußtheit und die ausgesprochene körperliche Kraft, die sie von anderen unterschied, nicht zunichte machen.

Die Farbe war sehr schlecht. Die Hautfarbe war verschwommen. Aber unter dem matten Äußeren lag das Schimmern prächtigen Stahls.

»Warum?« fragte ich.

Sie hob ihr Kinn an. »Ich bin eine südliche Frau – eine *Grenz*bewohnerin –, die von einem verdingten Schwerttänzer nach Julah begleitet wird.«

Ich blinzelte leicht. »Warum?«

»Weil niemand danach *sucht.* Oder was glaubst du, warum?«

»Oh, und soll *ich* mir auch die Haare färben?«

Sie zuckte die Achseln. »Das mußt du nicht. *Ich* falle auf.«

Ich nickte nachdenklich. »Haben wir nicht bereits über die Tatsache gesprochen, daß ich in diesen Teilen des Landes nicht ganz unbekannt bin? Daß es gewisse körperliche Unterschiede gibt, die auch *mich* auffällig machen?«

»Natürlich werden sie nach dir fragen... Aber sie werden auch nach einer blonden nordischen Bascha fragen, die ein Schwert trägt – und gebraucht.« Del lächelte nicht. »Nicht nach einer normalen Grenzbewohnerin, die zu ihrem Schutz einen Schwerttänzer verdingt, anstatt ein *Jivatma* zu führen.«

»Und du denkst, das wird sie von unserer Spur abbringen.«

»Entweder das, oder wir müssen uns trennen.«

»Nein.« Ich verschwendete keinen Moment mit dieser Überlegung. »Es stimmt, daß sie nach der nordischen Bascha fragen werden... das könnte sie ein wenig verwirren. Aber nur sehr wenig.«

»Wenn es uns die Freiheit einräumt, Julah – und jeden anderen Ort, den wir aufsuchen müssen – zu erreichen, ohne belästigt zu werden, dann erfüllt es seinen Zweck.«

Ich lächelte leicht, betrachtete noch immer eine schwarzhaarige, dunkelhäutige Del. »Ist das eine Art, mein... Interesse zu prüfen?«

»Nein«, antwortete sie trocken. »So *interessiert,* wie du bist – und bei der Häufigkeit deines Interesses –, könnte ich getrost auch kahlköpfig sein, denke ich.«

Ich grunzte abwehrend. »Kahlköpfige Frauen begeistern mich nicht.«

Del war nachdenklich. »Du könntest dir den Kopf rasieren.«

Entgeistert: »*Wofür?*«

»Um festzustellen, ob kahlköpfige Männer *mich* begeistern.«

»Schließ die Augen«, schlug ich fest vor. »Und dann kannst du einfach so tun, als ob.«

Dels Lächeln war noch immer Dels Lächeln, trotz der Farbe. Und so reagierte ich.

FÜNFUNDDREISSIG

Es war kalt, kalt wie Eis ... kalt wie der Fels in nordischen Bergen, die von einem nordischen Wind heimgesucht werden. Die Luft war messerscharf, so daß die Haut sich zu einer Gänsehaut zusammenzog. Ich zitterte, hüllte mich fester in die zerschlissene Decke ...

Und ich erkannte, daß ich wach war und mich im Süden befand und aufgrund der Wärme schwitzte.

Ich warf die Decke zurück, fluchte schläfrig und erkannte, daß Del nicht mehr im Bett lag.

Ich öffnete mühsam die Augen und sah sie auf der anderen Seite des Raumes, gegenüber dem Bett, an der Wand sitzen. Einfach – dasitzen. Und ihr bloßes Schwert betrachten, das sie in Augenhöhe waagrecht vor sich hielt.

Es war eine ungewöhnliche Haltung, besonders für jemanden, der ansonsten sehr entspannt war. Sie sang nicht, keines ihrer kleinen Rituale. Schliff den Stahl nicht. Betrachtete ihn einfach nur. Von meinem Blickwinkel aus verbarg die Schwertklinge ihre Augen. Ich sah ein Kinn, einen Mund, eine Nase und den oberen Teil ihrer Stirn.

Ich richtete mich auf einen Ellbogen auf. »Was tust du?«

»Ich betrachte mein Spiegelbild.« Del senkte die Klinge und legte sie über die Oberschenkel. Eine Hand berührte schwarzgefärbtes Haar, das jetzt trocken und glanzlos war. Ihr Blick war starr, auf etwas außerhalb dieses Raums gerichtet. Es war ein unheimlicher, unkonzentrierter Gesichtsausdruck. Die Hand sank von den Haaren herab, landete schlaff auf tunikabedeckten Oberschenkeln. »Weißt du, was ich getan habe?«

Das Bewußtsein wurde klarer. »Was meinst du? Die Farbe? Du sagtest, sie wäscht sich aus.«

Del sah mich blind an. »Was ich getan habe«, murmelte sie. Und sank dann mit dem Schwert auf den Knien gegen die Wand. Ihr Gesicht zeigte eine seltsame Mischung aus Erkenntnis und Erleichterung. Erschöpfte Erkenntnis und eine übernatürliche Offenbarung, bei der sie sich eindeutig nicht sicher war, ob sie ihr Frieden bringen konnte. Sie schloß die Augen, erschauderte einmal, lachte dann weich in sich hinein. Murmelte etwas in der für mich unverständlichen Hochlandsprache.

Ich setzte mich auf, schwang die Beine über den Rand des Bettes, preßte die Füße auf festgestampfte Erde. »Del...«

Blaue Augen öffneten sich und sahen auch mich an. »Es ist vorbei«, sagte sie ernst. »Erkennst du das nicht?«

»Was ist vorbei?«

Sie lachte laut auf. Brach ab. Lachte dann erneut, halb erstickt, breitete beide Hände in einer seltsam verletzlichen, weiblichen Geste über ihr Gesicht. »Ajani«, sagte sie durch ihre Finger hindurch.

Ich blinzelte. »Das war vor fast zwei Wochen. Erkennst du erst *jetzt*, daß er tot ist?«

Glasige blaue Augen sahen mich über gefärbte Fingerspitzen hinweg starr an. »Tot«, wiederholte sie. Und dann brach sie ohne Vorwarnung in Tränen aus und begann zu lachen.

Völlig hilflos, beobachtete ich sie wachsam. Daß sie aus einem anderen Grund als aus Traurigkeit weinte, war offensichtlich, denn ihre Züge waren nicht vor Kummer verzerrt. Sie lachte einfach und weinte und barg letztendlich das Schwert an ihrer Brust, wie eine Frau ein Kind birgt.

»Vorbei«, sagte sie heiser, als das Gelächter erstarb. »Mein Gesang ist wahrhaftig beendet.«

Tränen benetzten noch immer ihr Gesicht, zerstörten ihre Bemühungen, sich zu einer Südbewohnerin machen zu wollen. Aber im Augenblick schien das ihre geringste Sorge zu sein. »Bascha ...«

»Ich hatte mir nicht erlaubt, darüber nachzudenken«, sagte sie. »Verstehst du? Es war keine Zeit. Es waren Leute hinter uns her ...«

»Sie sind noch immer hinter uns her.«

»... und niemals war Zeit nachzudenken ...«

»Auch jetzt ist nicht viel mehr Zeit. Wir sollten wieder aufbrechen.«

»... und auch keine Zeit, darüber nachzudenken, was ich *jetzt* bewältigen muß.«

Das ließ mich innehalten. »Bewältigen?« O Hoolies, was jetzt?

Del lächelte traurig. »Mich.«

Ich schaute sie verständnislos an.

»Du hast mich so viele Male gefragt, Tiger ... und jedesmal habe ich dir die Antwort verweigert, habe die Überlegung auf einen anderen Zeitpunkt verschoben.«

»Del ...«

»Verstehst du nicht? Ich habe letztendlich zu mir selbst gefunden. Ich weiß, was ich getan habe ... aber nicht, was ich tun *werde*.« Sie lächelte verzerrt. »Du hast gesagt, daß es soweit kommen würde. Ich hatte es vorgezogen, nicht zuzuhören.«

Es war, meiner Meinung nach, nicht die richtige Zeit, das zu vertiefen. Statt dessen machte ich sie auf ein anderes, entschieden wichtigeres Thema aufmerksam. »Im Moment befinden wir uns irgendwie in der Mitte von etwas anderem.«

Die Ablenkung gelang nicht. »Alle diese Jahre«, sagte sie nachdenklich. »Ich habe ihm alle diese

Jahre geopfert, wodurch nichts für mich selbst übrigblieb.«

Ich wartete ab, beschloß, daß sie meiner Kommentare nicht bedurfte.

»Er hat mir alles genommen, was mir vertraut war, im Zeitraum eines Morgens – die Familie, den Lebensstil, die Unschuld. Mit Stahl und Haut hat er mich innerlich und äußerlich gleichermaßen zerrissen …« Sie legte den Kopf in eine feste, ausgebreitete Hand und zerzauste mattes schwarzes Haar. »Und weißt du, was ich getan habe?«

»Du bist entkommen«, sagte ich ruhig. »Hast die Blutschuld für deine Familie eingetrieben, gemäß den nordischen Bräuchen.«

Del lächelte. Solch ein trauriges, verzweifeltes Lächeln, sowohl die Erfüllung der Aufgabe als auch das erkennend, was sie ihr abverlangt hatte. »Mehr«, sagte sie mit hohler Stimme. »Und ich habe es ihm willentlich gegeben, alle jene Jahre in Staal-Ysta und die anderen Jahre, die ich mit der Suche nach ihm verbracht habe. *Ich* habe sie ihm gegeben – Ajani wollte sie nicht. Er *brauchte* sie nicht.« Sie lehnte den Kopf gegen die Wand, kämmte das schwarze Haar mit dunkler gewordenen Fingern durch. »Ich tat, was die meisten Menschen, auch Männer, sich vielleicht zu tun geweigert hätten, oder sie hätten unterwegs aufgegeben, wenn ihnen die Durchführung zuviel abverlangt hätte.«

»Du hast die von dir geleisteten Schwüre geehrt.«

»Schwüre«, sagte sie müde, »Schwüre können eine Seele entstellen.«

Ich sah sie fest an. »Aber Schwüre sind es, durch die wir leben. Schwüre sind die Nahrung und das Wasser, wenn sich der Magen vor Leere verkrampft und der Mund knochentrocken ist.«

Del sah mich an. »Überzeugend«, murmelte sie. Und dann finster: »Wir haben beide zuviel davon erfahren.

Und haben es zugelassen, daß unsere Schwüre uns vereinnahmen konnten.«

Ich saß ganz still. Sie sprach zu sich selbst, aber von mehr, auch von mir, legte Vertrauen in die Schwüre, die dazu gedacht waren, mich durch die Nacht zu bringen oder durch den darauffolgenden Tag. Ein Chula gestaltet seine eigene Zukunft, wenn die Wahrheit zu freudlos ist, um sich ihr zu stellen.

»Es ist vorbei«, sagte ich. »Ajani ist tot. Und wenn du deinen Atem mit Klagen verschwendest ...«

»Nein.« Sie unterbrach mich. »Nein, keine Klagen – soviel gestehe ich mir nicht zu ... Ich habe meinen Gesang gesungen, wie ich es sollte, und die Aufgabe ist letztendlich erfüllt. Die Ehre ist zufriedengestellt ...« Ein kurzes, wunderbares Lächeln. »Aber ich erkenne erst jetzt – jetzt, *in diesem Moment* –, daß ich letztendlich wirklich frei bin. Frau oder Mann, ich bin zum erstenmal, seit ich geboren wurde, vollkommen frei, das zu sein, was immer ich mir erwähle, anstatt daß es für mich erwählt wird.«

»Nein«, sagte ich ruhig. »Solange du bei mir bleibst, während ein Preis auf meinen Kopf ausgesetzt ist, bist du für nichts frei.« Sie saß gegen die Wand gelehnt, hielt das Schwert, das sowohl süße Erlösung gewesen war, als ihr auch schwere Aufgaben auferlegt hatte. Und dann lächelte sie, griff nach dem Harnisch und steckte das Schwert in die Scheide. »Diese Wahl wurde schon vor langer Zeit getroffen.«

»Tatsächlich?«

»O ja. Als du mit mir nach Staal-Ysta gekommen bist. Als ich den Mann, in meiner Besessenheit, zu barer Münze gemacht habe, um sie den *Voca* zum Tausch anzubieten.«

Ich zuckte die Achseln. »Du hattest deine Gründe.«

»Falsche«, sagte sie, »wie du mir eindringlich klargemacht hast.« Sie stand auf, sammelte die Satteltaschen und die verstreute Ausrüstung ein. »Nach allem, was du mir gegeben hast, inmitten meines eigenen Gesangs, glaubst du, daß ich dich verlassen würde?«

»Du«, sagte ich betont, »bist durchaus in der Lage, alles zu tun, was du willst.«

Del lachte. »Das ist die beste Art von Freiheit.«

»Und die Art, die du nicht kennen würdest, wenn du Ajani nicht getötet hättest.«

Sie hielt inne. Wandte sich um und sah mich an. »Suchst du nach Entschuldigungen für mich?«

Ich zuckte gleichgültig die Achseln. »Wenn ich damit anfangen wollte, hätte ich keine Zeit mehr für andere Dinge.«

»Ach«, erwiderte Del. Aber sie betrat die Brücke gnädigerweise. Sie fühlt sich, genau wie ich, bei Wahrheiten unbehaglich, die an die Seele rühren.

* * *

Das Problem tauchte auf, als ich vorschlug, es sei eine gute Idee, Dels Schwert bei mir zu behalten.

»Warum?« fragte sie scharf.

»Weil du es selbst gesagt hast: Du bist eine Grenzbewohnerin, die einen Schwerttänzer als Begleiter verdingt hat.«

»Das bedeutet aber nicht, daß du mein *Jivatma* tragen mußt.«

»Es bedeutet, daß jemand anderer als *du* es tragen sollte. Und wer, zu den Hoolies, ist sonst hier?«

Wir standen draußen im Morgensonnenlicht, die gesattelten Pferde neben uns, die Satteltaschen bereits sicher befestigt. Wir mußten nur noch aufsteigen und losreiten … Aber Del machte keinerlei Anstalten.

»Nein«, erklärte sie.

Ich betrachtete sie. »Du vertraust mir nicht.«

»Ich vertraue dir. Aber ich vertraue deinem Schwert nicht.«

»Es ist *mein* Schwert ... Glaubst du nicht, daß ich es beherrschen kann?«

»Nein.«

Ich verbiß mir einen Fluch, trat gegen einen Stein und sog heftig Luft ein, während ich den Boden, die Pferde, den Horizont anstarrte, alles, nur nicht Del. Schließlich nickte ich angespannt. »Dann kannst du genausogut die Farbe abwaschen.«

»Warum?«

»Weil du, ungeachtet deiner Hautfarbe, alle Aufmerksamkeit auf dich ziehst, wenn du dieses Schwert mit dir führst.«

»Ich werde es auf meinem Pferd tragen«, sagte sie. »Hier ... ich werde es in eine Decke wickeln und am Sattel festbinden ... Niemand wird wissen, was es ist.«

Ich beobachtete, wie sie eine zusammengerollte Decke von der Stute herabzog, sie auf dem Boden ausbreitete und dann das im Harnisch steckende *Jivatma* darin verbarg. Sie klappte die Enden der Decke um, rollte sie zusammen, band das Bündel oben auf ihren Sattel.

»Jetzt kannst du nicht mehr drankommen«, bemerkte ich.

»Du sollst mich beschützen.«

»Und wann hättest du das jemals zugelassen?«

Del lächelte flüchtig. Weiße Zähne blitzten in einem verschmutzten Gesicht. »Dann müssen wir vermutlich beide etwas Neues lernen.«

Ich grunzte. »Vermutlich.« Und kletterte auf den Hengst.

Die Punja wurde schmaler, als wir uns den südlichen, jenseits von Julah aufragenden Bergen näherten. Der Sand war jetzt mit dem Rippenmuster des Skeletts des Südens gesprenkelt, die Verdickungen eines Rückgrats ganz zerbrochen, bröcklig und dunkel. Dünner Bewuchs brach hindurch und winkte mit dürren Stengeln, und dornige, gewundene Schwertbäume bahnten sich ihren Weg zum Horizont, hier und da unterbrochen von Tigerkrallengestrüpp: Sogar der Geruch veränderte sich, von dem beißenden Staub-und-Sand der Punja zu dem bitteren Geruch von Bewuchs und dem metallischen Geschmack porösen Rauchgesteins, das weitaus heller war, als es aussah. Auch die Farben veränderten sich. Anstatt des hellen, kristallinen Sandes in Schattierungen von Elfenbein, Safranfarbe und Silber gab es tiefere, üppigere Färbungen: Umbra, Ocker, Gelbgold, gemischt mit dem Blauschwarz bröckliger Rauchfelsen und dem Olivgrau des Bewuchses. Es ließ die Welt kühler scheinen, obwohl sie es nicht war.

»Also«, sagte Del, »was werden wir tun, wenn wir Julah erreicht haben?«

Ich antwortete nicht sofort.

Sie wartete, schaute herüber, wölbte die Augenbrauen. »Nun?«

»Ich weiß es nicht«, murmelte ich.

»Du ... weißt es nicht?« Sie verlangsamte die Stute bis zum Schrittempo. »Sagtest du nicht, wir müßten nach Julah reiten?«

»Das stimmt.«

»Aber ...« Sie runzelte die Stirn. »Hast du einen Grund dafür? Oder war das eine willkürliche Entscheidung?«

»Wir sollen dorthin reiten.«

»Befindet sich Shaka Obre irgendwo in Julah?«

»Ich weiß es nicht.«

Sie schwieg eine Weile. »Ich will dich nicht kritisieren ...«

»Das tust du aber.«

»... aber wenn wir erneut in den Drachenschlund hineinmüssen, meinst du nicht, daß es dann zu einem bestimmten Zweck sein sollte?«

»Es gibt einen Zweck.« Ich schlug nach einer lästigen Fliege, die sich am Hals des Hengstes zu nähren versuchte. »Der Zweck besteht darin, Shaka Obre zu finden.«

»Aber du weißt nicht …«

»Ich werde es wissen.« Entschieden.

»Woher willst du wissen, daß du es wissen wirst?«

»Ich werde es einfach wissen.«

»Tiger …«

»Frag nicht warum, Del. Ich weiß keine Antwort. Ich … weiß nur, daß wir genau dies tun müssen.«

»Trotz der Gefahr.«

»Vielleicht *wegen* der Gefahr. Woher soll ich das wissen?«

»Du hältst es nicht für seltsam, daß du uns hier herabgeführt hast, ohne dir unserer Aufgabe sicher zu sein?«

»Ich halte alles für seltsam, Bascha. Ich glaube, alles, was wir in den letzten zwei Jahren getan haben, war seltsam. Ich weiß nicht einmal, warum wir es getan haben oder *noch immer* tun … Ich weiß nur, daß wir so handeln müssen.« Ich hielt inne. »*Ich* muß so handeln.«

Das mußte sie erst verkraften. »Ergibt sich das alles aus dem Sandstreuen des alten Hustapha?«

»Teilweise.« Ich beließ es dabei.

»Was noch?«

»Das verstündest du nicht.«

»Vielleicht doch.«

»Nein, du verstündest es nicht.«

»Woher willst du das wissen?«

»Ich … weiß es einfach.«

»Wie du auch ›einfach weißt‹, daß wir nach Julah reiten müssen.«

Ich runzelte die Stirn. »Du mußt es nicht tun.«

Del knirschte mit den Zähnen. »Das ist nicht die Frage. Ich bin hier, nicht wahr? Ich will nur wissen, was uns vielleicht bevorsteht. Ist das so schlimm? Ist es nicht angemessen? Ich bin immerhin eine Schwerttänzerin …«

»Del, belaß es einfach dabei. Ich kann dir die Antworten, die du verlangst, nicht geben. Ich kann nur sagen, daß wir nach Julah reiten müssen.«

»Und wohin danach?«

»Woher, bei den Hoolies, soll *ich* das wissen?«

»Aha«, murmelte Del.

Was keinen von uns zufriedenstellte, aber mehr konnte ich nicht sagen.

Dunkle, gezackte Felsen, ganz verwittert und gewunden und zerklüftet, glitzernd vor Eis. Kalte Luft strich über nackte Haut, bedrängte ein runenbeschriftetes Jivatma, *floß durch die enge Kehle in den Mund und entschwebte in wärmeren Atem. Nicht der Drache nahe Ysaa-den, sondern ein älterer, kleinerer Ort, ganz gewunden und erstarrt und zerklüftet: düstere, von Frost gesäumte Hohlheit ...*

»Tiger?«

Ich wandte mich im Sattel um. »Was ist?«

»Bist du in Ordnung?«

»Ich denke nur nach. Ist das verboten?«

Sie wölbte eine geschwärzte Augenbraue. »Verzeih mir meine Eindringlichkeit. Aber die Sonne geht bald unter, und ich dachte, wir sollten vielleicht für die Nacht eine Rast einlegen.«

Ich vollführte eine Geste. »Gut.«

Del blickte mich prüfend an. »Du warst während der letzten Stunden unheimlich still.«

»Ich *sagte* bereits, daß ich nachgedacht habe.«

Sie seufzte, führte die Stute in einer diagonalen Linie auf eine Ansammlung von Tigerkrallengestrüpp zu und schwieg. Verärgert über meine Heftigkeit und Dels Fragen, folgte ich ihr. Sprang vom Hengst und löste Schnallen und Riemen.

Hielt inne. Starrte bestürzt meine Hände an: breitflächige, narbenübersäte Hände, die die Mühen der Sklaverei genauso deutlich zeigten wie die Schwielen des Schwerttänzers. Aber während ich hinsah, verblaßten die Narben, die Handflächen wurden schmaler, die Haut dunkler braun. Sogar die Finger veränderten sich, wurden länger und schmaler, von einer kraftvollen Anmut.

»Tiger?«

Ich schaute auf. Ich wußte, daß es Del war, aber ich konnte sie nicht sehen. Ich sah statt dessen das Land: ein üppiges grünes Land, von Hügeln durchsetzt.

Ich werde vernichten, was du geschaffen hast, um dir zu zeigen, daß ich es kann …

»Tiger.« Del warf die Zügel der Stute über ein Tigerkrallengestrüpp und trat einen Schritt auf mich zu. »Geht es dir gut?«

Ich werde seine üppige Fruchtbarkeit zerstören und es den Hoolies übergeben, nur um zu beweisen, daß ICH ES KANN …

Dels Hand lag auf meinem Arm. »Ti …«

Ich werde das Gras in Sand verwandeln …

Ich zuckte bei ihrer Berührung zusammen und erschauderte dann. Trat fort, schüttelte den Kopf und rieb über die Stelle, an der sie mich berührt hatte. Meine Hände waren wieder meine eigenen, ohne eine Spur dessen, was ich gesehen hatte.

Keine Spur dessen, was ich gehört hatte.

Dels blaue Augen in einem dunklen Gesicht blickten mich deutlich zwingend an. »Wohin gehen wir?« fragte sie. »Wo ist Shaka Obre?«

Ohne nachzudenken, deutete ich in eine bestimmte Richtung. Sie wandte sich um. Schaute hin. Sah zu mir zurück, versuchte, meine Stimmung einzuschätzen. »Bist du sicher?«

»Ja … *nein*.« Ich runzelte die Stirn. Ließ die Hand langsam sinken. »Als du fragtest, wußte ich es. Aber jetzt …« Ich schüttelte den Kopf, um meiner Verwirrung Herr zu werden. »Es ist fort. Ich habe keine Ahnung, was ich gemeint habe.«

»Du hast in diese Richtung gezeigt, auf die Berge jenseits von Julah.«

Ich zuckte die Achseln. »Ich weiß es nicht, Bascha. Es ist fort.« Sie kaute auf der Unterlippe. »Vielleicht ...« Sie brach ab, seufzte dann. »Vielleicht solltest du Chosa Dei fragen.«

»Chosa Dei hat in letzter Zeit schon viel zuviel zu sagen gehabt, danke. Ich möchte es lieber dabei belassen.«

»Aber er wüßte es. Er hat Shaka Obre gefangengenommen.« Ihr Gesichtsausdruck veränderte sich. »Weißt du es daher, daß wir nach Julah ziehen müssen? Durch ihn?«

Ich zuckte beunruhigt die Achseln. »Einige Dinge ... spüre ich einfach.«

Sie nickte nachdenklich. »Da ist dieser Teil von ihm in dir ...«

Ich wandte mich wieder dem Hengst zu, löste erneut Schnallen. »Im Augenblick verhält er sich ruhig.«

»Tatsächlich?«

»Er versucht mich nicht zu vernichten, wenn du das meinst. Das würde ich merken.« Ich zog die Satteltaschen und den Sattel herab, trat von dem schweißbedeckten Hengst fort und legte die Gegenstände mit der feuchten Seite nach oben in die Sonne. »Ich verspreche dir: Ich werde es dir mitteilen.«

»Tu das«, sagte Del betont und wandte sich wieder ihrer Stute zu.

Ich setzte mich mitten in der Nacht ruckartig auf, stieß mich dann hoch und lief zwei stolpernde Schritte, bevor ich innehielt, fluchte und mir den Schweiß vom Gesicht wischte. Wie erwartet war Del auch aufgewacht. Und wartete.

Ich wandte mich wieder um, atmete tief und angewidert und voller Selbstverachtung aus, kehrte zu den Decken zurück. Stand ziellos im Sand, spürte seine

Kühle zwischen den Zehen. Sah das Schimmern von Dels *Jivatma:* drei Fuß blanker Stahl.

Ich winkte ab. »Nein.«

Kurz darauf steckte sie es ein. Und wartete.

Ich hockte mich hin. Nahm ein Stück Rauchfelsen auf. Warf es in die Dunkelheit und grub nach weiteren Stücken. »Kalt«, sagte ich schließlich. »Kalt – und *eingeschlossen*.«

»Sind es Chosas Erinnerungen?«

»Und meine. Sie sind ganz und gar durcheinandergeraten, überlagern sich. Ich sah Aladars Mine. Und den Drachenberg. Und einen Ort, den ich nicht kenne, aber ich weiß, daß ich ihn kennen *sollte*.«

»Chosa«, murmelte sie grimmig.

Ich erschauderte, setzte mich auf die Decke, zog den Burnus über bloße Beine. »Du weißt, was mit mir geschehen ist. Du hast es gesehen. Als Aladar mich in die Mine warf.«

»Ich weiß.«

Ich schmeckte Bitterkeit. »Es vergeht nicht.«

»Eines Tages wird es vergehen.«

»Es war schlimm genug, als wir bei den Canteada waren, in ihren Höhlen in der Schlucht ...« Ich zitterte. »Im Drachenberg war es nicht viel besser, aber zumindest hat Chosa mich dazu gebracht, über etwas anderes nachzudenken: Als er dich erst hatte, habe ich überhaupt nicht mehr darüber nachgedacht. Ich wußte einfach, daß ich ihn töten mußte.«

Sie legte ihre Hand auf mein rechtes Bein, glättete Burnus und Haut. »Was war es heute nacht?«

»Ein kalter kleiner Ort. Rinnen und Tunnel und Nischen ...« Ich runzelte die Stirn. »Und ich war *darin*.«

»Nun, vielleicht war es nur ein Traum. Ein Alptraum.«

»Ich träume nicht mehr.«

Das erschreckte sie. »Was?«

»Ich träume nicht mehr. Ich habe schon mehrere Wochen lang nicht mehr geträumt.«

»Was meinst du damit? Jedermann träumt. Du hast früher geträumt.«

Ich zuckte die Achseln. »Es ist nicht das gleiche. Ich sehe jetzt *Erinnerungen*, keine Träume. Immer wieder. Shaka und Chosa, aber Chosa ist immer verschwommen. Als ob …« Ich brach mit einer abwehrenden Handbewegung ab.

»Als ob er und du eins wären?«

Ich zog eine Grimasse. »Nicht ganz. Chosa ist noch immer Chosa, und ich bin noch immer ich. Aber die Erinnerungen sind vermischt. Ich sehe meine, und ich sehe seine – und manchmal kann ich sie nicht voneinander unterscheiden.«

Del legte ihre Hand fester auf mein Bein. »Es wird aufhören. Es wird vorbeisein. Wir werden Shaka finden und das Schwert mit allen deinen Erinnerungen loswerden.«

»Vielleicht«, sagte ich grimmig. »Aber wenn wir mich von Chosa befreien, wie vieles von mir wird dann mit verbannt?«

Sechsunddreissig

Im Hintergrund ragten die Berge auf: blauschwarz, ein staubiges Indigoblau, übereinandergestürzte Haufen dunklen Rauchgesteins. Davor breitete sich Julah aus, ein grobes, vernachlässigtes Lager schiefer Schuppen …

Nein.

Jula?

Julah war eine *Stadt*, eine blühende Provinzstadt, die durch ihre Minen und den Sklavenhandel reich geworden war. Ich blinzelte. Runzelte die Stirn. Rieb mir die Augen. Blickte erneut auf die Stadt, während Chosas Erinnerungen mit meinen Erinnerungen den Platz tauschten. Diesesmal *war* es eine Stadt. Dels Stimme klang grimmig. »Ich hatte gehofft, niemals wieder hierherkommen zu müssen.«

»Genau wie ich«, stimmte ich ihr zu und erinnerte mich unserer Ausflucht. Del, in Ketten gelegt wie eine Sklavin, einem Eisenband um den Hals, hinter dem Hengst herlaufend.

Das war die einzige Möglichkeit gewesen. Ich hatte sie zu einem bekannten Sklavenhändler gebracht und ihm erzählt, daß ich mit ihr züchten wolle und einen nordischen männlichen Sklaven brauchte. Er hatte mich dann zu dem Bevollmächtigten des Tanzeer geschickt, der zugestimmt hatte, daß sie einen angemessenen Partner verdiente. Das Ganze war dazu gedacht gewesen, ihren Bruder aufzuspüren, der fünf Jahre zuvor entführt und in die Sklaverei verkauft worden war. Letztendlich war der Plan mißlungen, so daß sie in Aladars Gewalt und ich in Aladars Mine geraten war. Wir waren beide entkommen. Aber Del hatte den Tanzeer getötet, und jetzt regierte seine Tochter an seiner Statt und hegte Rachegedanken.

Julah war eine Ansammlung dichtstehender Gebäude, die gegeneinandezukippen schienen, wenn man sie aus bestimmten Winkeln betrachtete. Enge Straßen waren vollgestopft mit Ständen, Waren, Vieh, Abfall. Durchgänge wurden zu Basaren. Der eigentliche Händlermarkt befand sich mitten in der Stadt, aber Handel trieb man am besten in schattigen Winkeln, abseits der Hitze des Tages und der Rituale des Marktes. Julah roch nach Reichtum, aber es stank nach den Mitteln, mit denen dieser Reichtum erlangt wurde. Die Stadt war der größte Sklavenmarkt des Südens, dank Aladar, dessen Minen lebende Menschen verschluckten und Leichen ausspien.

Ich wäre beinahe darunter gewesen.

Wir ritten durch die Vielfarbigkeit des Mittags, Schatten fielen als schräge, scharf abgegrenzte Flächen über Gebäude aus Adobeziegeln, die aneinanderkauerten und Straßen aus festgestampftem Schmutz überragten. Planen hingen über Fenstern und Türen herab, die gegen das blendende Licht tief in die Mauern eingelassen waren. Man erkannte am Zustand der Planen und der Farbe der Häuser, wie wohlhabend eine Familie war. Helle, neue Planen und saubere, hell gestrichene Adobeziegelwände rühmten eine erfolgreiche Familie. Jene, die weniger Glück hatten, vertrauten darauf, daß die Sonne den Stoff nicht zu allzuschnell zerschliß. Und wenn tatsächlich sehr wenig Glück im Spiel war, gab es überhaupt keine Planen.

Wir bahnten uns unseren Weg durch die Randgebiete in die bevölkerte Innenstadt, die von breiten Blockhäusern und engen Straßen beherrscht wurde, die in alle Richtungen verliefen. Dunkeläugige Kinder liefen überall umher, plapperten und schrien, duckten sich unter den Köpfen des Hengstes und der Stute hinweg. Ziegen, Geflügel, Katzen und Hunde trugen zu dem Gewimmel bei.

»Was tun wir?« fragte Del über den Lärm hinweg.

»Was wir immer tun. Ein Wirtshaus mit Zimmern suchen, eines mieten und etwas trinken, während wir im *Schatten* sitzen.« Ich lächelte. »Ich schlage auch vor, ein Bad zu nehmen, aber das würde deine Grenzbewohnerfarbe abwaschen.«

Del zuckte die Achseln. »Ich habe noch mehr Farbe dabei.«

Der Hengst tänzelte zur Stute hinüber, schlug mit dem erhobenen Schweif aus und öffnete das Maul, um zuzubeißen, als ich ihn daran erinnerte, daß *ich* der Herr war und ihn ohnehin zurückhielt. »Wir haben vergessen, die Stute in Rusali gegen einen Wallach einzutauschen.«

»Sie ist nicht so schlecht.«

»Wir werden sie hier loswerden.«

»Oder du könntest den Hengst loswerden.«

Das verdiente keine Antwort. »Wir können durch diese Gasse hier zu Fouads Wirtshaus reiten«, schlug ich vor und zeigte die Richtung an. »Es ist ein sauberes, ehrbares Haus, deinen Ansprüchen durchaus angemessen ...« Ich grinste. »Und Fouad kennt mich.«

Del wölbte eine dunkle Augenbraue. »Unter den gegenwärtigen Umständen bin ich nicht sicher, ob das klug ist.«

»Fouad ist ein *Freund,* Bascha, aus alten Zeiten ... Außerdem bezweifle ich, daß hier unten jemand von unseren Schwierigkeiten weiß. Es liegt zu weit von Iskandar entfernt.«

»Sie *werden* es wissen, wenn Sabra zurückkehrt.«

»Wir sind ihr voraus.«

»Aber wie lange noch? Sie war einen Tag hinter uns, sagte Nezbet ...«

»Umir sprach von zwei Tagen.«

Del zuckte die Achseln. »Wie auch immer, wir haben wenig Zeit. Wir sollten unsere Angelegenheiten besser rasch erledigen…« Sie warf mir einen Seitenblick zu, während wir die Pferde über die Straße auf die kleine, von mir angewiesene Gasse zu führten. »Wenn du weißt, welche Angelegenheiten wir zu erledigen haben.«

»Chosa weiß es«, sagte ich grimmig. »Er weiß es nur zu gut.«

Del schaute unbehaglich drein. »Wenn wir doch nur wüßten, was wir tun sollen. Was notwendig ist, um das Schwert zu befreien.«

»*Und* mich zu befreien.«

»Und dich zu befreien.« Sie führte die Stute um einen Stapel grob gewobener Teppiche herum, die aufgerollt an einer Mauer übereinander lagerten. »Dein Schwert ist im Norden gemacht, gemäß nordischen Ritualen, gesegnet von nordischen Göttern – hoffentlich versteht Shaka Obre, daß wir ihn nicht entehren wollen.«

»Wir wissen nicht einmal, ob er noch lebt.«

Sie klang ein wenig verärgert. »Dann kannst du Chosa auch danach fragen – wenn du ihn ohnehin fragst, wohin wir gehen sollen.«

Ich grinste. »Viele Leute auf dieser Welt können mir sagen, wohin ich gehen soll. Aber nicht Shaka Obre.«

Sie preßte die Lippen zusammen. »Wo ist dieses Wirtshaus?«

»Direkt vor uns. Siehst du die purpurfarbene Plane?«

Del blickte hin. »Sie ist *tatsächlich* purpurfarben. Und die Ziegel sind gelb gestrichen.«

»Fouad mag Farbe.«

Del schwieg beredt.

»Du schätzt einfach die edleren Dinge im Leben nicht, Bascha. Hier. Fouad beschäftigt Jungen, die sich um die Pferde kümmern – du kannst ihnen die Stute überlassen.«

Ich parierte den Hengst durch, sprang ab, wartete auf den Schwarm dunkeläugiger, südlicher Jungen, die alle die Aufgabe übernehmen wollten, die Pferde in den Stall zu bringen. Die Straßen waren viel zu eng und verstopft für weitere Gebäude, und so hatte Fouad Jungen eingestellt, die die Pferde am Ende der Gebäude zwischen zwei Häusern versorgten.

Sie kamen wie erwartet. Braunhäutige, schwarzhaarige Jungen in dünnen Tunika und gazeartigen Dhotis mit braunen, schwieligen, bloßen Füßen. Sie alle wetteiferten um den Auftrag, versprachen, besser aufzupassen als die anderen.

Ich wählte eine geschickt wirkende Hand aus und legte die Zügel hinein. »Bring die Satteltaschen zurück«, sagte ich. »Wir werden uns einen Raum mieten.«

»Ja, Herr«, sagte der Junge. Er glich den anderen fast aufs Haar.

»Er ist leicht reizbar«, warnte ich.

»Ja, Herr.«

Mehr konnte ich aus ihm nicht herausbekommen. Ich gab ihm eine Münze, beobachtete, wie Del geistesabwesend einen Jungen für ihre Stute aussuchte, und grinste, als sie sich schließlich mir zuwandte und sich durch die Meute hindurchmühte. »Ist es nicht schön, hilfreiche, ehrgeizige Kinder zu sehen?«

Del brummte. »*Ist* es nicht schön?«

»Das hält sie von Schwierigkeiten fern.«

Sie hatte das in eine Decke gewickelte Schwertbündel unter einen Arm geklemmt, wollte sich nicht von Boreal trennen. »Kann man deinem Freund vertrauen?«

»Fouad kennt jeden, und er weiß, was jedermann getan hat. Wenn er seine Freunde verriete, wäre er bereits tot.« Ich deutete auf den tiefer liegenden offenen Eingang. »Ich werde uns ein Zimmer mieten. Wenn du zuerst schlafen willst, bitte. Ich werde mich ein wenig im Schatten niederlassen und mich mit Aqivi und Essen entspannen.«

Del zuckte die Achseln. »Ich habe auch Hunger.«

Innen war es kühl, höhlenartig, schattig. Ich seufzte, streifte meinen Harnisch ab, fand den richtigen Tisch in der Nähe der Tür und zog mir einen Stuhl heran. »Fouad!« rief ich ungestüm. »Aqivi, Hammel, Käse!«

Wie erwartet kam Fouad aus seinem Hinterzimmer hervor und mit weit ausgebreiteten Armen auf mich zu. »Sandtiger!« schrie er. »Man erzählte sich, du seist tot!«

Del blieb stehen und sah mich vielsagend an.

Ich beachtete sie nicht. »Wirke ich auf tot dich?«

Der Südbewohner lachte. »Ich habe nicht geglaubt, daß es wahr ist. Sie sagen *immer,* du seist tot.«

Ich zuckte die Achseln und lehnte mich an die Wand zurück, während Del sich einen Stuhl holte. »Die Risiken dieses Berufes. Eines Tages wird es vermutlich wahr *sein,* aber vorerst noch nicht.«

Fouad blieb am Tisch stehen. Er war klein, feinknochig, freundlich, hatte graue Fäden im schwarzen Haar. Er trug einen grellgelben Burnus und ein scharlachrotes Untergewand. Dunkle Augen schimmerten gierig, während er zu Del hinablächelte. »Und ist das die nordische Bascha?«

Del tat ihr Bestes, diese Feststellung nicht gelten zu lassen. Aber Fouad kaufte es ihr nicht ab. Er grinste, als sie erklärte, sie sei eine Grenzbewohnerin, die den Sandtiger als Begleitung geworben habe. Und er nickte, stimmte höflich zu, warf mir dann einen strahlenden, belustigten und verständnisvollen Blick zu, während er davonging, um meine Bestellung auszuführen.

»Es gelingt nicht«, bemerkte ich. »Ich denke, du solltest es wissen.«

Sie verzog den Mund. »Du hättest ein Wirtshaus

aussuchen können, dessen Besitzer dich nicht kennt.« Sie hielt inne. »Wenn es einen solchen Ort gibt.«

Ich seufzte tief. »Im Moment bin ich sehr zufrieden. Du könntest dich auch entspannen. Morgen früh werde ich wissen, was zu tun ist, also können wir den Rest des Nachmittags genausogut genießen.«

Sie stützte die Ellbogen auf den Tisch, saß aber jetzt aufrechter. »Morgen früh?«

Ich sah mich in dem Raum um und bemerkte hier und da einige Männer, die würfelten, tranken, redeten. Verdrießlich murmelte ich: »Vielleicht hast du recht. Daß ich Chosa fragen sollte. Es ist an der Zeit, ihm die Gelegenheit zu geben, seinen Bruder zu bestrafen.«

»Wirst du ihm das sagen?«

Ich schnaubte. »Ich werde ihm einfach zu verstehen geben, daß ich mich ihm nicht entgegenstelle. Ich glaube nicht, daß Chosa die Gelegenheit ungenutzt läßt, Shaka bestrafen zu können, so daß er mir sagen wird, wo er steckt.«

Sie wölbte die Brauen. »Einfach so?«

Ein Teil der Belustigung schwand. »Nichts, was mit Chosa zu tun hat, geschieht ›einfach so‹. Wenn ich die Wahl hätte, spräche ich niemals wieder mit ihm… Aber um diese Wahl zu haben, *muß* ich es tun.« Ich runzelte finster die Stirn. »Laß uns über etwas anderes reden.«

Fouad kam mit Aqivi, Hammelfleisch und Käse zurück und stellte alles auf dem Tisch ab. »Bascha«, sagte er ehrerbietig, »möge Euch die Sonne auf den Kopf scheinen.«

Del lächelte leicht. »Und Euch auch, Fouad.«

Zufrieden mit dieser Antwort, verließ er uns. Ich goß uns beiden die Becher voll – überging dabei Dels Proteste – und schob ihren Becher über den Tisch. »Paß auf deinen Akzent auf«, riet ich ihr.

»Ich bin eine Grenzbewohnerin«, murmelte sie. »Grenzbewohner *haben* einen Akzent.«

»Einen Grenzbewohnerakzent, ja. Du hast einen Hochländerakzent.«

»Hier unten werden sie den Unterschied nicht kennen.«

»Fouad doch. Aber Fouad ist unwichtig.« Ich hob den Zinnbecher. »Auf das Ende einer Suche und auf eine abenteuerliche Zukunft.«

Del verzog ein wenig den Mund, stieß aber mit mir an. »Die Suche ist kaum beendet, und das Abenteuer wird langweilig.«

»O nein, wir sollten das nicht so negativ betrachten. Sieh dir an, was wir alles vollbracht haben.«

Del trank und nickte. »Tatsächlich, sieh es dir an. Wir sind beide Panjandrums – aber ich bin mir nicht so sicher, daß das etwas Gutes ist.«

Ich trank den Becher halb leer und grinste. »Keiner von uns kann irgend etwas tun, ohne Aufmerksamkeit zu erregen. So sind wir nun einmal.«

Del trank noch mehr Aqivi und setzte den Becher ab. »Und sollen wir unsere Gewohnheiten ändern, wenn dein Schwert endlich von seinem Bewohner befreit ist?«

»Ich weiß es nicht. Sollten wir?«

Sie beugte sich auf einem Ellbogen vor, legte das Kinn in die gewölbte Hand. »Weit davon entfernt, Sand in Gras zu verwandeln, kannst du niemanden von der Wahrheit überzeugen: daß du der Jhihadi bist. Wenn das tatsächlich die Wahrheit *ist*.« Sie setzte sich zurück, seufzte, zupfte sich gefärbtes Haar aus den Augen. »Werden wir ewig davonlaufen?«

»Nicht ewig.« Ich zuckte die Achseln. »Du hast dein Ziel erreicht. Ajani ist tot, und jetzt liegt eine andere Zukunft vor dir. Ich muß *mein* Ziel noch erreichen, und dann werde ich über meine Zukunft entscheiden.«

»Die ›dreifache Zukunft‹«, zitierte sie.

Ich regte mich unbehaglich auf meinem Stuhl. »Darüber sollten wir später nachgrübeln. Jetzt möchte ich einfach ein wenig essen, viel trinken und in einem bequemen Bett schlafen.« Ich schaute müßig auf, als ein Mann hinter Del am Tisch stehenblieb. Ich war es gewöhnt, daß Männer sie anstarrten, ihre Kameraden mit den Ellbogen anstießen oder stehenblieben, um sie näher zu betrachten. Aber dieser Mann starrte *mich* an.

Er sagte etwas. Man frage mich nicht, was. Es war unverständlich. Es war eindeutig keine südliche Sprache, und er war ebenso eindeutig kein Südbewohner. Er war zu groß, zu breit, zu helläugig, und sein Haar hatte eine rotbraune Färbung, die der meinen sehr ähnlich war. Ich tat seine Worte achselzuckend ab, als Del sich umwandte und zu dem Mann hochsah. Ihr müßiger Blick wurde prüfender.

Er hörte auf zu sprechen, bemerkte meinen leeren Gesichtsausdruck. Mit gerunzelter Stirn verlegte er sich auf eine mit leichtem Akzent gesprochene südliche Sprache. »Vergebt mir«, sagte er kurz. »Ich habe Euch versehentlich für Skandic gehalten.« Er breitete beredt die Hände aus, lächelte arglos und entschuldigend und verließ dann das Wirtshaus.

»Wer immer er ist«, murmelte ich und hob erneut meinen Becher. Del schaute nachdenklich hinter dem Mann her. Dann verging die Nachdenklichkeit, als sie zu mir zurückschaute. »Kennst du ihn?«

»Nein. Und Skandic auch nicht, wer immer er ist.«

Del trank Aqivi. »Ich glaube, er sah dir ein wenig ähnlich.«

»Wer? Er?« Ich schaute zum Eingang, aber der Fremde war fort. »Das glaube ich nicht.«

Del zuckte die Achseln. »Ein wenig. Dieselbe Größe, dieselbe Knochenstruktur, dieselbe Färbung ...«

Ich schaute erneut zum Eingang, zögerndes Interesse kam auf. »Du glaubst wirklich, daß er mir ähnlich sah?«

»Vielleicht nur dadurch, daß er nicht wie ein Südbewohner aussah.« Sie lächelte leicht. »Oder vielleicht dadurch, daß ich mich daran gewöhnt habe, dich anzusehen.«

Ich brummte. Kaute an der Unterlippe, dachte nach. Ich schaute noch einmal zum Eingang.

Del lächelte, bemerkte meine Unentschlossenheit und auch die Versuchung. Sie hob ihren Zinnbecher. »Geh und frag ihn«, schlug sie vor. »Finde ihn und frag ihn. Du weißt nichts. Ich will nicht behaupten, daß er ein Verwandter von dir ist, aber wenn du seinem Skandic ähnelst, dann könnte dieser Mann etwas über das Volk wissen, dem du angehörst.«

Ich spannte mich an, um aufzustehen, und entspannte mich dann wieder. »Nein. Das glaube ich nicht.«

Sie betrachtete mich über den Becher hinweg. »Du weißt nichts über deine Herkunft«, sagte sie ruhig. »Sula ist tot. Vielleicht bekommst du niemals wieder eine Gelegenheit. Und er sieht dir *tatsächlich* ähnlich. Genauso wie Alric mir ähnlich sieht.«

Etwas zwickte mich in den Magen. Ihr Vorschlag war gut, aber … »Das ist albern.«

Del zuckte die Achseln. »Es ist besser zu fragen, als sich zu quälen.«

Ich kaute erneut und noch immer unentschlossen auf der Unterlippe.

»Geh«, sagte sie fest. »Ich werde hier auf unsere Sachen aufpassen.«

»Das ist *töricht*«, murmelte ich, während ich meinen Stuhl zurückschob. Aber ich verließ Fouads Wirtshaus und fragte mich, ob Del vielleicht recht hatte.

Fragte mich, ob ich, tief im Innern, wollte, daß sie recht hatte.

SIEBENUNDDREISSIG

Ich hielt außerhalb des Wirtshauses inne und spähte in alle Richtungen. Die Straße war bevölkert. Sie barg ihre eigenen Geheimnisse. Ich zögerte, stieß einen leisen Fluch aus und wollte mich wieder umwenden. Dann sah ich die Pferdejungen an der Gebäudewand hocken und auf den nächsten Kunden warten.

Ich zog eine Kupfermünze aus der Tasche. Vier Jungen kamen sofort angelaufen. »Ein großer Mann«, sagte ich. »Mir sehr ähnlich. Er kam eben erst heraus.«

Ein Junge deutete sofort nach rechts. Drei andere Gesichter wurden lang. Ich warf dem Jungen mit einem schnellen Dank die Münze zu und eilte hinter dem großen Fremden her, von dem Del behauptete, er sehe mir ähnlich.

Ich fühlte mich – seltsam. Ich hatte den größten Teil meines Lebens verzweifelt geglaubt, niemals etwas über mich zu erfahren – außer den Kenntnissen, die ich im Kreis gewonnen oder aus meinen Kinderträumen als Chula bei den Salset gestohlen hatte. Aber vor zwei oder drei Wochen hatte es eine Gelegenheit gegeben, eine geringe Aussicht, die Wahrheit zu erfahren. Diese Aussicht war mit Sula gestorben, die gesagt hatte, sie wisse nichts. Ich hatte mich dafür getadelt, so etwas auch nur erhofft zu haben, und mich der Aufgabe gewidmet, solche Hoffnungen abzulegen.

Aber Hoffnungen sterben auch im Erwachsenenalter nur schwer. Jetzt gab es eine weitere Gelegenheit. Sie war fast aussichtslos, aber doch eine oder zwei Fragen wert. Julah war, wenn man vom Meer heraufkam, jenseits der Südlichen Berge das erste Gebiet und die erste Stadt einer gewissen Größe. Es war nicht unmöglich, daß der Fremde, der mir ähnlich sah, aus einem Nachbarland kam, aus dem Landesinneren, zum Beispiel aus der Hafenstadt Haziz.

Und dennoch wunderte ich mich. Es gab genügend Grenzbewohner, meistens Mischlinge, die mir ähnlich sahen. Grobknochige, hellhaarige Nordbewohner verbanden sich mit kleineren, dunkleren Südbewohnern, und Menschen wie ich waren das Ergebnis. Dennoch.

»Töricht«, murmelte ich und bahnte mir einen Weg durch die Menge. »Du wirst ihn in der Stadt niemals finden, und selbst wenn du ihn findest, wird er dir wahrscheinlich nichts erzählen können. Nur weil er dich fälschlicherweise für jemand anderen gehalten hat ...«

Hoffnung flammte auf, erstarb dann wieder, gedämpft von Vorsicht und Geringschätzung.

»Töricht«, wiederholte ich. Und stolperte in einen einäugigen Mann hinein, der einen Korb Melonen bewachte.

Ich entschuldigte mich für meine Tolpatschigkeit, tätschelte ihm den Arm und wandte mich dann um, um meine Suche fortzusetzen. Und bemerkte, als ich mich umwandte, daß sich meine Glieder träge und kalt anfühlten.

Ich blieb stehen. Schwitzte. Zitterte. Blinzelte, als die Sicht verschwamm.

Chosa?

Nein. Er ging nicht auf diese Art vor. Chosa war nicht so feinsinnig. Außerdem ahnte ich seine Versuche, mehr Macht auszuüben, allmählich voraus. Dies war kein solcher Versuch.

Was dann ...?

Hoolies, der *Aqivi* – den wir beide getrunken hatten.

Ich fluchte, fuhr herum, stolperte drei Schritte und fiel aufs Knie, als die tauben Beine versagten. Zog mich hoch und taumelte erneut, stolperte über eine Katze, die zwischen den Beinen eines dösenden Danjac hervorgeschossen kam. Der Danjac wachte auf, als ich gegen seine Rippen fiel und seine rauhe Mähne ergriff, um mich aufrechtzuhalten.

Ein Weibchen. Sie regte sich, wandte den Kopf, spie einen Klumpen ätzendes Wiedergekäutes aus. Es landete auf meinem Oberschenkel, aber das war mir im Augenblick gleichgültig. Ich wollte mein Schwert, mit oder ohne Chosa Dei.

Ich schlug schwach nach dem Maul des Danjac, als er die Zähne bleckte. Dann versuchte ich, das *Jivatma* mit der fast völlig gefühllosen Hand aus der Scheide zu ziehen. Ich stolperte, als der Danjac mir meine Stütze entzog, hatte aber mein Gleichgewicht breitbeinig wiedererlangt, als das Schwert letztendlich freikam.

»Bascha…«, murmelte ich. »Hoolies, Del… das ist eine Falle…«

Augen. Sie starrten mich an, erschreckt, ängstlich und wachsam: Ein offensichtlich in Schwierigkeiten geratener Mann schwankte über die Straße, eine schwarz verkohlte Klinge nur mühsam in der Hand haltend. Ich konnte ihnen wirklich keinen Vorwurf machen. Schwerttänzer oder nicht, im Moment war ich eine Gefahr für jeden, der mir nahe kam. Selbst wenn ich es nicht wollte.

»… Bascha…« Aber selbst mein Mund war gefühllos.

Die Sicht verschwamm. Die Straße fiel unter mir weg, Hüfte und Ellbogen landeten im Dreck. Es gelang mir, das Schwert bei der Landung auf Armeslänge von mir fernzuhalten, damit ich mich nicht verletzte.

Hoch. Die Klinge schlug dumpf an, als ich sie über den Boden zog, während ich mich auf wacklige Knie hochmühte. Jedermann drückte sich an die Mauern oder floh in die Häuser und schloß die Türen. Bis auf die Männer mit den Schwertern, die alle in dunkle Burnusse gekleidet waren, die sich kräuselten, als sie aus den Schatten ins Sonnenlicht traten.

Aha. Jetzt würde ich es erfahren.

Meines Wissens habe ich ein Schwert niemals anders gebraucht als auf die Art, für die es bestimmt war. Aber jetzt tat ich es. Ich trieb die Spitze in den Boden, lehnte mein Gewicht darauf, hievte mich hoch.

Die Männer kamen nicht näher heran.

Ich lächelte. Lachte ein wenig. Hob das Schwert sofort in Position und kämpfte mit zu weit gespreizten Füßen verzweifelt um mein Gleichgewicht. Wenn jemand mich anspuckte, fiele ich um. Aber ein gewisser Ruf kann sehr hilfreich sein.

Das – und Samiel.

Der Danjac stand noch immer neben mir und schnaubte unzufrieden. Dann schlüpfte eine dunkel gekleidete, sich schnell bewegende Gestalt unter seinem Bauch hindurch, kam mit einem Messer drunter hervor und schnitt glatt und wirkungsvoll in die weichere Unterseite meines Unterarms ein.

Ich ließ das Schwert natürlich fallen. Und genau das hatte die Gestalt beabsichtigt.

Und dann zwang sie *mich* durch das Verhaken ihres beweglichen Fußes um meinen wackligen Knöchel zu Boden.

Ich landete unter großen Schmerzen flach auf dem Rücken und schlug mit dem hilflos herabhängenden Kopf auf dem festgetretenen Erdboden auf. Ich biß mir auf die Lippen, schluckte Blut, spürte noch mehr Blut aus meinem Arm fließen.

Aber nur einen Moment lang. Alles wurde gefühllos.

Die Gestalt bedeutete den anderen, etwas Bestimmtes zu tun. Sie kamen heran, steckten ihre Schwerter ein. Ein Mann trat näher als die anderen heran, beugte sich dann vor, um mich zu untersuchen. Ich sah undeutlich die eingekerbte südliche Nase. Hörte in dröhnenden Ohren die bekannte gebrochene Stimme.

»Warum«, begann Abbu, »wälzt Ihr Euch jedesmal, wenn ich Euch sehe, im Dreck?«

Ich spie Blut. »Soweit zu Euren Schwüren.«

Dunkle Brauen wölbten sich. »Aber ich habe meinen Schwur eingehalten. Und Sabra ist meine Zeugin.«

Sabra. Ich schaute mich um. Keine Frau. Nur Männer in südlicher Seide und Turbanen.

Und dann sah ich sie. Die kleine flinke Gestalt, die unter dem Danjac hindurchgeglitten war und mir das Schwert aus der Hand geschlagen hatte. Jene Gestalt, die ich für einen Mann gehalten hatte.

Sie streifte den Sandschutz von der unteren Hälfte des Gesichts, ließ den Stoff von ihrem Turban herabbaumeln. Ich sah das kleine dunkle Gesicht, unendlich südlich, die ausdrucksvollen schwarzen Augen, unendlich hochmütig, die flüchtige Rötung der Wangen und die geteilte Rundung des Mundes: Unendlich wach.

Sabra kniete sich hin. Sie war klein, schlank, dunkeläugig: eine ausgesprochene südliche Schönheit. Stumm griff sie nach meinem verletzten Arm, schloß ihre Finger um die Haut. Das Blut floß noch immer reichlich und befleckte ihre Hand. Sie ließ meinen Arm los, betrachtete angestrengt ihre blutige Hand, sah mir dann in die Augen.

Ihre Stimme war sehr sanft. »Ich habe Umir die Frau gegeben.«

Ich zuckte einmal zusammen. Mehr brachte ich nicht zustande. »Zu den Hoolies mit Euch«, krächzte ich, »und auch mit Eurem Bettgefährten mit der gebrochenen Nase.«

Die blutige Hand zuckte vor und schlug mir voll ins Gesicht, hinterließ klebrige Rückstände. Meine Sicht schwankte.

Erstarb.

Ein Riß im Boden ... eine aufgesprungene Öffnung, die den Boden zerteilte, ganz schwarz und gewunden wie ein zum Schreien geöffneter Mund. Innen glitzert etwas, funkelnd wie Punjakristalle, nur daß es keine Punjakristalle sind, sondern etwas anderes. Etwas Weißes und Helles und Kaltes ...

Tief in mir raschelte Chosa.

Die Berge sind vertraut, übereinandergestürzte Trümmer magischer Kriegführung, Bruder gegen Bruder und die Verschwendung von Stärke und Macht. Shaka Obre will beschützen, aber Chosa Dei ist entschlossen, zu zerstören, was immer er vermag.

Die Art, den Krieg zu führen, gerät aus den Fugen, bis sogar das Land protestiert und sich erhebt, um sie beide zu bekämpfen. Die Haut fällt ab, aber es ist nicht die Haut des Menschen. Es ist die Haut des Landes. Das Grasland schält sich ab, hinterläßt bloßen Fels und verwüstete Erde.

In mir lacht Chosa.

»Ich kann alle vernichten, nur um es neu zu gestalten ...«

Die Berge erzittern und stürzen ein, bilden neue Ketten von Gipfeln und kleinen Hügeln.

Chosa hebt die Arme. Die Worte, die er singt, sind sogar für Shaka fremdartig und unbekannt. Wiesen werden zur Wüste. Eine Kette von Süßwasserseen wird zu einem Sandmeer.

Shaka Obre schreit, als er seine Schöpfung zerstört sieht.

Sein Bruder lacht nur. »Ich habe dir GESAGT, daß ich es tun könnte!«

»Dann werde ich DICH verletzen!« schreit Shaka.

Tief in den Bergen ist die letzte Bastion von Shakas Schöpfung gegen ständige Hitze und das unbarmherzige Auge der Sonne geschützt.

»Ich werde es DIR zeigen!« brummt Shaka.

Aber da ist es bereits zu spät. Chosa hat ein Gefängnis errichtet.

»Fort!« ruft Chosa und deutet gebieterisch auf den nächstgelegenen eingefallenen Berg.

Ein Spalt erscheint darin: Der gähnende Mund windet sich. Tief innen glitzert es.

»Geh dorthin!« befiehlt Chosa. »Geh dorthin, und lebe dein Leben ohne Sonne oder Sand oder Sterne.«

»Geh DORTHIN!« Shaka deutet in Richtung Norden, fort von sich selbst. Ein feiner rubinroter Nebel dringt aus seinen Fingern und schließt Chosa Dei ein. »Dorthin!« wiederholt Shaka. »In seinen eigenen neuerschaffenen Berg …«

Aber Shaka Obre verschwindet durch den gähnenden Mund in die in dem Berg gelegene Beständigkeit, in eine Kette von Nischen und Höhlungen, die den neugebildeten Berg durchziehen.

»Siehst du?« sagt Chosa. »Du hast nicht die richtige Magie.«

Und dann verschwindet auch er, von schimmernden Wachen zu der entfernten Beständigkeit des neuen Nordens begleitet, der sich so sehr vom Süden unterscheidet.

Was einst ein einziges Land war, üppig, grün und fruchtbar.

Ich zuckte zusammen, erschlaffte dann wieder. Sah die Muster und Windungen und Raster und wie die knorrige Hand des Hustapha flach auf den feuchten Sand aufschlug.

In mir regte sich Chosa.

In den Sand gezogene Linien …

Die Hand wurde in meine Rippengegend gestoßen und geschlossen. Ich krümmte mich, versuchte zu schreien und erkannte, daß ich geknebelt worden war. Ich erkannte, daß ich in einem kleinen, teilweise schattigen Raum, der nur einen schmalen Fensterschlitz aufwies, mit dem gestreckten Rückgrat nach unten auf einer splittrigen Holzbank lag. Arme und Beine waren zu Boden gestreckt und an Ringe gekettet. Ich trug nur einen Dhoti, der wenig Schutz vor Sabras Hand bot. Ich wand mich so gut wie möglich, selbst als sie lachte.

»Wollt Ihr sie behalten?« fragte sie. Und drückte ein

wenig fester zu. »Was soll ich mit Euch tun, um Euch seinen Tod heimzuzahlen?«

Ich konnte durch den Knebel nicht antworten. Er war aus Leder, das, einmal angefeuchtet, jetzt zu schmerzhafter Starre trocknete. Es war noch mehr in meinem Mund: eine harte glatte Rundheit, die mich zu erwürgen drohte.

Sabra ließ los. Schwarze Augen blickten unbarmherzig drein. »Ich könnte noch viel Schlimmeres tun.«

Zweifellos konnte sie das tun. Zweifellos würde sie das tun.

Del. Bei Umir.

Sabra lachte, als ich mich anspannte. Eisen rasselte dumpf, scheuchte mich zurück in Aladars Mine. Schweiß benetzte mein Gesicht. Dies war Aladars Tochter.

»Ich hatte einen Bruder«, sagte sie leichthin. »Er hätte geerbt. Aber als er neun Jahre alt war – und ich zehn –, ließ ich ihn ermorden. Der Mord wurde perfekt ausgeführt, und niemand hat jemals etwas davon erfahren. Aber keines der Haremsmädchen hat jemals wieder einen Jungen geboren ... oder sie haben sie fortgegeben, damit keine weiteren Unfälle geschähen.«

Sie hatte den schwarzen Burnus und den Turban abgelegt und trug jetzt statt dessen eine langärmlige, knöchellange, weiße Leinentunika über einer bauschigen karneolfarbenen Hose. Winzige Füße steckten in Lederschuhen mit Goldspitzen. Glänzendes schwarzes Haar hing gelöst bis zu ihren Knien herab und wellte sich, wenn sie sich bewegte. Ich spannte mich auf der Bank an.

Sie war düstere südliche Vollkommenheit und ausgesprochene Anmut. Keine verschwendete Bewegung. Kein verschwendeter Gedanke. Eine Locke ihres Haars strich über meine Rippen, glitt dann abwärts auf den Bauch zu. Ich erstickte fast an dem Knebel.

»Er hatte erwartet, länger zu leben«, sagte sie. »Er

hatte erwartet, weitere Söhne zu bekommen. Aber er hatte nur Mädchen bekommen, und ich war die älteste von allen. Die anderen waren wertlos.«

Eine kleine Hand berührte den Riß, den Dels Schwert in meiner Rippengegend hinterlassen hatte, hielt inne und zog dann die Narbe nach, genauso wie Del es so viele Male zuvor getan hatte: Aber jetzt wirkte die Geste abstoßend auf mich. Ich wollte Sabra anspucken.

Nachdenklich sagte sie: »Ihr seid schwer zu töten.«

Ich schluckte krampfhaft. Wünschte dann, ich hätte es nicht getan, da der Knebel meine Kehle kitzelte.

Und ich wünschte, ich hätte mein Schwert gehabt.

Mein … Schwert?

Sabras Hand verweilte, zog noch immer die Narbe nach. Glitt dann wie beiläufig zu den anderen Narben, einschließlich denen auf meinem Gesicht. »*Sehr* schwer zu töten.«

Was war mit Samiel geschehen? Ich erinnerte mich deutlich, was mit Umirs Männern passiert war, als sie zuvor versucht hatten, ihn zu berühren. Hatte Sabra das *Jivatma* auf der Straße liegenlassen?

»Ich habe ihn gehaßt«, sagte sie. »Ich war froh, daß Ihr ihn getötet habt. Aber das kann ich niemandem sagen. Man muß die Form wahren … Ich sollte Euch danken, aber ich kann es nicht. Es wäre ein Zeichen von Schwäche. Ich bin ein weiblicher Tanzeer … Die Männer würden mich vernichten. Sie würden mich zu Tode vergewaltigen.« Die Hand bewegte sich von meinem Gesicht fort und erneut auf meine Rippengegend zu, die Finger preßten jede einzelne Rippe und krochen dann auf den Saum meines Dhoti zu. Nägel berührten kupferfarbenes Haar, glitten unter das Leder. »Würdet Ihr mich vergewaltigen, Sandtiger?«

Hatte Abbu das getan?

Kleine Zähne wurden ach, so kurz sichtbar. »Sollte ich Euch kastrieren, damit Ihr es nicht tun könnt?«

Hoolies, die Frau war sandkrank.

Finger fanden das Zugband. »Er hat Euch für mich gekauft, wißt Ihr. Dieser einfältige Esnat von Sasqaat. Er wollte mich beeindrucken, damit ich ihm wohlgesonnen sei und ihn heiraten würde.« Sabra lachte leise. »Als ob ich überhaupt heiraten würde, wenn ich ein eigenes Gebiet habe.«

Die Erinnerung erwachte. Esnat von Sasqaat, Hashis Erbe, der mich zum Tanzen verdingt hatte, damit er eine Frau beeindrucken konnte. Er hatte mir ihren Namen genannt: Sabra. Aber ich hatte sie damals noch nicht gekannt. Ich hatte überhaupt nichts von ihr gewußt.

Esnat, du willst sie nicht. Diese Frau würde dich lebendig verspeisen.

Sabra löste das Zugband und lockerte es. Riß den Dhoti beiseite, ungeachtet meines Zusammenzuckens. »Abbu wüßte sicher gern, wie Ihr im Vergleich zu ihm dasteht«, sagte sie nachdenklich.

Hoolies, sie *war* sandkrank.

Sabra lachte weich. »Im *Kreis,* Ihr Narr. Könnt Ihr nur daran denken? Wie jeder andere Mann?« Sie ließ den Dhoti mit einer verächtlichen Geste wieder über meine Lenden gleiten. »Männer sind leicht zu durchschauen. Umir. Abbu. Ihr. Sogar mein eigener Vater. Sie denken *damit* statt mit dem Kopf. Es ist so *einfach* für mich, daß ein Mann tut, was immer ich will. Wenn man sich daraus« – sie berührte erneut meine Genitalien – »oder daraus« – jetzt streichelte sie ihre Brüste – »nichts macht, ist es so leicht zu bekommen, was man will. Weil man nichts riskiert.« Schwarze Augen schimmerten strahlend. »Mit einem Mann zu schlafen, ist eine unbedeutende Angelegenheit. Aber es bindet ihn sicherer, als irgend etwas sonst es vermag – und dann tut er, was ich ihm sage.«

Ich fragte mich, wie es bei Abbu gewesen war.

Sabra fuhr mit den Fingern durch ihr Haar und

strich es aus dem Gesicht zurück, unbewußt verführerisch für eine Frau, die sich nicht darum kümmerte, wie der Mann vielleicht reagierte. Oder vielleicht wußte sie es, und es kümmerte sie *doch*. Die Frau war nicht leicht zu durchschauen, auch wenn sie Männer anders einschätzte.

Sie ließ das Haar über den Rücken fallen. »Der Jhihadi ist mir gleichgültig«, fuhr sie gelassen fort. »Er hat mir nichts bedeutet und sein Orakel auch nicht. Aber er war nützlich, dieser Tod und der des Orakels auch. Er hat alle Stämme aufgerührt und Euch zu einer leichteren Beute gemacht.« Sie lächelte, strich sich mit einem langen Fingernagel über die Unterlippe. »Als meine Leute das Orakel getötet hatten, setzten sie mit Hilfe schwärzester Magie das Gerücht in die Welt, Ihr und die Frau wärt es gewesen. Das Orakel konnte Euch nicht entlarven, denn Ihr habt es vernichtet, um es daran zu hindern. Jetzt werdet Ihr auch dafür gehaßt.« Sabra lachte kehlig. »Klug, nicht wahr? Das hat alle noch mehr verärgert. Es hat alles sehr leicht gemacht.«

Das Orakel. Tot. Dels Bruder. Wieder tot?

»Jhihadimörder«, sagte sie. »Mörder meines Vaters.«

Ich hatte keinen von beiden getötet, aber das war jetzt unwichtig.

Sabra zuckte die Achseln. Seidenes Haar wellte sich. »Ich hätte ihn letztendlich ohnehin ermorden lassen, um das Gebiet zu übernehmen. Ihr habt mir einige Schwierigkeiten erspart. Wenn ich Euch belohnen könnte, täte ich es. Aber man muß die Form wahren.« Sie schob einen Vorhang aus Haaren hinter die schlanke Schulter. »Ruht Euch heute nacht aus, Sandtiger. Morgen früh werdet Ihr tanzen.«

Schweiß tropfte von meinen Schläfen.

Sie kam erneut näher heran, zog die Fingernägel über meine bloße Brust. Die Haut darunter zog sich zusammen. Es war kein Verlangen, sondern zunehmende Besorgnis. Die Frau beunruhigte mich.

»Abbu will Euch«, belehrte sie mich. »Er sagt, er habe Euch schon immer gewollt. Als ich ihn fragte, was er als Bezahlung für seine Hilfe verlangte, sagte er, er wolle den Tanz. Den letzten Tanz, sagte er. Die wahre und verbindliche Prüfung für die Lehre des Shodo.«

Ein kleiner Hoffnungsfunke sprang auf. Abbu und ich waren Rivalen, aber niemals Feinde.

»Ich habe zugestimmt«, sagte Sabra. »Aber es müssen *Bedingungen* eingehalten werden.«

Der Funke erlosch.

Aladars Tochter verließ den Raum.

Achtunddreissig

Als die Dämmerung nahte, kamen Männer herein. Einer von ihnen war Abbu Bensir, der sein Schwert abgelegt hatte. Er wartete schweigend unmittelbar hinter der Tür, während die anderen die Handfesseln lösten, mir den Knebel abnahmen, mir den verkrusteten Messerschnitt am rechten Arm verbanden und mir etwas zu essen und zu trinken daließen.

Sie verließen den Raum wieder, schlossen die Tür hinter sich. Abbu blieb im Raum, lehnte sich gegen die Wand. Er trug einen bronzebraunen Burnus aus einem schweren Seide-Leinen-Gewebe, das sogar in dem schwachen Licht seltsam metallisch schimmerte. Es war weitaus edler als seine übliche Kleidung, die im allgemeinen schäbig zu nennen war. Ich wußte, daß das Sabras Einfluß zuzuschreiben sein mußte.

Licht von dem schmalen Fensterschlitz fiel quer durch den Raum. Er trat in den Schatten, um nicht blinzeln zu müssen. »Für den Tanz«, sagte er und nickte mit dem Kopf in Richtung des Essens.

Ich saß auf der splittrigen Bank, band das Zugband des Dhoti wieder zu und schwieg.

»Sie hat auch Euer Schwert. Ich habe ihr gesagt, was es ist… sie wollte es natürlich haben. Also ließ sie Umir Del herbringen. Das gefiel der Bascha nicht sonderlich, aber sie hat es für uns in die Scheide gesteckt. Sie sagte in etwa, es sei besser, wenn wir es hätten, als wenn irgendein unschuldiges Kind auf der Straße es berührte.«

Ich antwortete nicht.

Die heisere Stimme klang ruhig. »Ihr wißt, daß es auf die eine oder andere Art geregelt werden muß.«

Ich beugte den Unterarm, spannte die Faust an und entspannte sie wieder, um Haut und Muskeln zu überprüfen. Die Wunde schmerzte wie erwartet, aber das Bluten hatte aufgehört, und der Verband würde sie schützen. Sie würde mich nicht beeinträchtigen.

»So entstehen Legenden, Sandtiger. Ihr seid Euch dessen bewußt. Für alle jungen Schwerttänzer *seid* Ihr eine Legende.«

Schließlich hob ich den Kopf und sah ihn direkt an. Meine Stimme krächzte, und mein Mund schmerzte von dem Knebel. »Bedeutet es Euch soviel?«

Abbu zuckte unter dem Burnus die Schultern. »Was gibt es außer der Legende noch? Genau das kaufen die Leute, wenn sie einen Schwerttänzer verdingen. Den Mann, das Können, *die Legende.*«

»Ihr hättet fragen können«, belehrte ich ihn. »Wir hätten unseren eigenen, persönlichen Tanz haben können, nur wir beide, und es ein für allemal regeln können. Dies alles wäre nicht notwendig gewesen.«

Er lächelte, furchte das südliche Gesicht, das fast zehn Jahre älter war als meines. Das Licht schimmerte kurz auf Silberfäden in dunklem Haar. Älter, härter, weiser. Legende in Fleisch und Blut, sehr viel mehr als ich. »Welchen Nutzen hätte das Fragen gehabt, Sandtiger? Ich wollte es einmal tun und erlebte Euch besessen, besessen von Chosa Dei, wie Del behauptete. Konnte ich da fragen?« Er winkte ab. »Und als Ihr Euch erholt hattet, war keine Zeit für einen richtigen, vorschriftsmäßigen Tanz. Da waren Sabra und alle die anderen, die den Mörder jagten. Und ich wußte, daß Ihr niemals innehalten würdet, niemals mit mir einen Kreis betreten würdet, es sei denn unter Zwang.« Schwaches Licht umschattete seine Gesichtszüge. Ich sah die ruhigen hellbraunen Augen, die Narbe, die das Kinn zerteilte, die stete Bereitschaft. Er war jetzt und immer schon jemand, der ich nicht war: ein Mann, der seiner selbst sicher war. Ein Mann, der in seinem Tun so gut war, daß es sein ganzes Leben beeinflußte.

Im Kreis war ich genauso gut. Vielleicht sogar besser, obwohl wir das noch nicht wissen konnten. Aber ich war meiner selbst jetzt nicht sicher, und ich war auch niemals zuvor sicher gewesen. Ich hatte es nur niemals jemandem erzählt.

Abbu wartete schweigend. Ich wußte, daß er mich respektierte, denn er hatte sein Schwert abgelegt. Ich hielt es für unnötig. Ich war die ganze Nacht lang angekettet gewesen. So schnell, wie er war, konnte ich kaum etwas unternehmen, ohne daß er sofort gekontert hätte.

Ich blickte ihm ins Gesicht und sah gedämpfte Erwartung.

Mein Magen zog sich jäh zusammen. »*Ihr* wart es«, erklärte ich. »Sie war ein oder zwei Tage hinter uns. Und dann war sie plötzlich hier, wartete bei Fouads Wirtshaus.«

Er grinste. »Es hat einen Nachteil, eine Legende zu sein, Sandtiger. Die Leute erwarten bestimmte Dinge. Als wir erkannten, daß Ihr und Del Quumi verlassen hattet, sagte ich Sabra – und Umir, den wir in der Oase trafen –, daß Ihr nach Julah wolltet. Ich wußte nicht, warum, aber ich wußte, wohin. Dort geht Ihr immer hin: zu Fouads Wirtshaus. Also schlug ich vor, daß sie Pferde und Wasser teilen und Euch hierher nach Julah folgen sollten, damit die Falle errichtet werden konnte.«

Ich erinnerte mich an Fouads ungeheuchelte Freundlichkeit, an seine höfliche Art Del gegenüber. »Fouad?«

Abbu zuckte die Achseln. »Ihr habt keine Ahnung, wie entschlossen Sabra ist. Sie ist … nicht wie andere Frauen. Was Sabra will, das bekommt sie. Julah ist ihr Gebiet. Sie kann tun, was sie will, und das mit *jedem*

Menschen, der ihr in den Sinn kommt: Mann, Frau, Kind. Ihr wißt, wie Aladar war – ich habe gehört, was er Euch angetan hat. Seine Tochter ist schlimmer. Seine Tochter ist ... anders. Fouad wäre ein Narr gewesen, sich ihr zu widersetzen.«

»Was geschieht mit Del?«

Er zuckte die Achseln. »Sie gehört jetzt Umir. Er wird tun, was immer er will.«

Ich suchte in seinem Gesicht nach etwas. Er hatte Del gekannt, bewundert, nach ihr verlangt. »Kümmert Euch das nicht?«

Abbu Bensir lachte sein heiseres, gebrochenes Lachen. »Vertraut Ihr der Bascha nicht? Umir unterschätzt sie ... Ich weiß es besser. Er schläft mit Jungen, nicht mit Frauen ... Und er will sie nur in seine *Sammlung* aufnehmen. Sammler hegen ihre Objekte.«

Er veränderte seine Stellung an der Wand, rieb wie abwesend über die Kerbe in der Nase. »Del ist wohl kaum hilflos zu nennen. Ich bezweifle, daß er sie lange behalten wird.«

»Womit wir wieder bei mir angelangt wären.« Ich nahm den Becher mit Wasser und trank.

»Es ist einfach, Tiger. Wir tanzen.«

Ich nickte nachdenklich, während ich den Becher senkte. »Sabra erwähnte gewisse *Bedingungen*.«

Die Haut unter einem braunen Auge zuckte kurz. »Sie hat mir den Tanz versprochen. Ich habe keine Bedingungen gestellt, nur die Möglichkeit, unsere Angelegenheit den Kodizes entsprechend zu regeln. Nur das.«

Ich grunzte. »Sabra hat vielleicht andere Vorstellungen.«

»Sabra ist grausam«, stimmte er mir zu. »Weitaus grausamer als Umir, aber ...«

»Aber Ihr vertraut ihr.«

Er preßte die Lippen zusammen. Er stieß sich von der Wand ab und trat zu mir, ging um mich herum, spähte kurz aus dem als Fenster dienenden Schlitz. Ich hörte seinen Schritt hinter mir, das Kratzen seiner gebrochenen Stimme, deutlich und seltsam angespannt. Jedes Wort wurde betont und genau überlegt: »Hört mir zu.«

Ich schwieg.

Stille. Dann sagte er sehr leise und unendlich deutlich: »Sabra muß allen männlichen Tanzeers und überhaupt allen Männern ihres Gebietes ihre Macht beweisen. Um sich selbst zu beweisen. Um die Macht mit allen erforderlichen Mitteln zu behalten, weil sie eine *Frau* ist. Sie wird tun, was immer sie tun muß. Wenn es nur nach ihrem Wunsch gegangen wäre, hätte sie Euch vielleicht lebendig die Haut abgezogen – habt Ihr so etwas jemals gesehen?« Er wartete nicht auf meine Antwort. »Ein von unserem Shodo ausgebildeter Mann, ein Schwerttänzer des siebten Grades, verdient es, im Kreis zu sterben.«

»Seid nicht so wohlwollend.« Ich stellte den Becher ab. »Einst hätten wir diese Angelegenheit in einem Kreis regeln können, ohne daß der Tod erforderlich gewesen wäre.«

»Einst«, stimmte Abbu mir zu. »In Iskandar ... Aber ein Pferd hat eingegriffen. Und auch in der Punja, aber da hat Chosa Dei eingegriffen. Und jetzt ist es viel zu spät.«

Schritte knirschten erneut, als er um mich herumtrat, um mich anzusehen. Keine Belustigung mehr. Kein gelassenes Aufstacheln mehr. Er war vollkommen ernst. »Es wird schnell und sauber und schmerzlos vorübergehen. Es wird ein ehrenvoller Tod werden.«

Die Worte stiegen ungebeten auf. »Ihr *seid* Euch Eurer selbst sicher.«

Fältchen erschienen um seine Augen. Er lächelte nicht – nicht wirklich. »Ich bewundere Eure gespielte Tapferkeit. Aber denkt daran, Sandtiger ... ich bin *Abbu Bensir* ...«

Ganz leise sagte ich Abbu, wohin er gehen solle. Auch wann, wie schnell und in welchem Zustand.

Er schreckte kaum merklich, aber dennoch tatsächlich zurück. Und dann lächelte er. »Stahl, dieses Mal. Keine Holzklingen mehr.«

Ich betrachtete die Narbe an seiner Kehle. »Ich hätte Euch damals fast getötet. Ich war siebzehn Jahre alt, noch äußerst unerfahren… Heute sind wir zwanzig Jahre weiter, Abbu. Und Ihr seid viele Jahre älter: Langsamer. Steifer. *Älter*.«

»Weiser«, sagte Abbu sanft. »Und der Sandtiger ist auch nicht mehr so jung, wie *er* einmal war.«

Nein. Und er hatte auch eine an eine splittrige Bank angekettete, benommene Nacht mit den Gedanken an Del verbracht.

Ich betrachtete erneut seine Kehle. »Merkwürdige Sache, Abbu –ich hätte niemals gedacht, daß es Euch nach Rache verlangt.«

Sein Tonfall wurde schärfer. »Verwechselt mich nicht mit Sabra.«

Ich betrachtete ihn aufmerksamer.

»Dies hat nichts mit Rache zu tun. Was kümmert mich das? Was kümmert *Ihr* mich?« Er deutete mit der Schulter zur Tür. »Ich will nur tanzen.«

Ich suchte einen anderen Angriffspunkt. »Ist sie so gut im Bett?«

Abbu fuhr herum, lachte. »Alter Trick, Sandtiger.«

Ich zuckte die Achseln. »Zumindest wäre das ein Grund.«

»Sie ist… erfinderisch und ungehemmt. Aber insgesamt eine Frau wie jede andere.« Er vollführte eine Geste. »Ich habe Euch meinen Grund genannt. Ich tanze aus Freude, wegen der *Herausforderung*… wißt Ihr, wie lange es her ist, seit ich gegen einen würdigen Gegner getanzt habe?«

Gereizt sagte ich: »Ich würde es dennoch genausogern lassen.«

»Zu spät.« Er wandte sich um, trat auf die Tür zu, schaute zurück. »Da ist noch etwas.«

Ich wartete.

Braune Augen glitzerten im Sonnenlicht. »Ich *bin* älter, genau wie Ihr sagt… und werde täglich noch älter. Ich habe jetzt den Wunsch, etwas von mir selbst zurückzulassen, wenn ich die Welt verlasse. Eine Namen, wenn schon nichts sonst.« Der heisere Tonfall nahm eine Eigenschaft an, die ich bei Abbu noch nie bemerkt hatte: eindringliche, entschlossene Schärfe. »Alte Männer sind kraftlos im Geist, sterben betrunken in einem schmutzigen Wirtshaus, verlieren ihren Verstand an Huvaträume oder pissen ins Bett. Ich sterbe lieber im Kreis. Ich sterbe lieber ehrenvoll.« Er legte eine Hand auf die Türklinke. »Und wenn es geschehen soll, wäre es mir lieber, wenn es durch die Hand des Sandtigers geschähe als durch die irgendeines Punjawurms von einem Jungen, der mich an einem schlechten Tag erwischt.«

Ich schaute verwirrt zur Tür, während sie sich hinter ihm schloß und das Schloß einrastete. Ich war versucht, ihn einen Narren zu nennen. Aber ich dachte darüber nach, was er gesagt hatte.

Wandte es auf mich an. Und erkannte, daß er recht hatte.

Es wäre mir lieber gewesen, wenn Abbu mich jetzt tötete, als wenn Nezbet es später täte.

Wenn ich natürlich die Wahl hätte…

Ohne weiteres Aufhebens aß ich die Mahlzeit, die man mir zurückgelassen hatte, und trank das Wasser aus. Stand dann von der Bank auf und streckte und lockerte mich.

Abbu Bensir. Endlich.

Eine Vorahnung entzündete ein Freudenfeuer in meinem Magen.

Neununddreissig

Der beeindruckende Palast des toten Aladar war noch genauso, wie ich ihn in Erinnerung hatte: weiß gestrichene Adobeziegel, geflieste, anmutige Bogengänge, Palmen und Zitronenbäume, die als Schattenspender und wegen ihres Aussehens gepflanzt worden waren. Sogar der Hof bei den Ställen war mit Schichten creme- und kupferfarbenen Kieses bestreut.

Ich ging barfuß. Die Kiesel waren klein und fein, aber dennoch Kies. Ich runzelte leicht die Stirn, prüfte den Untergrund und konzentrierte mich auf den bevorstehenden Tanz. Noch war der Tag kühl, und das bedeutete, daß der Untergrund ebenso kühl war. Aber ich zog einen in festgetretenem Sand oder in Erde gezogenen Kreis einem in Kies gezogenen Kreis vor.

Der Hof bei den Ställen war – bis auf den Kreis und einen schmalen Streifen darum – voller Zuschauer. Abhängig von ihrer gesellschaftlichen Stellung standen sie an den Mauern, hockten im Kies oder saßen auf Bänken und Stühlen. Natürlich nur Männer. Die meisten waren wohl Wächter oder Söldner, die Sabra verdingt hatte, um Julah in ihrer Gewalt zu behalten. Die reichgekleideten Männer waren Händler und Politiker der Stadt, die ihrerseits an die Macht kommen wollten. Andere waren ausgebildete Schwerttänzer, die von Iskandar hierhergekommen waren. Ich kannte viele der letzteren dem Namen nach oder vom Sehen. Wie ein Mann sahen sie mich an, während ich von Wächtern flankiert dastand, und dann Abbu Bensir, als er aus dem luftigen, vornehmen Palast auf den hellen Hof bei den Ställen trat.

Ich hielt das Ganze für albern. Soviel Getue um einen Tanz. Aber es war natürlich Sabras Idee gewesen: Sie wollte, daß ich vor vielen Zeugen getötet würde, so daß kein Zweifel an ihrem Anteil bei dieser Angelegenheit bestehen konnte. Ihre Absicht war offensichtlich: Sie allein hatte den Sandtiger gefangengenommen, den Mörder ihres Vaters, des Jhihadi und des Orakels, als *alle anderen* versagt hatten. Was man jetzt sehen konnte, da sie Gerechtigkeit zumaß!

Hoolies, welch eine Farce.

Ich trug nur einen kurzen Dhoti und die Halskette, keine Sandalen, keinen Burnus oder Harnisch. Es ist die übliche Kleidung für einen Mann, der den Kreis betritt. Zusätzliche Kleidung kann den Tanz ungültig machen. Viele der hier anwesenden Schwerttänzer hatten mich schon früher in ähnlicher Kleidung tanzen sehen, aber keiner hatte mich richtig tanzen sehen, seit ich aus dem Norden zurückgekehrt war.

Außer Abbu natürlich. Er konnte nicht mehr überrascht werden. Aber ich sah und hörte die Reaktionen, als die anderen die von Dels *Jivatma* hinterlassene scheußliche Narbe sahen.

Noch mehr Stoff für eine Legende. Ich fand es ein wenig belustigend. Während ich inmitten meines Wächterpulks wartete, streifte Abbu ruhig Burnus, Harnisch und Sandalen ab. Wie ich trug auch er einen Dhoti. Anders als ich trug er keine Halskette und wies auch keinen faustgroßen, unregelmäßigen Riß in noch immer lebender Haut auf. Er war ein magerer, sehniger Mann weit über vierzig, von Narben übersät, die mit den Jahren hellrosa oder weiß geworden waren. Er war ein Südbewohner und daher kleiner, aber Abbu Bensir hatte keine Nachteile dadurch, daß er sich nur geringer Körpergröße rühmen konnte, und erst recht keine Nachteile dadurch, daß die Größe zugunsten eines geringeren Gewichts aufgewogen wurde.

Verstohlen tat ich einen tiefen Atemzug, der die Rippen anhob und spreizte und mir Raum zum Atmen gab, stieß ihn dann langsam und gleichmäßig wieder aus. Ich gähnte einmal, zweimal, schüttelte Arme und Hände aus, spürte das Kribbeln in Oberschenkeln und Leistengegend. Spürte das wellenförmige, kitzelnde Zusammenziehen tief im Magen, das einem Tanz stets vorausging.

Umir der Grausame hatte mich als schlechten Schwerttänzer bezeichnet, als einen Mann, dessen Schnelligkeit, Kraft und Können niemals ausreichend überprüft worden waren, um die Legende zu beweisen oder zu widerlegen. Ich wußte, daß es dieses Mal anders war. Dieses Mal würde ich *genau* herausfinden, was – und wer – ich war.

Ich dachte an Sula. Ich dachte an Del. Ich dachte an die namenlose Mutter, die mich in der Wüste geboren und dort zum Sterben zurückgelassen hatte. Vor so vielen Jahren: sechsunddreißig, siebenunddreißig, achtunddreißig.

Hoolies, wen kümmerte das?

Ich stand *Abbu Bensir* gegenüber.

Es begann wellenförmig. Dann ein leises Murmeln. Und schließlich teilten sich die Körper: Sabra, Aladars Tochter, trat aus dem großartigen Palast ihres Vaters. Mit ihr kamen weißgekleidete Eunuchen, die Kissen, Fächer und gazeartige Schirme trugen, welche schnell aufgespannt wurden, damit sie vor der Sonne geschützt war, als sie sich auf den gestapelten Kissen niederließ. Sie trug lebhaftes, blutiges Karmesinrot: Tunika, Hose, Turban und einen ganz hellen Hauch von züchtigem Schleier, der mit winzigen goldenen Quasten beschwert war. Die Lederschuhe waren ebenfalls rot, die sehr dünnen Sohlen zeigten schimmerndes Gold mit frischen Spuren von Kies. Es war, so stellte ich fest, ihre Art, ihren Reichtum *und* ihre Verachtung den ärmeren Leuten und auch den hier versammelten Reichen gegenüber zu zeigen.

Sie hob eine kleine anmutige Hand, und alles wurde ruhig. Ihre Stimme klang über den Hof und wurde sogar bis in die hintersten Ecken getragen. Sie wußte, wie sie die Hände angemessen anheben konnte. »Geehrte Gäste, heute präsentiere ich Euch die Gerechtigkeit eines mächtigen, jedoch bescheidenen neuen Tanzeers, personifiziert im Kreis, der bekanntesten Tradition des Südens. Laßt mich Euch mitteilen, wer die beiden Tänzer sind: Abbu Bensir, den Ihr kennt, sowie der Sandtiger.«

Ich seufzte und verlagerte mein Gewicht auf eine Hüfte, während Murmeln den Hof bei den Ställen erfüllte. Dies konnte eine Weile dauern.

»Abbu Bensir«, wiederholte sie, »dem die Ehre zuteil wird, als größter Schwerttänzer des Südens anerkannt zu sein, ausgebildet von dem ehrenhaftetsten und verehrtesten Shodo von Alimat, wo nur die Besten der Besten ausgebildet werden.«

Jedermann wußte das.

»Und der Sandtiger, der ebenfalls in Alimat ausgebildet und von demselben Shodo unterrichtet wurde, der aber die Ausbildung, seine Ehre und die Kodizes verleugnet hat, indem er schlimmste Schande auf sich lud: Er hat drei Männer ermordet: meinen Vater, Aladar, den früheren Tanzeer von Julah ...« Ihre Stimme brach an diesem Punkt kunstvoll ab, worauf sie sich wieder vollkommen faßte. »... und auch den Jhihadi, der dem Süden durch Prophezeiung und Legende schon vor langer Zeit als der Mann versprochen wurde, der uns alle retten soll, indem er Sand in Gras verwandelt.«

»Oder vielleicht *Glas*«, murmelte ich.

»Und letztendlich ist er der Mann, der mit Hilfe schwärzester Magie das Orakel ermordet hat, denjenigen, der uns allen gesandt wurde, um dem Jhihadi den Weg zu bereiten, damit wir ihn ehren und willkommen heißen könnten.«

»Noch etwas?« murmelte ich.

Sabra legte eine Hand über ihr Herz und neigte bescheiden den Kopf. »Ich bin nur eine unwürdige Frau... aber ich werde folgendes tun – für Julah und für den ganzen Süden: *Ich entschädige Euch für den Tod der drei Männer, die wir liebten!*«

Hoolies, welch eine Vorstellung!

»Und daher«, sagte sie ruhig, »bringe ich Euch heute Gerechtigkeit. Ich präsentiere Euch heute einen Tanz, wie es niemals einen gleichen geben wird. Einen Tanz auf Leben und Tod. Einen wahren und verbindlichen Tanz, gestaltet aus wahren und verbindlichen Schwüren, wie sie in Alimat gelehrt werden. Alle Kodizes sollen gelten. Die Traditionen sollen in Ehren gehalten werden.«

»Es wäre vielleicht angemessen«, rief ich, »wenn mir jemand ein Schwert gäbe!«

Das bewirkte, was ich erwartet hatte: Es lenkte Sabras Einfluß ab, erschreckte Kaufleute und Politiker, brachte die Schwerttänzer zum Lachen. Die Spannung, die sie mühsam aufgebaut hatte, war plötzlich verflogen.

Das gefiel ihr überhaupt nicht.

»Hierher!« fauchte Sabra, und einer ihrer Wächter zog mich gewaltsam zu ihren Kissen hinüber. Schwarze Augen blickten wütend drein, aber ihre rot angemalten Lippen lächelten süß hinter dem hauchdünnen roten Schleier. »Ein Schwert?« fragte sie. »Aber natürlich bekommt Ihr ein Schwert. Ein ganz besonderes Schwert.« Sabra schnippte mit den Fingern. »Sicherlich werdet Ihr es kennen. Es ist ein Teil der Legende.«

Einen Moment lang, nur einen Moment lang, glaubte ich, es sollte Samiel sein. Und dann wußte ich es ebensoschnell, daß darauf nicht zu hoffen war. Sabra war nicht dumm. Wenn sie noch nichts über *Jivatmas* gewußt hatte, bevor sie mich verfolgt hatte, hatte Abbu ihr inzwischen alles darüber erzählt. Er wußte genug über *Jivatmas,* um sie zu respektieren und mit Vorsicht zu behandeln. Er hatte Dels Schwert gesehen, und er hatte auch meines gesehen. Abbu wußte es besser.

Also nicht Samiel, angefüllt mit Chosa und mit südlicher Magie. Die kurze Hoffnung erstarb.

Ein Eunuch trat mit einem purpurfarbenen Kissen vor. Darauf lag offen ein Schwert, ein südliches Schwert. Ein sehr bekanntes Schwert: vom Shodo gesegnet, mit blau gefärbter Stahlklinge und Perlschnüren umwickeltem Heft.

Alle Kraft verließ mich wie Sand. »*Woher habt Ihr dieses Schwert?*«

»Ihr wart unvorsichtig«, sagte sie, »und habt die Legende vernachlässigt. Was alles noch angenehmer macht.« Ihr Blick ruhte gierig auf meinem Gesicht, versuchte meinen Gesichtsausdruck einzuschätzen. Was sie sah, gefiel ihr. Sabra lächelte und lachte dann. Gehässig flüsterte sie: »Ich habe wieder hergestellt, was verlorenging, um die Legende vollständig zu machen.« Ich knirschte leicht mit den Zähnen. »Es war zerbrochen«, zischte ich kurz. »Einzelhieb war *zerbrochen.*«

»Und daher habt Ihr Euch seiner entledigt.« Sabra zuckte die Achseln. »Die Hälften wurden gefunden und wiedererkannt. Ich ließ sie mir bringen und reparieren. Daher konnte ich ihn für Euch wiederherstellen.«

»Hoolies, Frau ... Ihr seid *sandkrank.* Einmal zerbrochener Stahl ...« Aber ich brach ab, sah das Glitzern in ihren Augen. Sie wußte es. Genausogut wie ich. Genausogut wie jedermann, obwohl sie sich nicht die Mühe machte, es den anderen zu sagen.

Einmal zerbrochener Stahl wird immer wieder zerbrechen. Gleichgültig, wie fachmännisch er wieder zusammengefügt wird.

Was natürlich ihre Absicht war.

Sabra vollführte eine weitschweifende Geste, zeigte kleine weiße Zähne. »Nehmt es, Sandtiger. Damit die Legende wieder vollständig wird.«

Ich war es gründlich leid, immer als Legende bezeichnet zu werden. Zuerst Abbu, jetzt Sabra. Ich war ein Schwerttänzer, nicht mehr. Ein guter, das gebe ich zu. Ich würde sogar sagen, daß ich als großartig bekannt war... Aber wirkliche Legenden sind üblicherweise tot. Und das war ich nicht. Noch nicht.

Ich streckte eine Hand aus. Das Kissen wurde fortgezogen.

»Ah!« Sabra lachte und berührte geziert ihre Brust. »So werde ich daran erinnert... daß erst noch die Schwüre geleistet werden müssen!« Sie deutete auf Abbu und hob die Stimme, damit jedermann sie wieder hören konnte. »Wenn Ihr vortreten wollt? Alles muß unter Zeugen geschehen. Alles muß ordnungsgemäß durchgeführt werden, den Ehrenkodizes von Alimat entsprechend. Ihr beide müßt in einem geweihten Kreis verpflichtet werden.«

Ich fragte mich gereizt, wieviel sie bereits gewußt hatte. Und wieviel Abbu ihr erzählt hatte.

Sabra lachte erneut, als Abbu vortrat. »*Noch etwas* habe ich vergessen – typisch Frau!« Eine weitere anmutige Geste. »Ich habe besondere Gäste. Dort... seht Ihr?«

Wir schauten natürlich hin, wie sie es beabsichtigt hatte. Genau gegenüber von uns, auf der anderen Seite des Kreises, war eine Art Sonnenschutz errichtet und Kissen sorgfältig ausgelegt worden, und Eunuchen stellten sich mit Fächern auf. Umir der Grausame stand dort. An seiner Seite befand sich eine mit einer Kapuze bekleidete und reichlich in südliche Seide gehüllte Gestalt.

Einzelhieb. Und Del. Was konnte ich mehr verlangen?

Freiheit für uns beide.

Hoolies, welch ein Durcheinander.

Umir führte Del an den Rand des Kreises. Nahe genug, damit ich sehen konnte, daß ihre Handgelenke gefesselt waren. Nahe genug, damit ich ihr Gesicht und den Ausdruck darauf sehen konnte. Sie war eindeutig unverletzt, und genauso eindeutig war sie beunruhigt. Aber ihr fehlten genau wie mir das *Jivatma* und die Freiheit. Und als wir einander ansahen und die Wahrheit hinter den Masken suchten, wußten wir, daß es keinen Ausweg gab.

Umir hatte seine eigene Magie angewandt. Del trug einen weißen, schweren, golddurchwirkten Seidenstoff, die kostbare südliche Seide, die nur Tanzeers tragen konnten, weil sie jedermann sonst verboten war, es sei denn, ein Tanzeer hätte es gestattet. Einfachen, schmucklosen, golddurchwirkten Seidenstoff, zu hell im Sonnenlicht. Ein mit einer Kapuze versehener weiter Burnus, der die Spitzen bloßer Zehen berührte, weder mit einem Gürtel gehalten noch andersartig befestigt. Er stand von der Kapuze bis zum Saum in schweren, unbeweglichen Falten offen.

Umir lächelte mich an. »Sie wirkt bescheidener, nicht wahr? Und auch ihre Kleidung?«

Ich runzelte die Stirn, hielt ihn für einfältig.

»Ich bevorzuge bei allen Dingen Einfachheit, bei den Dingen, die ich der Welt zeige. Es kann *so* wirkungsvoll sein, wenn Oberflächliches unterschätzt wird... Aber unter dieser Oberfläche ist alles ganz anders. Bei Menschen – *und* bei der Kleidung.« Er legte eine Hand auf Dels Schulter, versenkte die Finger in den Seidenstoff. »Dieser Burnus ist Teil meiner Sammlung und hat den Wert von drei Gebieten. *Ihrer* würdig, denke ich.«

Umir ergriff plötzlich den Stoff, zog den Burnus mit

einem gekonnten Schwung auf und drapierte ihn mit der Innenseite nach außen über seinen linken Arm, wie ein Stoffhändler, der seine Ware zeigt. Der schwere weiße Burnus wurde plötzlich zu etwas anderem, zu unglaublich *mehr:* ein gespenstischer, südlicher, vom Morgenlicht überschwemmter Sonnenuntergang. Alle Gelbtöne und Orangefarben, alle die gespenstischen Rottöne und die Zwischentöne eines samumgeborenen Sonnenuntergangs, der aus dem Horizont der Punja heraufwirbelte, auf kostbarem, golddurchwirktem Stoff und auf einer noch kostbareren Frau aufblühte.

Umir breitete eine Hand über das glänzende Innenfutter. »Perlen«, flüsterte er weich. »Hunderte von Perlen, gefärbtes Glas und Gold und Messing ... und Federn, *alle die Federn,* von hunderttausend Vögeln, die man im Süden nicht einmal kennt ...« Er lächelte einfältig und liebkoste sanft das sonnenuntergangartige Innenfutter, wie ein Mann die Brust einer Frau liebkost. Perlen schimmerten, klapperten. Zarte Federn flatterten. »Drei Domänen wert«, wiederholte er. »Und jetzt eine Frau, die ihn trägt.«

Geschickt zog Umir die Kapuze weg. Auch sie war mit Glasperlen und Myriaden bunter Federn besetzt. Aber das kümmerte mich nicht. Jetzt war Dels Gesicht für jedermann sichtbar. Hinter mir hörte ich das Rascheln und Murmeln südlicher Männer, die eine nordische Frau betrachteten.

Sie war wieder blond, und die Haut war hell wie Honig. Sie trug auch unter dem Burnus Weiß: eine Tunika in nördlichem Stil aus weich gearbeitetem, unverfälschtem Wildleder, die bis zur Mitte der Oberschenkel reichte. Beine und Füße waren nackt und betonten ihre ausgeprägte, kraftvolle Anmut genauso wie Umirs Sieg. Kein südlicher Mann hat jemals so viel von einer Frau gesehen – oder sie so marktschreierisch gezeigt –, es sei denn, er hat mit dieser Frau geschlafen oder Geld für sie bezahlt.

Del lächelte nicht. Sie blinzelte nicht einmal. Aber andererseits brauchte sie das auch nicht zu tun. Sie war im Sonnenschein. Tageslicht gegenüber Sabras Nacht, Stahl gegenüber Sabras Seide. Und jedermann dort wußte es, einschließlich Aladars Tochter.

Besonders Aladars Tochter.

Eine kleine, aber würdige Rache.

Vierzig

Sabra stand in einem Durcheinander von Kissen unter einem gazeartigen Sonnenschirm. »Ihr werdet schwören«, erklärte sie und ließ keinen Raum für Fragen. »Leistet den Schwur von Alimat, daß Ihr alle Kodizes so ehren werdet, wie Euer Shodo es Euch gelehrt hat.«

Ich warf Abbu, der neben mir stand, einen Seitenblick zu. »Muß man diese Leute, die alles zu wissen glauben, nicht einfach lieben?«

Er verzog einen Mundwinkel, wodurch mir etwas klar wurde. Er stand vielleicht sowohl in beruflicher als auch in privater Verbindung mit Sabra, aber er mußte nicht zwangsweise ihre übertriebene Handlungsweise schätzen.

Sabras schwarze Augen glitzerten. »Ich weiß, was ich weiß.« Sie streckte eine schlanke Hand aus und winkte. Ein kleines Messer mit kurzer Klinge wurde in ihre Handfläche gelegt. *»Elaii-ali-ma«*, sagte sie kühl, »wie ich mühevoll gelernt habe.«

Meine Belustigung schwand. Ein zweiter, eindringlicher Blick zu Abbu zeigte mir, durch sein Stirnrunzeln und den fest zusammengepreßten Mund ausgedrückt, die gleiche Bestürzung. Ich nahm an, daß er ihr die Dinge beigebracht hatte, die sie über Alimat und die Schwüre wußte. Aber jetzt hatte sie an eine private, persönliche Sache gerührt, die kaum jemals angesprochen wurde, wenn das Ritual vollzogen war, und auch dann nur sehr indirekt. Sie sprach jetzt für uns beide, ruhig und überzeugend. »Ich bin in jeder Beziehung

Aladars Tochter, bis auf eins: Ich lebe. Eines Tages werde ich durch einen Meuchelmörder oder einen gedungenen Mörder sterben, wenn ich nicht gewisse Maßnahmen ergreife, aber im Moment lebe ich. Im Moment bin ich ein *Tanzeer,* ungeachtet des Geschlechts. Aladars Macht gehört mir ...« Sie hielt inne, versicherte sich unserer Aufmerksamkeit und fuhr zufrieden fort: »Wie auch alle seine Mittel, einschließlich gewisser Schriftrollen, die die Rechtschaffenheit vieler Dinge bekräftigen und die Magie enthalten, die notwendig ist, um jedes Ziel zu erreichen.« Hinter dem hauchdünnen karmesinroten Schleier mit den ihn beschwerenden goldenen Quasten war ihr junges Gesicht auf kühle Art ruhig, für sich allein schon beängstigend. »Diese Magie, diese Macht, ist Wissen. Aufgrund der Schriftrollen und der Voraussicht habe ich es zur Verfügung ... Und daher gehört die Macht mir. Ich habe es für mich entschieden, sie jetzt zu gebrauchen, um Ordnung in unser Leben zu bringen.«

Abbu verlagerte leicht sein Gewicht. »Sabra ...«

Schwarze Augen flammten auf. »Ihr werdet schweigen, Abbu Bensir. Wir haben das *Elaii-ali-ma* begonnen.«

Ich regte mich abwehrend und schüttelte den Kopf. »Nur der Shodo ...«

»In diesem Fall bin *ich* der Shodo.«

Abbu und ich wechselten einen Blick. Dann vollführte Sabra eine Geste. Wuchtige Eunuchen mit Messern in den Händen traten hinter uns beide und machten uns schweigend auf beeindruckende Weise klar, daß wir uns auf unsere Manieren besinnen sollten.

Abbus Rolle hatte sich eindeutig geändert. Er sah nicht sehr glücklich aus. Aber ich war auch nicht glücklich.

Wenn Abbu *sehr* unglücklich würde ... Hoffnung kam auf. Die beiden größten Schwerttänzer sollten Aladars Tochter vernichten, dachte ich grimmig, die mit jedem Augenblick, der verging, zu einer größeren Bedrohung wurde.

Nicht dumm, Aladars Mädchen. Und sehr gefährlich.

»*Elaii-ali-ma*«, wiederholte sie, »ist erforderlich, um den Kreis gegen eine Entweihung von außen zu verschließen, um die Tänzer im Innern einzuschließen, bis der Tanz vorüber ist.«

»Wir wissen, was es bedeutet«, murmelte ich.

Abbu nickte zustimmend. »Wir sollten beginnen.«

»Dann gebt mir Euer Blut«, befahl sie.

Ich bot meinen tuchumwickelten Unterarm dar. »Ich habe meinen Beitrag bereits geleistet.«

»Dann wird dies wenig Mühe kosten.« Sie vollführte eine scharfe Geste, und zwei Eunuchen ergriffen meinen Arm. Einer von ihnen zog den Verband ab und entblößte den fünf Zentimeter langen Schnitt, den Sabra selbst mir zugefügt hatte.

Bevor ich Einspruch erheben konnte, schnellte das kleine Messer vor. Ich fluchte, als es in einem Winkel über die verkrustete Wunde schnitt. Frisches Blut floß hervor. Sabra benetzte die Finger und tupfte dann drei Punkte auf Abbus Stirn. »Bei der Ehre Eures Shodo, bei den Kodizes von Alimat: Ihr werdet den Kreis nicht verlassen, bis der Tanz beendet und einer von Euch tot ist. Wenn Ihr dem zuwiderhandelt, wenn Ihr gegen Eure persönliche Ehre und die Ehre des Shodo verstoßt, wird Euch künftig die Gnade eines von einem Shodo gesegneten Schwerttänzerkreises, ob wahrhaftig oder von Euch gestaltet, verwehrt sein.«

Ein Muskel zuckte an Abbus Kinn. »Den Kodizes entsprechend, nach denen zu leben ich vor dreißig Jahren vor dem Shodo selbst geschworen habe, nehme ich den Tanz an. Er wird so durchgeführt werden, wir Ihr es fordert, im Einvernehmen mit allen Schwüren.«

Sie nickte und streckte eine Hand aus. Ohne die Hilfe der Eunuchen bot Abbu seinen Unterarm dar und beobachtete unbewegt, wie Sabra hineinschnitt. Er blutete weniger als ich, da er vorher keine Wunde gehabt hatte. Was mich betraf, so tropfte aus meiner Wunde noch immer langsam Blut herab. Abbus Blut lief in einer einzigen Bahn herab, bis Sabra die Finger darin versenkte. Drei Punkte auch auf meine Stirn, unter das zerzauste Haar. »Für Euch gilt das gleiche«, erklärte sie. »Ist Euch der Schwur klar?«

»Ich könnte vermutlich nein sagen...« Aber ich brach jäh ab, denn ich hatte keine Lust mehr, sie in irgendeiner Weise zu erheitern. »Da ist nur noch eine kleine Sache. Ihr erwähntet gewisse *Bedingungen.*«

»Ah.« Sabra lächelte. »Ihr könntet es als Ansporn bezeichnen. Ich will, daß dies der beste Tanz wird, der je getanzt wurde, bei dem sich keiner der beiden Männer aus alter Freundschaft oder alter Rivalität zurückhält. Solche Gedanken können den Erfolg behindern.« Schwarze Wimpern senkten sich kurzzeitig, dann sah sie Abbu Bensir an. »Ihr sollt ihn töten«, sagte sie deutlich, »so kunstvoll wie möglich. Ich will, daß es *lange* dauert. Schneidet ihn in Stücke, wenn Ihr wollt... Zerteilt ihn wie rohestes Fleisch – aber verschwendet meine Zeit nicht mit Beteuerungen Eurer Treue oder einem persönlichen Bedürfnis danach, gnädig sein zu müssen, indem Ihr ihn mit einem Streich tötet.« Ihr Tonfall wurde weich, träge. Bei einer anderen Frau hätte ich gesagt, dieser Tonfall sei im Bett angemessen. Ich fragte mich allmählich, ob ihr dies genausoviel bedeutete oder vielleicht sogar mehr. »Ich glaube, Ihr kennt mich gut genug, um zu wissen, was geschehen könnte, wenn Ihr nicht tut, was ich verlange.«

Sie meinte es tödlich ernst. Abbu blinzelte nicht einmal, aber seine Lippen waren fest zusammengepreßt und blaß. Er sah mich nicht an, weil er es wohl nicht fertigbrachte. Er hatte den Tanz den Schwüren gemäß angenommen. Ungeachtet Sabras blutdürstiger Prägung des Tanzes konnte er ihn nicht aufgeben, oder er würde alles das aufgeben, wofür er lebte. Und dafür war Abbu nicht geeignet.

Ich öffnete den Mund, um eine Bemerkung zu machen, aber jetzt sah Sabra mich an. »Hört mir zu«, sagte sie ruhig. »Ich bin rachsüchtig und nachtragend. Ich bin alles, was sie – und Ihr – jemals von mir behauptet haben. Denkt Ihr, ich sei nicht im Bilde?« Sie ergriff das Messer mit einer Hand. Die dunklen Knöchel wurden weiß. »Ihr seid mir *gleichgültig* ... ihr *beide*. Versteht Ihr? Ich will dies für mich, und ich will es auf *meine Weise*.« Ich sah sie ebenfalls an, gab nichts preis. Sie hatte alles unter Kontrolle, mit den Söldlingen – und den großen, aufmerksamen Eunuchen – im Hintergrund.

Sie bleckte die Zähne. »Ich könnte Euch sofort töten, hier vor aller Augen – und vor dieser Frau. Würde Euch das befriedigen?«

Als ich keine Antwort gab, fuhr sie unbeirrt fort. »Nun, mich würde es nicht befriedigen. Ich ziehe weitgreifendere *Bemühungen* vor.« Sie hielt das Messer vor sich, und einer der Eunuchen nahm es ihr ab. »Hört mir zu, Sandtiger, während ich Euch meine Bedingungen nenne: Abbu Bensir soll Euch töten. Aber *Ihr* sollt auch ihn töten.«

Ich nickte ernst. »So verläuft ein Tanz auf Leben und Tod *üblicherweise:* Jeder versucht den anderen zu töten.«

Sabra lächelte kühl, durch meine Überheblichkeit wenig beeindruckt. »Wenn Ihr ihn tötet, werde ich Euch freilassen.«

Ich wollte ausspeien, aber ich tat es nicht, sondern lachte statt dessen laut auf. »Ich glaube Euch kein Wort! Der einzige *Zweck* dieses Tanzes besteht darin, mich zu töten.«

»Tatsächlich?« Sie glättete eine Falte in ihrem Schleier. »Nein, das glaube ich nicht. Er dient nur zu meiner *Unterhaltung* – und um allen anderen zu beweisen, daß ich meiner Stellung wert bin.«

Ich knirschte so fest mit den Zähnen, daß mein Kiefer knackte. »Warum dann ...«

Sie lachte belustigt auf und warf den turbanbedeckten Kopf zurück. »Ihr Narr – ich will einen guten Tanz sehen: Ich will einen *leidenschaftlichen* Tanz sehen: zwei Männer in einem Kreis, die einander mit Stahl bedienen anstatt mit Haut.« Die Belustigung schwand jäh, wurde von gieriger Eindringlichkeit ersetzt. »Tötet ihn, und Ihr kommt frei. Aber wenn er darin fehlt, *Euch* zu töten, wird er an Eurer Statt getötet werden. Dafür werde ich selbst sorgen.«

»Das sagtet Ihr bereits.«

Sabras Augen glitzerten. »Wenn Ihr darin fehlt, mich zu unterhalten, wenn es Euch in den Sinn kommt, mich zu reizen – *oder* wenn Ihr damit liebäugelt, Eure Kraft zu bewahren –, werde ich diesen Tanz sofort abbrechen und Schlimmeres tun, als Euch töten zu lassen.«

Ich lachte. »Was ist schlimmer?«

»Zunächst werde ich Euer Pferd kastrieren.«

Das erwischte mich vollkommen unvorbereitet. »Mein ... Pferd?«

»Dann werde ich Euch kastrieren – und Euch in die Mine werfen.« Sabra lächelte selbstgefällig. »Ich habe Euer Pferd. Ich habe Euer Schwert – sogar das magische Schwert –, und ich habe auch Euch. Ich habe schon als Kind gelernt, daß Männer ihre Männlichkeit und die lebender Besitztümer am meisten schätzen ... Ihr werdet Eure verlieren und zum Sterben in der Mine zurückgelassen werden, wenn Ihr mich nicht ausreichend unterhaltet.« Ein winziges bösartiges Lächeln. »Ich glaube, Ihr kennt die Mine. Ihr habt sie schon früher *besucht*.«

Ich hatte einen metallischen Geschmack im Mund. »Laßt mein Pferd in Ruhe.«

Es reichte aus, um sie zum Lachen zu bringen. Und dann erstarb das Gelächter. »Ihr werdet den Tanz den

Kodizes gemäß annehmen, denen zu gehorchen Ihr geschworen habt. Ihr werdet die verbindlichen Schwüre aufrechterhalten, die Ihr vor Eurem Shodo geleistet habt.«

O Hoolies, Bascha … und du dachtest, *deine* Kodizes wären hart!

Ich zuckte gespielt gleichgültig die Achseln. »Was kann ich sonst tun?«

»Das Ritual vollenden!« fauchte sie.

Hoolies, sie kennt *tatsächlich* alles …

Ich zuckte erneut die Achseln und sprach die Worte aus, die sie so gern hören wollte, die Worte, die Abbu auf mich angewandt hatte. Und ich wußte, daß der Kreis besiegelt war.

Wie auch mein Schicksal besiegelt war. Aber das war nicht mehr so wichtig. Abbu würde es sehr kurz machen, wenn ihm freie Hand gelassen würde.

Oder quälend lang, je nachdem, wie man es betrachtete.

Ich grinste Sabra an. »Ich sehe Euch in den Hoolies.«

Sabra lächelte ebenfalls. »Ihr werdet sie vor *mir* sehen.«

Einundvierzig

Sabra trug Abbus Schwert und Einzelhieb selbst zum Kreis hinüber. Abbu und ich beobachteten beide, aber keiner von uns sah. Wir hatten keine Zeit dafür.

Ich hatte mich in meinem Raum so gut wie möglich gelockert, bevor ich in den Hof hinausgebracht worden war. Es genügte nach einer Nacht in Ketten ohne Nahrung und Wasser nicht, aber ich hatte getan, was ich tun konnte. Insgesamt war ich körperlich bereit: Mein zuvor verletztes Knie war wieder geheilt, das Narbengewebe straff, Schultern und Oberschenkel waren gelockert. Und obwohl ich Kies nicht sehr mochte, würde er mich nicht beeinträchtigen. Die Sohlen der Füße eines Schwerttänzers sind von jahrelangem Barfußtanzen stets abgehärtet.

Ich fühlte mich recht gut, bis auf das bohrende Stechen der wieder geöffneten Wunde am Unterarm und des kleineren Schnitts, den Sabra hinzugefügt hatte. Aber ich hätte das alles vergessen, wenn der Tanz erst begonnen hätte. Man kann es sich nicht leisten, an etwas anderes als den Tanz zu denken, wenn man angefangen hat.

Ich warf Abbu einen Seitenblick zu. Seine Augen blickten sehr klar, sein Gesichtsausdruck war vollkommen gelassen, verriet keine Sorge darüber, was geschehen würde. Der südliche Körper war gut ausgewogen, und die Haut war straff, ohne die verräterischen Anzeichen von Alkohol- oder Huvamißbrauch. Er war älter, aber immer noch ausgesprochen fähig, ohne übermäßiges Gewicht, Verweichlichung oder Schwerfälligkeit. Ich wußte es besser und hatte daher keinen Anlaß zu der Hoffnung, er sei unvorbereitet. Abbu Bensir hatte nicht so lange gelebt – und so viele Männer besiegt –, weil er sich unzureichend vorbereitet hätte.

Aber er *war* älter. Älter als ich natürlich, aber auch *alt*, zumindest für einen Schwerttänzer. Das mußte ihm bewußt sein. Und auch wenn er mehr als einmal gesagt hatte, daß ich mich während der letzten Jahre verändert hatte, daß der Norden meine Eindringlichkeit und Fähigkeit beeinträchtigt hätte, würde ein Blick auf mich das jetzt widerlegen. (Und er hatte mehr als nur einen Blick riskiert, auch wenn er es sehr beiläufig getan hatte.) Die Flucht hatte meine Sinne geschärft, und Chosa Dei hatte mir bei der Heilung meines zerschlagenen Körpers geholfen. Ich war kein unwürdiger Gegner. Und ich war ein *jüngerer* Gegner.

Ich lächelte. Schüttelte lange, muskulöse Arme. Schwenkte große Hände. Lachte weich, während ich kurz breite Schultern rollte, den kräftigen Nacken von einer Seite zur anderen bewegte.

»Sollte interessant werden«, murmelte ich. »Zu schade, daß wir keine Gelegenheit haben, eine Wette abzuschließen.«

»Ich habe eine Wette abgeschlossen«, erwiderte er. »Ihr dürft raten, wie ich gewettet habe.«

Ich kicherte. »Kluges Geld wird auf mich gesetzt.«

»Nicht mit diesem Schwert.«

»Ich brauche kein Schwert.«

Er lächelte grimmig. »Wollt Ihr mit Eurer Zunge tanzen?«

»Ich wiege fast hundert Pfund mehr als Ihr.«

Abbu nickte weise. »Wodurch Ihr sicher langsamer seid.«

»Das war noch nie der Fall.«

Er beobachtete, wie die in blutrote Seide gekleidete

Sabra sich hinkniete, um sein Schwert niederzulegen. »Ich bin genauso fähig wie immer.«

»Ich bin so fähig, wie ich mit siebzehn Jahren war, als ich Eure Abwehr zerschlagen und fast Eure Kehle zerschmettert habe – tut sie noch weh, beeinträchtigt sie Eure Atmung? Nur daß ich jetzt ein wenig älter bin, ein wenig klüger...« Ich hielt inne. »Und um einiges *besser.*«

Abbu antwortete nicht.

Ich atmete tief ein, lachte weich. »Wer glaubt sie zu sein, daß sie *uns* befiehlt, sie zu unterhalten? Hoolies, Abbu, wir haben – Wie lange? – fünfzig Jahre lang nichts *anderes* getan als zu unterhalten.« Ich kicherte erneut. »Ich denke, wir sollten – hm, zwei Durchgänge lang? – ziemlich glänzen, und dann werden wir den Tanz beginnen.« Ich hielt inne. »Den *Tanztanz,* meine ich... die Art, aus der Legenden gemacht sind.«

Abbu sah mich mit festem Blick an. »Er hat mir gesagt, daß es eines Tages soweit kommen würde.«

»Wer?«

»Der Shodo. Eines Tages in Alimat. Als ich zusah, wie ein unbeholfener Chula vorgab, ein Mann zu sein.«

Ich lachte frei heraus. »Spart Euch das, Abbu. Das ist nicht Euer Stil – und Ihr habt mir ohnehin bereits erzählt, daß Ihr einer der ersten wart, die vermuteten, ich könnte besser als gut sein.«

Er zuckte die Achseln. »Das seid Ihr. Aber ich bin es auch. Ich bin Abbu Bensir.« Er lächelte leicht. »Ich bin die Legende, an der sich andere messen. Sogar Sandtiger.«

Ich widersprach höflich. »Ihr seid alt«, sagte ich freundlich. »Alte Männer sind langsamer als jüngere und anfälliger für Fehler, wenn die müden Glieder allmählich versagen. Ihr seid eine Legende, in Ordnung... Aber das Licht einer solchen Legende schwindet normalerweise zusammen mit dem Sehvermögen eines alten Mannes.«

Abbu preßte die Lippen fest zusammen.

Bevor er etwas erwidern konnte, legte ich erneut los. »Ich bin froh, daß Ihr Sabra so gut aushelfen konntet, indem Ihr alle unsere Geheimnisse bezüglich der Schwüre und was sonst noch immer verraten habt. Eine andere Art des Tanzes – die *normale* Art des Tanzes – wäre viel zu langweilig gewesen. Zumindest haben wir auf diese Weise die Gelegenheit, Sabra – und jedermann sonst – zu zeigen, welche Art von Männern wir sind.« Ich zuckte die Achseln. »Wie viele Schwerttänzer können sich rühmen, in Alimat ausgebildet worden zu sein? Wie viele von uns haben tatsächlich die richtigen Schwüre geleistet?« Ich nickte. »Alle diese ganze Heimlichtuerei hat keinen Zweck ... Es hat keinen Sinn, den Erwartungen eines einzigen Shodo gemäß zu leben. Wen kümmert es?« Ich zuckte die Achseln. »Es ist gut, daß Ihr alles ans Tageslicht gebracht habt.«

Das südliche Gesicht verdunkelte sich. »Ich habe *nichts* gesagt ...«

Aber er wurde durch Sabras Rückkehr unterbrochen. »Geht zum Kreis«, fauchte sie kurz und setzte sich auf ihre Kissen. Abbu starrte ausdruckslos hinter ihr her, noch immer beschäftigten ihn meine Worte und das Bedürfnis, mir die Wahrheit mitzuteilen.

»Wartet ...«

»Nein.« Sie deutete auf den Kreis. »Verschwendet keine Zeit mehr.«

»Sabra ...«

»*Geht*«, zischte sie, »oder ich lasse Euch hintragen!«

Leise lachend wandte ich mich um und ging zum Kreis. Ich blieb auf dieser Seite des Kreises stehen und ließ Abbu, der noch immer über das Gesagte nachdachte, um den Kreis herumlaufen. Ich wollte, daß er so lange wie möglich darüber nachdachte. Geteilte

Aufmerksamkeit kann sehr nützlich sein ... solange sie einen nicht selbst betrifft.

Ich nickte. Stellte mich auf, die Arme hingen locker an den Seiten herab. Ich konzentrierte Augen, Ohren und Körper auf den bevorstehenden Tanz, richtete *meine* Aufmerksamkeit auf nur eine Sache: auf das Eröffnungsmanöver. Ich kannte die Parameter des Kreises, die Anordnung von Sabras Kissen, die Anordnung der Eunuchen und der Zuschauer. Hatte bereits abgeschätzt, wie schnell ich im Kies laufen konnte, wie viele Schritte bis zu den Schwertern nötig waren, wie bald ich meines aufnehmen könnte. Vollkommen im Gleichgewicht, wartete ich ruhig, sammelte im stillen Stärke und die rein körperliche Kraft, die mir schon so viele Jahre lang dienlich gewesen war. Wenn sie Unterhaltung wollte ... Ich lachte, ohne ein Geräusch zu verursachen.

Hoolies, welch eine Komödie. Eine einzige anfängliche Parade zwischen Abbu und mir würde mehr Unterhaltung bedeuten, als ihr zustand.

Ich nickte erneut, lächelte noch immer. Konzentrierte mich auf das Schwert. Weigerte mich, an Abbu vorbei zu Del zu schauen, die gegenüber im Schatten von Umirs Sonnenschutz stand. Ich sah verschwommen blendenden, golddurchwirkten Stoff, aber ich sah nicht hin. Statt dessen dachte ich an den Tanz. Dachte an Abbu. Dachte an die Bewegung, die ich vor so vielen Jahren vollführt hatte und die beinahe seine Kehle zerschmettert hatte.

Sabras Stimme: »Macht Euch bereit!«

Ich grinste zu Abbu hinüber. »Habt Ihr ihr auch das beigebracht?«

»*Tanzt!*« rief Sabra.

Ich bewegte mich bereits.

Aber Abbu ebenfalls.

Ein wahrer Kreis für einen wahren Tanz – wie dieser einer war – mißt fünfzehn Schritt im Durchmesser. Das bedeutet, daß ein Mann einen solchen Kreis mit fünfzehn Schritten durchmessen kann, und es sind siebeneinhalb Schritte bis zur Mitte. Aber eines vergessen viele südliche Schwerttänzer, wenn sie gegen mich tanzen: Meine Beine sind länger als ihre.

Wie erwartet benötigte Abbu siebeneinhalb Schritte bis zur Mitte des Kreises. Ich benötigte fünf.

Ich riß das Schwert vom Boden hoch. »Unterhaltet uns«, sagte ich und lachte, als ich sein Gesicht sah.

Einzelhieb lag im Kies. Ich hatte *sein* Schwert genommen.

»Nicht nur jünger«, höhnte ich, »sondern auch *klüger* als Ihr. Ganz zu schweigen von der Schnelligkeit ...«

Er riß Einzelhieb hoch: Ein Schwert ist ein Schwert, und keine Waffe wird verschmäht. Ich ließ ihn das perlenverzierte Heft ergreifen, beobachtete, wie sich sein Gesichtsausdruck wandelte, bemerkte seine veränderte Haltung. Der Schreck, das Schwert zu sehen, war vergangen. Einzelhieb war für mich zu lange ›tot‹ gewesen. Jetzt war er nur noch eine Gelegenheit für mich, den Tanz durcheinanderzubringen.

»Zwei Durchgänge«, sagte ich. »Dann bricht die ganze Hoolies los.«

Abbu zuckte mit keiner Wimper. Er kam einfach mit Einzelhieb auf mich zu.

Er war gut. *Sehr* gut. Ich atmete hastig ein, duckte mich fort, wehrte seinen Stahl mit meinem ab. Dies war erst der Anfang – was würde am Ende geschehen?

Kies knirschte und rollte. Abbu trieb mich zurück, ganz zurück, neckte mich mit Stahl. Ich wehrte die Stöße ab, wandelte sie um, bedrängte ihn ebenfalls mit Stahl. Seine Gewandtheit und Schnelligkeit waren unglaublich.

Zurück ..., dachte ich. Fast ...

Klinge schabte an Klinge entlang. Die Hefte verfingen sich, hingen aneinander, brachen los, als wir sie auseinanderwanden. Um uns erhob sich das Murmeln der Zuschauer.

Fast ..., dachte ich. Noch zwei Schritte ...

Ich ließ es zu, daß er mich zurücktreiben konnte. Konterte dann sein Muster, antwortete mit meinem eigenen.

»Das genügt«, sagte ich.

Abbus Augen flackerten.

Ich grinste. Lachte. Blickte direkt auf die Narbe, die eine Höhlung in der Haut an seiner Kehle bildete, drehte dann eine Hüfte, verlagerte meine Stellung, hob die Ellbogen und drehte die Handgelenke, gab ihm, was er erwartete. Woran er sich so oft erinnert hatte, in der Dunkelheit seiner Träume, die Erinnerung an das Manöver, das fast sein Leben beendet hätte.

Er soll sich an alles erinnern.

Er soll sich bereitmachen.

Er soll die Abwehr vorbereiten, den angemessenen Gegenschlag überlegen ...

Und dann werde ich es ihm – *ihnen* – zerstören, indem ich absichtlich sein Muster breche.

Indem ich absichtlich das Schwert zerbreche.

Indem ich absichtlich die Schwüre breche.

Genau acht Schritte – meine Beine sind viel länger als ihre –, und ich war aus dem Kreis hinausgelangt.

Ich befand mich *in* Sabras Schatten, bemerkte die Schnelligkeit, mit der sie aufsprang. Schätzte ab, wie weit sie kommen könnte. Hörte ihren erstickten Ruf nach Wächtern, während sie über Kissen und Seide stolperte.

Dann war Sabra in meinen Armen.

Aber ich hatte nicht die Absicht, sie zu küssen.

Zweiundvierzig

Ich schlug ihr den Turban vom Kopf, versenkte eine Faust in dichtes schwarzes Haar und riß ihren Kopf grob zurück, um die empfindliche Kehle freizulegen. Legte meinen linken Arm darüber, drückte ein mit harten Muskeln versehenes Handgelenk in die stark gestreckte Luftröhre.

Ein erstickter Aufschrei entrang sich ihr, und dann klammerte sie sich an meine Arme. Ich nahm ihr mit einer geringen Druckzunahme leicht den Atem. »Ihr habt die Wahl«, sagte ich zu ihr.

Sie schwankte, sackte jäh zusammen, und dann sanken die schlaffen Arme an den Seiten herab.

»Besser.« Ich schaute auf den Hof hinaus, bemerkte geöffnete Münder und entsetzte Augen wie auch starre Haltungen. Sah Abbu noch immer im Kreis stehen, den zerbrochenen Einzelhieb in der Hand. Sah Umir neben einer weißgekleideten Frau gegenüber stehen, letztere vollkommen im Gleichgewicht und zum Handeln bereit. Sah – und spürte – die Anspannung von Sabras Söldlingen, während sie Möglichkeiten erwogen. »Fünf Dinge«, sagte ich deutlich. »Sofort zwei Pferde, und eines davon sollte besser meines sein… zwei nordische Schwerter, in den Scheiden, bitte… und eine nordische Bascha.« Ich blickte zu Umir hinüber. »Schneidet sie *jetzt* los.«

Für einen langen Augenblick unternahm niemand etwas. Dann warf Abbu Einzelhieb zu Boden. Sein eigenes Schwert lag unmittelbar außerhalb des Kreises, wo ich es auf meinem Weg zu Sabra hatte fallen lassen, im Kies. Ich brauchte keinen Stahl. Ich wollte meine Hände für sie gebrauchen.

Das Klingen von Stahl auf Kies löste die allgemeine Erstarrung. Die Menge regte sich, murmelte. Umir schnitt Dels Handgelenke frei, und sie trat schnell von ihm fort. Jemand kam vom Stall mit dem Hengst und Dels Stute herbei. Ein anderer näherte sich mir mit zwei nordischen *Jivatmas.* In den Scheiden, wie gefordert.

»Auf die Pferde«, sagte ich.

So geschah es. Del trat zu der Stute, stieg auf und steckte die Arme durch die Riemen des Harnischs. Lose herabbaumelnde Ärmel verfingen sich an Leder und Schnallen, aber sie riß den Stoff los und richtete ihn gerade in dem Moment, als Umir lauthals protestierte. Dann griff sie abwärts und nahm die Zügel des Hengstes, wandte ihn mir seitlich zu.

Ich lächelte. »Jetzt seid Ihr an der Reihe«, sagte ich zu Sabra. Sie war vollkommen starr, atmete kaum, zitterte vor Anspannung und Wut. Ich spürte es durch die karmesinrote Seide, an der Steifheit ihres Nackens, an der leichten Biegung starrer Finger.

»Elaii-ali-ma!« rief ich. »Jeder einzelne Schwerttänzer hier weiß, was das bedeutet!«

Abbus Gesicht wurde aschfarben. »Wißt *Ihr* es auch?«

»Drei Tage«, belehrte ich ihn. »Es ist in den Ehrenkodizes enthalten: Ihr alle schuldet mir diese drei Tage.«

»Diejenigen von uns, die eingeschworen sind, ja ...«

»Das ist gleichgültig«, sagte ich. »Ich nehme Sabra mit. Das sollte die anderen dazu veranlassen, gründlich nachzudenken.«

Er schüttelte langsam den Kopf. »Solch ein Narr, Sandtiger.«

Ich lächelte über Sabras Kopf hinweg. »Ich habe gelernt, daß man, um zu überleben, Opfer bringen muß.«

»Dieses?«

»Dieses«, bestätigte ich. »Tut, was Ihr tun müßt. Alles ist jetzt anders… Ich kann es mir nicht leisten, mich davon beeinflussen zu lassen.«

Abbu stieß eine Faust in die Luft. *»Elaii-ali-ma!«* rief er. »Die Schwüre der Ehre sind gebrochen! Es gibt keinen Sandtiger mehr unter uns, der einen wahren Kreis im Namen Alimats betreten darf!
Elaii-ali-ma!«

Alle Schwerttänzer nahmen seinen Ruf auf. Und dann wandten mir alle, angeführt von Abbu, den Rücken zu.

»Jetzt«, sagte ich heiser zu Sabra und führte sie über den Kies zu dem unruhig wartenden Hengst.

Del, deren Gesicht seltsam bleich war, hielt ihn kurz, damit er nicht seitwärts ausweichen konnte. Ein Blick zeigte mir, daß sie unverletzt schien und der Hengst auch. Dann wandte ich meine Aufmerksamkeit wieder Sabra zu, die starr in meinen Armen lag.

»Zeit, loszureiten«, belehrte ich sie. Sabra öffnete den Mund. Sofort ballte ich eine Faust und schlug sie ihr unter das Kinn, wodurch ihr Kopf zurückschnellte. Das würde sie für eine Weile ruhigstellen.

Sie sackte zusammen. Ich hob sie auf, warf sie mit dem Gesicht nach unten über den vorderen Teil des Sattels, kletterte hinter ihr hinauf. Ergriff eine Handvoll kohlrabenschwarzer Haare und riß ihren Kopf hoch, zeigte ihr schlaffes Gesicht. »Sie ist nicht tot«, sagte ich zu ihren Eunuchen. »Aber sie wird es bald genug sein, wenn uns jemand folgt.«

Ich ließ ihren Kopf wieder sinken. Sie war eine schwere Last über dem Sattel, deren Arme und Beine herabbaumelten. Ich preßte eine Hand auf ihren Rücken, nahm mit der anderen die Zügel auf und nickte Del zu.

Sie wandte die Stute um und ritt im Trab davon. Ich folgte in der gleichen Gangart, hörte den Kies unter den Hufen knirschen.

Hörte auch den widerhallenden Ruf, der den ganzen Hof erfüllte: *»Elaii-ali-ma!«*

Wir verschwendeten keine Zeit. Unser schneller Trab durch enge Straßen ließ Vorübergehende auseinanderstieben und brachte uns Verwünschungen ein, aber das war unsere geringste Sorge. Ich wollte nur so bald wie möglich aus Julah hinausgelangen, so weit von Sabras Söldlingen fort wie möglich, bevor sie doch noch handelten.

Del fiel zurück. »Wohin?«

»In die Berge hinauf.«

Sie betrachtete forschend mein Gesicht. »Bist du in Ordnung?«

»Ich werde es sein, wenn wir von hier weg sind.«

Sie nickte, ließ die Zügel locker, fiel hinter dem Hengst zurück, während wir uns unseren Weg durch Schluchten von Adobeziegelgebäuden und baufälligen Herbergen bahnten.

Wir wechselten aus der Innenstadt in die Außenbezirke, wo die Straßen ein wenig breiter und weniger bevölkert waren. Jetzt trieb ich den Hengst aus dem Trab in einen Kanter, führte ihn durch die gewundenen Straßen, während ich Sabra mit einer Hand im Sattel hielt. Es war nicht die bequemste Art zu reiten, aber ich hatte kaum eine Wahl. Ich hegte ernsthafte Zweifel, daß Sabra eine Frau war, die tat, was ich ihr sagte, selbst angesichts von Drohungen. Sie hätte mir ins Gesicht gespuckt und mich dazu herausgefordert, sie zu töten. Da ich das nicht wirklich tun wollte, war es einfacher gewesen, sie bewußtlos zu schlagen und fortzutragen.

»Hier entlang«, sagte ich und führte den Hengst in eine Gasse, die uns durch hochaufragende Schatten wieder ins Tageslicht brachte. »Reite weiter«, sagte ich über das Klappern der Hufe hinweg. »Genau geradeaus in die Berge.«

»Wie lange werden wir sie bei uns behalten?«

»Nicht mehr lange. Ich habe etwas für sie geplant.« Ich tätschelte Sabras Leib. »Sie wird uns den sicheren Weg zu unserem Ziel erkaufen.«

Del wandte sich im Sattel um. »*Wo* müssen wir hin?«

»Mach dir darüber keine Gedanken, Bascha. Ich weiß, was ich tue.«

Helle Brauen wurden leicht zusammengezogen. »Ich habe gelernt, besorgt zu sein, wann immer du das sagst.«

Ich grinste, fühlte mich seltsam zufrieden. »Ich sehe, daß Umir dich zum Baden verleitet hat.«

Del lächelte zurück. »Ich sehe, daß Sabra sich nicht die Mühe gemacht hat.«

Was im Moment genügte. Alles war wieder normal.

Aufwärts. Von dem sandigen Untergrund auf richtige Erde und gewebeartiges Gras, das in Flecken über den Boden verstreut wuchs. Katzenkrallen, Tigerkrallen, gestrüppartiges Fettholz. Bohnenhülsen, die von Federbäumen fielen, lagen über den Boden verstreut. Wir rissen die Erde auf und hinterließen Spuren, während wir aufwärtskletterten, mieden klingende Rechtecke aus Schiefer und graugrünem Granitschotter.

Aufwärts. Über kleine Hügel und Bergschultern und Haarnadelkurven hinaus auf zerklüftete Steilabbrüche, dann wieder einwärts an scharfgeschnittenen Wänden entlang. Wir ließen die erste Bergflanke hinter uns und ritten zur zweiten hinüber. Schiefer und Granit waren von Rauchgestein durchzogen, das unter den Hufen zerbröckelte.

»Wie weit noch?« fragte Del. »Es gibt keinen Pfad – steigen wir weiter aufwärts?«

»Wir steigen weiter aufwärts. Wir werden uns dieser Frau bald entledigen und dann höher hinaufsteigen.«

»Was wirst du mit ihr anstellen?«

»Du wirst schon sehen.«

Del schwieg, während sich die Stute ihren Weg den Berg hinauf bahnte. Beide Pferde strauchelten, stolperten, liefen breitbeinig, rutschten zurück, fingen sich wieder, kletterten weiter. Unter mir mühte sich der Hengst aufwärts, den Kopf gesenkt und den Leib angespannt. Die Schultern gestrafft, stemmte er die Beine durch lockeren Untergrund auf den festen Boden darunter. Er brummte im Takt.

Sabras schlaffer Körper rutschte auf eine Seite: Ich ergriff eine Haarsträhne und karmesinrote Seide, zog sie wieder hoch, balancierte sie sicherer aus.

»Ist sie tot?« fragte Del.

»Nein. Was würde uns eine Leiche nützen?«

»Was nützt sie uns überhaupt?«

»Hab Geduld. Du wirst schon sehen. Tatsächlich ... warte einen Moment. Halt an.« Ich parierte den Hengst durch, riß Streifen fester Seide von Sabras Tunika und band ihre Handgelenke zusammen. »Es hat keinen Sinn, es ihr zu erleichtern.« Dann spornte ich den Hengst wieder an: »In Ordnung. Weiter geht's.«

Kurz darauf erwachte Sabra. Sie bewegte sich ruckartig, wand sich, bog den Rücken durch, während sie versuchte, ihre Haltung mit dem Kopf nach unten auszubalancieren.

Ich tätschelte ihren Leib. »Vorsichtig jetzt, Tanzeer ... oder ich lasse Euch auf den Kopf fallen.«

Gelöstes Haar bedeckte ihr Gesicht. Ihre Worte erklangen gedämpft, aber der Tonfall ihrer Stimme nicht. »Haltet dieses Pferd an. Bindet mich los: Laßt mich *los*.«

Ich kicherte. »Unmöglich.«

Sie wand sich heftig. Ich ergriff Strähnen ihres Haars und ihrer Kleidung, bevor sie herunterfiel. »Laßt mich *los*«, wiederholte sie.

Ich parierte den Hengst durch. Kippte sie hintenüber. Seide verhakte sich und riß. Gefesselte Hände klammerten sich an Harnisch und Heft. Festgebunden baumelte sie an dem Hengst. Die Zehen berührten kaum den Boden.

»Wenn Ihr darauf besteht …« Ich ergriff ihr Haar, zog sie in eine aufrechte Haltung, löste gefangene Handgelenke und ließ sie zu Boden fallen. Die Beine gaben nach, und sie saß nach dem Aufprall schreiend da. »Jetzt«, sagte ich ruhig, »wollt Ihr vielleicht lieber laufen.«

Sie spie eine Reihe abscheulicher Verwünschungen aus, die alle dazu dienen sollten, daß ich errötete. Aber ich erröte nicht so leicht. Dann hörte sie auf zu fluchen und begann deutlicher, wenn auch nicht weniger überzeugend zu sprechen.

»Ihr habt sie gebrochen. Ihr habt sie *gebrochen.* Ihr habt die Schwüre und Ehrenkodizes verhöhnt.«

»Ich habe getan, was ich tun mußte.«

»Jetzt werdet Ihr *sterben!*« kreischte sie. »Glaubt Ihr, ich wüßte das nicht? Glaubt Ihr, ich wüßte nicht *wie?*« Sabra lachte schrill, strich sich das Haar aus dem Gesicht. »Sie werden keine Tänze mehr bezahlen, um Euch zu töten, alle diese Schwerttänzer … Ihr seid jetzt Freiwild für sie. Sie werden Euch bei der ersten Gelegenheit töten …«

»Elaii-ali-ma.« Ich nickte. »Ich weiß alles darüber, Sabra.«

»Ihr seid kein Schwerttänzer mehr. Ihr habt keine Ehre mehr. Ihr habt die Kodizes gebrochen. Ihr habt Euren Shodo und die Ehre von Alimat verleugnet. Glaubt Ihr, ich *wüßte* das nicht?«

Ich seufzte erschöpft. »Es ist mir gleichgültig, was Ihr wißt.«

»Ihr seid ein Borjuni«, spie sie hervor. »Sandtiger der Borjuni … Wie wollt Ihr *jetzt* leben? Wie wollt Ihr Arbeit finden? Niemand wird Euch verdingen … niemand wird Euch zum Tanz herausfordern. Ihr seid nichts als ein Borjuni, und Ihr werdet nach Borjuniregeln leben!«

»Ich werde nach meinen *eigenen* Regeln leben.«

»Tiger.« Das war Del. »Wir haben Gesellschaft.«

Ich schaute hoch. Nickte. »Ich habe mich schon gefragt, was sie so lange aufgehalten hat.«

Sabra, die noch immer auf Schiefer und Rauchgestein saß, wandte den Kopf und schaute nach hinten. Sie sah, was wir sahen: vier ledergeschürzte Vashnikrieger, die Ketten aus menschlichen Fingerknochen trugen und auf kleinen dunklen Pferden ritten. Sie stolperte hoch und trat nahe an den Hengst heran. »Vashni«, zischte sie. »Wißt Ihr, was Ihr getan habt?«

»Ziemlich genau. Das ist einer der Gründe, warum ich hier heraufgekommen bin.«

»*Vashni,* Ihr Narr! Sie werden uns alle töten!«

»Sie werden keinen von uns töten. Nun ... vermutlich werden sie Euch töten, wenn Ihr nicht tut, was sie wollen.« Ich stieß ihr einen starren Zeh ins Rückgrat und trieb sie von dem Hengst fort. »Bedrängt ihn nicht, Sabra. Er könnte einen Bissen aus Eurem Gesicht fordern.«

Del saß ruhig da. Gleichermaßen ruhig fragte sie: »Weißt du, was du tust?«

Ich grinste. »Ziemlich genau.«

»Oh, gut«, murmelte Del. »Dann brauche ich mir vermutlich keine Gedanken zu machen.«

»Noch nicht.« Ich griff abwärts, umfaßte eine Strähne glänzender Haare und zog Sabra nahe heran. »Dies ist der Tanzeer von Julah.« Die vier Krieger saßen ungerührt auf ihren Pferden. Mit bloßer Brust, bis auf die Ketten. Auch mit bloßen Beinen. Dunkle Haut war eingefettet. Schwarzes Haar war mit Öl glattgestrichen und zu einzelnen fellgebundenen Zöpfen geflochten.

Ich lächelte die Krieger an. »Dies ist *Aladars* Tochter.«

Dunkle Augen glitzerten. Die vier Männer ritten hintereinander den Berg hinab. Sabra bedachte mich mit Schimpfnamen.

»Es ist nicht mein Fehler«, belehrte ich sie. »Macht Euren Vater dafür verantwortlich. Er hat sie bei dem Vertrag betrogen, und dann hat er einige junge Vashni und sie als Arbeiter in seine Minen gesteckt. Vashni sind solchem schlechten Benehmen gegenüber nicht freundlich gesinnt... Ich frage mich, was sie mit Euch tun werden.«

Sie übte ihre Zunge noch ein wenig mehr, bis die vier Krieger nahe herangekommen waren. Dann wurde sie still, wand die Handgelenke in den Seidenfesseln. Glänzende karmesinrote Eleganz wurde zerrissen, beschmutzt, verunstaltet. Wirres Haar verbarg eine Hälfte des Gesichts. Die Farbe auf ihren Lippen war verwischt. Sie war vollkommen aufgelöst.

»Sabra«, sagte ich zu ihnen. »Aladars Tochter, jetzt an des Vaters Statt Tanzeer. Jede Angelegenheit, die Ihr mit Julah zu regeln habt, kann mit dieser Frau geregelt werden.«

Sie beachteten Sabra überhaupt nicht, richteten ihre Aufmerksamkeit auf mich. Del wurde schnell abgeschätzt, da sie eine Frau und offensichtlich fremd war, aber mich maßen sie genauer. Dann vollführte einer von ihnen eine Geste und legte einen Finger an die Wange. »Ihr seid der Sandtiger.«

Ich nickte.

»Ihr und jene Frau seid schon früher hierhergekommen und habt nach einem Nicht-Vashni-Jungen gesucht, nach einem von Aladars Sklaven.«

›Jene‹ Frau schwieg, aber ich spürte ihre geschärfte Wahrnehmung.

Ich nickte erneut. »Er ist bei den Vashni geblieben«, sagte ich. »Er hat sich selbst entschieden.«

Der Krieger warf einen schnellen Blick auf Del, bemerkte das helle Haar, die blauen Augen, das Schwert. Er vollführte eine weitere schnelle Geste, die ich nicht verstand, aber seine Gefährten verstanden sie. Die drei ritten langsam auf Del zu und umrundeten sie, schnitten sie von mir ab. Ich erstarrte im Sattel, nahm plötzlich Spannungen wahr, aber der Blick des Anführers untersagte mir jegliche Bewegung.

Jeder der drei Krieger streckte die Hand aus und berührte Dels Schulter. Nur eine Berührung, dann ein halb verborgenes Zeichen. Wortlos parierten sie ihre Pferde durch und ritten zu dem vierten Krieger zurück.

Er nickte. »Eine Verwandte des Orakels. Möge die Sonne auf Euren Kopf scheinen.«

Der übliche südliche Segensspruch klang aus dem Mund eines Vashni fremdartig. Aber ich war erleichtert. Wenn sie Del respektierten, würden sie uns nicht töten.

»Jamail«, sagte sie. »Ist er wieder bei Euch?«

Etwas zwickte mich im Magen. Ich erinnerte mich mit übelkeiterregender Erkenntnis daran, daß Del nicht dabei gewesen war, als Sabra mir erzählt hatte, daß ihre Männer Jamail getötet hatten.

»Bascha ...«

Aber der Vashni war schneller. »Das Orakel ist tot.«

Del öffnete entsetzt den Mund. Schloß ihn wieder. Das Entsetzen wurde zu Erkenntnis, ihr Mund zu einer grimmigen, festangespannten Linie. Die Haut um ihre Augen war zusammengezogen. »Dann werde ich seinen Gesang singen müssen, wenn es mir freisteht, es zu tun.«

»Es tut mir leid«, sagte ich leise. »Ich wollte es dir selbst sagen.«

»Was ist dies?« fragte Sabra. »Trauer um einen wertlosen Narren? Habt Ihr diesen Unsinn über Orakel und Jhihadis *geglaubt?*«

Ich zuckte die Achseln. »Das ist nicht mehr wichtig, nicht wahr?«

Die Vashni sahen mich an. »Werdet Ihr Aladars Tochter töten, wie Ihr Aladar getötet habt?«

Ich grinste. »Ich dachte, ich überlasse sie den Vashni,

als Entschädigung für die Krieger, die Aladar geraubt hat.«

Del sprach, bevor sie etwas sagen konnten. Sie hatte lange damit gewartet, um sicher zu sein, daß jedermann Bescheid wußte. »Tiger hat Aladar nicht getötet«, sagte sie deutlich. »*Ich* habe es getan.«

»Ihr!« Sabra versuchte ihr Haar aus meinem Griff freizuwinden. Es gelang ihr nicht, und sie gab schließlich auf, durch die Nachricht wie gelähmt. »*Ihr* habt meinen Vater getötet?«

»Wiedergutmachung«, spie Del hervor. »Für Tiger. Für meinen Bruder. Für alle anderen.« Kalte Augen glitzerten. »Euer Vater hatte den Tod verdient. Ich war dankbar für die Gelegenheit, die Farbe seiner Eingeweide sehen zu können.«

Sabra erstarrte. »Ihr«, flüsterte sie. »Ihr – *nicht* er.«

»Nein«, stimmte ich ihr zu. »Aber sie ist mir nur zuvorgekommen. Er war kein beliebter Mann.«

Sabra starrte Del an. »Ihr«, wiederholte sie.

Dann griff sie aufwärts und umklammerte mein Schwertheft, versuchte es vom Sattel zu ziehen.

Dreiundvierzig

Der Hengst buckelte heftig, sprang seitwärts. Ich fluchte, ergriff Zügel und Harnisch, spürte Sabras rasendes Ziehen. Der Harnisch wurde vom Sattel losgerissen.

»*Hoo ...*« Ich sprang vor, beugte mich hinab, bekam den Harnisch zu fassen, spürte, wie der Hengst sich anspannte und dann mit einem Buckeln, das mich fast aus dem Sattel warf, wieder entspannte. Im Moment war meine Lage mehr als nur ein wenig unsicher.

Sabra schrie. Beide Hände waren um das Heft geschlossen, zogen es aus der Scheide. Ich klammerte mich an den Harnisch, zog ihn zurück, aber die Heftigkeit des Hengstes beeinträchtigte mich. Er strauchelte, stolperte, fiel beinahe hin. Ich hing halb aus dem Sattel, versuchte Sabra den Harnisch und die Scheide zu entreißen. Sabra zog.

Ich verlor das Gleichgewicht und fiel hinunter. Ein Fuß verfing sich kurz im Messingsteigbügel, kam aber frei, als der Hengst beiseite sprang und ich mich mitten im Fall drehte. Ich landete hart, ein Bein unter mir eingeknickt, warf mich dann in voller Länge vorwärts und fiel auf den Bauch, während Sabra am Harnisch zog und ihn mir aus den Händen zu reißen versuchte. Ich bedachte sie mit einem Schimpfnamen, aber sie hörte nicht hin. Zu diesem Zeitpunkt hatte sie das Schwert schon halbwegs aus der Scheide befreit.

»Tiger!« Das war Del. Ich sah Boreal schimmern, als sie das *Jivatma* aus der Scheide zog.

»Töte sie…«, knurrte ich heiser. »Laß sie nicht an das Schwert kommen!«

Aber Sabra *hatte* das Schwert bereits.

Ich stieß mich hoch, tat einen Satz, bekam Seide zu fassen. Spürte den Biß des Stahls in der Haut, als die Spitze über meinen Unterarm gezogen wurde. Ich streckte die Hand aus, um das Heft zu ergreifen, um ihre Hände davon zu lösen. »Sabra… Sabra, *tut es nicht*… Ihr wißt nicht, was es ist.«

Aber Sabra kümmerte sich nicht darum.

»Geh da weg!« schrie Del. »Tiger… du bist zu nahe.«

»Hoolies, sie hat das *Jivatma*…«

Etwas flammte in mir auf. Chosa Dei, der die Macht spürte, schwärmte aus der dunklen engen Ecke heraus, die er als Lebensraum benutzt und in der er seine Zeit geduldig abgewartet hatte. Jetzt war die Zeit gekommen.

Sabra schrie. Sie kroch durch losen Schiefer und herabgestürztes Rauchgestein, trat Erde, Schutt und Steine fort, während sie dem Schwert, das sie noch vor kurzem sosehr gewollt hatte, jetzt zu entkommen versuchte. Nasse Schwärze lief die Klinge hinauf, verdunkelte gewundene Runen, tanzte an der Kreuzspange entlang und kitzelte das Heft. Liebkoste ihre Finger.

»Laßt es los…«, keuchte ich. »Sabra… laßt es *los*…«

Aber Sabra tat es nicht. Oder konnte es nicht tun.

Eine Zuckung verkrampfte meinen Körper. Ich spannte mich an, krampfte, würgte, stieß vor Schmerz einen Laut aus.

Sabra schrie weiterhin.

Hoolies, stellt sie ruhig…

Schwärze verbrannte ihre Finger. Erreichte die Handgelenke. Dann nahm die Schwärze, die ungehinderte Gelegenheit erspürend, ihren ganzen Körper ein.

Das Schreien hörte jäh auf.

In mir regte sich Chosa. Kein zaghaftes Erproben

mehr. Kein Vorgeschmack mehr. Er ergriff auf unmittelbarem Weg das Herz und drückte zu.

Sabras Mund stand offen, aber kein Laut drang hervor. Sie saß aufrecht, umklammerte das Schwert. Wiegte sich vor und zurück, mit schwarzen, so weit geöffneten Augen, daß das Weiße rundum zu sehen war.

Chosa Dei war in ihr. Zumindest ein Teil von ihm. Der Rest befand sich noch immer in mir.

Sabras Gesichtszüge glätteten sich. Die Haut erschlaffte. Die Nase bog sich seitwärts, während der Mund zur Formlosigkeit verlief. Ein scharfes Ächzen drang aus ihrer Kehle.

Sie blutete aus Nase und Ohren. Die Hände um das Schwert schwollen an, bis die Haut wie eine Melone aufplatzte. Chosa Dei hatte sie ganz erfüllt und festgestellt, daß sie nicht genügte.

Ihre Atmung erfolgte unregelmäßig: Luft wurde eingesogen, angehalten und dann wieder ausgestoßen. Ich kroch über den Boden und griff nach Aladars Tochter. Bekam die Kreuzspange mit einer Hand zu fassen und die winzigen Handgelenke mit der anderen. »Laß sie los«, brachte ich zähneknirschend hervor. »Sie genügt nicht!«

Der Chosa in mir übersprang die Länge meines Arms und versuchte sich in Sabra zu ergießen, die er als Mittel zur Flucht ansah. Ich spürte ihn in die Kreuzspange schwärmen, das Heft hinauf und dann in ihre Fingerspitzen.

Ich wand ihre Hände frei. »Nein«, sagte ich heiser. »Ich sagte, sie genügt nicht!«

»Laß ihn los!« rief Del. »Laß ihn in sie eindringen!«

»Sie wird sterben ... sie wird *sterben* ... und er wird frei sein. Willst du wirklich, daß er freikommt?«

»Besser, als wenn er in dir ist.«

Nette Regung, Bascha.

Dann wogte Chosa zurück. Der kleine Körper war

eindeutig ungeeignet. Ich bot ihm bessere Möglichkeiten. Ich war größer. Stärker. Ich *lebte.*

Zumindest im Moment noch.

»Tiger ... laß das Schwert los!«

Er kam in Sprüngen und Sätzen, floß aus Sabras Körper heraus. Ich kroch rückwärts, stieß das Schwert fort, aber ich erkannte, daß ich es zu spät losgelassen hatte. Die Klinge war wieder schwarz – ebenso waren es meine Hände. Noch während ich fluchte, nahm die Schwärze die Unterarme ein und kroch bis zu den Ellbogen hinauf.

»Treib ihn zurück!« rief Del. »Du hast es schon früher getan – *tu es erneut ...*«

Meine Beine droschen kraftlos die Luft, während ich mühsam hochzukommen versuchte. Mein rechtes Knie versagte. Der Magen verkrampfte sich, spie seinen Inhalt aus. Ich ergriff das Heft und umklammerte es mit beiden Händen, bemühte mich, ihn zurückzuzwingen.

Es wäre so leicht gewesen, mich ihm einfach zu überlassen.

Ich richtete mich auf die Knie auf und hob das Schwert in die Luft. Senkte es erneut auf Schiefer und Granit hinab und spaltete dunkles Rauchgestein.

Wieder und immer wieder. Stahl erklang als Protest.

»Geh zurück ...«, keuchte ich, »... *geh zurück ...*«

Ich versuchte mich zu konzentrieren. Ich versuchte Chosa zurückzuschlagen, während ich den Stahl rhythmisch auf die harte Oberfläche südlicher Berge schlug.

»... geh zurück ...«

»... geh zurück ...«

»GEH ZURÜCK ...«

Dels schneidende Stimme: »Halt ... Tiger, *halt ...*«

»... geh zurück ... geh zurück ... geh zurück ...«

»Tiger ... nicht mehr!«

»... zurück ...«, keuchte ich. »*Geh zurück ...*«

Eine Litanei. Ein Gesang. Wie man es in Alimat lernt, um die Konzentration auszurichten.

Im Norden sangen sie. Im Süden tun wir das nicht.

»Tiger ... *laß los* ...«

»Geh. Zurück«, befahl ich.

Jemand schlug mich nieder.

»Es tut mir leid«, flüsterte Del.

Aber es kümmerte mich nicht mehr.

* * *

Ich kam äußerst mißmutig zu mir, war mir ständiger Bewegung bewußt, und das Blut pochte in meinem Kopf. »Was hast du mit mir getan?«

Del ritt auf der Stute voraus und führte den Hengst. »Ich habe dich auf deinem Pferd festgebunden.«

Das merkte ich selbst. »Hoolies, Bascha ... laß mich *normal* reiten, anstatt mich über den Sattel zu werfen wie ein Stück Fleisch!«

»Dasselbe hast du mit Sabra getan.«

Ich regte mich. Fluchte. Ich fühlte mich ausgesprochen unwohl, mit dem Bauch nach unten über dem Sattel hängend, genau wie es bei Sabra gewesen war. Handgelenke und Knöchel waren an die Steigbügel gebunden. »Macht es dir etwas aus, anzuhalten?« krächzte ich.

»Wir haben keine Zeit.«

»Zeit wofür? Wovon redest du? Del ... Was, zu den Hoolies, meinst du?«

»Shaka Obre«, sagte sie.

»Shaka ...« Mein Magen verkrampfte sich. »Del, hab Mitleid ...«

»Es ist zu deinem eigenen Besten.«

»*Wieso* ist es zu meinem eigenen Besten?«

»Sieh dir deine Hände an«, sagte sie.

Ich schaute hin. Sah die blasse, unbehaarte Haut, ganz rissig und schuppig. Die brechenden, verfärbten Fingernägel. »Nicht schon wieder«, murmelte ich.

»Sie haben mir erklärt, wo wir hinreiten müssen.«

»*Wer* hat es dir erklärt? Wovon redest du?«

»Die Vashni. Sie haben mir erklärt, wie man dorthin gelangt. Also reiten wir dorthin.«

»Haben dir gesagt, wie man *wohin* gelangt? Wovon redest du?«

»Von Shaka Obre.«

Ich verkrampfte mich. »Du *weißt*, wo er sich befindet?«

»Ich sagte es dir bereits: Sie haben es mir erzählt.«

»Woher wissen die Vashni, wo Shaka Obre ist? Und warum erzählen sie es *dir?*«

Sie wandte sich im Sattel um und schaute zu mir zurück. Ihr Gesicht war sehr blaß. »Sie wissen es, weil sie es immer gewußt haben. Es ist unter den Vashni niemals ein Geheimnis gewesen. Aber niemand hat sich jemals darum gekümmert, und niemand hat sich jemals die Mühe gemacht, sie zu fragen. Sie haben es *mir* erzählt, weil ich die Schwester des Orakels bin. Sie haben es mir auch erzählt, weil du Chosa Dei bist… zumindest glauben sie das.« Sie zuckte die Achseln. »Ich soll dich dorthin bringen und im Berg einsperren.«

»Mich einsperren!« Ich schlug um mich. »Aber ich bin *nicht* Chosa Dei. Ich bin *ich*. Hast du ihnen das nicht erklärt?«

»Du hast nicht gesehen, was geschehen ist. Sie haben es gesehen, und sie sind abergläubisch.«

Ich knirschte mit den Zähnen, versuchte, nicht zu schreien. »Ich habe es nicht gesehen… ich war *mittendrin*.«

»Es tut mir leid«, sagte sie. »Es war die einzige Möglichkeit, dich mitzunehmen. Sonst hätten sie dich sofort getötet… Ich habe ihnen erklärt, warum wir Shaka Obre finden müssen, und sie haben zugestimmt, daß ich dich mitnehme.«

»Du könntest mich *jetzt* losbinden. Es sind keine Vashni mehr hier.«

»Sie sagten, sie würden uns beobachten, um sicherzugehen, daß ich dich ungehindert dorthinbringen kann.« Sie hielt inne. »Und daß ich auch selbst ungehindert dorthingelange.«

»Also wirst du mich einfach so *lassen?*«

»Sie sagten, sie würden uns *beobachten,* Tiger.«

»Wissen sie wirklich, wo er sich befindet?«

»Sie haben es behauptet. Sie haben mir Anweisungen gegeben.« Sie war für einen Moment still, ließ die Stute klettern. »Sie sagten, sie hätten Jamail einmal dorthin gebracht.«

Mich fröstelte. »Jamail.«

»Er habe Träume gehabt. Da er keine Zunge hatte, konnte er nichts erklären.« Sie zuckte die Achseln. »Sie haben ihn zu Shaka Obre gebracht. Als er zurückkam, konnte er sprechen. Er hatte keine Zunge, aber er konnte sprechen.«

»Wie?«

»Ich weiß es nicht. Aber du sagtest, du hättest ihn in Iskandar sprechen hören.«

»Ja, aber ...« Ich war höchst erstaunt. »Wie konnte das geschehen?«

Die Stute kletterte stetig aufwärts. Ebenso der Hengst. »Die Vashni sagten, Shaka Obre habe ihn wieder zum Sprechen veranlaßt, damit er die Kunde vom Jhihadi im Süden verbreiten konnte. Um den Weg für ihn zu ebnen.« Del schaute zu mir zurück. »Wenn Shaka das tun kann, dann kann er auch dein Schwert befreien.«

»Das sollten wir wirklich hoffen.« Ich runzelte die Stirn. »Hast du mich niedergeschlagen?«

»Ich mußte es tun. Du hast versucht, dein Schwert zu zerbrechen.«

»Ich habe *was?*«

»Und das hätte alles noch verschlimmert. Chosa befand sich bereits wieder in dem *Jivatma* ... Aber du hast die Klinge immer weiter auf die Steine geschlagen und versucht, sie zu zerbrechen. Wenn du das getan hättest, wäre Chosa freigekommen.«

Ich runzelte die Stirn. »Daran erinnere ich mich nicht.«

»Ich bezweifle, daß du dich in dem Moment auch nur an deinen Namen erinnert hättest.« Del führte die Stute um eine Steingruppe herum. »Also habe ich dich mit meinem Schwertheft niedergeschlagen.«

»Vielen Dank.«

»Und jetzt bringe ich dich zu Shaka Obre, wo du dein Schwert befreien kannst.«

»Und mich.«

»Und dich.«

»Aber können wir das nicht tun, indem ich *aufrecht* reite?«

Dels Stimme klang gleichmütig. »Ich will mit diesem Teil von Chosa in dir nichts riskieren.«

»Hoolies, Bascha… ich bin nicht Chosa, wenn du das meinst.«

»Vielleicht jetzt nicht.«

»Del…«

Sie unterbrach mich. »Du verstehst nicht. Die Vashni haben es mir erklärt. Je näher wir an Shaka herankommen, desto stärker wird Chosa.«

Das brachte mich zum Schweigen.

Ich hing schlaff über dem Sattel und überdachte meine Lage. Geschwärzte Nägel, tote Haut… ein gequetschtes Knie (*wieder*)… allgemeines Unbehagen. Ich empfand Übelkeit, und ich fror und war müde. Ich brauchte etwas Aqivi. Ich brauchte ein heißes Bad. Ich brauchte einen gesunden Körper, der keinen Teil von Chosa beherbergte.

»Hoolies«, murmelte ich erschöpft. »Wann wird dies alles vorüber sein?«

»Bald«, antwortete Del.

Ich fühlte mich dadurch nicht besser.

VIERUNDVIERZIG

Del warf einen Blick auf mein Gesicht. »Geht es dir gut?«

Ich räusperte mich betont, rieb mir mit sorgfältiger Aufmerksamkeit die Handgelenke. »Das kommt davon, wenn man gezwungen ist, über den eigenen Sattel geworfen auf dem eigenen Pferd zu reiten.«

»Nein, das stimmt nicht«, erwiderte sie. »Aber wenn das deine Antwort ist, muß es dir gutgehen.« Sie runzelte die Stirn, als ich nicht antwortete. »Geht es dir *wirklich* gut?«

»Nein«, antwortete ich wahrheitsgemäß. »Du willst, daß ich dort *hineingehe*, nicht wahr?«

›Dort‹ war der Mund, den ich in meinen Gedanken gesehen hatte, als ich angekettet in Sabras Palast gelegen hatte. Die geschwärzte, sich zurückziehende Öffnung, ein Loch, das in den Berg hineinführte.

Del und ich hatten die Pferde unten gelassen, in einem sandigen, ebenen Gebiet mit etwas Gras, wenn man südliches Gestrüpp als Gras bezeichnen will. Wir waren ein kleines Stück hinaufgeklettert, weil Del behauptet hatte, daß wir genau das tun sollten. Jetzt standen wir vor einer Öffnung. Vor der Öffnung, die ich in meinen Gedanken gesehen hatte, gleichzeitig mit den Erinnerungen Chosas daran, was er seinem Bruder angetan hatte. Ob es uns gefiel oder nicht, Shaka Obre war in der Nähe.

Oder das, was von ihm übriggeblieben war.

Del rutschte aus, warf die Arme hoch, gewann ihr Gleichgewicht wieder. »Hier soll sich Shaka befinden.

Sie sagten, es sähe genauso aus: ganz zerbrochenes, welliges Rauchgestein, wie ein Mund gähnend. Siehst du? Dort sind die Lippen... und unmittelbar dahinter sieht man Zähne.«

Es rieselte mir den Rücken hinab. »Das gefällt mir nicht, Bascha.«

»Die Höhlung beginnt eng und erweitert sich dann«, beharrte sie. »Sie sind alle in dem ersten Raum gewesen.«

Ich achtete nicht auf das Zwicken in meinem Bauch. »Der *erste* Raum?«

Sie zuckte die Achseln. »Sie sind nicht weiter gegangen.«

»Aber *wir* sollen weitergehen, richtig?«

Ein weiteres Achselzucken. »Wenn wir Shaka Obre finden wollen, müssen wir tun, was wir tun müssen.«

Ich atmete tief ein, hielt den Atem an, ließ ihn heftig wieder entweichen. Kratzte meine kribbelnde Kopfhaut. »Es erinnert sehr an die Mine.«

»Aladars...? *Oh.*« Jetzt verstand sie. »Möchtest du, daß ich vorausgehe?«

»Nein, ich möchte nicht, daß du vorausgehst. Ich möchte nicht, daß *überhaupt* einer von uns hineingeht.«

»Dann sollten wir vermutlich besser umkehren.« Del wandte sich auf dem Absatz um, rutschte einen Schritt abwärts und mühte sich dann den restlichen Hang hinab.

»Del...«

Sie hielt inne. Schaute zurück. »Du hast die Wahl«, sagte sie. »In *dir* ist ein Teil von Chosa gefangen.«

Ich trat einen Stein beiseite. »Ich bin in die Verstecke der Canteada eingedrungen. Und in den Drachenberg... wo ich dich gerettet habe. Wenn du mir nur *einen Augenblick* Zeit läßt, werde ich auch hier hineingehen.«

Sie kletterte den Hang wieder herauf, rutschte und schlidderte über rollende Kieselsteine und zerbrochenes Rauchgestein. »Wenn du willst...«

»Mach dir keine *Gedanken,* Del.« Ich zog den Kopf ein und drängte mich in den ersten Raum, schabte an den ›Lippen‹ vorbei.

Der ›Mund‹ war klein. Sehr klein. Und sehr, sehr kalt. Innen blieb ich sofort stehen und spürte, wie sich die Haare in meinem Nacken aufrichteten; die auf meinen Armen versuchten es ebenfalls – aber Chosa Dei hatte sie fortgebrannt.

Tief in mir erzitterte etwas. Ich wußte nur nicht zu sagen, ob es Chosa war oder nur mein übliches Unbehagen, wenn ich eine Höhle oder einen Tunnel vor mir hatte.

»Tiger?« Del kam gebückt herein und sperrte das Licht aus. »Ist es – das?«

Ich atmete ein. »Es scheint so.« Mit uns beiden war der Raum voll. Mich drängte es wieder zum Tageslicht zurück, während Del sich umsah. »So... jetzt haben wir es getan. Ich denke, wir können gehen...«

»Dies kann nicht *alles* sein«, murmelte sie und sah sich um. »Eine kleine Zweipersonenhöhle?«

»Ich friere. Es ist dunkel. Wir haben es getan.«

»Warte.« Sie legte eine Hand auf meinen Arm. »Es ist *tatsächlich* sehr kalt.«

»Das sagte ich bereits. Laß uns gehen.«

»Aber warum? Dies ist der Süden. Warum sollte es sich hier so anfühlen wie im Norden?«

»Vielleicht ist alles durcheinandergeraten.« Ich drängte von der mich zurückhaltenden Hand fort. »Wir haben hier nichts zu schaffen...«

»Tiger, warte.« Sie kniete sich hin, preßte eine Hand auf den Boden. »Er ist kalt... kalt und *feucht.*«

»So?« Ich sah mich ungeduldig um. Der Raum war kaum größer als ein kleines Gemach und hatte eine große Felsendecke. Wenn Del und ich die Hände verschränkten und die Arme ausstreckten, würden wir uns an jeder Seite die Knöchel anstoßen. »Es *gibt* Wasser im Süden, Bascha... sonst wäre keiner von uns hier.«

Sie führte die Hand an der Wand entlang. Das feuchte Gestein war mit Höhlungen und Löchern übersät, die sich in der Dunkelheit verloren. Del folgte der Wand bis zur Rückseite und stieß dann einen überraschten Laut aus.

Ich erstarrte: »Was ist los?«

»Tritt zur Seite.«

»Was soll ich tun?«

»*Tritt zur Seite.* Du stehst im Licht.«

Widerwillig trat ich von der Öffnung fort, und Sonnenschein fiel in den winzigen Raum herein. Dann sah ich, was Del gemeint hatte.

Der erste Raum war genau das: der erste von weiteren. In die Rückwand eingeschnitten, in den Schatten verborgen, sobald ein Körper die helle Öffnung versperrte, befand sich ein enger Gang, der tiefer in den Berg hineinführte.

Die Haare in meinem Nacken und in der Lendengegend sträubten sich. »Ich glaube nicht«, platzte ich heraus.

Del, die noch immer in Umirs unbezahlbarem Burnus auf dem Boden kniete, sah prüfend zu mir hoch. »Wie fühlst du dich?«

»Ich bin das alles ziemlich leid.«

»Nein. Wie *fühlst* du dich?«

Ich seufzte, zauberte ein Lächeln auf mein Gesicht. »Er ist bisher sehr ruhig geblieben.«

Del runzelte die Stirn. »Wir sollten Shaka eigentlich nahe sein, und den Vashni sagen, Chosa werde stärker werden. Ich frage mich, warum er so ruhig geblieben ist.«

»Ich nicht. Ich bin nur froh, daß es so ist.« Ich trat einen Schritt vor und streckte die Hand nach unten aus, um ihren Ärmel zu ergreifen. »Laß uns gehen, Bascha.«

Sie entzog mir den Ärmel – und den Arm. »Ich dringe weiter vor. Bleib oder geh, wie du willst … oder vielleicht solltest du lieber mit mir kommen.«

»Du weißt nicht, was sich dort *drinnen* befindet.«

Sie lächelte in dem gedämpften Licht. »Shaka Obre«, sagte sie, wandte sich um und betrat den Felsengang.

Im Handumdrehen wurde blendendweißer golddurchwirkter Stoff von der Dunkelheit verschluckt. So war Del.

»O Hoolies«, murmelte ich. »Warum tut sie das immer?«

Ein gedämpftes Echo drang zu mir zurück. »Du wirst deinen Harnisch ablegen müssen. Hier ist nicht viel Platz für den Kopf.«

Oder viel Platz in *deinem* Kopf …

Aber das sagte ich nicht laut. Ich schlüpfte einfach aus den Harnischriemen, wickelte sie um die Scheide und folgte Del in die Dunkelheit.

Und ich fluchte ununterbrochen.

Sie war ganz zusammengekauert, als ich sie erreichte, saß mit deckenwärts hochgezogenen Knien auf dem Felsenboden. Ein Arm barg die vom Harnisch umwickelte Scheide und das Schwert. Den anderen Arm hatte sie ausgestreckt und untersuchte Risse in der Wand.

»Eis«, sagte sie kurz.

»Eis?«

»Fühl selbst.«

Ich mühte mich an Felsauswüchsen vorbei, die die bloße Haut aufzureißen drohten, und setzte mich neben sie. Ich trug nur einen Dhoti und nicht einmal Sandalen. Ich saß nur einen Moment auf dem Felsenboden, bevor ich hastig in die Hocke ging. »Hoolies! Ich werde mir die Hoden abfrieren!«

Del lächelte. »Eis.« Sie grub die Hand in den Riß, zog sie dann wieder heraus und zeigte ihre Fingerspitzen.

Ich betrachtete sie. Berührte sie. Eis, in Ordnung. Stirnrunzelnd kratzte ich selbst etwas aus dem Spalt heraus. Es war körnig fest gefroren. Überhaupt nicht weich. »Wie Punjakristalle – hart, scharf und glitzernd.«

»Aber das ist richtiges Eis.« Del rieb die Fingerspitzen aneinander. »Wie bei den Eishöhlen in der Nähe von Staal-Ysta.«

»Aber dies ist der Süden.«

Sie zuckte die Achseln. »Vor sechs Monaten hätte ich noch gesagt, daß so etwas unmöglich ist. Aber vor eben jenen sechs Monaten habe ich auch behauptet, es sei nicht notwendig, einen südlichen Magier zu finden, um ein Schwert zu befreien.«

Ich brummte. »Wir tun anscheinend nichts anderes, als hier zu sitzen und über Eis zu reden.«

»Es *ist* seltsam«, grollte sie. »Eine Eishöhle im Süden? Vielleicht ist sie ja ein Überbleibsel aus der Zeit, als es noch kein südliche Wüste oder nordischen Schneefelder gab ... Vielleicht war die Welt, die sie geschaffen hatten, einfach eine Welt ohne jegliche Aufteilung.« Ich regte mich, stand vorsichtig auf, rieb mein starres Genick. »Gehen wir weiter?«

Del stand ebenfalls auf, zog den Kopf ein, ging weiter.

Ich hielt inne, weil ich innehalten mußte. Behielt meine vornübergebeugte Haltung bei, die umwickelte Scheide in der Hand. Ich spürte das unregelmäßige Pochen in meiner Brust.

Ich konnte nicht *atmen*.

»Bascha ...«

Del murmelte etwas vor mir. Sie bemerkte nicht, daß ich stehengeblieben war.

Ich schloß die Augen. Knirschte mit den Zähnen. Rieb mir den Schweiß vom Gesicht und stieß mir einen Ellbogen am Fels. Ich fluchte leise, legte dann eine Hand auf gebrochenen Fels und versuchte, mich wieder in die Gewalt zu bekommen.

Er wußte. Chosa *wußte.*

Ich war benommen. Punkte tanzten vor meinen Augen und nahmen mir die Sicht. Wenn ich sehen und atmen könnte ...

»Tiger?« Ihr Ruf hallte seltsam von irgendwo vor mir heran. Sie hatte bemerkt, daß ich nicht mehr hinter ihr war. Ich hörte ein kratzendes Geräusch, ein Ausrutschen. Sie gelangte wieder neben mich, rieb sich den Kopf. »Was ist los?«

Ich atmete stoßweise und keuchend aus. »Er ist hier. Irgendwo. Shaka.«

Sie hörte auf, sich den Kopf zu reiben, sah mir wachsam in die Augen. »In welcher Richtung?«

»Es gibt nur ... eine Möglichkeit weiterzugehen ... es sei denn, wir verlassen die Höhle schnell wieder ...« Ich schluckte schwer. »Schwer ... zu atmen ... hier drinnen.«

Sie kam stirnrunzelnd näher. »Kannst du weitergehen?«

»Ich muß«, murmelte ich.

Sie schwieg. Legte mir eine Hand auf den Arm. »Ich schwöre dir, ich werde dich nicht wieder alleinlassen. Was ich in der Punja getan habe, war falsch. Ich bin zu der Oase vorausgeritten, weil ich dachte, du würdest mir folgen – und ich wußte, daß es nicht weit war. Tiger ...« Ihr Gesicht wirkte sehr angespannt. »Ich will, daß du von Chosa befreit wirst, damit du wieder du selbst sein kannst. Aber ich will dich nicht verletzen. Wenn dies zu schwer ist ...«

»Nein.« Ich sog den Atem ein. »Ich habe schon schwerere Dinge getan. Es ist nur ... alles. Dieser Ort ... Chosa ... und Shaka. Dieses niederdrückende Gewicht ...« Ich rieb mir den Schweiß vom Gesicht. »Wenn ich nur wieder *atmen* könnte ...«

Sie berührte meine Brust. »Tu langsam«, sagte sie sanft. »Wir brauchen uns nicht zu beeilen.«

Ich nickte atemlos. Bedeutete ihr dann weiterzugehen. »Ich werde direkt hinter dir bleiben.«

Licht schimmerte matt. Es glitzerte auf Eisstücken und vertrieb die Schatten aus den Spalten.

»Vor uns«, sagte Del.

Ich umklammerte das in der Scheide steckende *Jivatma,* troff vor Schweiß, während ich weiterging. Ich fragte mich beiläufig, ob die Tröpfchen zu Eis gefrieren würden. Meine Füße schmerzten vor Kälte, aber ich schwieg. Del war ebenfalls barfuß.

Sie blieb stehen. Der golddurchwirkte weiße Stoff glänzte. Sie wandte ihr Gesicht in die Schatten zurück. »Es ist ein Spalt im Fels«, sagte sie. »Breit genug für einen Körper… Er verläuft durch das Dach aufwärts. Dort gibt es Licht und frische Luft. Willst du zuerst hindurchklettern?«

»Du verstehst mich nicht«, sagte ich mit belegter Stimme. »Ich habe keine Angst, Bascha… das ist schon seit einiger Zeit vorbei. Dies ist etwas… anderes. Dies ist… *Macht.*«

Sie spannte sich an. »Macht?«

»Spürst du es nicht?«

»Ich fühle mich… seltsam.«

Ich nickte. »Macht.«

»Verspürst du Übelkeit?«

»Du meinst… wie gewöhnlich?« Ich zuckte die Achseln. »Ich friere so sehr, daß ich es nicht sagen kann.«

Sie lächelte. »Armer Tiger. Ich habe wenigstens Umirs Burnus. Ich könnte teilen…«

Ich grunzte. »Behalt ihn. Ich bin nicht so sehr für Federn und Perlen, gleichgültig, wie wertvoll sie sind.«

»Willst du vorausgehen?«

»Gut.« Ich drängte mich an ihr vorbei, betrat den schmalen Spalt, trat ins Tageslicht hinaus.

Und in Shaka Obre.

»*Hoolies…*« Ich fiel auf die Knie. Würgte. Ließ Harnisch und Scheide und Schwert fallen. »O Götter… *Del…*«

Sie war ebenfalls durch den Spalt hindurchgelangt.

Sie trat einen Schritt vor, erstarrte dann. Murmelte etwas in ehrfürchtiger Hochlandsprache.

»... herausgelangen ...«, keuchte ich, »... muß ... *hinausgelangen ...*«

Shaka Obre war überall.

Der Druck warf mich nieder. Ich versuchte wieder hochzukommen, aber meine Bemühungen brachten mir nichts ein. Ich lag mit dem Bauch nach unten und mit ausgebreiteten Gliedern da, die Wange in den körnigen hellen Sand gepreßt, während mich flammende Eiskristalle blendeten. Weil ich die Augen nicht schließen konnte. Meine Eingeweide wanden sich. Wurden zusammengedrückt. Mein Magen wandte sich von innen nach außen.

»... *Bascha ...*«

Del rührte sich nicht.

Es war fast so hell wie am Tag. Es *war* innen Tag. Der Platz, auf den wir gelangt waren, stand nach oben offen. Aber ich konnte nicht aufschauen, um den Himmel zu sehen, weil ich mich nicht bewegen konnte.

Meine Finger wanden sich. Die Hände verkrampften sich. Die Zehen gruben sinnlos im Sand.

»Es ist Shaka«, keuchte Del.

Das wußte ich bereits.

»Shaka ist *überall*.«

Das wußte ich auch.

»Ich kann ihn nicht sehen, aber er ist hier. Ich spüre die Macht ...« Sie sog hörbar den Atem ein. »Ist es so, wenn man die Magie schmeckt?«

Woher, zu den Hoolies, sollte *ich* das wissen? Ich war zu sehr mit dem Versuch zu atmen beschäftigt, um darüber nachdenken zu können, wie etwas schmeckte.

Del kniete sich neben mich. »Es ist Chosa, nicht wahr?«

»Shaka«, keuchte ich heiser. »Er weiß ... er weiß von Chosa ...«

Eine Hand lag auf meinem Rücken. »Kannst du aufstehen?«

»Ich bin zu müde, um es zu versuchen.«

»Hier.« Die Hand schloß sich um meine Schulter, drückte erstarrte Haut. »Ich werde dir helfen ...«

Es half. Ich stemmte mich hoch, schaffte es, mich hinzusetzen, brach dann an der Wand zusammen. Der Fels war sehr kalt, aber ich war zu erschöpft, um mich zu rühren. Ich zog beide Knie an und preßte einen Arm auf meinen Bauch. Mein ganzes Körper wollte sich verkrampfen.

»Wir haben ihn hierhergebracht«, keuchte ich. »Chosa ... wir haben ihn *hierhergebracht*.«

»Wir mußten es tun«, sagte sie.

Ich rollte den Kopf auf dem scharfen Fels hin und her. »Wir haben einen Fehler gemacht. Sie werden mich in Stücke reißen, sie beide ... Hoolies, es ist ein Fehler ...«

»Tiger.« Sie berührte ein Knie. »Es mußte getan werden. Du konntest nicht den Rest deines Lebens damit verbringen, ein Schwert zu bekämpfen. Eines Tages wäre es dir mißlungen, und Chosa hätte dich gehabt.«

»Er hat mich jetzt. Er hat mich jetzt, und Shaka hat *ihn* ...« Ich zog eine Grimasse. »Verstehst du nicht? Einer von ihnen muß verlieren ... Und ich bin mittendrin gefangen.«

Der Griff der Hand verstärkte sich. »Ich kann nicht glauben, daß Shaka dein Leben aufs Spiel setzen würde. Er hat Jamail veranlaßt zu sprechen.«

»Warum heilt er *mich* dann nicht?« Ich löste mich vom Fels und saß vollkommen aufrecht, beugte den Kopf nach hinten, um durch den massiven Bergeinschnitt den blauen Himmel über uns zu betrachten. »Heile mich, Shaka! Damit auch ich Chosa bekämpfen kann!«

Das Echo erstarb. Schweigend beobachtete ich Del.

Sie stand auf. Trat genau in die Mitte des Einschnitts. Beugte den Kopf nach hinten und schaute hinauf, blinzelte gegen das Gleißen an. Sonnenschein badete golddurchwirkten Stoff. Sie wirkte im Tageslicht weiß.

Sie senkte den Blick wieder und sah sich stirnrunzelnd um. Maß den am Boden breiten Einschnitt. Dann beugte sie sich hinab, nahm hellen Sand auf und prüfte ihn mit der Hand, bevor sie ihn wieder auf den Boden fallen ließ. »Punjasand«, sagte sie. »Fein und voller Kristalle...« Sie sah sich erneut um. »Dies ist ein Kreis.«

Ich grunzte. »Nein. Nur ein natürlicher Einschnitt. Siehst du?« ich deutete in die Runde. »Nur ein Teil des Berges.«

»Ein Kreis«, sagte sie erneut und schritt bis zur entgegengesetzten Wand. »Sechseinhalb«, murmelte sie.

»Siehst du? Es sind nicht die richtigen Maße. Ein richtiger Kreis mißt fünfzehn Schritt.« Ein Teil des Drucks und des Unbehagens war vergangen. Ich stemmte mich hoch, fluchte, stolperte zu meinem herabgefallenen Harnisch, hob ihn aber nicht auf. Ich war zu sehr damit beschäftigt, Del zu beobachten.

Sie umrundete den Einschnitt, prüfte die Risse und Spalte mit geschickten, forschenden Fingern. »Ein richtiger *südlicher* Kreis mißt fünfzehn Schritt. Meine Beine sind länger.«

Ich sah sie an. Stemmte die Beine auf den Boden, beugte den Kopf erneut nach hinten und schaute hinauf. Ich blinzelte benommen. Der Einschnitt *wirkte* natürlich, aber vielleicht war er es nicht. Die Magie hatte Shaka hierhergebracht und hatte dann vielleicht auch den Einschnitt geschaffen.

Er hatte laut Del einen Durchmesser von etwas mehr als fünfzehn Schritt, womit er ein wenig größer war als ein wahrer Kreis. Der untere Teil des Einschnitts war am breitesten, bog sich sanft zu einer Rundung. Er war dunkel wie Rauchgestein, aber Eis säumte die Risse, bedeckte knotige Auswüchse und glitzerte im Licht. Der runde Einschnitt war von Bändern facettierter

Felsrippen durchzogen, die sich himmelaufwärts wanden. Er war wenig symmetrisch, und es mangelte ihm eine gewisse Genauigkeit, da er einfach aus dem scharfwinkligen Fels herausgeschlagen worden war. Aber der Boden war richtig sandig, und der Umfang war *ausreichend* rund. Man mußte nur ein Schwert nehmen und einen formellen Kreis zeichnen. Was ich nicht mehr tun konnte.

Sie schob ihre Hand in einen Spalt und maß seine Tiefe und Breite. Dann zog sie die Finger zurück. Sie stand sehr still, wie in Gedanken verloren.

»Was tust du?«

»Ich dachte es mir«, keuchte Del und mißachtete mich vollkommen. »Wenn er heraus *herausgelockt* werden könnte ...«

Ich beobachtete sie genauer. »Del ...«

Sie schüttelte den Kopf. Preßte die Lippen zusammen. Schloß für einen kurzen, angespannten Moment fest die Augen und öffnete sie dann wieder. Ihre Kinnlinie zeichnete sich hart ab. »Wie fühlst du dich?«

Ich konterte: »Wie fühlst *du* dich?«

Sie sah durch mich hindurch, sah mich nicht an. Sie murmelte in einem Hochlanddialekt leise etwas Unverständliches. Sie biß sich auf die Unterlippe, preßte alles Blut heraus und ließ dann wieder los. Das Blut floß zurück.

»Es ist vollbracht«, sagte sie sanft.

»Bascha ...« Aber ich brach ab. Sie hörte nicht zu. »Ja, ich fühle mich besser. Warum?«

Del nahm ihr Schwert aus der Scheide und schob den Harnisch und die Scheide an die Wand. Mit geschickter Genauigkeit setzte sie die Schwertspitze auf dem Sand auf und zog einen Kreis. Sie sprach leise mit sich selbst, hielt keinen Moment inne. Als sie die Enden des Kreises auf der entgegengesetzten Seite, gegenüber des schmalen Risses, verbunden hatte, hob sie ihr *Jivatma* an.

»Was tust du?« fragte ich zum wiederholten Mal.

Del stand ganz still. Das Licht von oben badete sie, Haare und golddurchwirkter Stoff schimmerten. Sie hob das Schwert langsam an, bis es sich in vertrauter Position befand: das Heft an der linken Hüfte, beide Hände darumgelegt, der linke Ellbogen ausgestreckt, um Gleichgewicht und Gewandtheit zu gewährleisten, die runenbeschriftete Klinge eine diagonale Linie zu ihrer rechten Schulter, als unmißverständliche, beredte Herausforderung leicht nach außen geneigt.

»Nimm dein Schwert auf«, sagte sie.

Ich erkannte, daß ich fast in der Mitte des von Del gezogenen Kreises stand. »Bist du *sandkrank?*«

»Nimm es auf«, sagte sie.

Ich lachte beinahe. »Du hast selbst gesagt, daß wir niemals mit diesen Schwertern gegeneinander tanzen sollten. Du hast immer geschworen, es sei gefährlich.«

»Das ist es.« Sie blinzelte nicht einmal. »Nimm dein Schwert auf, Tiger. Dies ist ein wahrer Tanz.«

Ich sagte kurz angebunden: »Ich kann nicht.«

»Doch, du kannst.«

»*Elaii-ali-ma.* Ich habe alle meine Schwüre gebrochen, Bascha… Ich habe meine persönliche Ehre verwirkt.« Ich wurde plötzlich ärgerlich, weil es sosehr schmerzte. »Ich dachte, das sei ausreichend klargeworden. *Dir* vor allem.«

»Dieser Tanz hat überhaupt nichts damit zu tun. Hier, an diesem Ort, bedeutet *Elaii-ali-ma* nichts. Dieser Tanz ist der Anfang. Dieser Tanz ist das Ende.«

Die Haare an meinem Nacken richteten sich auf. »Ich mag es nicht, wie das klingt.«

Ihre Stimme klang fest und sicher. »Nimm dein Schwert auf, Sandtiger. Wir werden es ein für allemal regeln.«

»Du bist sandkrank«, flüsterte ich.

Ein Windstoß zischte aus dem dahinterliegenden Gang durch den Riß. Er ergriff herabhängendes helles

Haar, blies es zurück und entblößte das makellose Gesicht. Dann kräuselte und ergriff er den Burnus, fuhr unter ausbalancierte Ellbogen. Schwere Falten bauschten sich, wölbten sich wieder nach innen, golddurchwirkter Stoff schlug gegen gebänderte Wände. Der volle Schein eines allumfassenden Sonnenuntergangs loderte in den Einschnitt: ganz Glas und Messing und Gold und Myriaden glänzender Federn. Umirs kostbarer Burnus setzte den falschen Kreis in Brand, wie auch die Frau, die ihn trug.

Eis glitzerte hinter ihr und fing das Feuer der Sonne und des Schwertes ein. »Tanz mit mir, Chosa Dei. Ich vertrete deinen Bruder.«

Fünfundvierzig

Ich nahm Harnisch und Schwert auf. Wandte mich dann um und trat aus dem Kreis hinaus …

Versuchte aus dem Kreis hinauszutreten. Etwas stieß mich am Rand zurück, schleuderte mich wieder nach innen. Ich landete eher unbeholfen, fiel mit dem Rücken flach in den Sand.

Als sich der Staub gesetzt hatte und ich wieder sehen konnte – ganz zu schweigen vom Atmen –, setzte ich mich auf. Spie Sand aus. Betrachtete stirnrunzelnd den gewundenen Spalt, durch den ich auf meinem Weg aus dem Einschnitt hatte hinausschlüpfen wollen, was ich aber offensichtlich nicht tun sollte.

»Das kannst du nicht«, sagte Del. »Wir haben die Wachen passiert, als wir hereinkamen, aber wir können eindeutig nicht hier hinausgelangen. Zumindest … kannst *du* es nicht.«

Ich wandte den Kopf und sah sie an. »Chosa hat keine Wachen um einen *Kreis* aufgestellt.«

»Nein. Das habe ich getan. Oder eher Shaka.« Sie zuckte die Achseln. »Hast du erwartet, daß er Chosa gehen ließe, so daß er einfach wieder hinausspazieren könnte, während Shaka zurückbleiben müßte?«

»Ich habe gar nichts erwartet. Außer vielleicht ein wenig mehr *Respekt*. Und außerdem – woher sollen wir wirklich wissen, daß Shaka Obre *hier* ist und daß es überhaupt Wachen gibt? Ich sehe gar nichts.«

»Nicht alle Macht ist sichtbar. Hast du mir nicht erzählt, Shaka wisse, daß du hier bist, und du wüßtest, daß *er* hier ist?«

Verärgert wischte ich mir Sand vom Kinn. »Ich verstehe einfach nicht, wie du es geschafft haben willst, Wachen um den Kreis aufzustellen.«

»Ich habe Boreal zu Hilfe genommen. Ich glaube, daß Shaka Obre bereitwillig jede mögliche Hilfe nutzen wird, da er offensichtlich körperlos ist. Genau wie Chosa es tut, was auch der Grund dafür ist, warum er dich will.«

Ich grunzte. »Ich werde mich mit meiner Meinung zurückhalten.«

Del antwortete nicht. Sie senkte nur ihr Schwert, steckte es in den Sand, um es kurzzeitig aus der Hand zu haben, und zog den Burnus aus. Sie ließ ihn in Falten eines südlichen Sonnenuntergangs auf ihren Harnisch fallen, zog dann das Schwert aus dem Sand heraus und trat über die Linie hinweg.

Jetzt waren wir beide gebunden. Ich durch die Wachen und das Schwert. Del durch die Ehre und die Schwüre.

Wir waren beide barfuß, wie es angemessen war. Ich trug einen Dhoti und die Halskette, Del eine nordische Tunika. Und wir hatten beide ein Schwert.

Ich stand auf. Zog Samiel aus der Scheide und schob den Harnisch beiseite. Wandte mich zu Delilah um. »Als wir dies das letzte Mal taten, wären wir beinahe beide umgekommen.«

Del lächelte leicht. »Damals waren wir jung und einfältig.«

»*Ich würde* gern noch älter und klüger werden. Aber du läßt mir vielleicht keine Gelegenheit.«

Dels Stimme klang sanft. »Keine Verzögerungen mehr, Tiger. Wir sind hierhergekommen, um dein *Jivatma* zu befreien. Wir sollten die Klinge reinigen, damit sie makellos wird.«

»Und mich auch«, murmelte ich.

»Und dich auch«, stimmte sie mir zu.

Ich trat zwei Schritte fort, wandte mich um. »Dann

laß es uns beenden!« fauchte ich und brachte Samiel ohne weitere Vorbereitungen in Position.

Es war ein schändlicher Anfang ohne Anmut oder Kraft. Wir prüften uns, schlugen die Klingen gegeneinander, lösten uns dann wieder, ließen Stahl an Stahl entlanggleiten, schlugen dann die jeweils andere Klinge ab, bevor die Nähe zunahm. Es geschah langsam, zusammenhanglos, stümperhaft, nichts von dem, was wir kannten, außer daß wir beide Angst hatten.

Wir gruben Höhlungen in den Sand, traten kleine Schauer glitzernder Kristalle in die Luft. Die Klingen schlugen aneinander, entfernten sich voneinander, berührten sich erneut für einen kurzen Moment, bevor die Handgelenke sie zur Seite drehten. Dann stimmte Del, nachdem sie etwas gemurmelt hatte, einen Gesang an.

Ich erstarrte. »Warte …«

Aber Del wartete nicht.

Hoolies, wenn sie das Schwert stimmt … o Bascha … tu das nicht. Denn dann wird es ein wirklicher Tanz werden … und das *will* ich nicht … Ich will nicht, daß Staal-Ysta wieder auflebt …

Del sang sehr sanft. Die Silberklinge nahm den lachsfarbenen Schimmer blassesten Silbers an.

Stahl klang aneinander, trennte sich mit einem kreischenden Geräusch. Ich spürte, wie ihr Muster fester wurde, spürte die zunehmende Kraft bei den Drehungen der Handgelenke. Sah das Flechtwerk in der Luft zurückbleiben, das Nachglühen eines in nordischen Ritualen geschmiedeten und gesegneten *Jivatma*, Rituale, die genauso bindend waren wie jene, die ich kannte: die Schwüre von Alimat.

»Tanz«, zischte Del. »Komm schon, Chosa … *tanz* …«

»Tiger«, sagte ich. »Tiger.«

»Tanz, Chosa. Oder kannst du es nicht?«

Ich schlug meine Klinge gegen ihre, spürte die

Macht ihres Gegenschlags, riß meine Klinge wieder fort. »Willst du ihn *tatsächlich* heraufbeschwören?«

Ein leichter Schweißfilm bedeckte ihr Gesicht. »Komm heraus und tanz, Chosa. Oder hast du nicht die Kraft, es zu tun? Kannst du kein Schwert führen? Kannst du die Muster nicht erschaffen?«

»Er ist kein Schwerttänzer, er ist ein *Magier* ...«

»Magier können tanzen. Chosa Dei gestaltet neu. Kann er sich in deinem Bild nicht selbst neu gestalten? Kann er deinen Körper nicht für sich benutzen? Kann er nicht gegen eine *Frau* tanzen?«

»Hoolies, Bascha ...« Ich sprang zurück, duckte mich unter einem Muster hindurch, kam wieder hoch und fing Klinge mit Klinge ab. Stahl kreischte. Ich durchbrach ihr Muster leicht, lenkte ihr Schwert durch die Kraft meines Gegenschlags praktisch wieder auf sie selbst zurück. »Was willst du tun?«

»Tanzen«, sagte sie. »Einfach nur ... tanzen. Aber ich glaube nicht, daß Chosa es kann.«

Und Del begann erneut zu singen, wodurch sich ihre Klinge noch stärker verfärbte.

Meine Sicht verschwamm. Von meiner eigenen gegenwärtigen Erinnerung überlagert, tauchte die Erinnerung einer vergangenen Zeit auf. Eines Magiers, der einen Magier mit solch gewaltiger Macht fortstieß, daß damit Berge hätten versetzt werden können.

In mir lachte Chosa.

»*Tu* das nicht!« rief ich.

Delilahs Gesang wurde lauter. Und Chosa hörte ihn in mir.

»Tu es nicht, Bascha ...« Ich würgte, erkannte vertraute Krämpfe. Schweiß rann mir die Brust hinab und befeuchtete den oberen Rand eines Dhoti. »Tu mir das nicht an ... zwing mich nicht, dies zu *tun* ...«

Ihr Muster wurde komplizierter, band meines ein, entglitt der Verflechtung. Ich fing sie ein, wand mich, schlug die Klingen auseinander.

Sie trafen fast augenblicklich wieder zusammen, klangen in dem Einschnitt aneinander. Wenn sie das wollte …

In mir wurde Chosa aufmerksam.

Boreal schimmerte lachsfarben-silbern. Mit jeder Verflechtung und jedem Streich malte Del Farben in die Luft. Ein glühendes Nachbild von Runen, Klinge und Macht.

Ich war verärgert. Ich hatte diesen Tanz nicht gewollt. Hatte diese Auseinandersetzung nicht gewollt. Ich hatte nicht einmal daran gedacht, weil ich mich jedesmal, wenn ich damit begann, des Tanzes auf Staal-Ysta erinnerte, als Del und ich durch Betrug und Hinterlist gegeneinander aufgestellt worden waren. Wir hatten damals beide mit unserem ganzen Können getanzt, weil so vieles – *zu vieles* – auf dem Spiel gestanden hatte. Letztendlich hatte der Tanz gewonnen, weil so viele Jahre der Übung selbst den stärksten Willen brechen können. Man *tanzt* einfach, weil man tanzen muß. Weil der Körper nicht innehalten und der Stolz einen aufgeben will.

Wir tanzten, Delilah und ich. Quälten uns mit Stahl, ließen Schwertspitzen auf Nasen und Kehlen zuschnellen, um zu versprechen, daß wir es besser konnten, wohl wissend, daß wir es nicht wagten. Dies war kein Tanz auf Leben und Tod, nicht wie es für Abbu und mich gewesen war, sondern ein Tanz bis zum *Ende,* wenn Chosa besiegt und das Schwert gereinigt wäre.

Wir schwitzten. Fluchten. Tanzten. Verhöhnten uns. Bissen uns auf die Lippen und spien Blut. Gruben tiefe Löcher in den kristallinen Sand, stemmten die muskulösen Oberschenkel und Hüften fest auf, um die Kraft in die Arme zu übertragen. Ich hielt der Kompliziertheit ihrer Muster körperliche Stärke entgegen, schlug sie mit reiner Kraft zurück, bis sie sich blitzartig auf Schnelligkeit und Anmut verlegte und mich zu

Eröffnungen herausforderte, die auszunutzen sie mehr als bereit war.

Del rammte Klinge in Klinge, ließ die Schneide an nordischen Runen entlanggleiten. Der Lärm in dem Bergeinschnitt war ohrenbetäubend, wurde von Echos vierfach verstärkt.

Ich fing die Klinge mit meiner eigenen ab, drehte mich und wandte den Stahl ab, zischte Del scharf an, weil sie uns so weit gebracht hatte. Ich hatte es schon lange aufgegeben, mich zu fragen, wer von uns besser war. Es war einfach nicht wichtig. Natürlich *sagten* wir, es sei wichtig, einfach um einander zu necken, aber ich wußte tief im Herzen, daß es für uns beide unwichtig war.

Del kam singend auf mich zu. Nordischer Stahl flammte im Sonnenlicht auf, warf Striche auf gebändertes Gestein. Zusammengeballte Sand- und Eiskristalle glitzerten in Rissen und Spalten. Die Sonne schaute als wohltätiger Schiedsrichter auf uns herab.

Stahlgesang erfüllte den Einschnitt, wand sich an den Rauchgesteinbändern aufwärts. Wir hämmerten aufeinander ein, wußten, daß jeder Streich aufgefangen, umgekehrt und wirkungslos gemacht würde. Weil keiner von uns sterben wollte. Wir wollten einfach ein Ende herbeiführen: Del, um die Klinge *und* mich zu befreien, und ich, um von der Dunkelheit des Geistes befreit zu werden, die nichts mit Chosa und alles mit Ehrlosigkeit zu tun hatte.

Elaii-ali-ma ist, was man daraus macht, und bindet jene, die gebunden werden wollen. Und ich hatte mich selbst gebunden, indem ich die Ausbildung und die Rituale vollendet hatte, indem ich vor dem legendären Shodo von Alimat die Blutschwüre geleistet hatte, weil ich wußte, daß ich ihrer trotz meiner Herkunft wert gewesen war. Ich hatte etwas aus mir gemacht, hatte den Chula im Kreis gebannt, hatte den Sandtiger geboren.

Und ich hatte ihn auch getötet, indem ich Sabras

Kreis verlassen und alle meine Schwüre zunichte gemacht hatte.

Elaii-ali-ma. Es machte dies zum letzten Kreis.

»Tanz«, zischte Del, zerteilte die Luft, hielt jäh inne, um sich zu drehen, umzuwenden und zuzustoßen.

Solch winzige komplizierte Muster, die sowohl unglaubliches Können als auch kräftige, bewegliche Handgelenke erforderten. Ich durchbrach die Muster, so gut ich konnte, schnitt durch lachsfarbenes Runenschimmern hindurch, sah dann das schwärzliche Schimmern auf meiner Klinge aufblitzen.

»Nein!« Ich riß meine Klinge zur Seite, spürte Dels Klinge vorbeigleiten, durch durchbrochene Muster tastend, um mich in den Unterarm zu schneiden. Blut schoß hervor, tropfte herab.

Chosa war *erwacht.*

»Tanz!« schrie Del und benutzte meine Unaufmerksamkeit, um meinen Arm erneut zu verletzen.

Ich stolperte rückwärts, hielt aber stand, schlug ihre hungrige Klinge ab. Sah die Schwärze höher steigen, sich über die Kreuzspange ergießen, an Fingern und Heft lecken.

Ich taumelte. Fiel fast hin. Meine Eingeweide kehrten sich von innen nach außen.

»Ja!« schrie Del. »Komm heraus und tanz, Chosa!«

Der Magier schoß auf diese Einladung hin aus seinem verborgenen Winkel hervor und fraß sich seinen Weg durch die Knochen, obwohl ich aufschrie.

»Komm heraus und tanz«, zischte sie.

»Del... nein...«

»Hier ist Shaka Obre, Chosa. Erinnerst du dich an ihn?«

Ich zitterte. Die Macht rann meine Arme hinab in die Klinge. Das Schwert in meinen Händen war schwarz. Das Schwert war *vollkommen* schwarz.

Ich war ohne Vorwarnung entleert.

Ich fiel auf ein Knie, kämpfte mich wieder hoch. Klinge traf auf Klinge, hielt fest. Del schrie schrill auf.

»Laß los!« rief ich heiser.

Boreal war plötzlich ausgelöscht, von Chosas Schwärze verschluckt.

»Nein!« schrie ich. »Bascha ... *laß los!* Laß dein Schwert fallen! Laß Chosa nicht darankommen!«

Del ließ nicht los. Del ließ ihr Schwert nicht fallen.

Chosa Dei, der von Anfang an klargemacht hatte, daß er Schwert *und* Frau haben wollte, schwärmte den Stahl hinauf zur Haut aus.

»*Ja!*« schrie Del.

»Bascha ... *laß los!*«

Sie durchbrach das letzte Muster, ließ meine Klinge hindurchgleiten, über ein Handgelenk schneiden und stolperte an den Rand des Kreises. Blut lief aus der Wunde, tropfte in den kristallinen Sand. Wo es hintropfte, stieg Rauch auf.

»Vernichten ...«, murmelte sie benommen.

»Laß es fallen!« schrie ich.

Blut tropfte auf die von ihr in den Sand gezogene Linie.

Das schwarze Schwert Boreal erzitterte in Dels Hand. »Ich bin es, Shaka ...«, flüsterte sie.

Die Linie und der Rauch entschwebten. Del stolperte hindurch, schob Boreal in den eisverkrusteten Riß, den sie so sorgfältig untersucht hatte ... drückte die Klinge in den Riß ... riß das Heft so ruckartig nach links, daß der Stahl entzweibrach.

Ich ließ Samiel genau in dem Augenblick fallen, als Del Boreal fallen ließ. »Bascha ... *nein* ...«

Chosa war frei von dem Schwert. Chosa war frei von mir. Chosa war frei von allem, außer von Shaka Obre.

Sechsundvierzig

Sand flog umher. Er wurde vom Boden aufgenommen, allmählich in den Kreis geworfen und dann gegen die gebänderte Wand geschleudert. Durch den schmalen Riß drang heulender Wind, erschütterte Haut und Fels. Er schrie wie ein nordischer Bansheesturm, pfiff über eisgesäumtes, durch Chosas Magie gewelltes Rauchgestein.

Ich spie aus, warf eine schützende Hand hoch, fiel auf die Knie, als der Windstoß in den Kreis heulte. Der Dhoti bot nur wenig Schutz, fast jeder Zentimeter meiner bloßen Haut war dem heulenden Wind und dem stechenden Sand gegenüber schmerzlich verletzbar.

»Del!« Sie antwortete nicht. Ich konnte sie durch den Sand nicht sehen. »Bascha … wo bist du?«

Aber was Heulen verschluckte meine Worte. Ich hörte sie selbst kaum und verstand sie nur, weil ich sie kannte.

Meine Augen waren krustenverklebt. Ich kauerte dort im Kreis, den Rücken dem schmalen Spalt zugewandt, und spürte Eis und Punjakristalle an meinem Rückgrat toben.

Vor meinem geistigen Auge sah ich, wo Del gewesen war, als sie Boreal in dem Riß verkeilt und die Klinge entzweigebrochen hatte.

Langsam, vorsichtig durchquerte ich den Kreis, berührte ein stark angespanntes Bein.

»Del!«

»Tiger?« Hände ergriffen mich, klammerten sich an mich. »Tiger … ich kann nichts sehen!«

»Ich auch nicht. Komm her ... *halt dich fest* ... wir müssen Umirs Burnus finden ... ah, *hier!*«

Ich zog das unbezahlbare Kleidungsstück zu uns beiden heran, kauerte mich dann nahe an Del, während ich es uns über Schultern und Köpfe zog. Es dämpfte die beißende Schärfe und erlaubte uns, die Augen zu öffnen und durch eine überdeckte Öffnung hinauszuspähen.

»Er wirbelt umher«, schrie Del über den Lärm hinweg. »Der Sand ... er *wirbelt umher!*«

»Sanddämon«, sagte ich. »Wirbelwind. Das kommt in der Nähe der Punja manchmal vor ... ich weiß nicht warum, aber es ist so. Sie verausgaben sich letztendlich, aber *dieser* ...« Ich schüttelte den Kopf. »Ich glaube nicht, daß dieser natürlichen Ursprungs ist, und er ist erschreckend heftig.«

Die beißende Schärfe nahm zu. Unheimliche, funkelnde Lichter knisterten und krachten, während umherwirbelnder Sand in einem durch Druck entstandenen Mahlstrom von den Wänden des Einschnitts aufgesaugt wurde und über die Bänder pfiff: Schmerzende Ohren knackten, ich schlug beide Hände darüber. Blut drang mir aus der Nase.

»Sie sind es ...«, sagte Del. »Es sind Shaka Obre und Chosa Dei ...«

»Eine kleine Meinungsverschiedenheit vielleicht?« Ich krümmte mich in dem Burnus zusammen. »Es ist mir gleichgültig, wer es ist ... Sie sollen nur aufhören.« Ich wischte mir verärgert die Nase ab. Zog den Burnus fester um eine Schulter, als der Wind den Stoff ergriff und wild daran zog.

»Sieh mal.«

»Ich kann überhaupt nichts *sehen*, Bascha!«

»Sieh mal«, wiederholte sie.

Ich schaute, blinzelte und fluchte. Sah noch immer umherwirbelnden Sand und Kristalle, die durch Bänder, Nischen und Windungen aufwärtsgerissen und durch die Öffnung des weit über unseren Köpfen sonnenhell und freundlich strahlenden Einschnitts hindurchgesaugt wurden.

Etwas anderes flog noch umher. Etwas Orangefarbenes, Rotes, Gelbes und in allen Farbtönen Dazwischenliegendes. »Was?« Und dann lachte ich. Streckte die Hand aus und fing eine Feder ein. »Umirs Burnus zerreißt!«

Dels Kopf kam aus den Falten hervor. »Tatsächlich? Oh, *ja!* Oh, Tiger, nein ...«

Ich lachte einfach weiter.

»Tiger ... diese ganze kunstvolle Arbeit!« Eine gelbe Feder verfing sieh in Dels zerzaustem Haar. »All die Sorgfalt und Mühe ...«

»Nicht soviel Sorgfalt und Mühe, wie in dein *Jivatma* investiert wurde.« Ich streckte den Kopf weiter hinaus. »Der Wind erstirbt.«

So war es. Das Heulen verklang. Der Sanddämon verausgabte sich. Der Boden bestand jetzt nur noch aus Fels, aus eisfreiem, dunkelbraunem Rauchgestein, ohne das geringste Körnchen Sand. Nur Del und ich und die Federn waren noch in dem Einschnitt übriggeblieben.

Und zwei nordische *Jivatmas,* von denen eines zerbrochen war. Ich zog Del vom Boden hoch, ließ den Burnus von den Schultern gleiten. »Was Boreal betrifft ...«, begann ich.

Del legte mir eine Hand auf den Mund. »Horch!«

Ich horchte. Bog ihre Finger fort. »Es ist ruhig.«

»*Zu* ruhig.«

»Nach all diesem Heulen würde *alles* zu ruhig wirken.«

»*Horch!*« zischte sie.

Der Teil eines Felsbandes brach auf und fiel neben uns herab, zerschmetterte auf dem Boden. Gefolgt von anderen.

»Hinaus!« brüllte ich und schob sie auf den Spalt zu.

»Hoolies, *hinaus* hier!« Die Wände der Spalte stürzten ein.

Del rannte los, duckte sich, drehte sich, glitt durch den schmalen Spalt. Ich wollte ihr folgen, hielt inne, schaute zu meinem *Jivatma* zurück.

»Tiger!« Sie ergriff meine Hand und zog fest daran, so daß meine Schulter an einem Felsvorsprung vorbeischrammte.

»Samiel …«

Der Einschnitt fiel in sich zusammen, zerbrach in einzelne Stücke Rauchgesteins, die groß genug waren, um ein Pferd zu zerquetschen.

»Tiger … komm *mit!*«

»Warte«, murmelte ich tonlos und schaute noch in den Einschnitt zurück, als er schon einstürzte. »Warte … ich habe dies *gesehen …*«

»Tiger! Verschenk nicht deine einzige Gelegenheit!« Sie zog erneut an meinem Arm.

»Aber ich habe dies *gesehen* … Es ist ein Teil der dreifachen Zukunft …«

»Du hast uns auch sterben gesehen, dich oder mich. Komm *mit* …«

Die Vision erstarb. »In Ordnung. Ich komme, Del …«

Del ließ los. Gebückt, uns drehend und duckend krochen wir durch den Gang, während sich der Berg um uns herum neu gestaltete. Ich wußte, daß der Einschnitt verschwunden und mit eingestürztem Schutt erfüllt war. Wenn wir uns nicht beeilten, würde der Rest dieses Berges ebenfalls einstürzen.

Ich stieß mir die Ellbogen, die Knie, die Zehen und ein- oder zweimal den Kopf. Aber Del erging es genauso, also beschwerte ich mich nicht. Wir krochen durch die Rauchgesteingänge und erreichten schließlich den ersten Raum wieder, drangen aus dem Gang in schwaches Licht vor und von dort in den Tag.

Wir nahmen uns in unserer Eile nicht die Zeit, den Untergrund zu prüfen. Wir liefen einfach, ließen den

Schreck in Knie und Knöchel fahren, hielten unser Gleichgewicht mit starren Armen und gespreizten Händen, fielen hin, wenn wir uns verschätzten. Fluchend, Sand ausspeiend, um Atem kämpfend, schlidderten und krochen wir den Berg hinab, schrammten an Fels und Schutt und Dreck vorbei.

Der stolpernde und rutschende Abstieg endete schließlich, spie uns auf die Ebene hinaus, auf der wir die Pferde zurückgelassen hatten. Wir landeten, sogen den Atem ein, drehten uns auf den Bauch, schauten zu dem eingestürzten Berg hinauf.

Sand hing noch immer in der Luft. Einige wenige Federn schwebten herab: rot und gelb und orangefarben.

Wir warteten, hielt den Atem an. Sand und Federn sanken hernieder. Der Tag war strahlendhell und ruhig.

Ich warf mich mit dem Gesicht nach unten auf die Erde, sog große Mengen Luft in meine Lungen, stieß sie dann wieder aus. Dadurch wurde mein Gesicht mit Sand bestäubt, aber das kümmerte mich nicht. Ich lebte und merkte es. Auch wenn man zum Thema Schmutz etwas hätte sagen können.

Del tätschelte matt meine Schulter, streckte sich auf dem Rücken aus. Eine Locke verschmutzten Haars fiel über meinen Ellbogen. »Es ist vollbracht«, krächzte sie. »Das *Jivatma* ist nicht mehr verfärbt.«

Einen Moment lang machte ich mir nicht die Mühe zu antworten, da ich zu sehr mit Atmen beschäftigt war. Und als ich dann antwortete, geschah es halb lachend, halb keuchend. »... natürlich, wir können es jetzt nicht *holen* ...«

»Aber es ist gereinigt. Es ist sauber.« Del atmete geräuschvoll. »Und auch du bist gereinigt.«

»Tatsächlich bin ich ziemlich schmutzig.«

Sie versetzte mir einen schwachen Schlag auf die Schulter. »Von Chosa Dei gereinigt.«

Ich fühlte mich ein wenig besser. Schaffte es, mich

umzuwenden und sogar aufzusetzen, stützte die Ellbogen auf die Knie. Spähte in den südlichen Tag hinaus, wischte Sand von der blutigen Lippe. Warf dann Del, die noch immer auf dem Rücken ausgestreckt dalag, einen Seitenblick zu und lachte rauh.

»Was ist los?«

»An dir kleben Federn.« Ich zupfte eine fort und zeigte sie ihr. »Ein schmutziges, verschwitztes, zum Rupfen bereites Sandhuhn.«

Del setzte sich auf. »Wo kleben Federn?«

»In deinen Haaren, hauptsächlich. Hier.« Ich zupfte eine weitere Feder fort.

Murrend untersuchte sie ihr Haar, riß Federn aus den wirren Strähnen.

Ich wandte mich um und schaute erneut zu dem Berg zurück, hob kribbelnde Schultern. »Shaka Obre und Chosa Dei ...« Ein weiteres Kribbeln lief mir das Rückgrat hinab. »Was ist deiner Meinung nach geschehen?«

»Ich glaube, sie haben sich verausgabt, wie du es von den Sanddämonen erzählt hast.« Del schaute auf, blinzelte gegen den strahlenden Tag an. »Du bist derjenige, der Magie spürt. Sage mir: Sind sie dort?«

Ich betrachtete den hohlen Berg. Wartete darauf, daß sich meine Haare aufrichteten, daß ich Übelkeit verspürte. Überhaupt nichts geschah. Ich war sandüberkrustet, müde und wund, aber ich fühlte mich vollkommen gut. »Ich glaube nicht.«

»Wohin mögen sie entschwunden sein?«

Ich zuckte die Achseln. »Wohin Magie entschwindet, wenn sie keine Heimat hat ...«

Del sah mich scharf an. »Magie ohne Heimat ...«

Es klang für mich genauso seltsam, aber auf eigenartige Weise ergab es einen Sinn. Dann runzelte ich die Stirn. Deutete in die Ferne. »Schau, dort hinten, am Horizont.«

Del sah hin. »Blitze.«

»Es ist nicht die richtige Jahreszeit dafür. Im Sommer erhellen Hitzeblitze jede Nacht den Himmel, aber darum handelt es sich in diesem Fall nicht.«

Sie betrachtete das Schauspiel eingehender. »Glaubst du…?«

Ich zuckte die Achseln. »Ich weiß es nicht. Aber sie waren beide auf das *Wesentliche* reduziert… vielleicht auf nicht mehr als auf die Erinnerung an die Macht. Und das ist das Endresultat: ein Knistern in der Luft und hin und wieder ein Aufblitzen.«

Del erschauderte. »Warum besaß Chosa im Drachenberg einen Körper? Shaka besaß hier keinen.«

»Ich weiß es nicht. Aber wenn man bedenkt, wie Chosa gearbeitet hat, daß er unter anderem sogar Dorfbewohner für seine eigenen Zwecke zu dem Berg gelockt hat, könnte ich mir vorstellen, daß er einen Körper *gestohlen* hat. Das täte Shaka nicht.«

Del sah mich an. »War dies ein Teil der dreifachen Zukunft?«

Ich lächelte verzerrt. »Eine Zukunft, die ich gesehen habe, und völlig mit anderen Zukünften vermischt. Aber es ist schwer, sie deutlich zu sehen, wenn man sich mittendrin befindet… Und als Chosas Erinnerungen meine dann ständig störten…« Ich zuckte die Achseln. »Ich wußte nie, was was war oder wessen Erinnerungen wem gehörten. Aber so wie es aussah, würde ich vorhersagen, daß unsere Zukunft eher ruhig verläuft.« Ich streckte eine Hand aus und ergriff ihr Handgelenk, während sie müßig in der Erde wühlte. »Jetzt sag mir: Warum hast du Boreal zerbrochen?«

Del wölbte die Brauen. »Es war die einzige Möglichkeit. Und nur das: eine Chance. Ich dachte, daß Shaka Chosa vernichten oder zumindest überwältigen könnte, wenn Chosa hinter den Wachen, sogar hinter seinen eigenen Wachen, freigelassen würde. Aber ich wußte auch, daß du Samiel nicht zerbrechen könntest, solange Chosa in dir war und dich sehr brauchte. Also blieb nur Boreal übrig.« Sie zuckte abwehrend die Achseln. »Ich wollte ihn herauslocken, ihn während des Tanzes dazu bringen, in mein Schwert einzugehen … und es dann zerbrechen.«

»Aber … dein *Jivatma* …«

Del wühlte tiefer in der Erde. »Ich brauche es nicht mehr. Mein Gesang ist beendet. Jetzt beginne ich einen neuen.«

»Bascha …«

»Laß es gut sein«, sagte sie weich.

Ich nickte, respektierte ihre Wünsche. Dann mühte ich mich hoch, murrte, als die Knie knackten, humpelte zu dem Hengst.

»So, alter Junge, du konntest mich also noch nicht verlassen.«

Ich tätschelte eine schweißverkrustete Schulter. »Selbst inmitten dieses Durcheinanders hast du hier auf mich gewartet.«

Der Hengst schüttelte den Kopf und schnaubte, besprühte mich mit Feuchtigkeit.

»Ich danke dir«, sagte ich ernst. »Was ist mit der Stute geschehen?«

Der Hengst erzählte es mir nicht, aber ich hatte eine ziemlich genaue Vorstellung davon, was geschehen war. Sie hatte wahrscheinlich ihre Zügel zerrissen und war den Hang hinabgerannt, als der Berg einstürzte oder als das Heulen begann. Wir würden sie unten auf einen Menschen wartend vorfinden. Pferde sind so. Ich tätschelte erneut die Schulter des Hengstes. »Irgendwann mußte das alles sicherlich beendet werden …« Ich rieb über eine zerkratzte Schulter. »Das meiste vergäße ich am liebsten.«

»Tiger?« Del. »Wir haben Gesellschaft.«

Ich fuhr herum und sah sie an. »Wo?«

Sie zeigte in eine bestimmte Richtung. »Dort.«

Ich trat um den Hengst herum, einen Arm über seinen Leib gelegt, und wünschte, ich hätte ein Schwert, *irgendein* Schwert… sah dann, daß ich keines brauchte.

»Mehmet!« brach es aus mir heraus. »Was tut *Ihr* hier?«

Mehmet grinste. Er trug einen staubigen safrangelben Burnus und einen gleichermaßen staubigen weißen Turban. »Sandtiger«, sagte er. »Möge Euch die Sonne auf den Kopf scheinen.«

Ich blinzelte angestrengt. »Bin ich sandkrank? Oder tot?«

»Keins von beidem. Ich bin ich, und ich bin hier.«

Ich nickte stirnrunzelnd. »Das ist vermutlich etwas. Aber… *warum* seid Ihr hier?«

»Der alte Hustapha ist tot.«

Was mich noch mehr verwirrte. »Ich… hm… das tut mir leid. Ich meine…« Ich vollführte eine hilflose Geste. »Er war ein netter alter Mann… Es tut mir leid.«

»Er war alt, und seine Zeit war gekommen.« Mehmet kletterte den Hang herauf, der über die Ebene hinausragte. »Ich habe das Aketni unten zurückgelassen.«

»Ihr habt *sie* auch mitgebracht?«

»Der Hustapha sagte, ich müsse es tun. Er sagte, daß hier alles beginnt.«

»Was beginnt?«

Er grinste. »Ihr sollt mir eine Botschaft übergeben.«

Ich berührte mein Brustbein. »Ich?«

Mehmet nickte. »Der Hustapha sagte: der Jhihadi.«

»Aber…« Ich brach ab. Schaute den Hügel hinauf zu Del, die noch immer Federn auszupfte, als sei nichts anderes wichtig. Ich schaute stirnrunzelnd zu Mehmet zurück. »Ich habe keine Botschaft für Euch.«

Er war vollkommen ruhig. »Der Hustapha hat den Sand ausgestreut. Er hat gesehen, daß es so sein würde. Er hat uns hierhergeschickt, Euch zu finden, damit Ihr uns die Botschaft übergeben könnt.«

»Ich *habe* keine Botschaft … ah, Hoolies, Pferd … mußt du das hier tun?«

Der Hegst spreizte die Hinterbeine und die wässerte die Erde. Ich trat schnell beiseite, wich der Überschwemmung aus, trat hierhin und dorthin, während er plätscherte. Wir standen am Hang – Mehmet, der Hengst und ich –, und Wasser lief hügelabwärts … wie auch andere Dinge.

»Wieviel hast du?« fragte ich grob, als der Hengst weiterhin ausfloß.

»Die Botschaft«, erinnerte Mehmet.

»Ich sagte es Euch bereits. Ich habe keine …« Ich beobachtete, wie der Urin den Hang hinablief. Ich beobachtete, wie sich der Fluß teilte, sich verringerte, beobachtete, wie er durch Einsickern und Einbuchtungen geleitet wurde, sah, wie er von Rauchgesteinstücken abgelenkt wurde, die zu groß waren, um bewegt zu werden.

Muster in der Erde. Kanäle und Rinnen und Trichter. Linien, die angefüllt wurden und überliefen, in andere Richtungen gelenkt wurden.

»Wasser«, sagte ich verwirrt.

Mehmet wartete höflich.

»Wasser«, wiederholte ich. Sah mich dann gründlich um, fand den richtigen Zweig, beugte mich hinab, um etwas in die Erde zu zeichnen.

»Tiger.« Del. »Was *tust* du?«

Ich hörte sie herabkommen, wobei sie auf ihrem Weg über Erde und Kieselsteine scharrte. Aber ich antwortete ihr nicht, da ich zu sehr mit meiner Aufgabe beschäftigt war. Von dem Muster vereinnahmt.

Sie blieb neben mir stehen. Schwieg.

Schließlich schaute ich auf. Sah zwei Augenpaare, die mich ansahen: ein blaues und ein schwarzes.

Ich lachte sie beide an. »Versteht ihr nicht?«

Im Gleichklang: *»Nein.«*

»Weil ihr beide blind seid. Wir waren *alle* blind.« Ich

erhob mich, warf den Zweig beiseite. »Seht euch das an. *Seht* es euch an. Was seht ihr?«

»Pisse in der Erde«, sagte Del.

»Ich sagte bereits, daß du blind bist. Was noch?«

»Linien.«

»Und Pisse *in* den Linien. Versteht ihr nicht?« Ich sah sie beide eifrig an. »Ihr müßt nur *Wasser* in die Linien schütten. Die Linien nur breit genug ziehen. Die Linien tief ziehen. Pumpen an den Zisternen anbringen. Kanäle in die Erde graben. Im Norden gibt es Wasser – man muß es nur von *dort* herableiten.«

Del war erstaunt. »Wasser vom Norden herableiten?«

»Nach und nach. Die Flüsse umleiten, die Ströme … Muster bilden, um sie hierherzuleiten.« Ich grinste und hob zerkratzte Schultern an. »Und den Sand in Gras verwandeln.«

Mehmet fiel auf die Knie. Er spie in die Hand, schlug sie flach auf den Boden und zog eine Linie über die Stirn. »Jhihadi«, krächzte er.

Ich zuckte die Achseln. »Das ist Ansichtssache.«

Del sah mich an. Dann sah sie den Hengst an. Zupfte eine weitere Feder aus dem Haar – diese war rot – und blies sie in die Luft. »Ich glaube, du bist sandkrank«, sagte sie.

»Jhihadi«, wiederholte Mehmet.

Ich grinste Del breit an. »Das war doch nicht so schwer.«

Sie wölbte skeptisch eine Augenbraue. »Wenn du so weise bist, o Jhihadi, dann sag uns, was wir *jetzt* tun sollen.«

Mein Grinsen erstarb. »Wir werden uns etwas ausdenken müssen.«

Mehmet richtete sich mühsam auf. »Kommt mit uns!« rief er. »Kommt mit dem Aketni. Wenn wir in den Norden ziehen sollen, um das Wasser herabzubringen …«

Ich hob eine ruhebietende Hand. »Wartet. Zunächst einmal wird es nicht so einfach sein. Ihr könnt das nicht allein tun. Ihr werdet Leute brauchen. *Viele* Leute. Ihr werdet weitere Zisternen graben müssen, mehr Wasser finden müssen ... Gräben ausheben müssen, um das Wasser zu leiten ... aber vor allem müßt Ihr die Stämme, die Tanzeers und alle anderen davon überzeugen, daß es so geschehen muß.«

Mehmet nickte. »Es fängt mit einem einzigen Menschen an. Es hat mit dem Jhihadi angefangen. Es wird weitere geben, die glauben.«

Del zweifelte. »Das würde sehr lange dauern.«

»Wir haben Zeit. Und jetzt haben wir eine Zukunft.« Mehmet legte eine Hand auf sein Herz. »Möge Euch die Sonne auf den Kopf scheinen.«

»Zweitens«, sagte ich, »können wir nicht mit Euch kommen. Del und ich haben ein kleines ... Problem. Wir müssen den Süden verlassen.«

»Verlassen?« echote Del.

Ich sprach weiterhin zu Mehmet. »Also können wir nicht mit Euch gehen.«

Del war noch nicht fertig. »Wohin gehen wir dann? Wir können auch nicht in den Norden ziehen. Aber wohin dann?«

Ich sprach weiterhin zu Mehmet. »Also werdet Ihr einfach Euer Aketni nehmen und Euer Bestes tun müssen. Redet mit den Leuten. Geht zu anderen Stämmen. Erzählt ihnen, was ich Euch erzählt habe.« Ich hielt inne. »Was der *Jhihadi* gesagt hat.«

»Tiger ...« Eher noch beharrlicher: »... wohin, bei den Hoolies, gehen wir?«

Ich gab Mehmet einen Klaps auf den Arm. »Er war kein so schlechter alter Mann. Ich bin froh, daß ich ihn kennengelernt habe.« Ich wandte mich dem Hengst zu, band ihn los. »Grüßt das Aketni von mir.«

»Tiger!«

Ich kletterte auf den Hengst. »Kommst du? Nimm einen Steigbügel.«

Del sah mich vom Boden aus an, die Hände auf die Hüften gestemmt. »Wenn du mir sagst, wohin wir gehen.«

»Erst einmal über das Gebirge hinweg. Nach Süden zum Meer. Dort gibt es eine Stadt namens Haziz.« Ich streckte eine Hand nach unten aus, um ihre Hand zu ergreifen. »Komm schon, hoch, Bascha. Wir verschwenden hier Tageslicht.«

SIEBENUNDVIERZIG

Ich habe in meinem Beruf alle Arten von Frauen kennengelernt. Einige wunderschöne Frauen. Einige häßliche Frauen. Einige einfach mittelmäßige Frauen. Aber als *sie* in die heiße, staubige Wirtsstube spazierte und die Kapuze ihres weißen Burnus herabgleiten ließ, wußte ich, daß keine, die ich jemals kennengelernt hatte, an sie heranreichte.

Jedermann in dem Schankraum unterbrach die Unterhaltung. Unterbrach jede Bewegung. Schauten einfach nur.

Die Vision in dem weißen Burnus blickte über den Raum hinweg direkt zu mir, mit Augen so blau wie nordische Seen. *Dieses* Mal wußte ich, was ein nordischer See war.

Ich streckte die Beine aus. Lächelte. Seufzte anerkennend, während sie die Schankstube durchquerte. »Ich habe die Stute verkauft«, sagte sie, an meinem Tisch angekommen. »Ich habe die Passage auf einem Schiff gebucht. Und Vorräte besorgt.« Sie betrachtete die rundlichen, auf dem Tisch aufgestapelten Botas. »Du trägst den Aqivi.«

»So hatte ich es geplant.« Ich stand auf, legte mir die Bota-Riemen über die Schultern und bedeutete ihr, mir vorauszugehen. »Wohin gehen wir?«

»Zuın Schiff.«

»Nein … ich meine, wohin *segeln* wir?«

»Oh.« Del bahnte sich ihren Weg durch die Menge der Fischer. »Du sagtest, es sei dir gleichgültig.«

»Es *ist* mir gleichgültig … Ich war nur neugierig.«

»Das einzige Schiff, das morgen fährt, segelt zu einem Ort namens Skandi.«

»Wohin?«

»Skandi.«

»Nie davon gehört.«

»Ich auch nicht.«

Ich stieß mit der Schulter gegen einen Mann, entschuldigte mich und trat um eine verkrüppelte Frau herum. »Skandi?«

»Ja.«

»Das *Wort* klingt vertraut.« Ich machte zwei lange Schritte, holte sie ein und ging neben ihr weiter. »Hat mich so nicht der Mann in Julah genannt? Derjenige, von dem du sagtest, er sähe mir ähnlich?«

»Er sagte Skandi*c*. Er fragte, ob du Skandic seist.« Del blieb stehen und sah mich an. »Wir dachten, er habe eine Person gemeint... Vermutest du, daß er einen *Ort* gemeint hat? Daß er dachte, du kämst aus seiner Heimat?«

Ich sah sie für einen langen Moment ebenfalls an und überdachte die Möglichkeiten. Es waren zu viele, so daß ich aufgab.

Ich zuckte die Achseln. »Oh, nun. Wir werden es vermutlich herausfinden, wenn wir ohnehin dorthin fahren.« Ich spähte über ihre Schulter zu den Docks und der Masse von Segeln hinüber. »Ist das unser Schiff?«

Sie schaute hin. »Nein. Das daneben.«

Ich runzelte die Stirn, kaute auf der Unterlippe. Ich war mir bezüglich all dieser Ereignisse unsicher.

»Komm schon«, sagte sie. »Es wird alles gut werden.«

Bei Sonnenuntergang standen wir nebeneinander auf dem Dock und sannen über unsere Zukunft nach, die auf dem schwarzen Wasser dahinfloß. Dels Stimme klang gedämpft. »Tun wir das Richtige?«

Ich zuckte die Achseln. »Ich weiß es nicht. Es scheint, als hätten wir keine große Wahl.«

Sie seufzte. »Vermutlich nicht.«

Ich beschwor falsche Fröhlichkeit herauf. »Außerdem, denk an alle die Orte, die wir kennenlernen werden. An die Leute, die wir treffen werden. An die Abenteuer, die wir erleben werden.«

Sie sah mich von der Seite an. »Letzteres ist das, woran *du* Interesse hast.«

Ich legte eine Hand auf mein Herz. »Du verletzt meine Gefühle«, belehrte ich sie. »Du nimmst in bezug auf mich einfach Dinge *an*, ohne mir die Gnade des Zweifels zu gewähren.«

Del kicherte. »Ich weiß es besser.«

An diesem Punkt verfielen wir in unbehagliches Schweigen. Das Schiff war an dem Dock festgebunden, knarrte, rollte und rieb sich. Ein Holzsteg verband es mit dem Dock, wartete auf die Dämmerung und darauf, daß Del und ich auf das Schiff kletterten. Ich kratzte müßig meine Wange, rieb einen geschwärzten Daumennagel an den Krallennarben. »Du mußt es so sehen ... es ist eine Gelegenheit, neu anzufangen.«

»Es wird dir nicht gefallen«, erklärte sie.

Ich wölbte anmaßend eine Augenbraue. »Woher willst *du* das wissen?«

»Ich weiß es. Du warst zu lange ›der Sandtiger‹ – wie wirst du mit Anonymität zurechtkommen?«

»Ano-was?«

Del lächelte. »Wenn niemand weiß, wer du bist.«

»O Hoolies, wen kümmert das? Ich war ein Panjandrum und ein Jhihadi. Keins von beidem hat mir viel eingebracht, außer daß ich zu einem Ziel geworden bin.« Und jetzt zu einem Borjuni, aber das sagte ich nicht.

Del sah mir ins Gesicht, ergriff dann meinen Ellbogen. »Es tut mir leid, Tiger. Ich wünschte, es wäre anders gekommen.«

Ich zuckte abwehrend die Achseln. »Der Aqivi ist vergossen... Und außerdem hatte ich die Wahl. Niemand hat mir ein Messer an den Rücken gehalten und mir *befohlen,* den Kreis zu brechen. Ich habe es selbst getan. Und niemand kann leugnen, daß der Trick gewirkt hat.«

Sie schaute fort. »Nein.«

»Und außerdem...« Ich brach ab.

Sie wartete. Fragte dann sanft: »Was?«

»Dies ist nicht – meine *Heimat.* Nicht mehr. Der Süden ist nicht mehr derselbe...« Etwas kam mir in den Sinn. »Oder vielleicht ist er es *doch,* und ich kann nur nicht mehr damit leben. Ich weiß nur, daß ich mich vor Iskandar, als wir vom Norden herabkamen, gut gefühlt habe. Ich war zu Hause. Und dann kamen Iskandar und der alte Hustapha und sein Sandstreuen und dann Abbu und Sabra und alles andere...« Ich seufzte. »Ich bin kein Messias. Ich hatte nur eine *Vorstellung.* Vielleicht wird dieses Umleiten des Wassers gelingen, vielleicht auch nicht – aber mehr als eine Vorstellung ist es nicht. Jedermann hätte sie haben können. Es war nur zufällig ich.« Ich zuckte die Achseln. »Und jetzt ist es vorbei. Der Jhihadi ist nichts Besonderes oder Heiliges... nur ein geschlagener, gebrochener Schwerttänzer, der keinen wahren Kreis mehr betreten kann...« Ich brach jäh ab, betrachtete das knarrende Schiff. Bis das Thema erträglich wurde. »Außerdem hast du mehr verloren«, belehrte ich sie schließlich. »Du hast erneut Jamail verloren.«

Sie spannte sich an. »Ja.«

»Und auch ein *Jivatma.*«

Sie konterte. »Du auch.«

Ich schüttelte den Kopf. »Du weißt, daß mir dieses Schwert niemals so viel bedeutet hat wie dir das deine. Du *weißt* das, Bascha.«

Sie starrte blind das Schiff an. Schwieg. Wandte sich einfach um und ging davon.

Ich ließ sie widerspruchslos gehen, weil das manchmal am besten ist.

In der Dunkelheit, in der Still hörte ich das Einatmen. Es hielt inne, sanft und flüchtig: ein unterdrückter, intimer Moment. Sie hatte sich umgewandt, als ich schlief, so daß wir uns jetzt am Körper und an den Schultern berührten.

Ich drehte mich um. Glitt mit meinem Arm unter ihren und hob sie auf meine Brust, nahm sie fest in den Arm.

»Es ist dumm«, flüsterte sie.

»Nein.«

»Es ist nur ein *Schwert.*«

»Deswegen weinst du nicht.«

Sie schluckte ein ersticktes Lachen hinunter. »*Weswegen* dann? Ich habe meinen Gesang für Jamail gesungen, und dieser Teil ist beendet. Diesen Teil verstehe ich. Ich habe ihm seinen Übergang ermöglicht.« Sie schluckte geräuschvoll. »Warum weine ich um das Schwert?«

»Ich sagte es bereits: Du weinst nicht deswegen. Nicht um Boreal. Du weinst um *Delilah* ... um den Verlust dessen, was du gekannt hast.« Ich rückte noch ein wenig näher an sie heran, strich ihr eine Locke aus dem Gesicht. »Alle deine Schwüre sind vollendet. Deine Versprechen sind erfüllt. Deine Gesänge sind gesungen.«

»Ich verstehe nicht.«

»Du weinst um Delilah, weil du nicht weißt, wer sie ist.«

Sie hob in einer äußerst verletzlichen Geste eine Schulter an. »Ich bin nur – ich.«

»Du weißt nicht, was das ist. Vertrau mir, Bascha ... Ich habe schon selbst so empfunden.«

»Aber ...« Sie dachte darüber nach. »Wer bin ich dann?«

Ich sprach sanft in ihr Ohr. »Eine ehrenhafte Frau.«

Halb Schluchzen, halb Lachen. »Was ist *das* an dem Ort wert, den wir aufsuchen werden?«

»Ich weiß es nicht. Etwas. Sie wird einen Wert bestimmen.«

»Sie«, murmelte sie nachdenklich. Dann, sehr weich: »Ich bin *sieben Jahre* meines Lebens nicht mehr gewesen als eine rachedurstige, besessene Frau, die entschlossen war, Menschen zu töten. Jetzt sind alle diese Menschen tot. Das Blut ist vergossen. Welche Ehre liegt darin?«

»Die Ehre liegt in den Schwüren und in deiner Verhaftung darin.«

Del wandte sich plötzlich um, wandte mir ihr Gesicht zu. Ich sah den Glanz ihrer Augen. »Was ist mit dir?«

Ich zuckte leichthin die Achseln. »Es hat mir niemals das gleiche bedeutet. Jenes Schwert … oder die Ehre.«

»Lüg nicht.« Heftig. »Ich kenne dich besser.«

Ich lächelte. »Vielleicht. Aber wenn mir Ehre genauso viel bedeutete wie dir, hätte ich meine Schwüre niemals gebrochen.«

»Und du wärst tot.«

Ich grinste ihr ins Gesicht, das nur wenige Zentimeter von meinem entfernt war. »Bist du *so* sicher, daß Abbu gesiegt hätte?«

Sie antwortete zunächst nicht. Dann: »Das ist nicht fair.«

»Natürlich ist es fair. Wenn du wirklich denkst, daß er gesiegt hätte, dann kannst du es mir sagen.«

Schweigen. Dann: »Nein, ich kann es nicht.«

»*Denkst* du, daß er gesiegt hätte?«

»Was?«

»Denkst du es?«

Del lachte. »Wir werden es niemals erfahren, nicht wahr?«

»*Das* ist nicht fair.«

»Das Leben ist häufig nicht fair.« Sie lag still. »Sie war alles, was ich war. Meine Blutklinge. *Alles.* Sie war mein Talisman, meine Sicherheit … Solange ich Boreal hatte, konnte ich jedermann sein. Ich konnte das Schlimmste überleben.«

»Du wirst auch jetzt das Schlimmste überleben, gleichgültig, was geschieht.«

Del seufzte. »Ich weiß nicht.«

Ich berührte ihr Brustbein. »Du klingst wie eine richtige Frau.«

Sie erstarrte. »Was soll *das* bedeuten?«

»Nichts. Ich wollte dich einfach nur necken.«

Sie entspannte sich wieder. Das Necken hatte seinen Zweck erfüllt. »Wir werden Schwerter kaufen müssen.«

»Morgen. Wenn möglich werden wir neue fertigen lassen. *Richtig* fertigen lassen, nichts von diesem nordischen Firlefanz, bei dem Seelen von Menschen in den Stahl eingesaugt werden. Ich will ein altmodisches Schwert, wie Einzelhieb eins war.«

Sie berührte meine Wange, streichelte die Narben. »Es tut mir auch wegen ihm leid.«

Ich tat den Kummer achselzuckend ab. »Er war bereits tot.«

Ihre Stimme klang tonlos. »Wie auch Jamail.«

Ich küßte sie auf die Stirn. »Schlaf jetzt, Bascha. Morgen setzen wir für den Rest unseres Lebens die Segel.«

Sie war still. »Ich hoffe, du wirst nicht seekrank.«

Ich schnaubte. »Bewahr diese Gefühlsregung für dich auf.«

EPILOG

Wir segelten beim ersten Tageslicht. Keiner von uns verspürte Übelkeit, es sei denn, man zählte weiterführende Gedanken dazu. An der Reling stehend, beobachteten wir, wie Haziz schwand. Wie unsere Vergangenheit schwand. Zweifel erschütterten uns, aber keiner von uns wollte es zugeben. Nicht so leicht und nicht dem anderen gegenüber.

Del strich sich das Haar zurück und schob es hinter die Ohren. Dann umklammerte sie erneut die Reling, so daß die Knöchel weiß hervortraten. Ihre Augen beobachteten gierig, wie der Saum vertrauten Landes unter dem Horizont verschwand.

Hilfreich schlug ich vor: »Du könntest über Bord springen. Ich kann das natürlich nicht tun, weil ich nicht schwimmen kann. Aber du könntest nach Haziz zurückschwimmen. Wir sind noch nicht so weit entfernt.«

»Weit genug«, klagte sie. Regte sich dann an der Reling, schob eine Hüfte an meine. »Wir tun das Richtige.«

»Das habe ich bereits beantwortet.«

»Es war keine Frage. Es war eine Feststellung.«

»Es klang nicht so.« Ich wandte dem Wasser den Rücken zu, stützte die Ellbogen auf die Reling. Wechselte absichtlich das Thema. »Warum heiraten wir nicht?«

Del keuchte. »*Was?*«

»Heiraten.« Ich zuckte müßig die Achseln, beobachtete aus den Augenwinkeln ihren Gesichtsausdruck. »Warum sollten wir das nicht tun?«

»Und als nächstes willst du eine Familie gründen!«

Ich lachte. »Ich glaube nicht, daß wir so weit gehen müssen.«

Dels Gesichtsausdruck war eine Mischung aus Verwirrung und Neugier. »Warum willst du heiraten?«

Ich wartete, absichtlich geistesabwesend. »Was? Oh. Ich weiß nicht.« Ich zuckte die Achseln. »Das war nur eine vorübergehende Laune. Es ist vorbei.«

Del war sehr still. Sie lehnte noch immer an der Reling, berührte mich aber nicht mehr. »Ich habe niemals darüber nachgedacht. Nicht seit ich nach Staal-Ysta ging. Heirat?« Sie schüttelte den Kopf. »Ich bin nicht die Frau dafür.«

Was einfach als Ablenkung von unserer beklommenen Abreise begonnen hatte, nahm plötzlich einen neuen Zug an. Obwohl ich es nicht ernst gemeint hatte, merkte ich jetzt, daß das bei Del ganz anders war. Und jetzt war ich neugierig. »Warum nicht?«

»Es wird zuviel erwartet.«

Ich forderte sie heraus. »Nicht mehr, als wir bereits haben.«

Sie dachte mit gefurchter Stirn darüber nach. »Ich ... ich denke einfach nicht so darüber. Nicht für mich. Ich hatte nicht vorgehabt, *diesen* Schwur zu leisten. Nicht mit dir.«

Das tat unerwarteterweise weh. Jetzt war es eine *persönliche* Sache. »Warum nicht? Bin ich nicht gut genug?«

»Das meine ich nicht.«

»Oder hast du einfach Angst, irgendeine Art von Verpflichtung einzugehen?«

Del seufzte. »Nein.«

»Warum dann nicht? Was ist an dem Gedanken falsch?«

»Ich bin nicht bereit dazu.«

»Nein. Du meinst, du willst einfach nicht erwachsen werden.«

»Das hat damit nichts zu tun!«

»Natürlich hat es damit zu tun.«

Sie rieb sich mit der Hand über das Gesicht, murmelte etwas in der Hochlandsprache.

»Siehst du?« stichelte ich.

Del nahm die Hände vom Gesicht. »Es ist nicht so, daß ich dich für unwürdig halte oder daß es mir gleichgültig wäre. Es ist nur so, daß ich nicht bereit bin.«

»Das ist nur eine Ausrede. Du möchtest lieber keine Verpflichtung eingehen, damit du, wenn es hart auf hart kommen sollte, einfach aus dem Hyort hinausspazieren kannst.«

Del betrachtete mich nachdenklich. »Wir befinden uns nicht mehr im Süden. Es wird keinen Hyort geben.«

»Du weichst mir aus.«

»Nein.« Sie lachte und schüttelte den Kopf. »Frag mich später noch einmal, wenn ich mich wieder erholt habe.«

Es war nicht mehr wichtig, daß ich das Thema – oder die Frage – niemals ernst gemeint hatte. »Oh, *ich* verstehe. Es war eine dumme Idee. Ist es das?«

»Nicht dumm. Seltsam.«

Seltsam? Ich runzelte wütend die Stirn. »Du kannst mich nicht zum Narren halten. Du willst einfach den Aqivi haben, ohne dafür zu bezahlen.«

Del sah mich ausdruckslos an. Ihre Stimme klang ausgesprochen sanft. »Glaub mir, ich bezahle.«

Ich konnte die Gereiztheit nicht mehr aufrechterhalten. Lachend deutete ich mit erhobenen Händen Ergebung an. »In Ordnung. Ich gebe auf. Es war eine dumme Idee. Wie albern, wenn ein Mann etwas will, worauf er nicht zählen kann, nämlich jemanden, zu dem er nach Hause kommen kann.«

Wie erwartet regte sie sich sofort auf. »Jemanden, zu dem man nach Hause kommen kann? Stellst du es dir so vor? Jemanden, zu dem man ›nach *Hause* kommen kann‹?« Sie stieß sich von der Reling ab. »Du kennst mich besser. Ich bin keine fügsame südliche Frau, die zu Hause bleibt, um Kheshi und Hammel zu kochen und deinen Brecheimer zu leeren, wenn dir von zuviel Aqivi übel ist. Ich werde *neben* dir jeden Schritt deines Weges begleiten, ich werde deine Wunden nähen und mich um dein Fieber kümmern, wenn du dumm genug bist, dich verletzen zu lassen. Ich werde mich vor keinem Teil meiner Pflicht drücken, noch mein Schwert für dich ablegen. Und wenn *das* nicht genug Ehefrau bedeutet, dann sollten wir das Thema vergessen!«

Wellen schlugen gegen den Schiffsrumpf. Kurz darauf nickte ich. »Das sollte genügen.«

»Dann sei damit zufrieden!«

Ich grinste. »O Bascha, das bin ich. Ich wollte es nur von dir hören.«

Sie sah mich mit glühenden Augen an. »Und bist du dann auch damit zufrieden, daß ich soviel Unsinn geredet habe?«

Ich lachte laut auf. Legte einen Arm um sie. »Du redest hübscheren Unsinn als jeder andere Mensch, den ich kenne.«

Wenig besänftigt brummte sie: *»Hmmm.«*

Ich blinzelte an ihr vorbei, deutete mit dem um ihre Schultern geschlungenen Arm in die Ferne. »Sieh dir die Sonne auf dem Wasser an. Wie von der Punja abstrahlender Sonnenglanz.« Kurz darauf lachte sie. Ein seltsames, ersticktes Lachen kleinlauter Entdeckung. »Du hast nichts von alledem ernst gemeint!«

»Was habe ich nicht ernst gemeint?«

»Das Thema Heirat!«

Ich lachte. »Ich bin nicht der Mann zum Heiraten.«

Dels Gesichtsausdruck war herrlich: eine Mischung aus Bedauern, Erleichterung und Nachdenklichkeit. »Ich fühle mich seltsam.«

»Warum seltsam? Bist du nicht froh? Du bist genausowenig zur Ehe geschaffen wie ich.«

»So?«

»Das hast du *selbst* gesagt! Du hast mir während der letzten Jahre mehrere Male in verschiedenen dramatischen Momenten – einschließlich vor wenigen Augenblicken – auf verschiedene dramatische Arten gesagt, daß du nicht für eine Ehe geeignet bist. Ich habe nicht geglaubt, daß du deine Meinung *so* schnell geändert hast, auch nicht als Frau.« Ich hielt inne. »Warum fühlst du dich seltsam?«

»Ich glaube, ich fühle mich *glücklich.*«

»Glücklich? Daß wir nicht heiraten werden?«

»Daß wir es nicht tun müssen. Daß es keine Erwartungen gibt. Daß wir sind, die wir sind.«

»Oh.« Ich war nicht sicher, daß ich genau verstand, was sie meinte, aber ich hatte nicht das Bedürfnis, dieses Thema weiter zu verfolgen. Statt dessen hielt ich sie sehr fest, legte meine Schläfe gegen ihre, während vom Meer salziger Wind unser Haar zerzauste. Ich fühlte mich genauso glücklich wie Del. »Wir sind frei, Bascha. Wir beide. Zum erstenmal seit sehr langer Zeit.«

»Frei?«

»Frei von Gesängen und Schwüren. Frei von blutgeborenen Schwertern. Frei von denen, die wir *waren,* um zu werden, wer immer wir werden wollen.« Ich seufzte, fühlte mich jünger und sehr erleichtert. »Ich glaube, es wird uns gefallen, Bascha ... Alles wird anders sein.«

Tief unten im Laderaum stampfte der Hengst mit dem Huf auf dem Holz auf.

Mit einem gemurmelten Wort des Abscheus barg ich mein Gesicht in ihrem Haar. »Vielleicht nicht *alles*.«

Delilah umarmte mich lachend, während wir in den Sonnenaufgang segelten.